John Irving

In einer Person

Roman
Aus dem Amerikanischen
von Hans M. Herzog
und Astrid Arz

Diogenes

Titel der 2012 bei
Simon & Schuster, New York,
erschienenen Originalausgabe:
›In One Person‹

Genauer Quellennachweis am Schluss des Bandes
Umschlagillustration von
Edward Gorey (Ausschnitt)
Mit freundlicher Genehmigung des
Edward Gorey Charitable Trust,
New York

www.diogenes.ch
1000/12/8/1
ISBN 978 3 257 06838 2

Für Sheila Heffernon und David Rowland
und zur Erinnerung an Tony Richardson

Thus I play in one person many,
And none contented: [...]

So spiele ich in einer Person viele Menschen,
und keiner ist zufrieden.

William Shakespeare, ›König Richard der Zweite‹

Inhalt

I

Eine Rollenbesetzung mit Hindernissen

Ich möchte damit anfangen, von Miss Frost zu erzählen. Auch wenn ich immer sage, ich sei Schriftsteller geworden, weil ich im prägenden Alter von fünfzehn einen bestimmten Dickens-Roman las, war ich in Wahrheit jünger, denn als ich das erste Mal Miss Frost begegnete und mir vorstellte, Sex mit ihr zu haben, bedeutete dieser Augenblick meines sexuellen Erwachens zugleich die Sturzgeburt meiner Phantasie. Was wir begehren, prägt uns. Ein flüchtiger Moment verstohlenen Begehrens, und ich wollte Schriftsteller werden und Sex mit Miss Frost haben – nicht unbedingt in dieser Reihenfolge.

Ich lernte Miss Frost in einer Bibliothek kennen. Ich mag Bibliotheken, obwohl ich Mühe mit der Aussprache des Wortes habe – im Plural wie im Singular. Offenbar fällt mir die Aussprache bestimmter Wörter äußerst schwer; überwiegend Hauptwörter: Menschen, Orte und Dinge, die mich entsetzlich aufgeregt, in schwere Konflikte oder abgrundtiefe Panik gestürzt haben. Na ja, jedenfalls sind die diversen Stimmbildner, Logopäden und Psychiater, die mich – leider vergeblich – behandelt haben, zu dieser Ansicht gelangt. In der Grundschule blieb ich einmal sitzen: wegen »schwerer Sprachstörungen«, was maßlos übertrieben war. Mittlerweile bin ich Ende sechzig, fast siebzig, und die Ursache meiner Sprachfehler ist mir inzwischen egal. (Kurz und knapp: Scheiß auf die Kausalität.)

Das Wort Kausalität versuche ich gar nicht erst auszusprechen, wohingegen ich mir durchaus eine halbwegs verständliche falsche Aussprache von Bibliothek oder Bibliotheken abringen kann, bei der das vertrackte Wort am Ende wie eine exotische Frucht herauskommt. (»Bibbelothek«, oder »Bibbelotheken«, sage ich – kindisch.)

Umso komischer, dass meine erste Bibliothek nicht der Rede wert war. Es war die Gemeindebücherei des Örtchens First Sister in Vermont, ein gedrungener roter Klinkerbau an der Straße, in der auch meine Großeltern wohnten. Ich lebte bei ihnen in der River Street, bis ich fünfzehn war und meine Mutter wieder heiratete. Meinen Stiefvater hatte sie bei einer Theateraufführung kennengelernt.

Die örtliche Laienschauspieltruppe nannte sich die First Sister Players; so weit ich zurückdenken kann, habe ich alle Aufführungen im kleinen Theater unseres Städtchens gesehen. Meine Mutter war die Souffleuse: Wenn jemand seinen Text vergaß, sagte sie ihm vor. (Da es eine *Laien*truppe war, wurde eine Menge Text vergessen.) Lange glaubte ich, die Souffleuse sei auch Schauspielerin – eine, die geheimnisvollerweise nicht mit auf der Bühne stand und nicht kostümiert, aber für den reibungslosen Ablauf unentbehrlich war.

Als meine Mutter ihn kennenlernte, war mein Stiefvater ganz neu bei den First Sister Players. Er war gerade erst zugezogen, um in der Favorite River Academy zu unterrichten – der fast schon renommierten Privatschule, damals nur für Jungen. Schon als Kind, spätestens aber mit zehn oder elf, muss ich gewusst haben, dass ich irgendwann, wenn ich »groß genug« wäre, auf diese Schule gehen würde. Die Bibliothek der Academy war moderner und besser beleuchtet, aber die Gemeindebibliothek von First Sister war meine erste Bibliothek, und die dortige Bibliothekarin meine erste Bibliothekarin. (Übrigens hatte ich mit der Aussprache von »Bibliothekarin« noch nie Mühe.)

Natürlich war Miss Frost ein unvergesslicheres Erlebnis als die Bibliothek. Zu meiner Schande muss ich gestehen, dass ich ihren Vornamen erst lange nach unserer ersten Begegnung erfuhr. Jeder nannte sie Miss Frost, und ich hatte den Eindruck, dass sie so alt wie meine Mutter oder etwas jünger war, als ich endlich meinen ersten Bibliotheksausweis aus ihren Händen empfing. Meine Tante, eine ausgesprochen herrische Person, hatte mir gesagt, Miss Frost habe »*früher mal* sehr gut ausgesehen«, aber ich konnte mir einfach nicht vorstellen, dass Miss Frost jemals besser ausgesehen hatte als zu dem Zeitpunkt unserer ersten Begegnung – obwohl sich bei mir auch als Kind schon das meiste nur in der Phantasie abspielte. Meine Tante behauptete, sämtliche heiratsfähigen Männer am Ort hätten sich *früher* beim Anblick von Miss Frost überschlagen. Wenn einer von ihnen den Mumm aufbrachte, sie anzusprechen – Miss Frost womöglich sogar seinen Namen zu nennen –, habe die damals schöne Bibliothekarin ihn nur kühl gemustert und mit eisiger Stimme gesagt: »Ich heiße *Miss* Frost, bin unverheiratet und werde es auch bleiben.«

Daher war Miss Frost immer noch ledig, als ich sie kennenlernte; die heiratsfähigen Männer in First Sister hatten – für mich unbegreiflich – längst aufgehört, sie anzusprechen.

Der entscheidende Roman von Charles Dickens – der mich dazu brachte, Schriftsteller werden zu wollen – war *Große Erwartungen.* Ich muss damals fünfzehn gewesen sein – sowohl bei der ersten als auch bei der *zweiten* Lektüre. Ich weiß, dass es vor meinem Wechsel an die weiterführende Schule war, weil ich mir das Buch aus der Stadtbücherei von First Sister holte – zweimal. Nie werde ich den Tag vergessen, an dem ich dieses Buch erneut ausleihen wollte; nie zuvor hatte ich den Wunsch verspürt, einen ganzen Roman noch mal zu lesen.

Miss Frost sah mich mit durchdringendem Blick an. Damals reichte ich ihr nur knapp bis an die Schultern. »Miss Frost war *früher* mal, was man ›gutgebaut‹ nennt«, hatte meine Tante mir gesagt, als gehörten selbst Miss Frosts Statur und Figur der Vergangenheit an. (Für mich war sie *ein Leben lang* gut gebaut.)

Miss Frost war eine Frau mit aufrechter Haltung und breiten Schultern, mein Hauptaugenmerk allerdings galt ihren kleinen, aber wohlgeformten Brüsten. In scheinbarem Widerspruch zu ihrer mannhaften Größe und unübersehbaren körperlichen Stärke hatten Miss Frosts Brüste etwas überraschend Frisches, unwahrscheinlich Knospendes, Jungmädchenhaftes. Mir war schleierhaft, wie eine ältere Frau so aussehen konnte, doch ihre Brüste mussten die Phantasie jedes Knaben anregen, der ihr begegnete; jedenfalls bildete ich mir das ein, als ich sie – wann war das noch gleich? – 1955 kennenlernte. Damit nicht genug; man muss wissen, dass Miss Frost *nie* aufreizend gekleidet war, jedenfalls nicht in der vorschriftsmäßigen Stille der gottverlassenen Stadtbücherei von First Sister; ob morgens oder abends, ganz egal, zu welcher Tageszeit, Besucher gab es praktisch nie.

Meine herrische Tante hatte ich (zu meiner Mutter) sagen hören: »Miss Frost ist weit über das Alter hinaus, in dem Teenager-BHs ausreichen.« Mit dreizehn hatte ich das so verstanden, dass Miss Frosts Brüste – in der kritischen Sicht meiner Tante – überhaupt nicht zu ihren BHs passten, oder umgekehrt. Das fand ich *gar* nicht! Und während ich mir noch den Kopf darüber zerbrach, warum meine Tante *und* ich, wenn auch auf unterschiedliche Weise, auf Miss Frosts Brüste fixiert waren, bedachte mich die imposante Bibliothekarin mit dem bewussten durchdringenden Blick.

Mit dreizehn hatte ich sie kennengelernt; in diesem einschüchternden Moment war ich fünfzehn, aber was die Intensität von Miss Frosts langem bohrenden Blick anging, hatte ich das Gefühl, als schaue sie so schon mindestens zwei Jahre. Schließlich beschied sie meinen Wunsch, die *Großen Erwartungen* noch mal zu lesen, mit: »Den Roman hast du schon gelesen, William.«

»Ja, ich fand ihn toll«, beteuerte ich – nur um nicht damit herauszuplatzen, wie toll ich *sie* fand. Sie war äußerst förmlich – der erste Mensch, der mich ausnahmslos mit *William* anredete. In der Familie und unter Freunden war ich nur Bill oder Billy.

Ich wollte Miss Frost mit *nichts* als ihrem BH am Leib sehen, der (nach Ansicht meiner sittenstrengen Tante) nicht genügend Halt bot. Doch anstatt mit *solch* einer Taktlosigkeit herauszuplatzen, sagte ich: »Ich will *Große Erwartungen* noch mal lesen.« (Kein Wort über meine Vorahnung, Miss Frost habe einen mindestens ebenso verhängnisvollen

Eindruck auf mich gemacht wie Estella im Roman auf den armen Pip.)

»Jetzt schon?«, fragte Miss Frost. »Du hast den Roman doch erst vor einem Monat gelesen!«

»Ich kann's kaum erwarten, ihn noch mal zu lesen«, sagte ich.

»Charles Dickens hat viele Bücher geschrieben«, erklärte mir Miss Frost. »Du solltest es mal mit einem anderen versuchen, William.«

»Oh, das kommt noch«, versicherte ich ihr, »aber erst will ich das hier *noch mal* lesen.«

Miss Frosts zweites »William« hatte bei mir eine spontane Erektion ausgelöst – auch wenn ich mit fünfzehn einen kleinen Penis und einen lachhaft enttäuschenden Ständer hatte. (Dazu nur so viel: Es bestand keinerlei Gefahr, dass Miss Frost meine Erektion *bemerkte*.)

Meine besserwisserische Tante hatte meiner Mutter gesagt, ich sei ein Spätentwickler. Selbstredend hatte sie »Spätentwickler« in einem anderen (oder allgemeineren) Sinne gemeint; soweit ich wusste, hatte sie meinen Penis seit meiner frühen Kindheit nicht mehr gesehen – wenn überhaupt. Zum Wort *Penis* fällt mir bestimmt noch viel mehr ein. Hier muss genügen, dass mir die Aussprache von »Penis« größte Mühe bereitet; in meiner verquasten Diktion hört sich das »s« gelispelt an, wie »Penith« – wenn ich es überhaupt herausbringe –, genau wie ein englisches »th«. (Den Plural umschiffe ich weiträumig.)

Jedenfalls ahnte Miss Frost nichts von meinen sexuellen Nöten, als ich *Große Erwartungen* erneut auszuleihen versuchte. Stattdessen vermittelte sie mir den Eindruck, bei der stattlichen Anzahl von Büchern in der Bibliothek wäre es eine unmoralische Zeitverschwendung, auch nur eines davon *noch mal* zu lesen.

»Was ist so Besonderes an *Große Erwartungen*?«, fragte sie mich.

Sie war der erste Mensch, dem ich erzählte, dass ich »wegen« *Große Erwartungen* Schriftsteller werden wollte, während es in Wahrheit *ihret*wegen war.

»*Schriftsteller* willst du also werden!«, rief Miss Frost, was nicht sonderlich begeistert klang. (Jahre später sollte ich mich fragen, ob Miss Frost das Wort *Homophiler* wohl ebenso ungnädig quittiert hätte, wenn ich es ihr als meinen Berufswunsch genannt hätte.)

»Ja, Schriftsteller – glaub ich jedenfalls«, erwiderte ich.

»Du kannst unmöglich wissen, dass du mal *Schriftsteller* wirst!«, erklärte Miss Frost. »Diesen Beruf kann man sich nicht aussuchen.«

Wie recht sie damit doch hatte, auch wenn ich das damals noch nicht ahnen konnte. Ich legte mich nicht nur deshalb so ins Zeug, damit sie mich *Große Erwartungen* noch mal lesen ließ, sondern auch (während mir besonders gefiel, dass Miss Frost nach Luft schnappte), weil sie immer ungehaltener mit mir wurde – wobei ihre überraschend jungmädchenhaften Brüste auf und ab hüpften.

Jetzt, mit fünfzehn, stand es noch ganz genauso um mich wie zwei Jahre zuvor: Ich war bis über beide Ohren in sie verknallt. Was nicht ganz stimmt: Denn mittlerweile war ich noch viel mehr von ihr eingenommen als mit dreizehn, als ich nur davon phantasiert hatte, mit ihr Sex zu haben und Schriftsteller zu werden, während meine erotischen Phantasien jetzt ausgeklügelter, detaillierter und konkreter waren und ich schon ein paar Sätze verfasst hatte, auf die ich stolz war.

Natürlich war weder Sex mit Miss Frost noch der Schriftstellerberuf sehr wahrscheinlich – aber gab es nicht vielleicht doch irgendwo eine klitzekleine Chance? Seltsamerweise war ich hochmütig genug, das anzunehmen. Wo ich diese Anmaßung, diese Selbstüberschätzung wohl hernahm – tja, da konnte ich nur auf Vererbung tippen.

Und zwar nicht von meiner Mutter; ihre Rolle als Souffleuse hinter den Kulissen hatte für mich so gar nichts Anmaßendes. Schließlich verbrachte ich die meisten Abende mit ihr in dieser Heimstatt unterschiedlich (bis gar nicht) talentierter Mitglieder unseres städtischen Laienensembles. Die kleine Bühne war kein allzu stolzes, vor Selbstvertrauen strotzendes Unternehmen – daher die Souffleuse.

Falls mein Hochmut vererbt war, hatte ich ihn mit Sicherheit von meinem leiblichen Vater. Es hieß, ich sei ihm nie begegnet; alles, was ich von ihm kannte, war sein Ruf, und der klang nicht berauschend.

»Der Codeknacker« – wie mein Großvater ihn nannte – oder, selten, »der Sergeant«. Meine Mutter war wegen des Sergeants vom College abgegangen, sagte meine Großmutter. (»Sergeant«, stets abschätzig betont, gab sie den Vorzug vor »Codeknacker«.) Ob William Francis Dean direkt oder indirekt daran schuld war, dass meine Mutter ihr Studium abgebrochen hatte, wusste ich nicht. Stattdessen hatte sie eine Sekretärinnenschule besucht, aber erst, nachdem er sie mit mir geschwängert hatte. In der Folge hatte meine Mutter auch diese Ausbildung abgebrochen.

Sie erzählte mir, dass sie meinen Dad im April 1943 in Atlantic City, New Jersey, geheiratet hatte – ein bisschen spät für eine Mussheirat, weil ich in First Sister, Vermont, bereits im März 1942 zur Welt gekommen war. Ich war also ein Jahr alt, als sie ihn heiratete, und zur »Trauung« (eine rein standesamtliche Angelegenheit) war es vor allem auf Veranlassung meiner Großmutter gekommen – jedenfalls laut meiner Tante Muriel. Wie man mir zu verstehen gab, war William Francis Dean eher unfreiwillig in den Stand der Ehe getreten.

»Noch vor deinem zweiten Geburtstag waren wir geschieden«, hatte meine Mutter mir anvertraut. Weil ich die Heiratsurkunde gesehen hatte, erinnerte ich mich an den in meinen Augen exotischen, da weit von Vermont entfernten Ort Atlantic City; mein Vater war dort in der Grundausbildung gewesen. Die Scheidungspapiere zeigte mir niemand.

»Der Sergeant zeigte kein Interesse an Ehe und Kindern«, hatte meine Großmutter mir, sehr von oben herab, erklärt; schon damals war mir klar, dass meine Tante ihre Überheblichkeit von meiner Großmutter hatte.

Jedenfalls legitimierte mich aufgrund der Ereignisse in Atlantic City (auf wessen Veranlassung auch immer) diese Heiratsurkunde, wenn auch nachträglich. Ich wurde William Francis Dean jr. getauft, bekam also meines Vaters Namen, wenn schon nicht ihn persönlich. Und etwas von seinen Codeknackergenen muss ich auch geerbt haben – das »Draufgängertum« des Sergeants, wie meine Mutter es nannte.

»Wie war er denn?«, hatte ich sie mindestens hundertmal gefragt. Darauf hatte sie immer so nette Antworten parat.

»Oh, er war ein *sehr* gutaussehender Mann – genau wie du später mal sein wirst«, versicherte sie mir dann lächelnd. »Und ein Mordsdraufgänger.« Als ich noch ein kleiner Junge war, ging meine Mutter sehr liebevoll mit mir um.

Ich weiß nicht, ob alle Knaben in der frühen Pubertät sich so wenig um Chronologie scheren wie ich damals, aber ich kam nie auf den Gedanken, die genaue zeitliche Abfolge zu untersuchen. Mein Vater muss meine Mutter im späten Mai oder frühen Juni 1941 geschwängert haben – gegen Ende seines ersten Studienjahres in Harvard. Trotzdem nannte ihn nie jemand – nicht einmal Tante Muriel mit ihren sarkastischen Bemerkungen – den *Harvard*-Knaben. Er wurde immer nur der *Codeknacker* (oder der Sergeant) genannt, obwohl meine Mutter auf seinen Bezug zu Harvard durchaus stolz war.

»Stell dir vor, mit fünfzehn in Harvard anzufangen!«, hatte ich sie mehr als einmal sagen hören.

Aber wenn mein Mordsdraufgänger-Vater in seinem ersten Harvard-Semester (im September 1940) fünfzehn gewesen war, musste er *jünger* als meine Mutter sein, die im April Geburtstag hatte. Im April 1940 war sie schon zwanzig gewesen; einen Monat nach meiner Geburt im März 1942 wurde sie zweiundzwanzig.

Hatten sie etwa nicht geheiratet, als ihre Schwangerschaft feststand, weil mein Vater noch keine achtzehn war? Das wurde er erst im Oktober 1942.

Wie meine Mutter mir sagte: »Dank einer glücklichen Fügung wurde das Einberufungsalter so weit herabgesetzt.« (Erst später fiel mir auf, dass der Ausdruck glückliche Fügung aus dem üblichen Wortschatz meiner Mutter herausfiel; vielleicht sprach da der Harvard-Knabe aus ihr.)

»Dein Vater dachte, es wäre seiner militärischen Karriere förderlich, wenn er sich freiwillig meldete, und im Januar 1943 war es so weit«, erfuhr ich von meiner Mutter. (Die »militärische Karriere« klang auch nicht nach ihrem Wortschatz, sondern eindeutig nach dem des Harvard-Knaben.)

Mein Vater fuhr im März 1943 mit dem Bus nach Fort Devens, Massachusetts, wo er seine Grundausbildung begann. Damals war die Air Force als neue Einheit noch den Bodentruppen zugeteilt; ihm wurde das Spezialgebiet Verschlüsselungstechnik zugewiesen. Für ihre Grundausbildung hatte die Air Force ganz Atlantic City samt der umliegenden Dünen mit Beschlag belegt. Mein Vater und seine Mitrekruten bezogen Quartier in den Luxushotels und verwüsteten sie. Mit den Worten meines Großvaters: »In den Hotelbars wurde nie der Personalausweis verlangt. An den Wochenenden strömten die jungen Frauen – vor allem Regierungsangestellte aus Washington, D.C. – in die Stadt. Das war ein munteres Treiben, kannst du mir glauben – bis dahin, dass in den Dünen allerlei Waffen abgefeuert wurden.«

Meine Mutter sagte, sie habe meinen Vater »ein- oder zweimal« in Atlantic City besucht. (Als sie noch nicht verheiratet waren und ich ein Jahr alt war?)

Zu jener »Hochzeit« im April 1943 muss meine Mutter mit meinem Großvater angereist sein; und zwar kurz bevor mein Vater zur Kryptographenausbildung der Air Force in Pawling, New York, geschickt wurde – wo er den Umgang mit Codebüchern und Spruchschlüsseln lernte. Von dort kam mein Vater im Spätsommer 1943 nach Chanute Field in Rantoul, Illinois. »In Illinois hat er das Dechiffrieren von der Pike auf gelernt«, sagte meine Mutter. (»Von der Pike auf« gehörte ebenfalls nicht zum mütterlichen Grundwortschatz.)

»In Chanute Field hat dein Vater die elementare militärische Chiffriermaschine kennengelernt – im Grunde genommen ein Fernschreiber, mit einem Satz elektrischer Verschlüsselungswalzen dran«, erzählte mir mein Großvater. Ebenso gut hätte er Lateinisch reden können; höchstwahrscheinlich hätte nicht einmal mein abwesender Vater mir die Funktionsweise einer Chiffriermaschine verständlich machen können.

Mein Großvater verwendete »Codeknacker« und »Sergeant« nie abschätzig, und er berichtete mir begeistert von den Kriegserlebnissen meines Vaters. Als Laienschauspieler in den First Sister Players muss er sich das gute Gedächtnis antrainiert haben, das man braucht, um sich so spezielle und diffizile Fakten zu merken. Grandpa konnte mir haarklein schildern, was meinem Dad alles zugestoßen war – wobei die Kriegserlebnisse eines Kryptographen, das Ver- und Entschlüsseln von Geheimbotschaften, durchaus ihren Reiz für mich hatten.

Die U.S. 15th Air Force kam in Italien zum Einsatz, ihr Hauptquartier war in Bari. Das 760. Bombengeschwader, zu dem mein Vater gehörte, war im Armee-Flugstützpunkt von Spinazzola stationiert – auf dem Land, südlich von Bari.

Im Anschluss an die Landung der Alliierten in Italien

bombardierte die 15th Air Force Süddeutschland, Österreich und den Balkan. Von November 1943 bis September 1945 verloren die USA in diesen Gefechten über tausend schwere B-24-Bomber. Aber Kryptographen flogen nicht. Mein Vater wird kaum je aus dem Coderaum auf dem Stützpunkt in Spinazzola herausgekommen sein; die verbleibenden zwei Kriegsjahre beschäftigte er sich mit seinen Codebüchern und dem geheimnisvollen Chiffrierapparat.

Während die Bomber Angriffe auf Nazifabriken in Österreich und Erdölfelder in Rumänien flogen, kam mein Vater nie über Bari hinaus – hauptsächlich, um dort seine Zigaretten auf dem Schwarzmarkt zu verkaufen. (Sergeant William Francis Dean war Nichtraucher, hatte meine Mutter mir versichert; vom Verkauf seiner Zigaretten in Bari konnte er sich ein Auto leisten, als er nach Boston zurückkam – ein Chevrolet Coupé, Baujahr 1940.)

Die Demobilisierung meines Vaters ging relativ reibungslos vonstatten. Das Frühjahr 1945 verbrachte er in Neapel, das er als »bezaubernd, lebensfroh und bierselig« schilderte. (*Wem* schilderte er es? Wenn er sich von meiner Mutter scheiden ließ, bevor ich zwei war – *wie* hatte er das angestellt? –, warum schrieb er ihr dann noch, als ich schon drei war?)

Vielleicht schrieb er stattdessen meinem Großvater; Grandpa hatte mir erzählt, dass mein Vater in Neapel an Bord eines Transportschiffs der Navy gegangen war. Nach kurzem Aufenthalt in Trinidad wurde er mit einer C-47 zu einem Stützpunkt in Natal, Brasilien, geflogen, wo der Kaffee »sehr gut« war. Aus Brasilien flog ihn eine weitere – diesmal als »klapprig« bezeichnete – C-47 nach Miami. Ein

Truppenzug Richtung Norden verteilte die heimkehrenden Soldaten auf ihre Garnisonen, von wo sie entlassen werden sollten; und so kam es, dass mein Vater sich in Fort Devens, Massachusetts, wiederfand.

Als er im Oktober 1945 entlassen wurde, konnte er sein Studium nicht sofort wiederaufnehmen; also erstand er mit seinem Schwarzmarktgeld den Chevy und nahm einen Aushilfsjob in der Spielzeugabteilung von Jordan Mash an, dem größten Kaufhaus in Boston. Im Herbst 1946 kehrte er nach Harvard zurück, mit Romanistik im Hauptfach; wie Grandpa mir erklärte, waren das die Sprachen und Literaturen von Frankreich, Spanien, Italien und Portugal. (»Na, halt zwei oder drei davon«, sagte Grandpa.)

»Dein Vater war ein *Ass* in Fremdsprachen«, sagte mir meine Mutter – daher vielleicht auch ein *Ass* in Kryptographie? Aber was interessierte meine Mutter oder meinen Großvater das Hauptfach meines durchgebrannten Vaters in Harvard? Wieso kannten sie diese Details überhaupt? Warum hatte man sie ihnen mitgeteilt?

Lange Jahre bekam ich von meinem Vater nur ein einziges Foto zu sehen. Darauf sieht er sehr jung und sehr dünn aus; es stammt aus dem späten Frühjahr oder Frühsommer 1945. Man sieht ihn eisschleckend auf dem Navy-Transportschiff, irgendwo zwischen der Küste Süditaliens und der Karibik, bevor sie in Trinidad anlegten.

Vermutlich beschäftigte vor allem der schwarze Panther auf der Fliegerjacke meines Vaters meine kindliche Phantasie; dieser finster dreinblickende Panther war das Symbol der 460. Bomberstaffel. (Obwohl Kryptographen nicht flogen, wurden auch an sie Fliegerjacken ausgegeben.)

Ich war von der übermächtigen fixen Idee besessen, etwas von dem Kriegshelden stecke *in mir*, auch wenn sich die Kriegsabenteuer meines Vaters genau genommen nicht sonderlich heldenhaft anhörten – nicht einmal für meine kindlichen Ohren. Aber mein Großvater war echter Zweiter-Weltkrieg-Fan – Sie wissen schon, so einer, der jede noch so winzige Kleinigkeit faszinierend findet –, weshalb ich ständig von ihm zu hören bekam: »Ich sehe den künftigen Helden in dir!«

Meine Großmutter hatte praktisch nichts Positives über William Francis Dean zu sagen, und meine Mutter beschrieb ihn immer nur als »*sehr* gutaussehend« oder »Mordsdraufgänger«, und mehr kam da nicht.

Nein, das stimmt nicht ganz. Als ich sie fragte, warum sie und mein Vater auseinandergegangen seien, sagte sie mir, sie habe meinen Dad eine andere Person küssen sehen. »Ich hab gesehen, wie er *eine andere Person* geküsst hat«, war ihr einziger Kommentar, so unbeteiligt, als souffliere sie einem Schauspieler, der die Formulierung *andere Person* vergessen hätte. Daraus konnte ich nur schließen, dass sie den Kuss beobachtet hatte, als sie schon mit mir schwanger war – möglicherweise sogar nach meiner Geburt –, und dass sie genug von der Mund-zu-Mund-Begegnung gesehen hatte, um zu wissen, dass es sich nicht um einen unschuldigen Kuss handelte.

»Es muss ein Zungenkuss gewesen sein, so mit der Zunge in den Hals rammen, weißt du«, vertraute mir meine ältere Cousine einmal an – ein ziemlich derbes Mädchen, Tochter meiner bereits mehrfach erwähnten herrischen Tante. Aber wen hatte mein Vater da geküsst? Zu gern hätte ich gewusst, ob es eines jener Wochenendmädels war, die nach Atlantic City strömten, eine dieser Regierungsangestellten aus Washington, D.C. (warum sonst hatte mein Großvater die erwähnt?).

Mehr erfuhr ich damals nicht. Doch es reichte vollkommen aus, mir Selbstzweifel (bis hin zu Selbstverachtung) einzuflößen, weil ich dazu neigte, alle meine Fehler auf meinen leiblichen Vater zu schieben. Ihm gab ich die Schuld an jeder schlechten Gewohnheit, jeder gemeinen und hinterhältigen Tat; im Grunde genommen bildete ich mir ein, all meine Fehler und Schwächen wären ererbt. Jeder Charakterzug, der mir an mir missfiel, musste von Sergeant Dean herrühren.

Hatte meine Mutter nicht gesagt, ich würde *später einmal* gut aussehen? War das nicht auch ein Fluch? Und was das Mordsdraufgängertum betraf – na ja, hatte ich mich nicht (mit gerade mal dreizehn Jahren) erdreistet, Schriftsteller werden zu wollen? Hatte ich nicht schon Sexszenen mit Miss Frost zusammenphantasiert?

Glauben Sie mir, ich wollte nicht der Sprössling meines durchgebrannten Vaters sein, sein Genpaket-Abkömmling – und sämtliche jungen Frauen, die nicht bei drei auf den Bäumen waren, schwängern und sitzenlassen. Denn das war schließlich Sergeant Deans Modus Operandi, oder etwa nicht? Sein Name konnte mir auch gestohlen bleiben. William Francis Dean jr. zu sein, war mir *verhasst* – der beinahe uneheliche Sohn des Codeknackers! Wenn es je ein Kind gab, das sich einen Stiefvater *wünschte*, oder zumindest einen festen Freund an der Seite seiner Mutter, dann ich.

Was mich zu dem zurückführt, womit ich mein erstes Kapitel ursprünglich beginnen wollte: Ich hätte auch damit anfangen können, von Richard Abbott zu erzählen. Mein zukünftiger Stiefvater brachte die Geschichte meines ganzen späteren Lebens ins Rollen: Hätte sich meine Mutter nicht in Richard verliebt, wäre ich Miss Frost womöglich nie begegnet.

Bevor Richard Abbott den First Sister Players beitrat, herrschte in der Laienschauspieltruppe unseres Städtchens, was meine dominante Tante einen »eklatanten Mangel an Männern vom Typ Hauptdarsteller« nannte. Weder gab es richtig furchteinflößende Schurken noch junge Liebhaber mit der Begabung, den jungen *und* älteren Damen im Publikum die Köpfe zu verdrehen. Richard war nicht nur groß, dunkelhaarig und gutaussehend – er war das fleischgewordene Klischee. Dünn war er außerdem. So dünn, dass er in meinen Augen eine bemerkenswerte Ähnlichkeit mit meinem Codeknacker-Vater aufwies, der auf meinem einzigen Foto von ihm für alle Zeiten dünn war – und auf ewig Eis schleckte, irgendwo zwischen Süditaliens Küste und der Karibik. (Natürlich fragte ich mich, ob meiner Mutter die Ähnlichkeit aufgefallen war.)

Bevor Richard Abbott den First Sister Players beitrat, waren die Männer in unserem Kleinstadt-Ensemble entweder verschämt linsende, unverständliche Nuschler mit gesenktem Blick oder die (ebenso berechenbaren) überkandidelten Rampensäue, die ihren Text hervorschmetterten und den empfindsamen Matronen im Stammpublikum schöne Augen machten.

Eine bemerkenswert talentierte Ausnahme – denn als Schauspieler war er durchaus begabt, wenn auch in einer anderen Liga als Richard Abbott – stellte mein Großvater dar, der Zweite-Weltkrieg-Fan Harold Marshall, den alle (bis auf meine Großmutter) Harry nannten. Als größter Arbeitgeber von First Sister, Vermont, hatte er über mehr Angestellte zu gebieten als die Favorite River Academy, auch wenn die Privatschule in unserer Kleinstadt immerhin der zweitgrößte Arbeitgeber war.

Grandpa Harry gehörten das Sägewerk und das Holzlager von First Sister. Sein Geschäftspartner – ein schwermütiger Norweger, der gleich seinen ersten Auftritt haben wird – war der Forstwirt. Der Norweger beaufsichtigte das Fällen und den Abtransport der Bäume, während Harry Sägewerk und Holzlager unterstanden. Grandpa Harry unterschrieb zudem alle Schecks, und auf den grünen Lastern, die die Baumstämme und anderes Holz transportierten, stand in gelben Großbuchstaben der Name MARSHALL.

Bei dem hohen Ansehen meines Großvaters in unserem Städtchen war es vielleicht verwunderlich, dass die First Sister Players immer nur Frauenrollen mit ihm besetzten. Mein Großvater war ein grandioser Frauendarsteller; auf der kleinen Bühne unseres Städtchens verkörperte Harry Marshall viele (manche würden sagen: die meisten) weibliche Hauptrollen. Und tatsächlich kann ich mich an ihn besser als Frau denn als Mann erinnern. In seinen weiblichen Bühnenrollen war er präsenter und lebhafter, als ich ihn je im wirklichen Leben in seiner monotonen Rolle als Sägewerksdirektor und Holzhändler erlebt habe.

Leider führte der Umstand, dass die einzige Rivalin für

die anspruchsvollsten und dankbarsten Frauenrollen seine ältere Tochter Muriel war – die verheiratete Schwester meiner Mutter, meine mehrfach erwähnte Tante –, zu gewissen familiären Reibereien.

Tante Muriel war zwar nur zwei Jahre älter als meine Mutter, hatte aber trotzdem alles getan, bevor meine Mutter auch nur daran dachte, es zu tun, und zwar ordentlich und (in Muriels Sicht) einfach perfekt. Angeblich hatte sie am Wellesley College »Weltliteratur studiert«, und sie hatte meinen wundervollen Onkel Bob geheiratet – in ihren Worten ihren »ersten und einzigen Verehrer«. Jedenfalls fand ich Onkel Bob wundervoll; zu mir war er immer wundervoll. Später erst erfuhr ich, dass Bob Trinker war, eine Bürde und eine Schande für Tante Muriel. Meine Großmutter, von der Muriel ihre Herrschsucht hatte, pflegte häufig zu bemerken, Bobs Benehmen sei »unter Muriels Würde« – was auch immer sie damit meinen mochte.

Bei all ihrer Hochnäsigkeit war die Sprache meiner Großmutter mit sprichwörtlichen Redewendungen und hohlen Phrasen gespickt, und Tante Muriel schien trotz ihrer so hochgeschätzten Bildung die Banalität der Nullachtfünfzehn-Sprache ihrer Großmutter geerbt (oder zumindest übernommen) zu haben.

Muriels Liebe zum und Bedürfnis nach dem Theater war wohl von ihrem Wunsch beseelt, ihrer erhaben klingenden Stimme etwas Originelles zu sagen zu geben. Muriel war attraktiv – eine schlanke Brünette mit dem üppigen Busen und der klangvollen Stimme einer Opernsängerin –, hatte aber ein Spatzenhirn. Genau wie meine Großmutter brachte Muriel es fertig, ebenso arrogant wie kritisch zu sein, ohne irgendetwas Nachvollziehbares oder Interessantes von sich zu geben; in dieser Hinsicht erlebte ich meine Großmutter wie auch meine Tante als aufgeblasene Langweilerinnen.

In Tante Muriels Fall verschaffte ihr ihre tadellose Artikulation eine hervorragende Bühnenwirkung; sie war ein erstklassiger Papagei, wenn auch ein roboterhafter und humorloser, und immer nur so sympathisch oder unsympathisch wie die Rollen, die sie spielte. Muriels Sprache klang pathetisch, doch fehlte es ihr an eigenem »Charakter«; sie war einfach nur eine chronische Nörglerin.

Meine Großmutter entstammte einem unbeugsamen Zeitalter und war konservativ erzogen; beides nährte in ihr den Glauben, das Theater sei zutiefst amoralisch, wenn nicht gar unmoralisch, und Frauen gehörten nicht auf die Bühne. Victoria Winthrop (wie sie mit Mädchennamen hieß) glaubte, alle Frauenrollen in jedem Schauspiel sollten von Knaben und Männern gespielt werden. Obwohl sie zugab, dass ihr (und diversen anderen Frauen) die zahlreichen Bühnenerfolge meines Großvaters peinlich waren, glaubte sie dennoch, so und nicht anders müsse ein Theaterstück auf die Bühne gebracht werden: ausschließlich von männlichen Schauspielern.

Meiner Großmutter (ich nannte sie Nana Victoria) war es lästig, wenn Muriel (tagelang) untröstlich war, weil sie wieder mal eine Traumrolle an Grandpa Harry verloren hatte. Grandpa Harry hingegen erwies sich immer als guter Verlierer, wenn seine Tochter die begehrte Rolle ergatterte. »Bestimmt haben sie ein attraktives junges Mädchen gebraucht, Muriel – auf dem Gebiet bist du mir einfach um Längen voraus, das muss dir der Neid lassen.«

Ganz so sicher bin ich mir da nicht. Mein Großvater war feingliedrig, mit hübschen Gesichtszügen; er war leichtfüßig und konnte mühelos mädchenhaft lachen *und* herzerweichend weinen. Als intrigante oder auch als zu Unrecht geschmähte Frau konnte er überzeugen, und mit den Bühnenküssen, die er den diversen männlichen Fehlbesetzungen gab, konnte er überzeugender sein, als meiner Tante Muriel das je gelang. Muriel graulte sich vor Bühnenküssen, obwohl Onkel Bob keinen Einspruch erhob. Bob fand offenbar Gefallen daran, seine Frau und seinen Schwiegervater Bühnenküsse austeilen zu sehen – und das war auch gut so, denn sie hatten die Hauptrollen in fast allen Inszenierungen.

Jetzt, im Alter, weiß ich Onkel Bob mehr zu schätzen, der an vielen Menschen und Dingen »offenbar Gefallen« fand und der mir sein unausgesprochenes, aber tiefempfundenes Mitgefühl zuteilwerden ließ. Ich glaube, Bob wusste sehr gut, was die Winthrops in die Familie gebracht hatten; die Winthrop-Frauen behandelten uns andere gewohnheitsmäßig (oder waren es die Gene) von oben herab. Bob bemitleidete mich, weil er wusste, dass Nana Victoria und Tante Muriel (ja selbst meine Mutter) bei mir misstrauisch nach verräterischen Anzeichen suchten, dass ich (wie alle, selbst ich, befürchteten) der Sohn meines Hallodri-Vaters war. Sie krittelten wegen der Gene eines mir fremden Mannes an mir herum, und Onkel Bob (vielleicht, weil er trank und »unter Muriels Würde« war) wusste, wie es sich anfühlte, wenn die Winthrop-Seite der Familie an einem herumkrittelte.

Onkel Bob war für die Auswahl der Schüler an der Favorite River Academy zuständig; da die Aufnahmebedingungen der Schule ohnehin lax waren, wurde mein Onkel zwar nicht persönlich für den einen oder anderen Schulversager verantwortlich gemacht. Doch wurde trotzdem an ihm herumgekrittelt; auf der Winthrop-Seite der Familie galt er als »zu tolerant« – ein weiterer Grund für mich, ihn wundervoll zu finden.

Obwohl ich mich erinnern kann, dass alle möglichen Leute mir von Bobs Trinkgewohnheiten erzählten, habe ich ihn nie betrunken gesehen – bis auf eine spektakuläre Ausnahme. Als Jugendlicher in First Sister hielt ich das Getue um Bobs Alkoholismus ohnehin für übertrieben; die Winthrop-Frauen waren für ihre Übertreibungen auf dem Gebiet moralischer Entrüstung bekannt. Selbstgerechtes Indigniertsein war ein Winthrop'scher Charakterzug.

Im Sommer 1961, als ich mit Tom verreist war, kamen wir irgendwie auf meinen Onkel Bob zu sprechen. (Ich weiß – von Tom war bislang noch nicht die Rede. Haben Sie Geduld mit mir; es fällt mir schwer, über Tom zu sprechen.) Für Tom und mich war dies der angeblich ach so wichtige Sommer zwischen Schulabschluss und erstem Collegesemester; unsere Familien hatten uns unsere üblichen Ferienjobs erlassen und uns die Reise spendiert. Vermutlich wurde von uns erwartet, dem zweifelhaften Ziel der »Selbstfindung« nicht mehr als einen einzigen Sommer zu opfern, aber Tom und mir kam das Geschenk dieses Sommers nicht gar so weltbewegend vor, wie von dieser Lebensphase allgemein erwartet wird.

Zum einen hatten wir kein Geld, und es war uns schon unheimlich, überhaupt nach Europa zu reisen; zum anderen hatten wir uns bereits »gefunden«, und mit uns selbst klarzukommen (und gar mit anderen) war undenkbar. Manche Aspekte unserer selbst fanden der arme Tom und ich mindestens ebenso fremd (und unheimlich) wie das, was wir von Europa mitbekamen, so wenig es wegen unserer Beschränktheit auch war.

Ich kann mich nicht einmal mehr erinnern, warum wir auf Onkel Bob zu sprechen kamen; jedenfalls wusste Tom bereits, dass ich mit »Einer-geht-noch-Bob«, wie er ihn nannte, verwandt war.

»Wir sind nicht *bluts*verwandt«, versuchte ich zu erklären. (Nicht einmal Onkel Bobs permanenter Blutalkoholpegel konnte das Fehlen von Winthrop-Blut in seinen Adern kaschieren.)

»Ihr seid euch überhaupt nicht *ähnlich*!«, hatte Tom festgestellt. »Bob ist so was von *nett* und so unkompliziert.«

Stimmt schon, Tom und ich hatten uns in jenem Sommer eine Menge gestritten. Wir hatten eins der *Queen*-Sowieso-Schiffe von New York nach Southampton genommen (zum Studententarif), hatten den Ärmelkanal Richtung Ostende überquert, und die erste europäische Stadt, in der wir übernachteten, war das mittelalterliche Städtchen Brügge gewesen. (Brügge war sehr schön, aber mich faszinierte ein Mädchen, das in unserer Pension arbeitete, weit mehr als der Glockenturm auf der alten Markthalle.)

»Wahrscheinlich hattest du vor, sie zu fragen, ob sie eine Freundin für mich hat«, sagte Tom.

»Wir sind bloß überall in der Stadt spazieren gegangen – und haben ganz viel geredet«, erzählte ich ihm. »Wir haben uns kaum geküsst.«

»Ach ja, wirklich?«, fragte Tom. Als er später bemerkte, Onkel Bob sei »so was von nett und so unkompliziert«, nahm ich daher an, er wolle damit sagen, ich sei *nicht* nett.

»Ich hab nur gemeint, dass du kompliziert bist, Bill«, erklärte mir Tom. »Du bist nicht so lässig wie Bob, der Mann von der Zulassungsstelle, oder?«

»Ich fass es nicht, dass du wegen dieses Mädchens in Brügge sauer auf mich bist«, erklärte ich ihm.

»Du hättest sehen sollen, wie du auf ihre Titten geglotzt hast – obwohl die nichts Besonderes waren. Du musst wissen, Bill, die Mädchen *merken* es, wenn du ihnen auf die Titten guckst«, erklärte mir Tom.

Aber das Mädchen in Brügge bedeutete mir nichts. Ihre kleinen Brüste hatten mich nur an das Auf- und Abhüpfen von Miss Frosts überraschend jungmädchenhaftem Busen erinnert, und über Miss Frost war ich noch nicht hinweg.

Ach ja, die Zeiten ändern sich, und sie ändern sich unsanft im rauhen Klima der Kleinstädte im nördlichen New England. Die erste Rollenbesetzung, deretwegen es Richard Abbott in unser Kleinstadttheater verschlug, änderte sogar die bis dato übliche Besetzung der Frauenrollen. Vom ersten Moment an stand zweifelsfrei fest, dass Richard Abbotts Repertoire sämtliche Rollen abdeckte, die nach flotten jungen Männern, bösen (oder einfach spießigen) Ehemännern oder nach verschlagenen Liebhabern verlangten; und die als seine Bühnenpartnerinnen erwählten Frauen mussten ihm gewachsen sein.

Das warf ein Problem für Grandpa Harry auf, der in

naher Zukunft Richards Schwiegervater werden sollte: Grandpa Harry war einfach zu sehr die ältere Frau, um für Liebeshändel mit einem attraktiven jungen Mann wie Richard auch nur in Frage zu kommen. (Keine Bühnenküsse zwischen Richard Abbott und Grandpa Harry!)

Meiner Tante Muriel sollte es, wegen ihrer erhaben klingenden Stimme, aber hohlköpfigen Verfassung, ein noch viel größeres Problem bereiten. Richard Abbott war zu sehr der Typ Hauptdarsteller für sie. Sein Auftritt bei jener allerersten Rollenbesetzung stutzte sie auf Normalmaß zurück: verklemmtes Gebrabbel und Gezappel. Später behauptete meine am Boden zerstörte Tante, bemerkt zu haben, dass meine Mutter und Richard »auf den ersten Blick hin und weg voneinander« waren. Muriel hätte es hoffnungslos überfordert, sich eine Liaison mit ihrem Schwager vorzustellen – selbst auf der Bühne. (Noch dazu, während meine Mutter ihnen *soufflierte*!)

Mit dreizehn merkte ich wenig von der Bestürzung meiner Tante darüber, (zum ersten Mal) einem Mann vom Typ Hauptdarsteller begegnet zu sein; ebenso wenig, dass meine Mutter und Richard Abbott »auf den ersten Blick hin und weg voneinander« waren.

Grandpa Harry nahm den jungen Mann und neuen Lehrer an der Favorite River Academy charmant und vorbehaltlos herzlich auf. »Wir sind immer auf der Suche nach jungen Schauspieltalenten«, versicherte er ihm begeistert. »Sagten Sie nicht, Sie unterrichten *Shakespeare*?«

»Ich unterrichte *und* inszeniere ihn«, antwortete Richard meinem Großvater. »Natürlich gibt es an einer reinen Jungenschule gewisse Probleme beim Theaterspielen – doch ob Junge *oder* Mädchen, am besten verstehen sie Shakespeare, wenn sie seine Stücke aufführen.«

»Mit ›Probleme‹ meinen Sie vermutlich, dass die Knaben die Frauenrollen spielen müssen«, sagte Grandpa Harry verschmitzt. (Bei seiner ersten Begegnung mit dem Sägewerksbesitzer Harry Marshall konnte Richard Abbott nichts vom Bühnenerfolg des Holzhändlers in Frauenkleidung ahnen.)

»Die meisten Knaben haben nicht die leiseste Ahnung, wie man Frauen darstellt – das kann ein ganzes Stück ruinieren«, sagte Richard.

»Ach«, meinte Grandpa Harry. »Wie packen Sie die Sache denn an?«

»Ich habe vor, die jüngeren Lehrerehefrauen zum Vorsprechen zu laden«, erwiderte Richard, »und vielleicht die älteren Töchter.«

»Ach«, meinte Grandpa Harry wieder. »Vielleicht kämen ja auch andere *Mitbürger* dafür in Frage?«, schlug er vor; er hatte schon immer Rehan oder Goneril spielen wollen, »die verabscheuungswürdigen Töchter des Lear«, wie er sie nannte. (Ganz zu schweigen von seinem unstillbaren Verlangen, einmal im Leben Lady Macbeth sein zu dürfen!)

»Vielleicht wird es ein offenes Vorsprechen geben«, sagte Richard Abbott. »Aber hoffentlich wirken die älteren Frauen nicht einschüchternd auf die Eleven an einer reinen Knabenschule.«

»Ach ja – die Gefahr besteht leider«, sagte Grandpa Harry mit wissendem Lächeln. Als ältere Frau war er unendlich oft *einschüchternd* gewesen; Harry Marshall brauchte sich nur seine Frau und seine älteste Tochter anzusehen, um sich von ihnen das Gebaren einschüchternder Frauen abzuschauen. Aber mit dreizehn bekam ich nichts vom Gerangel um neue Frauenrollen mit; das Gespräch zwischen Grandpa Harry und dem neuen Hauptdarsteller erschien mir rein freundschaftlich und ungezwungen.

An jenem Freitagabend im Herbst (Rollenbesetzungen fanden immer freitagabends statt) fiel mir nur auf, wie sich die Dynamik zwischen unserem diktatorischen Theaterdirektor und unserer unterschiedlich (bis gar nicht) talentierten angehenden Besetzung dank Richards Abbotts Theaterkenntnis wie auch seiner schauspielerischen Begabung veränderte. Noch nie zuvor war der strenge Regisseur der First Sister Players als *Dramaturg* herausgefordert gewesen; der Leiter unseres kleinen Theaters, der von sich behauptete, kein Interesse an »bloßer Schauspielerei« zu haben, war kein Laie auf dem Gebiet der Dramaturgie, sondern verehrte als selbsternannter Ibsen-Experte seinen Landsmann abgöttisch.

Unser vordem unangefochtener Regisseur Nils Borkman – der bereits erwähnte Norweger, zudem Grandpa Harrys Teilhaber und als solcher Forstwirt, Holzhändler und Dramaturg in *einem* – war der Inbegriff skandinavischer Depression und melancholisch-trüber Gemütsverfassung. Der Holzhandel war Nils Borkmans Tagesgeschäft (oder zumindest sein Brotberuf), doch die Dramaturgie war seine Leidenschaft.

Der umfassende Pessimismus des Norwegers erhielt dadurch zusätzliche Nahrung, dass das ungebildete Theaterpublikum von First Sister wenig Ahnung von literarisch anspruchsvollem Drama hatte. In unserem kulturell unterentwickelten Gemeinwesen setzte man eisern auf einen Spielplan mit vornehmlich Agatha-Christie-Stücken (die sogar bis zum Erbrechen bejubelt wurden). Nils Borkman litt sichtlich unter den nicht enden wollenden Adaptierungen anspruchsloser Schmonzetten à la *Mord im Pfarrhaus*, einem Miss-Marple-Krimi. Meine erhaben klingende Tante Muriel hatte schon oft die Miss Marple gespielt, die Einwohner von First Sister jedoch bevorzugten Grandpa Harry in dieser verschrobenen (aber ach so femininen) Rolle. Harry wirkte glaubwürdiger beim Aufspüren von anderer Leute Geheimnissen – und, seit er in Miss Marples Alter war, auch femininer.

Bei einer Probe hatte Harry aus einer Laune heraus gesagt – so als nähme er Miss Marple das Wort aus dem Mund: »Donnerlittchen, aber wer würde Colonel Protheroes Tod *herbeiwünschen*?«

Worauf meine Mutter, die ewige Souffleuse, angemerkt hatte: »Daddy, der Satz steht aber nicht im Text.«

»Ich weiß, Mary – war nur Spaß«, gab Grandpa zurück.

Meine Mutter, Mary Marshall – Mary *Dean* (in jenen unglücklichen vierzehn Jahren vor ihrer Heirat mit Richard Abbott) nannte meinen Großvater immer Daddy. Von meiner sich etepetete gebenden Tante Muriel wurde er ausnahmslos mit *Vater* angeredet, und zwar mit der gleichen Smoking-und-Abendkleid-Stimme, mit der Nana Victoria ihren Gatten unermüdlich *Harold*, nicht etwa *Harry* rief.

Nils Borkman führte Regie bei Agatha Christies »Publikumslieblingen«, wie er sie spöttisch abtat, als wäre er vom Schicksal dazu verdonnert, sich noch am Abend seines Todes *Der Tod auf dem Nil* oder *Das Haus auf der Düne* anzusehen – und müsste ausgerechnet seine unauslöschliche Erinnerung an *Zehn kleine Negerlein* mit ins Grab nehmen.

Agatha Christie war Borkmans Fluch, den der Norweger nicht eben stoisch ertrug – er *hasste* sie und beklagte sich bitterlich über sie –, aber weil er das Haus mit Agatha Christie und vergleichbar seichten Unterhaltungsstücken ihrer Zeitgenossen voll bekam, durfte der morbide Norweger alljährlich zum Ausgleich »etwas Ernstes« als Herbststück auf die Bühne bringen.

»Etwas Ernstes, passend zur Jahreszeit der fallenden Blädder«, sagte Borkman – wobei er mit dem Wort »Blädder« andeutete, dass er der Sprache seiner neuen Heimat im Großen und Ganzen, wenn auch unvollkommen, mächtig war. (Das war Nils in Reinkultur – im Großen und Ganzen verständlich, wenn auch unvollkommen.)

Bei jenem freitäglichen Vorsprechen, bei dem Richard Abbott so manche Weichen stellen sollte, verkündete Nils, das »etwas Ernste« dieses Herbstes werde wieder einmal sein geliebter Ibsen sein und die zur *Wahl* stehenden Stücke habe er auf lediglich drei begrenzt.

»Welche drei?«, fragte das junge Talent Richard Abbott.

»Die drei *Problem*stücke«, antwortete Nils – nähere Kenntnis voraussetzend.

»Damit meinen Sie sicherlich *Hedda Gabler* und *Nora*«, riet Richard richtig. »Und das dritte dürfte dann wohl *Die Wildente* sein?«

An Borkmans untypischer Sprachlosigkeit sahen wir alle, dass die (gefürchtete) *Wildente* in der Tat das dritte Wahldrama des sauertöpfischen Norwegers war.

»Wenn dem so ist«, wagte sich Richard Abbott nach allgemeinem verräterischen Schweigen vor, »frage ich mich, wer von uns vielleicht für die Rolle der todgeweihten Hedvig in Frage käme – dieses armen Kindes.« Bei jenem freitagabendlichen Vorsprechen waren keine vierzehnjährigen Mädchen anwesend – niemand, der auch nur im Entferntesten für die Rolle der unschuldigen, Enten (und ihren Erzeuger) liebenden Hedvig in Frage gekommen wäre.

»Wir hatten auch früher schon gewisse … Schwierigkeiten mit der Rolle der Hedvig, Nils«, warf Grandpa Harry diplomatisch ein. Lieber Himmel – und wie! Da hatte es tragikomische Vierzehnjährige gegeben, so gottserbärmlich miserable Schauspielerinnen, dass das Publikum *gejohlt* hatte, als ihre Zeit gekommen war, sich eine Kugel durch den Kopf zu jagen! Es hatte dermaßen bestechend naive und unschuldige Vierzehnjährige gegeben, dass das Publikum den Regisseur *ausgebuht* hatte, als sie sich erschossen!

»Und dann ist da noch Gregers«, warf Richard Abbott ein. »Dieser elende Moralapostel. Ich könnte den Gregers geben, aber nur als lästigen Dummkopf – als selbstgerechte und selbstmitleidige Clownsfigur!«

Nils Borkman pflegte die Selbstmordgefährdeten unter seinen Landsleuten gerne als »Fjordspringer« zu bezeichnen. Offenbar bot Norwegens Fjordreichtum überreichlich Gelegenheit zu praktischen und sauberen Selbstmorden. (Wie viel deprimierender muss es für Nils gewesen sein festzustellen, dass es in Vermont, das zweihundert Meilen landeinwärts lag, keine Fjorde gab.) Jetzt bedachte Nils Richard Abbott mit einem so furchterregenden Blick, als erwarte unser depressiver Regisseur von dem Jungtalent, sich in den nächstbesten Fjord zu stürzen.

»Aber Gregers ist ein *Idealist*«, setzte Borkman an.

»Wenn *Die Wildente* eine Tragödie ist, dann ist Gregers ein Dummkopf und ein Hampelmann – und Hjalmar nichts weiter als ein eifersüchtiger Ehemann von der jämmerlichen Bevor-sie-mich-kannte-Sorte«, entgegnete Richard. »Wenn man *Die Wildente* andererseits als Komödie gibt, dann sind *alle miteinander* Dummköpfe und Clownsfiguren. Aber wie kann ein Stück eine Komödie sein, wenn ein Kind an der Prinzipienreiterei der Erwachsenen zerbricht? Es braucht eine herzzerreißende Hedvig, eine völlig unschuldige und naive Vierzehnjährige; und nicht nur Gregers, sondern auch Hjalmar und Gina, und sogar Frau Sørby, der alte Ekdal und der schurkische Werle müssen *blendende* Schauspieler sein! Selbst dann noch hat das Stück viele Schwächen – nicht gerade die beste Voraussetzung für eine Inszenierung durch eine Laientruppe, wie man sich denken kann.«

»Schwächen?«, krächzte Nils Borkman, als hätte man auf ihn (samt seiner Wildente) geschossen.

»In der letzten Aufführung war ich Frau Sørby«, vertraute mein Großvater Richard an. »Als ich jünger war, spielte ich natürlich die Gina – wenn auch nur ein- oder zweimal.«

»Ich hatte an die junge Laura Gordon als Hedvig gedacht«, sagte Nils. Laura war die jüngste Tochter der Gordons. Jim Gordon gehörte ebenfalls zum Lehrkörper der Favorite River Academy; er und seine Frau Ellen spielten schon länger bei den First Sister Players mit, und zwei ihrer älteren Töchter hatten sich bereits in der Rolle der armen Hedvig erschossen.

»Entschuldige bitte, lieber Nils«, warf meine Tante Muriel ein, »aber Laura Gordon hat einen unübersehbaren Busen.«

Also hatte ich nicht als Einziger die erstaunliche Entwicklung der Vierzehnjährigen bemerkt; obgleich Laura nur ein knappes Jahr älter war als ich, übertrafen ihre Brüste bei weitem alles, was an einer unschuldigen und naiven Hedvig dran sein sollte.

Nils Borkman aber sagte mit einem geradezu suizidalen Stoßseufzer zu Richard: »Und welchen Ibsen erachtet der junge Mr. Abbott als *einfacher* von bloß uns Sterblichen und Laien aufzuführen?« Nils meinte natürlich »von uns bloßen Sterblichen«.

»Ach …«, setzte Grandpa Harry an, verstummte aber gleich wieder. Mein Großvater genoss das alles. Er hegte die denkbar größte Hochachtung vor und Zuneigung zu Nils Borkman als Geschäftspartner; aber in seiner Eigenschaft als Regisseur war er ein unverbesserlicher Tyrann, egal, wie engagiert die First Sister Players spielten. (Außerdem hing uns Henrik Ibsen, samt Borkmans Vorstellungen von literarisch *anspruchsvoller Dramatik,* fast genauso zum Hals raus wie Agatha Christie!)

»Tja …«, setzte Richard Abbott an. Und nach einer kurzen Denkpause: »Wenn es ein Ibsen sein soll – und wir sind schließlich nur Laien –, dann entweder *Hedda Gabler* oder *Nora.* In *Hedda* kommen gar keine Kinder vor und in *Nora* nur in unwichtigen Nebenrollen. Natürlich braucht man eine sehr starke und komplexe *Frau* – in beiden Stücken –

und die üblichen Männer, die schwach oder unsympathisch sind oder *beides.*«

»Schwach oder unsympathisch oder *beides*?«, echote Nils Borkman ungläubig.

»Heddas Ehemann Jørgen ist lasch und konventionell – eine unangenehme, aber unter Männern recht weitverbreitete Kombination«, fuhr Richard Abbott fort. »Eilert Løvborg ist ein unsicherer Schwächling, während Richter Brack – wie der Name schon sagt – ein Scheusal ist. Erschießt Hedda sich nicht, weil ihr klar wird, was für eine Zukunft ihr sowohl mit ihrem laschen Gatten *als auch* dem abscheulichen Brack bevorsteht?«

»Können Norweger eigentlich auch etwas anderes als sich erschießen, Nils?«, fragte mein Großvater spitzbübisch. Harry wusste, auf welche Knöpfe man bei Nils drücken musste; der ließ sich diesmal jedoch zu keiner weiteren Fjordspringer-Geschichte verleiten und ignorierte seinen alten Freund und frauendarstellenden Geschäftspartner einfach. (Grandpa Harry hatte schon oft die Hedda gespielt und auch die Nora – doch jetzt war er für beide weiblichen Hauptrollen zu alt.)

»Und mit welchen ... *Schwächen* und anderen unsympathischen Charakterzügen sind die Männerrollen in *Nora* behaftet, wenn ich den jungen Mr. Abbott fragen darf?«, brachte Borkman endlich stotternd und händeringend hervor.

»Ehemänner kommen bei Ibsen nicht besonders gut weg«, gab Richard Abbott zurück, diesmal ohne Denkpause und mit der ganzen Selbstgewissheit der Jugend und eines frisch abgeschlossenen Studiums. »Also – Torvard

Helmer, Noras Mann, ist Heddas Mann nicht unähnlich. Auch er ist langweilig und konventionell – und die Ehe mit ihm erstickend. Krogstad wurde übel mitgespielt, noch dazu ist er korrupt; zwar verfügt er über einen gewissen ausgleichenden Anstand, aber das Wort *Schwächling* fällt einem auch zu Krogstad ein.«

»Und Dr. Rank?«, fragte Borkman.

»Dr. Rank spielt keine große Rolle. Wir brauchen eine Nora oder eine Hedda«, sagte Richard. »In Heddas Fall: eine Frau, der ihre Freiheit so viel bedeutet, dass sie sich umbringt, um sie nicht zu verlieren; ihr Selbstmord ist keine Schwäche, sondern eine Demonstration *sexueller Stärke.*«

Unglücklicherweise – oder auch glücklicherweise, wie man's nimmt – warf Richard genau in dem Moment Tante Muriel einen Blick zu. Trotz ihres guten Aussehens und prachtvollen Busens einer Operndiva war Muriel kein Ausbund an *sexueller Stärke;* sie fiel in Ohnmacht.

»Muriel – lass um Himmels willen das Getue!«, rief Grandpa Harry, doch Muriel hatte (bewusst oder unbewusst) erkannt, dass sie keine ebenbürtige Partnerin für das selbstbewusste Jungtalent, den kommenden neuen Star vom Typ männlicher Hauptdarsteller, war. Sie hatte sich rein physisch aus dem Rennen um die Hedda-Rolle zurückgezogen.

»Und was die *Nora* angeht …«, sagte Nils zu Richard Abbott nach nur kurzer Unterbrechung, um die Bemühungen meiner Mutter um ihre ältere, herrische (jetzt aber ohnmächtige) Schwester zu registrieren.

Da setzte sich Muriel mit benommenem Gesichtsausdruck und dramatisch wogendem Busen abrupt auf.

»Durch die Nase einatmen, Muriel, durch den Mund ausatmen«, soufflierte meine Mutter ihrer Schwester.

»Ich weiß, Mary – ich *weiß*!«, kam es von der entnervten Muriel.

»Aber du machst es genau verkehrt rum – durch den Mund ein und durch die Nase aus«, sagte meine Mutter.

»Tja … was soll ich sagen«, setzte Richard Abbott erneut an – und unterbrach sich erneut. Nicht einmal mir entging, wie er meine Mutter ansah.

Richard, der die Zehen seines linken Fußes beim Rasenmähen eingebüßt hatte und dadurch wehrdienstuntauglich geworden war, hatte sich unmittelbar nach seinem Masterabschluss in Theaterwissenschaft als Lehrer an der Favorite River Academy beworben. Geboren und aufgewachsen war er im Westen von Massachusetts. Mit Vermont verband er schöne Kindheitserinnerungen an Skiferien mit der Familie; die Stelle in First Sister (für die er überqualifiziert war) hatte ihn aus nostalgischen Gründen gereizt.

Richard Abbott war nur vier Jahre älter als mein Codeknacker-Vater auf dem bewussten Foto von 1945 auf dem Schiff Richtung Trinidad. Richard war fünfundzwanzig, meine Mutter fünfunddreißig, also ganze zehn Jahre älter als er. Mom muss jüngere Männer gemocht haben; jedenfalls hatte sie mich lieber gemocht, als ich jünger war.

»Und spielen Sie, Miss –«, setzte Richard erneut an, aber meine Mutter wusste, dass er sie meinte, und fiel ihm ins Wort.

»Nein, ich bin nur die Souffleuse«, stellte sie klar. »Ich spiele nicht.«

»Ach, aber Mary –«, fing Grandpa Harry wieder an.

»*Nein,* Daddy«, schnitt meine Mutter ihm das Wort ab. »Du und Muriel, ihr seid die *Schauspielerinnen*«, sagte sie, mit deutlicher Betonung auf den zwei letzten Silben. »Ich bin und bleibe Souffleuse.«

»Und zu Nora?«, fragte Nils Borkman Richard. »Sie wollten doch etwas gesagt haben –«

»Nora geht es mehr um Freiheit als Hedda«, sagte Richard Abbott selbstsicher. »Sie hat nicht nur den Mut, ihren Mann zu verlassen, sondern verlässt sogar ihre Kinder! In ihr wie in Hedda steckt ein so *unbändiger* Freiheitsdrang – ich meine, Sie sollten die Schauspielerin entscheiden lassen, welche der beiden Frauen sie spielen will. Schließlich steht und fällt das Stück – egal, ob *Hedda* oder *Nora* – mit der Schauspielerin, die sie beide spielt.«

Während des Redens ließ Richard Abbott seinen Blick über unsere Laienschauspieltruppe schweifen in der Hoffnung auf mögliche Heddas oder Noras, doch immer wieder wanderte dieser Blick auch zu meiner Mutter, die, wie ich wusste, hartnäckig und ein für alle Mal nur die Souffleuse war. Auch Richard würde keine Hedda oder Nora aus meiner texttreuen Mutter machen.

»Na dann …«, sagte Grandpa Harry, den, ungeachtet seines Alters, beide Rollen, die Nora wie die Hedda, offenbar erneut reizten.

»Nein, Harry – nicht du schon wieder!«, beschied Nils, wieder ganz der alte Tyrann. »Der junge Mann hat recht. Die beiden Frauen haben etwas Anarchisches – sowohl einen unbändigen Freiheitsdrang als auch sexuelle Stärke. Wir brauchen eine jüngere, sexuell *aktivierendere* Frau als dich.«

Richard Abbott betrachtete meinen Großvater mit zunehmendem Respekt; er erkannte, dass sich Grandpa Harry als ernstzunehmender Frauendarsteller in den First Sister Players etabliert hatte – wenn schon nicht als sexuell *aktivierende* Frau.

»Wollen Sie es sich nicht doch überlegen, Muriel?«, fragte Borkman meine überheblich klingende Tante.

»Ja, bitte!«, setzte Richard Abbott nach, der über ein Jahrzehnt jünger war als sie. »Sie besitzen eine unbestreitbare sexuelle Präsenz –«, hob er an.

Leider Gottes kam der junge Mr. Abbott nur bis zum Wort *Präsenz* (mit *sexuell* modifiziert), bevor Muriel abermals in Ohnmacht fiel.

»Das sieht mir ganz nach einem ›Nein‹ aus, wenn Sie mich fragen«, erklärte meine Mutter dem strahlenden Jungtalent.

Bei mir machten sich schon erste Anzeichen einer gewissen Schwärmerei für Richard Abbott bemerkbar, aber da war ich Miss Frost noch nicht begegnet.

Zwei Jahre später, als ich fünfzehnjährig als blutiger Neuling in meiner ersten Morgenversammlung an der Favorite River Academy saß, hörte ich den Schularzt Dr. Harlow uns Jungen dazu auffordern, die in unserem zarten Alter weitestverbreiteten Heimsuchungen mit der Wurzel auszurotten. (Er sagte *Heimsuchungen,* das hab ich nicht erfunden.) Unter diesen »am weitestverbreiteten« Heimsuchungen verstand Dr. Harlow, wie er ausführte, Akne und »ein unangebrachtes erotisches Hingezogensein zu anderen Jungen oder Männern«. Gegen unsere Pickel gäbe es diverse

Heilmittel, versicherte uns Dr. Harlow. Was frühe Anzeichen homosexueller Neigungen anging – nun, darüber würden sich entweder Dr. Harlow oder der Schulpsychologe Dr. Grau jederzeit gerne mit uns unterhalten.

»Derlei Beschwerden sind heilbar«, versicherte Dr. Harlow uns Knaben im Brustton der Überzeugung und mit einer Stimme, die ebenso fachmännisch wie (hauptsächlich) einschmeichelnd klang, wie eine inständige, von Mann zu Mann vorgetragene Bitte. Und Dr. Harlows Ansinnen war selbst dem unreifsten Neuling klar wie Kloßbrühe: Ein Wort von uns genügte, und er würde uns heilen. (Peinlicherweise war ebenso klar, dass wir es selbst ausbaden mussten, wenn wir es nicht taten.)

Später sollte ich mich fragen, ob es etwas ausgemacht hätte – das heißt, wenn ich Dr. Harlows (oder Dr. Graus) Humbug zu der Zeit ausgesetzt gewesen wäre, als ich Richard Abbott kennenlernte, und nicht erst zwei Jahre später. Mit meinem heutigen Wissen hege ich berechtigte Zweifel daran, dass meine Schwärmerei für Richard *heilbar* war, obgleich Dr. Harlow, Dr. Grau und ihresgleichen – die damals verfügbaren medizinischen Autoritäten – ausdrücklich glaubten, sie fiele in die Kategorie heilbarer Beschwerden.

Zwei Jahre nach jener schicksalhaften Rollenbesetzung kam jede Heilmethode zu spät; auf der vor mir liegenden Lebensbahn stand mir eine nicht abreißende Kette von Schwärmereien bevor. Jenes freitagabendliche Vorsprechen machte mich mit Richard Abbott bekannt; jedem Anwesenden (nicht zuletzt Tante Muriel mit ihren zweimaligen Ohnmachtattacken) war klar, dass von nun an Richard die Fäden unserer Truppe in der Hand hatte.

»Offensichtlich brauchen wir eine Nora, oder eine Hedda, wenn wir überhaupt einen Ibsen bringen wollen«, sagte Richard zu Nils.

»Aber die *Blädder*! Sie verfärben sich schon; bald werden sie von den Bäumen fallen«, sagte Borkman. »Es ist die sterbende Jahreszeit!«

Er war nicht immer leicht zu verstehen, außer wenn man sich vor Augen hielt, dass Borkmans Vorlieben für Ibsen und Fjordspringen irgendwie mit dem *ernsten Drama* verknüpft waren, welches wir regelmäßig im Herbst aufführten – und natürlich mit der Sterbezeit des Jahres, wenn die *Blädder* unaufhaltsam von den Bäumen fallen.

In der Rückschau erscheint die damalige Zeit natürlich so harmlos – sowohl die sterbende Jahreszeit als auch jene relativ unkomplizierte Phase meines Lebens.

2
Für die Falschen schwärmen

Wie lange dauerte es nach diesem erfolglosen Vorsprechen, bis meine Mom und der junge Richard Abbott ein Paar wurden? »So wie ich Mary kenne, haben sie es garantiert sofort *getan*«, hörte ich zufällig Tante Muriel sagen.

Meine Mutter hatte es nur einmal gewagt, ihre Heimat zu verlassen; sie hatte ein College besucht (nie verriet jemand, welches) und vorzeitig wieder verlassen. Sie hatte es nur geschafft, schwanger zu werden; sie hatte nicht einmal die Sekretärinnenschule beendet! Außerdem hatten meine Mutter (wie auch ihr beinahe unehelicher Sohn) vermutlich aus Gründen der Konvention – fünfzehn Jahre lang den Nachnamen Dean getragen, was ihren Mangel an Eigenständigkeit noch unterstrich.

Mary Marshall Dean wagte es nicht, ihre Heimat ein zweites Mal zu verlassen; dafür hatte die Welt sie zu schwer gezeichnet. Sie lebte mit meiner zornigen, hoffnungslos konventionellen Großmutter zusammen, die gegenüber ihrem schwarzen Schaf von einer Tochter genauso kritisch war wie meine arrogant auftrumpfende Tante Muriel. Nur Grandpa Harry hatte freundliche und aufmunternde Worte für sein »armes, vom Leben gezeichnetes kleines Mädchen«, wie er sie nannte. Grandpa Harry half auch mir – er heiterte mich auf, wenn ich bedrückt war, so wie er auch immer wieder das schwachentwickelte Selbstbewusstsein meiner Mutter zu stärken versuchte.

Neben ihren Pflichten als Souffleuse der First Sister Players arbeitete meine Mom als Sekretärin im Sägewerk und für das Holzlager; als Eigentümer und Geschäftsführer des Sägewerks sah Grandpa Harry darüber hinweg, dass sie die Sekretärinnenschule abgebrochen hatte – ihm genügten ihre Fähigkeiten beim Maschineschreiben.

Bestimmt wurde über meine Mutter geredet – unter den Arbeitern im Sägewerk, meine ich. Was die über sie sagten, drehte sich nicht ums Maschineschreiben, und bestimmt hatten sie diese Dinge zuerst von ihren Frauen oder Freundinnen gehört; zwar war den Sägewerksarbeitern aufgefallen, dass meine Mom schön war, aber zweifellos waren es ihre Frauen, die über Mary Marshall Dean redeten und deren Bemerkungen im Holzlager kursierten – oder (noch gefährlicher) in den Holzfällercamps.

Ich sage »noch gefährlicher«, weil Nils Borkman die Holzfällercamps beaufsichtigte. Dort verletzten sich ständig Männer, aber »verletzten sich« manche auch, weil sie Bemerkungen über meine Mom machten? Auch im Holzlager kam ständig der eine oder andere Mann zu Schaden – bestimmt war das gelegentlich einer, der wiederholte, was er seine Frau oder Freundin über meine Mutter hatte sagen hören. (Ihr sogenannter Ehemann habe sich keineswegs beeilt, sie zu ehelichen; er habe nie mit ihr zusammengelebt, ob verheiratet oder nicht, und *dieser Junge* habe keinen Vater – solche Bemerkungen fielen vermutlich über meine Mom.)

Grandpa Harry war kein Kämpfer; ich nehme an, dass Nils Borkman für seinen geschätzten Geschäftspartner eintrat, und für meine Mutter auch.

»Er kann sechs Wochen lang nicht arbeiten ... nicht mit einem kaputten Schlüsselbein, Nils«, hatte ich Grandpa Harry sagen hören. »Jedes Mal, wenn du jemanden ›zur Räson‹ bringst, wie du es nennst, müssen wir eine Entschädigung zahlen!«

»Wir können uns die Entschädigung leisten, Harry – im nächsten Mal wird er aufpassen, was er sagt, stimmt's?«, sagte Nils dann.

»›Beim nächsten Mal‹, Nils«, korrigierte daraufhin Grandpa Harry seinen alten Freund.

Meine Mom war nicht nur ein paar Jahre jünger als ihre mäkelige Schwester Muriel, in meinen Augen war meine Mutter auch die bei weitem hübschere der beiden Marshall-Mädchen. Es machte nichts, dass meiner Mom Muriels Walkürenbusen und volltönende Opernstimme fehlten. Mary Marshall Dean war viel wohlproportionierter. Ich fand, sie sah beinahe wie eine Asiatin aus – nicht nur weil sie so zierlich war, sondern auch wegen ihres herzförmigen Gesichts und weil ihre Augen so auffallend weit offen (und auseinander) standen, von ihrem frappierend kleinen Mund ganz zu schweigen.

»Ein Juwel«, hatte Richard Abbott über sie gesagt, als sie sich kennenlernten, *»a jewel«*. Und so nannte er sie schließlich – nicht »Mary«, einfach nur »Jewel«. Der Name blieb hängen.

Und wie lange, nachdem sie miteinander gingen, dauerte es, bis Richard Abbott herausfand, dass ich keinen eigenen

Bibliotheksausweis besaß? (Nicht lange; es war noch Anfang Herbst, weil sich die Blätter gerade erst zu verfärben begannen.)

Meine Mom hatte Richard gebeichtet, ich sei kein großer Leser, woraufhin Richard herausfand, dass meine Mutter und Großmutter aus unserer Stadtbibliothek Bücher mit nach Hause brachten, damit ich sie las – was ich dann meistens nicht tat.

Die anderen Bücher, die in meinem Leben auftauchten, überließ mir meine anmaßende Tante Muriel, meist Liebesromane, die meine ruppige ältere Cousine gelesen und für schlecht befunden hatte. Gelegentlich verlieh Cousine Geraldine ihrer Verachtung für diese Liebesromane (oder deren Hauptpersonen) am Seitenrand Ausdruck.

Gerry – nur Tante Muriel und meine Großmutter nannten sie jemals *Geraldine* – war drei Jahre älter als ich. In dem Herbst, als Richard Abbott und meine Mom ihre Beziehung begannen, war ich dreizehn und Gerry sechzehn. Da Gerry ein Mädchen war, durfte sie die Favorite River Academy nicht besuchen. Sie war ausgesprochen wütend, dass die Academy eine reine Jungenschule war, deshalb wurde sie nämlich allmorgendlich mit dem Bus nach Ezra Falls gebracht, wo es die nächste staatliche Highschool für den Ort First Sister gab.

Ein Teil von Gerrys Hass auf Jungs hielt auch in den Randnotizen Einzug, die sie zu den gebrauchten Liebesromanen beisteuerte; auch ein Teil ihrer Verachtung für Mädchen, die verrückt nach Jungs waren, schlug sich in ihren Randnotizen nieder. Jedes Mal, wenn ich von Tante Muriel einen dieser gebrauchten Liebesromane bekam, las ich umgehend Gerrys Kommentare. Die Romane an sich waren sterbenslangweilig. Doch neben der einschläfernden Beschreibung des ersten Kusses der Heldin schrieb Gerry an den Rand: »Küss *mich*! Ich bring dein Zahnfleisch zum Bluten! Ich sorg dafür, dass du dich *einpisst*!«

Die Heldin war eine selbstgefällige Schnepfe, die sich von ihrem Freund nie an den Busen fassen ließ, was Gerry zu der Randnotiz veranlasste: »Ich würde dir die Titten *wundreiben*! Versuch doch, mich daran zu hindern!«

Die Bücher, die meine Mutter und meine Großmutter aus der Stadtbücherei von First Sister mitbrachten, waren (wenn es hoch kam) Abenteuerromane: Seefahrerromane, gern mit Piraten, oder Western von Zane Grey; am allerschlimmsten waren die extrem unglaubhaften Science-Fiction-Geschichten.

Merkten meine Mom und Nana Victoria denn nicht, dass mich schon das Leben auf der Erde verwirrte und ängstigte? Ich brauchte keine Anregungen aus fernen Galaxien und von unbekannten Planeten. Und bereits die Gegenwart war mir unbegreiflich genug, ganz zu schweigen von dem täglichen Schrecken, missverstanden zu werden; schon über die Zukunft nachzudenken war für mich ein Alptraum.

»Warum sucht sich denn Bill nicht selbst die Bücher aus, die er lesen möchte?«, fragte Richard Abbott meine Mutter. »Bill, du bist doch dreizehn? Was interessiert dich denn so?«

Von meinem Grandpa Harry und meinem immer freundlichen Onkel Bob (dem mutmaßlichen Trinker) abgesehen, hatte mir noch nie jemand diese Frage gestellt. Gern las ich nur die Theaterstücke, die gerade von den First

Sister Players geprobt wurden; ich stellte mir vor, dass ich diese Stücke Wort für Wort auswendig lernen konnte, genau wie es meine Mutter tat. Eines Tages, wenn meine Mom krank war oder einen Autounfall hatte, könnte ich sie vielleicht als Souffleur ersetzen, bildete ich mir ein.

»Billy!«, sagte meine Mutter und lachte auf ihre typische Art, die man für unschuldig hätte halten können. »Sag Richard, was dich interessiert.«

»Ich interessiere mich für *mich*«, sagte ich. »Welche Bücher gibt es über jemanden wie mich?«, fragte ich Richard Abbott.

»Oh, du wärst überrascht, Bill«, sagte Richard zu mir. »Den Übergang von der Kindheit zur Adoleszenz – das Erwachsenwerden – haben viele großartige Romane erkundet. Na komm, sehen wir mal nach.«

»Um diese Uhrzeit? *Wo denn* nachsehen?«, fragte meine Großmutter irritiert. Dieses Gespräch fand nach einem frühen Abendessen vor einem Schultag statt – draußen war es noch nicht ganz dunkel. Wir saßen noch um den Esszimmertisch.

»Richard kann mit Bill doch in unsere kleine Stadtbibliothek gehen, Vicky«, sagte Grandpa Harry. Nana sah aus, als hätte sie eine Ohrfeige bekommen; sie war so sehr eine *Victoria* (wenn auch nur in ihrer eigenen Vorstellung), dass niemand außer Grandpa sie »Vicky« nannte, und wenn er es tat, reagierte sie jedes Mal verschnupft. »Jede Wette, dass Miss Frost die Bibliothek abends meist bis neun Uhr offen lässt«, ergänzte Harry.

»*Miss* Frost!«, wiederholte meine Großmutter offensichtlich angewidert.

»Also wirklich – Toleranz, Vicky, Toleranz«, sagte mein Großvater.

»Komm schon«, forderte Richard mich auf. »Wir besorgen dir jetzt deinen eigenen Bibliotheksausweis – das ist ein Anfang. Dann kommen die Bücher dran; wenn ich raten müsste, bald werden sich die Bücher bei dir nur so *türmen.*«

»Türmen!«, rief meine Mom vergnügt, aber durchaus ungläubig. »Du kennst Billy nicht, Richard – er ist kein großer Leser.«

»Wir werden ja sehen, Jewel«, erwiderte Richard, doch dabei zwinkerte er mir zu. Ich schwärmte ganz schrecklich für ihn, und es wurde immer schlimmer; wenn meine Mutter sich gerade in Richard Abbott verliebte, war sie nicht die Einzige.

Ich erinnere mich an diesen bezaubernden Abend – selbst etwas so Gewöhnliches, wie mit dem hinreißenden Richard Abbott den Bürgersteig der River Street entlangzugehen, hatte für mich etwas Romantisches. Es war schwül wie an einem Sommerabend, in der Ferne braute sich ein Gewitter zusammen. Sämtliche Kinder und Hunde aus der River Street und Umgebung spielten in den Gärten hinter den Häusern, und vom Turm der Favorite River Academy schlug die Uhr siebenmal.

»Wofür genau interessierst du dich, Bill?«, wollte Richard Abbott von mir wissen.

»Ich frage mich, warum ich unter spontanen, unerklärlichen … *Schwärmereien* leide«, rang ich mir eine Antwort ab.

»Oh, *Schwärmereien* – das ist erst der Anfang«, sagte

Richard aufmunternd. »Schwärmereien sind weit verbreitet und nichts Ungewöhnliches – man muss sie *genießen*!«, fügte er hinzu.

»Manchmal schwärme ich für die Falschen«, nahm ich einen neuen Anlauf.

»Man kann nicht für ›die Falschen‹ schwärmen, Bill«, versicherte mir Richard. »Du kannst es dir nicht aussuchen, ob du für jemanden schwärmst oder nicht.«

»Oh!«, sagte ich. Mit dreizehn hieß das für mich wohl, dass eine Schwärmerei etwas Ernsteres war als gedacht.

Schon komisch, dass mir nur sechs Jahre später, als ich mit Tom im Sommer jene Europareise machte, die in Brügge so unglücklich begann, allein die Vorstellung, mich zu verlieben, eher unwahrscheinlich, ja sogar unmöglich vorkommen sollte. In jenem Sommer war ich zwar erst neunzehn, aber bereits überzeugt, mich nie wieder verlieben zu können.

Ich weiß gar nicht genau, welche Erwartungen der arme Tom an jenen Sommer hatte, doch ich war noch so unerfahren, dass ich annahm, ich hätte meine letzte Schwärmerei erlebt, die so schlimm war, dass ich davon Schaden nahm. Ja, ich war so furchtbar naiv – genau wie Tom –, dass ich außerdem annahm, mir bliebe mein restliches Leben, um mich von der leichten Verletzung zu erholen, die ich mir bei meinen Liebesqualen um Miss Frost zugezogen hatte. Ich hatte noch zu wenig Beziehungen gehabt, um zu erkennen, welche bleibende Wirkung Miss Frost auf mich ausüben sollte; die Verletzung war keineswegs so »leicht«, wie ich damals annahm.

Was Tom betraf, so dachte ich einfach nur, ich müsse

vorsichtiger sein, wenn ich den jüngeren Zimmermädchen Blicke zuwarf oder den anderen kleinbrüstigen Mädchen und jungen Frauen, denen er und ich auf unserer Reise begegneten.

Ich hatte Toms Unsicherheit bemerkt und wusste, wie empfindlich er darauf reagierte, »ausgegrenzt« zu werden, wie er es nannte. Ständig glaubte er, von anderen übersehen, nicht wichtig genommen oder bewusst ignoriert zu werden. Ich gab mir Mühe, niemand anderen allzu lange anzusehen.

Doch eines Abends – wir waren gerade in Rom – sagte Tom zu mir: »Ich wünschte, du würdest die Prostituierten an*starren.* Sie mögen es, wenn man sie ansieht, Bill, und ehrlich gesagt, finde ich es unerträglich zu wissen, dass du an sie denkst – besonders an die sehr große mit dem Anflug eines Damenbarts –, aber nicht mal *hinsiehst*!«

An einem anderen Abend (ich habe vergessen, wo wir uns befanden, aber wir waren zu Bett gegangen, und ich dachte, Tom schliefe bereits) sagte er im Dunkeln: »Es ist, als wäre man ins Herz geschossen worden, Bill, hätte aber weder das Loch noch den Blutverlust bemerkt. Ich bezweifle, dass man auch nur den Schuss gehört hat!«

Doch ich greife vor – ein Schriftsteller, der das Ende der Geschichte bereits kennt, neigt leider dazu. Kehren wir besser wieder zu Richard Abbott und seinen Bemühungen zurück, mir meinen ersten Bibliotheksausweis zu besorgen – ganz zu schweigen von Richards heroischen Versuchen, mich, einen Dreizehnjährigen, zu beruhigen, man könne gar nicht für die »Falschen« schwärmen.

An diesem Septemberabend war die Bibliothek fast menschenleer; wie ich später herausfand, war das die Regel. (Am erstaunlichsten war, dass in dieser Bibliothek nie Kinder waren; ich brauchte Jahre, bis mir klar wurde, warum.) Zwei ältere Frauen saßen auf einem wenig einladenden Sofa und lasen; ein alter Mann hatte sich am Ende eines langen Tisches mit Bücherstapeln umgeben, offenbar aber weniger im Bestreben, die vielen Bücher zu lesen, als um sich von den beiden alten Damen abzugrenzen.

Außerdem waren noch zwei verzagt wirkende Oberschülerinnen anwesend; sie und Cousine Gerry litten gemeinsam auf der staatlichen Highschool in Ezra Falls. Die Schülerinnen erledigten wahrscheinlich ihre, wie Gerry es mir gegenüber formuliert hatte, »generell minimalen« Hausaufgaben.

Der Staub, der sich seit langem in den Büchern angesammelt hatte, brachte mich zum Niesen. »Hoffentlich ist das keine *Bücher*allergie«, sagte jemand – das waren Miss Frosts erste an mich gerichtete Worte, und als ich mich umdrehte und sie sah, brachte ich kein Wort heraus.

»Dieser Junge hätte gern einen Bibliotheksausweis«, sagte Richard Abbott.

»Und wer mag *dieser Junge* sein?«, fragte ihn Miss Frost, ohne mich anzusehen.

»Das ist Billy Dean – Sie kennen doch bestimmt Mary Marshall Dean«, erklärte Richard. »Bill ist Marys Sohn –«

»Aber ja – natürlich!«, rief Miss Frost aus. »Das ist also *dieser Junge*!«

In einer Kleinstadt wie First Sister, Vermont, kannte jeder die Umstände, unter denen mich meine Mutter zur

Welt gebracht hatte – mit einem dieser Männer, die *nur dem Namen nach* Ehemänner waren. Ich hatte das Gefühl, dass jeder die Geschichte meines Dads, des Codeknackers, kannte. William Francis Dean gehörte zu der Sorte Ehemann und Vater, die sich aus dem Staub machte, und in First Sister, Vermont, war von dem Sergeant nur noch sein Name vorhanden – mit einem *junior* dahinter. Miss Frost mochte mir bis zu diesem September 1955 zwar offiziell noch nie begegnet sein, aber sie wusste bestimmt alles über mich.

»Aber Sie sind doch wohl *nicht* Mr. Dean – Sie sind nicht der *Vater* dieses Jungen, oder?«, fragte Miss Frost Richard.

»Neinnein –«, stotterte Richard – mehr brachte er nicht heraus.

»Das dachte ich mir«, sagte Miss Frost. »Dann sind Sie …« Sie hielt inne, aber es war klar, dass sie den unterbrochenen Satz nicht beenden wollte.

»Richard Abbott«, verkündete Richard.

»Der neue *Lehrer*!«, rief Miss Frost. »Der in der sehnlichen Hoffnung verpflichtet wurde, dass *irgendjemand* an der Favorite River Academy fähig sein sollte, den Knaben Shakespeare beizubringen.«

»Stimmt«, bestätigte Richard, überrascht, dass die städtische Bibliothekarin die Details der Mission kannte, mit der die Privatschule ihn betraut hatte – er sollte nicht nur Englisch unterrichten, sondern die Jungs auch dazu bringen, Shakespeare zu lesen und zu verstehen. Ich war nur wenig mehr überrascht als Richard: Ich hatte zwar gehört, wie er meinem Großvater von seinem Interesse an Shakespeare erzählte, doch von seiner *Mission* in Sachen Shakespeare hörte ich jetzt zum ersten Mal. Offenbar hatte man Richard Abbott angestellt, damit er den Knaben Shakespeare um die Ohren schlug!

»Na dann viel Glück«, sagte Miss Frost zu ihm. »Das glaube ich erst, wenn ich es sehe«, ergänzte sie und lächelte mich an. »Und werden Sie sie Shakespeares Stücke aufführen lassen?«, fragte sie Richard.

»Ja, denn ich glaube, nur so bringt man die Jungs dazu, Shakespeare zu lesen und zu verstehen«, antwortete ihr Richard. »Sie müssen die Stücke auf der Bühne sehen – besser noch, sie müssen darin auftreten.«

»Dann müssen also all diese Jungs Mädchen und Frauen spielen«, sinnierte Miss Frost kopfschüttelnd. »So viel zum Thema ›willentliche Aussetzung der Ungläubigkeit‹ und was Coleridge sonst noch über Leser oder Zuschauer gesagt hat, die sich willentlich auf eine Illusion einlassen, um dafür gut unterhalten zu werden«, fuhr Miss Frost fort und lächelte mich weiter an. (Normalerweise mag ich es nicht, wenn mir jemand die Haare zerzaust, aber bei Miss Frost machte ich eine Ausnahme und lächelte zurück.) »Es *war* doch Coleridge, oder?«, fragte sie Richard.

»Ja.« Richard war von Miss Frost ziemlich angetan, das merkte ich, und wenn er sich nicht erst kurz zuvor in meine Mutter verliebt hätte – wer weiß? Miss Frost war, meiner unmaßgeblichen Meinung nach, eine Wucht. Nicht die Hand, die mein Haar zerzaust hatte, sondern die andere ruhte jetzt auf dem Tisch neben Richard Abbotts Hand. Doch als Miss Frost sah, wie ich ihre Hände betrachtete, nahm sie ihre Hand vom Tisch und streifte mit den Fingern leicht meine Schulter.

»Und was für Lektüre könnte dich wohl interessieren, William?«, fragte sie. »Du heißt doch William, oder?«

»Ja«, antwortete ich beglückt. »William« klang so erwachsen. Es war mir peinlich, dass ich für den Freund meiner Mutter schwärmte. Mich noch viel heftiger in die gutgebaute Miss Frost zu verknallen, kam mir dagegen weit akzeptabler vor.

Mir war aufgefallen, dass sie breitere Handflächen und längere Finger als Richard Abbott hatte, und ich sah – als die beiden nebeneinanderstanden –, dass Miss Frosts Oberarme kräftiger waren als Richards und ihre Schultern breiter. Größer als Richard war sie auch.

Eine Ähnlichkeit gab es dennoch. Richard sah dermaßen jugendlich aus, dass er beinahe als Schüler der Favorite River Academy hätte durchgehen können; wahrscheinlich musste er sich höchstens zweimal in der Woche rasieren. Und Miss Frost hatte trotz der breiten Schultern, der kräftigen Oberarme und des (wie ich erst jetzt bemerkte) auffallend weiten Brustumfangs wirklich kleine Brüste. Es waren junge, knospende Brüste – wenigstens kam es mir so vor, obwohl mir als Dreizehnjährigem Brüste erst seit kurzem auffielen.

Selbst die meiner Cousine Gerry waren größer. Sogar die Brüste der vierzehnjährigen Laura Gordon, die zu viel Busen hatte, um Hedvig in *Die Wildente* zu spielen, waren »deutlich sichtbar« (wie meine brustbewusste Tante Muriel bemerkt hatte) und größer als die der ansonsten stattlichen Miss Frost.

Ich war zu verknallt, um auch nur ein Wort herauszubringen, doch Miss Frost wiederholte geduldig ihre

Frage: »William? Ich nehme an, du interessierst dich für Bücher, aber vielleicht könntest du mir verraten, ob du lieber Literatur oder Sachbücher magst – und welches Thema dich besonders interessiert«, fragte Miss Frost. »Ich habe *diesen* Jungen in Ihrem kleinen Theater gesehen!«, sagte sie plötzlich zu Richard. »Ich habe dich hinter der Bühne entdeckt, William – du scheinst ein guter Beobachter zu sein.«

»Ja-a, d-das bin ich«, brachte ich mühsam über die Lippen. Ja, ich hatte Miss Frost so aufmerksam beobachtet, dass ich auf der Stelle hätte masturbieren können, doch stattdessen nahm ich allen Mut zusammen und fragte: »Kennen Sie Romane über junge Leute mit … gefährlichen Schwärmereien?«

Miss Frost musterte mich, ohne mit der Wimper zu zucken. »Gefährliche Schwärmereien«, wiederholte sie. »Erklär mir, was an einer Schwärmerei gefährlich sein soll.«

»Wenn man für den falschen Menschen schwärmt«, sagte ich ihr.

»Ich habe ihn darauf hingewiesen, dass es so etwas nicht gibt«, warf Richard Abbott ein. »Es gibt keine ›Falschen‹; es steht uns frei, für jeden zu schwärmen, für den wir schwärmen wollen.«

»Man kann nicht für ›die Falschen‹ schwärmen – machen Sie *Witze*?«, fragte Miss Frost Richard. »Im Gegenteil, William, es gibt durchaus einschlägige Literatur zum Thema ›für die Falschen schwärmen‹«, sagte sie zu mir.

»Genau das interessiert Bill«, teilte Richard Miss Frost mit. »Für die Falschen schwärmen.«

»Das ist ein weites Feld«, sagte Miss Frost; die ganze Zeit

lächelte sie mich strahlend an. »Ich werde dich langsam an das Thema heranführen, William. Mit Schwärmereien für die Falschen sollte man nichts überstürzen.«

»Was schwebt Ihnen denn vor?«, fragte Richard Abbott sie. »Etwa *Romeo und Julia*?«

»Die Probleme zwischen den Montagues und den Capulets sind nicht Romeos und Julias Probleme«, sagte Miss Frost. »Romeo und Julia waren wie füreinander geschaffen; ihre Familien waren im Arsch.«

»Verstehe«, sagte Richard – die Formulierung »im Arsch« war für uns beide ein Schock (man erwartete sie irgendwie nicht von einer Bibliothekarin).

»Ich muss da an zwei Schwestern denken«, sagte Miss Frost rasch. Sowohl Richard Abbott als auch ich verstanden sie falsch. Wir dachten beide, jetzt käme irgendeine pfiffige Bemerkung über meine Mutter und Tante Muriel.

Als Kind hatte ich gedacht, der Ort First Sister sei nach Muriel benannt worden; meine Tante strahlte genug Selbstgefälligkeit aus, dass man eine ganze Stadt (wenn auch nur eine kleine) nach ihr hätte benennen können. Doch dann hatte Grandpa Harry mich über die Herkunft des Ortsnamens aufgeklärt.

First River – *der* First River – war ein Nebenfluss des Connecticut River. Als die ersten Waldarbeiter im Tal des Connecticut River Bäume zu fällen begannen, benannten sie einige der Zuflüsse um, auf denen sie Stämme in den Connecticut flößten – sowohl auf dem New Hampshire als auch dem Vermont zugewandten Ufer des großen Flusses. (Vielleicht hatten ihnen auch einfach die vielen indianischen Namen nicht gefallen.) Jedenfalls dachten sich diese ersten

Flößer den Namen Favorite River für den fast schnurgeraden Zufluss aus, der so wenig Windungen hatte, dass kaum Holzstaus entstehen konnten. Unser Ort hatte den Namen First Sister erhalten, weil er an dem Sägewerkteich lag, der durch den Damm am Favorite River entstand. Mit unserem Sägewerk und dem Holzlager wurden wir die älteste oder »erste Schwester« der anderen, größeren Holzstädte am Connecticut River.

Grandpa Harrys Erklärung für die Herkunft des Ortsnamens First Sister fand ich weniger aufregend als meine frühere Annahme, unser Städtchen sei nach der älteren, herrischen Schwester meiner Mutter benannt worden.

Jedenfalls mussten Richard Abbott und ich beide gleichzeitig an die Marshall-Schwestern denken, als Miss Frost ihre Bemerkung »Ich muss da an zwei Schwestern denken« machte. Bestimmt war Miss Frost aufgefallen, wie baff ich war, und auch Richard hatte seine Aura als Jungstar verloren; er wirkte verwirrt, sogar verunsichert. Schließlich fuhr Miss Frost fort: »Ich meine natürlich die Brontë-Schwestern.«

»Ach, natürlich!«, rief Richard, sichtlich erleichtert.

»Emily Brontë hat *Sturmhöhe* geschrieben«, erklärte mir Miss Frost, »und von Charlotte Brontë stammt *Jane Eyre.*«

»Trau nie einem Mann mit verrückter Ehefrau auf dem Dachboden«, sagte Richard zu mir. »Und vor jemandem mit Namen Heathcliff sollte man sich von vornherein in Acht nehmen.«

»In beiden Büchern wird heftig *geschwärmt*«, stellte Miss Frost vielsagend fest.

»Aber doch hauptsächlich von *Frauen,* oder?«, fragte Richard die Bibliothekarin. »Bill bräuchte vielleicht eher eine Schwärmerei oder Schwärmereien eines jungen *Mannes.*«

»Schwärmereien sind Schwärmereien«, antwortete Miss Frost, ohne zu zögern. »Es kommt darauf an, wie es *geschrieben* wurde; Sie wollen doch nicht etwa behaupten, *Sturmhöhe* und *Jane Eyre* seien ›reine Frauenliteratur‹, oder?«

»Natürlich nicht! Natürlich kommt es darauf an, wie ein Buch *geschrieben* wurde!«, rief Richard Abbott aus. »Ich meine ja nur, dass ein *männlicheres* Abenteuer –«

»Ein *männlicheres*«, wiederholte Miss Frost. »Hmm, wie wär's mit Fielding?«, fragte sie.

»Genau!«, rief Richard. »Sie meinen *Tom Jones*?«

»Aber ja«, antwortete Miss Frost seufzend. »Wenn man sexuelle Eskapaden als ein Ergebnis von *Schwärmereien* gelten lassen möchte –«

»Warum nicht?«, sagte Richard Abbott rasch.

»*Wie* alt bist du?«, fragte mich Miss Frost. Wieder streiften ihre langen Finger meine Schulter. Ich dachte daran, wie Tante Muriel in Ohmacht gefallen war (sogar zweimal), und befürchtete kurz, demnächst meinerseits das Bewusstsein zu verlieren.

»Ich bin dreizehn«, sagte ich.

»Mit dreizehn sind drei Romane für den Anfang genug«, sagte sie zu Richard. »Es wäre unklug, den Jungen zu früh mit Schwärmereien zu überfrachten. Wir sollten abwarten, wohin ihn diese drei Romane führen, einverstanden?« Wieder lächelte Miss Frost mich an. »Fang mit dem Fielding an«, riet sie mir. »Er ist von den dreien wohl am einfachsten gestrickt. Du wirst merken, dass die Brontë-Schwestern emotionaler und psychologischer sind. Als Romanautorinnen sind sie erwachsener.«

»Miss Frost?«, sagte Richard Abbott. »Haben Sie je *auf der Bühne* gestanden … ich meine *geschauspielert*?«

»Nur in Gedanken«, antwortete sie ihm beinahe kokett. »Als ich jünger war – ständig.«

Richard sah mich mit Verschwörermiene an; ich wusste genau, was der junge Neuzugang bei den First Sister Players dachte. Vor uns stand ein wahrer Ausbund an *sexueller Stärke;* für Richard und mich war Miss Frost eine Frau von *unbändigem* Freiheitsdrang, die außerdem noch etwas Anarchisches hatte.

Für einen jüngeren Mann wie Richard Abbott und für mich – einen dreizehnjährigen Tagträumer, den plötzlich der Wunsch packte, die Geschichte seiner Schwärmereien für die Falschen zu schreiben *und* mit einer Bibliothekarin von Mitte dreißig Sex zu haben – hatte Miss Frost fraglos eine gewisse sexuelle *Präsenz.*

»Es gäbe da eine Rolle für Sie, Miss Frost«, tastete Richard Abbott sich behutsam vor, während wir uns hinter ihr durch die Regale schlängelten, aus denen sie meine ersten drei literarisch *anspruchsvollen* Romane herauszog.

»Im Grunde eine von zwei möglichen Rollen«, präzisierte ich.

»Ja, Sie haben die Wahl«, fügte Richard rasch hinzu. »Zwischen der Hedda in *Hedda Gabler* oder der Nora in *Nora oder Ein Puppenheim.* Kennen Sie Ibsen? Seine Stücke werden häufig als *Problemstücke* bezeichnet –«

»Die Qual der Wahl«, sagte Miss Frost und lächelte mich an. »Entweder ich darf mir in die Schläfe schießen, oder ich bin die Sorte Frau, die ihre drei kleinen Kinder im Stich lässt.«

»Ich halte beides für eine *positive* Entscheidung, in beiden Fällen«, versicherte ihr Richard Abbott.

»O ja, ausgesprochen *positiv*!«, sagte Miss Frost lachend und spreizte ihre langen Finger. (Wenn sie lachte, klang ihre Stimme zuerst tief und rauh, sprang dann aber fast augenblicklich in eine höhere, hellere Stimmlage.)

»Regie führt Nils Borkman«, warnte ich Miss Frost; ich wollte sie bereits beschützen, dabei hatten wir uns eben erst kennengelernt.

»Mein lieber Junge«, sagte Miss Frost zu mir, »als gäbe es auch nur eine Menschenseele in First Sister, die nicht wüsste, dass der neurosengeplagte Norweger – kein Anfänger in Sachen ›ernstes Drama‹ – der Leiter unseres kleinen Theaters ist.«

Unvermittelt sagte sie zu Richard: »Was mich interessieren würde – falls wir uns für *Nora* entscheiden und ich die so oft missverstandene Titelfigur spiele: Welche Rolle würden dann *Sie* übernehmen, Mr. Richard Abbott?« Ehe Richard antworten konnte, fuhr Miss Frost fort: »Ich schätze, den Torvald Helmer, Noras langweiligen und verständnislosen Ehemann, dem sie das Leben rettet, was er umgekehrt nicht zuwege bringt.«

»Ich schätze, Sie haben recht«, antwortete Richard vorsichtig. »Aber natürlich bin ich nicht der Regisseur.«

»Sie müssen mir verraten, Richard Abbott, ob Sie vorhaben, mit mir zu *flirten* – ich meine, außerhalb der Bühne.«

»Um Gottes willen, nein!«, rief Richard. »Ich flirte gerade intensiv mit Bills Mom.«

»Na gut – das ist mal eine klare Antwort«, sagte sie zu ihm, während sie mir erneut durch die Haare fuhr. »Und falls wir *Hedda Gabler* aufführen«, fragte sie Richard, »und ich die Hedda bin – dann wäre die Entscheidung, welche Rolle dann *Sie* spielen, komplizierter, stimmt's?«

»Ja, da haben Sie vermutlich recht«, sagte Richard nachdenklich. »Ich kann nur hoffen, dass ich in der *Hedda Gabler* nicht den langweiligen und verständnislosen Ehemann spielen müsste – ich fände es grauenhaft, Jørgen zu sein«, sagte Richard.

»Wem würde es *nicht* davor grauen, Jørgen zu sein?«, fragte ihn Miss Frost.

»Da wäre noch der Schriftsteller, den Hedda vernichtet«, mutmaßte Richard. »Es wäre Nils zuzutrauen, dass er mich den Eilert Løvborg spielen lässt.«

»Sie wären eine Fehlbesetzung!«, sagte Miss Frost.

»Bleibt nur noch Richter Brack«, erwiderte Richard Abbott.

»Das könnte lustig werden«, befand Miss Frost. »Ich erschieße mich, um Ihren Fängen zu entkommen.«

»Ich könnte mir gut vorstellen, dadurch vernichtet zu werden«, sagte Richard Abbott höchst galant. Selbst jetzt spielten sie Theater – das merkte ich –, und zwar nicht laienhaft. Bei den beiden müsste meine Mutter nicht viel soufflieren; ich konnte mir nicht denken, dass Richard Abbott oder Miss Frost je eine Zeile vergessen oder sich auch nur ein einziges Mal versprechen würden.

»Ich werde es mir überlegen und mich dann bei Ihnen melden«, sagte Miss Frost zu Richard. Im Foyer der Bibliothek gab es einen hohen schmalen Spiegel an einer Stelle, wo nur wenig Licht hinkam und wo an einem der vielen Garderobenhaken ein einzelner Regenmantel hing – vermutlich der von Miss Frost. Sie musterte ihre Frisur im Spiegel. »Ich spiele mit dem Gedanken, mir die Haare wachsen zu lassen«, sagte sie wie zu ihrem Spiegelbild.

»Ich stelle mir die Hedda mit etwas längerem Haar vor«, sagte Richard.

»Tatsächlich?«, fragte Miss Frost, lächelte aber wieder mich an. »Also William«, sagte sie plötzlich. »Wo wir gerade vom ›Erwachsenwerden‹ reden – da sieh sich einer diesen Jungen an!« Bestimmt errötete ich oder sah beiseite – während ich die drei Romane über das Erwachsenwerden an mein Herz drückte.

Miss Frost hatte gut gewählt. Ich las schließlich *Tom Jones*, *Sturmhöhe* und *Jane Eyre* – in dieser Reihenfolge – und wurde auf diesem Weg, zur Überraschung meiner Mom, eine echte Leseratte. Diese Romane lehrten mich, dass sich Abenteuer nicht auf die Seefahrerei beschränkten, mit oder ohne Piraten. Man konnte spannende Geschichten finden, ohne sich in Science-Fiction zu flüchten, und man musste weder Western noch Liebesromane lesen, um zu träumen. Beim Lesen wie beim Schreiben brauchte man – damit es eine wirklich fesselnde Reise wird – lediglich eine glaubwürdige, aber beeindruckende Beziehung. Denn wozu sonst führten Schwärmereien – besonders wenn man für die Falschen schwärmte?

»Na, Bill, dann wollen wir mal nach Hause gehen, damit du anfangen kannst zu lesen«, sagte Richard Abbott an diesem warmen Septemberabend und fügte dann, zu Miss

Frost gewandt (nicht mit seiner normalen, sondern mit seiner Bühnenstimme) die letzten Worte hinzu, die Richter Brack im vierten Akt an Hedda richtet:

»Wir werden es uns schon gemütlich machen, wir zwei!«

In diesem Herbst wurde *Hedda Gabler* zwei Monate lang geprobt, daher wurde mir dieser Satz sehr vertraut – ganz zu schweigen von den letzten Sätzen, die Hedda darauf erwidert. Sie ist schon von der Bühne abgegangen, doch Miss Frost (als Hedda) erwidert – hinter der Bühne, *klar und laut,* wie es die Regieanweisung verlangt:

»Ja, das ist doch genau das, was Sie gewünscht haben, Herr Richter? Sie als einziger Hahn im Korb …«

Ein Schuss ist hinten zu hören, wie es in der Regieanweisung heißt.

Bin ich von diesem Stück an sich begeistert, oder schwärme ich so dafür, weil Richard Abbott und Miss Frost es für mich mit Leben erfüllt haben? Grandpa Harry spielte seine, ausnahmsweise kleine, Rolle – die von Jørgens Tante Juliane, Fräulein Tesman – hervorragend, und meine Tante Muriel war Eilert Løvborgs bedürftige »Kameradin«, die verheiratete Thea Elvsted.

»Also wirklich, was für ein *Auftritt*«, sagte Richard Abbott zu mir, als wir an jenem warmen Septemberabend auf dem Gehsteig die River Street entlang zurückschlenderten. Inzwischen war es dunkel, und in der Ferne grollte ein leiser Donner, doch in den Gärten hinter den Häusern war es still; man hatte Kinder und Hunde hereingeholt, und Richard brachte mich nach Hause.

»*Welcher* Auftritt?«, fragte ich ihn.

»Ich meine Miss Frost!«, rief Richard. »Ich spreche von

ihrem Auftritt! Die Bücher, die du lesen sollst, das ganze Gerede über *Schwärmereien* und dann ihr kompliziertes Hin und Her, ob sie Nora oder Hedda spielen sollte –«

»Heißt das, sie hat die ganze Zeit *Theater* gespielt?«, fragte ich ihn. (Erneut kam in mir der Beschützerinstinkt für sie hoch, ohne dass ich den Grund dafür kannte.)

»Ich nehme an, sie hat dir gefallen«, sagte Richard.

»Ich war *hingerissen* von ihr!«, brach es aus mir heraus.

»Verständlich«, sagte er nickend.

»Hast *du* sie nicht gemocht?«, fragte ich ihn.

»Aber ja, und ob – ich mag sie *wirklich* –, und ich glaube, sie wird die perfekte Hedda abgeben«, sagte Richard.

»Falls sie es macht«, gab ich zu bedenken.

»Oh, sie wird es tun – *klar* macht sie's!«, erklärte Richard. »Das eben waren doch nur Spielchen.«

»Spielchen«, wiederholte ich, unsicher, ob Richard Miss Frost kritisierte. Ich wusste nicht recht, ob Richard Miss Frost *gebührend* mochte.

»Hör zu, Bill«, sagte Richard. »Lass die Bibliothekarin deine neue beste Freundin sein. Wenn dir gefällt, was sie dir zu lesen gegeben hat, vertrau ihr. Die Bibliothek, das Theater, die Leidenschaft für Romane und die Bühne – Bill, das könnte die Tür zu deiner Zukunft sein. Als ich in deinem Alter war, habe ich in einer Bibliothek *gewohnt*! Und heute sind Romane und Theaterstücke mein Leben.«

Das war alles so überwältigend. Es war ein atemberaubender Gedanke, dass es Romane über Schwärmereien gab – sogar, vielleicht vor allem, über Schwärmereien für die Falschen. Außerdem würde die Laienschauspieltruppe unserer Stadt Ibsens *Hedda Gabler* mit einem brandneuen

Hauptdarsteller aufführen, noch dazu mit einem Ausbund an *sexueller* Stärke (und *unbändigen* Freiheitsdrangs) in der weiblichen Hauptrolle. Es war nicht nur so, dass meine gekränkte Mutter einen »Verehrer« hatte, wie Tante Muriel und Nana Victoria Richard Abbott nannten, sondern meine ungute Schwärmerei für Richard war von ihm ab und in eine andere Richtung gelenkt worden. Statt Richard liebte ich jetzt eine Bibliothekarin, die alt genug war, um meine Mutter zu sein. Ungeachtet meiner scheinbar unnatürlichen Zuneigung zu Richard Abbott verspürte ich eine neue, unbekannte Leidenschaft für Miss Frost – ganz zu schweigen davon, dass ich unversehens jede Menge richtige Literatur zu lesen hatte.

Kein Wunder, dass meine Großmutter, als Richard und ich von unserem Ausflug in die Bibliothek nach Hause kamen, mir die Stirn fühlte – offenbar war ich so rot im Gesicht, als hätte ich Fieber. »Zu viel Aufregung für einen Abend vor einem Schultag, Billy«, sagte Nana Victoria.

»Unsinn«, widersprach Grandpa Harry. »Zeig mir die Bücher, die du mitgebracht hast, Bill.«

»Miss Frost hat sie für mich ausgewählt«, sagte ich und gab ihm die Romane.

»*Miss* Frost!«, verkündete meine Großmutter wieder und mit unüberhörbarer Geringschätzung.

»Vicky, Vicky«, mahnte Grandpa Harry sie; es klang wie kleine aufeinanderfolgende Klapse.

»Mommy, bitte nicht«, sagte meine Mutter.

»Es sind tolle Romane«, gab mein Großvater bekannt. »Ja, es sind Klassiker. Und – alle Achtung, Miss Frost weiß, welche Romane ein Junge lesen sollte.«

»Alle Achtung!«, wiederholte Nana abfällig.

Es folgten ein paar schwerverständliche Gehässigkeiten über Miss Frosts wahres Alter. »Ich meine nicht ihr *vorgebliches* Alter!«, rief Nana Victoria. Ich äußerte die Vermutung, Miss Frost sei etwa so alt wie meine Mom oder ein wenig jünger, doch Grandpa Harry und meine Mutter sahen einander an. Nun kam etwas, das ich vom Theater kannte – eine dramatische Pause.

»Nein, Miss Frost ist eher in Muriels Alter«, sagte mein Grandpa.

»Diese *Frau* ist älter als Muriel!«, blaffte meine Großmutter.

»Tatsächlich sind sie etwa gleich alt«, sagte meine Mutter ganz ruhig.

Damals hieß das für mich nur, dass Miss Frost jünger als Muriel aussah. In Wahrheit dachte ich über das Thema kaum nach. Offenbar mochte Nana Victoria Miss Frost nicht, und Muriel hatte Probleme mit Miss Frosts Brüsten oder ihren BHs – oder mit beidem.

Erst später – ich weiß nicht mehr genau, wann, doch es war etliche Monate nachdem ich mir angewöhnt hatte, mir von Miss Frost in unserer Stadtbibliothek Romane auszuleihen – hörte ich zufällig mit an, wie meine gemeine Tante Muriel im selben Tonfall (zu meiner Mutter) über Miss Frost sprach, den meine Großmutter benutzt hatte. »Und vermutlich benutzt *sie* immer noch diese albernen Teenager-BHs?« (Worauf meine Mom lediglich nickte.)

Ich erkundigte mich bei Richard Abbott danach, wenn auch nur durch die Blume. »Was sind Teenager-BHs, Richard?«, fragte ich ihn beiläufig.

»Hast du etwas darüber gelesen?«, fragte er zurück.

»Nein, nur so eine Frage«, sagte ich ihm.

»Also, Bill, über Teenager-BHs weiß ich nicht sehr viel«, begann Richard, »aber ich glaube, sie sind als erster BH eines jungen Mädchens gedacht.«

»Warum *Teenager*?«, fragte ich.

»Also, Bill«, fuhr Richard fort, »das heißt wohl, dass ein Mädchen, deren Brüste sich gerade ausbilden, so einen BH trägt, damit ihre Brüste sich erst mal an so was gewöhnen und eine Vorstellung davon bekommen, worum es bei einem BH überhaupt geht.«

»Ach«, sagte ich. Ich war völlig verdutzt; ich konnte mir nicht denken, warum Miss Frosts Brüste sich an etwas *gewöhnen* sollten, und der Gedanke, dass Brüste *Vorstellungen* hatten, war für mich auch neu und bedrohlich. Doch immerhin hatte mir meine Vernarrtheit in Miss Frost gezeigt, dass mein Penis Vorstellungen hatte, die von meinen eigenen Gedanken völlig losgelöst waren. Und wenn Penisse Vorstellungen haben konnten, war (für einen Dreizehnjährigen) die Idee gar nicht so abwegig, dass auch Brüste eigene Gedanken hervorbrachten.

In der Literatur, mit der Miss Frost mich in immer kürzeren Abständen eindeckte, hatte ich noch keinen aus der Perspektive eines Penisses erzählten Roman gefunden oder einen, in dem die *Vorstellungen* der Brüste einer Frau für die Frau selbst irritierend sind – oder für ihre Freunde und Verwandten. Und doch schienen solche Romane möglich zu sein, wenn auch nur theoretisch, so wie es *möglich* (wenn auch unwahrscheinlich) zu sein schien, dass ich je Sex mit Miss Frost haben könnte.

War es vorausschauend von Miss Frost, mich auf Dickens warten zu lassen – so dass ich mich sozusagen an ihn heranarbeiten musste? Der erste Dickens, den sie mir genehmigte, war nicht der, den ich »den entscheidenden« Dickens-Roman genannt habe; *Große Erwartungen* musste ich mir verdienen. Wie viele Dickens-Leser begann ich mit dem Jugend- und Schauerstück *Oliver Twist* – in dem der Galgen vor dem Londoner Newgate-Gefängnis einen dräuenden Schatten auf mehrere der unvergesslichen Figuren dieses Romans wirft. Wenn Dickens und Hardy eins gemeinsam haben, dann den fatalistischen Glauben, dass gutherzige und rechtschaffene Menschen, besonders wenn sie noch jung und unschuldig sind, in dieser bedrohlichen Welt am meisten zu befürchten haben. (Miss Frost war so klug, mich auch auf Hardy warten zu lassen. Thomas Hardy ist kein Lesestoff für Dreizehnjährige.)

Was Oliver Twist angeht, so identifizierte ich mich bereitwillig mit dem Waisenknaben, der sich allen Schicksalsschlägen zum Trotz nie unterkriegen lässt. Die von Kriminellen und Ratten verseuchten Gassen von Dickens' London waren aufregend weit weg von First Sister, Vermont, und ich war nachsichtiger als Miss Frost, die an dem Frühwerk bemängelte, dass die Handlung, wie sie sagte, oft »knirscht«.

»Dickens fehlt es hier eindeutig noch an Erfahrung«, gab mir Miss Frost zu verstehen.

Mit dreizehn, fast vierzehn war Unerfahrenheit für mich kein Manko. Für mich war Fagin ein liebenswertes Ungeheuer. Bill Sikes fand ich geradezu furchterregend – sogar sein Hund Stierauge war böse. In meinen Träumen wurde ich von Jack Dawkins geküsst und regelrecht verführt – einen charmanteren und geschickteren Taschendieb hat es nie gegeben. Ich weinte, als Sikes die gutherzige Nancy umbrachte, doch ich weinte auch, als Sikes' treuer Hund Stierauge von der Brüstung auf die Schultern des Toten springen wollte. (Stierauge verfehlt sein Ziel und fällt in den Graben, wobei er sich den Schädel zerschmettert.)

»Melodramatisch, findest du nicht?«, fragte mich Miss Frost. »Und Oliver weint zu viel; er ist mehr eine Chiffre für Dickens' große Passion für misshandelte Kinder als eine voll ausgestaltete Figur.« Sie erzählte mir, Dickens habe solche Themen und solche Kinder in seinen reiferen Romanen besser beschrieben – vor allem in *David Copperfield,* dem nächsten Dickens-Roman, den sie mir gab, und in *Große Erwartungen,* auf den ich noch warten musste.

Als Mr. Brownlow Oliver »zu den Mauern von Newgate« mitnimmt, »die so viel Elend und so unsagbare Angst« verbergen – wo Fagin darauf wartet, gehängt zu werden –, weinte ich auch um den armen Fagin.

»Es ist ein gutes Zeichen, wenn ein Junge bei der Lektüre eines Romans weint«, versicherte mir Miss Frost.

»Ein gutes Zeichen?«, wiederholte ich.

»Es bedeutet, dass du ein weicheres Herz als die meisten Jungs hast.« Mehr Worte verlor sie nicht über meine Tränen.

Als ich, wie Miss Frost es formulierte, »mit der Verwegenheit eines Einbrechers, der eine Villa ausplündert«, drauflosslas, sagte sie eines Tages zu mir: »Lass dir Zeit, William. Genießen, nicht schlingen. Und wenn du ein Buch magst, dann merk dir einen großartigen Satz daraus – vielleicht deinen Lieblingssatz. So kannst du dir merken, wie die Geschichte geklungen hat, die dich zu Tränen gerührt hat.« (Wenn Miss Frost fand, dass Oliver zu viel weinte, was musste sie dann erst von mir halten?)

Nach *David Copperfield* gab Miss Frost mir einen ersten Vorgeschmack auf Thomas Hardy. Wie alt war ich da? Vierzehn oder schon bald fünfzehn? (Wohl doch eher fünfzehn, denn als ich fünfzehn war, nahm Richard Abbott auf der Academy zufällig denselben Roman durch, doch das waren Zwölftklässler auf einer Privatschule, während ich – das weiß ich genau – immer noch erst in der achten Klasse war.)

Ich erinnere mich, wie ich ein wenig irritiert den Titel las – *Tess von den d'Urbervilles* – und misstrauisch fragte: »Handelt das Buch von einem Mädchen?«

»Ja, William – einem Mädchen, das großes Pech hat im Leben«, sagte Miss Frost rasch. »Aber – viel wichtiger für dich als jungen Mann ist, dass der Roman auch von den Männern handelt, denen sie begegnet. Hoffentlich wirst du nie einer von der Sorte Männer, denen Tess begegnet, William.«

»Oh«, sagte ich. Bald würde ich erfahren, wie sie das mit den Männern, denen Tess begegnet, meinte; ich würde tatsächlich nie einer von der Sorte sein wollen.

Über Angel Clare sagte Miss Frost einfach nur: »Was ist das für eine feuchte Nudel.« Und als ich sie verständnislos ansah, ergänzte sie: »Zerkochte Spaghetti, William – *schlaff* und *schwach*.«

»Oh.«

Ich eilte aus der Schule nach Hause, um zu lesen; ich beeilte mich auch beim Lesen, unfähig, Miss Frosts Rat zu beherzigen und langsamer zu lesen. An jedem Schultag eilte ich nach dem Abendessen in die Stadtbibliothek, und wie Richard Abbott als Kind *wohnte* ich in der Bibliothek, besonders an den Wochenenden. Miss Frost bestand immer darauf, dass ich mich zum Lesen auf einen Stuhl, ein Sofa oder an einen Tisch setzte, wo das Licht besser war. »Sonst verdirbst du dir die Augen, William. Und die brauchst du noch für dein restliches Leben, wenn du ein richtiger Leser werden willst.«

Und dann war ich unversehens fünfzehn, und es war Zeit für *Große Erwartungen* – und ich wollte zum ersten Mal einen Roman ein zweites Mal lesen. Außerdem führten Miss Frost und ich jenes peinliche Gespräch über meinen brennenden Wunsch, Schriftsteller zu werden. (Nicht mein einziger brennender Wunsch, wie Sie wissen, doch über meine anderen brennenden Wünsche sprachen Miss Frost und ich nicht – noch nicht.)

Unversehens wurde es für mich auch Zeit, auf die Favorite River Academy zu wechseln. Passenderweise – da sie eine so zentrale Rolle für meine Bildung spielte – wies Miss Frost mich darauf hin, welchen »Gefallen« mir meine Mutter und Richard Abbott getan hatten. Denn weil sie im Sommer 1957 heirateten – genauer gesagt, weil Richard Abbott mich rechtskräftig adoptierte –, wurde mein Name von William Francis Dean in William Marshall Abbott geändert. Ich würde meine Jahre in der Oberstufe mit einem nagelneuen Namen beginnen – der mir sogar gefiel!

Richard hatte eine Lehrerwohnung in einem der Wohnheime des Internats, die er und meine Mom in ihrem neuen gemeinsamen Leben teilten, und ich hatte dort mein eigenes Zimmer. Von da aus war es nur ein Katzensprung die River Street hinauf zum Haus meiner Großeltern, wo ich bisher aufgewachsen war, und ich besuchte sie oft. So wenig ich meine Großmutter mochte, so sehr mochte ich Grandpa Harry; natürlich sah ich ihn auch weiterhin auf der Bühne, in Frauenrollen, doch als ich Schüler auf der Favorite River Academy wurde, konnte ich bei den Proben der First Sister Players nicht mehr regelmäßig hinter der Bühne sein.

Auf der Academy bekam ich viel mehr Hausaufgaben als vorher in der Grundschule oder in der Mittelstufe, und Richard Abbott leitete auf der Privatschule den sogenannten Theaterclub. Richards Ambitionen in Sachen Shakespeare zogen mich immer mehr zum Theaterclub hin und weg von den First Sister Players, wo ich mir nur noch die fertigen Aufführungen ansah. Die Bühne des Theaterclubs, auch das Theater der Academy insgesamt, war größer und besser ausgestattet als das drollige kleine städtische Schauspielhaus. (Das Wort *drollig* war neu in meinem Wortschatz. Überhaupt entwickelte ich mich auf der Favorite River Academy ein wenig zum Snob, wie mir Miss Frost eines Tages mitteilte.)

Und so wie meine unangemessene Schwärmerei für Richard Abbott meiner Lust auf und brennenden Sehnsucht nach Miss Frost wich, so waren an die Stelle zweier begabter Laien (Grandpa Harry und Tante Muriel) zwei weitaus talentiertere Schauspieler getreten. Rasch wurden Richard Abbott und Miss Frost zu den Superstars der First Sister Players. Miss Frost bekam nicht nur die Rolle als neurotische Hedda neben Richards furchtbar kontrollwütigem Richter Brack; im Herbst 1956 spielte sie auch die Nora in *Nora oder Ein Puppenheim.* Richard wurde, wie von ihm vermutet, als ihr langweiliger und verständnisloser Ehemann Torvald Helmer besetzt. Eine ungewöhnlich kleinlaute Tante Muriel sprach fast einen Monat lang kein Wort mit ihrem eigenen Vater, weil Grandpa Harry (nicht Muriel) die Rolle der Frau Linde bekommen hatte. Und Nils Borkman ließ sich von Richard Abbott und Miss Frost zur Rolle des bedauernswerten Krogstad überreden, den der grimmige Norweger bravourös und mit einer geradezu unheimlichen Mischung aus Schwermut und Selbstgerechtigkeit spielte.

Wichtiger noch als das, was diese bunte Amateurtruppe mit Ibsen anstellte, war, dass zu Beginn des Schuljahres 1956/57 eine neue Lehrerfamilie in der Favorite River Academy Einzug hielt – ein Ehepaar namens Hadley mit nur einem Kind, einer schlaksigen Tochter: Elaine. Mr. Hadley war Geschichtslehrer. Mrs. Hadley, die Klavier spielte, erteilte Sprech- und Gesangsunterricht und leitete den Academy-Chor. Die Hadleys freundeten sich mit Richard und meiner Mom an, so dass Elaine und ich uns häufig sahen. Ich war ein Jahr älter, was mir – damals – das Gefühl gab, viel älter als Elaine zu sein, die im Bereich Brustentwicklung echte Defizite aufwies. (Bestimmt würde Elaine *nie* Brüste bekommen, malte ich mir aus, da mir aufgefallen war, dass Mrs. Hadley so gut wie keinen Busen hatte – selbst wenn sie sang.)

Elaine war stark weitsichtig; damals ließ sich das nur mittels extradicker Brillengläser korrigieren, wodurch die

Augen so groß wirkten, als würden sie gleich aus dem Kopf springen. Ihre Mutter hatte ihr das Singen beigebracht, außerdem hatte Elaine eine kräftige, ausdrucksvolle Sprechstimme. Wenn sie sprach, klang es fast, als würde sie singen – man hörte jedes Wort ganz genau.

»Elaine weiß, wie man laut und deutlich spricht«, sagte Mrs. Hadley. Sie hieß Martha; hübsch war sie nicht, aber ausgesprochen nett und der erste Mensch, der ansatzweise merkte, dass ich bestimmte Wörter nicht korrekt aussprechen konnte. Sie sagte meiner Mutter, es gäbe da Stimmübungen, die ich probieren könnte, und vielleicht würde auch Singen helfen. Doch damals im Herbst 1956 war ich noch in der Mittelstufe und ließ mich durch nichts vom Lesen abbringen. Mit »Stimmübungen« oder Singen wollte ich nichts zu tun haben.

All diese wichtigen Änderungen in meinem Leben kamen zusammen und gewannen eine unerwartete Eigendynamik: Im Herbst 1957 kam ich auf die Favorite River Academy, las aber immer noch *Große Erwartungen* und hatte (wie Sie wissen) Miss Frost davon in Kenntnis gesetzt, dass ich Schriftsteller werden wollte. Ich war fünfzehn, und Elaine Hadley war eine weitsichtige, flachbrüstige Vierzehnjährige mit schmetternder Stimme.

Eines Abends in jenem September klopfte es an der Tür von Richards Lehrerwohnung, doch es war gerade Lernzeit im Wohnheim – und kein Schüler kam um diese Uhrzeit an unsere Wohnungstür, wenn er nicht krank war. Ich öffnete die Tür in der Erwartung, einen kranken Schüler beklommen im Flur stehen zu sehen, doch es war Nils Borkman, der verstörte Regisseur; er sah aus, als hätte er ein Gespenst gesehen oder einen Fjordspringer, den er von früher kannte.

»Ich habe sie gesehen! Ich habe sie sprechen hören! Sie würde eine ideale Hedvig abgeben!«, rief Nils Borkman.

Die arme Elaine Hadley! Ihr Pech, dass sie halb blind war – und brustlos und eine schrille Stimme hatte. (Was mit Hedvigs Augen nicht stimmte, war in *Die Wildente* extrem wichtig.) Elaine, dieses geschlechtslose, aber klar und deutlich sprechende Kind, würde die Rolle als unglückliche Hedvig bekommen, und wieder einmal würde Borkman die (gefürchtete) *Wildente* auf die entgeisterten Bürger von First Sister loslassen. Kurz nach seinem überraschenden Erfolg als Krogstad in *Nora oder Ein Puppenheim* würde Nils sich selbst als Gregers besetzen.

»Diesen elenden Moralapostel«, wie Richard Abbott Gregers genannt hatte.

Obwohl er wild entschlossen war, den *Idealisten* in Gregers herauszuarbeiten, brachte Nils Borkman dann doch, wenn auch unfreiwillig, eher die clowneske Seite dieser Figur zum Tragen.

Niemand, am allerwenigsten der selbstmordgefährdete Norweger, konnte der vierzehnjährigen Elaine Hadley erklären, ob Hedvig vorhat, die Wildente zu erschießen, und *versehentlich* sich erschießt, oder ob sie – wie Dr. Relling sagt – *beabsichtigt,* sich umzubringen. Und doch war Elaine eine hervorragende Hedvig – oder zumindest eine laute und deutliche.

Das Publikum fuhr zusammen, als die vierzehnjährige Elaine, kurz bevor sie als Hedvig von der Bühne abging, rief: »Die Wildente!«

In den Regieanweisungen stand: *Sie schleicht zum Regal und nimmt die Pistole* – nun, damit war's für Elaine noch nicht getan. Sie stürmte mit gezückter Pistole von der Bühne.

Am meisten irritierte Elaine an dem Stück, dass niemand ein Wort darüber verliert, was aus der Wildente wird. »Das arme Tier!«, jammerte Elaine. »Es ist *verletzt*! Es will sich *ertränken*, doch der schreckliche Hund holt es immer wieder vom Meeresgrund herauf. Und die Ente ist auf einem Dachboden eingesperrt! Was für ein Leben kann eine Wildente auf einem *Dachboden* führen? Und nachdem Hedvig sich selbst *abknallt*, wer will da behaupten, dass der verrückte alte Soldat – oder sogar Hjalmar, dieser *Schlappschwanz* mit seinem ständigen Selbstmitleid – das Tier nicht einfach *erschießt*? Wie diese Ente behandelt wird, ist schlicht *grauenhaft*!«

Heute weiß ich, dass Henrik Ibsen bestimmt kein Mitgefühl für die *Ente* wecken, geschweige denn Nils Borkman etwas Ähnliches von dem einfach gestrickten Publikum in First Sister, Vermont, erwirken wollte, doch Elaine Hadley war für ihr restliches Leben dadurch gezeichnet, dass sie viel zu jung und viel zu unschuldig Teil des hirnlosen Melodrams wurde, das Borkman aus *Die Wildente* gemacht hatte.

Bis heute habe ich keine professionelle Inszenierung dieses Stücks gesehen; womöglich wäre eine adäquate (oder auch nur halbwegs adäquate) Aufführung nicht auszuhalten. Aber Elaine Hadley und ich wurden im Laufe der Zeit gute Freunde, und ich werde einer Freundin gegenüber doch nicht so unsolidarisch sein, ihre Interpretation des

Stücks in Frage zu stellen. Gina (Miss Frost) war der mit Abstand mitfühlendste Mensch auf der Bühne, doch es war die Wildente (wir kriegen den blöden Vogel allerdings nie zu Gesicht!), die den Löwenanteil von Elaines Mitgefühl abbekam. Die unbeantwortete oder nicht zu beantwortende Frage »Was wird aus der Ente?« lässt mir bis heute keine Ruhe. Der Satz wurde sogar eine Begrüßungsformel zwischen Elaine und mir. Alle Kinder lernen, sich untereinander chiffriert zu unterhalten.

Grandpa Harry wollte in *Die Wildente* keine Rolle übernehmen; er hätte sogar eine Kehlkopfentzündung vorgetäuscht, um nicht in dem Stück mitwirken zu müssen. Außerdem war Grandpa Harry es leid, unter der Regie seines langjährigen Geschäftspartners Nils Borkman zu agieren.

Richard Abbott hatte auf der Favorite River Academy weitgehend freie Hand, und so unterrichtete er Shakespeare nicht nur, sondern inszenierte ihn auf dem biederen reinen Jungeninternat, wobei er die weiblichen Rollen mit Schülerinnen von anderen Schulen oder mit erwachsenen Frauen besetzte (oder mit einem erfahrenen Frauendarsteller wie Harry Marshall, der diesen Oberstufenschülern wenigstens beibringen konnte, wie man sich als Mädchen oder Frau benahm). Richard Abbott hatte nicht nur meine verlassene Mutter geheiratet und außerdem bewirkt, dass ich für ihn schwärmte; er hatte zusätzlich in Grandpa Harry eine verwandte Seele gefunden, dem (besonders als Frau) Richard als Regisseur viel lieber war als der melancholische Norweger.

In diesen ersten beiden Jahren, als Richard Abbott nicht

nur bei den First Sister Players auftrat, sondern auch Shakespeare an der Favorite River Academy unterrichtete und inszenierte, gab es einen Augenblick, in dem Grandpa Harry einer vertrauten Verlockung nachgab. Auf der scheinbar endlosen Liste mit Agatha-Christie-Stücken, die auf ihre Aufführung warteten, stand mehr als ein Krimi mit Hercule Poirot; der dicke Belgier konnte bekanntlich meisterhaft Mörder dazu bringen, sich selbst zu verraten. Tante Muriel wie auch Grandpa Harry hatten ungezählte Male Miss Marple gespielt, doch an besetzbaren dicken Belgiern gab es einen »eklatanten Mangel«, wie Muriel sich ausdrückte.

Richard Abbott spielte keine Dicken und weigerte sich standhaft, in Agatha-Christie-Stücken aufzutreten. Und somit hatten wir weiterhin keinen Hercule Poirot, was Borkman fjordspringermäßig mürrisch stimmte. »Eine Idee drängt sich geradezu auf, Nils«, sagte Grandpa Harry eines Tages zu dem aufgewühlten Norweger. »Warum muss es denn immer *Hercule* Poirot sein. Könntest du dich nicht wenigstens ein Mal mit einer *Hermione* anfreunden?«

Und so führten die First Sister Players *Black Coffee* auf, mit Grandpa Harry in der Rolle einer schlanken und (fast ballerinahaft) agilen Belgierin, Hermione Poirot. Aus einem Safe wird die Formel für einen neuen Sprengstoff gestohlen, ein gewisser Sir Claud wird vergiftet und so weiter. Das war zwar genauso wenig bemerkenswert wie jedes andere Agatha-Christie-Stück, aber Harry Marshall als Hermione riss das Haus zu Beifallsstürmen hin.

»Agatha Christie rotiert im Grab, Vater!« Mehr brachte meine kritische Tante Muriel nicht heraus.

»Das denke ich auch, Harold!«, pflichtete ihr meine Großmutter bei.

»Agatha Christie ist noch nicht tot, Vicky«, ließ Grandpa Harry meine Nana Victoria wissen und blinzelte mir zu. Und zu seiner Tochter sagte er: »Agatha Christie ist noch sehr lebendig, Muriel.«

Oh, wie ich ihn liebte – besonders als eine *Sie*!

Aber in den ersten zwei Jahren in unserer Stadt gelang es Richard Abbott kein einziges Mal, Miss Frost zu einem Gastauftritt in einem der Shakespeare-Stücke zu überreden, die er für den Theaterclub an der Favorite River Academy inszenierte. »Besser nicht, Richard«, sagte ihm Miss Frost. »Ich bin mir gar nicht sicher, ob es für diese Jungs gut wäre, wenn ich mich da oben *exponiere* – damit meine ich, es sind alles Knaben, sie sind alle jung, und sie sind alle sehr *beeinflussbar.*«

»Aber Shakespeare kann Spaß machen, Miss Frost«, wandte Richard ein. »Wir können ein Stück nehmen, das nur *Spaß* macht.«

»Besser nicht, Richard«, wiederholte sie, und das hieß wohl, Ende der Debatte. Miss Frost ließ sich nicht beschwatzen, vielleicht wollte sie auch schlicht in keinem Shakespeare mitspielen, nicht vor diesen ach so *beeinflussbaren* Jungs. Ich wusste nicht recht, was ich von ihrer Weigerung halten sollte; ich fand es erregend, sie auf der Bühne zu sehen, obwohl ich keinen zusätzlichen Anreiz brauchte, um Miss Frost zu lieben und zu begehren.

Doch als ich auf die Favorite River Academy überwechselte, war ich von massenweise älteren Jungs umgeben; sie waren keineswegs besonders nett zu mir, und manche trieben mich fast in den Wahnsinn. Für einen toll aussehenden Jungen aus der Ringermannschaft schwärmte ich aus der Ferne, was nicht nur an seinem schönen Körper lag. (Ich sage »aus der Ferne«, weil ich mir anfangs große Mühe gab, mich möglichst weit von ihm entfernt zu halten.) So viel zum Thema »Für den Falschen schwärmen«! Und es war auch keine Einbildung meinerseits, dass jedes zweite Wort aus dem Mund vieler älterer Jungs »Homo«, »warmer Bruder« oder »Schwuchtel« war; diese verletzend gemeinten Wörter erschienen mir das Schlimmste, was man auf dem Internat über einen anderen Jungen sagen konnte.

Gehörten diese »aufreizenden« Jungen, meine Schwärmereien für die Falschen, zu dem genetischen Erbe, das mir mein Vater, der Codeknacker, vermacht hatte? Merkwürdigerweise bezweifelte ich das; ich dachte, all diese speziellen Schwärmereien wären mein Fehler, denn war nicht der Sergeant ein berüchtigter *Frauen*held gewesen? Hatte ihm meine kämpferische Cousine Gerry nicht das Attribut *Frauenheld* verpasst? Vielleicht hatte Gerry das Wort von meinem Onkel Bob oder meiner Tante Muriel gehört – oder jedenfalls von ihnen diesen Eindruck vermittelt bekommen. (Klang *Frauenheld* nicht wie ein Wort, das von Muriel hätte stammen können?)

Vermutlich hätte ich mit Richard Abbott darüber sprechen sollen, doch das tat ich nicht; ich wagte auch nicht, es gegenüber Miss Frost zu erwähnen, sondern behielt diese neuen, unseligen Schwärmereien, so wie es Kinder häufig tun, komplett für mich.

Ich begann, die Bibliothek in First Sister zu meiden. Offenbar hielt ich Miss Frost für klug genug, um zu spüren, dass ich ihr untreu war – wenn auch nur in der Phantasie. Ja, meine ersten beiden Jahre als Schüler der Favorite River Academy verbrachte ich fast ganz in meiner Phantasie, und die neue Bibliothek in meinem Leben war die modernere und besser beleuchtete des Internats. Dort machte ich alle meine Hausaufgaben und meine allerersten Schreibversuche.

War ich der einzige Junge auf dieser reinen Jungenschule, dem die Ringerwettkämpfe einen homoerotischen Schub gaben? Das bezweifle ich, aber Jungs wie ich zogen den Kopf ein.

Nach den unaussprechlichen Schwärmereien für diesen oder jenen Jungen masturbierte ich mit der zweifelhaften Hilfe der Versandkataloge meiner Mutter. Die Werbung für BHs und Mieder weckte meine Aufmerksamkeit. Die Mieder-Models waren meist ältere Frauen. Für mich waren das frühe Übungen in kreativem Schreiben – wenigstens gelangen mir ein paar raffinierte Collagen. Ich nahm die Gesichter der älteren Frauen und klebte sie auf die der jungen Models mit den Teenager-BHs; so wurde Miss Frost für mich lebendig, wenn auch nur (wie fast alles) in der Phantasie.

Mädchen meines Alters interessierten mich normalerweise nicht. Obwohl sie, wie gesagt, flachbrüstig und nicht hübsch war, interessierte ich mich heftig für Mrs. Hadley – vermutlich weil ich sie oft sah und sie sich ernsthaft für mich interessierte (oder jedenfalls für meine zunehmenden Sprachstörungen). »Welche Wörter kannst du am schwersten aussprechen, Billy?«, fragte sie mich einmal, als sie mit ihrem Mann (und ihrer Tochter mit der Stentorstimme) bei uns zum Abendessen waren.

»Das Wort *Bibliothek* bereitet ihm Schwierigkeiten«, meldete sich Elaine – wie immer laut und deutlich. (Mein sexuelles Interesse an Elaine war gleich null, doch sie wuchs mir aus anderen Gründen immer mehr ans Herz. Nie zog sie mich wegen meiner falschen Aussprache auf; sie schien mir genauso ernsthaft helfen zu wollen wie ihre Mutter.)

»Ich habe Billy gefragt, Elaine«, sagte Mrs. Hadley.

»Elaine weiß wohl besser als ich, welche Wörter mir die größten Probleme bereiten«, sagte ich.

»Billy verhaut jedes Mal die beiden letzten Silben von *Orgasmus*«, fuhr Elaine fort.

»Ich sage *Penith*«, bot ich an.

»Verstehe«, sagte Martha Hadley.

»Bitte ihn nicht, den Plural zu sagen«, warnte Elaine ihre Mutter.

Hätte die Favorite River Academy damals Mädchen aufgenommen, wären Elaine und ich wahrscheinlich schon früher beste Freunde geworden, doch ich besuchte nie dieselbe Schule wie Elaine. So oft trafen wir uns nur, weil die Hadleys so eng mit meiner Mom und Richard verkehrten – die vier wurden nach und nach wirklich gute Freunde.

Und so stellte ich mir die unscheinbare und flachbrüstige Mrs. Hadley vor – ich dachte an Martha Hadleys kleine Brüste, wenn ich Moms Versandkataloge wälzte und die Teenager-BHs studierte.

In der Bibliothek der Academy, wo ich zum Schriftsteller wurde (oder, genauer gesagt, davon träumte, einer zu werden), gefiel mir der Raum mit der riesigen Sammlung von Favorite-River-Jahrbüchern am besten. Andere Schüler schienen sich für diesen Lesesaal nicht zu interessieren; höchstens dass sich dort gelegentlich ein Lehrer einfand, um zu lesen oder Aufsätze und Klausuren zu korrigieren.

Die Favorite River Academy war alt, sie war im 19. Jahrhundert gegründet worden. Ich sah mir gern die alten Jahrbücher an. (Vielleicht steckte ja die Vergangenheit prinzipiell voller Geheimnisse, und meine auf jeden Fall.) Wenn ich so weitermachte, bildete ich mir ein, würde ich irgendwann beim Jahrbuch meiner Abschlussklasse ankommen – aber nicht vor Ende meines letzten Schuljahres. Doch zu Beginn meines elften Schuljahres war ich erst bei den Jahrbüchern von 1914/15 angekommen. Der Erste Weltkrieg hatte bereits begonnen; die Jungs auf der Favorite River Academy hatten bestimmt Angst. Ich sah mir die Gesichter der Abschlussklässler genau an und las, auf welche Colleges sie anschließend gehen und was sie werden wollten; viele jener Schüler waren in Bezug auf beides noch »unentschieden«. Fast alle Schüler der letzten Klassen hatten schon damals Spitznamen.

Besonders gründlich sah ich mir die Fotos der Ringermannschaft an, die des Theaterclubs etwas weniger, dessen Mitglieder geschminkt waren und Mädchenkleider trugen. Offenbar hatte es auf der Favorite River Academy immer eine Ringermannschaft und einen Theaterclub gegeben. (Man muss bedenken, dass ich die Jahrbücher von 1914/15 im Herbst 1959 durchsah; die Tradition der streng nach Geschlechtern getrennten Internate wurde in den Fünfzigern und bis hinein in die Sechziger eisern beibehalten.)

Vermutlich gefiel mir der Jahrbuchraum, in den sich gelegentlich ein Lehrer verirrte, auch, weil dort nie andere

Schüler auftauchten – mit anderen Worten: keine Rüpel und keine aufreizenden Schwärmereien. Ich konnte mich glücklich schätzen, dass ich in Richard und Moms Lehrerwohnung mein eigenes Zimmer hatte. Alle Internatsschüler auf der Academy hatten Mitbewohner. Nicht auszudenken, welche Misshandlungen oder subtileren Formen von Grausamkeit ich durch einen Zimmergenossen hätte erleiden müssen. Und was hätte ich mit den Versandkatalogen meiner Mutter gemacht? (Allein der Gedanke, nicht mehr masturbieren zu können, war schon Misshandlung genug – also wirklich, allein die *Vorstellung*!)

Mit siebzehn, im Herbst 1959, hatte ich keinen Grund mehr, in die öffentliche Bibliothek von First Sister zu gehen – jedenfalls keinen Grund, den ich in Worte zu fassen gewagt hätte. Ich hatte einen Zufluchtsort gefunden, wo ich meine Hausaufgaben machen konnte; in dem Jahrbuchraum der Internatsbibliothek konnte ich ungestört schreiben oder auch nur meinen Phantasien nachhängen. Doch zweifellos fehlte mir Miss Frost. Sie war für mein Bedürfnis nicht oft genug auf der Bühne, und da ich die Proben der First Sister Players schwänzte, sah ich Miss Frost jetzt nur noch bei ihren richtigen Auftritten, und die waren für meinen Geschmack viel zu selten.

Ich hätte mit Grandpa Harry darüber reden können; der hätte es verstanden. Ihm hätte ich erzählen können, dass Miss Frost mir fehlte, dass ich für sie *und* diese älteren Jungs schwärmte – selbst von meiner früheren, unangemessenen Schwärmerei für meinen Stiefvater Richard Abbott hätte ich ihm erzählen können. Doch ich erwähnte sie mit keiner Silbe – noch nicht.

War Harry Marshall ein richtiger Transvestit? Zog Grandpa Harry sich einfach nur gelegentlich Frauenklamotten an, oder steckte mehr dahinter? Würden wir meinen Grandpa heutzutage einen verkappten Schwulen nennen, der sich nur als Frau *verkleidete,* wenn es gesellschaftlich statthaft war? Keine Ahnung. Wenn schon meine Generation unterdrückt war, und das war sie zweifellos, kann ich mir vorstellen, dass Homosexuelle aus der Generation meines Großvaters – ob nun lupenrein oder nicht – alles daransetzten, unbemerkt zu bleiben.

Das war auch der Grund, warum ich damals dachte, es gäbe kein Mittel gegen Miss Frosts Abwesenheit – außer man dachte sich einen Vorwand aus, um sie zu sehen. (Wenn ich wirklich Schriftsteller werden wollte, *musste* mir doch ein triftiger Grund für einen neuerlichen Besuch der First Sister Library einfallen.) Und so dachte ich mir eine Geschichte aus, wonach ich nur in der Stadtbücherei schreiben könne, wo mich meine Freunde von der Academy nicht ständig störten. Vielleicht wusste Miss Frost ja nicht, dass ich ohnehin kaum Freunde hatte, und meine wenigen Freunde auf Favorite River zogen den Kopf ein und waren genauso ängstlich wie ich; sie hätten es nie gewagt, jemanden zu stören, egal, wen.

Da ich Miss Frost erzählt hatte, dass ich Schriftsteller werden wollte, nahm sie mir vielleicht ab, dass ich meine Schreibversuche in der Stadtbücherei unternehmen wollte. Abends, das wusste ich, waren dort vor allem ältere Leute, und zwar höchstens eine Handvoll; außerdem zuweilen auch vereinzelte griesgrämige Oberschülerinnen, die dazu verdammt waren, ihre Ausbildung in Ezra Falls fortzusetzen. Niemand würde mich in der öden Bibliothek unserer Stadt stören. (Und schon gar keine Kinder.)

Ich befürchtete, Miss Frost würde mich nicht wiedererkennen. Ich hatte begonnen, mich zu rasieren, und ich war viel erwachsener geworden, wie ich fand. Ich wusste, dass Miss Frost wusste, dass ich inzwischen einen anderen Namen trug, und bestimmt hatte sie mich – gelegentlich – gesehen, entweder hinter der Bühne oder im Publikum der First Sister Players. Dass ich der Sohn der Souffleuse war, wusste sie ohnehin – ich war *dieser Junge.*

An dem Abend, als ich die Stadtbibliothek aufsuchte – nicht um ein Buch auszuleihen oder auch nur, um eins zu lesen, sondern um selbst etwas zu schreiben –, musterte Miss Frost mich eine halbe Ewigkeit. Ich nahm an, sie hätte Schwierigkeiten, sich an mich zu erinnern, und es brach mir fast das Herz, doch wie sich herausstellte, erinnerte sie sich an weit mehr, als ich für möglich hielt.

»Sag nichts – du bist William Abbott«, sagte Miss Frost plötzlich. »Vermutlich willst du einen neuen Rekord aufstellen und *Große Erwartungen* zum *dritten* Mal lesen.«

Ich gestand, dass ich die Bibliothek nicht zum Lesen aufgesucht hatte. Ich erzählte Miss Frost, dass ich mich von meinen Freunden absetzen wollte – um zu *schreiben.*

»Du bist hierher, in die Bibliothek, gekommen, um zu *schreiben*«, echote sie. Mir fiel ein, dass Miss Frost die Angewohnheit hatte zu wiederholen, was man gerade gesagt hatte. Nana Victoria sagte, bestimmt genieße Miss Frost diese Wiederholungen, denn so könne sie das Gespräch jeweils ein wenig in die Länge ziehen. (Tante Muriel hatte behauptet, keiner unterhalte sich gern mit Miss Frost.)

»Ja, das stimmt«, sagte ich. »Ich will schreiben.«

»Aber warum *hier*? Warum bei uns?«, wollte Miss Frost wissen.

Zuerst fiel mir keine passende Antwort ein. Dann kam mir spontan ein Wort (und dann noch eins) in den Sinn, und Miss Frost machte mich so nervös, dass ich mit dem ersten rausplatzte, rasch gefolgt von dem zweiten. »Nostalgie«, sagte ich. »Vielleicht bin ich *Nostalgiker.*«

»Nostalgie!«, rief Miss Frost. »Du bist *Nostalgiker*!«, wiederholte sie. »Wie alt bist du, William?«

»Siebzehn«, antwortete ich.

»Siebzehn!«, rief Miss Frost, als hätte man ihr einen Dolchstoß versetzt. »William Dean – verzeih, William *Abbott* –, also wenn du schon mit siebzehn *Nostalgiker* bist, wirst du vielleicht *wirklich* mal Schriftsteller!«

Sie war die Erste, die das aussprach – eine Zeitlang wusste sie als Einzige, was ich werden wollte –, und ich glaubte ihr. Damals war Miss Frost für mich der überzeugendste Mensch, den ich kannte.

3

Maskerade

Der Ringer mit dem schönsten Körper hieß Kittredge. Er hatte eine unbehaarte Brust mit schon fast überdeutlich definierten Muskeln, deren klar umrissene Konturen an einen Comic-Helden erinnerten. Ein schmaler Strich dunkelbrauner, fast schwarzer Haare verlief von seinem Nabel zur Schamgegend, und besonders niedlich war der Anblick seines Penisses – wie ich diesen Genitiv hasse! Sein Penis schmiegte sich meist an den rechten Oberschenkel oder schien jedenfalls starken Rechtsdrall zu besitzen. Es gab niemanden, den ich fragen konnte, was die Rechtsausrichtung von Kittredges Penis zu bedeuten hatte. In der Dusche der Schulturnhalle blickte ich zu Boden und widerstand im Großen und Ganzen der Versuchung, den Blick an seinen kräftigen behaarten Beinen aufwärtswandern zu lassen.

Kittredge hatte starken Bartwuchs, aber eine glatte Gesichtshaut und war meist gut rasiert. Am umwerfendsten fand ich ihn mit Zwei- oder Drei-Tage-Bart, mit dem er älter aussah als seine Mitschüler und sogar als einige Lehrer von Favorite River – Richard Abbott und Mr. Hadley eingeschlossen. Im Herbst spielte Kittredge Fußball, im Frühling Lacrosse, aber Ringen war die bevorzugte Bühne für seinen schönen Körper und seine angeborene Grausamkeit.

Zwar sah ich ihn fast nie andere herumschubsen – rein körperlich, wohlgemerkt –, doch war er aggressiv und einschüchternd und verfügte über messerscharfen Sarkasmus. In der reinen Jungenwelt des Internats wurde Kittredge als Sportler verehrt, aber am deutlichsten sind mir seine zielsicheren Pöbeleien in Erinnerung. Kittredge war brillant im Austeilen von Verbalattacken und hatte den entsprechenden Körperbau, um seinen Worten Nachdruck zu verleihen; keiner kam gegen ihn an. Wer ihn verachtete, behielt das besser für sich. Ich verachtete und bewunderte ihn gleichermaßen. Leider trug der verachtende Teil wenig dazu bei, meine Schwärmerei für ihn zu dämpfen; meine Schwärmerei war eine Last, mit der ich mich mein gesamtes drittes Schuljahr über abplagte, als Kittredge ein Schuljahr über mir war und ich glaubte, mir stünde nur noch *ein* Jahr der Qualen bevor. Ich sah einen gar nicht mehr fernen Tag voraus, an dem sich mein Verlangen nach ihm verflüchtigen würde.

Ein schwerer Schlag und eine zusätzliche Belastung sollte für mich die Nachricht sein, dass Kittredge in Fremdsprachen durchgefallen war; er musste ein fünftes Jahr an der Schule bleiben. Das letzte Jahr würden wir also gemeinsam absolvieren. Da sah Kittredge nicht mehr nur älter aus als alle seine Mitschüler, er war es auch.

Ganz zu Beginn unserer, wie es schien, endlosen gemeinsamen Kasernierung dachte ich, Kittredge hieße mit Vornamen »Jock«, so hatte es sich jedenfalls für mich angehört. Jock musste sein Spitzname sein, dachte ich – jeder, der so cool war wie Kittredge, hatte einen. Dabei war sein *wahrer* Vorname Jacques.

»Schack«, sagten wir zu ihm. Verknallt, wie ich war, bildete ich mir ein, meine Mitschüler wären es ebenso – und wir hätten seinen Vornamen instinktiv *französisiert,* weil Kittredge so gut aussah!

Geboren und aufgewachsen war er in New York, wo sein Vater etwas mit dem internationalen Bankengeschäft zu tun hatte – vielleicht war es auch internationales Recht. Kittredges Mutter war Französin. Sie hieß Jacqueline – die weibliche Form von Jacques. »Meine Mutter, die ich nicht für meine *richtige* Mutter halte, ist sehr eitel«, sagte Kittredge immer wieder – als ob er selbst es nicht wäre. Ich fragte mich, ob es ein Indiz für Jacqueline Kittredges Eitelkeit war, dass sie ihren Sohn – ein Einzelkind – nach sich selbst genannt hatte.

Ich habe sie nur einmal gesehen – bei einem Ringerturnier. Und ihre Kleidung bewundert. Gut aussehend war sie allemal, aber ich fand, dass ihr Sohn noch besser aussah. Mrs. Kittredge war auf maskuline Art attraktiv; ihre Züge waren wie gemeißelt, und sie hatte sogar das markante Kinn ihres Sohnes. Wie konnte Kittredge auch nur auf den Gedanken kommen, sie wäre nicht seine Mutter? Sie sahen sich dermaßen ähnlich.

»Sie sieht aus wie Kittredge mit Brüsten«, verkündete Elaine Hadley mit Stentorstimme. »Wie sollte sie nicht seine Mutter sein?«, fragte sie mich. »Außer sie ist seine deutlich ältere Schwester. Also wirklich, Billy – wenn sie gleich alt wären, könnte sie seine *Zwillingsschwester* sein!«

Beim Ringerwettkampf hatten Elaine und ich beide Kittredges Mutter angestarrt, was sie nicht zu kümmern schien. Mit ihren hohen Wangenknochen, dem hohen Busen und der vorteilhaft geschnittenen, sehr eleganten Kleidung war Mrs. Kittredge garantiert fremde Blicke gewohnt.

»Möchte wissen, ob sie sich die Gesichtshaare mit Wachs entfernt«, sagte ich zu Elaine.

»Warum sollte sie?«, fragte Elaine zurück.

»Ich kann sie mir gut mit Damenbart vorstellen«, sagte ich.

»Stimmt, aber ohne Brustbehaarung, genau wie er«, gab Elaine zurück. Vermutlich übte Kittredges Mutter deshalb eine so starke Faszination auf uns aus, weil wir Kittredge in ihr sahen, doch mit ihrer eigenen verwirrenden Art faszinierte sie uns auch so. Sie war die erste ältere Frau, die mir das Gefühl gab, zu jung und unerfahren zu sein, um sie verstehen zu können. Ich weiß noch, dass ich dachte, wie einschüchternd sie als Mutter sein musste – selbst für jemanden wie Kittredge.

Ich wusste, dass Elaine für Kittredge schwärmte, weil sie es mir erzählt hatte. (Wie peinlich, dass wir uns beide seine Brust eingeprägt hatten.) In jenem Herbst 1959, mit siebzehn, gab ich Elaine gegenüber *meine* Schwärmereien noch nicht preis; noch traute ich mich nicht, ihr zu sagen, dass ich sowohl auf Miss Frost als auch auf Jacques Kittredge stand. Und wie hätte ich Elaine von meinem unbegreiflichen Begehren für ihre Mutter erzählen können? Ab und zu dachte ich beim Onanieren noch an die schlichte, flachbrüstige Martha Hadley – diese große, grobknochige Frau mit breitem schmallippigen Mund, deren längliches Gesicht ich mir auf den Körpern junger Mädchen in den Versandkatalogen meiner Mutter vorstellte, wo sie für Teenager-BHs posierten.

Für Elaine hätte es ein Trost sein können zu wissen, dass ich ihren Liebeskummer um Kittredge teilte, der anfangs genau gleich gemein oder gleichgültig (oder beides) zu uns beiden war, auch wenn er uns ein *bisschen* besser behandelte, seit Richard Abbott *Der Sturm* mit uns dreien besetzt hatte. Es war klug von Richard, sich selbst den Prospero zuzuteilen, denn unter den Favorite-River-Schülern gab es nicht einen Knaben, der den (Shakespeare zufolge) »rechtmäßigen« Herzog von Mailand und Mirandas liebenden Vater hätte spielen können. Sein zwölfjähriges Inselleben hat Prosperos Zauberkräfte gestählt, und es gibt nicht viele Highschool-Schüler, die derlei Kräfte spielen können.

Na gut – Kittredge hätte es vielleicht geschafft. Als hinreißend attraktiver Ferdinand war er eine Traumbesetzung; seine Liebe zu Miranda nahm ihm jeder ab, selbst wenn Elaine Hadley, die die Miranda gab, schwer darunter zu leiden hatte.

»Dem Kleinod meiner Mitgift! Wünsch ich keinen / Mir zum Gefährten in der Welt als Euch«, erklärt sich Miranda Ferdinand.

Und Ferdinand sagt zu Miranda: »Weit über alles, was die Welt sonst hat, / Lieb ich und acht und ehr ich Euch.«

Wie schwer es für Elaine gewesen sein muss, sich das – in einer Probe nach der anderen – anzuhören, nur um von Kittredge jedes Mal aufs Neue ignoriert (oder verspottet) zu werden, wenn sie ihm außerhalb der Proben begegnete! Dass er uns seit Probenbeginn für *Der Sturm* »ein bisschen besser« behandelte, hieß nicht, dass er nicht weiterhin fies sein konnte.

Mit mir hatte Richard den Ariel besetzt; in seiner Liste

der auftretenden Personen nennt Shakespeare ihn einen »Luftgeist«.

Richard war eindeutig alles andere als vorausschauend, was meine aufkeimende und verwirrende sexuelle Orientierung betraf. Er erklärte der Truppe, Ariels Geschlecht sei »polymorph – eher eine Frage der Kleiderwahl als irgend etwas Organisches«.

In seinem allerersten Auftritt (1. Aufzug, 2. Szene) sagt Ariel zu Prospero: »… schalte nur / Durch dein gewaltig Wort mit Ariel / Und allen seinen Kräften.« Richard hatte das Ensemble, und insbesondere mich, auf das männliche Pronomen aufmerksam gemacht. (Später heißt es in der Regieanweisung für Ariel: *»schlägt mit seinen Flügeln auf die Tafel«.*)

Zu meinem Leidwesen befiehlt Prospero Ariel: »Geh, werde gleich 'ner Nymphe! Dich erkenne / Nur mein und dein Gesicht; sei unsichtbar / Für jedes Auge sonst.«

Dem Publikum unsichtbar machen konnte ich mich ja nun leider nicht. Das *Ariel kommt zurück in Gestalt einer Wassernymphe* erntete unweigerlich schallendes Gelächter, auch schon bevor ich kostümiert und geschminkt war. Diese Regieanweisung brachte Kittredge darauf, mich »Nymphe« zu nennen.

Ich weiß noch genau, wie Richard sich ausdrückte: »Die Ariel-Figur beim männlichen Geschlecht zu belassen, ist einfacher, als noch einen Chorjungen als Frau zu verkleiden.« (Aber ein Stück weit wurde ich ja ohnehin mit der *Perücke* verkleidet!)

Dankbar nahm Kittredge auch Richards Bemerkung auf: »Vielleicht hat Shakespeare eine Verbindungslinie von Caliban über Prospero bis zu Ariel gesehen – eine Art spirituelle Evolution. Caliban ist ganz Erde und Wasser, brutale Gewalt und Tücke. Prospero verkörpert Selbstherrschung und Vernunft – er ist der ultimative Alchemist. Und Ariel«, sagte Richard mit einem Lächeln in meine Richtung (das Kittredge genauso wenig entging), »Ariel ist ein Geist aus Luft und Feuer, frei von den Sorgen und Nöten der Sterblichen. Vielleicht hat Shakespeare befürchtet, seine Idee der Entwicklungslinie wäre weniger gut nachvollziehbar, wenn er aus Ariel eine eindeutig weibliche Figur machte. Ich glaube, dass das Geschlecht von Ariel *wandelbar* ist.«

»Mit anderen Worten: Der Regisseur entscheidet?«, fragte Kittredge.

Und unser Regisseur und Lehrer antwortete mit einem argwöhnischen Blick auf Kittredge: »Das Geschlecht von Engeln ist ebenfalls wandelbar. Ja, Kittredge – der Regisseur hat entschieden.«

»Aber wie soll die sogenannte Wassernymphe *aussehen*?«, fragte Kittredge. »Wie ein *Mädchen,* stimmt's?«

»Wahrscheinlich«, sagte Richard noch argwöhnischer.

Ich versuchte mir vorzustellen, wie ich als unsichtbare Wassernymphe kostümiert und geschminkt sein würde; nie und nimmer hätte ich die algengrüne Perücke, die man mir aufsetzte, noch gar die purpurrote Ringerhose vorhersehen können. (Purpurrot und Silbergrau – »Todesgrau«, wie Grandpa Harry es nannte – waren die Farben der Favorite River Academy.)

»Billys Geschlecht ist also … *wandelbar*«, stellte Kittredge lächelnd fest.

»Nicht Billys – *Ariels*«, verbesserte ihn Richard.

Aber Kittredge hatte seinen Pfeil abgeschossen; dem gesamten *Sturm*-Ensemble sollte sich das Wort *wandelbar* unauslöschlich einprägen. »Nymphe«, der Spitzname, den Kittredge mir verpasste, blieb haften. Ich hatte noch zwei Schuljahre an der Favorite River Academy vor mir – und zwar unwandelbar als Nymphe.

»Ganz egal, was Kostüm und Maske mit dir anstellen, Nymphe«, sagte Kittredge mir einmal unter vier Augen, »du wirst nie so scharf wie deine Mutter sein.«

Mir war klar, dass meine Mutter hübsch war, und ich registrierte mehr und mehr, wie meine Mitschüler an dem reinen Jungeninternat sie ansahen. Aber noch kein anderer Junge hatte mir gesagt, dass meine Mutter »scharf« sei; und wie so oft blieb ich Kittredge die Antwort schuldig. Mit Sicherheit war *scharf* damals noch kein gängiger Ausdruck – nicht in dem Sinne, wie er das Wort verwendet hatte. Doch so und nicht anders hatte er »scharf« gemeint.

Wenn Kittredge (selten genug) auf seine eigene Mutter zu sprechen kam, dann ging es ihm meist um das Thema einer möglichen Verwechslung. »Vielleicht ist meine richtige Mutter bei der Geburt gestorben«, sagte Kittredge. »Mein Vater hat irgendeine ledige Mutter im selben Krankenhaus aufgetan – eine arme Frau mit einem totgeborenen Kind (was sie nie erfahren hat), eine, die wie meine Mutter *aussah.* Die Kinder wurden vertauscht – meinem Vater würde ich so einen Schwindel zutrauen. Ich sag ja nicht, die Frau weiß, dass sie nur meine *Stief*mutter ist. Vielleicht glaubt sie sogar, mein Vater wäre mein Stiefvater! Damals hat man sie bestimmt unter Drogen gesetzt – sie muss depressiv, vielleicht sogar selbstmordgefährdet gewesen sein.

Ich bezweifle nicht, dass sie sich für meine Mutter *hält* – sie verhält sich halt nur nicht immer wie eine Mutter. Sie hat ein paar unpassende Dinge getan – Dinge, die eine richtige Mutter nie machen würde. Ich sag ja nur, dass mein Vater sich noch nie für sein Verhalten gegenüber Frauen verantworten musste – egal, *welchen* Frauen. Mein Vater handelt nur Deals aus. Diese Frau sieht vielleicht so aus wie ich, aber sie ist nicht meine Mutter – sie ist die Mutter von *niemandem.*«

»Kittredge leugnet die Tatsachen – und zwar so was von«, erklärte mir Elaine. »Diese Frau sieht aus wie seine Mutter *und* sein Vater!«

Als ich Elaine Hadley erzählte, was Kittredge über meine Mutter gesagt hatte, schlug sie mir vor, ihm unsere Meinung über seine Mutter zu sagen – nachdem wir sie ein ganzes Ringerturnier lang unverhohlen angestarrt hatten. »Sag ihm, dass seine Mutter so aussieht wie er, mit *Titten*«, sagte Elaine.

»Sag *du's* ihm«, verlangte ich; wir wussten beide, dass ich mich genauso wenig trauen würde wie Elaine.

Zu Beginn hatte Elaine fast ebenso viel Angst vor Kittredge wie ich – und das Wort *Titten* hätte sie in seiner Nähe schon gar nicht über die Lippen gebracht. Sie war sich durchaus im Klaren, dass sie die Flachbrüstigkeit ihrer Mutter geerbt hatte. Doch Elaine sah bei weitem nicht so unscheinbar aus wie ihre Mutter; sie war dünn, schlaksig und busenlos, hatte aber ein hübsches Gesicht – und war, im Unterschied zu ihrer Mutter, nicht grobknochig. Sie wirkte sogar zierlich, weshalb man umso weniger auf ihre Stentorstimme gefasst war. Dabei war sie anfangs in Kittredges

Gegenwart so eingeschüchtert, dass sie häufig nur quäkte oder gar zusammenhangloses Zeug brummelte. So sehr fürchtete sie, sich in seinen Ohren zu laut anzuhören. »Bei Kittredge beschlagen meine Brillengläser«, wie sie es ausdrückte.

Ihre erste Begegnung auf der Bühne – als Ferdinand und Miranda – sprach Bände; nie sah man zwei Seelen so eindeutig zueinander hingezogen. Als Ferdinand Miranda zum ersten Mal sieht, spricht er von einem »Wunder«, und er fragt: »Seid Ihr ein Mädchen oder nicht?«

»Kein Wunder, / Doch sicherlich ein Mädchen«, erwidert Elaine (als Miranda) mit pulsierender Stimme, die wie ein Gong klang. Aber hinter den Kulissen mokierte sich Kittredge über Elaines Stentorstimme, so dass sie ganz gehemmt wurde. Schließlich war sie erst sechzehn; Kittredge dagegen war achtzehn und ging mit Riesenschritten auf die dreißig zu.

Es war eines Abends, als ich mit Elaine unterwegs von der Probe nach Hause war (die Lehrerwohnung der Hadleys war im selben Wohnheim wie die, die ich mit Richard Abbott und meiner Mutter teilte), als Kittredge wie so oft plötzlich wie aus dem Nichts neben uns auftauchte. »Ihr beide seid mir schon ein Pärchen«, sagte er zu uns.

»Wir sind *kein* Pärchen!«, stieß Elaine hervor, wie so oft viel lauter als beabsichtigt. Kittredge tat, als taumle er, von einem unsichtbaren Schlag getroffen, und hielt sich die Ohren zu.

»Ich warne dich, Nymphe – du läufst Gefahr, schwerhörig zu werden«, sagte er zu mir. »Wenn diese junge Dame ihren ersten Orgasmus hat, dann steck dir ja vorher Stöpsel in die Ohren. Und an eurer Stelle würd ich's nicht im Wohnheim machen. Das ganze Haus könnte sie hören.« Damit ließ er uns stehen und bog in einen anderen, dunkleren Weg ab; Kittredge wohnte im Sportlerhaus, das der Turnhalle am nächsten lag.

Es war zu dunkel, um zu sehen, ob Elaine Hadley rot geworden war. Ich berührte kurz ihr Gesicht, nur um festzustellen, ob sie weinte, was nicht der Fall war, aber ihre Wange fühlte sich heiß an, und sie schob meine Hand weg. »Niemand wird mich so bald zum Orgasmus bringen!«, rief sie Kittredge hinterher.

Wir standen in dem rechteckigen begrünten Innenhof zwischen den Wohngebäuden; die Zimmerfenster waren hell erleuchtet, und ein Chor von Stimmen juchzte und jubelte – als hätten hundert versteckte Knaben zugehört. Elaine war außer sich gewesen, als sie Kittredge hinterhergerufen hatte; allerdings bezweifelte ich, dass Kittredge (oder sonst wer außer mir) sie verstanden hatte. Doch ich irrte mich, obwohl Elaines Ausruf mit polizeisirenenartiger Lautstärke geklungen hatte wie »Nie Mandarinensuppe im alten Turm zu Orgel-Mus!« (oder ähnlich unverständlicher Quatsch).

Denn Kittredge hatte Elaines Worte durchaus verstanden; seine einschmeichelnd sarkastische Stimme erreichte uns aus irgendeiner Ecke des dunklen Hofes. Grausamerweise rief er meiner Freundin, die sich (in dieser Situation) nicht eben wie Miranda fühlte, mit der Stimme des Schönlings Ferdinand durch die Dunkelheit zu:

»Oh, wenn ein Mädchen, / Und Eure Neigung frei noch, mach ich Euch / Zur Königin von Napel«, schwört Ferdinand Miranda – und genauso verliebt tönte Kittredge. In den vier Wohngebäuden war es gespenstisch still, als hätten Kittredges Worte den Favorite-River-Schülern die Sprache verschlagen. »Gute Nacht, Nymphe!«, hörte ich Kittredge rufen. »Gute Nacht, Napel!«

Damit hatten Elaine Hadley und ich unsere Spitznamen weg. Wem Kittredge einen Spitznamen verpasste, egal, wie beleidigend er war, an dem blieb er haften wie ein Fluch.

»Scheiße«, sagte Elaine. »Es könnte schlimmer sein – Kittredge könnte mich *Mädchen* oder *Jungfrau* nennen.«

»Elaine«, sagte ich in die Dunkelheit hinein. »Du bist meine einzige wahre Freundin.«

»Schnöder Sklav«, schallte es von ihr zurück.

Es klang wie ein Bellen, und »schnöder Sklav« kläffte das hündische Echo aus dem Geviert der Wohnheime zurück. Wir wussten beide, dass Prospero das zu Caliban sagt – ein »wilder und missgestalter Sklave«, wie Shakespeare ihn nennt; doch Caliban ist ein rohes Ungeheuer.

Prospero wirft Caliban vor: »Du versuchst zu schänden / Die Ehre meines Kindes.«

Caliban streitet es nicht ab. Caliban hasst Prospero *und* dessen Tochter (»Der Sycorax, Molch, Schröter, Fledermaus befall Euch!«), obwohl das Ungeheuer es einst auf Miranda abgesehen hatte und sich wünscht, mit ihr »die Insel / Mit Calibans bevölkert« zu haben. Caliban ist offensichtlich männlich, aber wie menschlich er ist, bleibt dahingestellt.

Als Trinculo, der Spaßmacher, Caliban das erste Mal erblickt, sagt er: »Was gibt's hier? Ein Mensch oder ein Fisch? Tot oder lebendig?«

Ich wusste, dass Elaine Hadley Quatsch gemacht hatte – mit mir als Prospero mit Caliban zu sprechen, war von ihr aus nur ein Spaß –, doch als wir uns unserem ebenfalls hellerleuchteten Wohnheim näherten, kam ihr tränenüberströmtes Gesicht zum Vorschein. Mit ein paar Worten hatte Kittredge die Liebe zwischen Ferdinand und Miranda verhöhnt und Elaine zum Weinen gebracht. »Du bist mein *einziger* Freund!«, schniefte sie mich an.

Aus Mitleid legte ich ihr den Arm um die Schultern – und erntete weitere Juchz- und Jubelrufe von denselben unsichtbaren Schülern wie vorher. Ahnte ich, dass dieser Abend der Auftakt zu meiner Maskerade war? Wollte ich bei meinen Mitschülern bewusst den Eindruck erwecken, Elaine Hadley wäre meine Freundin? Spielte ich schon da nur eine Rolle? Ob bewusst oder unbewusst, ich benutzte Elaine zur Tarnung. Eine Zeitlang sollte ich Richard Abbott und Grandpa Harry hinters Licht führen – ganz zu schweigen von Mr. Hadley, seiner unscheinbaren Frau Martha und (wenn auch kürzer und in geringerem Maße) meiner Mutter.

Ja, mit meiner Mutter ging eine deutliche Veränderung vor. In meiner Kindheit war sie so liebevoll zu mir gewesen. Doch seit ich in die Pubertät gekommen war, hatte ich mich schon manchmal gefragt, was wohl aus dem kleinen Jungen geworden war, den sie damals so sehr geliebt hatte.

Ich begann sogar einen frühen Roman mit folgendem verquasten, ellenlangen Satz: »Wenn es nach meiner Mutter ginge, war ich schon Schriftsteller, bevor ich irgendetwas zu Papier gebracht hatte, womit sie nicht nur meinte, dass ich Sachen erfand oder mir ausdachte, sondern auch, dass ich diese Art des Phantasierens oder bloßen Ausdenkens dem vorzog, was anderen Leuten für gewöhnlich gefällt – womit sie natürlich die Realität meinte.«

Was meine Mutter vom bloß Ausgedachten hielt, war wenig schmeichelhaft. Dichtung erschien ihr frivol; nein, schlimmer als das.

Einmal zu Weihnachten – es muss das erste Weihnachten seit Jahren gewesen sein, an dem ich über die Feiertage nach Hause gekommen war – ertappte mich meine Mutter dabei, wie ich die ganze Zeit in ein Notizheft kritzelte, und fragte mich: »Was schreibst du jetzt schon wieder, Billy?«

»Einen Roman«, antwortete ich ihr.

Worauf sie sich an Grandpa Harry wandte, der allmählich schwerhörig wurde (vermutlich ein Sägewerksschaden) und ausrief: »Na, wenn *dich* das nicht glücklich macht!«

»Mich? Warum sollte es *mich* glücklich machen, dass Bill noch einen Roman schreibt? Nicht dass mir der letzte nicht prima gefallen hätte, Bill, und *wie* er mir gefallen hat, worauf du einen lassen kannst!«, versicherte mir Grandpa Harry.

»Natürlich hat er dir gefallen«, konterte meine Mutter. »Romane sind doch nur eine andere Art, sich zu verkleiden, stimmt's?«

»Ach ja …«, setzte Grandpa Harry an, beließ es aber dabei. Je älter Harry wurde, desto öfter verkniff er sich, was er eigentlich sagen wollte.

Dieses Gefühl kenne ich. Als ich in meiner Jugend allmählich zu spüren bekam, dass meine Mutter nicht mehr so *liebevoll* zu mir war wie früher, gewöhnte ich mir an, mir ebenfalls auf die Zunge zu beißen. Doch das war einmal.

Viele Jahre später, lange nach meinem Abschluss an der Favorite River Academy und auf dem Höhepunkt meines Interesses an Transvestiten – das heißt daran, mich mit ihnen einzulassen, und nicht etwa, selber einer zu sein –, erzählte ich Donna eines Abends beim Essen von Grandpa Harrys Bühnenleben als Frauendarsteller.

»Fand das alles nur auf der Bühne statt?«, fragte Donna.

»Soweit ich weiß, ja«, antwortete ich ihr, aber sie ließ sich nichts vormachen. Zu den Schattenseiten bei Donna gehörte, dass sie immer merkte, wenn man mit der Wahrheit hinter dem Berg hielt.

Nana Victoria war schon über ein Jahr tot, als ich das erste Mal von Richard erfuhr, dass Grandpa Harry sich einfach nicht von ihren Kleidern trennen wollte. (Im Sägewerk lief Grandpa Harry natürlich immer noch wie ein Holzfäller herum, worauf man einen lassen konnte.)

Irgendwann beichtete ich Donna, dass Grandpa Harry die Abende in der Kleidung seiner verstorbenen Frau verbrachte – wenn auch nur ganz für sich in seinem Haus an der River Street. Ich ließ den Teil mit Grandpa Harrys Travestieabenteuern weg, nachdem er in die Einrichtung für betreutes Wohnen gezogen war, die er und Nils Borkman Jahre zuvor großzügig den Alten von First Sister gebaut hatten. Die anderen Bewohner hatten sich darüber beschwert, dass Grandpa Harry sie immer mal wieder im Fummel überrascht hatte. (Wie Grandpa Harry mir eines Tages sagen sollte: »Wie du bestimmt schon gemerkt hast, verstehen diese erzspießigen Hinterwäldler einfach keinen Spaß, wenn es um Transvestiten geht.«)

Zum Glück war Grandpa Harrys Haus an der River

Street noch nicht verkauft, als Richard Abbott mir erzählte, was in der Einrichtung für betreutes Wohnen passiert war; es stand noch zum Verkauf. Mein Stiefvater und ich verfrachteten Harry schleunigst in seine gewohnte Umgebung zurück – das Haus, das er so viele Jahre lang mit Nana Victoria bewohnt hatte. Nanas Kleider wurden mit ihm in das Haus zurückgeschafft, und die von uns eingestellte Pflegerin, die Grandpa rund um die Uhr betreute, hatte nichts gegen Harrys offenbar endgültige Verwandlung in eine Frau einzuwenden. Sie hatte Harry Marshalls zahlreiche Verkörperungen von Frauenfiguren auf der Bühne in guter Erinnerung.

»Warst du nie scharf darauf, dich als Frau zu verkleiden, Billy?«, fragte Donna mich eines Abends.

»Nicht dass ich wüsste«, antwortete ich.

Von Transsexuellen fühlte ich mich auf ganz bestimmte Weise angezogen. (Sorry, aber das Wort »Transgender« kannten wir damals noch nicht – das kam in den USA erst in den achtziger Jahren auf.) Mit Transvestiten hatte ich es einfach nicht so, und Transsexuelle mussten nach ihren eigenen Kategorien »passabel« sein – eins der wenigen Adjektive, dessen Aussprache mir heute noch Probleme bereitet. Außerdem mussten ihre Brüste natürlich sein – Hormone gingen in Ordnung, Implantate nicht –, und, wen wundert's, ich bevorzugte kleine Brüste.

Donna legte sehr großen Wert auf ihr weibliches Aussehen. Sie war groß und schlank – selbst ihre Oberarme waren dünn –, mit makellos glatter Haut. (Ich habe viele Frauen gekannt, die stärker behaart waren.) Sie verbrachte viel Zeit beim Friseur und war sehr modebewusst.

Allerdings genierte sich Donna wegen ihrer Hände, obwohl sie nicht so auffällig groß und kräftig waren wie die von Miss Frost, und hielt daher nicht gerne Händchen mit mir, weil meine Hände kleiner waren.

Sie kam aus Chicago und versuchte in New York Fuß zu fassen (nach unserer Trennung zog sie weiter nach Toronto), glaubte aber, dass jemand wie sie in Europa besser aufgehoben wäre. Oft begleitete sie mich auf meinen Lesereisen, die ich unternahm, als meine Romane übersetzt wurden und in verschiedenen europäischen Ländern herauskamen. Donna sagte, in Europa sei man Transsexuellen gegenüber toleranter, weil man dort generell in sexuellen Dingen toleranter *und* kultivierter sei. Doch eine dieser anderen europäischen Sprachen zu lernen traute sie sich nicht zu.

Sie hatte das College abgebrochen, weil ihre Studienzeit mit dem zusammenfiel, was sie ihre »sexuelle Identitätskrise« nannte, und sie hielt sich für nicht gebildet genug. Was absurd war, denn sie las ständig und war überhaupt sehr schlau. Aber in einem bestimmten Alter wird von uns erwartet, dass wir unseren Verstand füttern und ausbilden, und Donna redete sich ein, diese Jahre an ihre schwierige Entscheidung verloren zu haben, als Frau zu leben.

Am glücklichsten war Donna mit mir in Deutschland, wo ich die Landessprache beherrschte – das heißt, wenn wir in Deutschland, in Österreich und der deutschsprachigen Schweiz auf Lesereise waren. Donna liebte Zürich – auch weil ihr diese Stadt wie so vielen so wohlhabend vorkam. Wien mochte sie auch – von meinem Austauschjahr her, das ich als Student dort verbracht hatte, kannte ich mich dort noch ein wenig aus. Aber am allerbesten gefiel Donna Hamburg – Hamburg war für sie die eleganteste Stadt Deutschlands.

In Hamburg brachten mich meine deutschen Verleger immer im Hotel Vier Jahreszeiten unter, das so elegant war, dass es für Donna die Hauptattraktion in Hamburg darstellte. Bis zu jenem schrecklichen Abend, nach dem Donna nie wieder in Hamburg – oder auch mit mir – glücklich sein konnte.

Es fing ganz harmlos an. Ein Journalist, der mich interviewt hatte, lud uns in einen Nachtclub an der Reeperbahn ein. Ich kannte weder die Reeperbahn, noch wusste ich, um was für einen Club es sich handelte, aber dieser Journalist (und seine Frau oder Freundin) luden Donna und mich ein, mit ihnen auszugehen und uns ein Unterhaltungsprogramm anzusehen. Sie hießen Klaus (mit K) und Claudia (mit C); wir fuhren zusammen im Taxi hin.

Ich hätte merken müssen, was für ein Club das war, als ich beim Hereinkommen die dünnen Jungs an der Bar sah. Ein *Transvestiten-Kabarett.* (Vermutlich waren die dünnen Jungs an der Bar die Freunde der Darsteller, denn es war keine Schwulenbar; bis auf diese Knaben war nicht ein einziger schwuler Gast im Publikum.)

Es war eine Vorführung für Sextouristen – Schwule im Fummel, die Hetero-Pärchen unterhielten. Die rein männlichen Gruppen im Publikum waren junge Männer, die sich amüsieren wollten; die rein weiblichen Gruppen Frauen, die Schwänze sehen wollten. Die Männer auf der Bühne waren Schauspieler und sich sehr wohl bewusst, dass sie Männer waren. Sie waren nicht halb so passabel wie meine gute Donna, sondern von der altmodischen Sorte Transvestiten, die gar nicht ernsthaft als Frauen durchgehen wollte. Perfekt geschminkt und in aufwendiger Kostümierung, sahen sie sehr gut aus, doch es waren gutaussehende, als Frauen *verkleidete* Männer. Mit ihren Kleidern und Perücken wirkten diese Männer zwar sehr weiblich, machten aber niemandem was vor – sie versuchten es nicht einmal.

Klaus und Claudia ahnten offensichtlich nicht, dass Donna eine von ihnen war (obwohl es ihr weitaus ernster damit war und sie auch weitaus überzeugender wirkte).

»Ich wusste es nicht«, sagte ich zu Donna. »Ich hab's ehrlich nicht gewusst. Es tut mir leid.«

Donna hatte es die Sprache verschlagen. Nie und nimmer hätte sie – wir waren in den siebziger Jahren – vermutet, dass die Europäer so an sexuelle Abweichungen gewöhnt waren, dass sie sich schon darüber lustig machen konnten.

Diese Selbstpersiflage der Darsteller muss eine Qual für Donna gewesen sein, die so hart daran gearbeitet hatte, sich als Frau annehmen zu können.

In einem Sketch tat eine sehr große Transe so, als führe sie Auto, während ihr Partner – ein verängstigt dreinschauender kleinerer Mann – versuchte, ihr einen zu blasen. Den kleinen Mann verängstigte die Größe des Transenschwanzes und dass seine läppischen Bemühungen um diesen Riesenschwanz die Transe beim Fahren störten.

Natürlich verstand Donna nicht, was gesprochen wurde; die Transe quasselte pausenlos und beschwerte sich, wie lausig sie oral befriedigt wurde. Und ich musste lachen, was Donna mir wohl nie verziehen hat.

Klaus und Claudia dachten ganz offensichtlich, ich hätte

eine typisch amerikanische Freundin und ihr würde die Show nicht gefallen, weil sie sexuell verklemmt und prüde sei. Und ich sah keine Möglichkeit, die beiden aufzuklären – jedenfalls nicht dort.

Als wir hinausgingen, war Donna so fertig, dass sie zusammenzuckte, als eine Kellnerin sie ansprach. Die Kellnerin war ein großer Transvestit; als einer der Darsteller wäre sie nicht weiter aufgefallen. Sie sagte zu Donna (auf Deutsch): »Sie sehen blendend aus.« Es war ein Kompliment, aber ich wusste, dass die Transe wusste, dass Donna eine Transsexuelle war. (Fast niemand erkannte das damals. Donna posaunte es nicht heraus; sie gab alles, um eine Frau zu *sein* und nicht nur als eine zu gelten.)

»Was hat sie gesagt?«, fragte Donna mich auf dem Weg zum Ausgang immer wieder. In den siebziger Jahren war die Reeperbahn anders als heute keine totale Touristenfalle; natürlich gab es schon Sextouristen, aber die Straße war damals ein zwielichtiger Ort – so wie die Gegend um den Times Square früher zwielichtig war und nicht so von Gaffern übervölkert.

»Sie hat dir ein Kompliment gemacht – sie fand, dass du ›blendend‹ aussiehst. Sie hat gemeint, dass du schön bist«, erklärte ich Donna.

»Sie hat gemeint ›für einen Mann‹, stimmt's – das hat sie doch wohl *gemeint*?«, wollte Donna von mir wissen. Sie weinte. Klaus und Claudia begriffen es immer noch nicht. »Ich bin nicht irgend so 'n billiges Flittchen im Fummel!«, schluchzte Donna.

»Tut uns leid, wenn es keine gute Idee war«, sagte Klaus ziemlich verkrampft. »Es soll *komisch* sein – sie wollen niemanden *beleidigen.*« Ich kam aus dem Kopfschütteln nicht mehr raus; der Abend war nicht zu retten, das wusste ich.

»Hör mal, Kumpel – ich hab 'nen größeren Schwanz als diese Transe in dem Phantasieauto!«, sagte Donna zu Klaus. »Wollen Sie ihn *sehen*?«, fragte sie Claudia.

»Nicht«, warnte ich sie – ich wusste, dass Donna nicht prüde war. Ganz und gar nicht!

»Sag's ihnen«, verlangte sie von mir.

Natürlich hatte ich bereits ein paar Romane über sexuelle Abweichungen geschrieben – über komplexe und manchmal verwirrende sexuelle Identitäten. Klaus hatte meine Romane gelesen; du lieber Himmel, er hatte sogar ein *Interview* mit mir gemacht – somit hätten er und seine Frau (oder Freundin) eigentlich wissen müssen, dass meine Freundin nicht verklemmt war.

»Donna hat eindeutig einen größeren Schwanz als die Transe am Steuer des Phantasieautos«, sagte ich zu Klaus und Claudia. »Bitte fordert sie nicht auf, ihn euch zu zeigen – nicht hier.«

»Nicht *hier*?«, kreischte Donna.

Ich weiß ehrlich nicht, warum ich das sagte; die vielen Autos und Fußgänger auf der Reeperbahn ließen mich wohl befürchten, Donna könnte ihren Penis *ausgerechnet dort* herausholen. Mit Sicherheit meinte ich nicht – wie ich Donna später in unserem Hotel oft genug versicherte –, sie werde (oder solle) ihnen ihren Penis ein andermal, anderswo zeigen! Es rutschte mir halt nur so heraus.

»Ich bin kein *Amateur*transvestit«, schluchzte Donna. »Ich bin kein, ich bin *kein* –«

»Natürlich nicht«, versicherte ich ihr, während ich Klaus

und Claudia den Rückzug antreten sah. Donna hatte mir ihre Hände auf die Schultern gelegt; sie schüttelte mich, und Klaus und Claudia mussten gesehen haben, wie groß ihre Hände waren. (Und Donna hatte tatsächlich einen größeren Schwanz als die Transe, an der sich der Kerl bei seinem stümperhaften Blowjob in dem Phantasieauto einen abwürgte.)

Als sie sich vor dem Schlafengehen abschminkte, weinte Donna immer noch. Wir ließen das Licht in dem begehbaren Kleiderschrank an und die Schranktür offen; es diente uns als Nachtlicht, damit wir das Bad im Dunkeln fanden. Ich lag wach und betrachtete die schlafende Donna. In dem schummerigen Licht, ungeschminkt, wies Donnas Gesicht gewisse männliche Züge auf. Vielleicht, weil sie sich im Schlaf nicht bemühte, eine Frau zu sein; vielleicht lag es auch an den Konturen von Kinn und Wangenknochen, die etwas Markantes hatten.

Beim Anblick der schlafenden Donna musste ich plötzlich an Mrs. Kittredge denken – auch sie war auf eine maskuline Art attraktiv (so dass man sich sofort an ihren Sohn erinnert fühlte). Doch jede aggressive Frau kann maskulin *wirken* – selbst im Schlaf.

Ich schlief ein, und als ich aufwachte, war die Tür zum begehbaren Kleiderschrank zu, und Donna lag nicht mehr neben mir im Bett; stattdessen sah ich im Licht, das unter der Schranktür durchsickerte, die hin- und herhuschenden Schatten ihrer Füße.

Ich stand auf und öffnete die Schranktür. Donna war nackt und betrachtete sich im Ganzkörperspiegel des Kleiderschranks. Ich kannte die Nummer schon.

»Deine Brüste sind genau richtig«, versicherte ich ihr.

»Die meisten Männer ziehen größere vor«, gab Donna zurück. »Ich weiß, du bist nicht wie die meisten Männer, Billy. Du magst sogar *richtige* Frauen, Herrgott noch mal!«

»Tu deinen schönen Brüsten nicht weh – bitte tu ihnen nichts an«, bat ich sie.

»Was hilft es, dass ich einen großen Schwanz hab? Du bist und bleibst nun mal der aktive Partner – das wird sich nie ändern, stimmt's?«, fragte sie mich.

»Ich *liebe* deinen großen Schwanz«, sagte ich.

Doch Donna ging es weiterhin nur um ihre kleinen Brüste. »Kennst du den Unterschied zwischen einem *Amateur*transvestiten und einem wie mir?«

Ich kannte die Antwort schon – es war immer die gleiche. »Ja, ich weiß – du willst deinen Körper verändern lassen.«

»Ich bin kein Amateur«, wiederholte Donna.

»Ich weiß. Nur veränder bitte nichts an deinen Brüsten. Sie sind genau richtig«, versicherte ich ihr und ging wieder ins Bett.

»Weißt du, was mit dir los ist, Billy?«, fragte mich Donna. Ich war schon unter der Decke und kehrte dem Lichtstreifen unter der Schranktür den Rücken zu. Ihre Antwort auf diese Frage kannte ich auch, aber ich sagte nichts. »Du bist wie niemand sonst, Billy – das ist mit dir los«, sagte Donna.

Was Travestie betraf, so konnte Donna mich nie überreden, ihre Kleider anzuprobieren. Immer mal wieder brachte sie das Thema auf die scheinbar in ferner Zukunft vorgesehene Operation – nicht bloß Brustimplantate, die für viele Transsexuelle verlockend waren, sondern die größere Sache, die Geschlechtsumwandlungs-OP. An sich war Donna – und jeder andere Transsexuelle, den ich je attraktiv fand – das, was man einen »Prä-OP« nennt. (Ich kenne nur wenige Post-OP-Transsexuelle. Die, die ich kenne, sind sehr mutig. Auf mich wirken sie einschüchternd; sie kennen sich so gut. Was für eine Vorstellung, sich selbst *so* gut zu kennen! Sich dermaßen sicher zu sein, wer man ist.)

»Hat es dich nie neugierig gemacht – also so zu sein wie ich?«, wollte Donna von mir wissen.

»Nein«, antwortete ich ihr wahrheitsgemäß.

»Du willst bestimmt dein Leben lang deinen Penis behalten – wahrscheinlich *magst* du ihn sogar richtig«, sagte sie.

»Deinen mag ich auch«, antwortete ich ihr – ebenfalls wahrheitsgemäß.

»Ich weiß«, sagte sie seufzend. »Ich mag ihn halt bloß selber nicht immer so besonders. Aber *deinen* mag ich immer«, beeilte sie sich zu versichern.

Der arme Tom hätte Donna bestimmt zu »kompliziert« gefunden, aber ich fand sie sehr mutig.

Mich schüchterte an Donna ein, dass sie sich ihrer selbst so sicher war, doch das liebte ich auch so an ihr – das und den niedlichen Rechtsdrall ihres Penisses, der mich an Sie-wissen-schon-wen erinnerte.

Auf Kittredges Penis sollte ich schließlich nie mehr als verstohlene Blicke in der Dusche der Favorite-River-Turnhalle erhaschen.

Donnas Penis dagegen bekam ich viel öfter zu Gesicht. Von ihr bekam ich so viel zu sehen, wie ich wollte, auch wenn ich, zu Beginn, einen so unersättlichen Hunger nach ihr hatte (und nach anderen Transsexuellen, wenn auch nur solchen, wie sie eine war), dass ich mir nicht vorstellen konnte, jemals *genug* von ihr sehen oder haben zu können. Schließlich trennte ich mich von ihr, nicht etwa, weil ich sie satthatte oder weil sie an sich selbst gezweifelt oder sich in Frage gestellt hätte. Nein, am Ende zweifelte sie an *mir. Donna* entwickelte sich weiter, und ihr Argwohn mir gegenüber ließ mich an mir selbst zweifeln.

Als ich mich von Donna trennte (genau genommen, als sie sich von mir trennte), wurde ich Transsexuellen gegenüber vorsichtiger – nicht, weil ich sie nicht mehr begehrt hätte (ich finde sie immer noch außergewöhnlich mutig), sondern weil Transsexuelle (und ganz besonders Donna) mich jeden Scheißtag zwangen, dass ich mich den verwirrendsten Seiten meiner Bisexualität stellte! Donna war anstrengend.

»Normalerweise mag ich Heteros«, erklärte sie mir ständig. »Andere Transsexuelle mag ich auch – nicht nur solche wie mich, weißt du.«

»Ich weiß, Donna«, bestätigte ich ihr dann.

»Und mit Heteros, die auch Frauen mögen, komm ich ebenfalls klar – schließlich versuche ich mein ganzes Leben als Frau zu führen. Ich bin halt nur eine Frau mit Penis!«, fuhr sie mit lauter werdender Stimme fort.

»Ich weiß, ich weiß«, versicherte ich ihr.

»Aber du stehst auch auf andere Kerle – einfach nur Kerle – *und* auf Frauen, Billy.«

»Ja, stimmt – *manche* Frauen«, gab ich dann zu. »Und süße Kerle – nicht *alle* süßen Kerle«, korrigierte ich sie.

»Was soll's – scheißegal, ob *alle* oder nicht, Billy«, sagte Donna dann. »Mich macht halt fertig, dass ich nicht weiß, was dir an mir gefällt und was *nicht.*«

»Nichts an dir gefällt mir *nicht,* Donna. Ich mag alles an dir«, versicherte ich ihr.

»Ach weißt du – wenn du mich eines Tages wegen einer Frau verlässt, so wie ein Hetero, das würde ich kapieren. Oder wenn du zu Kerlen zurückgehst, wie ein Schwuler – okay, das kapier ich auch«, sagte Donna. »Aber bei dir, Billy – und das kapier ich überhaupt nicht –, weiß ich einfach nicht, für wen oder was du mich verlassen wirst.«

»Das weiß ich auch nicht«, pflegte ich ihr darauf wahrheitsgemäß zu antworten.

»Na siehst du – und deshalb verlasse ich *dich,* Billy«, sagte Donna.

»Du wirst mir wahnsinnig fehlen«, sagte ich ihr (auch das stimmte).

»Ich komm jetzt schon über dich hinweg, Billy« war alles, was sie sagte. Aber bis zu jener Nacht in Hamburg hatte ich geglaubt, Donna und ich könnten es schaffen.

So wie ich geglaubt hatte, meine Mutter und ich könnten es schaffen. Ich meine, mehr als nur für immer Freunde zu bleiben. Nein, früher glaubte ich, wir wären auf ewig unzertrennlich. Früher war meine Mutter bei meiner kleinsten Verletzung in Sorge gewesen – beim kleinsten Husten oder Niesen wähnte sie mich in Lebensgefahr. Ihre Sorgen um mich hatten etwas Infantiles; sie bekam Alpträume von meinen Alpträumen, sagte sie einmal.

Meine Mutter erzählte mir, als Kind hätte ich »Fieberträume« gehabt; wenn das stimmt, so hielten sie bis in meine Pubertät an. Sie kamen mir realer vor als Träume. Und sofern dem hartnäckigsten dieser Träume dennoch etwas Reales zugrunde lag, erfuhr ich jedenfalls erst sehr spät davon. Eines Nachts – ich hatte Scharlach und war noch nicht wieder auf dem Damm – kam es mir so vor, als erzählte mir Richard Abbott ein Kriegsabenteuer, obwohl Richards einziges Kriegsabenteuer besagter Rasenmäherunfall war, der ihn wehrdienstuntauglich gemacht hatte. Es war also nicht Richard Abbotts Geschichte, sondern ein Kriegsabenteuer meines *Vaters,* das Richard mir unmöglich erzählt haben konnte.

Die Geschichte (oder der Traum) begann in Hampton, Virginia – im Einschiffungshafen von Hampton Roads war mein Codeknacker-Vater an Bord eines Transportschiffs gegangen, das nach Italien fuhr. Die Transportschiffe waren Liberty-Frachter. An einem wolkenverhangenen Januartag legte das Boot mit der Bodentruppe des 760. Bombengeschwaders in Virginia ab; im Schutz des Hafens nahmen die Soldaten ihre erste Mahlzeit auf See ein: Schweinekoteletts, erfuhr ich in der Geschichte (oder meinem Traum). Als der Konvoi meines Vaters auf offener See war, gerieten die Liberty-Frachter in einen Wintersturm über dem Atlantik. Die vorderen und hinteren Laderäume waren mit den Rekruten belegt; jedermann hatte seinen Helm neben der Koje hängen – bald wurden die Helme zu Spuckeimern für die seekranken Soldaten umfunktioniert. Aber der Sergeant wurde nicht seekrank. Meine Mutter hatte mir erzählt, dass er auf Cape Cod aufgewachsen und als Junge gesegelt war – gegen Seekrankheit war er also immun.

Folglich tat mein Codeknacker-Vater seine Pflicht: Er leerte die Helme der seekranken Kameraden. Mittschiffs, auf Deck – ein mühsamer Aufstieg von den Kojen im Unterdeck –, befand sich ein großer Donnerbalken. (Selbst im Traum musste ich die Geschichte unterbrechen, um zu fragen, was ein »Donnerbalken« sei; der Erzähler, den ich für Richard hielt, obwohl er es nicht gewesen sein konnte, erklärte mir, der Donnerbalken sei eine große Latrine gewesen.)

Bei einem seiner vielen leidvollen Gänge zum Helmleeren legte mein Vater eine Pause ein, um sich auf eine der Toiletten zu setzen. Man konnte unmöglich im Stehen pinkeln (dafür schlingerte und schwankte das Schiff zu sehr), sondern musste sich setzen. Mein Vater saß da und klammerte sich mit beiden Händen an die Klobrille. Meerwasser schwappte ihm um die Knöchel, so dass Schuhe und Hose nass wurden. Ganz am anderen Ende der langen Toilettenreihe hielt sich ein anderer Soldat an einer Klobrille fest, allerdings nur mit einer Hand. Mein Vater sah, dass auch der andere Soldat gegen Seekrankheit immun war; er las sogar. Als das Schiff plötzlich stark krängte, verlor der Bücherwurm den Halt. Er kam – mit aufklatschendem Hintern – über sämtliche Klositze angerutscht, bis er mit meinem Vater am anderen Ende der langen Sitzreihe zusammenstieß.

»'tschuldigung – ich musste einfach weiterlesen!«, sagte er. Dann legte sich das Schiff in die andere Richtung, und der Soldat trat den Rückzug an, indem er wieder über sämtliche Klositze rutschte. Am letzten Sitz angekommen, fiel ihm das Buch entweder aus der Hand, oder er ließ es los und packte die Klobrille mit beiden Händen. Das Buch trieb auf dem Meerwasser davon.

»Was haben Sie gelesen?«, rief der Codeknacker.

»*Madame Bovary!*«, rief der Soldat zurück.

»Ich kann Ihnen die Handlung erzählen«, sagte der Sergeant.

»Bitte nicht!«, antwortete der Bücherwurm. »Ich will das Buch selber auslesen!«

In dem Traum, oder in der Geschichte, erzählte mir jemand (und zwar nicht Richard Abbott), dass mein Vater diesen Soldaten die ganze restliche Überfahrt nicht wiedersah. »Vorbei an dem wolkenverhangenen Gibraltar«, erzählte mir jemand (in der Geschichte oder im Traum), »glitt der Konvoi ins Mittelmeer.«

Eines Nachts vor der Küste Siziliens wurden die Soldaten im Unterdeck von lautem Krach und Kanonendonner geweckt; der Konvoi wurde von der deutschen Luftwaffe beschossen. Hinterher erfuhr mein Vater, dass ein benachbarter Liberty-Frachter getroffen worden und mit Mann und Maus gesunken war. Dem Latrinenrutscher allerdings, der während des Sturms *Madame Bovary* gelesen hatte und von dem mein Vater nicht einmal den Namen wusste, ist er im Krieg nicht wiederbegegnet.

»Jahre später«, hieß es im Traum (oder in der Geschichte), machte mein Vater gerade seinen Abschluss in Harvard und fuhr mit der Bostoner U-Bahn, der MTA, von der Haltestelle Charles Street zum Harvard Square.

Am Kendall Square stieg ein Mann ein, der ihm immer wieder seltsame Blicke zuwarf. Dem Sergeant wurde von diesem Interesse des fremden Mannes an ihm »unbehaglich«; »es hat sich unnatürlich angefühlt – wie die Ankündigung von etwas Gewalttätigem, oder jedenfalls Unangenehmem«. (Dank der Sprache kam mir dieser wiederkehrende Traum realer vor als andere Träume. Es war ein Traum mit einem Ich-Erzähler – ein Traum mit einer *Stimme.*)

Der Mann in der U-Bahn setzte sich um, einmal und noch einmal, und rückte meinem Vater immer näher. Als er ihm fast direkt auf die Pelle gerückt war und die U-Bahn vor der nächsten Haltestelle abbremste, wandte sich der Fremde an meinen Vater und sagte: »Hallo. Ich bin Bovary. Wissen Sie noch?« Worauf die U-Bahn am Central Square anhielt, der Bücherwurm ausstieg und der Sergeant zum Harvard Square weiterfuhr.

Man hat mir gesagt, dass bei Scharlach das Fieber innerhalb einer Woche abklingt – normalerweise aber schon nach drei oder vier Tagen. Ich bin mir ziemlich sicher, dass ich fieberfrei war, als ich Richard Abbott fragte, ob er mir je diese Geschichte erzählt hatte – etwa zu Beginn des Ausschlags oder während der Halsschmerzphase, die ein paar Tage vor dem Ausschlag einsetzt. Meine Zunge war erdbeerrot gewesen, doch als ich Richard gegenüber zum ersten Mal diesen äußerst lebhaften und wiederkehrenden Traum ansprach, war sie eher himbeerfarben und der Ausschlag im Abklingen.

»Die Geschichte kenne ich nicht, Billy«, sagte Richard zu mir. »Ich hab sie eben zum ersten Mal gehört.«

»Oh.«

»Klingt für mich ganz nach einer Grandpa-Harry-Geschichte«, sagte Richard.

Doch als ich meinen Großvater fragte, ob etwa *er* mir die *Madame-Bovary*-Geschichte erzählt hätte, fing Grandpa Harry mit seiner »Ach ja«-Tour an und druckste in weitem Bogen um die Frage herum. Nein, diese Geschichte habe er mir »*bestimmt* nicht« erzählt, sagte mein Großvater. Ja, *gehört* habe er sie – »aus zweiter Hand« –, er könne sich aber beim besten Willen nicht erinnern, von wem. »Vielleicht von Onkel Bob – dann hat möglicherweise Bob sie dir erzählt, Bill.« Anschließend fühlte mein Großvater mir die Stirn und murmelte etwas in dem Sinne, das Fieber sei ja jetzt offenbar weg. Er sah mir auch in den Mund und verkündete: »Die Zunge sieht immer noch ziemlich übel aus, obwohl der Ausschlag im Abklingen ist, würde ich meinen.«

»Es war zu real, um ein Traum zu sein – jedenfalls am Anfang«, sagte ich ihm.

»Ach ja – wer eine lebhafte *Phantasie* besitzt, und dazu gehörst du mit *Sicherheit,* Bill, dem können manche Träume sehr real vorkommen«, druckste mein Großvater herum.

»Ich werde Onkel Bob fragen«, sagte ich.

Bob steckte mir immerzu Squashbälle in die Taschen oder Schuhe – oder unter das Kopfkissen. Es war ein Spiel; wenn ich die Bälle fand, gab ich sie ihm wieder. »Na so was, wie ich diesen Squashball überall *gesucht* hab, Billy!«, sagte Bob dann. »Bin ich froh, dass du ihn gefunden hast!«

»Um was geht es in *Madame Bovary*?«, fragte ich Onkel Bob. Er war vorbeigekommen, um zu sehen, ob es mir schon wieder besserging, und ich hatte ihm den Squashball zurückgegeben, den ich in meinem Zahnputzglas gefunden hatte – in dem Badezimmer, das ich mit Grandpa Harry teilte.

Nana Victoria würde »lieber sterben«, als sich das Bad mit ihm zu teilen, hatte Harry mir erzählt, aber mir machte es nichts aus.

»Ehrlich gesagt, ich hab *Madame Bovary* nie gelesen, Billy«, gestand mir Onkel Bob; danach spähte er in den Flur vor meinem Zimmer, um sich zu vergewissern, dass meine Mutter (oder meine Großmutter oder Tante Muriel) nicht in Hörweite waren. Obwohl die Luft rein war, sprach er im Flüsterton: »Ich glaube, es geht um Seitensprünge, Billy – um eine untreue Gattin.« Und als ich ihn verständnislos anstarrte, ergänzte er rasch: »Am besten fragst du Richard, worum es in *Madame Bovary* geht – du weißt schon, Literatur ist sein Fachgebiet.«

»Ist die Geschichte erfunden oder wahr?«, fragte ich.

»Ich glaub nicht, dass es eine wahre Geschichte ist«, antwortete Onkel Bob. »Aber Richard muss das wissen.«

»Oder ich könnte Miss Frost fragen«, schlug ich vor.

»M-hm, sicher – aber sag ja nicht, es wäre meine Idee gewesen«, antwortete Onkel Bob.

»Ich kenne da eine Geschichte«, setzte ich an. »Vielleicht hab ich sie von dir.«

»Meinst du die über den Kerl, der auf hundert Klobrillen zugleich *Madame Bovary* liest?«, rief Bob. »Ist das nicht eine tolle Geschichte?«

»Find ich auch«, sagte ich. »Die ist so was von komisch!«

»Zum Schießen!«, bestätigte Onkel Bob. »Nein, die Geschichte hab ich dir nie erzählt, Billy – jedenfalls kann ich mich nicht *erinnern*, sie dir erzählt zu haben«, fügte er rasch hinzu.

»Oh.«

»Vielleicht hat deine Mutter sie dir erzählt?«, mutmaßte Onkel Bob. Ich muss ihn ungläubig angesehen haben, denn gleich darauf ergänzte er: »Das wohl eher nicht.«

»Es ist ein Traum, der sich wiederholt, aber jemand muss es mir erst mal erzählt haben«, sagte ich.

»Vielleicht eine Abendunterhaltung unter Erwachsenen – so eine Geschichte, wie Kinder sie aufschnappen, wenn sie schon im Bett sein sollten, aber die Erwachsenen belauschen«, sagte Onkel Bob. Auch wenn mir das glaubwürdiger vorkam als die Möglichkeit, die Latrinengeschichte von meiner Mutter zu haben, war weder Bob noch ich vollkommen überzeugt. »Nicht alle Rätsel sind dazu da, gelöst zu werden, Billy«, erklärte er mir mit mehr Überzeugung.

Kurz nachdem er gegangen war, entdeckte ich noch einen Squashball unter meiner Bettdecke. Oder war es derselbe?

Obwohl ich ganz genau wusste, dass meine Mutter mir die *Madame-Bovary*-Gemeinschaftsklogeschichte nicht erzählt hatte, fragte ich sie natürlich doch danach. »Die Geschichte hab ich nie auch nur das kleinste bisschen komisch gefunden«, sagte sie. »Um nichts in der Welt hätte ich sie dir erzählen mögen, Billy.«

»Oh.«

»Vielleicht hat Daddy sie dir erzählt – nachdem ich ihn gebeten hab, es zu *lassen*!«

»Nein, Grandpa hat sie mir *eindeutig* nicht erzählt«, sagte ich.

»Dann muss es Onkel Bob gewesen sein«, sagte meine Mutter.

»Onkel Bob sagt, er *erinnert* sich auch nicht daran«, erwiderte ich.

»Bob trinkt – er erinnert sich an vieles nicht«, erklärte mir meine Mutter. »Und du hattest erst vor kurzem Fieber«, rief sie mir ins Gedächtnis. »Du weißt, was für Fieberträume man haben kann.«

»Ich fand die Geschichte jedenfalls lustig – wie der rutschende Hintern von dem Mann auf den Klobrillen aufklascht!«, sagte ich.

»Darüber kann *ich* überhaupt nicht lachen, Billy.«

»Oh.«

Nachdem ich wieder völlig gesund war, fragte ich Richard Abbott, was er von *Madame Bovary* hielt. »Ich glaube, damit wirst du mehr anfangen können, wenn du älter bist, Bill«, erklärte er mir.

»Wie viel älter?«, wollte ich wissen. (Ich muss vierzehn gewesen sein – so um den Dreh. *Große Erwartungen* hatte ich noch nicht gelesen, weder zum ersten noch zum zweiten Mal, aber Miss Frost hatte mich schon auf meine Umlaufbahn als Leser geschickt – das weiß ich.)

»Ich kann ja Miss Frost fragen, in welchem Alter ich es ihrer Meinung nach lesen sollte«, schlug ich vor.

»An deiner Stelle würde ich noch ein Weilchen damit warten, sie zu fragen, Bill«, sagte Richard.

»Ein wie langes Weilchen?«, fragte ich.

Doch Richard Abbott, den ich für allwissend gehalten hatte, antwortete: »Das weiß ich nicht so genau.«

Ich weiß nicht so genau, wann meine Mutter als Souffleuse bei Richards Drameninszenierungen im Theaterclub der Favorite River Academy anfing, kann mich aber genau erinnern, dass sie bei *Der Sturm* soufflierte. Manchmal kam es zu Terminproblemen, weil meine Mutter auch noch den First Sister Players soufflierte, aber Souffleusen mussten nicht bei allen Proben anwesend sein, und die Aufführungen vor Publikum, die unsere städtische Laienschauspieltruppe und der Favorite-River-Theaterclub auf die Bühne brachten, überlappten sich nie.

In den Proben tat Kittredge gern so, als verspräche er sich, nur damit meine Mutter ihm soufflierte. »O teuerste Jungfer«, verquatschte sich Ferdinand an Miranda gewandt in einer unserer ersten Proben, als wir gerade angefangen hatten, ohne Textbuch zu spielen.

»Nein, Jacques«, kam es von meiner Mutter. »Es heißt ›O teuerste Gebieterin‹, nicht *Jungfer.*«

Aber Kittredge schauspielerte – er tat nur so, als brächte er seinen Text durcheinander, um meine Mutter in ein Gespräch zu verwickeln. »Es tut mir ja so leid, Mrs. Abbott – soll nicht wieder vorkommen«, sagte er zu ihr; und vermasselte schon gleich seine nächste Dialogzeile.

»Nein, köstliches Geschöpf«, soll Ferdinand zu Miranda sagen, aber Kittredge sagte: »Nein, köstliche Gebieterin.«

»Diesmal nicht, Jacques«, erklärte ihm meine Mutter. »Es heißt ›Nein, köstliches *Geschöpf*‹ – nicht *Gebieterin.*«

»Wahrscheinlich bemühe ich mich zu sehr, es Ihnen recht zu machen – ich möchte, dass Sie mich mögen, aber ich fürchte, es klappt nicht, Mrs. Abbott«, sagte Kittredge zu meiner Mutter. Er flirtete mit ihr, und sie errötete. Mir war peinlich, wie oft ich mir meine Mutter als eine Frau vorstellte, die sich leicht herumkriegen ließ; fast als hielte ich sie für etwas zurückgeblieben oder so naiv, dass jeder, der ihr schmeichelte, sie erobern konnte.

»Aber ich *mag* Sie doch, Jacques – ganz bestimmt mag ich Sie nicht *nicht*«, platzte es aus meiner Mutter heraus, während Elaine (als Miranda) innerlich kochte; Elaine wusste, dass Kittredge meine Mutter mit dem Ausdruck *scharf* belegt hatte.

»Ich werde so nervös in Ihrer Nähe«, vertraute Kittredge meiner Mutter an, obwohl er durchaus nicht nervös, sondern im Gegenteil immer selbstsicherer wirkte.

»Was für 'ne Verarsche!«, quäkte Elaine Hadley. Beim Klang ihrer Stimme zuckte Kittredge zusammen, und meine Mutter wich zurück, als hätte sie eine Ohrfeige bekommen.

»Elaine, bitte keine Kraftausdrücke«, sagte meine Mutter.

»Können wir nicht einfach mit dem *Stück* weitermachen?«, sagte Elaine.

»Ach, Napel – du bist so ungeduldig«, sagte Kittredge mit seinem entwaffnendsten Lächeln, erst an Elaine, dann an meine Mutter gewandt. »Elaine kann die Händchenhalteszene nicht abwarten«, verriet Kittredge meiner Mutter.

Tatsächlich endet die Szene, die sie probten – dritter Aufzug, erste Szene –, damit, dass Ferdinand und Miranda einander die Hand reichen. Jetzt war Elaine mit Rotwerden an der Reihe, aber Kittredge, der die Situation vollkommen unter Kontrolle hatte, warf meiner Mutter seinen treuherzigsten Blick zu. »Ich hab da mal 'ne Frage, Mrs. Abbott«, setzte er an, als wären Elaine (oder Miranda) gar nicht da –

als hätte es sie nie gegeben. »Wenn Ferdinand sagt: ›Gar manches Fräulein / Betrachtet ich mit Fleiß, und manches Mal / Bracht ihrer Zungen Harmonie in Knechtschaft / Mein allzu emsig Ohr‹ – Sie wissen schon, *die* Textstelle –, wüsste ich gern, ob es bedeutet, dass ich mit vielen Frauen zusammen war, und ob ich nicht irgendwie rüberbringen sollte, dass ich, Sie wissen schon, auf *sexuellem* Gebiet *erfahren* bin?«

Meine Mutter errötete noch mehr.

»O *Gott*!«, stöhnte Elaine Hadley laut.

Und ich – wo war ich? Ich war Ariel – »ein Luftgeist«. Ich wartete auf den Abgang von Ferdinand und Miranda – *Beide ab,* wie es in der Regieanweisung heißt. Ich wartete in den Kulissen, mit Caliban, Stephano (»ein betrunkener Kellner«, wie Shakespeare ihn nennt) und Trinculo; wir vier kamen in der nächsten Szene vor, in der ich unsichtbar war. Als meine Mutter bei Kittredges gerissenem Geplauder errötete, kam ich mir schon jetzt unsichtbar vor – oder wäre es gerne gewesen.

»Ich bin nur die Souffleuse«, versicherte meine Mutter Kittredge hastig. »Das ist eine Frage an den Regisseur – fragen Sie *Mister* Abbott«, fuhr sie fort. Die Nervosität meiner Mutter war nicht zu übersehen, und auf einmal war mir klar, wie sie vor Jahren ausgesehen haben musste, als sie entweder mit mir schwanger oder schon meine Mutter gewesen war – als sie gesehen hatte, wie mein *Frauenheld*-Vater jemand anders küsste. Mir fiel ein, wie sie das Wort *anders* betont hatte, als sie mir davon erzählte, genauso unbeteiligt, wie sie Kittredges absichtliche Fehler korrigiert hatte. (Als wir *Der Sturm* vor Publikum aufführten, versprach sich Kittredge kein einziges Mal – mit keinem Wort. Mir wird im Nachhinein erst klar, wie gut Kittredge auf der Bühne war.)

Für mich war es äußerst schmerzhaft zu sehen, wie leicht sich meine Mutter aus der Fassung bringen ließ – durch die leiseste sexuelle Anspielung, noch dazu von einem *Jugendlichen*! Ich ärgerte mich über mich selbst, weil ich mich für meine eigene Mutter schämte, und wusste doch, dass jedwede Scham, die ich für sie empfand, von Muriels ewig herablassender Haltung und ihrem ewigen Gemecker geprägt war. Natürlich ärgerte ich mich auch über Kittredge, der meine anfällige Mutter – ebenso wie Elaine und mich – so mühelos aus dem Konzept brachte, doch dann rief meine Mutter um Hilfe. »Richard!«, rief sie. »Richard! Jacques hat eine Frage zu seiner *Figur*!«

»O *Gott*«, stöhnte Elaine wieder – im Flüsterton; obwohl sie kaum zu hören war, hatte Kittredge es mitbekommen.

»Geduld, liebe Napel«, sagte er und ergriff ihre Hand; und zwar genauso, wie Ferdinand Mirandas Hand ergreift, bevor beide am Ende der ersten Szene im dritten Aufzug abgehen – aber Elaine entriss sie ihm.

»Was ist mit deiner Figur, Ferdinand?«, fragte Richard Abbott Kittredge.

»Noch mehr Verarsche«, sagte Elaine.

»Keine *Kraftausdrücke,* Elaine!«, tadelte meine Mutter.

»Miranda würde etwas frische Luft guttun«, sagte Richard zu Elaine. »Ein paarmal tief Luft holen, und vielleicht einfach mal alle Wörter rauslassen, die spontan an die Oberfläche drängen. Mach eine Pause, Elaine – du am besten auch, Bill«, empfahl Richard mir. »Wir wollen, dass unsere Miranda und unser Ariel *rollenkonform* sind.« (Wahrscheinlich sah Richard auch mir meine Aufregung an.)

Am Ende der Hinterbühne und hinter der Tischlerei befand sich eine Laderampe, auf der Elaine und ich in die kühle Nachtluft hinaustraten. Ich versuchte, ihre Hand zu halten; zunächst zog sie sie weg, wenn auch nicht so heftig wie bei Kittredge. Dann, während die Tür hinter uns noch offen stand, gab sie mir doch ihre Hand und lehnte ihren Kopf an meine Schulter. »Sind sie nicht ein süßes Pärchen?«, hörten wir Kittredge zu jemandem, oder allen, sagen, bevor sich die Tür hinter uns schloss.

»Wichser!«, brüllte Elaine Hadley. »Arsch mit Ohren!«, rief sie und sog in großen Zügen die kalte Luft ein, bis ihre Atmung sich wieder so weit beruhig hatte, dass wir ins Theater zurückgehen konnten, wo Elaines Brille allerdings sofort wieder beschlug.

»Ferdinand sagt nicht zu Miranda, dass er sexuell erfahren ist«, erläuterte Richard gerade Kittredge, »sondern wie *aufmerksam* er Frauen zugehört hat und dass sie ihn oftmals stark beeindruckt haben. Er meint nichts weiter, als dass keine ihn so stark *beeindruckt* hat wie Miranda.«

»In der Dialogstelle geht es um *Eindrücke,* Kittredge«, brachte Elaine heraus. »Nicht um Sex.«

Ariel kommt, unsichtbar – so die Regieanweisung zu meinem nächsten Auftritt (3. Aufzug, 2. Szene). Doch ich war bereits *weitgehend* unsichtbar; irgendwie hatte ich es geschafft, allen den Eindruck zu vermitteln, Elaine Hadley wäre das Objekt meiner Begierde. Und Elaine zog da einfach mit – vielleicht aus Gründen des Selbstschutzes. Aber

Kittredge grinste uns nur auf seine übliche spöttische, überhebliche Art an. Ich glaube nicht, dass das Wort *Eindruck* Kittredge je viel bedeutet hat. Ihm ging es bestimmt immer nur um Sex – *richtigen* Sex. Und selbst wenn sämtliche Anwesenden davon überzeugt waren, dass Elaine und ich sexuelles Interesse aneinander hatten, so blieb Kittredge womöglich als Einziger skeptisch – zumindest vermittelte sein höhnisches Grinsen Elaine und mir diesen *Eindruck*.

Vielleicht wandte sich Elaine deswegen plötzlich von ihm ab und küsste mich. Unsere Lippen berührten sich kaum, doch es kam zu einem tatsächlichen (wenn auch flüchtigen) Kontakt; es muss wohl sogar so ausgesehen haben, als erwiderte ich ihren Kuss, wenn auch nur kurz. Das war alles. Als Kuss machte es nicht viel her; Elaines Brille beschlug nicht einmal.

Ich nehme nicht an, dass Elaine auch nur ein Fitzelchen sexuelles Interesse an mir hatte; ihr muss von Anfang an klar gewesen sein, dass *mein* Interesse nur geheuchelt war. Wir waren Laiendarsteller reinsten Wassers – ihre unschuldige Miranda und mein weitgehend unsichtbarer Ariel –, aber wir schauspielerten in stillschweigendem Einvernehmen.

Schließlich hatten wir beide etwas zu verbergen.

4
Elaines BH

Bis heute weiß ich nicht, was ich von dem elenden Caliban halten soll – dem Scheusal, das sich durch die versuchte Vergewaltigung Mirandas Prosperos gnadenlose Verachtung verdient. Prospero scheint eine gewisse Verantwortung für ihn zu übernehmen – »Und dies Geschöpf der Finsternis erkenn ich / Für meines an.«

Für eine so egoistische Person wie Kittredge drehte sich *Der Sturm* natürlich nur um Ferdinand; es ist eine Liebesgeschichte, in der Ferdinand um Miranda wirbt und sie auch bekommt. Doch Richard Abbott nannte das Stück »eine Tragikomödie«, und während dieser zwei (wenn nicht drei) Monate im Herbst 1959, als Elaine Hadley und ich für das Stück probten, bestand unser persönliches Drama in unserer viel zu großen Nähe zu Kittredge, während das Stück selbst für Miranda und Ariel ein glückliches Ende vorsieht.

Meine Mutter, die immer darauf bestand, nur Souffleuse zu sein, hatte die seltsame Marotte, für jeden Schauspieler die exakte Auftrittslänge zu ermitteln; dazu benutzte sie einen billigen Küchenwecker und notierte (am Rand des vor ihr liegenden Textbuchs) den ungefähren Prozentsatz der Zeit, die eine Figur wirklich auf der Bühne zubrachte. Ich fand den Wert dieser Berechnungen meiner Mom grundsätzlich fragwürdig, doch sowohl Elaine wie auch ich freuten uns darüber, dass Ferdinand nur siebzehn Prozent der reinen Spielzeit auf der Bühne stand.

»Was ist mit Miranda?«, fragte Elaine meine Mom, so dass Kittredge, dem nie etwas entging, es mitbekam.

»Siebenundzwanzig Prozent«, antwortete meine Mutter.

»Was ist mit mir?«, fragte ich meine Mom.

»Ariel ist einunddreißig Prozent der Zeit auf der Bühne«, sagte sie mir.

Kittredge spottete über diese demütigende Neuigkeit. »Und Prospero, unser unvergleichlicher Regisseur ... der mit den *vielgepriesenen* Zauberkräften?«, fragte Kittredge sarkastisch.

»Vielgepriesenen!«, wiederholte Elaine Hadley mit Stentorstimme.

»Prospero ist ungefähr zweiundfünfzig Prozent der Zeit auf der Bühne«, teilte meine Mutter Kittredge mit.

»Ungefähr«, wiederholte Kittredge hämisch.

Richard hatte uns erzählt, *Der Sturm* sei Shakespeares »Abschiedsstück«, der Dichter habe sich damit bewusst vom Theater verabschieden wollen. Doch ich verstand den Sinn des fünften Aufzugs nicht – und schon gar nicht des angehängten von Prospero gesprochenen Epilogs.

Vielleicht war es ein kleines Indiz für mich als angehenden Schriftsteller (wenn auch nicht als angehenden Dramatiker), dass ich fand, *Der Sturm* hätte mit Prosperos Rede für Ferdinand und Miranda enden sollen – mit der »Das-Fest-ist-jetzt-zu-Ende«-Rede in der 1. Szene des 4. Aufzugs. Und ganz bestimmt hätte Prospero seinen Monolog (und das Stück) mit diesen herrlichen Worten enden sollen:

»Wir sind vom Stoff, / Aus dem die Träume sind; und unser kleines Leben / Ist eingebettet in einen langen Schlaf.« Weshalb muss Prospero mehr sagen? (Etwa, weil er sich *trotz allem* für Caliban verantwortlich fühlt?)

Doch als ich diese Überlegungen Richard gegenüber äußerte, sagte der nur: »Mein lieber Bill – wenn du mit siebzehn Shakespeare umschreibst, erwarte ich noch Großes von dir!« Ich war gekränkt, denn Richard hatte sich noch nie über mich lustig gemacht.

»He, *Umschreiber*!«, rief Kittredge, der Zeuge unserer Unterhaltung gewesen war, mir voller Schadenfreude quer über den ganzen Innenhof des Schülerwohnheims hinweg zu. Aber dieser Spitzname setzte sich nicht durch; Kittredge benutzte ihn nie wieder und blieb bei »Nymphe«. Mir wäre Umschreiber lieber gewesen; wenigstens passte es zu der Sorte Schriftsteller, der ich später einmal werden würde.

Doch ich bin vom Thema abgekommen, bin abgeschweift, was ebenfalls zu der Sorte Schriftsteller passt, der ich einmal werden würde. Also: Caliban ist fündundzwanzig Prozent der Zeit auf der Bühne. (Die Schätzung meiner Mutter basierte nie auf dem gesprochenen Text, sondern auf der von den Figuren auf der Bühne verbrachten Zeit.) Es war zwar meine allererste Erfahrung mit *Der Sturm*, doch so viele Aufführungen des Stückes ich inzwischen auch gesehen habe, den Caliban halte ich auch heute noch für eine zutiefst verstörende Figur; als Schriftsteller würde ich ihn als eine »ungeklärte« Figur bezeichnen. Daran, wie grob Prospero mit ihm umspringt, erkennen wir, wie unversöhnlich er Caliban gegenüber ist, doch ich frage mich, welche Gefühle Shakespeare bei uns für das Ungeheuer wecken will. Mitleid vielleicht – möglicherweise auch leichte Schuldgefühle.

Im Herbst 1959 wusste ich nicht genau, was Richard Abbott von Caliban hielt; dass Richard das Ungeheuer mit Grandpa Harry besetzt hatte, machte die Sache auch nicht klarer. Harry hatte auf der Bühne *noch nie* einen Mann verkörpert; dass Caliban kein richtiger Mensch war, wurde durch Grandpa Harrys beharrlich *weibliche* Darstellung nur noch unterstrichen. Caliban mochte zwar Miranda begehrt haben – wir wissen, dass das Monster versucht hatte, sie zu *vergewaltigen*! –, doch obwohl Harry Marshall als Bösewicht besetzt war, wirkte er auf der Bühne fast nie unsympathisch, aber auch nie besonders *männlich*.

Vielleicht war Richard aufgefallen, dass Caliban ein verwirrendes Monster war, und Richard wusste, dass Grandpa Harry die Verwirrung garantiert noch vergrößern konnte. »Dein Großvater ist echt schräg«, hatte Kittredge mir ohne Umschweife eröffnet. (»Königin Lear«, so nannte Kittredge ihn.)

Sogar ich musste zugeben, dass Harry noch nie so schräg gewesen war wie in der Rolle des Caliban; Grandpa Harry spielte eine vom Geschlecht her nicht festgelegte Figur – er gab den Caliban als androgyne Vettel.

Die Perücke (Grandpa Harry war kahl) hätte zu jedem Geschlecht gepasst. Das Kostüm wäre für eine exzentrische Stadtstreicherin passend gewesen – eine schlabbrige Jogginghose samt übergroßem Sweatshirt, beides so trainingsanzuggrau wie die Perücke. Zur Abrundung des geschlechtsneutralen Bildes hatte sich Harry die Zehennägel nuttig rot lackiert. An einem Ohrläppchen baumelte ein massiger Strassklunker – der eher zu einem Mannweib, einem Piraten oder gar einem Proficatcher passte als zu einer Nutte –, und über dem Sweatshirt trug er eine Halskette aus Kunstperlen (also billigsten Modeschmuck).

»Was genau ist Caliban?«, wollte Kittredge von Richard Abbott wissen.

»Erde und Wasser, Kittredge – rohe Gewalt und Hinterlist«, hatte Richard erklärt.

»Aber welches *Geschlecht* soll diese Hinterlist denn haben?«, fragte Kittredge. »Ist Caliban ein *lesbisches* Monster? Hat eine Sie oder ein Er versucht, Miranda zu missbrauchen?«

»Sex, Sex, Sex!«, rief Elaine Hadley. »Du hast nichts als Sex im Kopf!«

Elaine und ich konnten ihn nicht ansehen, ohne zugleich seine Mutter bei Kittredges Ringerwettkampf vor uns zu sehen, als sie auf dem unbequemen Tribünensitz ihre Beine so perfekt übereinandergeschlagen hielt; Mrs. Kittredge hatte ihren Sohn dabei beobachtet, wie er seinen überforderten Gegner systematisch malträtierte, und es wirkte, als sähe sie einen Pornofilm, doch mit dem abgeklärten Selbstbewusstsein einer erfahrenen Frau, die wusste, dass sie es besser konnte. »Deine Mutter ist ein Mann mit Brüsten«, hätte ich am liebsten zu Kittredge gesagt, traute mich aber natürlich nicht.

Ich konnte nur raten, wie Kittredge reagiert hätte. »Meinst du meine *Stiefmutter*?«, hätte er gefragt, ehe er mir Arme und Beine brach.

Zu Hause in unseren vier Wänden sprach ich mit meiner

Mom und Richard darüber. »Was ist mit Grandpa Harry?«, fragte ich sie. »Ich weiß, dass Ariels Geschlecht polymorph ist – eher eine Frage der *Kleiderwahl* als etwas Organisches, wie du es formuliert hast«, sagte ich zu Richard. »Zugegeben, meine Aufmachung, meine Ausstattung – die Perücke, die Strumpfhose – deuten darauf hin, dass Ariels Geschlecht wandelbar ist. Aber ist Caliban nicht ein *männliches* Monster? Spielt Grandpa Harry Caliban nicht wie eine Art …« Ich verstummte. Ich weigerte mich, meinen Großvater *Königin Lear* zu nennen, weil Kittredge ihm diesen Spitznamen verpasst hatte. »Wie eine Art *Lesbe*?«, fuhr ich dann fort. Das Wort *Lesbe* war auf Favorite River en vogue – zumal unter Schülern wie Kittredge, die nie müde wurden, *Homo, warmer Bruder* oder *Schwuchtel* als böse Schimpfwörter zu verwenden.

»Daddy ist keine *Lesbe*!«, blaffte mich meine Mutter an. Andere anzublaffen hatte es bei ihr früher überhaupt nicht gegeben; wenn sie jetzt jemanden anblaffte, blaffte sie immer öfter *mich* an.

»Mein lieber Bill …«, begann Richard Abbott, dann brach er ab. »Reg dich nicht auf, Jewel«, sagte er zu meiner Mom, deren Wutausbruch Richard abgelenkt hatte. »Ich glaube wirklich, Bill«, begann Richard erneut, »dass Fragen der sexuellen Orientierung Shakespeare viel weniger wichtig waren als offenbar uns heute.«

Eine schwache Antwort, fand ich, sagte es aber nicht. War ich inzwischen von Richard enttäuscht, oder wurde ich nur erwachsen?

»Das war wohl keine Antwort auf deine Frage, oder?«, fragte mich Elaine Hadley später, als ich ihr gestand, dass mich Grandpa Harrys sexuelle Identität als Caliban verwirrte.

Es war komisch, dass Elaine und ich gewöhnlich nicht Händchen hielten oder so was, wenn wir allein waren, aber sobald wir in der Öffentlichkeit waren, spontan nach der Hand des anderen griffen und den Kontakt so lange beibehielten, wie wir ein Publikum hatten. (Das war auch so ein Code zwischen uns, so wie wir einander fragten: »Was wird aus der Ente?«)

Doch bei unserem ersten gemeinsamen Besuch in der Stadtbücherei von First Sister hielten Elaine und ich nicht Händchen. Miss Frost (davon war ich überzeugt) würde sich nie hinters Licht führen lassen und glauben, Elaine und ich hätten eine Liebesbeziehung, keine Sekunde. Elaine und ich suchten nur einen Ort, wo wir unseren Text für *Der Sturm* proben konnten. Die Lehrerwohnungen im Schulwohnheim waren sehr eng und boten uns keine Privatsphäre, es sei denn, wir probten unseren Text in Elaines oder meinem Zimmer, bei geschlossener Tür. Aber wir hatten uns zu erfolgreich als Liebespaar getarnt – meine Mom und Richard oder die Hadleys wären ausgerastet, wenn wir die Türen unserer Zimmer hinter uns geschlossen hätten.

Im Raum mit den Jahrbüchern in der Academy-Bibliothek arbeitete gelegentlich ein Lehrer oder eine Lehrerin, und es gab keine Tür, die man hätte schließen können; man hätte unsere Stimmen auch sonst im Gebäude gehört. (Elaine und ich befürchteten, in dem viel kleineren Gebäude der Stadtbücherei würde man uns *überall* hören können.)

»Wir haben uns gefragt, ob es hier vielleicht einen Raum gibt, in dem wir *ungestört* wären«, erklärte ich Miss Frost.

»Einen Raum, in dem ihr *ungestört* wärt«, wiederholte die Bibliothekarin.

»Wo man uns nicht hören könnte«, sagte Elaine mit ihrer Stentorstimme. »Wir wollen unsere Rollen proben, ohne jemanden zu stören!«, ergänzte sie rasch, damit Miss Frost nicht auf den Gedanken käme, wir suchten ein schalldichtes Asyl für Elaines obenerwähnten ersten Orgasmus.

Miss Frost sah mich an. »Ihr wollt in einer Bibliothek *proben*«, sagte sie, als passe das nahtlos zu meinem früheren Wunsch, in einer Bibliothek zu *schreiben.* Doch meinen Wunsch, Schriftsteller zu werden, behielt Miss Frost für sich. (Diesbezüglich hatte ich mich meiner guten Freundin Elaine gegenüber noch nicht offenbart; meinen Wunsch, Schriftsteller zu werden, und meine *anderen* Wünsche und Begierden hielt ich vor Elaine noch geheim.)

»Wir können versuchen, *leise* zu proben«, sagte Elaine mit für ihre Verhältnisse ungewöhnlich leiser Stimme.

»Nein, nein, Liebes – ihr müsst euren Text so proben, wie er auf der Bühne gesprochen wird«, widersprach Miss Frost und tätschelte mit ihrer viel größeren Hand die von Elaine. »Ich glaube, ich weiß, wo ihr *schreien* könntet, ohne gehört zu werden.« Wie sich herausstellte, war die Vorstellung, dass es in der Stadtbücherei von First Sister einen Raum gab, wo man ungehört schreien konnte, ein ebenso großes Wunder wie der Raum selbst.

Miss Frost brachte Elaine und mich die Kellertreppe hinunter in den (wie es schien) Heizungskeller der alten Bibliothek. Die First Sister Library war in einem Backsteingebäude aus dem frühen 19. Jahrhundert untergebracht, und der erste Heizkessel des Hauses war noch mit Kohle betrieben worden; die verrußten Reste der Kohlenrutsche hingen noch immer von dem Sprossenfenster. Doch man hatte den riesigen Kohlebrenner auf die Seite gekippt, in eine unbenutzte Kellerecke geschleift und durch einen moderneren Ölofen ersetzt. Neben dem Ölbrenner stand ein neu aussehender, propanbetriebener Warmwasserboiler, und in der Nähe des Sprossenfensters hatte man einen separaten Raum (mit Tür) eingerichtet. In eine Wand dieses Raumes (in der Nähe der Kellerdecke, wo noch die Reste der Kohlenrutsche von dem einzigen Fenster baumelten) war eine rechteckige Lücke gehauen worden. Früher einmal hatte die Kohlenrutsche von dem Fenster aus in den Raum – den ehemaligen Kohlenverschlag – geführt. Jetzt war es ein möbliertes Schlafzimmer mit Bad.

Darin stand ein altmodisches Messingbett mit Messingstäben (so stabil wie Gitterstäbe im Knast) am Kopfende; daran war eine Leselampe befestigt. In einer Zimmerecke war ein kleines Waschbecken samt Spiegel angebracht, und in einer anderen stand, ganz offen, eine Toilette mit Holzbrille. Neben dem Bett war ein Nachttisch und darauf ein ordentlicher Stapel Bücher und eine dicke Duftkerze. (Im Zimmer roch es nach Zimt; vermutlich sollte die Kerze den Ölgeruch von dem Heizkessel nebenan überdecken.)

Außerdem gab es einen offenen Kleiderschrank mit ein paar Regalbrettern und Kleiderbügeln und, wie es schien, einer sehr kleinen Auswahl von Miss Frosts Anziehsachen. Fraglos das Herzstück des Zimmerchens – »mein umgebauter Kohlenverschlag«, wie Miss Frost es nannte – war eine opulente viktorianische Badewanne mit deutlich sichtbaren Rohrleitungen. (Der Boden des Zimmers bestand aus unlackierten Sperrholzbrettern, und auch die Stromkabel lagen über Putz.)

»Wenn es einen Schneesturm gibt und ich nicht mehr nach Hause fahren oder gehen mag«, sagte Miss Frost, als erkläre das, warum der Kellerraum gleichzeitig gemütlich und spartanisch wirkte. (Weder Elaine noch ich wussten, wo Miss Frost wohnte, begriffen aber, dass ihr Zuhause von der Stadtbücherei aus zu Fuß erreichbar war.)

Elaine war ganz gebannt von der Badewanne, die Löwenklauen als Füße und Löwenköpfe als Wasserhähne hatte. Ich war zugegebenermaßen fasziniert von dem Messingbett mit den Gefängnisgitterstäben am Kopfende.

»Leider gibt es außer dem Bett keine Sitzgelegenheit«, sagte Miss Frost, »außer ihr wollt in der Wanne proben.« Es schien sie überhaupt nicht zu beunruhigen, dass Elaine und ich je etwas im Bett *machen* oder gemeinsam ein Bad nehmen könnten.

Miss Frost wollte gerade die Tür schließen und uns in ihrem Behelfsschlafzimmer allein lassen, als Elaine Hadley ausrief: »Das Zimmer ist *perfekt*! Danke für Ihre Hilfe, Miss Frost!«

»Wirklich gern geschehen, Elaine«, sagte Miss Frost. »Ich versichere euch, ihr könnt hier drin aus Leibeskräften schreien, ohne dass euch jemand hört.« Doch ehe Miss Frost die Tür schloss, sah sie mich lächelnd an. »Falls ihr Probleme beim Proben habt – zum Beispiel bei der Betonung oder auch bei der Aussprache –, na, du weißt ja, wo du mich findest.« Mir war nicht bewusst gewesen, dass Miss Frost meine Ausspracheprobleme bemerkt hatte; ich hatte in ihrer Gegenwart eigentlich sehr wenig geredet.

Ich war zu peinlich berührt, um etwas zu sagen, aber Elaine nicht. »Jetzt, wo Sie es erwähnen, Miss Frost, Billy hat tatsächlich ein Problem mit Ariels Wortschatz, aber wir arbeiten dran«, sagte Elaine.

»Worum geht es, William?«, fragte mich Miss Frost und schenkte mir ihren durchdringendsten Blick. (Gott sei Dank fehlte in Ariels Wortschatz das Penis-Wort.)

Caliban beschimpft Ariel im dritten Aufzug mit »Du lump'ger Narr!«, nachdem der ihn zweimal einen Lügner genannt hat.

»Ich muss ›Du lump'ger Narr!‹ sagen«, erzählte ich Miss Frost, bemüht, »Du lump'ger« zwei- und nicht dreisilbig auszusprechen.

»Manchmal sagt er ›lumpiger‹, dann stimmt die Länge nicht mehr«, sagte Elaine zu Miss Frost.

»Oje«, sagte die Bibliothekarin und schloss angesichts dieses Elends kurz die Augen. »Sieh mich an, William«, sagte Miss Frost. Wenigstens dieses eine Mal musste ich sie nicht verstohlen ansehen. »Sag ›Mumpitz‹, William«, befahl sie mir.

Das fiel mir nicht schwer. Was die von mir so angebetete Miss Frost vorschlug, war alles andere als Mumpitz. »Mumpitz«, wiederholte ich und sah sie dabei immer noch unverwandt an.

»Also, William, denk daran – *lump'ger* hat genauso viele Silben wie *Mumpitz*«, sagte Miss Frost.

»Na los, sag's schon«, befahl mir Elaine.

»Du lump'ger Narr!«, sagte ich, so wie im Stück Caliban. Zweisilbig, genau wie in dem Wort *Mumpitz.*

»Mögen alle deine Probleme so leicht zu lösen sein, William«, sagte Miss Frost. »Ich mag Textproben«, sagte sie im Hinausgehen zu Elaine und machte die Tür hinter sich zu.

Ich war überrascht, dass Miss Frost überhaupt wusste, was das Wort Textprobe bedeutete. Als Richard sie fragte, ob sie je *geschauspielert* habe, hatte sie rasch geantwortet: »Nur in Gedanken. Als ich jünger war – ständig.« Und doch hatte sie sich als Hauptdarstellerin bei den First Sister Players einen Namen gemacht.

»Miss Frost ist *ideal* für Ibsen-Stücke!«, hatte Nils zu Richard gesagt, doch sie hatte nicht viele Rollen gespielt – nur die schwergeprüften Frauen in *Hedda Gabler, Nora oder Ein Puppenheim* und der (Scheiß-)*Wildente.*

Eins steht fest: Für jemanden, der zuvor nur in Gedanken Schauspielerin war, aber als Darstellerin der Frauen bei Ibsen ein Naturtalent, kannte sich Miss Frost wirklich gut mit dem Proben von Texten aus – und sie hätte Elaine Hadley und mir nicht besser helfen können.

Zuerst war es Elaine und mir peinlich, es uns auf Miss Frosts Bett bequem zu machen. Es war zwar nur ein schmales Doppelbett, doch mit einem ziemlich hohen Messingrahmen; als wir beide (ein wenig verschämt) nebeneinander auf der Matratze saßen, reichten unsere Füße nicht bis auf den Boden. Doch wenn wir uns lang auf den Bauch legten, mussten wir uns verrenken, um einander ansehen zu können; erst als wir die Kissen gegen die Messingstäbe am Kopfende lehnten, konnten wir gleichzeitig auf der Seite liegen, einander ansehen und proben – jeder mit seinem Text vor sich, zum Nachlesen.

»Wir sind wie ein altes Ehepaar«, stellte Elaine fest; der Gedanke war mir auch schon gekommen.

An unserem ersten Abend in Miss Frosts Schneesturmzimmer schlief Elaine ein. Ich wusste, dass sie früher aufstand als ich, weil sie mit dem Bus zur Schule in Ezra Falls fahren musste; deshalb war Elaine auch immer müde. Als Miss Frost an die Tür klopfte, schreckte Elaine hoch; sie schlang die Arme um meinen Hals und hielt mich immer noch umklammert, während Miss Frost eintrat. Obwohl es dadurch so aussah, als hätten Elaine und ich etwas miteinander, glaube ich nicht, dass Miss Frost annahm, wir hätten rumgeknutscht. Elaine und ich machten bestimmt nicht den Eindruck, als hätten wir gefummelt, und Miss Frost sagte nur: »Ich schließe bald. Sogar Shakespeare muss mal nach Hause und ein wenig schlafen.«

Wie jeder weiß, der je an einer Theaterproduktion mitgewirkt hat, ist es nach all den anstrengenden Proben und dem endlosen Auswendiglernen – wenn man seinen Text endlich intus hat – irgendwann selbst mit Shakespeare vorbei. Wir führten *Der Sturm* viermal auf. Es gelang mir bei jedem Auftritt, bei *lump'ger* an *Mumpitz* zu denken, auch wenn ich bei der Premiere fast »Mumpitzbrüste« gesagt hätte, als ich glaubte, Kittredges wunderschön gekleidete Mutter im Publikum zu sehen – nur um in der Pause von Kittredge zu erfahren, dass ich mich geirrt hatte.

»Die Frau, die du für meine Mom hältst, ist in Paris«, sagte Kittredge verächtlich.

»Ach.«

»Du musst irgendeine andere Frau mittleren Alters gesehen haben, die zu viel Geld für Klamotten ausgibt«, sagte Kittredge.

»Deine Mutter ist sehr schön«, sagte ich ihm. Es war mir ernst, und ich meinte es ausgesprochen nett.

»Deine Mom ist *schärfer*«, teilte Kittredge mir knapp mit. Seine Bemerkung klang nicht die Spur sarkastisch oder anzüglich; er redete genauso sachlich, wie als er mir mitgeteilt hatte, dass sich seine Mutter (oder die Frau, die gar nicht seine Mutter war) in Paris befand. Bald sollte das Wort *scharf* – in der von Kittredge benutzten Bedeutung – in Favorite River die Runde machen.

Später sagte Elaine zu mir: »Was soll das geben, Billy – willst du sein *Freund* werden?«

Elaine war eine ausgezeichnete Miranda, obwohl sie am Premierenabend nicht ihren besten Auftritt ablieferte; Mom musste ihr soufflieren. Was wahrscheinlich meine Schuld war.

»Mancher edle Schoß trug schlechte Söhne schon«, sagt Miranda zu ihrem Vater, in Anspielung auf Prosperos Bruder Antonio.

Ich hatte mit Elaine über die Sache mit dem edlen Schoß gesprochen, allerdings vielleicht zu oft. Ich hatte Elaine meine Gedanken über meinen leiblichen Vater erzählt – dass ich alles Schlechte an mir dem Codeknacker, den Genen des Sergeants, zuschrieb (nicht denen meiner Mom). Damals zählte ich meine Mutter noch zu den edlen Schößen der Welt. Sie mochte beschämend *verführbar* gewesen sein (mit genau dem Wort hatte ich sie gegenüber Elaine charakterisiert), aber im Grunde hatte sich Mary Marshall Dean *oder* Abbott nichts zuschulden kommen lassen. Meine Mutter war vielleicht leichtgläubig, gelegentlich auch *unbedarft* – wie ich zu Elaine sagte, um das Wort *zurückgeblieben* zu vermeiden –, aber nie »schlecht«.

Zugegeben, es war lustig, dass ich das Wort *Schoß* nicht richtig aussprechen konnte – auch den Genitiv nicht. Elaine und ich mussten darüber lachen, dass ich bei dem Wort kein langes *o* hinbekam.

»Da wird nicht *geschossen,* Billy!«, hatte Elaine gerufen. »Es heißt *Schoß,* nicht *schoss*!«

Es war tatsächlich komisch. Was konnte ich schon mit dem Wort *Schoß* anfangen (oder des *Schoßes*)?

Ich bin mir aber sicher, dass Elaine deshalb am Premierenabend an den *Spross* denken musste – »Mancher edle *Spross* trug schlechte Söhne schon«, wie Elaine (als Miranda) fast gesagt hätte. Offenbar merkte Elaine, wie sie *Spross* sagen wollte, und brach ab, kurz nachdem sie »Mancher edle –« gesagt hatte. Es folgte, wovor jeder Schauspieler Angst hat: eine beklemmende Stille.

»Schoß«, flüsterte meine Mutter; sie hatte das für eine Souffleuse ideale, weil beinahe unhörbare Flüstern.

»Schoß!«, rief Elaine Hadley. Richard (als Prospero) war zusammengezuckt. »Mancher edle Schoß trug schlechte Söhne schon!«, sagte Miranda, nun wieder in ihrer Rolle, zu energisch. Es kam nicht wieder vor.

Natürlich konnte sich Kittredge einen Kommentar nicht verkneifen.

»An dem Wort *Schoß* musst du noch arbeiten, Napel«, sagte er zu Elaine. »Wahrscheinlich bewirkt dieses Wort bei dir eine gewisse nervöse Spannung. Du solltest dir im Stillen sagen: ›Jede Frau hat einen Schoß – selbst *ich* habe einen Schoß. Schöße sind nichts Besonderes.‹ Wir können das gemeinsam einüben – falls es hilft. Du verstehst schon, ich sage: ›Schoß‹, und du sagst: ›Schöße sind nichts Besonderes‹, oder ich sage: ›Schöße‹, und du sagst: ›Ich *hab* einen!‹ – so was in der Richtung.«

»Danke, Kittredge«, sagte Elaine. »Wirklich sehr aufmerksam von dir.« Sie biss sich auf die Unterlippe, was sie, wie ich wusste, nur tat, wenn sie sich nach ihm verzehrte und sich selbst deswegen hasste. (Wie ich dieses Gefühl kannte!)

Dann, auf einmal, nach Monaten solch theatralischer Nähe, brach unser Kontakt zu Kittredge ab; Elaine und ich waren am Boden zerstört. Richard wollte mit uns über die Wochenbettdepression reden, die Schauspieler nach einem Engagement gelegentlich befällt. »Nicht wir haben *Der Sturm* geboren«, sagte Elaine ungeduldig, »das war *Shakespeare*!«

Mir persönlich fehlten auch die Proben auf Miss Frosts Messingbett, aber als ich das Elaine gestand, sagte sie nur: »Wieso? Wir haben schließlich nie rumgemacht oder so was.«

Ich mochte Elaine immer mehr, wenn auch nicht auf diese Art, aber man muss aufpassen, was man seinen Freunden sagt: Wenn man möchte, dass sie sich besser fühlen, darf man es nicht übertreiben.

»Na ja, das lag aber nicht daran, dass ich nicht mit dir rummachen *wollte*«, sagte ich ihr.

Wir waren – bei offener Tür – an einem Samstagabend zu Beginn des Winterhalbjahres in Elaines Zimmer; ich war immer noch siebzehn und Elaine sechzehn. Auf der Favorite River Academy war Filmabend, und durch Elaines Zimmerfenster sahen wir das flackernde Licht des Filmprojektors in der neuen zwiebelförmigen Sporthalle, die man an die alte Sporthalle angebaut hatte und in der Elaine und ich an Winterwochenenden Kittredge häufig beim Ringen zusahen – an diesem Wochenende allerdings nicht; die Ringer kämpften auswärts, sie rangen irgendwo südlich von uns, in Mount Hermon vielleicht oder in Loomis.

Wenn die Mannschaftsbusse zurückkamen, sahen wir sie aus Elaines Fenster im vierten Stock. Der Lärm der schreienden Jungs hallte im Innenhof so laut, dass man es selbst bei (wegen der Januarkälte) geschlossenen Fenstern gut hören konnte. Die Ringer trugen ihre Ausrüstung immer von den Bussen zu der neuen Sporthalle, wo die Spinde und Duschen waren. Falls der Film noch lief, würden einige Ringer in der Halle bleiben, um sich den Schluss anzusehen.

Doch an diesem Samstagabend wurde ein Western gezeigt; nur Trottel sahen sich das Ende eines Western an, ohne dessen Anfang gesehen zu haben – das Ende war immer gleich. (Es gab eine Schießerei, und die Bösen bekamen ihre Strafe.) Elaine und ich hatten gewettet, ob Kittredge, falls der Bus des Ringerteams früh genug zurückkam, in der Sporthalle bleiben und sich den Schluss des Western ansehen würde.

»Kittredge ist nicht blöd«, hatte Elaine gesagt. »Er hängt doch nicht in der Sporthalle rum, um sich die letzte Viertelstunde einer Pferdeoper anzusehen.« (Elaine hielt nicht viel von Western, die sie nur »Pferdeopern« nannte, wenn sie nett sein wollte; meist sagte sie »Macho-Propaganda« dazu.)

»Kittredge ist Sportler – der hängt mit den anderen Sportlern in der Halle ab«, hatte ich entgegnet. »Egal, was für ein Film läuft.«

Die Ringer, die nach ihren Auswärtswettkämpfen nicht in der Halle abhingen, brauchten nicht weit zu gehen. Das vierstöckige Wohnheim für Sportler, genannt Tilley Hall, lag direkt neben der Sporthalle. Aus welch hirnlosem Grund auch immer machten die Ringer auf dem Innenhof jedes Mal einen Heidenlärm, wenn sie von der Sporthalle nach Tilley rübergingen oder -liefen.

Mr. Hadley und seine unscheinbare Frau Martha waren nicht da; wie so oft – besonders wenn in Ezra Falls ein ausländischer Film lief – waren sie mit Richard und meiner Mom ins Kino gegangen. Auf der Anzeigetafel des Kinos in Ezra Falls stand immer in Großbuchstaben, wenn ein Film UNTERTITEL hatte. Das war nicht nur eine Warnung an die einheimischen Vermonter, die abgeneigt (oder unfähig) waren, Untertitel zu lesen; es diente auch als Alarmzeichen der anderen Art, dass nämlich ein ausländischer Film wahrscheinlich freizügiger war, als es viele Vermonter gewohnt waren.

Wenn meine Mom, Richard und die Hadleys nach Ezra Falls fuhren, um sich solche untertitelten Filme anzusehen, mussten Elaine und ich in der Regel zu Hause bleiben. Während unsere Eltern sich gemeinsam Sexfilme ansahen, waren Elaine und ich folglich allein – entweder in ihrem oder in meinem Zimmer, aber immer bei offener Tür.

Elaine ging nie zum Filmabend in die Favorite-River-

Sporthalle, selbst wenn kein Western gezeigt wurde. Sie hielt nichts von der Jungenschul-Atmosphäre in der Sporthalle der Academy. Ab einem gewissen Alter fühlten sich die Töchter des Lehrpersonals in dieser Atmosphäre nicht mehr wohl, denn es wurde ungeniert gefurzt, nebst noch viel schlimmeren Beispielen rüpelhaften Benehmens. Elaine stellte die Hypothese auf, falls man die ausländischen Sexfilme an Filmabenden in der Academy-Sporthalle zeigte, würden sich einige der Knaben auf dem Basketballspielfeld einen runterholen.

Wenn wir allein waren, hielten Elaine und ich uns lieber in ihrem als in meinem Zimmer auf. Von der Wohnung der Hadleys im vierten Stock hatte man eine bessere Aussicht auf den rechteckigen Innenhof; die Wohnung von Richard und meiner Mom, und folglich auch mein Zimmer, lag im zweiten Stock des Wohnheims. Unser Gebäude hieß Bancroft Hall, und es gab eine Büste des alten Bancroft, eines längst verstorbenen ehemaligen Lehrers der Favorite River Academy, im Aufenthaltsraum im Erdgeschoss – dem *Kippen*raum, wie man ihn nannte. Bancroft (jedenfalls seine Büste) hatte eine Glatze und buschige Augenbrauen.

Ich war gerade damit beschäftigt, mich mit der Vergangenheit der Favorite River Academy vertraut zu machen. Dabei war ich auf Fotos von Bancroft gestoßen, als er noch ein junges Mitglied des Lehrkörpers war; ich hatte seine Fotos – noch mit voller Haarpracht – in den uralten Jahrbüchern in der Academy-Bibliothek entdeckt. (Man sollte keine Mutmaßungen über die Vergangenheit eines anderen Menschen anstellen; ohne entsprechende Belege bleibt sie einem verschlossen.)

Als Elaine mich in das Jahrbuchzimmer begleitete, zeigte sie wenig Interesse an den älteren Bänden, die mich faszinierten. Ich hatte mich gerade erst mühsam durch den Ersten Weltkrieg geackert, aber Elaine Hadley legte gleich mit den aktuellen Jahrbüchern los; sie sah sich gern die Fotos von Jungs an, die noch immer die Schule besuchten oder erst kürzlich ihren Abschluss gemacht hatten. Elaine und ich schätzten, dass wir uns bei dem von uns vorgelegten Tempo in der Frühphase des Zweiten Weltkriegs, oder auch kurz davor, bei *demselben* Jahrbuch treffen würden.

»Also, *der* sieht echt gut aus«, sagte Elaine, wenn ihr der eine oder andere Junge auf einem Jahrbuchfoto gefiel.

»Zeig her«, sagte ich dann – der ach so verlässliche Freund, doch ohne mich ihr zu offenbaren. (Wir hatten einen ganz ähnlichen Geschmack bei jungen Männern.)

Es ist ein Wunder, dass ich mich traute, Elaine gegenüber anzudeuten, ich hätte gern mit ihr rumgemacht. Es war eine nettgemeinte Lüge, aber vielleicht wollte ich Elaine damit auch nur auf eine falsche Fährte lenken; womöglich befürchtete ich, sie könnte irgendwie spüren, dass ich zu jenen homosexuellen Begierden neigte, die Dr. Harlow und Dr. Grau gern »aggressiv« behandelt hätten.

Zunächst glaubte Elaine mir nicht. »*Was* hast du da gerade gesagt?«, fragte sie mich. Wir hatten uns auf ihrem Bett herumgefläzt – *keineswegs* auf irgendwie sexuelle Art und Weise. Wir langweilten uns und hörten einen Rock-'n'-Roll-Sender, während wir ihr Fenster im vierten Stock immer im Blick behielten. Die Rückkehr der Mannschaftsbusse an sich bedeutete uns wenig, doch dieses belanglose

Ereignis hieß, dass Kittredge wieder im Innenhof auftauchen würde.

Auf Elaines Fensterbrett stand eine Leselampe mit dunkelblauem Schirm; der Lampenschirm war aus Glas, das so dick war wie eine Colaflasche. Kittredge wusste, dass das dunkelblaue Licht im vierten Stock von Bancroft Hall aus dem Fenster von Elaines Zimmer kam. Seit wir gemeinsam in *Der Sturm* mitgewirkt hatten, brachte Kittredge gelegentlich dem blauen Licht in Elaines Zimmer, das von jedem der vier Wohnheime – sogar von Tilley, dem Sportler-Wohnheim – zu sehen war, ein Ständchen. Beim Betrachten der Jahrbücher war mir jemand mit Namen Tilley noch nicht untergekommen. Falls Tilley ein ehemaliger Lehrer der Favorite River Academy war, musste er noch vor kurzem unterrichtet haben, nicht in den alten Zeiten – als der alte Bancroft noch aktiv war.

Mir war nicht klar, wie viel Kittredges gelegentliche Ständchen Elaine bedeuteten; sie waren natürlich in spöttischem Ton gehalten – »pseudo-shakespearisch«, wie Elaine sich ausdrückte. Doch ich wusste, dass Elaine häufig bei eingeschalteter dunkelblauer Lampe einschlief – und dass sie traurig war, wenn Kittredge ihr *kein* Ständchen brachte.

In dieser erwartungsvollen Rock-'n'-Roll-Atmosphäre von Elaine Hadleys einsamem dunkelblauen Zimmer deutete ich an, dass ich tatsächlich mit ihr herummachen *wollte.* Was an sich keine schlechte Idee war; es stimmte nur nicht. Daher durfte es mich nicht überraschen, dass Elaine anfangs ungläubig reagierte.

»*Was* hast du gerade gesagt?«, fragte mich meine gute Freundin.

»Ich will nichts tun oder sagen, was unsere Freundschaft gefährden könnte«, sagte ich ihr.

»Du willst mit *mir* rummachen?«, fragte Elaine.

»Ja – ein bisschen«, sagte ich.

»Keine … *Penetration,* meinst du das damit?«, fragte sie.

»Nein … *ja,* genau«, sagte ich. Elaine wusste, dass mir das Wort *Penetration* gewisse Schwierigkeiten bereitete; es gehörte zu den Wörtern, die mir manchmal Ausspracheprobleme machten, doch das sollte nicht lange anhalten.

»Sag es, Billy«, sagte Elaine.

»Ohne … einzudringen«, sagte ich zu ihr.

»Aber was genau meinst du dann mit rummachen?«, fragte sie.

Ich lag mit dem Gesicht nach unten auf ihrem Bett und hatte mir eins ihrer Kissen auf den Kopf gelegt. Anscheinend war das für sie nicht akzeptabel, weil sie sich rittlings auf meine Hüften setzte und dann auf mein Kreuz hockte. Ich spürte ihren Atem an meinem Nacken; ihre Lippen berührten mein Ohr. »Küssen?«, flüsterte sie. »Berühren?«

»Ja«, sagte ich mit gedämpfter Stimme.

Elaine zog mir das Kissen weg. »*Was* berühren?«, fragte sie.

»Keine Ahnung«, sagte ich.

»Nicht *alles*«, stellte Elaine fest.

»Nein! Auf keinen Fall.«

»Du darfst meine Brüste anfassen«, sagte sie. »Ich hab sowieso keine Brüste.«

»Doch, hast du wohl«, widersprach ich. *Irgendwas* hatte sie, und ich gebe zu, dass ich ihre Brüste anfassen wollte.

(Ich gestehe, dass ich alle möglichen Brüste anfassen wollte, besonders die kleinen.)

Elaine legte sich neben mich aufs Bett, und ich drehte mich zur Seite und sah sie an. »Mach ich dir einen Steifen?«, fragte sie.

»Ja«, log ich.

»O mein Gott – in diesem Zimmer ist es immer so heiß!«, rief sie plötzlich und setzte sich auf. Je kälter es draußen war, desto größer war die Hitze in diesen alten Wohnheimen – und je höher die Etage lag, desto heißer wurde es. Zur Schlafenszeit, oder nachdem sie das Licht ausgemacht hatten, öffneten die Schüler immer ihre Fenster, wenn auch nur einen Spaltbreit, um ein wenig kalte Luft hereinzulassen, doch die uralten Heizkörper trieben die Temperaturen immer höher.

Elaine trug ein Herrenhemd, weiß, mit Button-down-Kragen, den sie allerdings nie festknöpfte, und auch die oberen beiden Hemdknöpfe ließ sie immer offen. Jetzt zog sie das Hemd aus ihrer Jeans, nahm die Schöße zwischen Daumen und Zeigefinger, hielt sie von ihrem spindeldürren Körper ab und pustete zur Abkühlung auf ihren Oberkörper.

»Hast du *jetzt* einen Steifen?«, fragte sie mich; bevor sie sich neben mich aufs Bett legte, hatte sie das Fenster einen Spaltbreit geöffnet.

»Nein – bestimmt bin ich zu nervös«, antwortete ich.

»Du brauchst nicht nervös zu sein. Wir küssen und berühren uns nur, stimmt's?«, fragte mich Elaine.

»Stimmt«, sagte ich.

Von dem Fenster spürte ich einen messerscharfen kalten

Luftzug, als Elaine mich küsste, ein keusches flüchtiges Küsschen auf die Lippen, das für sie bestimmt genauso enttäuschend war wie für mich, denn sie sagte: »Zungen sind okay. Zungenküsse sind erlaubt.«

Der nächste Kuss war viel interessanter – mit Zunge wird alles anders. Zungenküsse schaukeln sich irgendwie auf; Elaine und ich wussten nicht recht, wie wir damit umgehen sollten. Vielleicht um mich abzulenken, stellte ich mir vor, dass meine Mutter meinen unberechenbaren Vater dabei beobachtete, wie er eine andere Person küsste. Zungenküsse haben etwas *Unberechenbares,* dachte ich. Offenbar musste sich auch Elaine ablenken. Sie unterbrach unseren Kuss und sagte atemlos: »O nein, nicht *schon wieder* die Everly Brothers!« Ich hatte gar nicht gemerkt, was auf dem Rock-'n'-Roll-Sender lief, aber Elaine drehte sich von mir weg zum Nachttisch und schaltete das Radio aus.

»Ich will uns atmen hören können«, sagte Elaine und drehte sich zurück in meine Arme.

Ja, dachte ich – atmen beim Zungenkuss ist wirklich schwierig. Ich hob Elaines Hemdschöße hoch und berührte vorsichtig ihren nackten Bauch; sie schob meine Hand hoch zu ihrer Brust – na ja, jedenfalls zu ihrem BH, der klein und weich war und problemlos in meine Hand passte.

»Ist das ein … *Teenager*-BH?«, fragte ich sie.

»Es ist ein *gefütterter* BH«, sagte Elaine. »Ob für Teenager, weiß ich nicht.«

»Fühlt sich nett an«, versicherte ich ihr. Das war nicht gelogen; das Wort *Teenager* hatte bei mir etwas ausgelöst, ohne dass ich genau wusste, was ich da in der Hand hielt.

(Na ja, wie viel von dem, was ich da fühlte, war ihr Busen – oder war es hauptsächlich BH?)

Elaine konnte offenbar meine Gedanken lesen, denn wie als Ansage für unsere künftige Beziehung sagte sie, wie immer laut und deutlich: »Es ist mehr Futter als Brust, wenn du die Wahrheit wissen willst, Billy. Hier, ich zeig's dir.« Damit setzte sie sich auf, knöpfte das weiße Hemd auf und zog es aus.

Es war ein hübscher BH, eher perlgrau als weiß, und als sie sich an den Rücken griff, um ihn aufzuhaken, schien er sich auszudehnen. Ich konnte nur einen flüchtigen Blick auf ihre kleinen, spitzen Brüste werfen, ehe sie das Hemd wieder überzog; ihre Brustwarzen waren größer als die jedes Jungen, und die dunkler gefärbten Ringe um ihre Warzen – die Brustwarzenhöfe (noch so ein unaussprechliches Wort!) – waren fast so groß wie ihre Brüste. Doch während Elaine ihr Hemd zuknöpfte, fesselte ihr BH, der jetzt zwischen uns auf dem Bett lag, meine Aufmerksamkeit. Ich hob ihn auf; die weichen, brustförmigen Polster waren in den seidigen Stoff eingenäht. Zu meiner Überraschung hätte ich ihn am liebsten sofort anprobiert; ich wollte wissen, wie es sich anfühlte, einen BH zu *tragen.* Doch was diesen Wunsch anging, war ich nicht ehrlicher als bei den anderen Sehnsüchten, die ich meiner Freundin Elaine verheimlicht hatte.

Nur eine ganz leichte Abweichung von der Norm zeigte mir an, dass in unserer gerade entstehenden neuen Art von Beziehung eine Grenze gefallen war: Wie immer hatte Elaine die oberen beiden Knöpfe ihres Herrenhemds offen gelassen, doch diesmal machte sie auch den untersten

Knopf nicht zu. Meine Hand glitt nun leichter unter ihr aus der Hose hängendes Hemd; was so perfekt in meine Handfläche passte, das war die echte Brust (das bisschen, was es davon gab).

»Keine Ahnung, wie es dir geht, Billy«, sagte Elaine, als wir Aug in Auge auf einem ihrer Kissen lagen, »aber dass ein Junge zum ersten Mal meine Brüste anfasst, hab ich mir immer *wüster* vorgestellt, als es tatsächlich ist.«

»Wüster«, wiederholte ich. Ich wollte wohl Zeit schinden.

Mir fiel Dr. Harlows Rede an uns Jungs auf der alljährlichen Morgenversammlung ein, in der es um unsere *heilbaren Beschwerden* ging; ich dachte daran, dass »eine unerwünschte sexuelle Neigung zu anderen Knaben und Männern« in diese eigentümliche Kategorie heilbarer Beschwerden fiel.

Offenbar hatte ich Dr. Graus Vortrag bei der alljährlichen Morgenversammlung verdrängt – *»Herr Doktor«* Grau, wie wir Jungs von der Favorite River Academy den Schulpsychologen auf Deutsch nannten. Von Dr. Grau bekamen wir Jahr für Jahr dasselbe Gelaber zu hören – wir alle seien in einem Alter der Entwicklungshemmung »eingeschlossen«, wie der Herr Doktor es nannte, »wie Insekten in Bernstein«. (An unseren erschrockenen Mienen merkten wir Jungs, dass nicht alle von uns schon mal Insekten in Bernstein gesehen hatten – oder auch nur wussten, was das war.) »Ihr seid in der *polymorph-perversen* Phase«, machte Dr. Grau uns klar. »In dieser Phase ist es nur natürlich, dass ihr infantile sexuelle Neigungen an den Tag legt, in denen die Genitalien noch nicht als die einzigen oder primären Geschlechtsorgane erkannt werden.« (Aber wie konnten wir etwas so Offensichtliches über unsere Genitalien nicht bemerken?, dachten wir Jungs beunruhigt.) »In dieser Phase«, fuhr Herr Doktor Grau fort, »ist der Koitus nicht zwangsläufig das erkennbare Ziel erotischer Aktivitäten.« (Warum dachten wir dann pausenlos an Koitus?, fragten wir Jungs uns entsetzt.) »Ihr erfahrt prägenitale triebhafte Fixierungen«, teilte uns der alte Grau mit, als wäre das irgendwie beruhigend. (Er unterrichtete auf der Academy auch Deutsch, was genauso unverständlich rüberkam.) »Ihr müsst kommen und mit mir über diese *Fixierungen* reden«, schloss der alte Österreicher unweigerlich. (Ich kannte keinen Jungen auf der Favorite River Academy, der zugab, solche Fixierungen zu haben; ich kannte keinen, der je mit Dr. Grau über *irgendwas* gesprochen hätte.)

Richard Abbott erzählte mir und den übrigen Mitwirkenden von *Der Sturm*, Ariels Geschlecht sei »polymorph – eher eine Sache der *Kleiderwahl* als etwas Organisches«. Das führte Richard später zu dem Schluss, das Geschlecht der von mir verkörperten Figur sei »wandelbar«, was mich bezüglich meiner (und Ariels) sexuellen Orientierung zusätzlich verwirrte.

Doch als ich Richard fragte, ob er dabei an etwas in der Richtung der *»polymorph-perversen* Phase« oder des »Insekten-in-Bernstein«-Blödsinns dachte, worüber Dr. Grau bei der Morgenversammlung immer (und immer weiter) gebrabbelt hatte, leugnete Richard strikt, dass dazu eine Verbindung bestand.

»Keiner hört auf den alten Grau, Bill«, hatte Richard mir eröffnet. »Hör du auch nicht auf ihn.«

Ein kluger Rat – aber auch wenn es möglich war,

Dr. Graus Worte nicht zu beherzigen, so zwang man uns Jungs doch, sie zu *hören*. Und wie ich da neben Elaine lag, meine Hand auf ihrer nackten Brust, und unsere Zungen wieder so eng verschlungen, dass wir überlegten, was wohl das nächste erotische Experiment sein mochte, an dem wir uns versuchen könnten, wurde mir meine wachsende Erektion bewusst.

Obwohl wir Mund an Mund dalagen, brachte Elaine die Frage heraus: »Kriegst du *jetzt* einen Steifen?« Ja, allerdings, und an ihrer überlauten Betonung des Wortes *jetzt* bemerkte ich Elaines Ungeduld, doch ich war so durcheinander, dass ich nicht wusste, was meine Erektion verursacht hatte.

Ja, die Zungenküsse waren erregend, und die Berührung einer weiblichen Brust lässt mich (bis auf den heutigen Tag) nicht kalt; dennoch glaube ich, dass meine Erektion begann, als ich mir vorstellte, wie ich Elaines gefütterten BH anzog. Legte ich nicht in diesem Augenblick die »infantilen sexuellen Neigungen« an den Tag, vor denen Dr. Grau uns Jungs gewarnt hatte?

Doch während unsere Zungen herumzuckten, antwortete ich Elaine nur mit einem gepresst klingenden »Ja!«.

Als Elaine sich diesmal von mir löste, biss sie mich in der Hektik auf die Unterlippe. »Du hast wirklich einen Ständer«, stellte Elaine ernst fest.

»Ja, tatsächlich«, gab ich zu. Ich fasste mich an die Unterlippe, um mich zu vergewissern, dass ich nicht blutete. (Ich schaute mich überall nach Elaines BH um.)

»O Gott – ich will ihn nicht sehen!«, rief Elaine. Auch für mich war das sexuell irritierend. Ich hatte doch nicht vorgeschlagen, ihr meinen Steifen zu *zeigen*! Ich wollte gar nicht, dass sie ihn sah. Ja es wäre mir peinlich gewesen, wenn sie ihn sähe; ich dachte, wahrscheinlich wäre er für sie eine Enttäuschung, oder er würde bewirken, dass sie lachen (oder sich übergeben) musste.

»Vielleicht könnte ich ihn einfach nur *anfassen*«, meinte Elaine nachdenklich. »Nicht deinen nackten Ständer!«, ergänzte sie rasch. »Vielleicht könnte ich ihn nur fühlen – also, durch deine Klamotten.«

»Klar, warum nicht?«, sagte ich möglichst beiläufig, fragte mich allerdings (noch Jahre später), ob je ein anderer Mensch seine erste sexuelle Erfahrung so gründlich ausgehandelt hatte.

Die Jungs auf der Favorite River Academy durften keine Jeans tragen; Nietenhosen, wie wir sie damals nannten, waren weder im Unterricht noch im Speisesaal gestattet, wo wir in Jackett und Krawatte anzutreten hatten. Die meisten Knaben trugen Khakihosen oder – in den Wintermonaten – lange Flanell- oder Cordhosen. An jenem Samstagabend im Januar hatte ich eine ausgebeulte Cordhose an. Es war eine bequeme Hose, wenn man darin einen Ständer bekam, doch außerdem trug ich eine Jockey-Unterhose, die mir immer enger vorkam. Vielleicht war das die einzige Herrenunterhose, die man 1960 in Vermont kaufen konnte – weiße Baumwollunterhosen der Marke Jockey. (Keine Ahnung, vielleicht kaufte damals noch meine Mom alle meine Klamotten.)

Beim Sport hatte ich Kittredges Unterhosen gesehen – Baumwoll-Boxershorts von der Farbe eines blauen Herrenhemds. Vielleicht hatte seine französische Mutter sie in Paris oder New York gekauft. »Diese Frau *muss* seine Mutter sein«, hatte Elaine erklärt. »Wenn sie keine Brüste hätte, könnte sie Kittredge *sein* – diese Frau weiß, wo man solche Boxershorts kriegt.« Und Kittredges blaue Boxershorts waren *gebügelt;* das geschah nicht aus Zuneigung zu Kittredge, denn die Schulwäscherei bügelte alles – nicht nur lange Hosen und Hemden, sondern sogar Unterwäsche und die blöden Socken. (Darüber wurde fast so abfällig gesprochen wie über die Ratschläge von Dr. Harlow und Dr. Grau.)

Von diesen Hintergründen unberührt, wuchs meine erste durch Elaine Hadley (oder ihren BH) angeregte Erektion in einer engen Jockey-Unterhose, die die Blutzufuhr abzuschnüren drohte. Elaine legte mit einer für mich unerwarteten Aggressivität plötzlich ihre Hand auf ebendie Genitalien, die wir laut Dr. Grau noch nicht als unsere verdammten Geschlechtsorgane »erkannt« hatten! Für mich stand zweifelsfrei fest, was und wo meine »einzigen oder primären Geschlechtsorgane« waren, und als Elaine sie packte, zuckte ich zusammen.

»O … mein … Gott!«, rief Elaine so laut, dass das nähere meiner beiden Ohren vorübergehend taub wurde. »Ich kann mir nicht vorstellen, wie es wäre, wenn ich so etwas hätte!«

Auch das war sexuell irritierend. Sollte das heißen, dass Elaine sich nicht vorstellen konnte, wie es wäre, einen Penis *in sich* zu haben, oder meinte Elaine damit, sie könne es sich nicht vorstellen, ein Junge zu sein und einen eigenen Penis zu haben? Ich fragte nicht. Ich war erleichtert, dass sie meine Eier aus ihrem nicht gerade zimperlichen Griff entlassen hatte, doch Elaine hielt immer noch meinen Penis fest, und ich fummelte immer noch an ihren Brüsten herum. Hätten wir die Zungenküsse fortgesetzt, ließe sich unmöglich sagen, wohin das obenerwähnte »Aufschaukeln« vielleicht geführt hätte, doch wir hatten eben erst begonnen, uns wieder zu küssen – zuerst zögernd, wobei nur die Zungenspitzen Kontakt aufnahmen. Ich sah, dass Elaine die Augen schloss, und folgte ihrem Beispiel.

So fand ich heraus, dass ich Elaine Hadleys Brust halten und mir gleichzeitig vorstellen konnte, wie ich eine ähnlich freizügige Miss Frost betatschte. (Miss Frosts Brüste waren vermutlich kaum größer als die von Elaine, stellte ich mir vor.) Mit geschlossenen Augen konnte ich mir sogar vorstellen, die Hand an meinem Penis sei nicht die kleine von Elaine, sondern die bei weitem größere von Miss Frost (die sich in diesem Fall wohl zurückhielt). Und als die Zungenküsse intensiver wurden (Elaine wie auch ich waren bald außer Atem), stellte ich mir vor, dass sich Miss Frosts lange Zunge gegen meine schob und dass wir eng umschlungen auf dem Messingbett in ihrem Kellerrefugium in der Bibliothek von First Sister lagen.

Als die Dieselabgase des ersten zurückkehrenden Mannschaftsbusses durch den Spalt in Elaines Fenster drangen, bildete ich mir ein, den Ölheizkessel neben Miss Frosts ehemaligem Kohlenkeller-Schlafzimmer zu riechen. Als ich die Augen aufschlug, rechnete ich fast damit, Miss Frost vor mir zu sehen, doch stattdessen war da meine Freundin Elaine, mit fest geschlossenen Augen.

Während ich mir Miss Frost vorgestellt hatte, war mir nie der Gedanke gekommen, dass auch Elaine sich etwas vorgestellt haben könnte. Nicht überraschend, war der Name auf ihren Lippen, den sie mir irgendwie in den Mund hauchte, »Kittredge!« (Elaine hatte die Dieselabgase des heimkehrenden Busses korrekt identifiziert; sie fragte sich, ob es der Bus des Ringerteams war, weil sie sich Kittredge vorgestellt hatte, während ich mir Miss Frost vorgestellt hatte.)

Elaines Augen standen jetzt weit offen. Bestimmt sah ich genauso schuldbewusst aus wie sie. Mein Penis pochte. Wenn ich spüren konnte, wie er puckerte, konnte sie es auch, das wusste ich.

»Dein Herz schlägt, Billy«, sagte sie.

»Das ist nicht mein Herz«, widersprach ich.

»Ist es doch – dein Herz schlägt in deinem Penis«, sagte Elaine. »Schlagen die Herzen aller Jungs da?«

»Ich kann nicht für andere Jungs sprechen«, antwortete ich. Doch sie hatte meinen Penis losgelassen und sich von mir abgewandt.

Vor der Sporthalle standen mehr als ein geparkter Bus mit laufendem Dieselmotor; das flackernde Licht des Filmprojektors leuchtete immer noch von der Sporthalle herüber, und durch den Innenhof zwischen den Wohnheimen hallte das Gerufe und Gejohle der zurückkehrenden Sportler – darunter auch die Ringer, vielleicht, vielleicht auch nicht.

Elaine lag jetzt auf dem Bett, und ihre Stirn berührte fast das Fensterbrett, wo die kalte Zugluft aus dem Spalt des geöffneten Fensters am kältesten war. »Als ich dich geküsst und deinen Penis gehalten habe und als du meine Brust gehalten hast, dachte ich an Kittredge – diesen Scheißkerl«, gestand Elaine.

»Ich weiß – ist schon in Ordnung«, sagte ich ihr. Ich

wusste, was für eine gute und ehrliche Freundin sie war, dennoch konnte ich ihr nicht sagen, dass ich an Miss Frost gedacht hatte.

»Nein, es ist *nicht* in Ordnung«, sagte Elaine; sie weinte.

Elaine lag am Fuß ihres Bettes auf der Seite, mit dem Gesicht zum Fenster, und ich machte mich hinter ihr lang, den Oberkörper dicht an ihrem Rücken; so konnte ich sie auf den Nacken küssen und (mit einer Hand) ihre Brüste unter dem aus der Hose hängenden Hemd anfassen. Der Herzschlag in meinem Penis puckerte immer weiter. Ich bezweifelte, dass Elaine durch ihre Jeans, durch meine Cordhose hindurch das Pochen in meinem Penis spüren konnte, obwohl ich mich an sie gepresst hatte und sie ihren kleinen Po gegen mich drückte.

Elaine hatte einen winzigen, knabenhaften Hintern und keine nennenswerten Hüften; sie trug eine Knaben-Nietenhose (passend zu ihrem Herrenhemd), und als ich ihren Nacken und ihre feuchten Haare küsste, dachte ich plötzlich, dass Elaine sogar wie ein Junge roch. Schließlich war sie verschwitzt, hatte weder Parfüm noch irgendwelche Schminke aufgetragen, nicht einmal Lippenstift, und da lag ich und rieb mich an ihrem knabenhaften Po.

»Du hast doch immer noch einen Steifen, oder?«, fragte sie mich.

»Ja«, sagte ich. Es war mir peinlich, dass ich nicht aufhören konnte, mich an ihr zu reiben, doch Elaine bewegte die Hüften; auch sie rieb sich an mir.

»Ist schon in Ordnung – was du da machst«, versicherte sie mir.

»Nein, es ist *nicht* in Ordnung«, widersprach ich, doch

mir fehlte die Überzeugung, die ich aus Elaines Stimme herausgehört hatte – als sie vor wenigen Minuten dasselbe zu mir sagte. (Ich meinte natürlich, dass ich auch an Kittredge gedacht hatte.)

Miss Frost war eine große Frau; sie hatte breite Schultern und ausladende Hüften. Miss Frost hatte *keinen* knabenhaften Hintern; ich konnte beim besten Willen nicht an Miss Frost denken, als ich mich an der leise weinenden Elaine Hadley rieb.

»Nein, wirklich, ist schon in Ordnung – mir gefällt es auch«, sagte Elaine leise, als wir beide Kittredge aus dem Innenhof rufen hörten.

»Meine süße Napel – ist das dein blaues Licht, was da scheint?«, rief Kittredge. Ich spürte, wie Elaines Körper erstarrte. Im Innenhof gab es noch andere Jungenstimmen – aus dem Bereich von Tilley, dem Sportler-Wohnheim –, doch nur Kittredges Stimme stach deutlich hervor.

»Ich hab dir doch gesagt, dass er sich nicht das Ende vom Western ansieht«, flüsterte Elaine mir zu.

»O Napel – dient dein blaues Licht *mir* als Leuchtfeuer?«, rief Kittredge. »Bist du noch Jungfer, Napel, oder keine Jungfer mehr?«, rief er aus. (Eines Tages sollte ich merken, dass Kittredge durch und durch ein Pseudo-Shakespeare war, eine Art *Ersatz*-Shakespeare.)

Elaine streckte schluchzend die Hand aus, um ihre Lampe mit dem dunkelblauen Schirm auszumachen. Als sie sich wieder gegen mich drückte, wurden ihre Schluchzer lauter; sie ächzte, als sie sich an mir rieb. Schluchzen und Ächzen waren merkwürdig vermischt, ähnlich dem Jaulen eines schlafenden Hundes, der träumt.

»Lass ihn nicht an dich ran, Elaine – er ist so ein Arschloch«, flüsterte ich ihr ins Ohr.

»Psst!«, machte sie. »Nicht laut reden«, sagte sie atemlos zwischen ihren halb unterdrückten Schluchzern.

»Bist *du* das, Napel?«, rief Kittredge ihr zu. »So früh schon das Licht aus? Oje, schon so früh allein zu Bett!«

Mein Anzughemd hatte sich aus meiner Cordhose gelöst, was bestimmt an dem ständigen Reiben lag. Das Hemd war blau – dieselbe Farbe wie Kittredges Boxershorts, dachte ich. Elaine begann zu stöhnen. »Mach weiter! Mach es *fester*!«, stöhnte sie. »Ja! Genau *so* – Gott, hör nicht auf!«, rief sie laut.

In der eiskalten, durch den Fensterspalt hereindringenden Luft sah ich ihren Atem; ich rieb mich scheinbar endlos lange an ihr, ehe ich merkte, was ich dabei sagte. »Genau so?«, fragte ich sie immer wieder. »Genau *so*?« (Nicht laut reden, so wie es Elaine verlangt hatte, doch unsere Stimmen wurden in den Innenhof hinausgetragen – bis ganz nach Tilley und zur Sporthalle, wo die eintreffenden Mannschaftsbusse immer noch entladen wurden.)

Das flackernde Licht des Filmprojektors war aus, die Fenster der Sporthalle waren dunkel. Der Western war zu Ende; der Pulverdampf der letzten Schießerei hatte sich verzogen, so wie sich die Jungs der Favorite River Academy zurück in ihre Wohnheime verzogen – alle außer Kittredge.

»Hör auf damit, Napel!«, rief Kittredge. »Bist du auch da, Nymphe?«, rief er zu uns hoch.

Elaine hatte begonnen, einen längeren, orgiastischen Schrei auszustoßen. Später sagte sie: »Das klang wohl mehr nach Gebären als nach Orgasmus, nehme ich an – ich werde nie Kinder kriegen. Hast du gesehen, wie *riesig* ein Babykopf ist?«, fragte sie mich.

Für Kittredge mochte ihr Kreischen wie ein Orgasmus geklungen haben. Elaine und ich strichen immer noch die Bettlaken glatt, als wir hörten, wie draußen im Flur des Wohnheims jemand an die Tür klopfte.

»O Gott, wo ist mein BH?«, fragte Elaine; in der Bettwäsche suchte sie ihn vergeblich, aber sie hätte ohnehin keine Zeit mehr gehabt, ihn anzuziehen. (Sie musste die Tür öffnen.)

»*Er* ist es«, warnte ich sie.

»Natürlich ist er's«, sagte sie. Sie ging durch das Wohnzimmer hinaus in die Diele, wo sie sich kurz vor den hohen Spiegel stellte, ehe sie die Tür öffnete.

Ich hatte ihren BH auf dem Bett gefunden; er war in den Mustern der zerknautschten Patchworkdecke versteckt gewesen, doch ich stopfte ihn rasch in meine Jockey-Unterhose. Meine Erektion hatte sich komplett gelegt; für Elaines Mini-BH war in der Unterhose mehr Platz als zuvor für meinen Ständer.

»Ich wollte mich nur vergewissern, dass du wohlauf bist«, hörte ich Kittredge zu Elaine sagen. »Ich hatte Angst, dass es brennt oder so was.«

»Es hat zwar gebrannt, aber ich bin wohlauf«, informierte ihn Elaine.

Ich kam aus Elaines Zimmer. Sie hatte Kittredge nicht in die Wohnung gebeten. Einige Jungs aus Bancroft schlenderten im Flur vorbei und spähten durch die Tür.

»Du bist also auch hier, Nymphe«, stellte Kittredge fest.

Ich sah, dass er auf der Wange eine Wunde hatte, frischen Mattenbrand, doch der Mattenbrand machte ihn nicht weniger arrogant als sonst.

»Vermutlich hast du deinen Kampf gewonnen«, sagte ich zu ihm.

»Das stimmt, Nymphe«, sagte er, wandte den Blick aber nicht von Elaine. Weil sie ein weißes Hemd trug, sah man ihre Brustwarzen durch den Stoff, und die dunkleren Höfe um die Warzen – die unaussprechlichen Brustwarzenhöfe – sahen auf ihrer hellen Haut wie Rotweinflecken aus.

»Das sieht nicht gut aus, Napel. Wo ist dein BH?«, fragte Kittredge sie.

Elaine lächelte mich an. »Hast du ihn gefunden?«

»Ich hab nicht besonders eifrig gesucht«, log ich.

»Du solltest an deinen guten Ruf denken, Napel«, forderte Kittredge sie auf. Das war eine neue, für Elaine und mich unerwartete Taktik von ihm.

»Mein guter Ruf ist intakt«, wehrte sich Elaine.

»Und du solltest auch an ihren Ruf denken, Nymphe«, sagte Kittredge zu mir. »Ein Mädchen bekommt ihren guten Ruf nicht zurück – du weißt, was ich meine.«

»Ich wusste gar nicht, dass du so *prüde* bist«, sagte Elaine zu ihm, doch ich merkte, dass das Wort *Ruf* (oder alles, was Kittredge in diesem Zusammenhang unterstellt hatte) sie wirklich verwirrte.

»Ich bin nicht prüde, Napel«, sagte er und lächelte sie an. Es war ein Lächeln, das man einem Mädchen schenkte, mit dem man allein war; ich merkte, dass Kittredge sie umhaute, ohne dass sie sich dagegen wehren wollte.

»Ich hab es nur *vorgetäuscht,* Kittredge!«, schrie sie ihn

an. »Ich habe nur *geschauspielert* – das haben wir beide gemacht!«, rief sie.

»Das klang aber nicht nach Schauspielerei, nicht durchgängig«, entgegnete er. »Du musst aufpassen, als was du dich ausgibst, Nymphe«, sagte Kittredge zu mir, sah dabei aber weiter nur Elaine an, als wäre er mit ihr allein.

»Also, wenn du mich entschuldigst, Kittredge, ich sollte meinen BH suchen und anziehen, bevor meine Eltern nach Hause kommen – du solltest auch gehen, Billy«, sagte Elaine zu mir, wandte aber nie den Blick von Kittredge. Keiner von beiden sah mich an.

Es war noch vor elf Uhr, als Kittredge und ich in den Flur im vierten Stock des Wohnheims hinaustraten; die Bancroft-Jungs, die dort draußen herumlungerten oder durch die offenen Zimmertüren Kittredge begafften, waren sichtlich erschrocken, ihn hier auftauchen zu sehen. »Hast du wieder gewonnen?«, fragte ihn ein Junge. Kittredge nickte nur.

»Ich hab gehört, das Ringerteam hat verloren«, sagte ein anderer.

»Ich bin nicht die Mannschaft«, entgegnete ihm Kittredge. »Ich kann nur meine Gewichtsklasse gewinnen.«

Wir gingen durch das Treppenhaus hinunter in den zweiten Stock, wo ich mich von ihm verabschiedete. Um elf musste man im Wohnheim sein – auch Oberstufenschüler an einem Samstagabend.

»Vermutlich sind Richard und deine Mom mit den Hadleys unterwegs«, stellte Kittredge fest.

»Ja, in Ezra Falls läuft ein ausländischer Film«, sagte ich.

»Bumsen auf Französisch, Italienisch oder Schwedisch«, sagte Kittredge. Ich lachte, doch es sollte kein Scherz sein. »Übrigens, Nymphe – du bist nicht in Frankreich, Italien oder Schweden. Du musst besser aufpassen bei dem Mädchen, das du bumst oder nicht bumst.«

In dem Augenblick fragte ich mich, ob Kittredge wirklich ernsthaft um Elaines »Ruf«, wie er es nannte, besorgt war, aber bei Kittredge wusste man nie, woran man war – häufig merkte man nicht, worauf er mit seinen Bemerkungen hinauswollte.

»Ich würde nie etwas tun, was Elaine verletzen könnte«, sagte ich ihm.

»Hör zu, Nymphe«, sagte er. »Man kann Leute verletzen, indem man mit ihnen Sex hat und indem man *keinen* Sex mit ihnen hat.«

»Da ist wohl was dran«, sagte ich zögernd.

»Schläft deine Mom nackt, oder hat sie was an?«, fragte mich Kittredge, als hätte er nicht abrupt das Thema gewechselt.

»Sie hat was an«, antwortete ich.

»Tja, so sind die Mütter«, sagte er. »Die meisten Mütter jedenfalls«, ergänzte er.

»Es ist gleich elf«, warnte ich ihn. »Du solltest nicht zu spät ins Wohnheim kommen.«

»Schläft Elaine nackt?«, fragte mich Kittredge.

Natürlich hätte ich ihm sagen sollen, dass mich meine Entschlossenheit, nie etwas zu tun, was Elaine verletzen könnte, daran hindere, Kittredge und seinesgleichen zu verraten, ob sie nackt schlief oder nicht, doch in Wahrheit wusste ich nicht, ob Elaine nackt schlief. Ich dachte, ich würde rätselhaft wirken, wenn ich zu Kittredge sagte: »Wenn Elaine mit mir zusammen ist, schläft sie nicht«, und genau das sagte ich ihm auch.

Worauf Kittredge schlicht erwiderte: »Du bist ein Mysterium, nicht wahr, Nymphe? Ich werd aus dir noch nicht recht schlau, aber eines Tages durchschaue ich dich, ganz bestimmt.«

»Du kommst zu spät in dein Wohnheim«, sagte ich.

»Ich gehe jetzt in die Krankenstation – da soll man sich diesen Mattenbrand mal ansehen«, sagte er und wies auf seine Wange. Meiner Ansicht nach war es kein schlimmer Mattenbrand, doch Kittredge sagte: »Ich mag die Wochenendschwester auf der Krankenstation – der Mattenbrand ist nur ein Vorwand, um sie zu sehen. Samstagabend ist ein guter Abend, um auf der Krankenstation zu bleiben.«

Mit diesem provokanten Schlusssatz ließ er mich stehen – so war Kittredge. Während er schon dabei war, aus mir schlau zu werden, war ich umgekehrt bei ihm noch längst nicht so weit. Gab es auf der Krankenstation von Favorite River wirklich eine »Wochenendschwester«? Hatte Kittredge etwas mit einer älteren Frau am Laufen? Oder schauspielerte er nur, so wie Elaine und ich es getan hatten? Tat er nur so, als ob?

Ich war noch nicht sehr lange in unserer Wohnung, höchstens ein paar Minuten, als meine Mom und Richard aus dem Kino zurückkamen. (Ich hatte kaum Zeit gehabt, den gefütterten BH aus meiner Unterhose zu holen und unter mein Kopfkissen zu stopfen, da rief Elaine an.)

»Du hast meinen BH, stimmt's?«, fragte sie mich.

»Was wird aus der Ente?«, fragte ich zurück, doch sie war für so was nicht in Stimmung.

»Hast du meinen BH, Billy?«

»Ja«, gab ich zu. »Es war ein spontaner Entschluss.«

»Ist schon in Ordnung«, sagte sie. »Du sollst ihn haben.« Ich erzählte ihr nicht, dass Kittredge mich gefragt hatte, ob sie nackt schlief.

Dann kamen Richard und meine Mom in mein Zimmer, und ich fragte sie nach dem ausländischen Film. »Er war *abscheulich*!«, rief meine Mutter.

»Ich wusste gar nicht, dass du so *prüde* bist«, sagte ich zu ihr.

»Halt dich zurück, Bill«, sagte Richard.

»Ich bin nicht prüde!«, sagte meine Mom zu mir. Sie wirkte übertrieben aufgebracht. Ich hatte nur einen Scherz gemacht und wiederholt, was ich Elaine zu Kittredge hatte sagen hören.

»Ich hatte ja keine Ahnung, worum es in dem Film ging, Jewel«, sagte Richard zu ihr. »Tut mir leid.«

»Sieh dich doch an!«, sagte meine Mom zu mir. »Du siehst zerknitterter aus als ein ungemachtes Bett. Ich finde, du solltest dieses Gespräch mit Billy führen, Richard.«

Meine Mom ging in ihr gemeinsames Schlafzimmer und schloss die Tür. »*Welches* Gespräch?«, fragte ich Richard.

»Es geht darum, dass du dich bei Elaine vorsehen sollst, Bill«, sagte Richard. »Sie ist jünger als du – es geht darum, dass du sie *schützt.*«

»Reden wir hier von *Gummis*?«, fragte ich ihn. »Die kriegt man nämlich nur in Ezra Falls, und dieses Arschloch von Apotheker verkauft an Jugendliche keine Kondome.«

»Sag nicht ›Arschloch‹, Bill«, sagte Richard, »wenigstens nicht in Gegenwart deiner Mutter. Willst du *Gummis* haben? Ich besorg dir Gummis.«

»Bei Elaine besteht keine Gefahr«, teilte ich ihm mit.

»War das Kittredge, den ich vorher aus Bancroft Hall herauskommen sah?«, fragte Richard.

»Keine Ahnung«, sagte ich. »Weißt du's?«

»Du bist gerade in einem … kritischen Alter, Bill«, sagte Richard. »Wir wollen doch nur, dass du dich bei Elaine vorsiehst.«

»Ich *sehe* mich bei ihr vor«, antwortete ich ihm.

»Du hältst Kittredge am besten von ihr fern«, sagte Richard.

»Und wie genau soll ich das anstellen?«, fragte ich.

»Also, Bill«, setzte Richard an, als meine Mutter aus dem Schlafzimmer kam. Ich erinnere mich, dass ich dachte, Kittredge wäre bestimmt enttäuscht von dem, was sie anhatte – einen Flanellpyjama, kein bisschen sexy.

»Ihr redet immer noch über *Sex*, stimmt's?«, fragte meine Mom Richard und mich. Sie war sauer. »Ich weiß, dass ihr darüber redet. Also, das ist nicht lustig.«

»Wir haben nicht gelacht, Jewel«, versuchte Richard sich zu rechtfertigen, doch sie ließ ihn nicht ausreden.

»Lass gefälligst deinen Pillermann in der Hose, Billy!«, befahl mir meine Mom. »Lass es mit Elaine langsam angehen und sag ihr, sie soll sich wegen Jacques Kittredge vorsehen – sie soll sich bei ihm bloß vorsehen! Dieser Kittredge ist ein Bursche, der Frauen nicht nur *verführen* will – er will, dass Frauen sich ihm *unterwerfen*!«, sagte meine Mutter.

»Jewel, Jewel, reite nicht darauf herum«, sagte Richard Abbott.

»Du weißt nicht alles, Richard«, informierte ihn meine Mutter.

»Das stimmt«, gab Richard zu.

»Ich kenne Jungs wie Kittredge«, sagte meine Mom; sie sagte es zu mir, nicht zu Richard – und doch errötete sie.

Mir kam der Gedanke, wenn meine Mutter wütend auf mich war, lag das daran, dass sie etwas von meinem Vater, dem *Schürzenjäger,* in mir erkannte – vielleicht sah ich ihm immer ähnlicher. (Als ob ich *daran* etwas hätte ändern können!)

Ich musste an Elaines BH denken, der unter meinem Kopfkissen auf mich wartete – »eher eine Frage der *Kleiderwahl* als etwas Organisches«, wie Richard über Ariels Geschlecht gesagt hatte. (Wenn dieser kleine gefütterte BH nicht zu dem Thema *Kleiderwahl* passte, was dann?)

»Worum ging's in dem ausländischen Film?«, fragte ich Richard.

»Für *dich* ist das kein geeignetes Thema«, sagte mir meine Mutter. »Erzähl ihm ja nichts davon, Richard.«

»Tut mir leid, Bill«, sagte Richard kleinlaut.

»Bestimmt nichts, wovor Shakespeare zurückgeschreckt wäre«, sagte ich zu Richard, sah dabei aber meine Mom an. Sie wich meinem Blick aus, ging wieder ins Schlafzimmer und schloss die Tür.

Wenn ich gegenüber meiner einzigen wahren Freundin Elaine Hadley verschlossen war, musste ich nur an meine Mutter denken; wenn ich weder Richard von meiner Schwärmerei für Kittredge erzählen noch Miss Frost gestehen konnte, dass ich sie liebte, so hatte ich keinen Zweifel, wo diese fehlende Offenheit herkam. (Fraglos von meiner Mutter, aber möglicherweise auch von meinem Vater, dem Frauenhelden. Vielleicht von beiden, wie mir erst jetzt auffiel.)

»Gute Nacht, Richard, ich hab dich lieb«, sagte ich zu meinem Stiefvater. Er gab mir einen flüchtigen Kuss auf die Stirn.

»Gute Nacht, Bill, ich dich auch«, sagte Richard und schenkte mir ein um Verzeihung bittendes Lächeln. Ich liebte ihn wirklich, kämpfte aber zugleich dagegen an, wie enttäuscht ich von ihm war.

Außerdem war ich todmüde; es ist anstrengend, siebzehn zu sein und nicht zu wissen, wer man ist, und Elaines BH rief mich zu Bett.

5

Abschied von Esmeralda

Vielleicht muss sich erst die Welt für einen selbst ändern, die ganze Welt, wie man sie kannte, damit man versteht, warum jemand einen Epilog schreibt oder gar warum *Der Sturm* einen fünften Aufzug hat und wieso der (von Prospero gesprochene) Epilog so untrennbar zu diesem Stück gehört. Als ich meine jugendliche Kritik an *Der Sturm* äußerte, war meine Welt noch intakt.

»Hin sind meine Zauberein«, beginnt Prospero den Epilog – nicht viel anders als Kittredge ein Gespräch hätte anfangen können, beiläufig und scheinbar harmlos.

In jenem Winter 1960, in dem Elaine und ich unsere Maskerade fortsetzten, was so weit ging, dass wir als Zuschauer bei Kittredges Ringerturnieren Händchen hielten, begannen Martha Hadleys offizielle Bemühungen, der möglichen Ursache (oder den Ursachen) meiner Sprachfehler auf den Grund zu gehen. Das Wort *offiziell* verwende ich, weil ich Termine bei ihr hatte und weil ich sie in ihrem Büro aufsuchte – es lag im Musikgebäude der Academy.

Mit siebzehn hatte ich noch keinen Psychologen konsultiert; wäre ich je versucht gewesen, mich mit Herrn Doktor Grau zu unterhalten, hätte mein geliebter Stiefvater Richard Abbott mir das bestimmt ausgeredet. Außerdem starb der alte Grau just in dem Winter, in dem ich brav meine Termine bei Mrs. Hadley einhielt. Die Favorite River Academy sollte ihn schließlich durch einen jüngeren (was nicht heißt moderneren) Schulpsychologen ersetzen, allerdings erst im darauffolgenden Herbst.

Im Übrigen brauchte ich keinen Psychologen, solange ich zu Martha Hadley ging; während sie die Heerscharen von Wörtern aufstöberte, deren Aussprache mir schwerfiel, und weit ausholend den Grund (oder die Gründe) meiner Sprachfehler erörterte, wurde die ausgewiesene Stimmbildnerin und Gesangslehrerin Mrs. Hadley meine erste Psychologin.

Je besser ich sie kennenlernte, desto klarer wurde mir, was mich zu ihr hinzog – egal, wie unscheinbar sie war. Martha Hadley war auf eine maskuline Art unscheinbar; sie hatte schmale Lippen, aber einen großen Mund und ein kräftiges Gebiss. Ihr Kinn war so markant wie das von Kittredge, doch der Hals lang und überraschend feminin. Wie Miss Frost hatte sie breite Schultern und große Hände. Ihre Haare waren länger als die von Miss Frost, und sie trug sie straff zu einem Pferdeschwanz gebunden. Ihre flache Brust erinnerte mich jedes Mal an Elaines besonders große Brustwarzen mit diesen pigmentierten Kreisen drum herum – den Warzenhöfen; ich stellte mir vor, dass sich so etwas von der Mutter auf die Tochter vererbte. Doch anders als Elaine sah Mrs. Hadley sehr kräftig aus. Ich merkte, wie gut mir gerade das an ihr gefiel.

Als die Wörter *Brustwarzen* und *Warzenhöfe* meiner langen Liste mit Ausspracheproblemen hinzugefügt wurden, fragte mich Martha Hadley: »Besteht die Schwierigkeit in dem, was die Wörter bezeichnen?«

»Vielleicht«, antwortete ich ihr. »Zum Glück sind es keine Wörter, die einem täglich unterkommen.«

»*Bibliothek* und *Bibliotheken* hingegen oder gar *Penis* –«, überlegte Mrs. Hadley laut.

»Da macht mir der Plural noch größere Probleme«, rief ich ihr ins Gedächtnis.

»›Die Penisse‹ wirst du wohl nicht allzu oft in den Mund nehmen, Billy«, sagte Martha Hadley.

»Nicht täglich«, erwiderte ich. Womit ich meinte, dass sich kaum je die Gelegenheit ergab, das Wort *Penisse* auszusprechen – nicht, dass ich nicht täglich an Penisse dachte, das schon. Und so – vielleicht weil ich Elaine, Richard Abbott und Grandpa Harry nichts gesagt hatte, und wahrscheinlich, weil ich mich nicht traute, es Miss Frost zu sagen – erzählte ich Mrs. Hadley alles. (Das heißt, *fast* alles.)

Mit meiner Schwärmerei für Kittredge fing ich an. »Du *und* Elaine!«, sagte Martha Hadley. (Elaine hatte also nicht einmal vor ihrer *Mutter* damit hinterm Berg gehalten!)

Ich erzählte Mrs. Hadley, dass ich mich erotisch zu anderen Ringern hingezogen gefühlt hatte, noch bevor ich Kittredge sah, und dass ich – beim Durchstöbern der alten Jahrbücher in der Favorite-River-Bibliothek – eine besondere Vorliebe für die Fotos vom Ringerteam entwickelt hatte, während mich die vom schulischen Theaterclub nur flüchtig interessierten. (»Verstehe«, sagte Mrs. Hadley.)

Ich erzählte ihr sogar von meiner schon etwas nachlassenden Schwärmerei für Richard Abbott, die mir am meisten zu schaffen machte, bevor er mein Stiefvater wurde. (»Du meine Güte – muss *das* peinlich gewesen sein!«, rief Martha Hadley aus.)

Doch als meine Schwärmerei für Miss Frost an der Reihe gewesen wäre, hörte ich auf; Tränen schossen mir in die Augen. »Was ist los, Billy? Du kannst es mir ruhig sagen«, versicherte mir Mrs. Hadley. Sie nahm meine Hände in ihre größeren, stärkeren. Ihr langer Hals, ihre Kehle, war vielleicht das einzig Hübsche an ihr; ohne es zu wissen, konnte ich nur vermuten, dass ihre kleinen Brüste denen Elaines glichen.

In Mrs. Hadleys Büro standen nur ein Klavier mit Bank, ein altes Sofa (auf dem wir immer saßen) und ein Schreibtisch mit einem Stuhl davor. Der Blick aus dem Fenster im zweiten Stock war nicht weiter aufregend – die knorrigen Stämme zweier alter Ahornbäume, etwas Schnee auf den eher waagrechten Ästen, grauweiße Wolkenfetzen am Himmel. Das Foto von Mr. Hadley (auf Mrs. Hadleys Schreibtisch) war auch nicht weiter aufregend.

Der zottelige Mr. Hadley mit seinem schütteren Bart – seinen Vornamen, sofern ich ihn je wusste, habe ich längst vergessen – schien eigentlich fürs Internatsleben ungeeignet, sollte aber später eine aktivere Rolle auf dem Favorite-River-Campus spielen, als der Geschichtslehrer mit seinem Fachwissen zu Diskussionen über (noch später: Protesten gegen) den Vietnamkrieg beitrug. Weitaus denkwürdiger als Mr. Hadley war für mich der Tag meiner Beichte in Martha Hadleys Büro, als ich meine Aufmerksamkeit ganz auf ihren Hals richtete. »Was du mir auch sagst, Billy, wird dieses Büro nicht verlassen – Ehrenwort«, sagte sie.

Irgendwo in dem Musikgebäude übte ein Schüler Klavier – nicht eben meisterhaft, wie ich fand, oder vielleicht saßen auch zwei Schüler an zwei verschiedenen Klavieren.

»Ich sehe mir die Versandhauskataloge meiner Mutter an«, gestand ich Mrs. Hadley. »Ich stelle mir Sie unter den Models für Teenager-BHs vor«, erzählte ich ihr. »Ich onaniere«, gab ich zu – eins der wenigen Verben, die mir ein bisschen schwerfielen, nur dieses Mal nicht.

»Aber Billy, das ist doch kein Schwerverbrechen!«, sagte Martha Hadley vergnügt. »Mich wundert nur, dass du dir ausgerechnet *mich* dabei vorstellst – wo ich so gar nicht attraktiv bin –, und ich staune ein bisschen, dass du Teenager-BH so einfach aussprechen kannst. Ich kann darin einfach kein Muster erkennen«, sagte sie und schwenkte die immer längere Liste von Wörtern, mit denen ich mich schwertat.

»Ich weiß nicht, woran es bei Ihnen liegt«, gestand ich ihr.

»Was ist denn mit Mädchen in deinem Alter?«, fragte mich Mrs. Hadley. Ich schüttelte den Kopf. »Nicht Elaine?«, fragte sie. Ich zögerte, aber Martha Hadley legte mir auf dem Sofa ihre kräftigen Hände auf die Schultern und sah mir in die Augen. »Es ist in Ordnung, Billy – Elaine glaubt nicht, dass du auf die Art an ihr interessiert bist. Und das hier bleibt vollkommen unter uns, das weißt du doch noch, oder?« Mir kamen wieder die Tränen; Mrs. Hadley zog meinen Kopf an ihre harte Brust. »Billy, Billy – du hast doch nichts *Falsches* getan!«, rief sie.

Wer auch immer an ihre Bürotür klopfte, musste das Wort *Falsches* gehört haben. »Herein!«, rief Mrs. Hadley so schrill, dass mir klar war, woher Elaine ihre durch Mark und Bein gehende Stimme hatte.

Es war Atkins – bekannt als Lusche, aber ich hatte nicht

gewusst, dass er Musikunterricht nahm. Vielleicht hatte Atkins ein Problem mit der Stimme; vielleicht gab es Wörter, die er nicht aussprechen konnte. »Ich kann später wiederkommen«, sagte er zu Martha Hadley, während er mich immer weiter anstarren musste oder sie nicht ansehen konnte – eins von beidem. Jeder Trottel konnte mir ansehen, dass ich geweint hatte.

»Komm in einer halben Stunde wieder«, sagte Mrs. Hadley zu ihm.

»Gut, aber ich hab keine Uhr«, wandte er ein, ohne mich aus den Augen zu lassen.

»Nimm meine«, bot sie ihm an. Als sie ihre Armbanduhr abnahm und ihm reichte, merkte ich, was mich zu ihr hinzog. Martha Hadley hatte nicht nur ein maskulines Äußeres – sie war dominant wie ein Mann, bei allem, was sie tat. Ich konnte mir nur vorstellen, dass sie auch im Bett dominant war – dass sie jedem ihren Willen aufzwang und dass es schwierig war, sich ihr zu widersetzen. Aber warum sollte mich das ansprechen? (Natürlich nahm ich diese Überlegungen nicht in mein Teilgeständnis vor Mrs. Hadley auf.)

Atkins glotzte stumm auf die Uhr, so dass ich mich schon fragte, ob er ein derartiger Versager und Trottel war, dass er die Uhrzeit noch nicht lesen konnte.

»In einer halben Stunde«, mahnte ihn Martha Hadley.

»Es sind römische Ziffern«, sagte Atkins verzweifelt.

»Behalt einfach den Minutenzeiger im Auge. Zähl dreißig Minuten ab, und dann kommst du wieder«, beschied ihn Mrs. Hadley. Atkins ging, den Blick immer noch auf die Uhr geheftet; die Tür ließ er offen. Mrs. Hadley stand vom Sofa auf und machte sie zu. »Billy, Billy«, sagte sie zu mir. »Deine Gefühle sind vollkommen in Ordnung – mit dir stimmt alles.«

»Ich hab mir gedacht, ich sollte mal mit Richard drüber reden«, sagte ich ihr.

»Das ist eine gute Idee. Mit Richard kannst du über alles reden – ganz bestimmt«, sagte Martha Hadley.

»Aber nicht mit meiner Mutter«, sagte ich.

»Deine Mutter, Mary. Meine gute Freundin Mary …«, setzte Mrs. Hadley an und unterbrach sich gleich wieder. »Nein, nicht mit deiner Mutter – sag ihr noch nichts«, riet sie mir.

»Warum?«, fragte ich. Ich dachte, dass ich es wüsste, wollte es aber Mrs. Hadley sagen hören. »Weil sie ein bisschen *angeknackst* ist?«, fragte ich. »Oder weil sie wirkt, als wäre sie sauer auf mich – ich weiß nicht, warum.«

»Was das *Angeknackstsein* angeht, bin ich mir nicht so sicher«, sagte Martha Hadley. »Deine Mutter wirkt *tatsächlich,* als sei sie sauer auf dich – warum, weiß ich auch nicht. Ich denke mir vor allem, dass sie sich ziemlich leicht *aus dem Gleichgewicht* bringen lässt – auf bestimmten Gebieten, bei bestimmten Themen.«

»Was für Gebiete?«, fragte ich. »Welche Themen?«

»Gewisse sexuelle Dinge regen sie auf«, sagte Mrs. Hadley. »Billy, ich weiß, dass sie dir manche Dinge verschwiegen hat.«

»Oh.«

»Wenn ich eins an New England hasse, dann diese ganze Heimlichtuerei!«, rief Mrs. Hadley plötzlich aus; sie schaute auf ihr Handgelenk, wo ihre Uhr hingehörte, und musste über sich selbst lachen. »Ich wüsste zu gern, wie sich Atkins mit den römischen Ziffern schlägt«, sagte sie, und wir lachten beide. »Elaine kannst du es ruhig auch sagen, weißt du«, riet mir Martha Hadley. »Elaine kannst du alles sagen, Billy. Außerdem glaube ich, sie weiß es sowieso schon.«

Das glaubte ich auch, sagte es aber nicht. Ich dachte daran, wie leicht meine Mutter *aus dem Gleichgewicht* kam. Ich bereute, dass ich nicht zu Dr. Grau gegangen war, bevor er starb – und sei es nur, um mich mit seiner Doktrin vertraut zu machen, dass Homosexualität *heilbar* wäre. (Vielleicht hätte mir das in den Folgejahren so manchen Wutausbruch erspart, wenn ich wieder einmal diese saudumme These hörte.)

»Das Gespräch mit Ihnen hat mir sehr geholfen«, sagte ich Mrs. Hadley; sie trat von der Tür zurück, um mich durchzulassen. Ich fürchtete, sie werde meine Hände oder Schultern packen oder sogar meinen Kopf erneut an ihre harte Brust drücken und dass ich mich dann nicht beherrschen könnte, sie zu umarmen – oder zu küssen, obwohl ich mich dafür auf die Zehenspitzen hätte stellen müssen. Aber Martha Hadley berührte mich nicht; sie trat nur zur Seite.

»Mit deiner Stimme ist alles in Ordnung, Billy – rein organisch fehlt deiner Zunge und deinem Gaumen nichts«, sagte sie. Ich hatte vergessen, dass sie mir bei unserem ersten Termin in den Mund gesehen hatte.

Sie hatte mich aufgefordert, mit der Zungenspitze den oberen Gaumen zu berühren, hatte diese mit einem Gazetupfer festgehalten und mit einem weiteren Gazetupfer meinen unteren Gaumen abgesucht, ihn offenbar nach etwas abgetastet, das nicht da war. (Mir war es peinlich gewesen, dass ich von ihrem Herumstöbern in meinem Mund eine Erektion bekam – ein weiteres Symptom für das, was der alte Grau »infantile sexuelle Neigungen« genannt hatte.)

»Nichts Schlechtes über die Toten«, sagte Mrs. Hadley, als ich ging, »aber du weißt hoffentlich, Billy, dass der verstorbene Dr. Grau und mein einziger überlebender ärztlicher Lehrerkollege – ich meine Dr. Harlow – alle beide Schwachköpfe sind.«

»Das sagt Richard auch«, antwortete ich ihr.

»Hör auf Richard«, sagte Mrs. Hadley. »Er ist ein netter Mann.«

Die Erkenntnis kam erst viele Jahre später: In einer kleinen, nur beinahe erstklassigen Internatsschule gab es diverse Vertreter der Erwachsenenwelt – darunter einige wahrhaft einfühlsame, gutherzige Exemplare, die jungen Menschen das Erwachsenwerden verständlicher und erträglicher zu machen versuchten, aber eben auch jene unbeugsamen und selbstgerechten Dr. Graus und Dr. Harlows sowie andere *homophobe* Idioten, die leider auch noch Nachkommen gezeugt haben.

»Wie ist Dr. Grau wirklich gestorben?«, fragte ich Mrs. Hadley.

Uns Jungs hatte man erzählt – diese Variante hatte uns Dr. Harlow bei der Morgenversammlung aufgetischt –, Dr. Grau sei in einer Winternacht im Innenhof zwischen den Wohnhäusern ausgerutscht und hingefallen. Die Wege waren vereist; der alte Österreicher musste mit dem Hinterkopf aufgeschlagen sein. Dr. Harlow sagte nicht, dass Dr. Grau tatsächlich erfroren sei – ich glaube, er benutzte den Ausdruck »Unterkühlung«.

Die Jungs aus dem Küchenteam fanden den Leichnam am Morgen. Einer von ihnen sagte, Dr. Graus Gesicht sei so weiß wie der Schnee gewesen, ein anderer, er habe mit offenen Augen dagelegen, ein Dritter, sie seien geschlossen gewesen; übereinstimmend sagten die Küchenjungen, dass Dr. Graus Tirolerhut (mit einer speckigen Fasanenfeder) in einiger Entfernung von der Leiche gefunden wurde.

»Grau war betrunken«, erklärte mir Martha Hadley. »In einem der Wohngebäude hat es ein Abendessen für die Lehrer gegeben. Wahrscheinlich ist Grau tatsächlich ausgerutscht und hingefallen – vielleicht ist er tatsächlich mit dem Kopf aufgeschlagen, aber jedenfalls war er betrunken. Er lag die ganze Nacht bewusstlos im Schnee! Er ist erfroren.«

Wie die meisten Lehrer an der Favorite River Academy hatte sich Dr. Grau wegen des nahegelegenen Skigebiets um eine Stelle beworben, aber der alte Grau war seit Jahren nicht mehr Ski gelaufen. Dr. Grau war entsetzlich dick; er sagte, er könne noch sehr gut Ski fahren, gab aber zu, dass er von alleine nicht mehr auf die Beine kam, wenn er hinfiel – jedenfalls nicht ohne vorher die Skier abzuschnallen. (Ich stellte mir Grau vor, wie er im Schnee liegend mit den Armen ruderte, um die Bindungen aufzukriegen, und auf Englisch und Deutsch »infantile sexuelle Neigungen!« rief.)

An der Favorite River hatte ich als Fremdsprache Deutsch gewählt, aber nur, weil man mir versichert hatte, dass es noch drei andere Deutschlehrer gab; ich musste mich nie von Dr. Grau unterrichten lassen. Die anderen Deutschlehrer waren auch Österreicher – zwei von ihnen Skiläufer. Meine Lieblingslehrerin, Fräulein Bauer, fuhr als Einzige nicht Ski.

Als ich aus Mrs. Hadleys Büro trat, fiel mir plötzlich ein, was Fräulein Bauer mir gesagt hatte, nämlich dass ich auf Deutsch viel zu viele Grammatikfehler mache. Die Wortstellung im Deutschen trieb mich in den Wahnsinn, aber an meiner Aussprache gab es nichts auszusetzen. Das deutsche Wort, das ich nicht aussprechen konnte, musste erst noch erfunden werden. Doch als ich Martha Hadley davon erzählte, schien sie das nicht sonderlich zu interessieren – falls überhaupt. »Es ist psychisch, Billy. Du kannst alles sagen, das heißt, du bist rein physisch durchaus dazu in der Lage. Doch entweder sträubst du dich dagegen, ein Wort auszusprechen, weil es in dir etwas auslöst, oder –«

Ich unterbrach sie. »Weil es etwas *Sexuelles* auslöst, meinen Sie«, sagte ich.

»Vielleicht«, sagte Mrs. Hadley und zuckte die Achseln. Die *sexuellen* Aspekte meiner Ausspracheprobleme schienen sie nur mäßig zu interessieren, so als gehörten alle Spekulationen über Sexualität für sie in die gleiche, nicht weiter aufregende Schublade wie meine fehlerfreie Aussprache des Deutschen. Mit österreichischem Akzent, versteht sich.

»Ich glaube, du bist genauso sauer auf deine Mutter wie sie auf dich«, erklärte mir Martha Hadley. »Manchmal scheint es dir vor Wut einfach die Sprache zu verschlagen.«

»Oh.«

Ich hörte jemanden die Treppe raufkommen. Es war Atkins, den Blick immer noch starr auf das Zifferblatt von Mrs. Hadleys Uhr geheftet. Seltsam, dass er nicht über die Treppenstufen stolperte. »Die dreißig Minuten sind noch nicht rum«, berichtete er.

»Ich gehe jetzt – du kannst reinkommen«, sagte ich, aber Atkins blieb eine Stufe unterhalb des Treppenabsatzes stehen.

Ich war schon fast im Erdgeschoss, da hörte ich Mrs. Hadley »Hereinspaziert« sagen.

»Aber die dreißig Minuten sind noch nicht rum. Es ist noch nicht an der …« Atkins führte den Gedanken nicht zu Ende (vielleicht konnte er es nicht).

»An der *was*?«, hörte ich Mrs. Hadley ihn fragen. Ich blieb stehen, weil ich hören wollte, wie es weiterging. »Ich weiß, dass du es sagen kannst«, ermunterte sie ihn sanft. »Du siehst die Zeiger auf dem Zifferblatt – *Zeiger* kannst du doch sagen, nicht wahr?«

»Es ist noch nicht an der … Zeiger«, brachte Atkins heraus.

»Und jetzt mach *tttts* – wie wenn du dich über etwas ärgerst«, verlangte Mrs. Hadley.

»Ich kann nicht!«, stieß Atkins hervor.

»Hereinspaziert«, wiederholte Mrs. Hadley.

»Es ist noch nicht an der *Zei-ttt*!«, rang Atkins sich ab.

»Das ist gut – jedenfalls *besser.* Jetzt aber herein mit dir«, sagte Martha Hadley zu ihm, und ich ging weiter, raus aus dem Musikgebäude mit seinen Liedfetzen, dem Chorgesang, den Saiteninstrumenten im ersten Stock und den lauten Klavierklängen im Erdgeschoss. Doch die ganze Zeit dachte ich nur, was für ein Trottel und Versager Atkins doch war – er konnte nicht einmal das Wort *Zeit* aussprechen! So ein Idiot!

Ich hatte den Innenhof, in dem Grau gestorben war, schon zur Hälfte überquert, als mir schlagartig aufging, dass mein Urteil über Atkins genauso bescheuert war wie die allgemeine Ablehnung von Homosexuellen. Ich selber konnte *Penisse* nicht aussprechen und fühlte mich doch einem anderen Jungen haushoch überlegen, der das Wort *Zeit* nicht über die Lippen brachte.

Ich weiß noch, wie ich dachte, dass ich mir in Zukunft mehr Menschen wie Martha Hadley suchen sollte, die mir wirklich helfen wollten. Dennoch würde es immer auch andere geben, die mich verabscheuten und es sogar darauf anlegten, mich zu kränken. Diese Erkenntnis ließ mich zu Eis erstarren – so wie die eisige Winterluft einst Dr. Grau. Die Erkenntnis war ein ziemlicher Brocken: zuerst der Termin mit meiner verständnisvollen Stimmbildnerin und Gesangslehrerin – und zusätzlich die aufwühlende Entdeckung, dass Mrs. Hadley eine dominante Frau war, die mich deswegen irgendwie sexuell anzog. Oder fand ich sie etwa deswegen gerade *nicht* anziehend? (Erst da kam mir der Gedanke, dass ich womöglich – und zwar sexuell – wie Mrs. Hadley *sein,* aber nicht mit ihr *zusammen* sein wollte.)

Vielleicht war Martha Hadley ein früher Hippie, ihrer Zeit weit voraus; 1960 war das Wort *Hippie* noch nicht gebräuchlich. Damals war mir das Wort schwul noch so gut wie nie zu Ohren gekommen; auf der Favorite River Academy fiel es äußerst selten. Vielleicht war »schwul« ein zu nettes Wort für Favorite River – jedenfalls klang es all den homophoben Jungen zu neutral. Natürlich wusste ich, was

»schwul« bedeutete – man sagte es nur einfach nicht in meinem begrenzten Umfeld –, und sexuell unerfahren, wie ich war, hatte ich mich noch kaum gefragt, was in der anscheinend unerreichbaren Welt der Homoerotik wohl unter »dominant« und »devot« zu verstehen sein mochte.

Gar nicht so viele Jahre später, als ich mit Larry zusammenlebte – von all den Männern und Frauen, mit denen ich das Experiment des Zusammenlebens gewagt habe, hielt ich es mit Larry am längsten aus –, amüsierte er sich gern über mich, indem er erzählte, wie »schockiert« ich von der Art und Weise gewesen sei, mit der er mich in dem so geheimnisumwitterten schwulen Kaffeehaus in Wien abgeschleppt hatte.

Ich verbrachte mein drittes Collegejahr im Ausland. Zwei Jahre Deutschstudium auf Collegeniveau – plus der Deutschunterricht an der Favorite River Academy – hatten mich auf ein Jahr in einem deutschsprachigen Land vorbereitet. Dank der zwei Collegejahre in New York City war ich irgendwie schon, dann aber auch wieder nicht darauf vorbereitet, *wie* subkulturell ein schwules Kaffeehaus in Wien 1963/64 tatsächlich war. Zu jener Zeit wurden die Schwulenbars in New York gerade geschlossen; 1964 fand dort die Weltausstellung statt, und der New Yorker Bürgermeister war wild entschlossen, die Stadt für die Touristen zu säubern. Eine Bar in New York, Julius', blieb die ganze Zeit geöffnet – vielleicht war es gar nicht die einzige –, aber selbst im Julius' durften sich die Männer an der Bar nicht anfassen.

Ich behaupte nicht, in Wien habe es zu der Zeit eine ausgeprägtere Schwulenszene als in New York gegeben; die Situation war aber durchaus vergleichbar. Doch dort, wo Larry mich abschleppte, fassten die Männer einander ein wenig an – ob erlaubt oder nicht. Ich weiß nur noch, dass Larry der Kulturschock für mich war, nicht Wien.

»Bist du ein aktiver oder ein passiver Partner, schöner Bill?«, fragte er mich. (Ich war schockiert, aber nicht von der Frage an sich.)

»Aktiv«, antwortete ich spontan.

»Ach wirklich!«, sagte Larry, mit entweder aufrichtiger oder gespielter Überraschung; bei Larry ließ sich das selten gut auseinanderhalten. »Für mich siehst du wie ein passiver aus«, sagte er, doch nach einer Pause, die so lang war, dass ich schon dachte, er würde einen anderen zum Mitgehen auffordern, ergänzte er: »Komm schon, Bill, gehen wir.«

Stimmt, ich war schockiert, aber nur, weil ich ein Collegestudent war und Larry mein Professor. Wir waren am Institut für Europäische Studien in Wien – »das Institut«, wie die Studenten es nannten. Wir Studenten kamen aus den ganzen USA, aber unsere Dozenten aus der ganzen Welt: ein paar Amerikaner (Larry war der bei weitem bekannteste unter ihnen), ein wundervoll exzentrischer Engländer und diverse Österreicher, die an der Wiener Universität lehrten.

Damals lag das Institut für Europäische Studien an dem zum Doktor-Karl-Lueger-Platz und Stubenring hin gelegenen Ende der Wollzeile. Die Studenten klagten über die große Entfernung zur Universität; viele von uns (diejenigen, die besser Deutsch konnten) besuchten auch dort Seminare. Ich nicht; an noch mehr Unterricht war ich nicht interessiert. Ich war in New York aufs College gegangen, weil ich in New York sein wollte; mein Auslandjahr verbrachte ich in Wien, weil ich in Wien sein wollte. Die Entfernung zur Universität war mir egal.

Mein Deutsch reichte für einen Job in einem Nobelrestaurant an der Weihburggasse – am anderen Ende der Kärntnerstraße, von der Staatsoper aus gesehen. Es hieß Zufall, und ich bekam die Stelle, weil ich zuvor als Kellner in New York gearbeitet hatte und weil ich kurz nach meiner Ankunft in Wien erfuhr, dass man dem einzigen englischsprachigen Kellner im Zufall gekündigt hatte.

Das hatte ich in jenem geheimnisumwitterten schwulen Kaffeehaus an der Dorotheergasse gehört – eine der Seitenstraßen des Graben. Es hieß Café Käfig. Tagsüber schien es hauptsächlich von Studenten besucht zu sein, auch Studentinnen – eine von ihnen hatte mir tagsüber erzählt, dass der Kellner im Zufall gefeuert worden war. Aber nach Einbruch der Dunkelheit tauchten dann ältere Männer im Café Käfig auf, und die Frauen verzogen sich. So auch an dem Abend, als ich Larry traf und er mir die Aktiv-oder-Passiv-Frage stellte.

In diesem ersten Herbsttrimester am Institut studierte ich nicht bei Larry. Er dozierte über die Tragödien von Sophokles. Larry war Lyriker, und ich wollte Romanautor werden – ich dachte, mit dem Theater wäre ich fertig, und ich schrieb keine Gedichte. Aber ich wusste, dass Larry ein angesehener Autor war, und hatte ihn gefragt, ob er sich vorstellen könnte, ein Schreibseminar anzubieten – im Winter- oder im Frühjahrstrimester 1963/64.

»O Gott – bloß kein kreatives Schreiben!«, hatte Larry

gesagt. »Ich weiß – sagen Sie nichts. Eines Tages wird man *überall* kreatives Schreiben unterrichten!«

»Ich hab nur nach einer Gelegenheit gesucht, einem anderen Schriftsteller meine Sachen zeigen zu können«, sagte ich ihm. »Ich bin kein Dichter«, gab ich zu, »sondern Prosaschriftsteller. Ich kann verstehen, wenn Sie das nicht interessiert.« Ich wollte schon weggehen – sichtlich bemüht, gekränkt dreinzuschauen –, als er mich aufhielt.

»Warten Sie, warten Sie – wie heißen Sie, junger *Prosa*schriftsteller?«, fragte Larry. »Immerhin *lese* ich Prosa«, erklärte er mir.

Ich sagte ihm meinen Namen – und zwar »Bill«, weil der Name *William* Miss Frost gehörte. (Meine Romane sollte ich unter dem Namen William Abbott veröffentlichen, aber von niemand sonst ließ ich mich William nennen.)

»Also, Bill – geben Sie mir Bedenkzeit«, sagte Larry. Da wusste ich, dass er schwul war und alles, was er sonst noch dachte. Studieren sollte ich aber erst im Januar 1964 bei ihm, als er im Wintertrimester am Institut ein Seminar in Kreativem Schreiben anbot.

Larry war der bereits renommierte Dichter – *Lawrence* Upton für seine Kollegen und Studenten, aber seine schwulen Freunde (und eine Entourage aus lauter Verehrerinnen) nannten ihn Larry. Damals war ich schon mit ein paar älteren Männern zusammen gewesen – ich hatte nicht mit ihnen zusammengewohnt, sondern nur mit ihnen geschlafen – und wusste, wer ich war, wenn es um aktiv oder passiv ging.

Nicht das Vulgäre an Larrys Aktiv-oder-Passiv-Frage schockierte mich; selbst seine neuen Studenten wussten, dass Lawrence Upton ein berüchtigter Snob war und überdies sehr direkt sein konnte. Nein, mich schockierte, dass mein Dozent, eine literarische Größe, mich angesprochen hatte. Aber Larry erzählte die Geschichte immer ganz anders, und er duldete keinen Widerspruch.

Laut Larry hatte er mich *nicht* gefragt, ob ich der aktive oder der passive Part war. »In den sechziger Jahren, lieber Bill, sagten wir nicht ›aktiv‹ und ›passiv‹ – wir haben ›Werfer‹ und ›Fänger‹ gesagt, obwohl junge Männer aus *Vermont* natürlich so hellsichtig gewesen sein könnten«, sagte Larry, »oder uns allen anderen so weit voraus, dass du schon gefragt hast: ›Plus oder minus?‹, während wir nicht ganz so progressiven Typen uns noch mit der Werfer-oder-Fänger-Frage begnügen mussten, die bald darauf zur Aktiv-oder-Passiv-Frage *werden* sollte. Nur noch nicht in den Sechzigern, lieber Bill. Als ich dich in Wien angequatscht habe, *weiß* ich, dass ich dich fragte, ob du ein Werfer oder ein Fänger bist.«

An diesem Punkt wandte sich Larry jeweils unseren Freunden zu – die hauptsächlich *seine* waren und überwiegend älter als ich – und sagte: »Bill schreibt *Prosa,* aber mit einem Ich-Erzähler im Enthüllungsstil der Bekenntnisliteratur; seine Prosa klingt so stark nach Autobiographie, wie er es nur irgend hinkriegt.«

Dann drehte er sich wieder zu mir und sagte, als wären wir allein und seine Bemerkung nur für meine Ohren gedacht: »Trotzdem irrst du dich, mein lieber Bill – in den Sechzigern sagte man noch nicht *aktiv* und *passiv.*«

Das war typisch Larry; er musste immer recht haben. Ich lernte, mich nicht wegen Kleinigkeiten mit ihm zu streiten. Und sagte meist brav: »Ja, Herr Professor«, denn wenn ich ihm widersprach, riskierte ich, dass er sich einmal mehr über meine Herkunft aus Vermont lustig machte oder dass er vorgab, ich hätte behauptet, ein Werfer zu sein, obwohl ich für ihn von Anfang an wie ein Fänger ausgesehen hätte. (»Fanden das nicht alle?«, fragte Larry gern seine Freunde.)

Der Lyriker Lawrence Upton gehörte jener Generation älterer schwuler Männer an, die grundsätzlich die meisten anderen Schwulen für passiv hielten, egal, was sie sagten – und die glaubten, dass selbst wer *behauptete,* aktiv zu sein, mit der Zeit schon noch passiv werden würde. Da Larry und ich uns in Wien kennengelernt hatten, wurde unsere dauerhafte Meinungsverschiedenheit darüber, was jeder von uns bei diesem »ersten Date« genau gesagt hatte, zusätzlich davon beeinflusst, was viele Europäer bis heute glauben – nämlich, dass wir Amerikaner die Sache mit dem Aktiv-oder-Passiv-Sein viel zu wichtig nehmen. Die Europäer waren schon immer der Meinung, dass wir diese Vorlieben zu strikt voneinander abgrenzen, als ob jeder Schwule entweder das eine oder das andere wäre – jedenfalls bekomme ich das heutzutage von so manchem jungen arroganten Typen zu hören.

Larry – ein passiver Partner wie aus dem Bilderbuch – fühlte sich chronisch missverstanden, was er mir ebenso zickig wie geziert immer wieder vorhielt. »Ich bin viel vielseitiger als du!«, beteuerte er mir einmal unter Tränen. »Der Unflexible in unserer Beziehung bist du – egal, wie oft du behauptest, du stehst auch auf Frauen, oder so tust, als ob!«

In den späten siebziger Jahren (Larry nannte sie das »selige Zeitalter der Promiskuität«), als wir uns zwar noch regelmäßig in New York trafen, aber nicht mehr zusammenwohnten, konnte man der sexuellen Vorliebe seines Gegenübers nur in diesen Lederbars sicher sein, wo ein Stofftaschentuch in der linken Gesäßtasche den aktiven, in der rechten den passiven Partner markierte. Ein blaues Tuch stand für Ficken, ein rotes für Faustficken – aber was spielt das heute noch für eine Rolle? Außerdem gab es da noch dieses äußerst nervige Signal mit den Schlüsseln, die man je nachdem an der rechten oder linken Gürtelschlaufe seiner Jeans einhakte. In New York achtete ich nicht darauf, wo ich meine Schlüssel einhakte, und wurde deshalb andauernd von irgendwelchen signalbewussten Aktiven angemacht – dabei war ich doch selber aktiv! (Das konnte wirklich ganz schön nerven.)

Selbst in den späten Siebzigern, knapp zehn Jahre nach Beginn der Schwulenbewegung, beschwerten sich die *älteren* Schwulen – ich meine, älter als ich und sogar älter als Larry – über das Aktiv-Passiv-Getue. (»Warum wollt ihr Typen das ganze Geheimnis rausnehmen? Das Geheimnis ist doch ein aufregender Bestandteil beim Sex?«)

Ich wollte gern wie ein schwuler junger Mann aussehen – zumindest schwul genug, damit andere schwule Jungs und Männer zweimal hinsahen. Aber ich wollte auch, dass junge und ältere Frauen ebenfalls zweimal hinsahen. Gleichzeitig wollte ich mir in meinem Äußeren etwas provokativ Maskulines bewahren. (»Willst du heute Abend mal wieder besonders *aktiv* wirken?«, fragte Larry mich einmal, möglicherweise zu Recht.)

Mir fiel wieder ein, wie Richard bei unseren Proben zu *Der Sturm* gesagt hatte, Ariels Geschlecht sei »wandelbar«;

er hatte gesagt, auch das Geschlecht von Engeln sei wandelbar.

»Mit anderen Worten: So sieht es der Regisseur?«, hatte Kittredge Richard gefragt.

Wahrscheinlich legte ich es darauf an, sexuell *wandelbar* auszusehen, etwas von Ariels unentschiedener Sexualität auszudrücken. Ich war klein, aber gut aussehend und wusste es auch. Wenn ich wollte, konnte ich auch unsichtbar sein – »ein Luftgeist« wie Ariel. Es gibt kein eindeutig festgelegtes bisexuelles *Äußeres,* aber dieses Aussehen strebte ich an.

Larry zog mich gerne mit meinem »utopischen Androgynieverständnis« (wie er es nannte) auf; in seiner Generation lehnten sogenannte befreite Schwule »weibische« Züge grundsätzlich ab. Ich weiß, dass Larry dachte, ich würde mich tuntig geben (und anziehen) – wahrscheinlich sah ich deshalb für ihn wie ein Passiver statt wie ein Aktiver aus.

Ich selbst dagegen sah mich wie einen fast normalen Mann; mit »normal« meine ich, dass ich nie etwas mit Leder oder den bescheuerten Taschentuch-Signalen zu tun hatte. In New York spielte sich damals – wie in den meisten amerikanischen Städten in den Siebzigern – die Suche nach schnellem Sex meist auf der Straße ab. Damals wie heute gefiel mir der androgyne Look – außerdem konnte ich *androgyn* und *Androgynität* schon immer problemlos aussprechen.

»Du bist ein hübscher Junge, Bill«, sagte Larry oft zu mir, »aber bilde dir ja nicht ein, du könntest ewig gertenschlank bleiben. Du brauchst nicht zu glauben, du könntest dich aufstylen, oder sogar im Fummel gehen, und damit auch nur so viel an den Machocodes ändern, gegen die du rebellierst. Weder wirst du je ändern, wie richtige Männer sind, noch selber je einer sein!«

»Ja, Herr Professor«, antwortete ich knapp.

Wenn ich in den legendären Siebzigern einen Typen aufriss oder mich aufreißen ließ, gab es immer den Moment, in dem ich ihn an den Arsch fasste; wenn er sich gerne ficken ließ, fing er dann an zu stöhnen und sich zu winden – nur um mir zu verstehen zu geben, dass ich genau richtig lag. Aber wenn sich rausstellte, dass er ein Aktiver war, ließ er sich auf eine extraschnelle 69er ein, und das war's; gelegentlich wurde eine extra*grobe* 69er draus (wenn sich die »Machocodes«, wie Larry sagte, durchsetzten und nicht mein »utopisches Androgynieverständnis«).

Auf lange Sicht vergraulte mich Larrys übertriebene Eifersucht; selbst wenn man so jung ist wie ich es damals war, gibt es gewisse Grenzen, wie lange man Bewunderung als Ersatz für Liebe aushält. Wenn Larry annahm, dass ich mich mit einem anderen rumgetrieben hatte, versuchte er mein Arschloch abzutasten – auf der Suche nach Körperflüssigkeit oder zumindest einem Gleitmittel. »Ich bin der aktive Partner, wann begreifst du das endlich?«, sagte ich ihm dann. »Beschnüffel lieber meinen Schwanz.« Aber Larrys Eifersucht war völlig irrational; obwohl er mich in- und auswendig kannte, redete er sich ein, mit einem anderen könnte ich den passiven Partner abgeben.

Als ich Larry in Wien kennenlernte, entwickelte er sich gerade zum Opernkenner – ursprünglich war er wegen der Oper nach Wien gekommen. Wie ich zum Teil ja auch. Nicht umsonst hatte Miss Frost mich zu einem leidenschaftlichen Leser von Romanen des 19. Jahrhunderts gemacht. Die Opern, die ich liebte, basierten auf Romanen des 19. Jahrhunderts!

Lawrence Upton hatte sich als Lyriker bereits einen Namen gemacht, wollte aber schon immer mal ein Libretto schreiben. (»*Reimen* kann ich schließlich schon, Bill.«) Sein Traum war, eine Schwulen-Oper zu verfassen. Als Lyriker war er sehr streng mit sich; vielleicht stellte er sich vor, als Librettist entspannter sein zu können. So gern er auch eine Schwulen-Oper schreiben wollte, hatte Lawrence Upton doch noch nie im Leben ein offen schwules Gedicht verfasst – worüber ich mich endlos ärgern konnte.

In Larrys Oper führt eine zynische Königin – die große Ähnlichkeit mit Larry hat – als Erzählerin durch das Geschehen. Sie singt ein bewusst idiotisches Klagelied – wie es sich reimt, habe ich vergessen. »Zu viele Indianer, nicht genug Häuptlinge«, klagt die Erzählerin. »Zu viele Hühner, nicht genug Hähne.« Das war schon sehr entspannt.

Es gibt einen Chor der Passiven – haufenweise Passive, natürlich – und einen witzigerweise viel kleineren Chor der Aktiven. Hätte Larry seine Oper weitergeschrieben, hätte er womöglich einen mittelgroßen Chor der Bären hinzugefügt, aber die Bärenbewegung fing erst Mitte der achtziger Jahre an – diese großen, ungepflegten behaarten Typen, extra verschlampt, die gegen die herausgeputzten, ultragepflegten Männer mit ihren rasierten Eiern und Fitnessstudiokörpern rebellierten. (Wie erfrischend diese Bären anfänglich doch waren!)

Natürlich wurde aus Larrys Libretto nie eine Oper; seine Librettistenlaufbahn brach mittendrin ab. Larry sollte nur als Lyriker bekannt werden, obwohl ich mich an seine Idee einer Schwulen-Oper erinnere – und an unsere vielen Abende in der Wiener Staatsoper, als ich noch so jung war.

Für mich als jungen angehenden Schriftsteller war das ausgesprochen lehrreich: einen großen Mann und illustren Dichter scheitern zu sehen. Man muss vorsichtig sein, wenn man sich in ein Fach eingearbeitet hat und es dann wechseln will. Ganz zu Beginn meiner Beziehung mit Larry musste ich noch lernen, dass das Schreiben von Romanen ebenfalls ein eigenes Fach ist. Und selbst wenn die Oper nur eine weitere Erzählform ist, wenn auch eine extravagante, so hat sich ein Librettist doch auch an gewisse Regeln zu halten. Gutes Schreiben hat nichts mit »Entspanntheit« zu tun.

Man muss Larry hoch anrechnen, dass er als Erster einsah, dass er als Librettist keine Zukunft hatte. Auch das war für mich äußerst lehrreich. »Wenn du deinen eigenen Maßstäben nicht gerecht wirst, Bill, schieb die Schuld nicht auf das Genre. Die Oper kann nichts dafür. Ich bin nicht das Opfer dieser Panne, Bill – sondern der Täter.«

Von seinen Liebhabern kann man vieles lernen, aber seine Freunde behält man – meistens – länger, und von ihnen lernt man mehr. (Jedenfalls ist es mir so ergangen.) Ich würde sogar behaupten, dass die Mutter meiner Freundin Elaine, Martha Hadley, mich stärker beeinflusst hat als Lawrence Upton.

Tatsächlich hatte ich an der Favorite River Academy, wo ich im Winter 1960 mein drittes und vorletztes Jahr absolvierte, naiv, wie ich war, noch nie die Wörter *aktiv* und *passiv* in der Bedeutung gehört, in der Larry (oder meine sämtlichen anderen schwulen Freunde und Liebhaber) sie später verwenden sollten, aber ich wusste, dass ich ein aktiver Partner war, noch bevor ich mit irgendwem geschlafen hatte.

An jenem Tag, an dem ich vor Martha Hadley mein Teilgeständnis ablegte, als ihre offensichtliche Dominanz einen so nachhaltigen, wenn auch verwirrenden Eindruck bei mir hinterließ, wurde mir klar, dass ich mich danach sehnte, andere Jungen und Männer zu ficken, aber nie danach, gefickt zu werden; ich wollte nie, dass der Penis eines anderen Jungen oder Mannes in mich eindrang. (In meinen Mund, ja – in meinen After, nein.)

Selbst als ich Kittredge begehrte – so viel wusste ich über mich selbst: Ich wollte ihn ficken und seinen Penis in den Mund nehmen, aber ich wollte nicht, dass er mich fickte. Da ich Kittredge kannte, wusste ich auch, wie vollkommen verrückt das war, denn sollte Kittredge je auch nur die Möglichkeit einer schwulen Beziehung in Betracht ziehen, stand für mich quälend fest, was er sein würde. Falls Kittredge schwul war, sah er für mich zweifelsfrei nach einem aktiven Partner aus.

Es ist symptomatisch, dass ich zu meinem Auslandsstudienjahr in Wien gesprungen bin und den Bericht ausgerechnet damit begonnen habe, von Larry zu erzählen. Dabei könnte man meinen, ich hätte das Wien-Intermezzo damit beginnen sollen, von meiner ersten richtigen Freundin zu erzählen, Esmeralda Soler, weil ich Esmeralda kurz nach meiner Ankunft in Wien (im September 1963) kennenlernte und schon einige Monate mit ihr zusammengewohnt hatte, bevor Larry sein Schreibseminar gab und ich sein Student – und wenig später sein Geliebter – wurde.

Aber ich glaube zu wissen, warum ich damit gewartet habe, von Esmeralda zu erzählen. Schwule Männer meiner Generation reden so gerne davon, wie viel einfacher es für Jugendliche heutzutage sei, ihr »Coming-out« zu haben. Ich kann Ihnen jedoch versichern: Für einen Jugendlichen ist es nie einfach.

Ich jedenfalls schämte mich, dass ich mich sexuell zu anderen Jungen und Männern hingezogen fühlte, und kämpfte dagegen an. Vielleicht denken Sie, ich hätte in dem verzweifelten Versuch, »normal« zu sein, überbewertet, wie sehr ich mich zu Miss Frost und Mrs. Hadley hingezogen fühlte; vielleicht denken Sie jetzt, Frauen hätten mich gar nie richtig angezogen. Aber das stimmt nicht – ich finde Frauen tatsächlich sehr anziehend. Nur musste ich – zumal an der Favorite River Academy, einem reinen Knabeninternat – meine Gefühle für andere Jungen und Männer unterdrücken.

Nach jenem Sommer in Europa mit Tom und nach meinem Abschluss an der Favorite River, als ich allein auf dem College in New York war, konnte ich mich endlich zu meinen homosexuellen Anteilen bekennen. (Keine Angst, über Tom werde ich schon noch mehr erzählen, es fällt mir halt nur so schwer.) Nach Tom hatte ich viele Beziehungen mit Männern. Im März 1963, kurz bevor ich erfuhr, dass ich einen Platz am Institut für Europäische Studien in Wien bekommen hatte, hatte ich mein »Coming-out« bereits hinter mir. Als ich nach Wien ging, hatte ich die zurückliegenden beiden Jahre als junger Schwuler in New York gelebt.

Was *nicht* daran lag, dass Frauen mich nicht anzogen; sie *zogen* mich an. Aber dieser Anziehung nachzugeben wäre mir wie eine Art Rückfall in mein früheres Leben als unterdrückter schwuler Junge vorgekommen. Ganz zu schweigen davon, dass meine schwulen Freunde und Liebhaber damals alle dachten, jeder Mann, der von sich behauptete, bisexuell zu sein, wäre eigentlich nur ein verkappter Schwuler.

Und doch wusste ich, dass ich bisexuell war – so sicher, wie ich gewusst hatte, dass und wie sehr ich mich zu Kittredge hingezogen fühlte. Aber als ich so um die zwanzig war, hielt ich mich mit meinen Gefühlen für Frauen zurück – wie zuvor mit meinen Gefühlen für andere Jungs und Männer. Selbst in so jungen Jahren muss ich gespürt haben, dass man bisexuellen Männern nicht traute; vielleicht wird sich das ja mal ändern, aber damals traute man uns definitiv nicht über den Weg.

Ich habe mich nie meiner Gefühle für Frauen geschämt, aber als ich in New York meine ersten schwulen Liebhaber hatte, merkte ich rasch, dass mir meine schwulen Freunde aufgrund meiner Frauenbekanntschaften misstrauten. Also behielt ich diese für mich und beschränkte mich darauf, Frauen nur anzusehen. (Im Sommer 1961, als ich mit ihm auf Europareise war, hatte der arme Tom mich beim Hingucken ertappt.)

Wir waren ein überschaubares Grüppchen: die amerikanischen Studenten, die im akademischen Jahr 1963/64 einen Platz am Institut für Europäische Studien in Wien bekommen hatten. Im Hafen von New York gingen wir an Bord eines Dampfers und überquerten den Atlantik – genau wie Tom und ich zwei Sommer zuvor. Ich kam rasch zu dem Schluss, dass in jenem Jahrgang keine Schwulen unter meinen Kommilitonen waren, jedenfalls keine offen schwulen – oder keiner, der mich in dieser Hinsicht interessierte.

Mit dem Bus fuhren wir durch Westeuropa bis nach Wien – und stillten unseren Bildungshunger in den knapp bemessenen zwei Wochen mit weit mehr Sehenswürdigkeiten, als Tom und ich in einem ganzen Sommer untergebracht hatten. Ich kannte keinen meiner Kommilitonen von früher. Mit einigen schloss ich Freundschaft, allesamt Heteros, jedenfalls nach meinem Eindruck. Ein paar junge Frauen fand ich interessant, doch schon vor unserer Ankunft in Wien kam ich zu dem Schluss, dass die Gruppe viel zu klein war; es wäre wirklich unklug gewesen, mit einer vom Institut etwas anzufangen. Außerdem hatte ich bereits die Legende verbreitet, ich würde mir »Mühe geben«, meiner Freundin daheim in den Staaten »die Treue zu halten«. Bei meinen Kommilitonen hatte ich erfolgreich den Eindruck erweckt, ein Hetero zu sein, der offenbar gern für sich blieb.

Als ich den Job als einziger englischsprachiger Kellner im Café Zufall in der Weihburggasse bekam, setzte ich mich ganz vom Institut für Europäische Studien ab – das Restaurant war zu teuer, als dass meine Kommilitonen je dort essen gingen. Abgesehen von meinen Seminarbesuchen am Doktor-Karl-Lueger-Platz konnte ich die abenteuerliche Rolle des jungen Schriftstellers weiterspielen. Die allerwichtigste Übung dabei war, Zeit zum Alleinsein zu finden.

Esmeralda bin ich überhaupt nur durch puren Zufall begegnet. Sie war mir in der Oper aufgefallen; zum einen wegen ihrer Größe (große, breitschultrige Frauen jeden Alters zogen mich an), zum anderen, weil sie sich Notizen machte. Sie stand ganz hinten im Zuschauerraum und kritzelte wie wild in ihr Notizheft. Am ersten Abend, an dem ich sie sah, hielt ich sie fälschlicherweise für eine Musikkritikerin; obwohl sie nur drei Jahre älter war als ich (im Herbst 1963 war Esmeralda vierundzwanzig), sah sie wesentlich älter aus.

Als ich sie dann öfter sah – immer am selben Platz ganz hinten im Zuschauerraum –, ging mir auf, dass sie als Musikkritikerin eigentlich einen Sitzplatz haben müsste. Aber sie hatte wie ich nur einen Stehplatz. Damals bekamen Studenten freie Stehplätze.

Vom Restaurant Zufall war es nur ein Katzensprung zur Oper an der Kreuzung von Kärtnerstraße und Opernring. An Opernabenden konnte man im Zufall entweder ein frühes Abendessen vor der Oper oder ein spätes, extravaganteres Souper danach genießen. Wenn ich, wie an den meisten Abenden, zu beiden Zeiten bediente, kam ich nach Beginn des ersten Akts in die Oper und ging vor Ende des letzten.

Eines Abends sprach Esmeralda mich in einer Pause an. Ich muss wie ein Amerikaner ausgesehen haben, was mich zutiefst kränkte, denn sie redete englisch mit mir.

»Was ist bloß los mit Ihnen?«, fragte sie mich. »Sie kommen immer zu spät und gehen immer vor Schluss!« (Sie war eindeutig Amerikanerin; wie sich herausstellte, aus Ohio.)

»Ich hab einen Job – als Kellner«, sagte ich ihr. »Und was ist mit *Ihnen*? Wieso machen Sie sich dauernd Notizen?

Wollen Sie Schriftstellerin werden? Das versuche *ich* nämlich«, gestand ich ihr.

»Ich bin bloß die Zweitbesetzung – ich möchte Sopranistin werden«, sagte Esmeralda. »Und Sie versuchen Schriftsteller zu werden«, wiederholte sie langsam. (Sofort fühlte ich mich zu ihr hingezogen.)

Eines Abends, als ich nicht die Spätschicht im Zufall hatte, blieb ich bis zum letzten Vorhang in der Oper und bot Esmeralda an, sie nach Hause zu begleiten.

»Aber ich will nicht nach Hause – da gefällt es mir nicht. Ich halte mich so wenig wie möglich dort auf«, sagte Esmeralda.

»Oh!«

Mir gefiel meine Unterkunft in Wien genauso wenig – ich war auch nicht oft zu Hause. Aber weil ich an den meisten Abenden in dem Restaurant in der Weihburggasse arbeitete, kannte ich mich überhaupt noch nicht mit dem Wiener Nachtleben aus.

Ich führte Esmeralda in das schwule Kaffeehaus in der Dorotheergasse unweit der Staatsoper. Bisher war ich nur tagsüber dort gewesen, wenn es hauptsächlich von Studenten besucht wurde – und von Studentinnen. Ich wusste noch nicht, dass die Käfig-Kundschaft spätabends rein männlich und schwul war.

Esmeralda und ich entdeckten meinen Irrtum sehr schnell. »Tagsüber ist es hier ganz anders«, versicherte ich ihr, als wir sofort wieder hinausgingen. (Gott sei Dank war Larry an dem Abend nicht da; ich hatte meine Bitte wegen eines Schreibseminars schon vorgetragen, wartete aber noch auf seine Entscheidung.)

Esmeralda lachte mich aus, weil ich sie ins Café Käfig ausgeführt hatte – »Bei unserer ersten Verabredung!«, rief sie, während wir den Graben in Richtung Kohlmarkt hochgingen. Am Kohlmarkt lag ein Kaffeehaus, das ich noch nicht besucht hatte; aber es sah teuer aus.

»In meiner Nachbarschaft gibt's ein nettes Lokal«, sagte Esmeralda. »Gehen wir doch dorthin, und *danach* kannst du mich ja nach Hause bringen.«

Zu unser beider Überraschung wohnten wir im selben Viertel – jenseits der Ringstraße, nicht mehr im ersten Bezirk, in der Nähe der Karlskirche. An der Ecke Argentinierstraße und Schwindgasse lag ein Kaffeehaus, wie es in Wien so viele gibt: Café und Kneipe zugleich; es war auch mein Stammlokal, verriet ich Esmeralda, als wir uns setzten. (Ich kam oft zum Schreiben hierher.)

Und so fingen wir damit an, uns gegenseitig unsere misslichen Wohnverhältnisse zu schildern. Wie sich herausstellte, wohnten wir beide in der Schwindgasse, noch dazu im selben Gebäude. Esmeraldas Unterkunft ähnelte eher einer richtigen Wohnung als meine. Sie hatte ein Zimmer mit eigenem Bad und Mini-Küche, teilte aber den Flur mit ihrer Vermieterin; jeden Abend, wenn Esmeralda »nach Hause« kam, musste sie am Wohnzimmer ihrer Vermieterin vorbei, wo die alte mäkelige Frau mit ihrem kleinen hässlichen Hündchen auf dem Sofa thronte. (Sie sahen immer fern.)

Der Fernseher plärrte bis in Esmeraldas Zimmer hinüber, wo sie sich auf einem alten Plattenspieler Opern (meist auf Deutsch) anhörte. Sie durfte ihre Musik nur leise hören, aber »leise« passt nun mal nicht zu Opern. Die Opern waren laut genug, um den Fernseher der Vermieterin zu übertönen, und Esmeralda hörte sich unermüdlich das Deutsch an und sang vor sich hin – aber ebenfalls nur leise. Sie müsse an ihrer deutschen Aussprache arbeiten, hatte sie mir gesagt.

Ich dagegen musste meine deutsche Grammatik und Wortstellung verbessern – von meinem Wortschatz ganz zu schweigen – und sah sofort, wie Esmeralda und ich uns gegenseitig helfen konnten. Meine Aussprache war das Einzige an meinem Deutsch, was ich Esmeralda voraushatte.

Meine Kollegen im Restaurant Zufall hatten versucht, mich zu warnen: Wenn der Herbst vorbei war und die Touristen wegblieben, würde sich an manchen Abenden kein einziger englischsprachiger Gast im Restaurant blicken lassen – darum sollte ich möglichst schnell Deutsch lernen, denn die Österreicher waren bekannt dafür, dass sie nicht so nett zu Ausländern waren. In Wien wurde das Wort »Ausländer« nie mit freundlichem Unterton ausgesprochen; die Wiener hatten etwas regelrecht Fremdenfeindliches.

In dem Kaffeehaus an der Argentinierstraße ging ich dazu über, Esmeralda meine Wohnsituation zu schildern – auf Deutsch. Wir hatten schon beschlossen, deutsch miteinander zu reden.

Esmeralda hatte zwar einen spanischen Namen – auf Spanisch bedeutete er »Smaragd« –, sie sprach aber kein Spanisch. Ihre Mutter war Italienerin, und Esmeralda sprach (und sang) italienisch, aber wenn sie Opernsängerin werden wollte, musste sie ihre deutsche Aussprache verbessern. Sie sagte, in der Staatsoper würde darüber gewitzelt, dass sie die Zweitbesetzung der Sopranistin war – eine »Soprananwärterin«, wie sie sich selbst bezeichnete. Falls sie sie in Wien je auf die Bühne ließen, dann nur, wenn die reguläre Sopranistin – die »Nummer eins«, wie Esmeralda sie nannte – *starb.* (Oder wenn die Oper auf Italienisch gesungen wurde.)

Selbst als sie mir das in grammatikalisch einwandfreiem Deutsch auseinandersetzte, hörte ich Cleveland-Spuren aus ihrem Akzent heraus. In einer Grundschule in Cleveland hatte eine Musiklehrerin Esmeraldas Gesangstalent erkannt; Esmeralda war mit einem Stipendium auf das Oberlin-Konservatorium gekommen. Ihr Studienjahr im Ausland hatte Esmeralda in Mailand verbracht; sie hatte ein Praktikum an der Scala absolviert und sich in die italienische Oper verliebt.

Deutsch, sagte sie, fühle sich in ihrem Mund wie Sägespäne an. Ihr Vater hatte sie und ihre Mutter sitzenlassen, sich nach Argentinien abgesetzt und sich dort mit einer anderen Frau zusammengetan. Esmeralda war zu dem Schluss gekommen, dass die Frau, an die ihr Vater in Argentinien geraten war, Nazivorfahren haben musste.

»Woran sonst könnte es liegen, dass ich die Aussprache so schlecht hinkriege?«, fragte sie mich. »Ich hab Deutsch geübt, bis es mir zu den Ohren rauskam!«

Ich denke immer noch daran, was Esmeralda und mich wohl zueinander hinzog: Wir hatten beide Väter, die durchgebrannt waren, wir wohnten im selben Haus in der Schwindgasse und redeten über all das in unserem mangelhaften Deutsch in einem Kaffeehaus an der Argentinierstraße.

Die Studenten des Instituts waren auf ganz Wien verteilt.

Es war üblich, in Untermiete mit eigenem Zimmer, aber Gemeinschaftsbad zu wohnen. Die Mehrzahl meiner Kommilitonen wohnten zur Untermiete bei irgendwelchen Witwen, deren Küche sie nicht nutzen durften. Meine Vermieterin war ebenfalls Witwe, und ich musste das Bad mit ihrer geschiedenen Tochter und deren fünfjährigem Sohn Siegfried teilen. In der von vier Leuten benutzten Küche herrschte ständig Chaos, aber ich durfte mir dort immerhin selbst Kaffee kochen und einige Flaschen Bier in den Kühlschrank stellen.

Meine Vermieterin weinte regelmäßig; Tag und Nacht schlurfte sie in einem ausgefransten karierten Frotteebademantel herum. Ihre Tochter war eine großbusige Frau von der herrschsüchtigen Sorte; sie konnte nichts dafür, dass sie mich an meine Tante Muriel erinnerte. Der fünfjährige Siegfried starrte mich ständig auf heimtückische Art an; jeden Morgen verputzte er zum Frühstück ein weichgekochtes Ei – mitsamt Schale.

Als ich Siegfried zum ersten Mal dabei beobachtete, ging ich schnurstracks in mein Zimmer und schlug in meinem Wörterbuch das deutsche Wort für »Eierschale« nach. Als ich Siegfrieds Mutter sagte, dass ihr Sohn die Schale mit verspeist hatte, antwortete sie achselzuckend, die sei wahrscheinlich gesünder für ihn als das Ei. Morgens beim Frühstück saß sie meist in einem schlabberigen Männerschlafanzug da, der wohl von ihrem Exmann stammte und bei dem immer ein paar Knöpfe zu viel offen waren; außerdem hatte sie die unschöne Angewohnheit, sich zu kratzen.

Merkwürdigerweise hatte unser Gemeinschaftsbad einen Türspion, wie man sie häufig bei Hotelzimmertüren, aber nicht bei Badezimmertüren sieht. Erst dachte ich, der Spion sei dazu da, dass man vor dem Verlassen des Bads sehen konnte, ob im Flur die Luft rein war. Doch wer lief schon gern halbnackt oder in ein Handtuch gewickelt im Flur herum, egal, ob die Luft rein war oder nicht?

Als ob das nicht schon rätselhaft genug gewesen wäre, ließ sich der Türspion auch noch mittels einer kuriosen Vorrichtung umdrehen. Mir fiel auf, dass das Guckloch häufig oder sogar meistens umgedreht war, so dass man vom Flur ins Bad spähen und glasklar erkennen konnte, wer darin war und was er oder sie gerade tat!

Versuchen Sie *das* mal jemandem auf Deutsch zu erklären, und Sie werden als Ausländer mit Ihren Deutschkenntnissen schnell an Ihre Grenzen kommen. Doch irgendwie konnte ich Esmeralda das mit dem umgekehrten Spion an unserem ersten gemeinsamen Abend notdürftig erklären.

»Du lieber Himmel!«, entfuhr es ihr auf Englisch. Sie hatte einen milchkaffeebraunen Teint und den leichten Anflug eines Damenbarts auf der Oberlippe. Ihr Haar war rabenschwarz und ihre Augen waren dunkelbraun, fast schwarz. Sie hatte größere Hände als ich – und war auch insgesamt größer als ich –, aber ihre Brüste waren (zu meiner Erleichterung) »normal«, also »deutlich kleiner« als alles andere an ihr.

Na gut – ich sag's. Mit meiner ersten richtigen Beziehung zu einer Frau hatte ich teilweise deswegen gezögert, weil ich entdeckt hatte, dass ich Analverkehr mochte. (Und wie!) Fraglos lauerten bei mir irgendwo im Hinterkopf gewisse Bedenken, wie sich *Vaginal*verkehr wohl anfühlen mochte.

Ich weiß noch, dass ich in jenem Sommer in Europa mit Tom – als der arme Tom so verunsichert war und sich so bedroht fühlte, obwohl ich Frauen und Mädchen doch nur ansah – reichlich genervt aufstöhnte. »Um Himmels willen, Tom«, rief ich, »ist dir noch nie aufgefallen, wie sehr ich Analsex mag? Was meinst du wohl, wie ich mir das Vögeln mit einer Vagina vorstelle? Vielleicht wie wenn man mit einem Ballsaal schläft!«

Natürlich hatte das Wort *Vagina* den armen Tom ins Bad rennen lassen – wo er sich hörbar übergab. Doch obwohl ich nur geblödelt hatte, blieb das Wort *Ballsaal* haften. Ich kriegte es nicht mehr aus dem Kopf. Und wenn Vaginalsex tatsächlich so *war*, als schliefe man mit einem Ballsaal? Dennoch fühlte ich mich weiterhin zu überdurchschnittlich großen Frauen hingezogen.

Unsere misslichen Wohnverhältnisse waren nicht das einzige Hindernis, das zwischen Esmeralda und mir stand. Wir hatten einander probeweise in unseren jeweiligen Zimmern besucht.

»Die Sache mit dem umgedrehten Guckloch in der Badezimmertür ertrag ich ja noch«, hatte Esmeralda mir gesagt, »aber dieser kleine Junge ist mir unheimlich.« Sie nannte Siegfried den »Eierschalenfresser«; im Lauf meiner Beziehung mit Esmeralda stellte sich allerdings heraus, dass nicht Siegfried persönlich Esmeralda unheimlich war.

Viel abschreckender als die Sache mit dem umgedrehten Türspion zum Bad war für sie ihr Problem mit Kindern. Sie hatte eine Heidenangst davor, eines zu bekommen; wie viele andere junge Frauen damals fürchtete sich Esmeralda entsetzlich vor einer Schwangerschaft – aus gutem Grund.

Eine Schwangerschaft hätte das Aus für Esmeraldas Berufswunsch bedeutet, Opernsängerin zu werden. »Ich bin noch nicht so weit, als Hausfrauensopranistin zu enden«, sagte sie. Wir wussten beide, dass man zwar in bestimmten europäischen Ländern eine Abtreibung machen lassen konnte (wenn auch nicht im katholischen Österreich), dass es aber schwer war, dafür Fachpersonal zu finden – und unsicher und illegal waren Abtreibungen ohnehin. Das wussten wir auch. Außerdem war Esmeraldas italienische Mutter sehr katholisch; Esmeralda hätte selbst dann Bedenken gegen eine Abtreibung gehabt, wenn diese leicht zu bekommen, sicher und legal gewesen wäre.

»Das Kondom, das bei mir eine Schwangerschaft verhütet, existiert nicht«, sagte sie zu mir. »Ich bin fruchtbar für zehn.«

»Woher willst du das wissen?«, hatte ich sie gefragt.

»Weil ich mich so fühle, ständig – ich weiß es einfach«, lautete die Antwort.

»Oh.«

Wir saßen keusch auf ihrem Bett, die Drohung einer ungewollten Schwangerschaft als unüberwindliches Hindernis zwischen uns. Die Entscheidung, in welchem Zimmer wir es miteinander versuchen sollten, war uns abgenommen worden. Wenn wir zusammenwohnen wollten, würden wir uns Esmeraldas kleine Wohnung teilen. Meine weinende Vermieterin hatte sich beim Institut beschwert; man hatte mir vorgeworfen, aus perversen Motiven das Guckloch in der Badezimmertür umzudrehen! Das Institut nahm mir meine Unschuldsbeteuerungen ab, aber ich musste ausziehen.

»Wetten, es war der Eierschalenfresser«, hatte Esmeralda gesagt. Ich wollte nicht mit ihr streiten, aber Klein Siegfried hätte sich auf einen Hocker oder Stuhl stellen müssen, bloß um an das alberne Gucklock heranzukommen. Ich tippte eher auf seine offenherzige Mutter.

Esmeraldas Vermieterin freute sich über die Aufstockung der Miete; wahrscheinlich wäre sie nie auf den Gedanken gekommen, dass zwei Leute sich Esmeraldas Apartment mit der winzigen Küche teilen könnten, aber wir beide kochten nie – wir gingen zum Essen immer aus.

Esmeralda sagte, die Laune ihrer Vermieterin habe sich seit meinem Einzug gebessert; auch wenn sie Esmeraldas festen Freund mit Stirnrunzeln quittierte, schienen die zusätzlichen Mieteinnahmen sie gnädiger zu stimmen. Selbst ihr hässliches Hündchen fand sich mit mir ab.

An jenem Abend, als Esmeralda und ich, ohne uns anzufassen, auf ihrem Bett saßen, hatte die alte Dame uns zuvor ins Wohnzimmer gebeten, um uns zu zeigen, dass sie und ihr Hund einen amerikanischen Film im Fernsehen sahen. Esmeralda und ich standen noch beide unter Kulturschock; man erholt sich nicht so rasch davon, Gary Cooper deutsch reden zu hören. Ich fragte mich immer wieder: »Wie konnten sie nur *High Noon* synchronisieren?«

Der Fernseher war bis in Esmeraldas Zimmer zu hören. Tex Ritter sang »Do Not Forsake Me«.

»Wenigstens haben sie Tex Ritter nicht auch *synchronisiert*«, sagte Esmeralda gerade, als ich – ganz behutsam – ihre perfekten Brüste berührte. »Pass mal auf, Billy«, sagte sie, während sie sich anfassen ließ. (Ich merkte, dass sie das nicht zum ersten Mal sagte; vor meiner Zeit, so erfuhr ich später, hatte diese Rede alle ihre Freunde in die Flucht geschlagen. Mich nicht.)

Das Kondom hatte ich nicht bemerkt, bis sie es mir in die Hand drückte – es steckte noch in seiner glänzenden Verpackung. »Du musst das hier überziehen, Billy – selbst wenn das blöde Ding platzt, ist es sicherer.«

»Okay«, sagte ich und nahm es.

»Aber die Sache ist die – jetzt kommt das Schwierige, Billy –, bei mir geht gar nichts außer *anal.* Anderen Verkehr erlaube ich nicht – ausschließlich anal«, wiederholte sie, diesmal in beschämtem Flüsterton. »Ich weiß, dass es für dich eine Notlösung ist, aber so ist es nun mal. Anal oder gar nicht«, erklärte Esmeralda mir.

»Oh.«

»Ich kann verstehen, wenn das nichts für dich ist, Billy«, sagte sie.

Bloß nicht zu viel verraten, dachte ich. Ihr Vorschlag war für mich alles andere als eine »Notlösung« – ich mochte Analsex! Von wegen Abschreckung – ich war erleichtert. Die gefürchtete *Ballsaal*-Erfahrung war mir noch mal entgangen! Aber ich wusste, ich musste behutsam vorgehen und durfte mir meine Begeisterung nicht anmerken lassen.

Als ich sagte: »Ich bin ein bisschen nervös – es ist mein erstes Mal«, war das nicht ganz gelogen. (Allerdings ließ ich den wichtigen Zusatz »mit einer Frau« weg!)

Esmeralda stellte ihren Plattenspieler an. Sie legte die berühmte 61er-Aufnahme von Donizettis *Lucia di Lammermoor* auf – mit Joan Sutherland in der Rolle der dem Wahnsinn verfallenden Lucia. (Da merkte ich, dass Esmeralda an diesem Abend nicht ihre deutsche Aussprache üben wollte.)

Wenigstens war Donizetti eine romantischere Begleitmusik als Tex Ritter.

Und so begann mein erstes Abenteuer mit einer Frau – mit einer Notlösung, die für mich keine war. Das »gar nichts außer anal« stimmte nicht ganz, denn wir sollten jede Menge Oralsex haben. Vor Oralsex hatte ich keine Hemmungen, und Esmeralda liebte ihn geradezu – er brachte sie zum Singen, sagte sie.

Nur die Ballsaal-Erfahrung stand noch aus – und darauf konnte ich gut und (nur zu) gern warten.

Es kam zu jenen Après-Sex-Situationen, wenn ich im Halbschlaf oder Dämmerzustand vergaß, dass ich mit einer Frau zusammen war, die Hand ausstreckte und ihre Vagina berührte – nur um die Hand plötzlich wie überrascht zurückzuziehen. (Ich hatte nach Esmeraldas *Penis* gegriffen.)

»Armer Billy«, sagte Esmeralda dann, weil sie meine flüchtige Berührung falsch verstand – sie glaubte, ich wollte *in* ihrer Vagina sein und fühlte mich zurückgewiesen, weil es mir verwehrt war.

»Ich bin nicht der ›arme Billy‹, sondern der *glückliche, rundum befriedigte* Billy«, sagte ich ihr dann immer.

»Du trägst es wirklich mit Fassung«, sagte Esmeralda darauf. Sie hatte keine Ahnung, wie zufrieden ich war, und wenn ich die Hand ausstreckte und ihre Vagina berührte – manchmal im Schlaf, jedenfalls nicht bei vollem Bewusstsein –, hatte Esmeralda keinen blassen Schimmer, wonach ich griff: etwas, das sie nicht besaß und das mir wohl gefehlt haben muss.

Der Oberkellner im Restaurant Zufall war ein ernst dreinblickender junger Mann, der älter wirkte, als er war. Weil er ein Auge verloren hatte, trug er eine Augenklappe; obwohl er noch keine dreißig war, verlieh ihm diese Klappe die stille Würde eines deutlich älteren Mannes. Er hieß Karl und redete nie über die Umstände, unter denen er sein Auge verloren hatte – die anderen Kellner hatten es mir verraten: Nach Ende des Zweiten Weltkriegs, im Alter von zehn, hatte er mit ansehen müssen, wie mehrere russische Soldaten seine Mutter vergewaltigten, und als er versuchte dazwischenzugehen, hatte einer der Kerle ihm mit seinem Gewehrkolben das Auge ausgeschlagen.

Im Spätherbst, Ende November, erhielt Esmeralda ihre erste große Chance, eine große Sopranrolle zu singen. Wie sie vorausgesehen hatte, war es eine italienische Oper – Verdis *Macbeth*, und Esmeralda war bisher nur die Zweitbesetzung der weiblichen Hauptrolle gewesen.

»Vieni, t'affretta!«, sang Esmeralda im Schlaf als Lady Macbeth, während sie den Brief ihres Mannes liest, der ihr von seiner ersten Begegnung mit den Hexen berichtet.

Ich bat Karl um Erlaubnis, beim ersten Service vorzeitig gehen und zum Souper später kommen zu dürfen, da am Freitagabend meine Freundin die Lady Macbeth singen würde.

»Du hast eine Freundin – die Zweitbesetzung ist wirklich deine Freundin, ist das richtig?«, fragte mich Karl.

»Ja, richtig, Karl«, bestätigte ich ihm.

»Das freut mich, Bill – ich habe nämlich etwas anderes gehört«, sagte Karl, sein eines Auge bohrend auf mich gerichtet.

»Esmeralda ist meine Freundin, und an diesem Freitag singt sie die Lady Macbeth«, wiederholte ich.

»Das ist eine einmalige Chance, Bill – lass sie die bloß nicht verpatzen«, sagte Karl.

»Ich will nur den Anfang nicht versäumen – und ich möchte bis zum Ende bleiben, Karl«, sagte ich.

»Selbstverständlich. Ich weiß, dass es ein Freitag ist, aber es wird nicht so voll werden. Mit dem warmen Wetter ist es vorbei. Die Touristen verschwinden wie das Laub von den Bäumen. Es könnte das letzte Wochenende sein, an dem wir einen englischsprachigen Kellner brauchen, aber wir schaffen es auch ohne dich, Bill«, erklärte mir Karl. Er schaffte es, mir trotz seiner Erlaubnis ein schlechtes Gewissen zu machen. Karl erinnerte mich an Lady Macbeth, wie sie die Sendboten der Hölle herbeiruft.

»Or tutti sorgete.« Auch das hatte ich die schlafende Esmeralda singen hören; es war schaurig und half mir überhaupt nicht mit meinem Deutsch.

»Fatal mia donna!«, sagt Lady Macbeth zu ihrem Schlappschwanz von einem Gemahl, ergreift den Dolch, mit dem er Duncan getötet hat, und beschmiert die schlafenden Wachen mit Blut. Ich konnte es nicht erwarten zu sehen, wie Esmeralda Macbeth den Marsch blies. Und all das im ersten Akt! Kein Wunder, dass ich nicht zu spät kommen wollte – ich wollte nicht eine Minute von den Hexen verpassen.

»Ich bin sehr stolz auf dich, Bill. Ich meine, weil du eine Freundin hast – nicht nur, dass du diese große Sopranistin zur Freundin hast, sondern überhaupt eine Freundin. Das wird dem Gerede ein Ende machen«, sagte Karl.

»Wer redet denn, Karl?«, fragte ich ihn.

»Ein paar andere Kellner, und ein Souschef – du weißt ja, wie die Leute so sind, Bill.«

»Oh!«

In Wahrheit verhielt es sich so: Wenn irgendwer in der Küche des Restaurants einen Beweis dafür brauchte, dass ich nicht schwul war, dann wahrscheinlich Karl; wenn es Gerede gegeben hatte, *dass* ich schwul sein könnte, dann steckte garantiert Karl dahinter.

Ich hatte Esmeralda im Schlaf beobachtet. Auch wenn Lady Macbeth im vierten Akt nachts als Schlafwandlerin auftrat – und über das Blut an ihren Händen klagt –, so nachtwandelte Esmeralda selbst nie, sondern schlief tief und fest neben mir Bett, während sie (Nacht für Nacht) *»Una macchia«* sang.

Die erste Sopranistin hatte sich an diesem Freitagabend wegen eines Stimmlippenpolypen im Kehlkopfbereich abgemeldet – bei Opernsängern keine Seltenheit; trotzdem wurde von Gerda Mühles winzigem Polypen viel Aufhebens gemacht (etwa: Sollte er operativ entfernt werden oder nicht?).

Esmeralda verehrte Gerda Mühle, deren Stimme klangvoll, aber nie forciert und von einer beeindruckenden Bandbreite war. Gerda Mühle traf mühelos das tiefe G bis hin zu schwindelerregenden Höhenflügen oberhalb des hohen C. Ihre Sopranstimme war voluminös und mächtig genug für Wagner, doch besaß sie auch die erforderliche Agilität, um die flinken Läufe und komplizierten Vibrati im italienischen Stil des frühen neunzehnten Jahrhunderts zu meistern. Aber Esmeralda hatte mir erzählt, dass Gerda

Mühle einem mit ihrem Polypen furchtbar auf den Wecker fallen konnte.

»Er vereinnahmt ihr Leben – unser *aller* Leben«, sagte Esmeralda. Von der Verehrung der Sopranistin Gerda Mühle war sie zur Verachtung der Person Gerda Mühle übergangen – »der Polyp«, wie Esmeralda sie jetzt nannte.

Am Freitagabend gönnte der Polyp seinen Stimmbändern Ruhe. Esmeralda war völlig aus dem Häuschen, weil sie so zu ihrem, wie sie es nannte, Debüt an der Staatsoper kam. Aber von Gerda Mühles Polypen mochte sie nichts mehr hören. In Cleveland hatte Esmeralda eine Nebenhöhlenoperation über sich ergehen lassen – sehr riskant für eine angehende Sängerin. Als Jugendliche hatte Esmeralda unter chronisch verstopften Nebenhöhlen gelitten; manchmal fragte sie sich, ob diese Operation an ihrem hartnäckigen amerikanischen Akzent im Deutschen schuld war. Esmeralda brachte überhaupt kein Verständnis für Gerda Mühles Getue um ihren Stimmlippenpolypen auf.

Ich hatte mir angewöhnt, die Witze der Restaurant-Belegschaft, wie es wohl sei, eine Sopranistin als Freundin zu haben, zu überhören. Jeder außer Karl zog mich damit auf.

»Muss manchmal ganz schön *laut* sein«, hatte der Koch im Zufall zu allgemeinem Gelächter in der Küche verkündet.

Natürlich verriet ich ihnen nicht, dass Esmeralda nur Orgasmen hatte, wenn ich sie oral befriedigte. Nach ihrer eigenen Darstellung hatte sie »ziemlich überwältigende« Orgasmen, aber vor dem Lärm war ich geschützt. Esmeralda klemmte mir die Ohren mit ihren Oberschenkeln zu; ich hörte rein gar nichts.

»Gott, ich glaube, ich hab da eben das hohe Es getroffen – und richtig *gehalten*!«, sagte Esmeralda nach einem ihrer längeren Orgasmen. Ich weiß nicht mehr, wie das Wetter in Wien an jenem Freitag im November war. Nur noch, dass Esmeralda ihren John-F.-Kennedy-Wahlkampf-Button angesteckt hatte, als sie aus dem Haus ging. Sie hatte mir gesagt, der Button sei ihr Glücksbringer. Sie war stolz auf ihre ehrenamtliche Mithilfe bei Kennedys Wahlkampf 1960 in Ohio; als Ohio mit knapper Mehrheit an den Republikaner Nixon fiel, hatte sie das furchtbar geärgert.

Ich war nicht so politisch wie Esmeralda. 1963 glaubte ich, wenn ich mich auf meinen schriftstellerischen Werdegang konzentrierte, bliebe keine Zeit für politisches Engagement; Esmeralda gegenüber sagte ich selbstgefällig, ich wolle alles auf eine Karte setzen, um Schriftsteller zu werden – und politisches Engagement sei bei einem jungen Menschen eine Hintertür, für den Fall, dass er mit seiner künstlerischen Karriere nicht weiterkam, oder ähnlichen Blödsinn.

»Willst du damit etwa sagen, Billy, *weil* ich politischer bin als du, hätte ich weniger Ambitionen als Sängerin als du als Schriftsteller?«, hatte Esmeralda nachgefragt.

»Selbstverständlich *nicht*!«, hatte ich geantwortet.

Da hätte ich ihr sagen sollen, dass ich bisexuell war, wagte es aber nicht. Nicht meine *Schriftstellerei* hielt mich von der Beschäftigung mit Politik ab, sondern der Umstand, dass ich 1963 mit meiner binären Sexualität politisch bereits mehr als genug zu schultern hatte. Glauben Sie mir: Mit einundzwanzig kommt eine Menge Politik ins Spiel, wenn man sexuell *wandelbar* ist.

So viel dazu – jedenfalls sollte ich an jenem Freitag im November bald bereuen, Esmeralda je auf den Gedanken gebracht zu haben, sie würde nicht alles auf eine Karte setzen, um Sopranistin zu werden – oder sich eine Hintertür offenhalten, *weil* sie politisch so engagiert war.

Beim ersten Abendessen im Restaurant Zufall waren mehr Amerikaner unter den Gästen, als Karl und selbst ich erwartet hatten. Sonst waren keine ausländischen Touristen da, nur ein paar amerikanische Paare im Seniorenalter und ein Tisch mit zehn Geburtshelfern und Gynäkologen (alles Amerikaner), die mir sagten, sie nähmen in Wien an einer Gynäkologenkonferenz teil.

Die Ärzte gaben mir ein großzügiges Trinkgeld, weil ich ihnen sagte, sie hätten genau die richtige Oper für ihr Berufsfeld ausgesucht. Ich erzählte ihnen von der Szene in *Macbeth*, in der die Hexen ein blutiges Kind herbeizaubern – das Macbeth die berüchtigte Weissagung kundtut, »niemand, den ein Weib geboren hat«, werde ihn überwinden. (Natürlich fällt Macbeth darauf rein. Macduff tötet ihn und verkündet, er, Macduff, sei aus dem Mutterleib geschnitten worden.)

»Offenbar die einzige Oper mit einem Kaiserschnittmotiv«, erklärte ich den zehn Gynäkologen am Tisch.

Weil Karl jedem erzählte, meine Freundin sei die Sopranistin, die an dem Abend die Partitur der Lady Macbeth sang, war ich bei den frühen Abendessensgästen ziemlich beliebt, und Karl hielt sein Versprechen, mich rechtzeitig vor Beginn des ersten Aktes gehen zu lassen. Aber etwas stimmte nicht.

Ich hatte den merkwürdigen Eindruck, dass das Opernpublikum einfach nicht zur Ruhe kam – besonders die ungehobelten Amerikaner. Ein Paar wirkte, als stünde es kurz vor der Scheidung; sie schluchzte herzzerreißend, ganz gleich, was der Mann zu ihr sagte. Vermutlich ahnen viele von Ihnen, um welchen Freitagabend es sich handelte: Es war der 22. November 1963. Um 12.30 Uhr amerikanischer Zeit wurde Präsident Kennedy in Dallas erschossen. In Wien war es sieben Stunden später als in Texas, und *Macbeth* fing – zu meiner Überraschung – nicht pünktlich an. Esmeralda hatte mir erzählt, die Staatsoper begänne immer pünktlich – nur nicht an diesem Abend.

Ich konnte es nicht wissen, aber hinter den Kulissen ging es genauso drunter und drüber wie im Zuschauerraum. Das amerikanische Paar, das auf mich wie kurz vor der Scheidung gewirkt hatte, war bereits gegangen; beide untröstlich. Jetzt sah es so aus, als seien noch andere Amerikaner untröstlich. Auf einmal fielen mir die leeren Sitze auf. Arme Esmeralda! Es war ihr Debüt, aber nicht vor vollem Haus. (Um ein Uhr nachmittags starb Kennedy – in Wien war es da bereits acht Uhr abends.)

Als sich der Vorhang einfach nicht über der öden schottischen Heide heben wollte, begann ich mir Sorgen um Esmeralda zu machen. Litt sie etwa unter Lampenfieber? Versagte ihr die Stimme? Hatte Gerda Mühle ihren Entschluss revidiert, sich einen Abend freizunehmen? (Im Programmheft verkündete ein Beiblatt, am Freitag, dem 22. November 1963, singe Esmeralda Soler die Lady Macbeth. Ich hatte schon beschlossen, das Blatt rahmen zu lassen, um es Esmeralda zu Weihnachten zu schenken.) Noch mehr lästige Amerikaner redeten jetzt laut im Publikum – ein paar von ihnen verließen sogar den Zuschauerraum, zum Teil unter Tränen. Ich kam zu dem Schluss, dass Amerikaner kulturell unterentwickelt waren, unhöfliche Schwachköpfe oder Banausen, alle miteinander!

Schließlich hob sich der Vorhang, und da waren die Hexen. Als Macbeth und Banquo auftraten – Letzterer, wie ich wusste, bald nur noch ein Geist seiner selbst –, dachte ich, dass dieser Macbeth viel zu alt und fett war, um Esmeraldas Ehemann zu sein (selbst in einer Oper).

Stellen Sie sich meine Überraschung vor, als in der nächsten Szene im ersten Akt *nicht* meine Esmeralda *»Vieni, t'affretta!«* sang, ebenso wenig, wie Esmeralda die Sendboten der Hölle zu Hilfe rief *(»Or tutti sorgete«).* Dort, auf der Bühne, erschien Gerda Mühle samt ihrem Polypen. Ich konnte mir gut vorstellen, wie entsetzt die englischsprachigen Gäste unseres frühen Abendessens im Zufall sein mussten – mitsamt der zehn Geburtshelfer und Gynäkologen. Bestimmt dachten sie: Wie kann es sein, dass diese Matrone von einer Sopranistin die *Freundin* unseres jungen gutaussehenden Kellners ist?

Als Lady Macbeth die schlafenden Wachen mit dem blutigen Dolch beschmierte, stellte ich mir vor, Esmeralda wäre hinter den Kulissen ermordet worden – oder ihr wäre etwas nicht weniger Qualvolles zugestoßen.

Am Ende des zweiten Aktes schien das halbe Publikum in Tränen aufgelöst. Was rührte sie so zu Tränen, die Nachricht von Banquos Ermordung oder Banquos Geist an der Festtafel? Ungefähr zu der Zeit, als Macbeth zum zweiten Mal Banquos Geist sieht, gegen Ende des zweiten Aktes, muss ich der einzige Mensch in der Wiener Staatsoper gewesen sein, der nicht wusste, dass Präsident Kennedy einem Attentat zum Opfer gefallen war. Erst in der Pause erfuhr ich, was passiert war.

Nach der Pause blieb ich, um mir die Hexen noch einmal anzusehen – und das grausige blutige Kind, das Macbeth verkündet, »niemand, den ein Weib geboren hat«, werde ihn überwinden. Ich blieb bis zur Mitte des vierten Aktes, weil ich die Schlafwandel-Szene sehen wollte – Gerda Mühle und ihr Polyp, wie sie (über das hartnäckig haftende Blut an ihren Händen) *»Una macchia«* sangen. Vielleicht hatte ich mir vorgestellt, Esmeralda würde hinter den Kulissen hervorkommen und sich mir und den anderen Studenten anschließen, die brav hinten im Zuschauerraum standen, aber es waren – gegen Ende des vierten Aktes – so viele Sitze leer, dass die meisten meiner Kommilitonen Sitzplätze gefunden hatten.

Ich wusste nicht, dass hinter den Kulissen ein Fernseher ohne Ton lief, vor dem Esmeralda wie angewurzelt stand; später erzählte sie mir, man habe keinen Ton gebraucht, um zu verstehen, was mit Kennedy passiert sei.

Ich wartete das Ende des vierten und letzten Aktes nicht ab. Ich brauchte nicht zu sehen, wie »Birnams Wald auch kam nach Dunsinane«, wie es bei Shakespeare heißt, oder zu hören, wie Macduff Macbeth von seiner Kaiserschnittgeburt erzählt. Ich lief durch die überfüllte Kärntnerstraße zur Weihburggasse, vorbei an Leuten, denen die Tränen über die Wangen liefen – in der Mehrzahl *keine* Amerikaner.

In der Küche des Restaurants Zufall sah die gesamte Belegschaft fern; wir hatten ein kleines Schwarzweißgerät. Ich sah ohne Ton dieselben Berichte über die Schüsse in Dallas, die Esmeralda gesehen haben musste.

»Du kommst zu früh statt zu spät«, konstatierte Karl. »Hat deine Freundin es verpatzt?«

»Sie hat nicht gesungen, sondern Gerda Mühle«, sagte ich ihm.

»Blöde Kuh!«, schimpfte Karl. (Die Wiener Operngänger, die Gerda Mühle satthatten, nannten sie, schon lange bevor Esmeralda sie den Polypen getauft hatte, blöde Kuh.)

»Esmeralda muss zu mitgenommen gewesen sein, um aufzutreten – bestimmt hatte sie einen Nervenzusammenbruch hinter den Kulissen«, sagte ich zu Karl. »Sie war Kennedy-Fan.«

»Also *hat* sie es verpatzt«, sagte Karl. »Ich beneide dich nicht darum, mit den Folgen leben zu müssen, Billy.«

Ein paar englischsprachige Gäste waren schon aufgetaucht, warnte mich Karl – offensichtlich keine Opernbesucher.

»Noch mehr Geburtshelfer und Gynäkologen«, stellte Karl verächtlich fest. (Seiner Meinung nach gab es zu viele Babys auf der Welt. »Überbevölkerung ist das Hauptproblem« war seine ständige Rede.) »Und es gibt einen Tisch mit Schwulen«, wies Karl mich ein. »Sie sind eben erst gekommen, aber schon betrunken. Ganz klar Früchtchen, *fruits* – sagt ihr nicht so auf Englisch?«

»Unter anderem, ja«, antwortete ich unserem einäugigen Oberkellner.

Der Gynäkologentisch war leicht auszumachen; es waren zwölf – acht Männer, vier Frauen, alles Ärzte. Da Präsident Kennedy soeben ermordet worden war, hielt ich es für keine gute Idee, das Eis zu brechen, indem ich ihnen erzählte, dass sie alle die Kaiserschnittszene in *Macbeth* verpasst hatten.

An dem Tisch mit Schwulen – oder »Früchtchen«, wie Karl sie genannt hatte – saßen vier Männer, alle betrunken. Einer von ihnen war der berühmte amerikanische Dichter, der am Institut lehrte, Lawrence Upton.

»Ich wusste nicht, dass Sie hier arbeiten, junger Prosaschriftsteller«, sagte Larry. »Bill, nicht wahr?«

»Stimmt«, bestätigte ich.

»Mein Gott, Bill – Sie sehen *schlimm* aus. Ist es wegen Kennedy, oder ist sonst noch was passiert?«, fragte Larry mich.

»Ich war heute Abend in *Macbeth* …«, begann ich.

»Ach, ich hab gehört, heute sollte die Sopran-Zweitbesetzung drankommen – das hab ich mir geschenkt«, unterbrach mich Larry.

»Ja, stimmt – die Zweitbesetzung *sollte* drankommen«, sagte ich. »Aber sie ist Amerikanerin – sie muss zu niedergeschmettert gewesen sein wegen Kennedy. Sie ist nicht aufgetreten, sondern Gerda Mühle – wie immer.«

»Gerda ist toll«, sagte Larry. »War bestimmt großartig.«

»Nicht für mich«, verriet ich ihm. »Die Sopran-Zweitbesetzung ist meine Freundin – ich hatte gehofft, sie als Lady Macbeth zu sehen. Ich hab sie im Schlaf singen gehört«, erzählte ich dem Tisch betrunkener Homos. »Sie heißt Esmeralda Soler«, sagte ich. »Eines Tages wird der Name Ihnen allen vielleicht geläufig sein.«

»Sie haben eine Freundin«, sagte Larry – mit derselben hinterhältigen Ungläubigkeit wie später, als ich ihm klarmachte, dass ich ein aktiver Partner war.

»Esmeralda Soler«, wiederholte ich. »Sie muss zu fertig gewesen sein, um zu singen.«

»Die Ärmste«, sagte Larry. »Wahrscheinlich gibt es derlei Chancen für Zweitbesetzungen nicht gerade *in Hülle und Fülle.*«

»Wohl nicht«, sagte ich.

»Ihre Idee mit dem Schreibseminar lass ich mir noch durch den Kopf gehen«, sagte mir Larry. »Das hab ich noch nicht ad acta gelegt, Bill.«

Karl hatte gesagt, er beneide mich nicht darum, »mit den Folgen« von Esmeraldas vereiteltem Auftritt als Lady Macbeth »leben zu müssen«, aber während ich mir Lawrence Upton und seine schwulen Freunde so ansah, sah ich plötzlich eine andere, nicht ganz so schöne Folge für mein Zusammenleben mit Esmeralda voraus.

Nach jener Freitagabendvorstellung von Verdis *Macbeth* kamen nicht viele englischsprachige Operngänger ins Zufall. Vermutlich hatte die Ermordung Kennedys den meisten meiner Landsleute, die in jenem November in Wien waren, den Appetit verschlagen. Der Gynäkologentisch war verdrießlich gestimmt; sie brachen bald auf. Nur Larry und die Früchtchen blieben.

Karl drängte mich, nach Hause zu gehen. »Geh und sieh nach deiner Freundin – der geht's bestimmt nicht besonders gut«, forderte mich der einäugige Oberkellner auf. Aber ich wusste, dass Esmeralda entweder bei ihren Opernfreunden oder in unser kleines Apartment an der Schwindgasse zurückgegangen war. Esmeralda wusste, wo ich arbeitete; wenn sie mich treffen wollte, würde sie mich finden.

»Die Früchtchen wollen partout nicht gehen – die haben vor, hier ihr Leben auszuhauchen«, schimpfte Karl. »Den Gutaussehenden scheinst du ja zu kennen – den *Quassler*«, stellte er fest.

Ich erklärte ihm, wer Lawrence Upton war und dass er am Institut lehrte, aber nicht mein Dozent war.

»Geh nach Hause zu deiner Freundin, Bill«, wiederholte Karl.

Aber mir grauste davor, mir die ewigen Wiederholungen der Berichte über Kennedys Ermordung auf dem Wohnzimmerfernseher von Esmeraldas Vermieterin ansehen zu müssen; der Gedanke an das hässlichen Hündchen hielt mich im Zufall fest, wo ich mit einem Auge nach dem kleinen Schwarzweißfernseher in der Restaurantküche schielen konnte.

»Es ist der Tod der amerikanischen Kultur«, sagte Larry den drei anderen *fruits.* »Nicht dass es in den Vereinigten Staaten eine Buchkultur gäbe, aber Kennedy hat uns doch gewisse Hoffnungen auf eine literarische Kultur gemacht. Man nehme nur Frost – dieses Gedicht zur Amtseinführung. Es war nicht schlecht; Kennedy hatte wenigstens Geschmack. Wer weiß, wann wir noch mal einen Präsidenten bekommen, der zumindest Geschmack hat?«

Ich weiß, ich weiß – man hätte Larry einen wesentlich attraktiveren ersten Auftritt verschaffen können. Aber das Tolle an dem Mann war, dass er die Wahrheit sagte, ohne in dem Moment Rücksicht auf fremde Befindlichkeiten zu nehmen.

Irgendwo in der Mitte von Larrys Rede kam Esmeralda ins Restaurant. Da sie mir gesagt hatte, dass sie vor einem Auftritt nichts zu sich nehmen konnte, wusste ich, dass sie noch nichts gegessen hatte, und sie hatte schon etwas Weißwein getrunken – auf nüchternen Magen keine gute Idee. Erst hatte Esmeralda sich an den Tresen gesetzt und geweint; Karl hatte sie rasch in die Küche bugsiert, wo sie auf einem Hocker vor dem kleinen Fernseher saß. Karl gab ihr ein Glas Weißwein, bevor er mir sagte, dass sie in der Küche war; ich hatte Esmeralda nicht am Tresen gesehen, weil ich gerade eine Flasche Rotwein für Larrys Tisch entkorkt hatte.

»Es ist deine Freundin, Bill – du solltest sie nach Hause bringen«, informierte mich Karl. Larrys Deutsch war nicht schlecht; er hatte Karl verstanden.

»Ist es deine Sopran-Zweitbesetzung, Bill?«, fragte Larry mich. »Hol sie zu uns an den Tisch – wir heitern sie auf!«, schlug er vor. (Da hatte ich so meine Zweifel; mit ziemlicher Sicherheit hätte ein Gespräch über den Tod der amerikanischen Kultur Esmeralda nicht aufgeheitert.)

Aber so bekam Larry Esmeralda zu sehen, als wir später das Restaurant verließen.

»Überlass die Früchtchen nur mir«, sagte Karl. »Das Trinkgeld teilen wir uns. Bring das Mädel nach Hause, Bill.«

»Ich glaube, ich muss gleich kotzen, wenn ich weiter fernsehe«, sagte mir Esmeralda in der Restaurantküche, wo sie bereits ein wenig wacklig auf ihrem Hocker saß. Ich wusste, dass sie sich wohl ohnehin übergeben würde – schon allein wegen des Weißweins. Bestimmt würden wir ein komisches Bild abgeben, während wir Seite an Seite über die Ringstraße bis zur Schwindgasse trotteten, aber ich hoffte, die frische Luft würde Esmeralda guttun.

»Eine außergewöhnlich *attraktive* Lady Macbeth«, hörte ich Larry sagen, während ich Esmeralda aus dem Restaurant schob. »Ich denke immer noch über das Schreibseminar nach, junger Prosaschriftsteller!«, rief Larry mir hinterher.

»Ich glaube, ich muss mich irgendwann übergeben«, sagte Esmeralda da gerade.

Als wir in der Schwindgasse ankamen, war es spät: Esmeralda hatte sich übergeben, als wir den Karlsplatz überquerten, sagte aber, nun ginge es ihr besser. Die Vermieterin und ihr hässliches Hündchen waren schlafen gegangen; im Wohnzimmer war es dunkel, der Fernseher war aus.

»Nicht Verdi«, sagte Esmeralda, als sie mich unentschlossen vor dem Plattenspieler stehen sah. Ich wählte Joan Sutherland mit dem, was alle ihre »Erkennungsmelodie« nannten. Weil ich wusste, wie gern Esmeralda *Lucia di Lammermoor* mochte, legte ich die Platte ganz sanft auf.

»Heute ist deine große Nacht, Billy – und meine. Ich hatte auch noch nie Vaginalsex. Es spielt keine Rolle mehr, ob ich schwanger werde. Wenn eine Zweitbesetzung *hinschmeißt,* war's das – es ist aus«, sagte Esmeralda; sie hatte sich die Zähne geputzt und das Gesicht gewaschen, war aber wohl immer noch nicht ganz nüchtern.

»Das ist doch verrückt«, sagte ich ihr. »*Natürlich* macht es was, wenn du schwanger wirst. Du wirst jede Menge andere Chancen bekommen, Esmeralda.«

»Pass auf – willst du es in meiner Möse versuchen oder

nicht?«, fragte mich Esmeralda. »Ich will es in meiner Möse versuchen – ich *bitte* dich drum, meine Güte! Ich will wissen, wie es sich da anfühlt!«

»Oh!«

Natürlich benutzte ich ein Kondom; ich hätte zwei von den Dingern übergezogen, wenn sie es von mir verlangt hätte. (Sie war eindeutig noch etwas beschwipst – keine Frage.)

Und so passierte es. An dem Abend, an dem unser Präsident starb, hatte ich zum ersten Mal Vaginalverkehr – und es gefiel mir *richtig* gut. Ich glaube, während Lucias Wahnsinnsarie hatte Esmeralda ihren sehr lauten Orgasmus; um ehrlich zu sein, ich werde wohl nie erfahren, ob Joan Sutherland oder Esmeralda das hohe Es traf. Diesmal wurden mir nicht die Ohren von ihren Schenkeln zugehalten; das Hündchen der Vermieterin konnte ich noch kläffen hören, aber mir klangen die Ohren.

»Heilige *Scheiße*!«, hörte ich Esmeralda rufen. »Das war *erstaunlich*!«

Ich staunte selbst (und war erleichtert); es hatte mir nicht nur *richtig* gut gefallen – ich *stand* drauf! War es genauso gut wie (oder besser als) *Anal*verkehr? Tja, es war *anders.* Wenn mich jemand fragt, gebe ich immer die diplomatische Antwort, dass ich analen und vaginalen Sex »gleich gern« mag. Was das anging, waren meine Befürchtungen unbegründet gewesen.

Doch leider Gottes reagierte ich ein wenig langsam auf Esmeraldas »Heilige *Scheiße*!« und ihr »Das war *erstaunlich*!« Ich dachte daran, wie gut es mir gefallen hatte, sagte es aber nicht.

»Billy?«, fragte Esmeralda. »Wie war es für dich? Hat es dir gefallen?«

Wissen Sie, nicht nur Schriftsteller haben dieses Problem, aber bei Schriftstellern ist es ganz besonders schlimm; unsereins kann einen sogenannten Gedankenfaden, wenn wir ihn erst einmal spinnen, nicht mehr kappen.

Ich sagte: »Absolut kein Ballsaal.« Nach allem, was die arme Esmeralda an diesem Tag durchgemacht hatte, bekam sie das von mir zu hören.

»Kein *was*?«, fragte sie.

»Ach, das ist nur so ein Ausdruck aus *Vermont*!«, beeilte ich mich zu versichern. »Es hat überhaupt nichts zu sagen. Ich weiß nicht mal so richtig, was ›kein Ballsaal‹ bedeutet – es lässt sich nicht gut übersetzen.«

»Warum um alles in der Welt sagst du was *Negatives*?«, fragte mich Esmeralda. »›Kein‹ irgendwas ist negativ – ›kein Ballsaal‹ klingt nach großer Enttäuschung, Billy.«

»Nein, nein – ich bin *nicht* enttäuscht. Ich fand's *toll* in deiner Möse!«, rief ich. Das hässliche Hündchen kläffte wieder; Lucia wiederholte sich – sie war an den Anfang zurückgesprungen, als sie noch die vertrauensvolle, aber leicht aus dem Gleichgewicht zu bringende junge Braut war.

»Ich bin also ›kein Ballsaal‹ – so als wär ich bloß eine Turnhalle oder eine Küche oder irgend so was«, sagte Esmeralda. Und dann kamen die Tränen – ihre Tränen um Kennedy, um ihre erste und einzige Chance als Sopran-*Erst*besetzung, um ihre geschmähte Möse – jede Menge Tränen.

Etwas wie »Absolut kein Ballsaal« kann man nicht zurücknehmen; so etwas sollte man einfach nie und nimmer nach seinem ersten Vaginalverkehr sagen. Natürlich konnte ich auch nicht zurücknehmen, was ich zu Esmeralda über ihr politisches Engagement gesagt hatte – über ihre mangelnden künstlerischen Ambitionen.

Diese Weihnachten und über den Jahreswechsel wohnten wir zwar noch zusammen, aber der Schaden – der definitive *Vertrauensverlust* – war irreparabel. Eines Nachts muss ich im Schlaf geredet haben. Am Morgen fragte mich Esmeralda: »Dieser ziemlich gutaussehende ältere Herr im Zufall – du weißt schon, an dem furchtbaren Abend. Was hat er mit dem Schreibseminar gemeint? Warum hat er ›junger Prosaschriftsteller‹ zu dir gesagt, Billy? Kennt er dich? Kennst du ihn?«

Ach ja – darauf gab es keine einfache Antwort. Einen Monat später, im Januar 1964, überquerte ich eines Abends nach Arbeitsschluss die Kärntnerstraße und ging die Dorotheergasse entlang zum Café Käfig. Ich wusste ganz genau, was für Gäste abends dort verkehrten: nur schwule Männer.

»Na, wenn das nicht der Prosaschriftsteller ist«, könnte Larry gesagt haben, oder vielleicht fragte er auch nur: »Du bist Bill, nicht wahr?« (An jenem Abend muss er mir seine Entscheidung mitgeteilt haben, das Schreibseminar zu geben, um das ich ihn gebeten hatte, es war also vor den ersten von ihm geleiteten Veranstaltungen.)

In jener Nacht im Café Käfig – nicht allzu lange bevor er mir seinen Antrag machte – könnte Larry gefragt haben: »Heute keine Sopran-Zweitbesetzung? Wo ist diese wahnsinnig attraktive junge Frau? Keine durchschnittliche Lady Macbeth, Bill – oder?«

»Nein, durchschnittlich ist sie nicht«, könnte ich gemurmelt haben. Wir unterhielten uns nur; in dieser Nacht passierte nichts.

In derselben Nacht lag ich jedenfalls mit Esmeralda im Bett, als sie mir eine bedeutsame Frage stellte. »Deine deutsche Aussprache – die ist so formvollendet österreichisch, unfassbar. Dein Deutsch ist nicht besonders toll, aber du sprichst es so echt aus. Wo hast du dein Deutsch *her,* Billy – kaum zu glauben, dass ich dich das noch nie gefragt hab!«

Wir hatten gerade miteinander geschlafen. Nun ja, es war nicht weltbewegend gewesen – das Vermieterinnenhündchen hatte nicht gekläfft, und mir klangen nicht die Ohren –, aber wir hatten Vaginalverkehr gehabt, und wir fanden es beide toll. »Bei uns beiden ist nichts mehr mit anal, Billy – da bin ich drüber weg«, hatte Esmeralda gesagt.

Natürlich wusste ich, dass *ich* nicht über Analsex hinweg war. So wie mir auch klar war, dass ich nicht nur Esmeraldas Möse mochte; mit der Vorstellung, dass ich nie »über« Mösen hinwegkommen würde, hatte ich mich bereits abgefunden. Auch wenn Esmeraldas Möse nicht die einzige bleiben sollte. Was konnte Esmeralda dafür, dass sie keinen Penis hatte?

Ich gebe der »Wo hast du dein Deutsch her«-Frage die Schuld. Die brachte mich ins Grübeln, wo unser *Begehren* herkommt – ein dunkler, verschlungener Pfad. Noch in derselben Nacht wurde mir klar, dass es Zeit war für meinen Abschied von Esmeralda.

6

Elaines Fotos, die ich behielt

Es war in Deutsch III als Elftklässler auf der Favorite River Academy. In diesem Winter nach Dr. Graus Tod übernahm Fräulein Bauers Deutsch-III-Kurs einige von Dr. Graus Schülern – darunter Kittredge. Die Gruppe war schlecht vorbereitet; Herr Doktor Grau war ein irritierender Lehrer gewesen. Voraussetzung für einen Abschluss auf der Favorite River Academy war, mindestens drei Jahre eine Fremdsprache zu belegen; wenn Kittredge in der zwölften Klasse Deutsch III besuchte, hieß das, dass er in Deutsch schon einmal durchgefallen war oder dass er eine andere Fremdsprache belegt und – aus welchem Grund auch immer – zu Deutsch gewechselt hatte.

»Ist deine Mom nicht Französin?«, fragte ich ihn. (Ich nahm an, dass er zu Hause Französisch sprechen würde.)

»Ich war's leid, das zu tun, was meine angebliche Mutter von mir wollte«, sagte Kittredge. »Ist dir das noch nie passiert, Nymphe?«

Aufgrund seiner einschüchternden Intelligenz überraschte es mich, dass Kittredge in Deutsch so schwach war; seine Faulheit überraschte mich weniger. Er gehörte zu den Menschen, denen alles zuflog, doch er tat wenig, um zu zeigen, dass er seine Talente auch verdient hatte. Fremdsprachen erfordern die Bereitschaft, auswendig zu lernen und zu wiederholen; seine Theaterrollen lernte Kittredge problemlos, was bewies, dass er in der Lage war, sich zusammenzureißen – auf der Bühne war er ein sicherer Darsteller. Doch um eine Fremdsprache (und insbesondere Deutsch) zu erlernen, fehlte ihm die nötige Disziplin. Für die Artikel – »diese verflixte ›*Der, die, das, den, dem*‹-Scheiße«, wie Kittredge wütend erklärte – war er zu ungeduldig.

In dem Jahr, als Kittredge seinen Schulabschluss hätte machen *sollen,* war es eindeutig kontraproduktiv, dass ich ihm bei den Hausaufgaben half; denn dass Kittredge meine Übersetzungen praktisch abschrieb, nützte ihm bei den Klausuren, die er allein schreiben musste, natürlich nichts. Ich wollte unbedingt verhindern, dass Kittredge Deutsch III in den Sand setzte; ich ahnte, welche Folgen es haben würde, müsste er die zwölfte Klasse wiederholen, wenn ich auch Zwölftklässler war. Es fiel mir aber schwer, ihm seine Bitte um Hilfe abzuschlagen.

»Es ist schwer, ihm irgendetwas abzuschlagen, Punkt«, sagte Elaine später. Ich mache mir Vorwürfe, weil ich da noch nicht wusste, dass die beiden etwas miteinander hatten.

In diesem Winterhalbjahr gab es mehrere Vorsprechen für, wie Richard Abbott es nannte, »den Frühlings-Shakespeare« – im Unterschied zu dem Shakespeare, den er im Herbst inszeniert hatte. Auf der Favorite River Academy ließ Richard uns Jungs manchmal auch im Winter Shakespeare aufführen.

Ich gebe es ungern zu, aber die trotz all der Shakespeare-Stücke wachsende Beliebtheit unserer Schulaufführungen ging meiner Ansicht nach in erster Linie auf den Neuzugang Kittredge im Theaterclub zurück. Als Richard bei der Morgenversammlung die Liste der Mitwirkenden von *Was ihr wollt* vorlas, war das Interesse größer als gewöhnlich. Die Liste hing später im Speisesaal der Academy aus, wo die Schüler sogar anstanden, um zu sehen, wer in welcher Rolle mitspielte.

Unser Lehrer und Regisseur Richard Abbott war Orsino, Herzog von Illyrien. Richard, als Herzog, beginnt *Was ihr wollt* mit den vertrauten, vielzitierten Zeilen: »Wenn die Musik der Liebe Nahrung ist, spielt weiter!«, ein Thema, zu dem ihm meine Mutter nicht soufflieren musste.

Orsino gesteht seine Liebe zunächst Olivia, einer von meiner missmutigen Tante Muriel gespielten Gräfin. Olivia weist den Herzog ab, der sich (unverzüglich) in Viola verliebt, wodurch Orsino zu einer ständig etwas deklamierenden Figur wird – die »vielleicht mehr in die Liebe verliebt ist als in eine der beiden Damen«, wie es Richard Abbott formulierte.

Ich dachte immer, dass Muriel die Rolle der Gräfin bestimmt gern annahm – da Olivia Orsino als Geliebten zurückweist. Richard war für Muriel immer noch etwas zu sehr Hauptdarsteller; in Gegenwart ihres gutaussehenden Schwagers war sie nie ganz entspannt.

Elaine war als Viola besetzt, später verkleidet als Cesario. Elaine reagierte darauf mit der Bemerkung, Richard habe vorhergesehen, dass Viola sich als Cesario in Männerkleidung werfen musste – »Viola *muss* flachbrüstig sein, da sie im Stück eine ganze Zeitlang ein Kerl ist«, wie es Elaine mir gegenüber formulierte.

Ich fand es sogar ein wenig daneben, dass Orsino und

Viola am Ende ein Liebespaar werden – schließlich war Richard erheblich älter als Elaine –, doch Elaine schien das egal zu sein. »Ich glaube, damals wurden die Mädchen jünger verheiratet«, lautete ihr einziger Kommentar dazu. (Mit ein bisschen mehr Grips wäre ich vielleicht auf die Idee gekommen, dass Elaine bereits im wahren Leben einen Liebhaber hatte, der älter war als sie!)

Ich bekam die Rolle des Sebastian – Violas Zwillingsbruder. »Für euch zwei ist das ideal«, sagte Kittredge zu Elaine und mir von oben herab. »Ihr habt schon ein Bruder-Schwester-Ding am Laufen, das sieht doch jeder.« (Damals bekam ich das nicht mit; offenbar hatte Elaine Kittredge erzählt, sie und ich seien nur platonisch aneinander interessiert.)

Ich gebe zu, ich war abgelenkt; dass Muriel – als Olivia – zuerst in (die als Cesario verkleidete) Elaine verknallt ist und sich später in *mich,* Sebastian, verliebt – nun, das war schon eine echte Prüfung für die zuvor erwähnte »willentliche Aussetzung der Ungläubigkeit«. Für mich war es unvorstellbar, mich in Muriel zu verlieben – weshalb ich stoisch den Opernsängerinnenbusen meiner Tante fixierte. Kein einziges Mal schaute dieser Sebastian in die *Augen* dieser Olivia, nicht einmal, als Sebastian ausruft: »Soll ich so träumen, gern erwach' ich nie.«

Oder als Olivia, die genauso eine herrische Art hatte wie Muriel, verlangt: »Folg in allem meinem Rat!«

Ich, als Sebastian, glotzte starr geradeaus auf die Brüste meiner Tante Muriel, die sich absurderweise für mich in Augenhöhe befanden, und antwortete ihr verliebt: »Ja, Fräulein, gern.«

»Denk dran, Bill«, sagte Grandpa Harry zu mir, »*Was ihr wollt* ist eine Komödie, darauf kannst du einen lassen.«

Als ich nur ein wenig größer und ein wenig älter war, verwahrte Muriel sich dagegen, dass ich auf ihre Brüste starrte. Doch dieses spätere Stück war keine Komödie, und erst jetzt kommt mir der Gedanke, dass Muriel – als wir beide in *Was ihr wollt* Olivia und Sebastian spielten – wahrscheinlich gar nicht sehen konnte, dass ich auf ihre Brüste glotzte, weil ihre Brüste im Weg waren!

Tante Muriels Mann, mein lieber Onkel Bob, verstand das komische Element von *Was ihr wollt* sehr gut. Richard schien sich darüber lustig zu machen, dass Bobs Trinkgewohnheiten für Muriel so belastend waren, als er Onkel Bob als Junker Tobias von Rülp besetzte, Olivias Onkel und – in seinen denkwürdigsten Momenten in dem Stück – ein ungehobelter Säufer. Doch die anderen Schüler der Favorite River Academy mochten Bob ebenso sehr wie ich – schließlich war er der äußerst liberale Sachbearbeiter in der Zulassungsstelle des Internats. Bob hielt es für nicht weiter erwähnenswert, dass die Schüler ihn mochten. (»Natürlich mögen sie mich, Billy. Sie haben mich beim Aufnahmegespräch kennengelent, und ich hab sie schließlich reingelassen!«)

Außerdem trainierte Bob Tennis und Squash – daher die Squashbälle. Die Squashplätze lagen im Kellerbereich der Sporthalle, unterirdisch und nasskalt. Wenn einer der Squashplätze nach Bier stank, sagten die Jungs, dort müsse Trainer Bob gespielt und den Alkohol vom Vorabend ausgeschwitzt haben.

Tante Muriel und Nana Victoria beschwerten sich beide

bei Grandpa Harry, Bob als Junker Tobias von Rülp zu besetzen, »animiere« Bob zum Trinken. Richard Abbott wurde dafür verantwortlich gemacht, Bobs Trinkerei »zu verharmlosen«, unter der die arme Muriel doch so zu leiden habe. Doch obwohl Muriel und meine Großmutter bei Grandpa Harry über Richard herzogen, hätten sie ihm ihre Kritik nie ins Gesicht zu sagen gewagt.

Schließlich war Richard Abbott »kurz vor Torschluss« (um Nana Victorias Klischee zu verwenden) aufgetaucht, um meine *angeknackste* Mutter zu retten; sie sprachen von dieser Rettung, als hätte das kein anderer leisten können. Nana Victoria und Tante Muriel waren nun nicht mehr für meine Mutter verantwortlich, weil Richard gekommen war und ihnen diese Last abgenommen hatte.

Jedenfalls hatte ich den Eindruck, dass meine Tante und meine Großmutter das so sahen – Richard konnte nichts falsch machen, oder wenn Nana Victoria und Tante Muriel *glaubten,* dass er etwas falsch gemacht hatte, ließen sie sich bei Grandpa Harry darüber aus, als erwarteten sie, dass *er* mit Richard darüber sprach. Meine Cousine Gerry und ich bekamen alles mit, denn hinter dem Rücken von Richard und meiner Mutter redeten meine kritische Großmutter und meine vorwitzige Tante ständig über sie. Sie hätten die beiden wohl am liebsten (natürlich im Scherz) immer noch »die Frischvermählten« genannt, dabei waren meine Mom und Richard inzwischen zwanzig Jahre verheiratet! Als ich älter war, merkte ich, dass *alle* – nicht nur Nana Victoria und Tante Muriel, sondern auch Grandpa Harry und Richard Abbott – meine Mutter wie ein launisches Kind behandelten. (Sie umschlichen sie auf leisen Sohlen, als sei sie ein Kind, das man davor bewahren musste, sich zu verletzen.)

Grandpa Harry kritisierte Richard Abbott nie; möglicherweise sah Harry in Richard ja ebenfalls den Retter meiner Mom, doch andererseits war Grandpa Harry klug genug, um zu wissen, dass Richard meine Mutter hauptsächlich vor Nana Victoria und Tante Muriel gerettet hatte – mehr als vor dem nächsten Mann, der vielleicht des Weges gekommen wäre und meine *leichtverführbare* Mom herumgekriegt hätte.

Doch bei dieser unseligen Produktion von *Was ihr wollt* beschlichen selbst Grandpa Harry Zweifel, was die Besetzung anging. Harry sollte die Rolle von Olivias Kammermädchen Maria spielen. Sowohl Grandpa Harry als auch ich hatten uns Maria als eine viel jüngere Frau vorgestellt, allerdings bestand Harrys Hauptproblem mit der Rolle darin, dass er mit Junker Tobias von Rülp verheiratet sein sollte.

»Ich fasse es nicht, dass ich meinem viel jüngeren Schwiegersohn anverlobt werden soll«, bemerkte Grandpa Harry traurig, als ich eines Sonntags im Winter mit ihm und Nana Victoria zu Abend aß.

»Denk dran, Grandpa, *Was ihr wollt* ist eine Komödie, darauf kannst du einen lassen«, erinnerte ich ihn.

»Zum Glück ist es ja nur auf der Bühne«, hatte Harry gesagt.

»Du und dein ewiges *Nur-auf-der-Bühne*«, hatte ihn Nana Victoria angeraunzt. »Manchmal glaube ich, dein Lebenszweck ist es, merkwürdig zu sein, Harold.«

»Toleranz, übe dich in Toleranz, Vicky«, deklamierte Grandpa Harry und zwinkerte mir zu.

Vielleicht beschloss ich deshalb, ihm zu erzählen, was ich Mrs. Hadley erzählt hatte – nämlich von meiner leicht eingerosteten Schwärmerei für Richard, dass ich mich immer stärker zu Kittredge hingezogen fühlte, sogar davon, dass ich mir zum Masturbieren seltsamerweise Martha Hadley als Teenager-BH-Modell vorstellte, aber nicht (immer noch nicht) von meiner uneingestandenen Liebe zu Miss Frost.

»Du bist ein ganz lieber Junge, Bill – damit meine ich natürlich, dass du mitfühlend bist und dir die größte Mühe gibst, ihre Gefühle nicht zu verletzen. Das ist bewundernswert, ausgesprochen bewundernswert«, sagte mir Grandpa Harry, »aber du musst aufpassen, dass *du* dabei nicht unter die Räder kommst. Es ist sicherer, sich zu der einen Art von Leuten hingezogen zu fühlen als zu der anderen.«

»Du meinst nicht andere Jungs, oder?«, fragte ich ihn.

»Ich meine *manche* anderen Jungs. Ja. Nur einem *besonderen* Jungen kann man unbesorgt sein Herz öffnen. Manche Jungs würden dir weh tun«, sagte Grandpa Harry.

»Kittredge beispielsweise?«, fragte ich.

»Vermutlich, ja«, sagte Harry. Er seufzte. »Vielleicht nicht hier, Bill – nicht auf dieser Schule, nicht zum jetzigen Zeitpunkt. Dass du dich zu anderen Jungs oder Männern hingezogen fühlst, muss vielleicht noch warten.«

»Bis wann warten – und wo?«, fragte ich ihn.

»Na ja …«, begann Grandpa Harry stockend. »Ich finde, Miss Frost hat sehr gute Bücher für dich ausgewählt«, setzte er neu an. »Bestimmt könnte sie dir auch dazu Bücher empfehlen – zu dem Thema, dass man sich zu anderen Jungs oder Männern hingezogen fühlt und wann und wo man solchen Verlockungen nachgibt. Wohlgemerkt, ich kenne keine solchen Bücher, Bill, wette aber, dass es sie gibt; solche Bücher existieren, das weiß ich, und vielleicht kann dir Miss Frost Genaueres sagen.«

Fast hätte ich ihm auf der Stelle gestanden, dass ich mich auch zu Miss Frost hingezogen fühlte, doch irgendetwas hinderte mich daran; vielleicht schwieg ich, weil sie die stärkste Anziehungskraft auf mich ausübte. »Aber wie soll ich auch nur *anfangen,* das Miss Frost zu erzählen«, sagte ich zu Grandpa Harry. »Ich wüsste nicht mal, wie ich *ansetzen* sollte – das heißt, noch ehe ich zu der Frage komme, ob es Bücher zu dem Thema gibt oder nicht.«

»Ich glaube, du kannst Miss Frost erzählen, was du mir erzählt hast, Bill«, sagte Grandpa Harry. »Ich bin mir ziemlich sicher, dass sie dafür *Verständnis* hat.« Er küsste mich auf die Stirn und nahm mich in den Arm – aus der Miene meines Großvaters sprach sowohl Zuneigung als auch Besorgnis. Wie er das Wort *Verständnis* betonte, weckte in mir eine lange verdrängte Erinnerung; vielleicht bildete ich es mir auch nur ein, aber wenn ich hätte wetten müssen, würde ich es eine Erinnerung nennen.

Wie alt ich damals war, weiß ich nicht – vielleicht zehn, höchstens elf. Das war lange bevor Richard Abbott auf der Bildfläche erschien; ich war noch Billy Dean, und meine alleinerziehende Mom hatte noch keinen Verehrer. Doch Mary Marshall Dean arbeitete schon seit langem als Souffleuse bei den First Sister Players, und so jung und unschuldig ich damals auch gewesen sein mag, so durfte ich mich doch schon lange hinter der Bühne aufhalten. Ich hatte überall freien Zutritt – vorausgesetzt, ich blieb ruhig und lief den Schauspielern nicht im Weg rum. (»Du bist nicht zum Reden hinter der Bühne, Billy«, sagte meine Mom eines Tages zu mir, »sondern um zuzuschauen und zuzuhören.«)

Ich glaube, ein englischer Dichter – war es Auden? – sagte, ehe man etwas schreiben könne, müsse einem etwas auffallen. (Zugegeben, das hat mir Lawrence Upton erzählt; vermutlich stammt es von Auden, Larry war nämlich Auden-Fan.)

Wer es gesagt hat, ist eigentlich unwichtig – es stimmt einfach. Bevor man etwas schreiben kann, muss man etwas bemerken. Dieser Teil meiner Kindheit – als ich mich in dem kleinen Theater der Laienspielschar unseres Städtchens hinter der Bühne aufhielt – war die *Auffall*-Phase auf meinem Weg, ein Schriftsteller zu werden. So fiel mir unter anderem (vielleicht sogar als Erstes) auf, dass nicht jeder es toll oder lustig fand, dass mein Großvater in den Produktionen der First Sister Players so viele Frauenrollen spielte.

Ich war schrecklich gern hinter der Bühne und sah und hörte einfach nur gut zu. Ich mochte auch die Übergänge – beispielsweise den Zeitpunkt, wenn die Schauspieler nicht mehr aus dem Textbuch ablesen durften und meine Mutter ihnen soufflierte. Dann kam plötzlich dieser magische Moment, wenn sogar diese Laienschauspieler völlig in ihren Rollen aufgingen; wie viele Proben ich auch besucht habe, ich erinnere mich genau an die rasch verfliegende Illusion, wenn das Stück plötzlich real zu sein schien. Und doch sah oder hörte man bei der Kostümprobe immer etwas, was einem völlig neu vorkam. Und zum Schluss, am Premierenabend, gab es den Reiz, das Stück zum ersten Mal mit Publikum zu sehen und zu hören.

Ich weiß noch, dass ich als Kind am Premierenabend so aufgeregt war wie die Schauspieler. Von meinem Versteck hinter der Bühne aus hatte ich einen ziemlich guten (wenn auch lückenhaften) Blick auf die Schauspieler. Das Publikum konnte ich besser sehen – allerdings nur die Gesichter in den ersten zwei oder drei Sitzreihen. (Je nachdem, wo sich meine Mutter als Souffleuse platziert hatte, war das entweder ein Blick auf die rechts oder links direkt vor der Bühne sitzenden Zuschauer.)

Ich sah das Publikum ein wenig frontaler als im Profil, denn die Leute sahen immer nur die Schauspieler auf der Bühne an, nie mich. Wenn ich ehrlich sein soll, kam ich mir auf meinem Beobachtungsposten ein wenig wie ein Spitzel vor, ich hatte das Gefühl, das Publikum auszuspionieren – zumindest das in den vorderen Reihen. Die Saalbeleuchtung war zwar aus, doch das jeweilige Licht auf der Bühne reichte bis zu ihnen; mal war es heller, mal weniger hell, doch fast immer konnte ich die Gesichter der Leute sehen und ihre Mienen beobachten.

Das Gefühl, dass ich diese exponiertesten Theaterbesucher aus First Sister »bespitzelte«, rührte daher, dass man als Teil eines Theaterpublikums, dessen ungeteilte Aufmerksamkeit den Schauspielern auf der Bühne gilt, nie auf die Idee kommt, dass man selbst auch von jemandem beobachtet werden könnte. Doch ich beobachtete sie; in ihren Mienen las ich alles, was sie dachten und fühlten. Bis zum Premierenabend kannte ich das Stück auswendig, schließlich war ich auf fast allen Proben. Mittlerweile interessierte ich mich viel mehr für die Reaktion des Publikums als für das, was die Schauspieler auf der Bühne machten.

Bei jeder Premierenaufführung – ganz gleich, welche Frau (oder welche Art von Frau) Grandpa Harry spielte –, beobachtete ich fasziniert, wie das Publikum auf Harry Marshall als Frau reagierte.

Da war der reizende Mr. Poggio, der Lebensmittelhändler aus unserer Straße. Er hatte eine Glatze wie Grandpa Harry, war aber erbärmlich kurzsichtig – er saß immer in der ersten Reihe, und selbst in der ersten Reihe kniff Mr. Poggio die Augen zusammen. Sobald Grandpa Harry die Bühne betrat, schüttelte sich Mr. Poggio vor unterdrücktem Gelächter; Tränen liefen ihm über die Wangen, und ich musste den Blick von seinem offenen, von Zahnlücken gespickten grinsenden Mund abwenden, sonst hätte ich selbst auch einen Lachanfall bekommen.

Mrs. Poggio war von Grandpa Harrys Frauendarstellungen seltsamerweise weniger angetan; sobald er auftrat, runzelte sie die Stirn und biss sich auf die Unterlippe. Auch schien es ihr nicht zu gefallen, wie sehr sich ihr Ehemann an Grandpa Harry als Frau ergötzte.

Und dann war da Mr. Ripton – Ralph Ripton, der Sägewerker. Er bediente das größte Sägeblatt in Grandpa Harrys Sägewerk und Holzlager. Die Bedienung des Hauptsägeblattes war eine sehr verantwortungsvolle (und gefährliche) Tätigkeit. Ralph Ripton fehlten der Daumen und die ersten beiden Glieder des Zeigefingers seiner linken Hand. Ich hatte oft gehört, wie es zu dem Unfall gekommen war; sowohl Grandpa Harry als auch sein Kompagnon, Nils Borkman, erzählten die blutige Geschichte gern.

Ich hatte immer geglaubt, dass Grandpa Harry und Mr. Ripton *Freunde* wären – gewiss waren sie mehr als Arbeitskollegen. Doch Ralph mochte Grandpa Harry als Frau gar nicht; Mr. Ripton hatte einen bösen, ablehnenden Gesichtsausdruck, wenn er Grandpa Harry in einer Frauenrolle auf der Bühne sah. Mr. Riptons Frau saß mit ausdruckslosem Gesicht neben ihrem überkritischen Mann, als hätte bereits die Vorstellung, Harry Marshall trete als Frau auf, bei ihr einen Gehirnschaden verursacht.

Ralph Ripton gelang es, seine Pfeife mit frischem Tabak zu stopfen, ohne dabei den Blick von der Bühne zu wenden. Zuerst dachte ich, Mr. Ripton fülle seine Pfeife, um sie in der Pause zu rauchen – er benutzte immer den Stumpf seines abgetrennten linken Zeigefingers, um den Tabak fest in den Pfeifenkopf zu stopfen –, doch später fiel mir auf, dass die Riptons nach der Pause nie wiederkamen. Sie kamen in der erklärten Absicht in das Theater, nicht zu mögen, was sie sahen, und früh zu gehen.

Grandpa Harry hatte mir erzählt, dass Ralph Ripton in der ersten Reihe sitzen musste, um überhaupt etwas zu hören; das große Sägeblatt im Werk gab ein so schrilles Jaulen von sich, dass er taub geworden war. Doch mir fiel auf, dass dem Sägewerker noch mehr fehlte als sein Hörvermögen.

Aber in diesen vorderen Reihen gab es andere Gesichter – viel Stammpublikum –, und auch wenn ich von den meisten weder Name noch Beruf kannte, merkte ich schon als Kind, wie heftig sie Grandpa Harrys Auftritte als Frau missbilligten. Fairerweise muss man sagen: Wenn Harry Marshall als Frau *küsste* – also wenn er auf der Bühne einen anderen Mann küsste –, lachten, johlten oder klatschten die meisten Zuschauer. Doch ich wusste inzwischen, wo diejenigen mit den verkniffenen Mienen zu finden waren – es gab immer ein paar. Ich sah, wie sie erschauderten oder wütend wegschauten; ich sah, wie sich ihre Augen vor Abscheu zu Schlitzen verengten, weil Grandpa Harry als Frau *küsste.*

Harry Marshall spielte alle möglichen Frauen – er war eine verrückte Dame, die sich wiederholt in die eigene Hand biss, er war eine schluchzende Braut, die vor dem Altar stehen gelassen wurde, er war eine Serienmörderin (eine Friseuse), die ihre Freunde vergiftete, und er war eine hinkende Polizistin. Mein Großvater liebte das Theater, und ich sah ihn liebend gern auf der Bühne, aber vielleicht gab es in First Sister, Vermont, Menschen mit eher begrenzter Phantasie, die Harry Marshall als Sägewerksbesitzer kannten und als Frau einfach nicht akzeptieren konnten.

Ich sah sogar mehr als augenscheinliches Missfallen und Ablehnung in den Gesichtern unserer Bürger – ich sah mehr als Häme, Schlimmeres als Gemeinheit. In einigen dieser Gesichter sah ich *Hass.*

Den zu einem dieser Gesichter gehörenden Namen kannte ich nicht, bis ich den Mann bei meiner ersten Morgenversammlung in der Favorite River Academy sah. Es war Dr. Harlow, unser Schularzt – der meist so herzlich und jovial war, wenn er zu uns Jungs sprach. In Dr. Harlows Miene las ich, dass Harry Marshalls Begeisterung für Frauenrollen ein *Leiden* war; aus Dr. Harlows Gesichtsausdruck sprach die feste Überzeugung, dass dieses Leiden heilbar war. Und so fürchtete und hasste ich Dr. Harlow, noch ehe ich wusste, wer er war.

Und selbst als Kind hinter der Bühne dachte ich damals: *Also wirklich! Begreift ihr das denn nicht? Es ist alles nur ein Spiel!* Doch diese Gesichter mit den finsteren Blicken im Publikum kauften uns das nicht ab. Diese Gesichter sagten: »*Das* könnt ihr uns nicht vorgaukeln; *damit* kommt ihr nicht durch.«

Als Kind hatte ich Angst vor dem, was ich aus meinem Versteck hinter der Bühne auf den Gesichtern im Publikum sah. Als ich siebzehn war und meinem Großvater von meinen Schwärmereien für Knaben, Männer und eine zusammengestückelte Version von Martha Hadley als Teenager-BH-Modell erzählte, fürchtete ich mich immer noch vor dem, was ich in manchen Gesichtern im Publikum der First Sister Players gesehen hatte.

Ich erzählte Grandpa Harry, dass ich einige unserer Mitbürger dabei beobachtet hatte, wie sie ihn auf der Bühne beobachteten. »Dass es nur gespielt war, kümmerte die nicht«, sagte ich ihm. »Nur dass es ihnen nicht gefiel. Sie haben dich *gehasst* – Ralph Ripton und seine Frau, sogar Mrs. Poggio, ganz bestimmt Dr. Harlow. Sie *hassten,* dass du so tatst, als wärst du eine Frau.«

»Weißt du, was ich dazu sage, Bill?«, fragte mich Grandpa Harry. »Ich sage, man kann spielen, was immer man will.« Damals hatte ich Tränen in den Augen, weil ich Angst um mich hatte – kaum anders als damals, als ich ein Kind war und hinter der Bühne um Grandpa Harry Angst hatte.

»Ich hab Elaine Hadleys BH geklaut, weil ich ihn tragen wollte!«, platzte ich heraus.

»Och, also – jeder macht mal einen Fehler, Bill. Lass dir

deswegen keine grauen Haare wachsen«, sagte Grandpa Harry.

Seltsam, wie sehr mich das erleichterte – dass ich ihn damit nicht schockierte. Harry Marshall sorgte sich nur um meine Sicherheit, so wie ich mich früher mal um die seine.

»Hat Richard es dir erzählt?«, fragte mich Grandpa Harry plötzlich. »Irgendwelche Deppen haben *Was ihr wollt* verboten – das heißt, im Laufe der Jahre haben diverse Vollidioten Shakespeares *Was ihr wollt* auf den Index gesetzt, immer wieder!«

»Warum?«, fragte ich ihn. »Das ist doch *irre*! Das ist eine *Komödie*, eine *romantische* Komödie! Welchen Grund könnte es geben, sie zu *verbieten*?«

»Tja, also – da kann ich nur raten«, sagte Grandpa Harry. »Sebastians Zwillingsschwester Viola – die ihrem Bruder sehr ähnlich sieht. Darum geht es doch, nicht wahr? Deshalb verwechseln manche Sebastian mit Viola – nachdem Viola sich als Mann verkleidet hat und herumläuft und sich Cesario nennt. Verstehst du nicht, Bill? Viola ist eine Hosenrolle, also Cross-Dressing! *Deshalb* hat Shakespeare Probleme bekommen! Nach allem, was du mir erzählt hast, ist dir vermutlich aufgefallen, dass konservative oder bornierte Menschen bei Cross-Dressing keinerlei Spaß verstehen.«

»Ja, ist mir auch aufgefallen«, sagte ich.

Doch etwas Anderes, was mir bisher *nicht* aufgefallen war, setzte mir jetzt zu. In all den Jahren hinter der Bühne hatte ich es doch tatsächlich versäumt, die Souffleuse zu beobachten. Kein einziges Mal hatte ich den Gesichtsausdruck meiner Mutter bemerkt, wenn sie ihren Vater in einer Frauenrolle auf der Bühne sah und hörte.

An jenem Sonntagabend im Winter, als ich nach meinem kurzen Gespräch mit Grandpa Harry in die Bancroft Hall zurückkehrte, schwor ich mir, das nächste Mal auf die Souffleuse zu achten, wenn Harry als Maria in *Was ihr wollt* auftrat.

Ich wusste, es würde Gelegenheiten geben – wenn Sebastian nicht auf der Bühne war, aber Maria. Ich fürchtete mich vor dem, was ich im hübschen Gesicht meiner Mutter entdecken könnte; ich bezweifelte, dass sie lächeln würde.

Wegen *Was ihr wollt* hatte ich von vornherein kein gutes Gefühl. Kittredge hatte etliche seiner Ringerkumpel zum Vorsprechen überredet. Richard hatte vier von ihnen, wie er es nannte, »ein paar kleinere Rollen« gegeben.

Aber Malvolio ist *keine* kleine Rolle; das Schwergewicht des Ringerteams, ein mürrischer Nörgler, wurde als Olivias Haushofmeister besetzt – ein arroganter Spießer, dem man einredet, Olivia begehre ihn. Ich muss zugeben, dass Madden, das Schwergewicht, der sich als ständiges Opfer sah, für diese Rolle gut geeignet war; Kittredge hatte Elaine und mir erzählt, Madden leide an dem »Letzter-Einsatz-Syndrom«.

Seinerzeit begannen alle Wettkämpfe zweier Teams mit der leichtesten Gewichtsklasse; die Schwergewichtler rangen als Letzte. Bei einem engen Wettkampf kam es darauf an, wer den Schwergewichtskampf gewann – Madden verlor gewöhnlich. Wie passend, dass Malvolio als Verrückter eingesperrt wird und sich gegen sein Schicksal auflehnt –

»man hat niemals einem so übel mitgespielt«, jammert Madden als Malvolio.

»Wenn du deiner Rolle gerecht werden willst, Madden«, hörte ich Kittredge zu seinem unglücklichen Mannschaftskameraden sagen, »denk einfach daran, wie *ungerecht* es ist, Schwergewichtler zu sein.«

»Aber es ist doch wirklich ungerecht, Schwergewichtler zu sein!«, wehrte sich Madden.

»Du gibst einen tollen Malvolio ab, das weiß ich«, sagte Kittredge wie immer von oben herab.

Ein anderer Ringer – einer der Leichtgewichtler, der sich jedes Mal abmühte, um beim Wiegen auf sein Gewicht zu kommen – wurde als Junker Christoph von Bleichenwang besetzt, Junker Tobias' Begleiter. Der Junge, er hieß Delacorte, war unheimlich dünn. Oft war er vom Abspecken, oder wie man im Ringerjargon sagt, vom Abkochen, so dehydriert, dass er an Mundtrockenheit litt. Er spülte sich den Mund mit Wasser aus einem Pappbecher aus, das er dann in einen anderen Pappbecher spuckte. »Vertausch deine Becher nicht, Delacorte«, sagte Kittredge zu ihm. (Ich hatte mal gehört, wie Kittredge ihn »Becherheini« nannte.)

Es hätte keinen überrascht, wenn Delacorte vor Hunger ohnmächtig geworden wäre. Ständig fuhr er sich mit den Fingern durch die Haare, um sich zu vergewissern, dass sie nicht ausfielen. »Haarausfall ist ein Zeichen, dass man verhungert«, klärte uns Delacorte ernst auf.

»Warum kämpft Delacorte nicht eine Gewichtsklasse höher?«, hatte ich Kittredge gefragt.

»Weil man ihn da fix und fertig machen würde«, hatte Kittredge geantwortet.

»Oh!«

Zwei andere Ringer wurden als Seehauptleute besetzt. Einer dieser Kapitäne ist nicht besonders wichtig – er ist der Kapitän des gekenterten Bootes, der sich mit Viola anfreundet. Den Namen des Ringers, der ihn spielte, habe ich vergessen. Der zweite Seehauptmann ist Sebastians Freund Antonio. Zuerst hatte ich befürchtet, Richard könnte Kittredge als Antonio besetzen, der ein tapferer und draufgängerischer Typ ist. Sebastian ist Antonio in so aufrichtiger Freundschaft zugetan, dass ich gespannt war, wie sich diese Zuneigung auf die Bühne bringen ließe – das heißt, falls Kittredge Antonio spielen würde.

Doch entweder spürte Richard meine Anspannung, oder er wusste, dass Kittredge als Antonio reine Verschwendung gewesen wäre. Aller Wahrscheinlichkeit nach hatte Richard von vornherein eine bessere Rolle für Kittredge vorgesehen.

Der Ringer, den Richard als Antonio besetzte, war ein gutaussehender Bursche namens Wheelock; was immer an Antonio draufgängerisch war, konnte Wheelock rüberbringen.

»Das kann Wheelock gerade noch, aber nicht viel mehr«, höhnte Kittredge über seinen Mannschaftskameraden. Mich überraschte, dass Kittredge sich seinen Ringerkumpanen so überlegen fühlte; bisher hatte ich geglaubt, er fühle sich nur Leuten wie Elaine und mir überlegen. Doch ich hatte Kittredge offenbar unterschätzt: Er fühlte sich allen überlegen.

Richard besetzte Kittredge als Feste, den Narr – ein oft grausamer Narr und wie andere Narren bei Shakespeare arrogant und klug (klüger als all die Damen und Herren, mit denen sie die Bühne teilen; der Hofnarr in *Was ihr wollt* ist einer dieser klugen Narren). Ja, in den meisten Aufführungen von *Was ihr wollt*, die ich gesehen habe, stiehlt Feste den anderen die Schau – und das galt für Kittredge nicht weniger. Im Spätwinter 1960 stahl Kittredge anderen mehr als nur die Schau.

Als ich an jenem Abend nach meinem Gespräch mit Grandpa Harry den Innenhof zwischen den Wohnheimen durchquerte, hätte ich wissen müssen, dass das blaue Licht in Elaines Schlafzimmerfenster im vierten Stock ein (wie Kittredge es genannt hatte) »Leuchtfeuer« war. Kittredge sollte recht behalten: Die Lampe mit dem blauen Schirm schien für ihn.

Bei Dr. Graus Tod hatte ich mir ausgemalt, dass das blaue Licht in Elaines Schlafzimmerfenster das letzte Licht gewesen sei, das dem alten Mann – wenn auch nur schwach – geleuchtet hatte, während er im Schnee lag und erfror. (Das war vielleicht ein wenig weit hergeholt. Dr. Grau hatte sich den Kopf angeschlagen und im Schnee das Bewusstsein verloren. Wahrscheinlich sah der alte Grau gar keine Lichter mehr, nicht einmal schwach.)

Aber was hatte Kittredge in diesem blauen Licht gesehen – was war mit dem *Leuchtfeuer*, das ihn ermutigt hatte? »*Ich* habe ihn ermutigt, Billy«, sollte Elaine später zu mir sagen; zu jenem Zeitpunkt jedoch hatte ich keine Ahnung, dass sie mit ihm fickte.

Und die ganze Zeit brachte mein braver Stiefvater Richard Abbott *mir* Kondome – »Nur damit nichts passiert,

Bill«, sagte Richard dann und schenkte mir noch ein Dutzend Kondome. Ich hatte dafür keine Verwendung, bewahrte sie aber stolz auf; gelegentlich masturbierte ich in eins.

Natürlich hätte ich ein Dutzend (oder mehr) Kondome Elaine geben sollen. Irgendwie hätte ich sogar den Mut aufgebracht, sie alle Kittredge zu geben, wenn ich es bloß gewusst hätte!

Elaine verriet es mir nicht, als sie erfuhr, dass sie schwanger war. Wir hatten Frühlingshalbjahr, und es waren nur wenige Wochen bis zur Premiere von *Was ihr wollt;* wir probten seit einiger Zeit schon ohne Textbuch, und unsere Proben wurden besser. Onkel Bob (als Junker Tobias von Rülp) brachte uns jedes Mal zum Johlen, wenn er sagte: »Glaubst du, weil du tugendhaft bist, soll es in der Welt keine Torten und keinen Wein mehr geben?«

Kittredge hatte eine kräftige Singstimme – er war ein recht guter Sänger. Das Lied, das der Narr Feste Junker Tobias und Junker Christoph von Bleichenwang vorsingt – das Lied »O Schatz, auf welchen Wegen irrt Ihr?« –, ist eine liebliche, aber auch melancholische Weise. Das Lied endet mit der Zeile: »Jugend hält so kurze Zeit.« Es fiel mir nicht leicht, Kittredge dieses Lied so schön singen zu hören, wenn auch der leichte Spott in seiner Stimme – entsprang er Festes oder Kittredges Charakter? – unüberhörbar war. (Als ich wusste, dass Elaine schwanger war, fiel mir eine Zeile aus der Mitte dieser Strophe ein: »Liebe findt zuletzt ihr Stündlein.«)

Es liegt auf der Hand, dass Elaine und Kittredge ihr »Stündlein« in Elaines Zimmer im vierten Stock des Wohnheims fanden. Die Hadleys hatten immer noch die Angewohnheit, mit Richard und meiner Mom nach Ezra Falls ins Kino zu fahren. Ich erinnere mich, dass es ein paar untertitelte fremdsprachige Filme gab, die *keine* Sexfilme waren. In jenem Jahr lief in Vermont ein Film von Jacques Tati – war es *Mein Onkel,* oder vielleicht sein früherer Film, *Die Ferien des Monsieur Hulot*? –, und ich begleitete meine Mom und Richard und Mr. und Mrs. Hadley nach Ezra Falls.

Elaine wollte nicht mitkommen; sie blieb zu Hause. »Es ist kein Sexfilm, Elaine«, hatte ihre Mutter versichert. »Er ist zwar französisch, aber eine Komödie – ein sehr *beschwingter* Film.«

»Mir ist nicht nach *beschwingt* – mir ist nicht nach *Komödie*«, hatte Elaine gesagt. Bei den Proben zu *Was ihr wollt* übergab sie sich bereits, doch keiner wäre auf die Idee gekommen, dass es sich um Schwangerschaftsübelkeit handelte.

Vielleicht erzählte Elaine Kittredge damals, dass er sie geschwängert hatte – als ihre und meine Familie sich in Ezra Falls einen untertitelten Jacques-Tati-Film ansahen.

Als Elaine wusste, dass sie schwanger war, erzählte sie es schließlich ihrer Mutter; entweder Martha oder Mr. Hadley muss es Richard und meiner Mom weitererzählt haben. Ich lag im Bett – natürlich trug ich Elaines BH –, als meine Mutter in mein Zimmer stürmte. »Nicht, Jewel – reg dich doch nicht auf«, hörte ich Richard sagen, doch meine Mom hatte schon meine Lampe angeknipst.

Ich setzte mich im Bett auf und hielt Elaines BH, als wollte ich meine nicht existierenden Brüste verbergen.

»Stell dir vor!«, rief meine Mutter. »Elaine ist *schwanger!*«

»Ich war's nicht«, erwiderte ich, doch sie knallte mir eine.

»Natürlich warst du's nicht – ich *weiß*, dass du's nicht warst, Billy!«, sagte meine Mom. »Aber *warum* warst du's nicht – warum nur?«, rief sie und rannte schluchzend aus meinem Zimmer. Dann trat Richard ein.

»Bestimmt war es Kittredge«, sagte ich zu Richard.

»Natürlich war's Kittredge«, sagte Richard. Er setzte sich auf meine Bettkante, sehr bemüht, den BH nicht zu bemerken. »Du musst deiner Mom verzeihen – sie ist durcheinander«, sagte er.

Ich reagierte nicht. Ich dachte an das, was Mrs. Hadley zu mir gesagt hatte – dass »gewisse sexuelle Dinge« meine Mutter aufregten. (»Billy, ich weiß, dass sie dir manche Dinge verschwiegen hat«, hatte Martha Hadley zu mir gesagt.)

»Ich glaube, Elaine muss für eine Weile fort«, sagte Richard Abbott gerade.

»Aber *wohin*?«, fragte ich ihn, doch entweder wusste Richard es nicht, oder er wollte es mir nicht verraten; er schüttelte nur den Kopf.

»Es tut mir wirklich leid, Bill – alles tut mir so leid«, sagte Richard. Ich war erst kurz zuvor achtzehn geworden.

In diesem Moment wurde mir klar, dass ich nicht mehr für Richard schwärmte, kein bisschen mehr. Ich wusste, dass ich Richard Abbott liebte – ich liebe ihn immer noch –, doch an dem Abend fand ich etwas, was mir an ihm nicht gefiel. In gewisser Hinsicht war er schwach – er ließ sich von meiner Mutter herumschubsen. Was auch immer meine

Mom mir verheimlicht hatte, ich wusste jetzt, dass auch Richard es mir verheimlichte.

Es passiert vielen Jugendlichen, dass sie plötzlich voller Groll oder Misstrauen auf die Erwachsenen sind, denen sie zuvor bedingungslos vertrauten. Bei manchen Teenagern geschieht das früher als bei mir, doch ich war gerade achtzehn geworden, als ich meine Mutter und Richard einfach ausblendete. Großvater Harry vertraute ich mehr, und Onkel Bob liebte ich noch immer. Doch Richard Abbott und meine Mom waren in jene zweifelhafte, von Tante Muriel und Nana Victoria bewohnte Region abgewandert – in ihrem Fall eine Region der nörglerischen, destruktiven Kommentare, die man ignorierte oder denen man aus dem Weg ging. Was Richard und meine Mutter betraf, so ging ich ihrer Heimlichtuerei aus dem Weg.

Was die Hadleys anging, so schickten sie Elaine etappenweise »fort«. Ich kann nur raten, was zwischen Mrs. Kittredge und den Hadleys ablief – die Abmachungen von Erwachsenen werden deren Kindern nur selten erläutert –, aber Mr. und Mrs. Hadley waren einverstanden, dass Kittredges Mutter Elaine nach Europa brachte. Ich zweifle nicht daran, dass Elaine die Abtreibung wollte. Martha Hadley und Mr. Hadley hatten wohl eingesehen, dass es das Beste war. Es war jedenfalls das, was Mrs. Kittredge gewollt hatte. Ich vermute, dass sie als Französin wusste, wohin man sich in Europa wenden musste; als Kittredges Mom hatte sie eventuell schon Erfahrungen mit einer ungewollten Schwangerschaft.

Damals stellte ich mir vor, dass jemand wie Kittredge bestimmt schon früher Mädchen geschwängert hatte – zuzutrauen wäre es ihm. Aber ich dachte auch, dass Mrs. Kittredge in eine Notlage geraten sein mochte – als sie jünger war, meine ich. Schwer zu sagen, was mich auf diese Idee brachte. Bei einer Probe von *Was ihr wollt* hatte ich ein Gespräch mit angehört; ich war zufällig dazugestoßen, als Kittredge und sein Ringerkollege Delacorte sich unterhielten – Delacorte, der Mundausspüler und Spucker. Es klang, als hätten sie sich gestritten; offenbar hatte Delacorte Angst vor Kittredge, so wie alle anderen auch.

»Nein, so hab ich das nicht gemeint – ich sagte nur, sie sei die schönste Mutter, die ich kenne. Deine Mom sieht am besten aus – mehr hab ich nicht gesagt«, beteuerte Delacorte verängstigt; dann spülte er und spuckte aus.

»Falls sie wirklich meine Mutter ist, meinst du«, sagte Kittredge. »Sie sieht nicht besonders *mütterlich* aus, oder? Sie sieht aus, als würde sie einen in Schwierigkeiten bringen – *so* sieht sie aus.«

»Ich habe ja nicht gesagt, *wie* deine Mom aussieht«, wehrte sich Delacorte, »sondern nur, dass sie die Schönste ist. Sie ist die am besten aussehende Mom *aller* Moms!«

»Vielleicht sieht sie nicht wie eine Mom aus, weil sie keine ist«, sagte Kittredge. Delacorte konnte vor lauter Angst nicht reden und spülte und spuckte und hielt die Pappbecher krampfhaft in beiden Händen.

Meine Idee, dass Mrs. Kittredge selbst in Schwierigkeiten gesteckt hatte, stammte von *Kittredge;* er hatte nämlich gesagt: »Sie sieht aus, als würde sie einen in Schwierigkeiten bringen.«

Möglicherweise wollte Mrs. Kittredge nicht nur Elaine

aus ihrer Bredouille helfen, sondern auch ihrem Sohn. Wohl dank der Abmachung, die sie mit den Hadleys getroffen hatte, durfte Kittredge auf der Schule bleiben. »Moralische Verderbtheit« war einer der Gründe, deretwegen man von der Favorite River Academy verwiesen werden konnte. Dass ein Zwölftklässler des Internats eine Lehrertochter schwängerte – wohlgemerkt, Elaine war noch keine achtzehn und somit rein juristisch minderjährig –, war jedenfalls in meinen Augen ein niederträchtiges, verdorbenes oder verkommenes Verhalten, doch Kittredge durfte bleiben.

»Du *reist* mit Kittredges Mutter – nur ihr beide?«, hatte ich Elaine gefragt.

»Natürlich nur wir zwei, Billy – wer sollte denn noch mitkommen?«, entgegnete Elaine.

»*Wohin* in Europa?«, fragte ich.

Elaine zuckte die Achseln; sie musste sich immer noch übergeben, wenn auch seltener. »Warum ist das wichtig, wohin wir fahren, Billy? Jacqueline weiß, wohin.«

»Du nennst sie Jacqueline?«

»Sie hat mich gebeten, sie Jacqueline zu nennen – nicht Mrs. Kittredge.«

»Oh!«

Richard hatte Laura Gordon als Viola besetzt; Laura war mittlerweile in der zwölften Klasse auf der Highschool in Ezra Falls. Laut meiner Cousine Gerry hatte Laura »die Beine breit gemacht« – was mir nicht aufgefallen war, aber Gerry war in solchen Dingen offenbar gut informiert. (Gerry studierte inzwischen auf der Universität und hatte Ezra Falls endlich hinter sich gelassen.)

Da Laura Gordons Brüste schon zu gut entwickelt waren, um Laura als Hedvig in *Die Wildente* zu besetzen, hätte sie das für die Rolle der Viola von vornherein disqualifizieren müssen, die sich ja irgendwie als Mann verkleiden muss. (Laura würde sich elastische Binden um den Brustkorb wickeln müssen, doch auch damit würde sie nicht wesentlich flacher.) Doch Richard wusste, dass Laura ihren Text kurzfristig lernen konnte; obwohl sie überhaupt nicht wie mein Zwilling aussah, würde sie keine schlechte Viola abgeben. Die Vorbereitungen gingen weiter, auch wenn Elaine einige Aufführungen verpassen würde; sie blieb noch eine Zeitlang in Europa – um sich zu erholen, vermutete ich.

Was ihr wollt endet mit dem Lied des Narren. Feste ist allein auf der Bühne. »›Denn der Regen, der regnet jeglichen Tag‹«, sang Kittredge viermal.

»Die arme Kleine«, hatte Kittredge zu mir über Elaine gesagt. »Was für ein Pech – ihr erstes Mal und überhaupt.« Ich war sprachlos, und das nicht zum ersten Mal.

Ich bekam nicht mit, ob Kittredges Hausaufgaben in Deutsch schlechter oder besser wurden. Ich bekam nicht einmal mit, welchen Gesichtsausdruck meine Mutter hatte, als sie ihren Vater als Frau auf der Bühne sah. Ich war wegen Elaine so durch den Wind, dass ich meinen Plan vergaß, die Souffleuse zu beobachten.

Wenn ich sage, die Hadleys hätten Elaine »etappenweise« fortgeschickt, so meine ich damit, dass die Europareise – von dem naheliegenden Grund für diese Reise ganz zu schweigen – nur der Anfang war.

Die Hadleys hatten beschlossen, ihre Wohnung in einem Jungeninternat sei der falsche Ort für Elaine, um ihren

Highschool-Abschluss zu machen. Die beiden würden sie auf ein Mädcheninternat schicken, aber erst im Herbst. Diesen Frühling 1960 konnte Elaine vergessen, und sie würde die zehnte Klasse wiederholen müssen.

Offiziell hieß es, Elaine habe einen »Nervenzusammenbruch« erlitten, doch in einer so kleinen Stadt wie First Sister wusste jeder, was passiert war, wenn eine Highschool-Schülerin die Schule verließ. Auch auf der Favorite River Academy wusste jeder, was mit Elaine passiert war. Sogar Atkins verstand es. Nicht lange nachdem Elaine mit Mrs. Kittredge nach Europa abgereist war, kam ich eines Tages aus Mrs. Hadleys Büro im Musikgebäude. Die Leichtigkeit, mit der ich das Wort *Abtreibung* aussprach, hatte Martha Hadley entnervt; sie ließ mich zwanzig Minuten früher gehen als vorgesehen, und ich begegnete Atkins auf der Treppe zwischen Erdgeschoss und dem ersten Stock. Ich sah, was ihm durch den Kopf ging – es war noch nicht Zeit für seinen Termin bei Mrs. Hadley, doch sein Problem mit dem Wort *Zeit* verhinderte offensichtlich, dass er es aussprach. Stattdessen sagte er: »Was für ein Zusammenbruch war es? Weswegen sollte Elaine *nervös* sein?«

»Ich glaube, das weißt du«, antwortete ich ihm. Atkins hatte ein ängstliches, aber irgendwie wildes Gesicht, dazu strahlend blaue Augen und den sanften Teint eines Mädchens. Er ging wie ich in die elfte Klasse, sah aber jünger aus – er musste sich noch nicht rasieren.

»Sie ist schwanger, stimmt's? Es war Kittredge, stimmt's? Das sagen alle, und er leugnet es nicht«, sagte Atkins. »Elaine war wirklich nett – jedenfalls hat sie zu mir immer irgendwas Nettes gesagt«, schloss er.

»Elaine ist wirklich nett«, korrigierte ich ihn.

»Aber was macht sie mit Kittredges Mutter? Hast du Kittredges Mom gesehen? Sie wirkt nicht wie ’ne Mom. Sie gleicht so einem weiblichen Filmstar von früher, der insgeheim eine Hexe oder ein Drachen ist!«, verkündete Atkins.

»Ich weiß echt nicht, was du meinst«, sagte ich ihm.

»Eine Frau, die so schön war, kann nie akzeptieren, dass –« Atkins verstummte.

»Dass die Zeit vergeht?«, riet ich.

»Genau!«, rief er. »Frauen wie Mrs. Kittredge hassen Mädchen. Kittredge hat mir das erzählt«, fügte Atkins hinzu. »Sein Dad hat seine Mom wegen einer jüngeren Frau verlassen – sie war nicht schöner, nur jünger.«

»Oh!«

»Ich kann mir nicht vorstellen, mit Kittredges Mutter zu verreisen!«, rief Atkins. »Kriegt Elaine ein eigenes Zimmer?«

»Keine Ahnung«, sagte ich. Ich hatte nicht darüber nachgedacht, ob Elaine sich mit Mrs. Kittredge ein Zimmer teilte; allein der Gedanke daran jagte mir einen Schauer über den Rücken. Was, wenn sie gar nicht Kittredges Mutter *war,* wenn sie *gar keine* Mutter war? Doch Mrs. Kittredge *musste* Kittredges Mutter sein; es war undenkbar, dass die beiden nicht miteinander verwandt waren.

Atkins hatte sich an mir vorbeigeschoben, die Treppe rauf. Ich ging eine oder zwei Stufen runter; ich dachte, unser Gespräch wäre beendet. Plötzlich sagte Atkins: »Nicht jeder hier versteht Menschen wie uns, aber Elaine schon – und auch Mrs. Hadley.«

»Ja.« Mehr brachte ich nicht heraus, während ich weiter die Treppe hinunterging. Ich bemühte mich, nicht zu gründlich darüber nachzudenken, was er mit *Menschen wie uns* gemeint hatte, war mir aber sicher, dass Atkins sich nicht ausschließlich auf unsere Ausspracheprobleme bezogen hatte. War das ein Annäherungsversuch gewesen?, fragte ich mich, als ich den Innenhof überquerte. War das etwa der erste Annäherungsversuch gewesen, den ein Junge *wie ich* bei mir unternommen hatte?

Der Himmel hatte sich aufgehellt – nachmittags wurde es nicht mehr so früh dunkel –, doch ich wusste, dass in Europa die Nacht schon hereingebrochen war. Elaine würde bald zu Bett gehen, ob in ein eigenes Bett oder nicht. Es war jetzt auch wärmer – nicht dass es in Vermont je einen nennenswerten Frühling gab –, doch mich fröstelte, als ich unterwegs zu meiner Probe von *Was ihr wollt* durch den Innenhof ging. Ich hätte an meinen Text denken müssen, an Sebastians Worte, doch mir fiel immer nur das Lied ein, das der Narr vor dem letzten Vorhang singt – das Kittredge zu singen hatte. (»Denn der Regen, der regnet jeglichen Tag.«)

In diesem Moment fing es an zu regnen, und ich dachte daran, dass sich Elaines Leben ein für alle Mal verändert hatte, während ich nur so tat, als ob.

Ich habe die Fotos aufbewahrt, die Elaine mir damals geschickt hat; es waren keine künstlerisch wertvollen Bilder, nur schwarzweiße oder bunte Schnappschüsse. Weil diese Fotos auf so vielen meiner Schreibtische gestanden haben – oft in der Sonne und jahrelang –, sind sie ganz verblasst, aber natürlich kann ich mich problemlos erinnern, wann und wo sie entstanden sind.

Ich wünschte nur, Elaine hätte mir einige Bilder von ihrer Europareise mit Mrs. Kittredge geschickt, aber wer hätte diese Fotos aufnehmen sollen? Ich kann mir nicht vorstellen, wie Elaine Schnappschüsse von Kittredges Mutter, dem Exfotomodell, machte – wobei? Wie die sich gerade die Zähne putzte, im Bett las, sich an- oder auszog? Und was hätte Elaine tun können, um die Fotokünstlerin in Mrs. Kittredge zu wecken? Kniend in eine Toilettenschüssel kotzen? Von Übelkeit gepackt in der Lobby irgendeines Hotels sitzen, weil ihr Zimmer – oder das Zimmer, das sie mit Kittredges Mom teilen sollte – noch nicht fertig war?

Ich bezweifle, dass es viele Gelegenheiten zum Fotografieren gab, die Mrs. Kittredge als Fotokünstlerin reizten. Jedenfalls nicht der Besuch in der Arztpraxis – oder war es eine Klinik? –, und schon gar nicht der ebenso unschöne wie prosaische eigentliche Eingriff. (Elaine war erst im dritten Monat. Bestimmt handelte es sich um einen standardmäßigen Abbruch mittels Curettage – die übliche Ausschabung halt.)

Später erzählte mir Elaine, dass nach der Abtreibung, als sie noch ihre Schmerzmittel nahm – und Mrs. Kittredge regelmäßig kontrollierte, wie viel Blut auf ihrer Binde war, um sicherzugehen, dass die Blutung »normal« war –, Kittredges Mom ihr die Stirn fühlte, um sich zu vergewissern, dass Elaine kein Fieber hatte, und dabei erzählte Mrs. Kittredge Elaine diese unglaublichen Geschichten.

Ich dachte früher, die Schmerzmittel könnten eine Rolle dabei gespielt haben, woran Elaine sich noch erinnern konnte oder was sie an Geschichten gehört zu haben glaubte. »So stark waren die Schmerzmittel nicht, und ich habe sie höchstens ein, zwei Tage lang genommen«, widersprach Elaine immer. »Ich hatte keine großen Schmerzen, Billy.«

»Aber hast du nicht Wein getrunken? Mir hast du erzählt, Mrs. Kittredge habe dir so viel Rotwein gegeben, wie du trinken wolltest«, erinnerte ich Elaine. »Bestimmt solltest du Schmerzmittel nicht mit Alkohol mischen.«

»Ich habe nie mehr als ein Glas, höchstens zwei Gläser Rotwein getrunken, Billy«, sagte Elaine dann immer. »Ich hab jedes Wort gehört, das Jacqueline gesagt hat. Entweder sind diese Geschichten wahr, oder Jacqueline hat mich angelogen – und warum sollte eine Mutter über so etwas lügen?«

Zugegeben, ich weiß wirklich nicht, weshalb sich »eine Mutter« Geschichten über ihr einziges Kind ausdenken sollte – jedenfalls nicht über dieses Kind –, andererseits habe ich in moralischen Fragen keine sehr hohe Meinung von Kittredge oder seiner Mom. Egal, was *ich* von Mrs. Kittredges Geschichten glaubte, Elaine jedenfalls schien jedes Wort davon zu glauben.

Laut Mrs. Kittredge war ihr einziges Kind ein kränklicher kleiner Junge gewesen; er hatte kein Selbstvertrauen, und die anderen Kinder hackten immer auf ihm herum, besonders die Jungs. Auch wenn man sich das nur schwer vorstellen konnte – noch unglaublicher war, dass Kittredge sich von Mädchen verunsichern ließ. Offenbar war er so schüchtern gewesen, dass er stotterte, wenn er mit Mädchen zu reden versuchte, und die Mädchen verspotteten oder ignorierten ihn.

In der siebten Klasse täuschte Kittredge vor, krank zu sein, damit er zu Hause bleiben und den Unterricht schwänzen konnte – das waren »sehr leistungsorientierte Schulen« in Paris und New York, wie Mrs. Kittredge Elaine erklärt hatte –, und seit Beginn der achten Klasse redete er weder mit den Jungs noch den Mädchen in seiner Klasse.

»Und deshalb verführte ich ihn – mir fiel nichts anderes ein«, erzählte Mrs. Kittredge Elaine. »Der arme Junge, *irgendwo* musste er ein wenig Selbstvertrauen herbekommen!«

»Anscheinend gewann er eine *ganze Menge* Selbstvertrauen«, bemerkte Elaine zu Kittredges Mom, die daraufhin nur mit den Achseln zuckte.

Mrs. Kittredge hatte ein nonchalantes Achselzucken; man fragte sich nur, ob sie damit geboren wurde oder ob sie sich – nachdem ihr Mann sie wegen einer jüngeren, aber unbestreitbar unattraktiveren Frau verlassen hatte – eine instinktive Gleichgültigkeit gegenüber jeder Art von Ablehnung zugelegt hatte.

Mrs. Kittredge erzählte Elaine ganz sachlich, sie habe mit ihrem Sohn, »sooft er es wollte«, geschlafen, doch nur bis Kittredge mangelnde Leidenschaft oder sexuelle Unaufmerksamkeit an den Tag legte. »Er kann nichts dafür, dass er alle vierundzwanzig Stunden das Interesse verliert«, sagte Kittredges Mom zu Elaine. »Er hat diese Selbstsicherheit nicht dadurch bekommen, dass er sich langweilte – glaub mir.«

Glaubte Mrs. Kittredge etwa, Elaine eine Art Entschuldigung für das Benehmen ihres Sohnes zu liefern? Während sie sprach, kontrollierte Mrs. Kittredge immer wieder, ob das Blut auf Elaines Binde »normal« war, oder sie fühlte Elaines Stirn, um sich zu vergewissern, dass sie auch ja kein Fieber hatte.

Es gibt keine Fotos von ihrer gemeinsamen Europareise – nur die Informationen, die ich Elaine (nach und nach im Laufe der Jahre) entlocken konnte, und was ich mir zwangsläufig vorstellte, wie meine liebe Freundin Kittredges Kind abtrieb und sich anschließend in der Gesellschaft von Kittredges Mutter erholte. Falls Mrs. Kittredge ihren eigenen Sohn verführt hatte, damit er ein wenig Selbstbewusstsein bekam, erklärte dies, warum Kittredge sich des Eindrucks nicht erwehren konnte, seine Mom sei weniger (oder vielleicht mehr) als *mütterlich*?

»Wie lange hatte Kittredge Sex mit seiner Mom?«, fragte ich Elaine.

»Im Jahr, als er die achte Klasse besuchte, also zwischen dreizehn und vierzehn«, antwortete Elaine, »und vielleicht noch drei- oder viermal nach seinem Wechsel auf die Favorite River Academy – er war um die fünfzehn, als es aufhörte.«

»Warum hörte es auf?«, fragte ich Elaine – ohne mir ganz sicher zu sein, dass es sich wirklich zugetragen hatte!

Ich erntete ein nonchalantes Achselzucken, das Elaine sich vielleicht von Mrs. Kittredge abgeschaut hatte.

»So wie ich Kittredge kenne, hatte er an einem bestimmten Punkt einfach genug«, hatte Elaine geantwortet. Wir waren in ihrem Zimmer in Bancroft Hall, und sie packte gerade ihre Taschen für ihre elfte Klasse in Northfield – das Herbsthalbjahr 1960. Es muss Ende August gewesen sein; in dem Zimmer war es heiß. Die Lampe mit dem dunkelblauen Schirm war durch ein farbloses Etwas ersetzt worden, das einer Schreibtischlampe in irgendeinem anonymen Büro glich, und Elaine hatte sich die Haare kurz schneiden lassen – fast knabenhaft kurz.

Obwohl sie sich jedes Mal, wenn sie abreiste, ein männlicheres Aussehen zugelegt hatte, betonte Elaine, sie würde nie eine lesbische Beziehung eingehen; und doch erzählte sie mir, sie habe damit experimentiert, lesbisch zu sein. Hatte sie mit Mrs. Kittredge »experimentiert«? Falls Elaine sich je zu Frauen hingezogen fühlte, konnte ich mir denken, dass Mrs. Kittredge dem ein Ende gesetzt haben könnte, doch dazu wurde Elaine nie konkret. Ich stellte mir vor, dass meine liebe Freundin dazu verdammt war, den falschen Männern zu verfallen, doch auch dazu hielt sich Elaine bedeckt. »Es sind einfach keine Männer für eine dauerhafte Beziehung«, formulierte sie es.

Was die Fotos betrifft: Ich habe die Bilder behalten, die Elaine mir während ihrer drei Jahre in Northfield schickte. Viele waren schwarzweiß und alle völlig amateurhafte Schnappschüsse, doch beileibe nicht so kunstlos, wie sie auf den ersten Blick wirkten.

Ich beginne mit dem Foto von Elaine, wo sie auf der Veranda eines zweistöckigen Holzhauses steht; sie wirkt irgendwie verloren – vielleicht war sie nur zu Besuch da. Neben dem Namen des Hauses und seinem Baujahr – *Moore Cottage, 1899* – gibt Elaine in ihrer sorgfältigen Handschrift auf der Rückseite des Fotos der Hoffnung Ausdruck: *Ich wünschte, ich würde hier wohnen.* (Offenbar tat sie es nicht – und würde es auch nie tun.)

Moore Cottage hatte unten weißgestrichene Holzwände, die weiter oben von weißgestrichenen Holzschindeln abgelöst wurden – als hätten sich die Bauherren nicht für eine einheitliche Verkleidung entscheiden können. Möglicherweise hing diese Unsicherheit mit der Nutzung von Moore Cottage zusammen. Im Laufe der Jahre diente es als Schulwohnheim für Mädchen, später als Gästehaus für Eltern, die zu Besuch kamen. Der Weitläufigkeit des Gebäudes nach zu urteilen, gab es wahrscheinlich ein Dutzend Schlafzimmer oder mehr – bestimmt viel weniger Badezimmer – und eine große Küche mit daran anschließendem Gemeinschaftsraum.

Mehr Bäder hätten die besuchenden Eltern vielleicht freundlicher gestimmt, während die Schülerinnen (als sie noch dort wohnten) es längst gewohnt waren, mit weniger über die Runden zu kommen. Die Veranda, auf der Elaine auf diesem ersten Schnappschuss steht, wirkte irgendwie fehl am Platz – und Elaine selbst wirkte auf eine für sie untypische Art unsicher. Welche Verwendung hatten Internatsschülerinnen für eine Veranda? Auf einer guten Schule wie Northfield sind die Schülerinnen zu beschäftigt, um sich groß auf Veranden aufzuhalten, die besser zu Leuten mit mehr Freizeit passen – Gästen beispielsweise.

Auf dem Bild von Elaine auf der Veranda von Moore Cottage fühlte sie sich vielleicht wie ein Gast. Seltsamerweise erahnt man hinter dem Erdgeschossfenster, das auf die Veranda geht, eine Person, deren Kleidung und der Länge ihrer Haare nach zu urteilen eine Frau unbestimmten Alters (das Gesicht ist im Halbdunkel kaum zu sehen oder von einer Spiegelung im Fenster verdeckt).

Zu den ersten Fotos ihrer (übrigens sehr alten) neuen Schule gehörte das Bild des Geburtshauses von Dwight L. Moody. *Das Geburtshaus unseres Gründers, in dem es angeblich spukt,* hatte Elaine auf die Rückseite des Fotos geschrieben, auch wenn das Gesicht in einem Fensterchen im oberen Stock nicht der Geist von D. L. persönlich sein kann. Es ist das Gesicht einer Frau im Profil – weder jung noch alt, aber eindeutig hübsch –, ein Gesichtsausdruck ist nicht erkennbar. Elaine lächelt im Vordergrund des Fotos; sie scheint nach oben auf das Fenster zu zeigen. (Vielleicht war die Frau eine Freundin von ihr, wie ich zuerst annahm.)

Dann gibt es da ein Foto mit der Beschriftung *Das Auditorium, 1894 – auf einem Hügelchen.* Mit »Hügelchen« meinte Elaine wohl Vermonter Verhältnisse. (Ich weiß noch, es ist das erste dieser Fotos, auf dem die geheimnisvolle Frau absichtlich in Szene gesetzt worden war; nachdem ich dieses Bild gesehen hatte, suchte ich nach ihr.) Das Auditorium war ein Backsteingebäude mit Bogenfenstern und -türen sowie zwei Türmen wie bei einer Burg. Der Schatten eines der Türme fällt über den Rasen und bis zu dem Stamm eines mächtigen Baumes, unter dem Elaine steht. Hinter dem Baumstamm – im Sonnenschein, *nicht* im Schatten des Turms – ragt ein wohlgeformtes Frauenbein hervor. Der Fuß, der Richtung Elaine zeigt, steckt in einem dunklen Laufschuh; der Kniestrumpf ist ordentlich bis zum nackten Knie hochgezogen, über dem ein langer grauer Rock beginnt, der bis Mitte des Oberschenkels gerafft ist.

»Wer ist das andere Mädchen oder die Frau?«, hatte ich Elaine gefragt.

»Ich weiß nicht, was du meinst«, erwiderte sie. »*Welches* Mädchen oder *welche* Frau?«

»Auf den Fotos. Da sieht man immer noch eine andere Person«, sagte ich. »Komm schon, du kannst es mir ruhig verraten. Wer ist es – eine Freundin von dir vielleicht oder eine Lehrerin?«

Auf dem Foto von East Hall ist das Gesicht der Frau sehr klein – und teilweise hinter einem Schal verborgen – im Fenster eines oberen Stockwerks zu sehen. East Hall war offensichtlich ein Wohnheim, obwohl Elaine es nicht erwähnte; die Feuertreppe verriet es.

Auf dem Bild von Stone Hall sieht man einen kupfergrünen Uhrenturm und sehr hohe Fenster; im Inneren muss ein warmes Licht gewesen sein, an einem der wenigen nichtgrauen Tage im Westen von Massachusetts. Elaine steht ein wenig abseits; sie blickt zwar zur Kamera, steht aber fast genau Rücken an Rücken mit jemand anderem. Man erkennt zwei zusätzliche Finger an Elaines linker Hand, eine dritte Hand hält ihre rechte Hüfte.

Dann gibt es das Foto von der Schulkapelle, so könnte man sie wohl nennen – eine klotzig wirkende Kirche mit einer dieser großen Holztüren samt gusseisernen Einlegearbeiten. Ein nackter Frauenarm hält die schwer aussehende Tür für Elaine auf, die den Arm nicht zu bemerken scheint – mit einem Armreif am Handgelenk, Ringen am kleinen Finger und Zeigefinger –, oder vielleicht war es Elaine auch egal, ob die Frau da war oder nicht. Man kann die lateinische Inschrift auf der Kapelle lesen: ANNO DOMINI MDCCCCVIII. Elaine hatte das auf der Rückseite des Fotos übersetzt: *Im Jahre des Herrn 1908*. (Sie hatte ergänzt: *Da will ich heiraten, falls ich je verzweifelt genug bin, um zu heiraten – in dem Fall erschieß mich bitte.*)

Am besten gefällt mir das Foto von Margaret Olivia Hall, dem Musikgebäude in Northfield, weil ich weiß, wie gern Elaine immer gesungen hat – zum Singen war ihre mächtige Stimme wie geschaffen. (»Ich singe so gern, bis ich weine, und dann singe ich weiter«, wie sie mir einmal schrieb.)

Zwischen den Fenstern der oberen Etagen des Musikgebäudes waren die Namen von Komponisten eingemeißelt; ich habe die Namen auswendig gelernt: Palestrina, Bach, Händel, Beethoven, Wagner, Gluck, Mozart, Rossini. In dem Fenster über dem *u* in *Gluck*, das wie ein *v* gemeißelt war, sah man eine Frau ohne Kopf – nur den Torso –, die lediglich einen BH trug. Anders als Elaine, die an dem Gebäude lehnt, hat die kopflose Frau sehr auffällige Brüste – große.

»Wer ist das?«, fragte ich Elaine immer und immer wieder.

Sollten Sie es noch nicht bemerkt haben, das Musikgebäude mit den Komponistennamen ließ darauf schließen, was für eine anspruchsvolle Schule Northfield war; ein Internat wie die Favorite River Academy stellte sie problemlos in den Schatten. Verglichen mit dem, was Elaine von der staatlichen Highschool in Ezra Falls gewohnt war, bedeutete dies einen Quantensprung.

Die meisten besseren Internate in New England waren damals reine Mädchen- oder Jungenschulen. Viele der Jungenschulen statteten die Töchter ihres Lehrpersonals mit Schulgeldstipendien aus; so konnten die Mädchen ein reines Mädcheninternat besuchen und mussten sich nicht mit der staatlichen Highschool begnügen. (Ich will nicht ungerecht sein: Die staatlichen Schulen in Vermont waren nicht alle so schlecht wie die in Ezra Falls.)

Als die Hadleys Elaine nach Northfield schickten – zunächst auf eigene Kosten –, reagierte Favorite River richtig: Die Academy stellte eine Art Gutscheine für die Töchter ihres Lehrpersonals zur Verfügung. Meine ziemlich derbe Cousine Gerry rieb es mir unentwegt unter die Nase – nämlich dass dieser Kurswechsel zu spät kam, um sie vor der staatlichen Schule in Ezra Falls zu retten. Gerry war nun mal im selben Frühjahr aufs College gewechselt, als Elaine mit Mrs. Kittredge nach Europa reiste. »Anscheinend wäre es klug gewesen, wenn ich mich vor ein paar Jahren hätte schwängern lassen – vorausgesetzt, der Glückliche hätte eine französische Mutter«, wie es Gerry formulierte. (Ich konnte mir problemlos vorstellen, wie Muriel das als Teenager sagte – obwohl es für mich nach *Was ihr wollt*, als ich unentwegt ihre Brüste anstarren musste, geradezu beängstigend war, mir Tante Muriel als Teenager vorzustellen.)

Ich könnte auch noch andere Fotos beschreiben, die Elaine mir aus Northfield geschickt hat – ich habe sie alle aufbewahrt –, doch das Muster würde sich lediglich wiederholen. Auf jedem von Elaines Fotos gab es die unscharfe Teilansicht einer anderen Frau und die eindrucksvollen Gebäude auf dem Campus von Northfield zu bewundern.

»Wer ist das? Ich weiß, dass du weißt, wen ich meine – sie ist auf jedem Foto, Elaine«, sagte ich und ließ nicht locker. »Nun zier dich doch nicht so!«

»Ich ziere mich nicht, Billy – und ausgerechnet du redest von sich zieren, wenn du damit meinst, dass man ausweichend antwortet oder nur durch die Blume über Dinge redet. Wenn du verstehst, was ich meine«, sagte Elaine daraufhin jedes Mal.

»Schon gut, schon gut – ich soll also *raten,* wer sie ist, stimmt's? Du zahlst es mir also heim, dass ich nicht gerade aufrichtig zu dir war? Wärmer oder kälter?«, fragte ich meine liebe Freundin.

Elaine und ich würden versuchen zusammenzuleben, auch wenn das erst viele Jahre später geschah, nachdem wir beide genügend Enttäuschungen in unserem Leben erlebt hatten. Es würde nicht funktionieren – nicht lange jedenfalls –, aber wir waren zu gute Freunde, um nicht wenigstens den Versuch zu machen. Und als wir uns auf dieses Abenteuer einließen, waren wir alt genug, um zu wissen, dass Freunde wichtiger waren als Geliebte oder Liebhaber – was nicht zuletzt daran lag, dass Freundschaften meist länger halten als Beziehungen. (Man sollte zwar nicht verallgemeinern, aber auf Elaine und mich traf das gewiss zu.)

Wir teilten uns eine schäbige Wohnung im siebten Stock in der Post Street, San Francisco – in dem zwischen Taylor und Mason gelegenen Teil der Post Street, Nähe Union Square. Elaine und ich hatten jeder ein eigenes Zimmer, um zu schreiben. Unser Schlafzimmer war groß und schön gelegen – mit Blick auf einige Dächer an der Geary Street und das senkrechte Schild des Hotels Adagio. Nachts blieben die Neonröhren für das Wort HOTEL dunkel – vermutlich durchgebrannt –, so dass nur ADAGIO leuchtete. Wenn ich mal wieder nicht schlafen konnte, stieg ich aus dem Bett, ging ans Fenster und betrachtete das blutrote ADAGIO-Schild.

Als ich eines Nachts wieder ins Bett stieg, weckte ich versehentlich Elaine und fragte sie nach dem Wort *ADAGIO*. Es war Italienisch, so viel wusste ich. Durch meine Ausflüge in die Welt der Oper und anderer Musikstile in Wien (mit Esmeralda und mit Larry) wusste ich, dass das Wort in der Musik eine gewisse Bedeutung hatte. Ich wusste, dass Elaine wissen würde, was es bedeutete; wie ihre Mutter war Elaine sehr musikalisch. (Northfield hatte ihr gutgetan – dort wurde Musik großgeschrieben.)

»Was heißt das?«, fragte ich Elaine, als wir in unserer schäbigen Wohnung in der Post Street wach nebeneinander im Bett lagen.

»*Adagio* heißt langsam, leise, sanft«, antwortete Elaine.

»Oh!«

Das war das Beste, was man außerdem über unsere Versuche mit der körperlichen Liebe sagen konnte – sie waren ebenso wenig erfolgreich wie unsere Versuche zusammenzuleben, aber immerhin probierten wir es. *»Adagio«*, sagten wir bei unseren Versuchen, miteinander zu schlafen, oder danach, wenn wir einzuschlafen versuchten. Wir sagen es immer noch; wir sagten es, als wir aus San Francisco wegzogen, und wir schreiben es uns noch heute am Schluss unserer Briefe oder E-Mails. Das bedeutet wohl Liebe für uns – nur *adagio*. (Langsam, leise, sanft.) So funktioniert es jedenfalls unter Freunden.

»Wer war sie denn nun wirklich – die Frau auf all den Fotos?«, fragte ich Elaine in dem schöngelegenen Schlafzimmer mit Blick auf das Hotel Adagio mit seinem defekten Neonschild.

»Weißt du, Billy – sie kümmert sich immer noch um mich. Sie wird immer irgendwo in der Nähe sein, per Hand meine Temperatur messen, das Blut in meiner Binde kontrollieren, um zu sehen, ob die Blutung noch ›normal‹ ist. Die war übrigens immer ›normal‹, aber sie überprüft sie immer noch – ich sollte wissen, dass ich mir ihrer Fürsorge immer sicher sein kann.«

Ich lag da und dachte darüber nach – das einzige Licht jenseits des Fensters waren der trübe Lichterglanz am Union Square und das kaputte Neonschild.

»Willst du wirklich sagen, dass Mrs. Kittredge *immer noch* –«

»Billy!«, unterbrach mich Elaine. »Ich war mit keinem anderen Menschen je so intim wie mit dieser schrecklichen Frau. Ich werde nie wieder jemandem so nahe sein.«

»Was ist mit Kittredge?«, fragte ich sie, obwohl ich es nach all den Jahren hätte besser wissen müssen.

»Scheiß auf Kittredge!«, rief Elaine. »Seine Mutter hat mich fürs Leben gezeichnet! *Sie* werde ich nie vergessen!«

»*Wie* intim? *Wie* hat sie dich gezeichnet?«, bohrte ich nach, doch Elaine hatte angefangen zu weinen, und ich schloss sie einfach nur in die Arme – langsam, leise, sanft – und schwieg. Nach ihrer Abtreibung hatte ich sie schon gefragt; darum ging es nicht. Sie hatte noch eine weitere Abtreibung gehabt, nach der in Europa.

»So übel sind sie gar nicht, wenn man die Alternative bedenkt«; mehr hatte Elaine nie zu ihren Abtreibungen gesagt. Wie auch immer Mrs. Kittredge sie *gezeichnet* haben mochte, damit hatte es nichts zu tun. Und wenn Elaine mit dem Lesbischsein – also mit Mrs. Kittredge – »experimentiert« hatte, so würde Elaine sich *darüber* ausschweigen, und zwar bis ins Grab.

Was ich mir über Kittredges Mutter oder wie »nahe« Elaine ihr je war, vorstellen konnte, basierte auf Elaines Fotos. Die Schatten und Körperteile der Frau (oder Frauen) auf diesen Fotos sind für mich lebendiger als die Erinnerung an Mrs. Kittredge bei dem einen Ringkampf – das erste und einzige Mal, dass ich sie leibhaftig sah. Ich kenne »diese schreckliche Frau« am besten über ihre Wirkung auf meine Freundin Elaine – so wie ich mich am besten über meine anhaltenden Schwärmereien für die Falschen kenne und wie ich dadurch geformt wurde, dass ich meine innersten Wünsche vor den Menschen, die ich liebte, geheim hielt.

7
Meine schrecklichen Engel

Wenn eine ungewollte Schwangerschaft der »Abgrund« war, in den ein wagemutiges Mädchen fallen konnte – das Wort *Abgrund* stammte von meiner Mutter, obwohl sie es garantiert ihrerseits von dieser blöden Muriel hatte –, so erwartete einen Jungen wie mich fraglos dann der Abgrund, wenn er sich homosexuellen Aktivitäten hingab. Eine solche Liebe war damals der schiere Wahnsinn; wenn ich meine kühnsten Phantasien ausleben würde, musste ich damit rechnen, in einen bodenlosen Abgrund sexueller Begierden zu stürzen. Das jedenfalls glaubte ich zu Anfang meines letzten Schuljahrs auf der Favorite River Academy, als ich mich wieder einmal in die Stadtbücherei von First Sister wagte – diesmal, um mich zu retten. Ich war achtzehn, und meine sexuellen Beklemmungen waren grenzenlos, mein Selbsthass gewaltig.

Wer wie ich im Herbst 1960 auf einem reinen Jungeninternat war, der fühlte sich restlos allein – man traute niemandem, am allerwenigsten gleichaltrigen Mitschülern, und hasste sich selbst ohne Ende. Einsam war ich immer schon gewesen, doch Selbsthass ist schlimmer als Einsamkeit.

Während Elaine in Northfield ein neues Leben anfing, verbrachte ich immer mehr Zeit im Jahrbuchraum der

Schulbibliothek. Wenn meine Mutter oder Richard mich fragten, wohin ich ging, antwortete ich immer: »In die Bibliothek.« *Welche,* sagte ich ihnen nicht. Und ohne Elaine, die mich gebremst hatte – sie konnte nie widerstehen, mir diese knackigen Jungs in den neueren Jahrbüchern zu zeigen –, arbeitete ich mich immer rasanter durch die Abschlussjahrgänge einer immer näher rückenden Vergangenheit vor. Der Erste Weltkrieg lag längst hinter mir; meinem selbstgesetzten Zeitplan war ich weit voraus. Wenn ich mit den Jahrbüchern in diesem Tempo weitermachte, würde ich lange vor Frühjahr 1961 und meinem eigenen Schulabschluss an der Favorite River in der Gegenwart landen.

Tatsächlich lag ich bloß noch um dreißig Jahre zurück; an ebenjenem Septemberabend, an dem ich beschloss, die Schulbibliothek zu verlassen und Miss Frost aufzusuchen, hatte ich mit der Durchsicht des Buches für den Abschlussjahrgang 1931 begonnen. Der Anblick eines absolut atemberaubenden Jungen auf dem Foto der Ringermannschaft hatte mich dazu veranlasst, das Jahrbuch jäh zuzuschlagen. Ich sagte mir: Ich darf einfach nicht mehr an Kittredge und Jungs wie ihn denken; solchen Gefühlen darf ich nicht nachgeben, sonst bin ich dem Untergang geweiht.

Was genau hielt meinen Untergang auf? Meine selbstgebastelte Wichsvorlage mit Martha Hadley als Mannequin für Versandhauskatalog-Teenager-BHs funktionierte nicht mehr. Es wurde immer mühsamer, zu einer noch so phantasievollen Umpfropfung von Marthas Hadleys schlichtem Gesicht auf das flachbrüstigste dieser knabenhaften jungen Mädchen zu onanieren. Kittredge (und Jungs wie ihn) konnte ich mir nur noch mittels feuriger Phantasien mit Miss Frost in der Hauptrolle vom Leib halten.

Das Jahrbuch der Favorite River Academy hieß *Die Eule.* (»Die das wissen, müssen alle tot sein«, hatte Richard Abbott geantwortet, als ich ihn gefragt hatte, warum.) Ich schob die 1931er *Eule* von mir weg, raffte Hefte und Deutschhausaufgaben zusammen und stopfte alles außer der *Eule* in meine Schultasche.

Ich nahm an Deutsch IV teil, obwohl es kein Pflichtkurs war. Kittredge half ich noch mit Deutsch III, das er wiederholen musste, weil er es nicht bestanden hatte. Es war etwas einfacher, ihm zu helfen, seit wir nicht mehr zusammen in Deutsch III saßen. Im Grunde ersparte ich ihm nur ein bisschen Zeit. Das Schwere an Deutsch III war die Einführung in Goethe und Rilke; in Deutsch IV kam mehr von den beiden dran. Wenn Kittredge mit einem Absatz nicht weiterwusste, ersparte es ihm Zeit, sich von mir mit einer schnellen und einfachen Übersetzung aushelfen zu lassen. Dass *dieselben* Goethe- und Rilke-Zitate Kittredge im zweiten Durchgang genauso ratlos machten, brachte ihn auf die Palme, aber für mich waren die Zettel und kurzen Bemerkungen, die jetzt zwischen uns hin- und herwanderten, deutlich besser auszuhalten als unsere früheren Gespräche. Ich versuchte ihn so weit wie möglich auf Abstand zu halten.

Deswegen verzichtete ich zu Richards wiederholt geäußerter Enttäuschung darauf, im Herbst-Shakespeare mitzuspielen. Richard hatte den Edgar in *König Lear* mit Kittredge besetzt. Als ich Mrs. Hadley erzählte, dass ich in dem Stück nicht mitspielen wollte, weil Kittredge »eine Heldenrolle« hatte – ganz zu schweigen davon, dass Edgar später als armer Tom verkleidet auftritt, so dass Kittredge im Grunde eine »Doppelrolle« bekommen hatte –, wollte Martha Hadley wissen, wie gründlich ich mir meinen Text angesehen hätte. Ob ich bei meiner stetig wachsenden Liste unaussprechlicher Wörter annähme, dass mich der Narr vor irgendwelche Ausspracheprobleme stellen würde? Wollte Mrs. Hadley mir damit zu verstehen geben, dass meine Sprachhemmungen mir einen Fluchtweg aus dem Stück eröffneten?

»Worauf wollen Sie hinaus?«, stellte ich sie zur Rede. »Glauben Sie, ich käme mit ›Lästrung‹ und ›Wuchrer‹ nicht zurecht, oder ich würde über ›Hosenlatz‹ stolpern – bloß wegen des *Dingsbums,* das der Hosenlatz bedeckt, oder weil mir das Wort für das *Dingsbums* an sich schwerfällt?«

»Nicht in die Defensive gehen, Billy«, sagte Mrs. Hadley.

»Oder stellen Sie sich vor, ich könnte über das Wortpaar ›arge Hur‹ straucheln?«, fragte ich sie. »Oder über die ›Madame Schoßhündin‹ – in welcher Deklination auch immer?«

»Beruhige dich, Billy«, sagte Mrs. Hadley. »Kittredge ist für uns beide ein rotes Tuch.«

»Kittredge hatte schon in *Was ihr wollt* das Schlusswort!«, rief ich. »Jetzt gibt Richard ihm schon wieder das Schlusswort! Wir müssen uns anhören, wie Kittredge sagt: ›Lasst uns, der trüben Zeit gehorchend, klagen, / Nicht, was sich ziemt, nur, was wir fühlen, sagen.‹«

»Dem Ältsten war das schwerste Los gegeben«, fährt Kittredge-als-Edgar fort.

Bezogen auf *König Lear* – bedenkt man, was Lear zustößt, von der Blendung Gloucesters ganz zu schweigen –, ist das zweifellos richtig. Doch die Worte, mit denen Edgar das Stück beendet: »Wir Jüngern werden nie so viel erleben« –, kamen mir damals nicht gerade *allgemeingültig* vor.

Zweifelte ich die weisen Schlussworte des Dramas an, weil ich Edgar und Kittredge nicht auseinanderhalten konnte? Kann *irgendwer* (selbst Shakespeare) wissen, wie schwer das Los unserer Nachkommen sein wird?

»Richard hat zum Besten der Inszenierung entschieden, Billy«, sagte Martha Hadley. »Es geht ihm nicht darum, Kittredge dafür zu belohnen, dass er Elaine verführt hat.« Und doch hatte ich irgendwie genau diesen Eindruck. Warum bekam Kittredge eine so wichtige Rolle wie die des Edgar, der später als der arme Tom verkleidet auftritt? Warum musste Richard nach allem, was bei den Proben zu *Was ihr wollt* passiert war, Kittredge in *König Lear überhaupt* eine Rolle geben? Ich wollte da nicht mitmachen – ganz gleich, ob als Lears Narr oder sonst wer.

»Sag Richard einfach, dass du nicht in der Nähe von Kittredge sein möchtest, Billy«, riet mir Mrs. Hadley. »Das versteht er bestimmt.«

Ich konnte Martha Hadley nicht sagen, dass ich auch nicht in der Nähe von Richard sein wollte. Und welchen Sinn hatte es, bei dieser *König-Lear*-Inszenierung die Mimik meiner Mutter zu beobachten, während sie ihren Vater als Frau auf der Bühne sah? Grandpa Harry hatte die Rolle der Goneril, Lears ältester Tochter; Goneril ist eine derart abscheuliche Tochter, dass meine Mutter doch wohl *jeden,* der sie spielte, extrem missbilligend ansehen würde (Tante Muriel war die Regan, Lears andere widerwärtige Tochter;

ich zweifelte nicht daran, dass meine Mutter auch ihrer Schwester finstere Blicke zuwerfen würde.)

Nicht nur wegen Kittredge wollte ich mit diesem *König Lear* nichts zu tun haben. Mir fehlte auch der Nerv, mit ansehen zu müssen, wie Onkel Bob als »Typ Hauptdarsteller« scheiterte, denn der gutmütige Bob – Squashball-Bob, wie Kittredge ihn nannte – sollte den Lear spielen. Dass Bob das Tragische abging, konnte (außer vielleicht Richard Abbott) jeder sehen; vielleicht tat Bob Richard leid, *und* er fand ihn tragisch, weil Bob (tragischerweise) mit Muriel verheiratet war.

Bobs Körper passte nun mal einfach nicht zum Lear – oder war es sein Kopf? Bob war groß und athletisch, mit einem verhältnismäßig zu kleinen und zu runden Kopf – wie ein Squashball zwischen zwei Schulterbergen. Onkel Bob war nicht nur zu gutmütig, sondern auch zu muskelbepackt für einen Lear.

Relativ früh im Stück (erster Aufzug, vierte Szene) brüllt Bob-als-Lear: »Wer kann mir sagen, wer ich bin?« Wer könnte je vergessen, was Lears Narr dem König antwortet? Nur ich konnte es; ich vergaß, dass ich überhaupt dran war.

»›Wer kann mir sagen, wer ich bin‹, *Bill*?«, hakte Richard Abbott nach.

»Dein Text, Nymphe«, flüsterte Kittredge mir zu. »Ich hab mir schon fast gedacht, dass du damit deine Problemchen haben könntest.« Alle warteten, bis mir der Text des Narren einfiel. Zu Anfang war mir das Ausspracheproblem nicht einmal bewusst; meine Schwierigkeiten mit diesem Wort waren so neu, dass sie weder mir selbst noch Martha Hadley aufgefallen waren. Nur Kittredge hatte offensichtlich das potentiell Unaussprechliche bemerkt. »Lass hören, Nymphe«, stichelte er. »Wenigstens, wie du es *versuchst.*«

»Wer kann mir sagen, wer ich bin?«, fragt Lear.

Der Narr erwidert: »Lears Schatten.«

Seit wann machte mir das Wort *Schatten* irgendwelchen Kummer bei der Aussprache? Seit Elaine von ihrer Europareise mit Mrs. Kittredge zurückgekehrt war und auf mich so wesenlos wie ein Schatten gewirkt hatte – jedenfalls im Vergleich zu ihrem früheren Selbst. Seit Elaine aus Europa zurückgekehrt war und ein fremder Schatten ihr auf Schritt und Tritt zu folgen schien – ein Schatten, der eine gespenstische, aber subtile Ähnlichkeit mit ebenjener Mrs. Kittredge hatte. Als Elaine dann erneut fortgegangen war, diesmal nach Northfield, ließ sie einen Schatten zurück, der sich an *meine* Fersen heftete – vielleicht der verstörende, ungerächte Schatten meiner abwesenden besten Freundin.

»Lears ... Schaden«, sagte ich.

»Sein *Schaden*!«, rief Kittredge aus.

»Versuch's noch mal, Bill«, sagte Richard.

»Ich kann's nicht sagen«, gab ich zurück.

»Vielleicht brauchen wir einen neuen Narren«, schlug Kittredge vor.

»Das ist immer noch meine Entscheidung, Kittredge«, wies ihn Richard zurecht.

»Oder meine«, sagte ich.

»Ach ja –«, fing Grandpa Harry an, wurde aber von Onkel Bob unterbrochen.

»Wie wäre es, Richard, wenn Billy stattdessen ›Lears

Spiegelbild‹ sagt oder sogar ›Lears *Geist*‹ – natürlich nur, wenn das deiner Ansicht nach dem entspricht, was der Narr meint oder sagen will«, brachte Onkel Bob vor.

»Dann wäre es nicht Shakespeare«, stellte Kittredge fest.

»Im Textbuch steht ›Lears *Schatten*‹, Billy«, sagte meine Mutter, die Souffleuse. »Entweder kannst du es sagen oder nicht.«

»Bitte, Jewel –«, setzte Richard an, wurde aber von mir unterbrochen.

»Lear verdient einen anständigen Narren – einen, der alles sagen kann«, erklärte ich Richard Abbott. Als ich ging, wusste ich, dass ich meine letzte Probe als Schüler der Favorite River Academy hinter mir ließ – vielleicht sogar mein letztes Shakespeare-Stück. (Erst später stellte sich heraus, dass *König Lear* mein letztes Shakespeare-Stück *als Schauspieler* bleiben sollte.)

Die Lehrertochter, der Richard die Rolle der Cordelia anvertraute, war mir damals wie heute so egal, dass ich mich nicht einmal mehr an ihren Namen erinnere. »Ein unfertiges junges Ding, aber mit Spitzengedächtnis«, hatte Grandpa Harry über sie gesagt.

»Weder eine gegenwärtige noch eine zukünftige Schönheit«, sagte meine Tante Muriel, als wollte sie damit unterstellen, dass niemand die todgeweihte Cordelia in *König Lear* heiraten würde – nicht einmal, wenn sie überlebt hätte.

Delacorte sollte Lears Narr spielen. Da Delacorte Ringer war, musste er durch Kittredge von der frei gewordenen Rolle erfahren haben. Später vertraute Kittredge mir an, dass Delacorte nicht unter den üblichen Komplikationen infolge seiner selbstauferlegten Gewichtsreduktion zu leiden hatte, weil das Herbst-Shakespeare-Stück vor dem Start in die Ringersaison geprobt und aufgeführt wurde. Trotzdem litt das Leichtgewicht, das laut Kittredge in einer höheren Gewichtsklasse hoffnungslos untergegangen wäre, immer noch unter Mundtrockenheit, selbst wenn er nicht dehydriert war – doch vielleicht träumte Delacorte auch außerhalb der Saison vom Abnehmen. Wäre Delacorte heute noch am Leben, würde er sich garantiert immer noch mit den Fingern durchs Haar fahren. Aber Delacorte ist tot, wie so viele andere. Mir sollte beschieden sein, ihn sterben zu sehen.

Als Lears Narr sollte Delacorte die weisen Worte sprechen: »Halt, was du verheiß'st, / Verschweig, was du weißt, / Hab mehr, als du leihst.« Ein guter Rat, aber er rettet Lears Narren ebenso wenig, wie er Delacorte gerettet hat.

In Delacortes Gegenwart benahm Kittredge sich seltsam; er konnte freundlich und genervt zugleich auf ihn reagieren. Mir kam es so vor, als seien die beiden seit Kindertagen befreundet, aber Delacorte habe seinen Freund enttäuscht – als sei aus ihm nicht das »geworden«, was Kittredge sich erhofft und erwartet hatte.

Kittredge hatte einiges für Delacortes Mundspül-Tick übrig; er hatte Richard sogar vorgeschlagen, in die Aufführung einzubauen, dass Lears Narr ständig spülte und spuckte.

»Das wäre nicht Shakespeare«, stellte Grandpa Harry klar.

»Das Spülen und Spucken souffliere ich nicht, Richard«, sagte meine Mutter.

»Delacorte, würden Sie bitte Ihr Spülen und Spucken hinter den Kulissen erledigen?«, verlangte Richard von dem zwangsneurotischen Leichtgewicht.

»War nur so 'ne Idee«, hatte Kittredge mit verächtlichem Achselzucken gesagt. »Dann muss es eben reichen, dass wir wenigstens einen Narren haben, der das Wort *Schatten* sagen kann.«

Mir gegenüber äußerte sich Kittredge philosophischer. »Sieh es mal so, Nymphe – niemand engagiert einen Schauspieler mit eingeschränktem Wortschatz. Aber es ist doch positiv, wenn einem in so jungen Jahren mal seine Grenzen aufgezeigt werden«, versicherte er mir. »Eigentlich ein glücklicher Zufall – jetzt weißt du, dass du nie im Leben Schauspieler werden kannst.«

»Du meinst, diesen Beruf kann ich mir nicht aussuchen?« Es waren die gleichen Worte, die damals Miss Frost gewählt hatte – als ich ihr sagte, dass ich Schriftsteller werden wolle.

»Wohl kaum, Nymphe – nicht, wenn du eine Chance auf Sieg haben willst.«

»Oh!«

»Und es könnte nicht schaden, Nymphe, wenn du dir auch noch über eine andere Entscheidung klar würdest – ich meine, bevor du dich für einen Beruf entscheidest«, sagte Kittredge. Ich schwieg einfach. Ich kannte ihn gut genug, um zu wissen, wann er mir eine Falle stellte. »Da wäre noch die Frage deiner sexuellen Präferenzen«, fuhr Kittredge fort.

»Meine sexuellen Präferenzen sind sonnenklar«, behauptete ich – ein wenig über mich selbst erstaunt, denn ich schauspielerte ohne auch nur den leisesten Anflug eines Ausspracheproblems.

»Ich weiß nicht, Nymphe«, sagte Kittredge mit diesem absichtlichen oder unfreiwilligen Zucken in den Muskeln seines breiten Ringerhalses. »Was sexuelle Präferenzen angeht, wirkst du auf mich noch etwas unentschieden.«

»Ach, du bist's!«, empfing Miss Frost mich fröhlich; es klang auch überrascht. »Ich hatte mit deinem Freund gerechnet. Er war hier – bis eben gerade. Da dachte ich, er ist's noch einmal.«

»Wer?«, fragte ich. (Natürlich dachte ich an Kittredge – nicht direkt ein Freund.)

»Tom«, sagte Miss Frost. »Tom war eben hier. Ich weiß nie so recht, warum er kommt. Er fragt mich immer nach irgendeinem Buch, das er angeblich nicht in der Schulbibliothek finden kann, obwohl ich genau weiß, dass die Schule es besitzt. Na, jedenfalls habe ich nie das, wonach er sucht. Vielleicht sucht er hier ja dich.«

»Tom und wie *weiter*?«, fragte ich sie. Mir fiel spontan kein Tom ein.

»Atkins – heißt er nicht so?«, fragte Miss Frost. »Ich kenne ihn als Tom.«

»Ich als Atkins«, sagte ich.

»Ach William, ich wüsste zu gern, wie lange sich diese scheußliche Sitte noch hält, wonach sich die Schüler dieser scheußlichen Schule untereinander immer nur mit Nachnamen anreden sollen!«, sagte Miss Frost.

»Sollten wir nicht flüstern?«, flüsterte ich.

Schließlich waren wir in einer Bibliothek. Mich verwirrte, wie laut Miss Frost redete, aber ich fand es auch aufregend, dass sie Favorite River als eine »scheußliche Schule« bezeichnete; insgeheim dachte ich genauso, hätte es aber aus Anhänglichkeit an Richard Abbott und Onkel Bob nie laut gesagt, Lehrerbrut, die ich war.

»Außer uns ist niemand da, William«, flüsterte Miss Frost zurück. »Wir können so laut reden, wie wir wollen.«

»Oh.«

»Du bist bestimmt zum Schreiben hergekommen, stimmt's?«, fragte sie mich laut.

»Nein, ich brauche Ihren Rat, was meine Lektüre angeht«, antwortete ich ihr.

»Geht es immer noch um Schwärmereien für die Falschen, William?«

»*Sehr* falsche«, flüsterte ich.

Sie beugte sich vor; noch immer war sie so viel größer als ich, dass sie mir den Eindruck vermittelte, ich wäre überhaupt nicht gewachsen. »Wenn du willst, können wir darüber flüstern«, flüsterte sie.

»Kennen Sie Jacques Kittredge?«, fragte ich.

»Jeder kennt Kittredge«, sagte Miss Frost nüchtern; ihre Miene verriet nicht, was sie von ihm hielt.

»Ich bin in Kittredge verknallt, versuche aber, es zu unterdrücken«, sagte ich ihr. »Gibt es darüber einen Roman?«

Miss Frost legte mir beide Hände auf die Schultern. Ich wusste, dass sie mein Zittern spürte. »Ach, William – weißt du, es gibt Schlimmeres«, sagte sie. »Ja, ich habe genau den Roman, den du lesen solltest«, flüsterte sie.

»Ich weiß, warum Atkins herkommt«, stieß ich hervor.

»Nicht, um mich zu suchen – bestimmt ist er in *Sie* verknallt!«

»Warum das denn?«, fragte Miss Frost.

»Warum *nicht*? Ist denn nicht *jeder* Junge in Sie verknallt?«, fragte ich sie.

»Tja, in mich war schon ziemlich lange niemand mehr verknallt«, sagte sie. »Aber es schmeichelt mir sehr – wie lieb von dir, das zu sagen, William.«

»*Ich* bin in Sie verknallt«, erklärte ich. »Schon immer, und zwar noch mehr als in Kittredge.«

»Mein lieber Junge, wenn du dich *da* mal nicht täuschst!«, verkündete Miss Frost. »Hab ich dir nicht gesagt, dass es Schlimmeres gibt, als in Jacques Kittredge verknallt zu sein? Hör gut zu, William: in Kittredge verknallt sein ist *ungefährlicher*!«

»Wie kann Kittredge ungefährlicher sein als Sie?«, rief ich. Ich spürte, dass ich wieder zu zittern anfing. Als Miss Frost mir diesmal ihre großen Hände auf die Schultern legte, zog sie mich an ihre breite Brust. Da fing ich plötzlich an zu schluchzen.

Ich verachtete mich selbst, weil ich weinte, konnte aber nicht damit aufhören. In einer dieser schauderhaften Morgenversammlungen hatte Dr. Harlow uns gewarnt, maßloses Weinen würde bei Jungen auf homosexuelle Tendenzen hindeuten, gegen die wir uns wappnen sollten. (Natürlich verriet uns der Schwachkopf nie, *wie* wir uns gegen etwas wappnen sollten, das wir nicht bändigen konnten!) Und ich hatte meine Mutter zu Muriel sagen hören: »Mir ist ein Rätsel, was ich machen soll, wenn Billy *wie ein Mädchen* weint!«

Da stand ich also in der Stadtbücherei von First Sister und schluchzte wie ein Mädchen in Miss Frosts starken Armen – nachdem ich ihr soeben gebeichtet hatte, dass ich in sie noch mehr als in Jacques Kittredge verknallt war. Für was für eine Heulsuse sie mich halten musste!

»Mein lieber Junge, du kennst mich nicht richtig«, hörte ich sie sagen. »Du weißt nicht, wer ich bin – du weißt gar nichts über mich, oder? William? Das stimmt doch, oder etwa nicht?«

»*Was* weiß ich nicht?«, flennte ich. »Ihren Vornamen weiß ich nicht«, gab ich zu, immer noch schluchzend. Ich umarmte sie auch, aber nicht so fest wie sie mich. Dabei spürte ich erneut, wie stark sie war und wie verhältnismäßig klein ihre Brüste waren – und wie weich; für mich standen ihre kleinen weichen Brüste in krassem Gegensatz zu ihren breiten Schultern und muskulösen Armen.

»Ich meine nicht meinen *Namen*, William – mein Vorname tut nichts zur Sache«, sagte Miss Frost. »Ich meine, du kennst *mich* nicht.«

»Aber wie heißen Sie mit Vornamen?«, fragte ich.

Miss Frosts Seufzen hatte etwas Dramatisches – wie sie mich aus ihrer Umarmung entließ, um nicht zu sagen wegschob, wirkte fast ein wenig theatralisch.

»Für mich hängt sehr viel daran, *Miss* Frost zu sein, William«, sagte sie. »Die Anrede *Miss* hab ich mir nicht mal rasch so nebenbei zugelegt.«

Davon, wie es war, wenn einem sein Taufname nicht gefiel, konnte ich ein Lied singen, denn mir hatte es nie gefallen, William Francis Dean jr. zu sein. »*Mögen* Sie Ihren Vornamen nicht?«, fragte ich sie.

»Sagen wir so«, erwiderte sie belustigt. »Würdest du je einem Mädchen den Namen Alberta geben?«

»Wie die kanadische Provinz?«, fragte ich. Ich konnte mir Miss Frost unmöglich als eine Alberta vorstellen!

»Als Name für eine Provinz taugt es schon eher«, sagte Miss Frost. »Alle haben immer nur Al zu mir gesagt.«

»Al«, wiederholte ich.

»Du siehst, warum ich so viel Wert auf das *Miss* lege«, sagte sie lachend.

»Ich liebe alles an Ihnen«, erklärte ich ihr.

»Immer langsam, William«, sagte Miss Frost. »Stürz dich nicht Hals über Kopf in Schwärmereien für die Falschen.«

Natürlich verstand ich nicht, warum sie sich zu denen zählte, die »falsch« für mich waren – und wie kam sie bloß auf den Gedanken, meine Schwärmerei für Kittredge sei *ungefährlicher*? Ich dachte, Miss Frost wolle mich nur wegen des Altersunterschieds warnen; vielleicht durfte ihrer Meinung nach ein Achtzehnjähriger nichts mit einer über Vierzigjährigen haben. Immerhin war ich *juristisch* volljährig, wenn auch noch nicht lange. Und wenn Miss Frost tatsächlich ungefähr im Alter meiner Tante Muriel war, musste sie zwei- oder dreiundvierzig sein.

»Gleichaltrige Mädchen interessieren mich nicht«, versicherte ich Miss Frost. »Anscheinend fühle ich mich zu älteren Frauen hingezogen.«

»Mein lieber Junge«, bekam ich wieder von ihr zu hören. »Nicht auf mein Alter kommt es an – sondern darauf, *was* ich bin. William, du weißt nicht, was ich *bin,* oder?«

Als wäre diese existenziell wichtige Frage nicht schon verwirrend genug, wählte Atkins genau diesen Moment, um den schummerigen Eingangsbereich der Bücherei zu betreten, wo er verschreckt zusammenfuhr. (Später erzählte er mir, er habe sich über seinen eigenen Anblick im Spiegel erschreckt, der wie ein stummer Wächter gegenüber der Eingangstür hing.)

»Ach *du* bist's, Tom«, stellte Miss Frost ohne jede Überraschung fest.

»Sehen Sie? Was hab ich Ihnen gesagt?«, fragte ich Miss Frost, während Atkins sich immer noch erschrocken im Spiegel beäugte.

»Wie *unrecht* du doch hast«, erklärte mir Miss Frost lächelnd.

»Kittredge sucht dich, Bill«, sagte Atkins. »Ich war im Jahrbuchraum, aber jemand hat gesagt, du wärst gerade gegangen.«

»Im Jahrbuchraum«, wiederholte Miss Frost; es klang überrascht. Ich sah sie an – sie wirkte ungewohnt beunruhigt.

»Bill studiert sämtliche Favorite-River-Jahrbücher, von damals bis heute«, informierte Atkins Miss Frost. »Elaine hat es mir gesagt«, erklärte er mir.

»Meine Güte, Atkins – das hört sich ja an, als wolltest du mich studieren«, sagte ich ihm.

»Kittredge will dich sprechen«, erwiderte er eingeschnappt.

»Seit wann bist du sein Botenjunge?«, fragte ich ihn.

Da warf Atkins die schmalen Hände in die Luft. »Jetzt reicht's mir aber mit Beleidigungen für heute Abend!«, rief er theatralisch. »Mich von Kittredge kränken lassen ist eine Sache – der kränkt ja jeden. Aber auch noch von *dir* beleidigt zu werden, Bill – also das geht nun wirklich zu weit!«

Sichtlich bemüht, die Stadtbücherei von First Sister mit großer Geste zu verlassen, blieb Atkins erneut vor dem perfiden Spiegel im Eingangsbereich stehen, um seine letzte Kugel abzufeuern. »Ich bin nicht dein *Schatten,* Bill – und verwechsel mich bitte nicht mit Kittredge!«, sagte er.

Und weg war er, noch ehe ich »Scheiß auf Kittredge« sagen konnte.

»Bitte keine unflätigen Ausdrücke, William«, sagte Miss Frost und legte mir ihre langen Finger auf die Lippen. »Schließlich sind wir immer noch in einer Scheiß-*Bibliothek.*«

Das Wort *Scheiße* schien mir so gar nicht zu ihr zu passen, ebenso wenig, wie ich sie mir als eine Alberta vorstellen konnte; aber dann sah ich, dass sie lächelte. Sie zog mich nur auf; jetzt strichen ihre langen Finger über meine Wange.

»Wie merkwürdig, dass Atkins das Wort *Schatten* verwendet hat, William«, sagte sie. »Dabei handelt es sich doch nicht etwa um das unaussprechliche Wort, das an deinem plötzlichen Ausstieg aus *König Lear* schuld ist?«

»Doch«, antwortete ich ihr. »Sie haben also davon gehört. In dieser Kleinstadt kriegt offenbar jeder alles mit!«

»Vielleicht nicht unbedingt jeder – und vielleicht nicht ganz alles, William«, sagte Miss Frost. »Zum Beispiel kommt es mir so vor, als hättest *du* noch nicht alles mitgekriegt – über mich, meine ich.«

Ich wusste nur, dass Nana Victoria Miss Frost nicht mochte, aber nicht, warum. Und dass Tante Muriel Probleme mit Miss Frosts BH-Wahl hatte; aber wie konnte ich das Teenager-BH-Thema ansprechen, wo ich doch eben erst meine Liebe *zu allem an Miss Frost* gestanden hatte?

»Meine Großmutter«, fing ich an, »und meine Tante Muriel –«

Aber Miss Frost tippte mir wieder mit ihren langen Fingern sanft auf die Lippen. »*Psst,* William«, flüsterte sie. »Ich brauch mir nicht anzuhören, was diese Damen von mir halten. Viel mehr interessiert mich dein Forschungsprojekt in dem alten Jahrbuchraum.«

»Ach, das ist kein richtiges Projekt«, erzählte ich ihr. »Ich schau mir hauptsächlich die Fotos vom Ringerteam an – und die Fotos von den Stücken, die der Theaterclub aufgeführt hat.«

»Ach *wirklich*?«, fragte Miss Frost ein wenig geistesabwesend. Warum kam es mir so vor, als schauspielerte sie – mal mehr, mal weniger? Was hatte sie damals gesagt, als Richard Abbott sie gefragt hatte, ob sie je *auf der Bühne* gestanden hätte – als *Schauspielerin*?

»Nur in Gedanken«, hatte sie beinahe kokett geantwortet. »Als ich jünger war – ständig.«

»Und bis zu welchem Jahr bist du inzwischen vorgedrungen, William – bis zu welchem Abschlussjahrgang?«, erkundigte sich Miss Frost.

»Neunzehnhunderteinunddreißig«, antwortete ich. Ihre Finger waren von meinen Lippen weitergewandert; sie berührte meinen Hemdkragen, fast als zöge sie etwas an dem Hemd mit Button-down-Kragen an – vielleicht wurde sie sentimental.

»Du bist so nah dran«, sagte sie.

»Nah an *was*?«

»Einfach nur nah«, sagte sie. »Wir haben nicht viel Zeit.«

»Macht die Bücherei bald zu?«, fragte ich, aber Miss Frost lächelte nur; dann schaute sie auf ihre Uhr.

»Ach, was ist schon dabei, heute Abend ein wenig früher zu schließen?«, sagte sie plötzlich.

»Klar – warum nicht?«, entgegnete ich. »Außer uns ist ja keiner da. Und ich glaub nicht, dass Atkins wiederkommt.«

»Armer Tom«, sagte Miss Frost. »Er ist nicht in *mich* verknallt, William – Tom Atkins ist in *dich* verknallt!«

Kaum hatte sie es ausgesprochen, wusste ich, dass es stimmte. »Der arme Tom«, wie ich ihn künftig in Gedanken immer nennen würde, spürte wahrscheinlich, dass ich in Miss Frost verknallt war; er muss eifersüchtig auf sie gewesen sein.

»Der arme Tom spioniert mir *und* dir nur nach«, erläuterte mir Miss Frost. »Und worüber will Kittredge mit dir sprechen?«, fragte sie mich unvermittelt.

»Ach, gar nichts – es geht nur um Deutsch. Ich helfe Kittredge mit seinem Deutsch«, erklärte ich.

»Tom Atkins wäre für dich die ungefährlichere Wahl als Jacques Kittredge, William«, sagte Miss Frost. Ich wusste, dass sie auch damit recht hatte, obwohl ich Atkins nicht attraktiv fand – höchstens so, wie jemand, der einen anhimmelt, nach und nach *ein bisschen* attraktiv für einen werden kann. (Aber daraus wird so gut wie nie etwas.)

Als ich jedoch anfing, Miss Frost zu erklären, dass ich mich nicht unbedingt zu Atkins hingezogen fühlte – dass ich nicht *alle* Jungs attraktiv fand, sondern eigentlich nur sehr wenige –, da verschloss sie mir den Mund mit ihren

Lippen. Sie küsste mich ganz einfach. Es war ein ziemlich fester Kuss, geradezu aggressiv; doch nur ein einziges Mal verlieh sie ihm mit ihrer warmen Zunge Nachdruck. Mit meinen bald siebzig Jahren blicke ich auf ein langes, kusserfülltes Leben zurück. Sie können mir glauben: Dieser Kuss war forscher als jeder männliche Handschlag.

»Ich weiß, ich weiß«, murmelte sie an meinen Lippen. »Wir haben so wenig Zeit – lass uns nicht über den armen Tom reden.«

»Oh!«

Ich folgte ihr in den Eingangsbereich, immer noch in der Annahme, ihre Sorgen wegen der »Zeit« hätten nur mit den Öffnungszeiten der Bücherei zu tun, aber Miss Frost sagte: »Bestimmt müssen die älteren Schüler immer noch um zehn Uhr zurück sein, William – außer am Samstagabend, wo man bis um elf draußen sein darf. An dieser scheußlichen Schule ändert sich doch nie was!«

Ich war beeindruckt, dass Miss Frost sogar von den Ausgangszeiten der Favorite River Academy wusste – erst recht, dass sie sie korrekt im Kopf hatte.

Ich sah zu, wie sie die Tür zur Bücherei abschloss und die Außenbeleuchtung löschte; das schwache Licht im Eingangsbereich ließ sie an, während sie durch die einzelnen Räume ging und überall die Lampen ausknipste. Ich hatte ganz vergessen, dass ich sie um Rat gebeten und nach einem Buch zu dem Thema meiner Schwärmerei für Kittredge, die ich zu »unterdrücken« versuchte, gefragt hatte, als sie mir einen schmalen Roman in die Hand drückte. Er war nur etwa fünfundvierzig Seiten länger als *König Lear,* zufällig das Buch, das ich zuletzt gelesen hatte.

Es war ein Roman von James Baldwin, *Giovannis Zimmer* – den Titel konnte ich kaum entziffern, denn nur der Eingangsbereich der Bücherei war noch beleuchtet – wenn auch so spärlich, dass wir kaum den Weg zur Kellertreppe fanden.

Auf den Stufen zum Heizkeller fiel mir plötzlich ein, dass ich die selbstsichere Bibliothekarin noch wegen eines anderen Buches um Rat fragen wollte.

Der Name *Al* lag mir auf der Zunge, aber ich konnte mich nicht überwinden, ihn auszusprechen. Stattdessen fragte ich: »Miss Frost, was können Sie mir über *Madame Bovary* sagen? Glauben Sie, das würde mir gefallen?«

»Wenn du älter bist, William, wird es dir ausnehmend gut gefallen.«

»Das hat Richard auch so in etwa gesagt, und Onkel Bob«, berichtete ich ihr.

»Dein Onkel Bob will *Madame Bovary* gelesen haben? Du kannst doch unmöglich *Muriels* Bob meinen, oder?«, rief Miss Frost.

»Bob hat es nicht gelesen – er hat mir nur erzählt, worum es darin geht«, erklärte ich ihr.

»Jemand, der einen Roman nicht gelesen hat, kann gar nicht wissen, worum es darin geht, William.«

»Oh!«

»Warte damit noch ein Weilchen, William«, sagte Miss Frost. »Die Zeit für *Madame Bovary* ist gekommen, wenn all deine Liebeshoffnungen und Sehnsüchte dahin sind und du glaubst, die Zukunft hielte nur noch Beziehungen mit enttäuschenden bis vernichtenden Folgen für dich bereit.«

»Dann warte ich mit dem Lesen bis dann«, versicherte ich ihr.

Ihr Zimmer mit Badausstattung – der ehemalige Kohlenkeller – wurde nur von einer am Kopfgestänge des altmodischen Messingbetts befestigten Leselampe beleuchtet. Miss Frost zündete die Kerze mit Zimtaroma auf dem Nachttischchen an und löschte die Lampe. Bei Kerzenschein verlangte sie von mir, mich auszuziehen. »Und zwar alles, William – bitte nicht die Socken anbehalten.«

Ich gehorchte und kehrte ihr den Rücken zu, weil sie sagte, ich solle »mal eben wegschauen«; sie benutzte kurz das WC mit der hölzernen Brille (ich glaube, ich hörte sie pinkeln und die Spülung betätigen), und dem Geräusch fließenden Wassers nach zu urteilen, muss sie sich an dem kleinen Waschbecken rasch gewaschen und die Zähne geputzt haben.

Ich lag nackt auf ihrem Messingbett; in dem flackernden Kerzenlicht las ich, dass *Giovannis Zimmer* 1956 erschienen war. Auf der einsteckenden Büchereikarte war vermerkt, dass in vier Jahren nur ein einziger Nutzer der Stadtbücherei von First Sister den Roman ausgeliehen hatte, und ich fragte mich, ob der einsame Baldwin-Leser womöglich Miss Frost gewesen war. Ich war mit den ersten beiden Absätzen noch nicht fertig, da sagte Miss Frost: »Bitte lies das nicht jetzt, William. Es ist sehr traurig und wird dich bestimmt aufregen.«

»*Wie* aufregen?«, wollte ich wissen. Ich hörte, wie sie ihre Kleidung in den Wandschrank hing; sie mir nackt vorzustellen, lenkte mich ab, doch ich las trotzdem weiter.

»Aus dem Versuch, deine Schwärmerei für Kittredge zu

unterdrücken, kann gar nichts werden, William. ›Unterdrücken‹ geht nicht«, sagte Miss Frost.

In dem Moment brachte mich der vorletzte Satz des zweiten Absatzes ins Stocken; ich schlug einfach das Buch und die Augen zu.

»Hab ich dir nicht gesagt, du sollst mit Lesen aufhören?«, sagte Miss Frost.

Der Satz begann: »Mein Gegenüber, ein junges Mädchen, das sehr enttäuscht ist, weil ich nicht mit ihr flirte.« Hier brach ich ab, weil ich nicht wusste, ob ich mich traute, weiterzulesen.

»Diesen Roman sollte deine Mutter besser nicht zu sehen bekommen«, sagte Miss Frost gerade, »und wenn du keine Lust hast, über deine Schwärmerei für Kittredge zu reden – tja, dann würde ich dir raten, deine Lektüre auch vor Richard geheim zu halten.« Ich merkte, dass sie sich auf das Bett legte, hinter mich; ich spürte ihre bloße Haut an meinem Rücken, ich spürte aber auch, dass sie sich nicht ganz ausgezogen hatte. Sanft umfasste sie meinen Penis mit ihrer großen Hand.

»Magst du Tomaten?«, hörte ich Miss Frost sagen.

»Tomaten?«, fragte ich; mein Penis wurde steif.

»Tomaten, Stechäpfel und Engelstrompeten sind Nachtschattengewächse«, fuhr Miss Frost fort. »Kennst du Nachtschattengewächse?«

»Das ist eine Pflanzenart, oder?«

»Es sind sowohl wichtige Nahrungspflanzen als auch Zierpflanzen, die durch den Gehalt an Alkaloiden und Steroiden auch als bedeutende Medizin-, Rausch- und Kultpflanzen gelten«, sagte Miss Frost.

»Oh!«

»Sag ›Nachtschattengewächs‹, William.«

»Nachtschattengewächs«, sagte ich.

»Jetzt ohne ›Nacht‹ vorn und ›gewächs‹ hinten.«

»Schatten«, sagte ich, ohne nachzudenken; meine ganze Aufmerksamkeit galt meinem Penis in ihrer Hand.

»Wie Lears Schatten?«, fragte sie mich.

»Lears Schatten«, sagte ich. »In dem Stück wollte ich sowieso nicht mitspielen«, gestand ich ihr.

»Na, wenigstens hast du nicht Lears Schatz gesagt«, stellte Miss Frost fest.

»Lears Schatten«, wiederholte ich.

»Und *was* hab ich da in der Hand?«, fragte sie mich.

»Meinen Penith«, gab ich zur Antwort.

»Deinen *Penith* würde ich um nichts in der Welt ändern wollen, William«, sagte Miss Frost. »Ich finde, das Wort solltest du verdammt noch mal genau so aussprechen, wie du willst.«

Was als Nächstes geschah, war einfach unfassbar – und, wie sich herausstellen sollte, einmalig. Ich lag auf dem Rücken, und sie zog mich jäh an sich und küsste mich auf den Mund. Ihren BH hatte sie noch an – keinen gefütterten wie der von Elaine, sondern einen transparenten mit kaum größeren Körbchen, als ich mir vorgestellt hatte. Der Stoff war hauchdünn und viel weicher als Elaines Baumwoll-BH und verglichen mit den deutlich praktischeren Modellen in den Unterwäschekatalogen meiner Mutter definitiv kein ›Teenager-BH‹, sondern viel aufreizender und raffinierter. Außerdem trug Miss Frost einen Unterrock – er war beige, und als sie sich in Hüfthöhe rittlings auf mich setzte, rutschte er bis weit über die Hälfte ihrer Oberschenkel hoch. Ihr Gewicht und ihre feste Umarmung drückten mich auf die Matratze.

Während ich mit einer Hand eine ihrer kleinen weichen Brüste umfasste, versuchte ich die andere unter ihren Unterrock zu schieben, aber Miss Frost sagte: »Nein, William, bitte fass mich dort nicht an.« Und dann nahm sie meine herumwandernde Hand und legte sie auf ihre andere Brust.

Danach führte sie meinen Penis unter ihren Unterrock. Ich war noch nie in jemanden eingedrungen, und als ich diesen höchst erstaunlichen Widerstand spürte, fühlte sich das für mich natürlich so an wie Penetration. Es flutschte – ich verspürte absolut keinen Schmerz, und doch war mein Penis noch nie so fest umschlossen gewesen –, und als ich mit einem Schrei ejakulierte, war mein Gesicht gegen Miss Frosts Brüste in dem seidigen BH gedrückt, und ich kann mich nicht erinnern, wann Miss Frost aufhörte, mich zu küssen. (Sie hatte gesagt: »Nein, William, bitte fass mich dort nicht an.« Natürlich konnte sie mich nicht gleichzeitig küssen und mit mir reden.)

Ich hatte ihr so viel zu sagen und sie zu fragen, aber Miss Frost war nicht nach Reden zumute. Vielleicht empfand sie wieder den mysteriösen Zwang von »so wenig Zeit«; das redete ich mir jedenfalls ein.

Sie ließ mir Badewasser einlaufen; doch meine Hoffnung, Miss Frost würde sich ganz ausziehen und mit mir in die Wanne steigen, erfüllte sich nicht. Stattdessen kniete sie sich neben die Wanne mit den Löwentatzenfüßen und den Wasserhähnen in Löwenkopfform und badete mich behutsam – wobei sie mit meinem Penis besonders sanft umging.

(Sie fand sogar Koseworte für ihn und imitierte meine Penith-Aussprache so, dass wir beide lachen mussten.)

Dabei schaute sie immer wieder auf ihre Uhr. »Überziehen der Ausgangszeit wird mit Ausgangssperre bestraft, William. Also keine Besuche mehr in der Stadtbücherei von First Sister außerhalb der Öffnungszeiten – das würde uns doch nicht gefallen, oder?«

Ein Blick auf ihre Uhr verriet mir, dass es noch nicht einmal halb zehn war. Die First-Sister-Stadtbücherei war nur wenige Gehminuten von Bancroft Hall entfernt, machte ich Miss Frost klar.

»Wer weiß, vielleicht läuft dir Kittredge über den Weg und verwickelt dich in eine Deutschdiskussion – man kann nie wissen, William«, sagte sie nur.

Ich hatte etwas Seidig-Feuchtes gespürt – bevor ich in die Wanne stieg –, und als ich daraufhin meinen Penis anfasste, hatte ich einen schwachen Parfümgeruch an den Fingern. Vielleicht hatte Miss Frost irgendein Gleitmittel verwendet, überlegte ich mir – etwas, woran ich mich noch Jahre später erinnern sollte, als ich zum ersten Mal diese Flüssigseifen mit Mandel- oder Avocadoöl roch. Doch was es auch sein mochte, das Badewasser hatte es abgewaschen.

»Keine Umwege über den alten Jahrbuchraum – nicht heute Abend, William!«, sagte Miss Frost gerade; sie war mir beim Anziehen behilflich, wie einem Kind am Morgen seines ersten Schultags. Sie tat sich sogar etwas Zahnpasta auf den Finger und steckte ihn mir zwischen die Lippen. »Jetzt spül den Mund über dem Waschbecken aus«, verlangte sie von mir. »Du findest bestimmt allein hinaus – und ich schließ dann ab, wenn ich nach Hause gehe.« Dann küsste sie mich – lange und ausgiebig, so dass ich ihr unwillkürlich beide Hände an die Hüften legte.

Miss Frost packte meine Hände, ehe sie ihren geschmeidigen knielangen Unterrock berühren konnten, und hob sie an ihre Brüste, wo sie ihrer Meinung nach offenbar hingehörten. Oder vielleicht meinte sie nur, dass meine Hände unterhalb ihrer Taille nichts verloren hätten – dass ich sie »dort« nicht anfassen sollte oder durfte.

Als ich die dunkle Kellertreppe zum schwach erleuchteten Vestibül der Bücherei hinaufstieg, fiel mir plötzlich eine der selten dämlichen Ermahnungen Dr. Harlows ein, die er bei einer Morgenversammlung vor einer Wochenend-Tanzveranstaltung mit einer anreisenden Mädchenschule auf uns losließ. »Fasst eure Tanzpartnerinnen nie unterhalb der Taille an«, hatte unser Schularzt auf seine unnachahmliche Art gesagt, »zu ihrem und eurem Besten!«

Aber das *konnte* doch gar nicht stimmen, dachte ich gerade, als Miss Frost mir nachrief: »Geh auf direktem Weg nach Hause, William – und komm mich bald wieder besuchen!«

Wir haben so wenig Zeit!, hätte ich beinahe zurückgerufen – eine gedankliche Vorwegnahme, an die ich mich später, und zwar zeit meines Lebens, erinnern sollte, obwohl ich es damals nur sagen wollte, um zu sehen, wie sie darauf reagierte. Schließlich hatte Miss Frost diesen Satz zuerst geäußert.

Draußen musste ich kurz an Tom Atkins denken – den armen *Tom.* Ich bereute, dass ich nicht nett zu ihm gewesen war, obwohl ich jetzt über meine Vorstellung, er könnte in Miss Frost verliebt sein, schmunzeln musste. Sich die beiden zusammen vorzustellen, war zu komisch – Atkins, der ums Verrecken das Wort *Zeit* nicht sagen konnte, und Miss Frost, die es alle zwei Minuten anbrachte!

Ich war achtlos an dem Spiegel in dem düsteren Eingangsbereich vorbeigegangen, doch später – in der sternenklaren Septembernacht – fiel mir auf, dass ich mir darin doch plötzlich viel erwachsener vorgekommen war (das heißt, als vor meiner intimen Begegnung mit Miss Frost). Doch während ich anschließend die River Street entlang zum Campus von Favorite River ging, gestand ich mir ein, dass meinem Spiegelbild nicht anzusehen gewesen war, dass ich gerade zum ersten Mal Sex gehabt hatte.

Zu diesem Gedanken gesellte sich ein verstörender zweiter – ich stellte mir nämlich plötzlich vor, ich hätte vielleicht gar keinen Sex gehabt (jedenfalls keinen *richtigen* – keine echte Penetration, meine ich.) Und dann dachte ich: Wie kann ich über die herrlichste Nacht meines jungen Lebens so was überhaupt nur denken?

Noch hatte ich keinen blassen Schimmer, dass man ohne richtigen Sex (oder echte Penetration) die herrlichsten sexuellen Freuden überhaupt erleben kann – wie sie für mich bis auf den heutigen Tag unübertroffen geblieben sind.

Aber was wusste ich damals schon? Ich war erst achtzehn; an dem Abend, als ich mit James Baldwins *Giovannis Zimmer* in der Schultasche nach Hause ging, fingen meine Schwärmereien für die Falschen erst an.

Der Aufenthaltsraum in Bancroft Hall wurde wie die Aufenthaltsräume in den anderen Wohnheimen nur das Kippenzimmer genannt; die älteren Schüler, die rauchten, durften ihre Lernzeiten dort verbringen. Doch auch viele ältere Schüler, die nicht rauchten, wollten dieses Privileg nicht ungenutzt lassen und lernten dort.

In jenen sorglosen Tagen warnte uns niemand vor den Gefahren des Passivrauchens – am allerwenigsten unser vertrottelter Schularzt. Ich kann mich an keine einzige Morgenversammlung erinnern, in der es um die *Heimsuchungen* des Rauchens gegangen wäre! Dr. Harlow verwandte all seine Energie und all sein Wissen auf die Behandlung maßlosen Weinens bei Knaben – im unerschütterlichen Glauben daran, es gäbe eine Heilmethode gegen die homosexuellen Neigungen der jungen Männer, zu denen wir heranwuchsen.

Ich kam eine Viertelstunde vor Ende der Ausgangszeit an; als ich in den üblichen blaugrauen Dunst im Kippenzimmer von Bancroft trat, packte mich Kittredge plötzlich von hinten. Ich weiß nicht, welchen Ringergriff er anwandte. Später versuchte ich ihn Delacorte zu beschreiben – der sich übrigens, wie ich hörte, als Lears Narr wacker schlug. Zwischen Spülen und Spucken sagte Delacorte: »Klingt wie eine Armklammer. Mit seinen Armklammern macht Kittredge jeden fertig.«

Wie der Ringergriff auch hieß, er tat nicht weh. Ich merkte nur, dass ich mich nicht befreien konnte, und versuchte es auch erst gar nicht. Ehrlich gesagt, war es überwältigend, von Kittredge so fest gepackt zu werden, und das, nachdem ich eben erst in Miss Frosts Armen gelegen hatte.

»Hallo, Nymphe«, sagte Kittredge. »Wo hast du bloß gesteckt?«

»In der Bibliothek«, antwortete ich.

»Ich hab gehört, du bist schon eine ganze Weile von da weggegangen«, sagte er.

»Ich war in der anderen Bibliothek«, erklärte ich ihm. »Es gibt noch eine öffentliche, die Stadtbücherei.«

»*Eine* Bibliothek reicht einem so fleißigen Jungen wie dir wohl nicht, Nymphe. Herr Steiner quält uns morgen mit einem Test – vermutlich mehr Rilke als Goethe, oder was meinst *du*?«

Ich hatte Herrn Steiner in Deutsch II gehabt; er war einer der österreichischen Skiläufer. Er war weder ein schlechter Lehrer noch unsympathisch, jedoch ziemlich berechenbar. Kittredge hatte recht, dass es in dem Test mehr Fragen zu Rilke als zu Goethe geben würde; Steiner mochte Rilke, aber taten das nicht alle? Herr Steiner mochte auch lange Wörter, genau wie Goethe. Kittredges Problem in Deutsch war, dass er die Antworten immer nur erriet. In einer Fremdsprache kommt man mit Raten nie weit, und in einer Sprache, in der es so auf Genauigkeit ankommt wie der deutschen, schon gar nicht. Man weiß es, oder man weiß es nicht.

»Du musst die großen Wörter bei Goethe draufhaben, Kittredge. Es wird bestimmt nicht nur Rilke drankommen«, empfahl ich ihm.

»Die Rilke-Zitate, die Steiner mag, sind alle so *lang*«, beschwerte sich Kittredge. »Wer kann sich denn so was merken?«

»Es gibt auch ein paar kurze Rilke-Zitate. Die mag jeder – nicht bloß Steiner«, klärte ich ihn auf. »Zum Beispiel ›*Musik: Atem der Statuen*‹.«

»Scheiße!«, rief Kittredge. »Das kenn ich – was *heißt* das?«

Ich übersetzte es ihm rasch ins Englische, spürte aber weiter die Armklammer (falls der Ringergriff so hieß) und hoffte, Kittredge würde mich ewig so halten. »Und dann gibt's noch: ›*Du, fast noch Kind*‹ – kennst du das?«

»Der ganze Kindheits-Scheiß!«, rief Kittredge. »Ist dieser Kack-Rilke denn nie über seine Kindheit hinweggekommen?«

Wieder lieferte ich ihm die Übersetzung. »Das kommt garantiert im Test vor, Kittredge.«

»Und ›*reine Übersteigung*‹! Dieser ganze Transzendenz-Schwachsinn!«, rief Kittredge und packte mich fester. »Das seh ich auch schon kommen!«

»Bei Rilke kannst du fest mit dem Kindheitsquatsch rechnen – der kommt auf jeden Fall«, mahnte ich ihn.

»›Lange Nachmittage der Kindheit‹«, säuselte Kittredge mir ins Ohr und übersetzte sich das gleich selber. »Na, da staunst du, was, Nymphe? Dass ich das weiß …«

»Wenn du dir wegen der *langen* Rilke-Zitate Sorgen machst, vergiss das nicht: ›*Weder Kindheit noch Zukunft werden weniger.*‹ Kennst du das noch?«

»Scheiße!«, rief Kittredge. »Ich dachte echt, das sei Goethe!«

»Es geht doch um Kindheit. Also ist es Rilke«, erklärte ich ihm. *Dass ich dich fassen möcht,* dachte ich. (*Das* war Goethe.) Aber ich sagte nur: *»›Schöpfungskraft.‹«*

»Scheiße hoch zwei!«, sagte Kittredge. »*Das* ist Goethe, das weiß ich.«

»Es heißt aber nicht ›Scheiße hoch zwei‹«, korrigierte ich

ihn. Ich weiß nicht, was Kittredge mit der Armklammer machte, aber nun tat es doch etwas weh. »Sondern ›kreative Kraft‹, oder etwas in der Art«, sagte ich, worauf der Schmerz nachließ; fast hatte er mir gefallen. »›Stoßgebet‹ kennst du aber bestimmt nicht – das hast du voriges Jahr schon versemmelt«, erinnerte ich ihn. Der Schmerz kehrte in die Armklammer zurück; er fühlte sich ziemlich gut an.

»Du bist heute Abend ganz schön mutig, was, Nymphe? Die beiden Bibliotheken müssen dein Selbstvertrauen gestärkt haben«, sagte Kittredge.

»Wie kommt Delacorte mit ›Lears Schatten‹ und dem ganzen Rest zurande?«, fragte ich ihn.

Kittredge lockerte die Armklammer, und ich lag jetzt schon fast wohlig in seinem Arm. »Was ist ein Scheiß-*›Stoßgebet‹*, Nymphe?«, wollte er wissen.

»Ein ausgestoßenes Gebet«, erklärte ich ihm.

»Scheiße hoch drei«, sagte er mit untypischer Resignation. »Scheiß-Goethe.«

»Voriges Jahr bist du auch an *›überschlechter‹* gescheitert – falls Steiner auf den heimtückischen Gedanken kommt, ein Adjektiv einzustreuen. Ich will dir doch bloß helfen«, versicherte ich ihm.

Kittredge entließ mich aus der Armklammer. »Ich glaub, das kenn ich – es bedeutet ›richtig schlecht‹, oder?«, fragte er mich. (Unser Publikum im Kippenzimmer von Bancroft hatte die ganze Zeit, während wir nicht direkt miteinander rangen – aber auch nicht direkt ein Gespräch führten –, fasziniert gelauscht. Kittredge zog immer alle Blicke auf sich, und da war ich nun und erweckte zumindest den Anschein, ihm gewachsen zu sein!)

»Lass dich nicht von ›*Demut*‹ täuschen, okay?«, empfahl ich ihm. »Auch wenn es ein kurzes Wort ist, ist es doch Goethe.«

»Das ist mir schon klar, Nymphe«, gab Kittredge lächelnd zurück. »Ich weiß sogar, was es heißt.«

»Na so was«, sagte ich; ich war überrascht, dass er das Wort überhaupt kannte, auch auf Englisch. »Denk dran: Was sich wie eine Predigt oder ein Sprichwort anhört, muss Goethe sein«, instruierte ich ihn.

»›Das Alter ist ein höflich' Mann‹, solchen Blödsinn meinst du.« Zu meiner nicht enden wollenden Überraschung wusste Kittredge selbst hier die Übersetzung und sagte sie mir auf.

»Eins gibt's, das wie Rilke klingt, aber Goethe ist«, warnte ich ihn.

»Das mit dem Scheiß-Kuss«, sagte Kittredge. »Sag's auf Deutsch, Nymphe«, befahl er mir.

»›Der Kuss, der letzte, grausam süß‹«, sagte ich ihm und dachte dabei an Miss Frosts forsche Küsse. Ich konnte nicht anders, ich musste mir auch vorstellen, Kittredge zu küssen; wieder begann ich zu zittern.

Kittredge übersetzte das letzte Zitat richtig.

»Stimmt, du könntest auch sagen: ›der allerletzte Kuss‹, wenn du willst«, verriet ich ihm. »›Die Leidenschaft bringt Leiden!‹«, sagte ich danach auf, und jedes Wort sprach mir aus der Seele.

»Scheiß-Goethe!«, rief Kittredge aus. Ich merkte, dass er es nicht wusste – auch das ließ sich nicht so ohne weiteres *raten*.

Da übersetzte ich es ihm.

»Und wie«, sagte er. »Massenhaft Leiden.«

»Hey, ihr da«, meckerte ein Raucher. »Gleich ist Bettruhe.«

»Scheiße hoch vier«, fluchte Kittredge. Ich wusste, dass er in Sekundenschnelle über den Innenhof nach Tilley sprinten könnte oder dass er – spät, wie es war – bei Bedarf garantiert eine geniale Entschuldigung parat hätte.

»›Ein jeder Engel ist schrecklich‹«, sagte ich zu ihm, während er das Kippenzimmer verließ.

»Rilke, richtig?«, fragte er mich.

»Ja, klar. Das ist berühmt«, antwortete ich und übersetzte es ihm gleich.

Das nagelte Kittredge auf der Schwelle fest. Er warf mir einen Blick zu, bevor er losrannte, einen Blick, der mir Angst machte, weil ich den Eindruck hatte, dass ihm vollstes Verständnis, gepaart mit Verachtung, ins schöne Gesicht geschrieben stand. Mir war, als wüsste Kittredge mit einem Mal alles über mich – nicht nur, wer ich war und was ich verbarg, sondern auch alles, was die Zukunft für mich bereithielt. (Mein dräuendes *»großes Morgenrot«,* wie es bei Rilke hieß.)

»Du bist ein ganz besonderer Junge, was, Nymphe?«, fragte Kittredge rasch. Und ohne die Antwort abzuwarten, rannte er los; im Rennen rief er mir noch zu: »Wetten, jeder einzelne von deinen Scheiß-Engeln wird schrecklich sein!«

Ich weiß, es ist nicht ganz das, was Rilke mit »jede[m] Engel« meinte, doch ich stellte mir Kittredge und Miss Frost, und vielleicht den armen Tom Atkins – und wer wusste schon, wer mir in Zukunft noch begegnen würde? –, als *meine* schrecklichen Engel vor.

Was hatte Miss Frost doch gleich gesagt, als sie mir geraten hatte, noch ein Weilchen mit der Lektüre von *Madame Bovary* zu warten? Und wenn *all* meine schrecklichen Engel, an erster Stelle Miss Frost und Jacques Kittredge (meine künftigen »Beziehungen«, wie Miss Frost gesagt hatte), mir »enttäuschende bis vernichtende Folgen« einbrachten, wie sie ebenfalls gesagt hatte?

»Was ist mit dir, Bill?«, fragte Richard Abbott, als ich unsere Wohnheimräume betrat. (Meine Mutter war schon im Bett; jedenfalls war die Schlafzimmertür der beiden, wie so oft, geschlossen.) »Du siehst aus, als wär dir ein Gespenst begegnet!«, stellte er fest.

»Kein Gespenst«, erwiderte ich. »Vielleicht nur meine Zukunft.« Und mit dieser kryptischen Bemerkung ließ ich ihn stehen, ging auf direktem Weg in mein Zimmer und zog die Tür hinter mir zu.

Elaines gefütterter BH war da, wo er immer war – unter meinem Kissen. Lange lag ich da und musterte ihn, ohne allzu viel von meiner Zukunft erspähen zu können – oder von meinen schrecklichen Engeln.

8

Big Al

»Was mir an Kittredge am meisten missfällt, ist seine Grausamkeit«, schrieb ich in jenem Herbst an Elaine.

»Die wurde ihm vererbt«, schrieb sie zurück. Natürlich hatte ich Elaines profunden Kenntnissen über Mrs. Kittredge nichts entgegenzusetzen. Elaine und »diese schreckliche Frau« waren intim genug gewesen, dass sich Elaine zu dem Thema, welche Gene von Mutter an Sohn weitergegeben wurden, sehr bestimmt äußern konnte. »Dass sie seine Mom ist, kann Kittredge leugnen, bis er schwarz wird, Billy, aber ich sage dir, sie gehört zu den Müttern, die ihrem kleinen Wichser die Brust geben, bis er sich rasiert!«

»Na schön«, schrieb ich Elaine zurück, »aber woher willst du wissen, dass Grausamkeit vererblich ist?«

»Was ist mit Küssen?«, schrieb Elaine zurück. »Die beiden küssen auf die gleiche Art, Billy. Küssen wird definitiv vererbt.«

Elaines genetische Abhandlung über Kittredge stand im selben Brief, in dem sie auch ihre Absicht kundtat, Schriftstellerin zu werden; sogar in Bezug auf diese gemeinsame Berufung war Elaine mir gegenüber offener als ich zu ihr. Da ließ ich mich nun auf das langersehnte Abenteuer mit

Miss Frost ein, doch Elaine hatte ich noch immer kein Wort darüber erzählt!

Natürlich hatte ich niemandem davon erzählt. Auch widerstand ich der Versuchung, *Giovannis Zimmer* weiterzulesen, bis mir klar wurde, dass ich Miss Frost wiedersehen wollte – und zwar möglichst bald –, und ich mir einredete, dass ich ihr erst wieder unter die Augen treten wollte, wenn ich bereit wäre, mit ihr über James Baldwin zu sprechen. Und so tauchte ich in den Roman ein – allerdings nicht sehr tief, da mich kurz nach Anfang des zweiten Kapitels ein Satz jäh in meiner Lektüre innehalten ließ. Er führte dazu, dass ich einen ganzen Tag lang nicht weiterlesen konnte.

»Heute weiß ich, dass die Verachtung, die ich für ihn empfand, eng verbunden war mit der Verachtung meiner selbst«, las ich. Mir fiel sofort Kittredge ein – und dass meine Abneigung für ihn damit verbunden war, dass ich mich selbst nicht leiden konnte, *weil* ich mich zu ihm hingezogen fühlte. Ich fand, James Baldwins Text käme der Wahrheit näher, als ich bewältigen konnte, zwang mich aber, am nächsten Abend weiterzulesen.

Immer noch im zweiten Kapitel beschreibt Baldwin »die üblichen Boys, schlank wie Messerklingen, in hautengen Jeans«, vor denen ich innerlich zurückschreckte; bald würde ich mir diese Boys zum Vorbild nehmen und auch ihre Gesellschaft suchen, und bei dem Gedanken an ein Überangebot an »Boys, schlank wie Messerklingen« in meiner Zukunft wurde mir angst und bang.

Trotz meiner Angst hatte ich den Roman plötzlich halb geschafft und musste immer weiterlesen. Sogar die Stelle, wo der Hass des Erzählers auf seinen Geliebten genauso intensiv wie seine Liebe zu ihm ist und »aus denselben Wurzeln genährt« wird; oder die Stelle, wo Giovanni als jemand geschildert wird, der immer begehrenswert ist, während sein Atem in dem Erzähler den Wunsch weckt, sich »zu übergeben«. Beide Stellen waren mir wirklich zuwider, doch nur weil ich diese Gefühle in mir selbst so verabscheute und fürchtete.

Ja, dieses beunruhigende Hingezogensein zu Knaben und Männern ließ mich den, wie Baldwin es nannte, »furchtbaren Peitschenhieb öffentlicher Moral« fürchten, doch noch viel mehr ängstigte mich die Stelle, in der die Reaktion des Erzählers beschrieben wird, als er mit einer Frau Sex hat – »ihre Brüste jagten mir eine Heidenangst ein, und als ich in sie eindrang, bekam ich Angst, nie wieder lebendig rauszukommen«.

Warum war *mir* das nicht passiert?, fragte ich mich. Lag es nur daran, dass Miss Frost kleine Brüste hatte? Wenn sie große gehabt hätte, wäre ich dann von einer »Heidenangst« gepackt, statt so erstaunlich erregt gewesen? Und wieder kam der ungebetene Gedanke: War ich wirklich in sie »eingedrungen«? Falls nicht, würde ich dann, wenn ich beim nächsten Mal »in sie eindrang«, anschließend angewidert sein, statt so vollständig befriedigt?

Sie müssen verstehen: Ehe ich *Giovannis Zimmer* las, hatte ich noch nie einen Roman gelesen, der mich schockiert hatte, und dabei hatte ich mit meinen damals achtzehn Jahren schon eine Menge Romane gelesen – darunter viele ausgezeichnete. James Baldwin schrieb tolle Sachen, *und* er schockierte mich – besonders als Giovanni seinen Geliebten anschreit: »Du willst Giovanni verlassen, weil er dich stinken lässt. Du möchtest Giovanni verachten, weil er nicht zurückschreckt vor dem Gestank der Liebe.« Die Formulierung »Gestank der Liebe« schockierte mich und führte dazu, dass ich mir furchtbar naiv vorkam. Was hatte ich denn gedacht, wie es riechen *könnte,* wenn man mit einem Knaben oder einem Mann schlief? Meinte Baldwin wirklich den Geruch von *Scheiße,* denn würde dein Schwanz nicht danach riechen, wenn du einen Mann oder einen Jungen gefickt hättest?

Als ich das las, war ich schrecklich aufgewühlt; ich wollte mit jemandem darüber reden und wäre deswegen fast aufgestanden und hätte Richard geweckt.

Doch dann fielen mir Miss Frosts Worte ein. Ich war noch nicht so weit, Richard Abbott zu erzählen, dass ich für Kittredge schwärmte. Und so blieb ich im Bett liegen; wie üblich trug ich Elaines BH und las immer weiter in *Giovannis Zimmer* – bis spätnachts.

Ich wusste noch, wie meine Finger nach Parfüm rochen, nachdem ich meinen Penis berührt hatte und ehe ich in das Bad gestiegen war, das Miss Frost für mich eingelassen hatte; dieser Duft nach Mandel und Avocado glich überhaupt nicht dem Geruch von Scheiße. Doch natürlich war Miss Frost eine *Frau,* und falls ich in sie eingedrungen *war,* war ich gewiss nicht *da* in sie eingedrungen!

Mrs. Hadley war angemessen beeindruckt, weil ich das Wort *Schatten* gemeistert hatte, doch weil ich Martha Hadley nicht von Miss Frost erzählen konnte (oder wollte), fiel es mir nicht ganz leicht zu erklären, wie ich eins meiner unaussprechlichen Wörter bewältigt hatte.

»Wie bist du bloß darauf verfallen, das ›Nacht‹ und ›gewächs‹ von ›Nachtschattengewächs‹ wegzulassen, Billy?«

»Tja, also ...«, begann ich und brach wieder ab – wie ich es von Grandpa Harry kannte.

Mrs. Hadley und mir war es ein Rätsel, ob die »Nachtschattengewächsmethode« (wie Martha Hadley sie nannte) mir bei meinen anderen Ausspracheproblemen helfen könnte.

Als ich Mrs. Hadleys Büro verließ, lief ich natürlich – und wieder einmal auf der Treppe des Musikgebäudes – Atkins über den Weg.

»Ach, *du* bist es, Tom«, sagte ich möglichst beiläufig.

»Ach so, auf einmal ist es also ›Tom‹?«, fragte mich Atkins.

»Ich bin das Nachnamen-Getue in dieser scheußlichen Schule einfach leid, du etwa nicht?«, fragte ich zurück.

»Jetzt, wo du es sagst«, erwiderte Atkins verbittert; ich merkte, dass Tom wegen unseres Zusammenstoßes in der Stadtbücherei immer noch gekränkt war.

»Hör zu, das mit neulich abends tut mir leid«, sagte ich ihm. »Ich wollte deinen Kummer mit Kittredge nicht noch vergrößern, indem ich dich seinen ›Botenjungen‹ nannte. Entschuldige bitte.«

Atkins wirkte häufig so, als würde er jeden Moment losheulen. Hätte unser Schularzt Dr. Harlow je vorgehabt, uns ein Musterbeispiel dessen vorzuführen, was er »exzessives Weinen bei Jungen« nannte, hätte er bei der Morgenversammlung vermutlich nur mit den Fingern schnippen und Tom Atkins auffordern müssen, in Tränen auszubrechen.

»Man könnte meinen, ich hätte dich und Miss Frost bei etwas *unterbrochen*«, sagte Atkins prüfend.

»Miss Frost und ich reden viel über die Schriftstellerei«, sagte ich ihm. »Sie empfiehlt mir, welche Bücher ich lesen soll. Ich sage ihr, was mich interessiert, und sie gibt mir einen entsprechenden Roman.«

»Welchen Roman hat sie dir neulich abends gegeben?«, fragte Tom. »Was genau interessiert dich, Bill?«

»Schwärmereien für die Falschen«, antwortete ich Atkins. Erstaunlich, wie rasch mir meine erste sexuelle Beziehung überhaupt Selbstvertrauen geschenkt hatte. Ich fühlte mich ermutigt – sogar genötigt –, Dinge zu äußern, die ich zuvor höchstens zögernd gesagt hatte, und zwar nicht nur einer furchtsamen Seele wie Tom Atkins, sondern auch meinem alten Widersacher und meiner verbotenen Liebe Jacques Kittredge.

Zugegeben, auf Deutsch war es bedeutend leichter, Kittredge gegenüber mutig zu sein. Ich fühlte mich nicht genügend »ermutigt«, um Kittredge meine wahren Gefühle und innersten Gedanken anzuvertrauen; ich hätte es nicht gewagt, zu Kittredge »Schwärmereien für die Falschen« zu sagen, nicht mal auf Deutsch. (Es sei denn, ich hätte es als Goethe- oder Rilke-Zitat ausgegeben.)

Ich sah, dass Atkins sich bemühte, etwas zu sagen – vielleicht etwas über die Uhrzeit oder etwas mit dem Wort *Zeit* drin. Doch ich irrte; der arme Tom brachte das Wort »Schwärmereien« nicht über die Lippen.

Unvermittelt platzte es aus ihm heraus: »*Wärmereien* für die Falschen – das Thema interessiert mich auch!«

»Ich sagte ›Schwärmereien‹, Tom.«

»Das Wort kann ich nicht sagen«, gab Atkins zu. »Doch das Thema interessiert mich *sehr.* Wenn du den Roman ausgelesen hast, den Miss Frost dir zu diesem Thema geliehen hat, könntest du ihn vielleicht mir geben. Ich lese nämlich gern Romane.«

»Dieser ist von James Baldwin«, ließ ich Atkins wissen.

»Geht's darum, dass man in eine *schwarze* Person verliebt ist?«, fragte Atkins.

»Nein. Wie kommst du darauf, Tom?«

»James Baldwin ist doch schwarz, stimmt's, Bill? Oder handelt es sich um einen anderen Baldwin?«

Natürlich war James Baldwin schwarz, doch das wusste ich nicht. Ich hatte keines seiner anderen Bücher gelesen; ich hatte vorher noch nie von ihm gehört. Und *Giovannis Zimmer* war eine Bibliotheksausgabe, besaß also keinen Schutzumschlag. Ich hatte noch kein Foto von James Baldwin gesehen.

»Es ist ein Roman über einen Mann, der sich in einen anderen Mann verliebt hat«, teilte ich Tom leise mit.

»Ja«, flüsterte Atkins. »Ich dachte mir schon so etwas, als du eben ›die Falschen‹ erwähnt hast.«

»Du kannst ihn lesen, wenn ich fertig bin«, sagte ich. Natürlich hatte ich *Giovannis Zimmer* schon ausgelesen, wollte es aber ein zweites Mal lesen und mit Miss Frost darüber reden, ehe ich es an Atkins weitergab, obwohl ganz sicher nicht drinstand, dass der Erzähler schwarz war – und der arme Giovanni war Italiener, das wusste ich.

Ja, ich erinnerte mich sogar an den Satz gegen Ende des Romans – »mein Körper ist stumpf und weiß und trocken« –, als sich der Erzähler im Spiegel betrachtet. Doch ich wollte *Giovannis Zimmer* einfach sofort noch einmal lesen, weil es mich so tief beeindruckt hatte. Es war der erste Roman seit *Große Erwartungen*, den ich ein zweites Mal lesen wollte.

Jetzt, wo ich fast siebzig bin, gibt es nur wenige Romane, die mir bei einer erneuten Lektüre *immer noch* gefallen – ich meine damit die Romane, die ich zuerst als Jugendlicher gelesen und gemocht habe –, doch kürzlich habe ich *Große Erwartungen* und *Giovannis Zimmer* wieder gelesen und beide Romane genauso bewundert wie beim ersten Mal.

Zugegeben, es gibt Passagen bei Dickens, die einfach zu lang sind. Doch was soll's? Und die Transen damals in Paris, als Mr. Baldwin dort wohnte, waren vermutlich keine besonders vorzeigbaren Transvestiten. Dem Erzähler von *Giovannis Zimmer* haben sie jedenfalls nicht gefallen. »Mir war es einfach unverständlich, dass sich *überhaupt* jemand fand, der mit ihnen ins Bett ging, denn ein Mann, der eine Frau haben wollte, nahm doch gewiss lieber eine richtige, und ein Mann, der einen Mann haben wollte, hatte mit dieser Sorte bestimmt nichts im Sinn«, schrieb Baldwin.

Na gut, vermutlich hat Mr. Baldwin nie einen jener *sehr* vorzeigbaren Transsexuellen kennengelernt, denen man heute begegnet, und erst recht keine Donna (eine dieser *She-males* mit Brüsten und ohne jede Spur von Gesichtsbehaarung, die völlig *überzeugend* ihre Rolle als Frau spielen). Ich könnte schwören, dass es bei den heutigen Transsexuellen keinen Funken von Männlichkeit mehr gibt, von dem voll funktionstüchtigen *Penith* zwischen ihren Beinen mal abgesehen!

Vermutlich wollte Mr. Baldwin auch nie einen Geliebten

mit Brüsten *und* einem Schwanz. Aber ich werfe es James Baldwin wahrhaftig nicht vor, dass er sich nicht zu den Transen seiner Zeit hingezogen fühlte – *»les folles«*, wie er sie nannte.

Ich sage nur: Wir sollten *les folles* in Ruhe lassen; wir sollten sie gewähren lassen. Sie nicht verurteilen. Ihr seid nicht besser als sie – macht sie also nicht schlecht.

Als ich kürzlich *Giovannis Zimmer* zum zweiten Mal las, fand ich den Roman nicht nur so perfekt, wie er in meiner Erinnerung war; ich entdeckte auch etwas, was mir mit achtzehn entgangen war, oder was ich damals zwar gelesen, aber nicht bemerkt hatte. Ich meine die Stelle, wo Baldwin schreibt, »leider können sich die Menschen ihre Ankerplätze, ihre Liebhaber und Freunde ebenso wenig aussuchen, wie ihnen die Wahl ihrer Eltern freisteht«.

Stimmt, er hat recht. Selbstverständlich habe ich mich mit achtzehn noch ständig neu *orientiert;* damit meine ich nicht nur sexuell. Auch war mir damals noch nicht bewusst, dass ich »Ankerplätze« brauchte – ganz zu schweigen davon, wie viele ich brauchen würde und wer meine Ankerplätze sein würden.

Der arme Tom Atkins brauchte eindeutig einen Ankerplatz, und zwar dringend. Das stand für mich fest, als Atkins und ich uns über das Thema Schwärmereien (oder *Wärmereien*!) für die Falschen unterhielten. Einen Moment schien es so, als würden wir uns nie von unserem Standort auf der Treppe des Musikgebäudes wegbewegen, und was anstelle eines Gesprächs herhalten musste, war dauerhaft ins Stocken geraten.

»Hast du bei deinen Ausspracheproblemen schon irgendwelche Durchbrüche erzielt?«, fragte mich Atkins verlegen.

»Im Grunde nur einen«, antwortete ich ihm. »Anscheinend habe ich das Wort *Schatten* bewältigt.«

»Schön für dich«, sagte Atkins ehrlich erfreut. »Ich habe keins von meinen bewältigt – jedenfalls seit einer ganzen Weile nicht.«

»Tut mir leid«, sagte ich ihm. »Ist bestimmt schwer, mit einem dieser Wörter Probleme zu haben, die die ganze Zeit auftauchen. Wie das Wort *Zeit.*«

»Allerdings«, gab Atkins zu. »Welches macht denn dir besondere Schwierigkeiten?«

»Das Wort für deinen *Dingsbums*«, sagte ich ihm. »Du weißt schon – Dödel, Schniepel, Pimmel, Flöte, Zipfel, Pillermann, Schniedelwutz«, sagte ich.

»Du kannst nicht *Penis* sagen?«, flüsterte Atkins.

»Das klingt bei mir wie *Penith*«, antwortete ich ihm.

»Na, immerhin kann man das halbwegs verstehen«, befand Atkins aufmunternd.

»Hast du eins, das dir noch schwerer fällt als *Zeit*?«, fragte ich ihn.

»Das weibliche Pendant zu deinem Penis«, antwortete Atkins. »Das krieg ich nicht mal ansatzweise raus – schon der Versuch macht mich fertig.«

»Du meinst ›Vagina‹, Tom?«

Atkins nickte heftig; ich dachte schon, der arme Tom würde jeden Moment losheulen, so wie er pausenlos mit dem Kopf nickte, doch Mrs. Hadley verhinderte – vorerst –, dass er in Tränen ausbrach.

»Tom Atkins!«, rief Martha Hadley die Treppe hinunter.

»Ich kann deine Stimme hören, aber du *hast dich verspätet*! Ich *warte* schon auf dich!«

Ohne nachzudenken, lief Atkins die Treppe hinauf. Dabei sah er mich über die Schulter freundlich, aber irgendwie verlegen an. Während er weiter die Treppe hinaufrannte, hörte ich deutlich, wie er Mrs. Hadley zurief: »Tut mir leid! Ich komme! Ich hab nicht auf die Zeit geachtet!« Sowohl Martha Hadley als auch ich hörten ihn klar und deutlich.

»Klingt für mich nach einem Durchbruch, Tom!«, schrie ich die Treppe hoch.

»Was hast du gerade gesagt, Tom Atkins? Wiederhol es!«, hörte ich Mrs. Hadley zu ihm hinunterrufen.

»Zeit! Zeit! Zeit!«, hörte ich Atkins schreien, ehe die Tränen seine Rufe erstickten.

»Nun *wein* doch nicht, du dummer Junge!«, sagte Mrs. Hadley. »Tom, Tom – hör bitte auf zu weinen. Du solltest *glücklich* sein!« Doch ich hörte Atkins immer weiterschluchzen; wenn die Tränen erst einmal flossen, konnte nichts sie mehr anhalten. (Dieses Gefühl kannte ich.)

»Hör mir zu, Tom!«, rief ich die Treppe rauf. »Du hast gerade einen Lauf, Mann. Jetzt ist der richtige Zeitpunkt, um ›Vagina‹ zu probieren. Ich weiß, du schaffst es! Wenn du ›Zeit‹ bewältigen kannst, vertrau mir – dann ist ›Vagina‹ ganz leicht! Lass mich hören, wie du das Wort *Vagina* sagst, Tom! Vagina! Vagina! Vagina!«

»Hüte deine Zunge, Billy«, rief Mrs. Hadley das Treppenhaus zu mir herunter. Gern hätte ich den armen Tom weiter ermutigt, wollte aber nicht riskieren, von Martha Hadley – oder einer anderen Lehrkraft im Musikgebäude – verwarnt zu werden.

Ich hatte eine Verabredung – mehr als eine Verabredung! – mit Miss Frost, daher wiederholte ich das Wort *Vagina* nicht. Ich ging einfach nur weiter die Treppe runter; als ich das Musikgebäude verließ, hörte ich Tom Atkins immer noch weinen.

Im Nachhinein ist leicht ersichtlich, wie ich mich verriet. Normalerweise pflegte ich mich weder zu duschen noch zu rasieren, ehe ich abends in die Bibliothek ging. Auch wenn ich weder Richard noch meiner Mutter jemals sagte, in welche Bibliothek ich ging, hätte ich wohl so klug sein müssen, *Giovannis Zimmer* mitzunehmen. (Ich ließ den Roman samt Elaines BH unter meinem Kopfkissen liegen, und zwar, weil ich das Buch nicht in der Bücherei zurückgeben wollte. Ich wollte es Tom Atkins borgen, aber nicht ohne vorher Miss Frost zu fragen, ob sie das für eine gute Idee hielt.)

»*Nett* siehst du aus, Billy«, bemerkte meine Mutter, als ich unsere Wohnung auf dem Campus verließ. Sie machte mir fast nie ein Kompliment über mein Aussehen; zwar hatte sie mehr als einmal erklärt, ich würde »*später mal* gut aussehen«, hatte das aber in den letzten Jahren nicht wiederholt. Offenbar sah ich in den Augen meiner Mom inzwischen *zu gut* aus, denn wie sie das Wort *nett* betonte, klang nicht sehr nett.

»Gehst du in die Bibliothek, Bill?«, fragte mich Richard.

»Genau«, sagte ich. Es war dumm von mir, meine Deutschhausaufgaben nicht mitzunehmen. Wegen Kittredge hatte ich fast immer meinen Goethe und meinen Rilke dabei. Doch an diesem Abend war meine Tasche fast leer. Ich hatte nur eins meiner Notizbücher dabei – mehr nicht.

»Für die Bibliothek siehst du *zu nett* aus, Billy«, sagte meine Mom.

»Ich kann ja wohl nicht wie Lears *Schatten* rumlaufen, oder?«, fragte ich keck. Ich wollte nur angeben, war aber, wie sich herausstellte, schlecht beraten, vor meiner Mutter und Richard Abbott mein neues Selbstbewusstsein zu demonstrieren.

Nur ein wenig später am selben Abend – ich war noch im Jahrbuchraum der Academy-Bibliothek – tauchte Kittredge auf der Suche nach mir in Bancroft Hall auf. Meine Mutter öffnete ihm, doch als sie Kittredge sah, bat sie ihn bestimmt nicht herein. »Richard!«, rief sie zweifellos. »Jacques Kittredge ist da!«

»Ich hatte gehofft, mit dem Deutschexperten ein paar Worte wechseln zu können«, sagte Kittredge charmant.

»Richard!«, rief daraufhin meine Mom erneut.

»Bin schon unterwegs, Jewel!«, mochte ihr Richard geantwortet haben. Es war eine kleine Wohnung; meine Mutter wollte zwar nicht mit Kittredge reden, hörte aber bestimmt jedes Wort mit, das zwischen ihm und Richard gewechselt wurde.

»Wenn du den Deutschexperten suchst, Jacques, der ist leider in die Bibliothek gegangen«, teilte Richard Kittredge mit.

»In *welche* Bibliothek?«, fragte Kittredge. »Er frequentiert zwei Bibliotheken, dieser Deutschexperte. Neulich trieb er sich in der Stadtbücherei herum – Sie wissen schon, in der *öffentlichen* Bibliothek.«

»Was hat Billy in der *öffentlichen* Bibliothek verloren, Richard?«, hatte meine Mom vielleicht gefragt. (Jedenfalls hatte sie es gedacht; bestimmt hatte sie Richard die Frage später gestellt, wenn nicht schon, als Kittredge noch da war.)

»Vermutlich berät Miss Frost ihn weiterhin in Lektürefragen«, mochte Richard Abbott geantwortet haben – entweder gleich oder später.

»Ich muss dann mal los«, sagte Kittredge wahrscheinlich. »Richten Sie dem Deutschexperten nur aus, dass ich bei dem Test ziemlich gut war – meine beste Note überhaupt. Sagen Sie ihm, mit ›Die Leidenschaft bringt Leiden‹ lag er goldrichtig. Sagen Sie ihm, sogar das mit dem ›schrecklichen Engel‹ hat er richtig vermutet – da hab ich voll ins Schwarze getroffen«, sagte Kittredge zu Richard.

»Ich werd's ausrichten«, mochte Richard zu Kittredge gesagt haben. »Du hast ›Die Leidenschaft bringt Leiden‹ hingekriegt – und den ›schrecklichen Engel‹ hast du auch geritzt. Ich sag's ihm, versprochen.«

Inzwischen hatte meine Mutter das Buch aus der Bücherei in meinem Zimmer bestimmt schon gefunden. Sie wusste, dass ich Elaines BH unter dem Kopfkissen aufbewahrte; da sah sie garantiert zuerst nach.

Richard Abbott war belesen; vielleicht hatte er schon gehört, wovon *Giovannis Zimmer* handelte. Natürlich lagen die Autoren, die wir in Deutsch durchnahmen – die unvermeidlichen Goethe und Rilke – in meinem Zimmer herum. Doch was immer mich auch beschäftigte, egal, *in welcher* Bibliothek, es hatte ganz offenbar nichts mit meinen Deutschhausaufgaben zu tun. Und zwischen den Seiten von Mr. Baldwins exzellentem Roman lagen meine handgeschriebenen Notizen – darunter Zitate aus *Giovannis Zimmer.* Natürlich gehörte »Gestank der Liebe« zu meinem Geschreibsel, und der Satz, der mir immer einfiel, wenn ich an Kittredge dachte: »Während alles in mir nein schrie, seufzte mein wahres Ich ja.«

Kittredge hatte Bancroft Hall wohl schon längst verlassen, als Richard und meine Mom ihre Schlüsse zogen und die anderen verständigten. Vielleicht nicht Mrs. Hadley – jedenfalls nicht gleich –, aber bestimmt meine taktlose Tante Muriel, meinen oft geschmähten Onkel Bob und natürlich Nana Victoria und First Sisters berühmtesten Frauendarsteller, Grandpa Harry. Sie alle zogen gewiss ihre Schlüsse und entwarfen die Ansätze eines Plans, während ich noch dabei war, den Raum mit den alten Jahrbüchern zu verlassen. Als ihr Angriffsplan schließlich konkrete Formen annahm, war ich bestimmt schon unterwegs zur Stadtbücherei von First Sister, wo ich, kurz bevor sie schloss, eintraf.

Mir ging so allerhand über Miss Frost durch den Kopf –, besonders nachdem ich die *Eule* des Jahrgangs 1935 durchgesehen hatte. Ich bemühte mich, nicht bei dem Herzensbrecher aus der Ringermannschaft des Jahrgangs 1931 zu verweilen; im Jahrbuch 1932 der Favorite River Academy zog niemand meine Aufmerksamkeit auf sich, auch keiner der Ringer. Auf den Theaterclub-Fotos der Jahre 1933 und 1934 gab es ein paar als Mädchen verkleidete Jungs, die (wenigstens auf der Bühne) überzeugend feminin aussahen, doch diese Fotos beachtete ich nicht weiter, und ich übersah deshalb *Miss* Frost komplett auf den Mannschaftsfotos der Ringer aus den Jahren 1933 und 1934, wo sie in der letzten Reihe stand.

Der Schocker war die *Eule* des Jahres 1935, also Miss Frosts letztes Schuljahr auf der Favorite River Academy. In diesem Jahr war Miss Frost – sogar als Junge – unübersehbar. Sie saß in der ersten Reihe, weil »A. Frost« 1935 als Kapitän der Ringermannschaft geführt wurde; in der Legende unter dem Mannschaftsfoto tauchte nur der Anfangsbuchstabe »A.« auf. Sogar im Sitzen war sie dank ihres langen Oberkörpers einen Kopf größer als die anderen Jungen in der ersten Reihe, und sie fiel mir wegen ihrer breiten Schultern und großen Hände genauso auf, als wenn sie wie ein Mädchen angezogen und geschminkt gewesen wäre.

Ihr längliches, hübsches Gesicht hatte sich nicht verändert, allerdings war ihr dichtes Haar ungewohnt kurz geschnitten. Rasch blätterte ich zu den Porträtfotos der Abschlussklässler. Zu meiner Überraschung stammte *Albert* Frost aus First Sister, Vermont – ein Externer, kein Internatsschüler –, und auch wenn der achtzehnjährige Albert angab, sein zukünftiges College oder seine spätere Universität sei noch nicht entschieden, fand ich aufschlussreich, welche Laufbahn der junge Mann anstreben wollte. Albert hatte »Literatur« angegeben – höchst passend für eine zukünftige Bibliothekarin und einen gutaussehenden jungen Mann, der sich anschickte, eine annehmbare (wenn auch kleinbrüstige) Frau zu werden.

Vermutlich hatte Tante Muriel sich an Albert Frost erinnert, den gutaussehenden Kapitän des Ringerteams des Abschlussjahrgangs 1935, und Muriel meinte, *als Junge* habe

Miss Frost »*früher mal* sehr gut ausgesehen«. (Das hatte Albert wirklich.)

Mich überraschte nicht, im Jahrbuch Albert Frosts Spitznamen auf der Favorite River Academy zu lesen. Er lautete »Big Al«. Miss Frost hatte es ernst gemeint, als sie mir erzählte, »alle« hätten Al zu ihr gesagt – darunter sehr wahrscheinlich auch meine Tante Muriel.

Ich war ehrlich überrascht, unter den Porträtfotos des Abschlussjahrgang 1935 noch ein weiteres Gesicht wiederzuerkennen. Robert Fremont, mein Onkel Bob, hatte mit Miss Frost zusammen seinen Abschluss gemacht. Bob, dessen Spitzname damals »Tennisarm-Bob« war, musste Miss Frost gekannt haben, als sie noch Big Al war. (Es gehörte zu den kleinen Zufällen des Lebens, dass Robert Fremont in der *Eule* von 1935 auf der Seite gegenüber von Albert Frost abgebildet war.)

Auf meinem kurzen Weg vom Jahrbuchraum zur Stadtbücherei von First Sister wurde mir eins klar: Jeder in meiner Familie, zu der seit einigen Jahren nun auch Richard Abbott gehörte, musste gewusst haben, dass Miss Frost als *Mann* geboren wurde – und sehr wahrscheinlich immer noch einer war. Selbstredend hatte *mir* niemand erzählt, dass Miss Frost ein Mann war; schließlich war in meiner Familie mangelnde Offenheit die Regel.

Als ich in dem schwach erleuchteten Vestibül der Stadtbücherei vor dem Spiegel stehen blieb, wo Tom Atkins erst kürzlich über sich selbst erschrocken war, und mein ängstliches Gesicht betrachtete, kam mir der Gedanke, dass in First Sister, Vermont, so ziemlich jeder eines bestimmten Alters gewusst hatte, dass Miss Frost ein Mann war, jedenfalls jeder über vierzig, der Miss Frost als Frau in einem Ibsen-Stück bei einer dieser Laienproduktionen der First Sister Players gesehen hatte.

Später fand ich Miss Frost in den beiden Jahrbüchern von 1933 und 1934 auch auf den Fotos der Ringermannschaft; A. Frost wirkte darauf nicht ganz so groß und breitschultrig, vielmehr duckte sie sich jeweils so verunsichert in die letzte Reihe, dass ich sie übersehen hatte.

Und auch auf den Fotos des Theaterclubs hatte ich sie übersehen. A. Frost wurde immer als Frau besetzt; sie hatte in etlichen unterschiedlichen Frauenrollen auf der Bühne gestanden, dabei aber so groteske Perücken getragen und derart große Brüste gehabt, dass ich sie nicht wiedererkannt hatte. Was musste das für ein Mordsspaß für die Jungs gewesen sein – Big Al, den Kapitän ihrer Ringermannschaft, auf der Bühne herumstolzieren zu sehen, der dabei so tat, als wäre er ein *Mädchen*! Doch als Richard Miss Frost gefragt hatte, ob sie je *auf der Bühne* gestanden und ob sie je *geschauspielert* habe, hatte sie geantwortet: »Nur in Gedanken.« Was für ein Lügengebäude!, dachte ich, als ich mich im Spiegel zittern sah.

»Ist da jemand?«, hörte ich Miss Frost rufen. »Bist *du* das, William?«, rief sie so laut, dass ich wusste, wir waren die Einzigen in der Bücherei.

»Ja, ich bin's, Big Al«, antwortete ich.

»O Gott«, hörte ich Miss Frost mit theatralischem Seufzer rufen. »Ich habe dir doch gesagt, uns bleibt nicht viel Zeit.«

»Da gibt's eine Menge, was Sie mir *nicht* gesagt haben!«, rief ich zurück.

Ich sah, dass Miss Frost mich erwartet und bereits die Lichter im Lesesaal gelöscht hatte. Die gedämpfte Beleuchtung, die durch die offene Kellertür nach oben drang – die Kellertür stand offen –, tauchte Miss Frost in ein weiches, schmeichelhaftes Licht. Sie saß am Ausleihtisch, die großen Hände im Schoß gefaltet. (Ich nenne das Licht »schmeichelhaft«, weil es sie jünger aussehen ließ; natürlich könnte das auch darauf zurückzuführen sein, dass ich sie in den alten Jahrbüchern gesehen hatte.)

»Komm, küss mich, William«, sagte Miss Frost. »Du hast doch keinen Grund, mich *nicht* zu küssen, oder?«

»Sie sind ein *Mann,* nicht wahr?«, fragte ich sie.

»Herrje, wodurch ist man ein Mann?«, fragte sie zurück. »Ist Kittredge etwa kein Mann? *Den* wolltest du doch auch küssen. Willst du mich denn nicht mehr küssen, William?«

Und *wie* ich sie küssen wollte; ich wollte *alles* mit ihr machen, doch gleichzeitig war ich wütend und verunsichert und zitterte, weil ich spürte, dass ich jeden Moment in Tränen ausbrechen würde – was ich unbedingt vermeiden wollte.

»Sie sind ein *Transsexueller*!«, sagte ich zu ihr.

»Mein lieber Junge«, sagte Miss Frost mit schneidender Stimme. »Mein lieber Junge, bitte stecke mich nicht in eine *Schublade.* Ordne mich nirgends ein, bevor du mich überhaupt kennst!«

Als sie sich von ihrem Schreibtisch erhob, schien sie mich plötzlich turmhoch zu überragen; als sie die Arme ausbreitete, lief ich, ohne zu zögern, in ihre kräftigen Arme und küsste Miss Frost. Sie erwiderte meinen Kuss, sehr fest. Ich konnte nicht weinen, weil sie mir den Atem raubte.

»Also wirklich – was warst du nur für ein fleißiger Knabe, William«, sagte sie und führte mich zur Kellertreppe. »Du hast *Giovannis Zimmer* gelesen, stimmt's?«

»Zweimal!«, brachte ich heraus.

»Schon *zweimal*! Und hast *außerdem* Zeit gefunden, diese alten Jahrbücher zu lesen, nicht wahr, William? Ich wusste, du würdest nicht lange brauchen, um von 1931 nach 1935 zu kommen. War es das Mannschaftsfoto der Ringer 1935 – ist dir das ins Auge gesprungen, William?«

»Ja!«, brachte ich mit Mühe heraus. Miss Frost zündete die nach Zimt duftende Kerze in ihrem Schlafzimmer an; dann knipste sie die Leselampe am Kopfende ihres Messingbettes aus, auf dem die Decke schon zurückgeschlagen war.

»Ich konnte ja nicht gut verhindern, dass du dir die alten Jahrbücher ansiehst, oder, William?«, fuhr sie fort. »In der Bibliothek der Academy bin ich nicht willkommen. Und wenn du das Foto von mir aus meinen Ringertagen nicht gesehen hättest, hätte dir bestimmt irgendwann jemand von mir erzählt. Ehrlich gesagt, überrascht mich, dass es dir noch niemand erzählt *hat*«, sagte Miss Frost.

»Meine Familie erzählt mir kaum etwas«, gestand ich ihr. Ich zog mich so schnell wie möglich aus, und Miss Frost hatte schon ihre Bluse aufgeknöpft und war aus ihrem Rock geschlüpft. Als sie diesmal die Toilette benutzte, ließ sie ihre Privatsphäre unerwähnt.

»Ja, ich weiß über deine Familie Bescheid!«, sagte sie lachend. Sie zog ihren Unterrock hoch und pinkelte, nachdem sie die hölzerne Klobrille hochgeklappt hatte, im Stehen, ziemlich laut, drehte mir dabei aber den Rücken zu.

Ihren Penis sah ich zwar nicht, aber an ihrem kräftigen Pissen merkte man, dass sie einen hatte.

Ich lag nackt auf dem Messingbett und beobachtete, wie sie sich in dem kleinen Spülbecken Hände und Gesicht wusch und die Zähne putzte. Im Spiegel sah ich, wie sie mir zublinzelte. »Sie waren bestimmt ein echt guter Ringer«, sagte ich zu ihr, »wenn die Sie zum Mannschaftskapitän gemacht haben.«

»Ich habe sie nicht darum gebeten«, sagte sie mir. »Ich habe einfach immer alle besiegt – weil ich alle besiegt habe, machten sie mich zum Kapitän. So etwas konnte man nicht ablehnen.«

»Oh!«

»Außerdem hielt das Ringen sie davon ab, mich anderweitig in Frage zu stellen«, sagte Miss Frost. Sie hängte Rock und Bluse in den Garderobenschrank; diesmal zog sie auch ihren BH aus. »Sie stellen einen nicht in Frage – ich meine *sexuell* –, wenn man Ringer ist. Das bringt sie irgendwie auf die falsche Fährte, wenn du verstehst, was ich meine, William.«

»Ich verstehe«, sagte ich ihr. Ich fand ihre Brüste umwerfend – so klein und mit perfekten Brustwarzen, doch ihre Brüste waren größer als die der armen Elaine. Miss Frost hatte die Brüste einer Vierzehnjährigen, die an ihr kleiner wirkten, weil sie so groß und kräftig war.

»Ich mag Ihre Brüste«, sagte ich ihr.

»Danke, William. Größer werden sie nicht mehr, es ist aber ein Wunder, was Hormone bewirken können. Eigentlich brauche ich auch keine größeren«, sagte Miss Frost und lächelte mich an.

»Ich finde, sie haben genau die richtige Größe«, sagte ich ihr.

»Ich versichere dir, als ich noch *Ringer* war, hatte ich keine – das hätte nicht so gut funktioniert«, sagte Miss Frost. »Während des Studiums habe ich immer weitergerungen – und mir die Fragen vom Leib gehalten. Keine Brüste – kein Leben als Frau, William –, bis ich das College hinter mir hatte.«

»Wo haben Sie studiert?«, fragte ich sie.

»Irgendwo in Pennsylvania«, antwortete sie. »Der Name sagt dir nichts.«

»Waren Sie als Ringer so gut wie Kittredge?«, fragte ich sie. Sie legte sich neben mich aufs Bett, doch als sie diesmal meinen Penis in ihre große Hand nahm, drehte ich ihr das Gesicht zu.

»Kittredge ist nicht besonders gut«, sagte Miss Frost. »Er hat nur keine große Konkurrenz. New England ist nicht gerade eine Ringerhochburg. Kein Vergleich mit Pennsylvania.«

»Oh!«

Ich berührte ihren Unterrock in dem Bereich, wo ich ihren Penis vermutete; sie entzog sich mir nicht. Ich versuchte nicht, unter den Unterrock zu greifen. Ich berührte nur ihren Penis durch den seidigen Stoff des Unterrocks; der war perlgrau, fast genau wie Elaines BH. Bei dem Gedanken an Elaines BH fiel mir *Giovannis Zimmer* ein, das unter demselben Kissen lag.

Dieser Roman von James Baldwin war so unerträglich traurig, dass ich auf einmal nicht mit Miss Frost darüber reden wollte. Stattdessen fragte ich sie: »War es nicht schwierig, Ringer zu sein, wo Sie doch eigentlich ein Mädchen sein wollten und sich zu anderen Jungs hingezogen fühlten?«

»Solange ich gewonnen habe, war das kein großes Problem. Ich bin gerne obenauf«, sagte sie mir. »Wenn man im Ringen gewinnt, ist man obenauf. In Pennsylvania war es schwieriger, weil ich dort nicht immer gewonnen habe. Dort lag ich häufiger unten, als mir lieb war«, sagte sie, »aber da war ich schon älter – ich konnte mit Niederlagen umgehen. Ich *hasste* es, wenn ich geschultert wurde, doch das passierte mir nur zweimal – von demselben Scheißkerl. Ringen war meine *Tarnung,* William. Damals brauchten Jungs wie wir eine Tarnung. War Elaine nicht auch eine Tarnung, William? Für mich sah sie wie deine Tarnung aus«, sagte Miss Frost. »Brauchen Jungs wie wir heutzutage nicht immer noch ein wenig Tarnung?«

»Doch, das stimmt«, flüsterte ich.

»Oh, jetzt flüstern wir wieder!«, flüsterte Miss Frost. »Flüstern ist wohl auch eine Art Tarnung.«

»Sie müssen auf diesem College in Pennsylvania etwas studiert haben – nicht nur Ringen«, sagte ich zu ihr. »In dem Jahrbuch stand als Karrierewunsch ›Literatur‹ angegeben – irgendwie ein komischer Beruf, oder?«, fragte ich sie. (Ich brabbelte vermutlich nur irgendwas, um mich von Miss Frosts Penis abzulenken.)

»Auf dem College habe ich Bibliothekswissenschaft studiert«, sagte Miss Frost gerade, während jeder den Penis des anderen hielt. Ihrer war nicht so steif wie meiner – jedenfalls noch nicht. Ich fand auch ihren nicht steifen Penis größer als meinen, doch ohne einschlägige Erfahrung kann man die Größe eines anderen Penis schwer einschätzen – nicht, wenn man ihn nicht richtig sieht. »Ich dachte, eine Bibliothek wäre ein halbwegs sicherer und erträglicher Ort für einen Mann, der dabei ist, eine Frau zu werden«, fuhr Miss Frost fort. »Ich wusste sogar, in welcher Bibliothek ich arbeiten wollte – in der Bibliothek der Academy, wo die alten Jahrbücher stehen, William. Ich dachte: Welche andere Bibliothek würde mich so wohlwollend aufnehmen wie meine alte Schulbücherei? Ich war auf Favorite River ein guter Schüler und ein *sehr guter* Ringer gewesen – nach pennsylvanischen Maßstäben vielleicht nicht ganz so gut, aber in New England schon. Doch als ich *als Frau* nach First Sister zurückkehrte, wollte die Favorite River Academy mit jemandem wie mir natürlich nichts zu tun haben – nicht in der Nähe all dieser *beeinflussbaren* Jungs! Jeder ist in gewisser Hinsicht naiv, William, und ich war eben in dieser Hinsicht naiv. Ich war naiv genug, um nicht darauf vorbereitet zu sein, dass sie mich als *Miss* Frost nicht haben wollten. Nur weil dein Grandpa Harry im Vorstand der Stadtbücherei saß – dieser putzigen alten öffentlichen Bibliothek, für die ich als Bibliothekarin völlig überqualifiziert war –, bekam ich diese Stellung hier.«

»Aber warum wollten Sie in First Sister bleiben – oder an der Favorite River Academy arbeiten, einer *scheußlichen* Schule, wie Sie selbst sagen?«, fragte ich sie.

Obwohl ich erst achtzehn war, stand für mich fest, dass ich nie wieder an die Favorite River Academy oder in das Dreckskaff First Sister, Vermont, zurückkehren wollte. Ich konnte es nicht erwarten wegzukommen, irgendwo anders zu sein – *egal* wo –, um Sex mit jedem zu haben, mit dem ich Sex haben wollte, ohne von all diesen sattsam bekannten Leuten, die mich zu *kennen* glaubten, angeglotzt und verurteilt zu werden!

»Ich habe eine kranke Mutter, William«, erläuterte Miss Frost. »Mein Vater starb in dem Jahr, als ich auf Favorite River anfing; wäre er nicht vorher gestorben, hätte es ihn wahrscheinlich umgebracht, dass ich eine Frau wurde. Aber meine Mutter ist seit einiger Zeit nicht gesund. Wegen ihrer gesundheitlichen Probleme hätte ich das College fast nicht beendet. Sie ist schon so lange krank, dass sie geheilt werden könnte und trotzdem nicht wüsste, ob sie gesund ist. Sie ist krank im Kopf, William; sie *merkt* nicht mal, dass ich eine Frau bin, oder vielleicht erinnert sie sich nicht mal, dass ihr kleiner Junge *jemals* ein Mann war. Bestimmt weiß sie nicht mal mehr, dass sie jemals einen Jungen hatte.«

»Oh!«

»Mein Dad hat früher mal für deinen Grandpa Harry gearbeitet. Harry wusste, dass ich mich um meine Mom kümmerte. Nur deshalb musste ich nach First Sister zurückkehren – egal, ob die Favorite River Academy mich haben wollte oder nicht.«

»Das tut mir leid«, sagte ich.

»Ach, halb so schlimm«, erwiderte Miss Frost, ganz die Schauspielerin. »Kleinstädte mögen dich hassen, aber sie müssen dich behalten – sie können dich nicht wegschicken. Und ich habe *dich* kennengelernt, William. Wer weiß? Vielleicht wird man mich als die verrückte Bibliothekarin in Erinnerung behalten, die eigentlich ein Mann war und dich als Schriftsteller *auf den Weg* gebracht hat. Du hast doch angefangen zu schreiben, oder?«, fragte sie mich.

Ich fand Miss Frosts bisherige Lebensgeschichte außerordentlich bedrückend. Während ich durch den perlgrauen Unterrock ihren Penis berührte, dachte ich an *Giovannis Zimmer*, das in Elaines BH gewickelt unter meinem Kopfkissen lag, und sagte: »Den Roman von James Baldwin fand ich *großartig*. Ich habe ihn nicht zurückgebracht, weil ich ihn Tom Atkins leihen wollte. Wir beide haben darüber gesprochen – ich glaube, ihm würde *Giovannis Zimmer* auch gefallen. Ist es in Ordnung, wenn ich ihm das Buch leihe?«

»Ist *Giovannis Zimmer* in deiner Büchertasche, William?«, fragte mich Miss Frost plötzlich. »Wo ist das Buch jetzt gerade?«

»Es liegt zu Hause«, antwortete ich ihr. Auf einmal traute ich mich nicht zu sagen, dass das Buch unter meinem Kopfkissen lag – und schon gar nicht, dass es Kontakt zu Elaines perlgrauem gefütterten BH hatte.

»Du darfst den Roman nicht zu Hause liegenlassen«, sagte Miss Frost. »Natürlich kannst du ihn Tom leihen, aber sag Tom, er darf ihn nicht seinem Mitbewohner zeigen.«

»Ich weiß nicht, wer Atkins' Mitbewohner ist«, erwiderte ich.

»Wer Toms Mitbewohner ist, spielt keine Rolle – der Mitbewohner soll nur den Roman nicht zu sehen bekommen. Ich habe dir gesagt, weder deine Mutter noch Richard Abbott dürfen ihn sehen. An deiner Stelle würde ich nicht mal deinen Grandpa Harry wissen lassen, dass du ihn hast.«

»Grandpa weiß, dass ich für Kittredge schwärme«, sagte ich zu Miss Frost. »Keiner außer Ihnen weiß, dass ich für *Sie* schwärme.«

»Hoffentlich stimmt das, William«, flüsterte sie. Sie beugte sich über mich und nahm meinen Penis in den Mund – was schneller ging, als ich jetzt brauchte, um diesen Satz zu schreiben. Doch als ich unter ihren Unterrock griff, um *ihren* Penis zu packen, hielt sie mich auf. »Nein, das machen wir nicht«, sagte sie.

»Ich will alles machen«, sagte ich ihr.

»Natürlich willst du das, William, aber *alles* musst du mit jemand anderem machen. Für einen jungen Mann deines Alters schickt es sich nicht, *alles* mit einer Person meines Alters zu machen«, teilte Miss Frost mir mit. »Ich will nicht für deinen ersten Versuch verantwortlich sein, *alles* zu probieren.«

Damit nahm sie meinen Penis wieder in den Mund; einstweilen würde sie keine weiteren Erklärungen abgeben. Während sie mir einen blies, sagte ich: »Ich glaube nicht, dass wir beim letzten Mal *richtigen* Sex hatten – ich meine die Sache mit dem Eindringen. Wir haben etwas anderes gemacht, stimmt's?«

»Man kann nicht gleichzeitig reden und jemandem einen blasen, William«, sagte Miss Frost mit einem Seufzer, während sie sich neben mich legte und mir direkt ins Gesicht sah, so dass ich schon befürchtete, damit hätte sich der Blowjob wohl erledigt, was dann auch der Fall war. »Dir schien *etwas anderes* neulich zu gefallen, William«, sagte sie.

»Aber ja, und wie!«, rief ich. »Ich habe nur wegen des Eindringens gefragt.«

»Da kannst du dich fragen, so viel du willst, William, aber mit mir wird es kein ›Eindringen‹ geben. Verstehst du das denn nicht?«, fragte sie mich plötzlich. »Ich will dich doch vor ›richtigem Sex‹ *beschützen.* Wenigstens *ein wenig*«, ergänzte Miss Frost lächelnd.

»Aber ich will nicht *beschützt* werden!«, rief ich.

»Ich will mir keinen ›richtigen Sex‹ mit einem Achtzehnjährigen vorwerfen müssen, William. In Bezug auf wer du einmal sein wirst, habe ich wohl ohnehin schon zu viel Einfluss genommen!«, verkündete Miss Frost. In dem Punkt hatte sie zweifellos recht, auch wenn sie sich bestimmt dachte, sie wäre weniger prophetisch als theatralisch – und ich noch nicht wusste, welch großer »Einfluss« (auf mein ganzes weiteres Leben!) Miss Frost sein würde.

Diesmal zeigte sie mir die von ihr verwendete Lotion – ich durfte an Miss Frosts Fingern riechen. Sie rochen nach Mandeln. Sie setzte sich nicht rittlings oder sonst wie auf mich; wir lagen auf der Seite, und unsere Penisse berührten einander. Zwar sah ich ihren Penis immer noch nicht, doch Miss Frost rieb unsere Penisse gegeneinander. Als sie näher rutschte, nahm sie meinen Penis zwischen ihre Oberschenkel und schob ihre Pobacken gegen meinen Bauch. Ihr Unterrock war bis zur Taille hochgerutscht; in der einen Hand hielt ich eine ihrer Brüste, mit der anderen ihren Penis. Miss Frost rollte meinen Penis zwischen ihren Schenkeln hin und her, bis ich ihr in die Handfläche ejakulierte.

Anschließend lagen wir uns schier endlos lange in den Armen, doch wir konnten bei weitem nicht so lange allein gewesen sein, wie ich es mir vorgestellt hatte; uns blieb wirklich nicht viel Zeit zusammen. Ich glaube, weil ich Miss Frost gern reden hörte und ihre Stimme mochte, bildete ich mir ein, die Zeit verginge langsamer, als sie es tatsächlich tat.

Miss Frost ließ mir ein Bad ein, wie beim ersten Mal, zog sich aber immer noch nicht ganz aus, und als ich ihr vorschlug, zu mir in die große Badewanne zu steigen, sagte sie lachend: »Ich versuche immer noch, dich zu beschützen, William. Ich möchte nicht riskieren, dich zu ertränken!«

Ich gab mich damit zufrieden, dass ihre Brüste nackt waren und dass ich ihren Penis halten durfte, den ich noch nicht gesehen hatte. In meiner Hand war er härter und größer geworden, doch ich hatte das Gefühl, dass sogar Miss Frosts Penis zögerte – ein wenig. Ich kann es zwar nicht erklären, war mir aber sicher, dass Miss Frost ihrem Penis einfach nicht erlaubte, härter oder größer zu werden; vielleicht war sie der Ansicht, mich auch auf diese Weise zu beschützen.

»Gibt es dafür einen Namen – wenn man so Sex hat wie wir jetzt?«, fragte ich.

»Den *gibt* es, William. Kannst du das Wort *intercrural* aussprechen?«, fragte sie mich.

»Intercrural«, wiederholte ich, ohne zu zögern. »Was bedeutet das?«

»Bestimmt ist dir die Vorsilbe *inter* geläufig, die in diesem Zusammenhang ›zwischen‹ bedeutet, William«, antwortete Miss Frost. »Und *crural* heißt ›zum Bein gehörend, das Bein betreffend‹, mit anderen Worten: zwischen den Schenkeln.«

»Verstehe«, sagte ich.

»Dieser ›Schenkelverkehr‹ wurde von homosexuellen Männern im alten Griechenland praktiziert, jedenfalls habe ich das gelesen«, fuhr Miss Frost fort. »Das weiß ich nicht aus meinem Studium der Bibliothekswissenschaft, doch ich habe einen großen Teil meiner Freizeit in der Bibliothek verbracht!«

»Was hat den alten Griechen daran gefallen?«, fragte ich sie.

»Es ist lange her, dass ich das gelesen habe – vielleicht habe ich mir nicht alle Gründe gemerkt«, sagte Miss Frost. »Dass er von hinten erfolgte, vielleicht.«

»Aber wir leben nicht mehr im alten Griechenland«, gab ich zu bedenken.

»Vertrau mir, William: Man kann auch Schenkelverkehr haben, ohne die Griechen *buchstabengetreu* zu kopieren«, erklärte Miss Frost. »Man muss es nicht immer nur von hinten machen. Schenkelverkehr funktioniert seitlich und auch in anderen Stellungen – sogar in der Missionarsstellung.«

»Der *was*?«, fragte ich sie.

»Die probieren wir beim nächsten Mal, William«, flüsterte sie. Mitten in ihrem leisen Flüstern glaubte ich ein Knarren auf der Kellertreppe zu hören. Entweder hörte Miss Frost es auch, oder es war reiner Zufall, dass sie in diesem Augenblick auf die Uhr schaute.

»Du hast Richard und mir erzählt, du hättest nur in Gedanken auf der Bühne gestanden – geschauspielert. Doch ich habe dich auf den Fotos des Theaterclubs gesehen. Du hast auf der Bühne gestanden – also hast du früher schon geschauspielert«, sagte ich zu ihr.

»Dichterische Freiheit, William«, erwiderte Miss Frost und seufzte theatralisch. »Außerdem *war* das nicht schauspielern. Das war nichts weiter als sich verkleiden – das war *chargieren*! Diese Jungs waren Clowns, haben nur herumgealbert! Damals gab es keinen Richard Abbott auf der Favorite River Academy. Keiner der für den Theaterclub Zuständigen wusste auch nur halb so viel wie *Nils,* und Nils Borkman ist ein dramaturgischer *Pedant*!«

Wieder knarrte es auf der Kellertreppe, und diesmal hörten wir es beide; diesmal war jeder Irrtum ausgeschlossen. Mich überraschte hauptsächlich, dass Miss Frost so wenig überrascht schien. »Haben wir in der Eile vergessen, die Bibliothekstür abzuschließen?«, flüsterte sie mir zu. »O Gott – ich fürchte, ja.«

Uns blieb so wenig Zeit – wie Miss Frost von Anfang an gewusst hatte.

Beim dritten Knarren auf der Kellertreppe an diesem unvergesslichen Abend in der Stadtbücherei von First Sister stand Miss Frost auf – die neben ihrer großen Badewanne gekniet und sich fürsorglich um meinen Penis gekümmert hatte, während wir über allerhand interessante Themen sprachen – und sagte mit Stentorstimme, die meiner Freundin Elaine und Mrs. Hadley, deren Mutter und Stimmbildnerin, imponiert hätte: »Bist du das, Harry? Ich dachte mir schon, dass die Feiglinge *dich* vorschicken würden. Du bist es doch, oder?«

»Äh, also – ja, ich bin's«, hörte ich Grandpa Harry kleinlaut von der Kellertreppe aus antworten. Ich setzte mich in der Wanne auf. Miss Frost stand kerzengerade da, die Schultern nach hinten gedrückt und die kleinen, aber spitzen Brüste in Richtung der offenen Zimmertür vorgereckt.

Miss Frosts Brustwarzen waren ziemlich groß, und die schwer aussprechbaren Warzenhöfe hatten die bedrohliche Größe von Silberdollars.

Als mein Großvater zögernd Miss Frosts Kellerraum betrat, war er nicht die selbstsichere Figur, die ich so oft auf der Bühne gesehen hatte; er war keine Frau mit souveräner Präsenz, sondern nur ein Männlein – klein und kahl. Grandpa Harry hatte sich offensichtlich nicht freiwillig gemeldet herzukommen und mich zu retten.

»Ich bin enttäuscht, dass Richard nicht den Mumm hatte, herzukommen«, sagte Miss Frost zu meinem peinlich berührten Großvater.

»Richard wollte kommen, aber Mary hat ihn nicht gehen lassen«, sagte mein Großvater.

»Richard steht unter der Fuchtel, wie alle Männer, die eine Winthrop-Frau geheiratet haben«, stellte Miss Frost fest. Solange sie barbusig vor ihm stand, sah mein Großvater sie nicht an, doch sie wandte sich weder von ihm ab, noch suchte sie ihre Kleidung zusammen, sondern blieb, nur mit ihrem perlgrauen Unterrock bekleidet, vor ihm stehen, als wäre es ein Festgewand und sie hätte sich für diese Gelegenheit übertrieben schick angezogen.

»Vermutlich war auch Muriel nicht bereit, Bob gehen zu lassen«, fuhr Miss Frost fort. Grandpa Harry schüttelte nur den Kopf.

»Dieser Bobby ist zwar ein Schatz, war aber immer schon ein Weichei – sogar bevor Muriel ihn weichgekocht hat«, fuhr Miss Frost fort. Ich hatte noch nie gehört, dass Onkel Bob »Bobby« genannt wurde, wusste aber, dass Robert Fremont auf der Favorite River Academy mit Albert

Frost in einer Klasse gewesen war, und wenn man in diesen prägenden Jahren dieselbe Schule besucht, hat man füreinander Namen, die man später nie wieder hört oder benutzt. (Beispielsweise nennt mich keiner mehr Nymphe.)

Ich machte Anstalten, aus der Wanne zu steigen, ohne mich vor meinem Grandpa zu entblößen, als Miss Frost mir ein Badetuch reichte. Auch mit Badetuch war es umständlich, aus der Wanne zu steigen, sich abzutrocknen und zu versuchen, sich anzuziehen.

»Ich möchte dir mal etwas über deine Tante Muriel erzählen, William«, sagte Miss Frost, die sich zwischen meinen Großvater und mich gestellt hatte. »Muriel schwärmte nämlich einmal für *mich* – ehe sie sich ihren ›ersten und einzigen *Verehrer*‹ angelte, deinen Onkel Bob. Stell dir vor, wenn ich Muriels Angebot angenommen hätte – nämlich als sie sich mir an den Hals warf!«, rief Miss Frost, ganz die Ibsen-Darstellerin.

»Al, sei bitte nicht vulgär«, sagte Grandpa Harry. »Muriel ist schließlich meine Tochter.«

»Muriel ist ein herrisches Miststück, Harry. Vielleicht wäre sie *netter* geworden, wenn sie mich jemals besser kennengelernt hätte«, sagte Miss Frost. »*Mich* kriegt man nicht unter die Fuchtel, William«, fuhr sie fort und sah mir zu, während ich mich – mehr schlecht als recht – anzuziehen versuchte.

»Das glaub ich gern, Al – unbedingt!«, rief Grandpa Harry aus. »Dich kriegt man wahrhaftig nicht unter die Fuchtel!«

»Dein Grandpa ist ein guter Kerl, William«, sagte Miss Frost zu mir. »Er hat mir dieses Zimmer *gebaut.* Als ich nach dem Studium hierher zurückkam, dachte meine Mutter, ich sei noch ein Mann. Ich musste mich irgendwo umziehen, ehe ich als Frau zur Arbeit gehen konnte – und bevor ich jeden Abend zu meiner Mutter nach Hause ging, als Mann. Man könnte es als Segen bezeichnen – wenigstens macht's es für mich leichter –, dass meine arme Mom offenbar nicht mehr bemerkt, welches Geschlecht ich habe – oder haben sollte.«

»Ich wünschte, du hättest mich diesen Raum ganz herrichten lassen, Al«, sagte Grandpa Harry. »Also wirklich – wenigstens um die Toilette hätte man eine Wand hochziehen müssen!«, stellte er fest.

»Für noch mehr Wände ist das Zimmer zu klein«, widersprach Miss Frost. Als sie diesmal vor dem Klo stand und die Holzbrille hochklappte, drehte Miss Frost weder mir noch Grandpa Harry den Rücken zu. Ihr Penis war zwar kein bisschen steif, aber er war ziemlich groß – wie ihr übriger Körper, von den Brüsten abgesehen.

»Also wirklich, Al – du bist ein anständiger Bursche. Ich habe mich immer für dich eingesetzt«, sagte Grandpa Harry. »Aber das ist nicht richtig – das mit Bill und dir.«

»Sie hat mich beschützt!«, stieß ich hervor. »Wir hatten nie Sex. Jedenfalls kein Eindringen«, ergänzte ich.

»Meine Güte, Bill – ich will nicht hören, wie ihr's getrieben habt!«, rief Grandpa Harry und hielt sich die Hände vor die Ohren.

»Aber wir haben's nicht getrieben!«, widersprach ich.

»An dem Abend, als Richard dich zum ersten Mal hierhergebracht hat, William – als du deinen Bibliotheksausweis bekommen hast und Richard mir die Rollen in den

Ibsen-Stücken anbot, weißt du das noch?«, fragte mich Miss Frost.

»Natürlich weiß ich das noch!«, flüsterte ich.

»Richard dachte, er böte die Nora- und die Hedda-Rolle einer Frau an. Als er dich dann nach Hause brachte, da sprach er mit deiner Mom – die bestimmt mit Muriel redete –, tja, und damals erzählten ihm dann alle von mir. Doch Richard wollte mich trotzdem besetzen! Diese Winthrop-Frauen mussten mich akzeptieren, wenigstens *auf der Bühne* – so wie sie dich akzeptieren mussten, Harry, als du nur *geschauspielert* hast. War es nicht so?«, fragte sie meinen Großvater.

»Tja, also – auf der Bühne ist es eine Sache, stimmt's, Al?«, fragte Grandpa Harry Miss Frost.

»Du stehst auch unter der Fuchtel, Harry«, sagte Miss Frost ihm ins Gesicht. »Bist du's nicht allmählich leid?«

»Komm jetzt, Bill«, sagte mein Großvater zu mir. »Wir sollten los.«

»Und ich habe dich immer respektiert, Harry«, sagte Miss Frost.

»Ich habe *dich* immer respektiert, Al!«, beteuerte mein Großvater.

»Das weiß ich doch – deshalb haben diese feigen Ärsche auch dich geschickt«, sagte Miss Frost zu ihm. »Komm mal her, William«, befahl sie mir plötzlich. Als ich zu ihr ging, zog sie meinen Kopf an ihre nackten Brüste und hielt ihn dort fest; ich wusste, sie spürte, wie ich zitterte. »Wenn du weinen willst, mach es in deinem Zimmer, aber nicht in ihrer Hörweite«, riet sie mir. »Wenn du weinen willst, schließ die Tür, und steck deinen Kopf unters Kopfkissen. Wenn du willst, kannst du auch mit deiner guten Freundin Elaine weinen, William – nur nicht vor *ihnen.* Versprich mir das!«

»Ich verspreche es dir!«, sagte ich ihr.

»Bis dann, Harry – ich habe ihn wirklich beschützt, glaub mir«, sagte Miss Frost.

»Das glaube ich dir, Big Al. Und ich habe *dich* immer beschützt, musst du wissen!«, rief Grandpa Harry aus.

»Das weiß ich doch, Harry«, sagte sie. »Vielleicht gelingt es dir *jetzt* nicht mehr, mich zu beschützen. Und brich dir dabei keinen ab«, fügte sie hinzu.

»Nur keine Sorge, Al.«

»Da bin ich sehr zuversichtlich, Harry. Adieu, William – oder ›bis wir uns wiedersehen‹, wie man so sagt«, sagte Miss Frost.

Ich zitterte noch stärker, weinte aber nicht. Grandpa Harry nahm meine Hand, und gemeinsam gingen wir die dunkle Kellertreppe hinauf.

»Das muss ein bemerkenswertes Buch gewesen sein, das Miss Frost dir da zu lesen gegeben hat, Bill – über das Thema, das wir besprochen haben«, sagte Grandpa Harry, als wir die River Street entlang Richtung Bancroft Hall gingen.

»Ja, ein wahnsinnig guter Roman«, sagte ich ihm.

»Ich könnte ihn wohl selbst mal lesen – falls Al einverstanden ist«, sagte Grandpa Harry.

»Ich habe versprochen, ihn einem Freund zu leihen«, sagte ich ihm. »Danach könnte ich ihn dir geben.«

»Ich glaube, ich besorge ihn mir besser bei Miss Frost, Bill – ich möchte nicht, dass du dir Schwierigkeiten einhandelst, weil du ihn mir gibst! Du hast bestimmt fürs Erste schon genug Schwierigkeiten«, flüsterte Grandpa Harry.

»Verstehe«, sagte ich; ich hielt immer noch seine Hand. Doch ich verstand *nicht;* bei ihnen allen kratzte ich noch an der Oberfläche. Was das wirkliche *Verstehen* betraf, so machte ich erst langsam Fortschritte.

Als wir in Bancroft Hall ankamen, waren die Jungs im Kippenraum augenscheinlich enttäuscht, uns zu sehen. Sie erwarteten wohl, mich in Gesellschaft des von ihnen angebeteten Kittredge zu sehen, und dann kam nur ich mit meinem Großvater – klein, kahl und in der Arbeitskleidung eines Holzfällers. Grandpa Harry gehörte ganz offensichtlich nicht zum Lehrkörper; er war auch nicht auf die Favorite River Academy gegangen, sondern hatte die Highschool in Ezra Falls besucht und nie studiert. Die Jungs im Kippenraum beachteten meinen Großvater und mich überhaupt nicht; Grandpa Harry war das bestimmt egal. Wie sollten diese Jungs Harry auch erkennen? Wenn einer Harry schon mal gesehen hatte, dann auf der Bühne, in einer seiner Frauenrollen.

»Du musst mich nicht in den zweiten Stock begleiten«, sagte ich meinem Grandpa.

»Wenn ich dich nicht begleite, Bill, musst *du* die Erklärerei übernehmen«, sagte Grandpa Harry. »Du hast heute Abend ja schon allerhand hinter dir – warum überlässt du die Erklärerei nicht mir?«

»Ich liebe dich –«, fing ich an, doch Harry ließ mich nicht ausreden.

»Na klar, und ich liebe dich auch«, sagte er. »Du vertraust mir doch, dass ich nur das Richtige sage, nicht wahr, Bill?«

»Aber ja«, antwortete ich. Ich vertraute ihm wirklich,

und ich war müde; ich wollte nur noch ins Bett. Ich sehnte mich danach, mein Gesicht in Elaines BH zu vergraben, damit keiner hörte, wenn ich weinte.

Doch als Grandpa Harry und ich die Wohnung im zweiten Stock betraten, war der Familienrat – an dem, wie ich erst später erfuhr, *auch* Mrs. Hadley teilgenommen hatte – bereits zu Ende. Meine Mutter war in ihrem Schlafzimmer und hatte die Tür vielsagend geschlossen; in dieser Nacht würde meine Mom bestimmt nicht mehr *soufflieren.* Nur Richard Abbott begrüßte uns, und er fühlte sich etwa so wohl wie ein Hund mit Flöhen.

Ich ging direkt, und ohne Richard (diesen Feigling und Pantoffelhelden!) eines Wortes zu würdigen, in mein Zimmer, und da lag *Giovannis Zimmer* oben auf meinem Kopfkissen, nicht darunter. Wer gab ihnen das Recht, in meinem Zimmer herumzuschnüffeln, meine Sachen zu durchstöbern, dachte ich; dann sah ich unter meinem Kissen nach: Elaine Hadleys perlgrauer BH war weg.

Ich ging zurück ins Wohnzimmer unserer kleinen Wohnung, wo Grandpa Harry sich offensichtlich mit »der Erklärerei«, wie er es mir gegenüber formuliert hatte, noch Zeit ließ.

»Wo ist Elaines BH, Richard?«, fragte ich meinen Stiefvater. »Hat meine Mom ihn genommen?«

»Deine Mutter war wirklich nicht sie selbst«, sagte Richard zu mir. »Sie hat den BH *vernichtet,* Bill, so leid es mir tut – sie hat ihn in kleine Stücke zerschnitten.«

»Herrje –«, fing Grandpa Harry an, doch ich unterbrach ihn.

»Nein, Richard«, sagte ich, »dabei *war* Mom sie selbst,

stimmt's? Das war nicht Mom, die ›nicht sie selbst‹ war. Genau so ist Mom wirklich.«

»Also Bill«, meldete sich Grandpa Harry zu Wort. »Man kann Frauenkleidung an diskreteren Stellen als unter einem Kopfkissen verstecken, wie ich aus Erfahrung weiß.«

»Ihr beide widert mich an«, sagte ich zu Richard Abbott, ohne Grandpa Harry anzusehen; er war nicht gemeint, was er auch wusste.

»Wir *alle* widern mich an, Bill«, sagte Grandpa Harry. »Warum gehst du jetzt nicht ins Bett und überlässt die Erklärerei mir?«

Ehe ich mich zurückziehen konnte, hörte ich meine Mutter in ihrem Schlafzimmer aufschluchzen; sie weinte so laut, dass wir alle sie hören konnten. Was natürlich der Grund war, weshalb sie laut weinte – damit wir alle sie hören konnten und Richard in ihr Schlafzimmer kam, um sie zu trösten, was Richard auch tat. Meine Mom *soufflierte* auch außer Dienst.

»Ich kenne meine Mary«, flüsterte Grandpa Harry mir zu. »Sie will sich die Erklärerei nicht entgehen lassen.«

»Ich kenne sie auch«, sagte ich meinem Großvater, doch ich musste noch viel mehr über meine Mutter erfahren – mehr, als ich ahnte.

Ich küsste Grandpa Harry oben auf seine Glatze, und erst da wurde mir klar, dass ich inzwischen größer als mein kleiner Großvater war. Ich ging in mein Zimmer und machte die Tür hinter mir zu. Ich hörte meine Mom; sie schluchzte immer noch. Da fasste ich den Entschluss, nie so laut zu weinen, dass sie mich hören könnten, so wie ich es Miss Frost versprochen hatte.

Auf meinem Kopfkissen lag eine ganze Bibel an Wissen und Mitgefühl zum Thema schwule Liebe, doch ich war zu müde und wütend, um James Baldwin weiter zu befragen.

Ich wäre besser informiert gewesen, hätte ich die Stelle gegen Ende des schmalen Romans noch einmal gelesen – nämlich die über »das Herz, das mit dem Tod der Liebe erkaltet«. Wie Baldwin schreibt: »Das ist ein seltsamer Vorgang. Er ist viel schrecklicher als alles, was ich darüber gelesen habe, schrecklicher als alles, was ich darüber schreiben kann.«

Hätte ich die Stelle in dieser schrecklichen Nacht noch einmal gelesen, wäre mir vielleicht klargeworden, dass Miss Frost sich von mir verabschiedet und dass sie mit dem seltsamen »bis wir uns wiedersehen« gemeint hatte, dass wir uns *nie* wiedersehen würden.

Vielleicht ist es besser, dass ich die Stelle damals nicht las oder das alles damals nicht wusste. Als ich mich an diesem Abend ins Bett legte, ging mir genug durch den Kopf – während ich durch die Zimmerwände das manipulative Weinen meiner Mutter hörte.

Leise hörte ich auch Grandpa Harrys ungewöhnlich hohe Stimme, wenn auch nicht, was er sagte. Ich wusste nur, dass er mit »der Erklärerei« begonnen hatte, ein Vorgang, der, wie ich wusste, auch in meinem Innersten intensiv in Gang gesetzt worden war.

Von nun an, dachte ich – als ich mit achtzehn Jahren im Bett lag, kochend vor Wut –, bin *ich* es, der »die Erklärerei« übernimmt.

9
Doppelte Arschkarte

Ich möchte das Wörtchen »fort« nicht überstrapazieren, und ich habe Ihnen bereits erzählt, dass Elaine Hadley »in Etappen« fortgeschickt wurde. Wie in jeder Kleinstadt oder ländlichen Gemeinde, in der es neben einer öffentlichen auch eine Privatschule gab, kam es zwischen der Gemeinde und der Academy regelmäßig zu Unstimmigkeiten – *nicht* aber im Falle von Miss Frost, die vom Stiftungsrat der Stadtbücherei von First Sister entlassen wurde.

Grandpa Harry gehörte diesem Gremium nicht mehr an; doch selbst wenn er noch Vorsitzender gewesen wäre, hätte er seine Mitbürger schwerlich dazu überreden können, Miss Frost zu behalten. Im Falle der transsexuellen Bibliothekarin zogen die Entscheidungsträger der Favorite River Academy mit der Stadtverwaltung an einem Strang: Die Stützen der Privatschule und ihre Pendants in der Bürgerschaft waren sich einig, dass sie gegenüber Miss Frost die größtmögliche Toleranz hatten walten lassen. Miss Frost jedoch sei »zu weit gegangen«; sie habe »die Grenzen überschritten«.

Moralische Entrüstung und rechtschaffene Empörung sind nicht auf kleinstädtische Gemeinden und rückständige Schulen beschränkt, doch Miss Frost stand nicht ganz ohne Fürsprecher da. Obwohl Richard Abbott deshalb wochenlang von meiner Mutter »mit Schweigen gestraft« wurde, setzte er sich für Miss Frost ein. Und zwar argumentierte er, mit der Verliebtheit eines ernsthaften jungen Mannes konfrontiert, habe Miss Frost diesen in Wahrheit doch vor weitergehenden sexuellen Spielen bewahrt.

Auch Grandpa Harry verteidigte Miss Frost, obwohl er sich damit Nana Victorias tödliche Verachtung zuzog. Es sei bewundernswert, wie viel Zurückhaltung und Feingefühl Miss Frost an den Tag gelegt habe, sagte Harry – ganz zu schweigen davon, dass sie für die Leser von First Sister eine Quelle der Inspiration sei.

Selbst Onkel Bob, der damit riskierte, von meiner äußerst indignierten Tante Muriel noch barscher als sonst abgekanzelt zu werden, meinte, man solle Big Al doch verschonen. Martha Hadley, die mich nach dem erzwungenen Beziehungsabbruch zu Miss Frost weiter betreute, sagte, die transsexuelle Bibliothekarin habe mein chronisch schwaches Selbstvertrauen nachhaltig gestützt. Miss Frost habe es sogar geschafft, mir über ein Ausspracheproblem hinwegzuhelfen, das, laut Mrs. Hadley, auf meine seelische und sexuelle Unsicherheit zurückzuführen sei.

Hätte irgendwer jemals auf Tom Atkins gehört, so hätte bestimmt auch der arme Tom ein Wörtchen für Miss Frost einzulegen gehabt, aber Atkins war – wie diese richtig erkannt hatte – eifersüchtig auf die betörende Bibliothekarin, und als sie geschasst wurde, hielt er, schüchtern wie er war, den Mund.

Allerdings sagte er mir, als er *Giovannis Zimmer* ausgelesen hatte, der Roman von James Baldwin habe ihn aufgewühlt und verstört; erst später sollte ich erfahren, dass

Atkins infolge dieser anregenden Lektüre ein paar neue Aussprachestörungen bekommen hatte. (Wen wundert's, dass das Wörtchen »Gestank« an erster Stelle rangierte.)

Vielleicht war es kontraproduktiv, dass der lautstärkste unter Miss Frosts Verteidigern ein ausländischer Exzentriker war. Der düstere norwegische Holzfäller, wahnwitzige Forstwirt, Theatermann und Fjordspringer Nils Borkman verkündete auf einer Bürgerversammlung, er sei Miss Frosts »größter Fan«. (Möglicherweise schadete es Borkmans Verteidigungsstrategie, dass er dafür bekannt war, diverse Sägemühlenarbeiter und Holzfäller verprügelt zu haben, die abfällige Bemerkungen über Grandpa Harrys Bühnenauftritte als Frau gemacht hatten – vor allem die Rüpel, die über Harrys weibliche Bühnen*küsse* gelästert hatten.)

In Borkmans Augen war Miss Frost nicht nur eine Ibsen-Frau – was für ihn hieß: sowohl die beste als auch die komplexeste Frau, die man sich nur vorstellen konnte –, nein, der Norweger verstieg sich sogar zu der Behauptung, Miss Frost sei *weiblicher* als jede Frau, die ihm in Vermont je begegnet sei. Mrs. Borkman war vermutlich die einzige Frau, die sich von dieser unerhörten Bemerkung nicht beleidigt fühlte, denn sie stammte ebenfalls aus Norwegen.

Borkmans Frau wurde selten gesehen und noch seltener gehört. Fast niemand in First Sister erinnerte sich, wie sie aussah, und schon gar nicht, ob sie – wie ihr Mann Nils – mit norwegischem Akzent redete.

Jedenfalls richtete Nils im Handumdrehen irreparablen Schaden an. Wegen Nils Borkmans Bemerkung stieß Miss Frost nun erst recht auf geharnischten Widerstand – alles nur weil Nils Borkman gesagt hatte, sie sei *weiblicher* als jede ihm bekannte Frau in Vermont.

»Nicht gut, Nils – gar nicht gut«, hatte Harry Marshall seinem alten Freund auf der Bürgerversammlung zugebrummelt, doch da war das Kind schon in den Brunnen gefallen.

Auch ein Schläger, der das Herz auf dem rechten Fleck hat, bleibt ein Schläger, aber der Groll auf Nils Borkman hatte andere Gründe. Als ehemaliger Biathlet hatte Nils dem südlichen Vermont seine Liebe zu dieser merkwürdigen Sportart vermittelt – einer Kombination aus Skilanglauf und Schießen. Damals war Skilanglauf im Nordosten der USA noch nicht so beliebt wie heute. In Vermont gab es zwar schon einige wenige kundige und beherzte Enthusiasten, die auf Skiern querfeldein liefen, aber ich kannte keinen, der (oder die) mit geladenem Gewehr auf dem Rücken Ski lief.

Nils hatte seinem Geschäftspartner Harry Marshall die Hirschjagd auf Langlaufskiern nahegebracht. Daraus entwickelte sich eine Art Hirschjagd-Biathlon; Nils und Harry spürten in aller Stille auf Langlaufskiern haufenweise Hirsche auf (die sie dann erlegten). Das war nicht verboten, auch wenn der lokale Wildhüter – ein Phantasieloser Bursche – protestiert hatte.

Das, worüber sich der Wildhüter *eigentlich* hätte beschweren sollen, rang ihm bloß ein resigniertes Brummen ab. Er hieß Chuck Beebe und betrieb einen Hirschkontrollpunkt – eine sogenannte biologische Messstation, wo er Alter und Maße der erlegten Hirsche notierte.

An jedem ersten Sonntag der Hirschjagdsaison wurde

die Messstation von Frauen überrannt, etliche davon bei schönem Wetter sogar in Sandaletten. Auch andere Anzeichen deuteten darauf hin, dass diese Frauen nicht auf Hirschjagd gewesen waren. Doch da waren sie nun – geschminkt und aufgedonnert – und hielten Chuck Beebe einen toten, blutverklebten Hirsch unter die Nase. Die Frauen besaßen Jagdscheine und hatten Hirschmarken erhalten, aber Chuck wusste, dass sie diese Hirsche nicht geschossen hatten. Ihre Gatten, Väter, Brüder oder Freunde hatten die Tiere am Eröffnungstag erlegt und waren jetzt gerade auf der Pirsch, um mehr Hirsche zu jagen. (Jeder Jäger erhielt nur eine Marke, die zum Abschuss eines Hirschs berechtigte.)

»Wo haben Sie diesen Bock hier geschossen?«, fragte Chuck dann eine Frau nach der anderen.

Worauf die Frauen Antworten gaben wie »auf dem Berg«, »im Wald« oder »auf dem Feld«.

Auch Grandpa Harry verlangte von Muriel und Mary zu behaupten, sie hätten seine ersten beiden Hirsche der Saison erlegt. (Nana Victoria weigerte sich.) Onkel Bob hatte es von meiner Cousine Gerry verlangt – bis Gerry alt genug war, sich zu weigern. Ich hatte ab und zu Nils Borkman den Gefallen getan so wie auch die unsichtbare Mrs. Borkman.

Chuck Beebe hatte sich längst mit dieser unendlichen Lügengeschichte abgefunden, aber dass Nils Borkman und Harry Marshall auf Skiern Hirsche jagten – das fand der Wildhüter nun wirklich nicht fair.

In Vermont waren die Regeln für die Hirschjagd ziemlich primitiv – was sich bis heute nicht geändert hat. Aus einem motorisierten Gefährt darf nicht auf Hirsche geschossen werden; so ungefähr alles andere ist erlaubt. Es gibt eine Saison für Bogen-, eine für Schrotflinten- und eine für Patronenschützen. »Warum nicht auch eine *Messer*saison?«, hatte Nils Borkman auf einer früheren legendären Gemeindeversammlung gefragt. »Warum keine für *Steinschleudern*? Es gibt doch ohnehin zu viele Hirsche. Wir sollen doch noch mehr erlegen, stimmt's?«

Heutzutage gibt es auch zu wenig Jäger; es werden von Jahr zu Jahr weniger. Früher versuchte man, das Problem des außer Kontrolle geratenden Rotwildbestandes mittels Jagdregeln in den Griff zu bekommen, aber der Bestand wuchs weiterhin unkontrolliert; und doch erinnern sich die Bürger von First Sister an Nils Borkman als einen durchgeknallten Irren, weil er eine *Messer-* und eine *Steinschleuder*saison für Hirsche einführen wollte – obwohl das natürlich nicht ernst gemeint war.

Ich kann mich noch an die Zeit erinnern, als man *nur* Böcke schießen durfte, dann kam eine Zeit, als man Böcke und Hirschkühe, dann Böcke und nur *eine* Hirschkuh schießen durfte – aber nur mit Sondergenehmigung, und der Bock durfte kein Spießer sein.

»Wie wär's, wenn wir die aus den Nachbarstaaten abknallen, ohne Beschränkung?«, hatte Nils Borkman einmal gefragt. (Der Vorschlag, unbeschränkt Rotwild aus anderen Bundesstaaten schießen zu dürfen, wäre in Vermont bestimmt auf breite Zustimmung gestoßen, doch auch dieser Vorschlag Borkmans war natürlich nicht ernst gemeint.)

»Nils hat einen ausgesprochen europäischen Humor«, verteidigte Grandpa Harry seinen alten Freund.

»Europäisch!«, hatte Nana Victoria verächtlich ausgerufen – nein, schlimmer als verächtlich. Meine Großmutter betrachtete Nils Borkmans *europäische* Herkunft mit einer Abscheu, als hätte er Hundescheiße an den Schuhen. Und dabei klang das Wort *europäisch* aus ihrem Mund noch relativ milde im Vergleich zu dem Zorn, mit dem sie jedes Mal, wenn die Rede auf *Miss* Frost kam, das Wörtchen *sie* ausspie.

Man könnte sagen, dass Miss Frost wegen des nicht vollzogenen Geschlechtsaktes mit mir aus First Sister vertrieben wurde. Wie Elaine sollte sie »etappenweise« fortgeschickt werden, und die erste Etappe ihrer Entfernung aus First Sister bestand in ihrer Entlassung aus der Bibliothek.

Nachdem sie ihre Stelle verloren hatte, konnte Miss Frost ihre pflegebedürftige Mutter nicht länger im alten Elternhaus versorgen; das Haus musste verkauft werden. Das dauerte seine Zeit, und Miss Frost veranlasste die Aufnahme ihrer Mutter in die Einrichtung für betreutes Wohnen, die Harry Marshall und Nils Borkman der Stadt gestiftet hatten.

Es würde mich nicht wundern, wenn Grandpa Harry und Nils mit Miss Frost eine Sonderregelung trafen, wenn auch keine ganz so großzügige wie diejenige der Favorite River Academy mit Mrs. Kittredge (die es ihrem Sohn ermöglicht hatte, bis zu seinem Abschluss an der Schule zu bleiben, obwohl er eine minderjährige Lehrertochter geschwängert hatte). So eine Sonderregelung wurde Miss Frost bestimmt nicht angeboten.

Als ich Tante Muriel über den Weg lief, begrüßte sie mich mit geheuchelter Freundlichkeit: »Ah, hallo, Billy – wie geht's denn immer so? Hoffentlich sind alle *normalen* Beschäftigungen eines jungen Mannes in deinem Alter so befriedigend für dich, wie sie sein *sollten*!«

Worauf ich wie aus der Pistole geschossen erwiderte: »Es ist zu keiner Penetration gekommen – mit anderen Worten, nichts von dem, was die allermeisten Leute unter Sex verstehen. So wie ich es sehe, Tante Muriel, bin ich noch Jungfrau.«

Worauf Tante Muriel natürlich schnurstracks zu meiner Mutter lief, um sich über mein verwerfliches Betragen zu beschweren!

Meine Mutter wiederum strafte mittlerweile Richard genau wie mich mit Schweigen – ohne zu merken, wie froh ich war, dass sie nicht mit mir redete. Ihr Schweigen zog ich bei weitem ihrem gewohnheitsmäßigen Gemecker vor; außerdem hinderte mich ihr Schweigen ja nicht daran, dass ich sie ansprach.

»Ach, hallo, Mom – wie geht's? Was ich dir noch sagen wollte: Ich fühle mich absolut nicht *missbraucht,* sondern ganz im Gegenteil von Miss Frost beschützt – sie hat mich doch tatsächlich davor *bewahrt,* in sie einzudringen, und ich muss ja wohl nicht eigens erwähnen, dass sie nicht in mich eingedrungen ist!«

Mehr als das bekam ich normalerweise nicht heraus, ehe meine Mutter in ihr Schlafzimmer lief und die Tür hinter sich schloss. »Richard!«, rief sie dann jedes Mal und vergaß dabei ganz, dass sie ihn ja auch »mit Schweigen strafte«, weil er sich für Miss Frosts aussichtslose Sache einsetzte.

»Nichts von dem, was die meisten Leute Sex nennen, Mom – mehr sag ich ja gar nicht«, fuhr ich dann auf meiner Seite der geschlossenen Schlafzimmertür fort. »Was Miss Frost mir tatsächlich angetan hat, war nicht mehr als eine ausgefallene Variante von *Onanie.* Es hat sogar einen eigenen Namen und alles, aber mit näheren *Einzelheiten* will ich dich lieber verschonen!«

»Hör auf, Billy – hör auf, hör auf, hör bloß auf!«, stieß meine schluchzende Mutter hervor. (Wahrscheinlich vergaß sie, dass sie mich ebenfalls eigentlich »mit Schweigen strafte«.)

»Immer mit der Ruhe, Bill«, ermahnte mich Richard Abbott dann. »Ich fürchte, deine Mutter ist zurzeit etwas mit den Nerven runter.«

»Zurzeit etwas mit den Nerven runter«, wiederholte ich und sah ihm in die Augen – bis er wegschaute.

»Eins kannst du mir glauben, William«, hatte Miss Frost mir gesagt, während wir uns gegenseitig an den Penis fassten. »Wenn du einmal damit anfängst zu wiederholen, was andere zu dir sagen, wirst du die Angewohnheit ganz schlecht wieder los.«

Aber ich wollte die Angewohnheit gar nicht loswerden; es war *ihre* Angewohnheit gewesen, und ich nahm mir vor, sie in Ehren zu halten.

»Ich verurteile dich nicht, Billy«, sagte Mrs. Hadley. »Ich sehe selbst, auch ohne von dir in jedes Detail eingeweiht zu werden, dass deine Erfahrung mit Miss Frost einen gewissen positiven Einfluss auf dich hatte.«

»In jedes Detail eingeweiht«, wiederholte ich. »Positiven Einfluss.«

»Trotzdem, Billy, habe ich wohl die Pflicht, dich darauf hinzuweisen, dass bei einer erotisch gefärbten Begegnung dieser heiklen Art die meisten Erwachsenen eine bestimmte Reaktion erwarten.« Hier schwieg Martha Hadley; ich folgte ihrem Beispiel. Noch spielte ich mit dem Gedanken, den Teil mit »einer erotischen Begegnung dieser heiklen Art« zu wiederholen, als Mrs. Hadley ihren verschachtelten Gedankengang schon fortsetzte. »Viele Erwachsene erhoffen sich, Billy, dass du etwas zum Ausdruck bringst, was du bislang noch nicht zum Ausdruck gebracht hast.«

»Dass ich *was* zum Ausdruck bringe?«

»Reue«, sagte Martha Hadley.

»Reue«, wiederholte ich und sah ihr in die Augen, bis sie wegschaute.

»Dieses ständige Wiederholen nervt, Billy«, sagte Martha Hadley.

»Ja, nicht wahr?«, fragte ich.

»Tut mir leid, dass sie dich zu Dr. Harlow schicken«, versicherte sie mir.

»Glauben Sie, Dr. Harlow setzt auf meine *Reue*?«, fragte ich Mrs. Hadley.

»Das nehme ich stark an, Billy«, antwortete sie.

»Danke für die Information«, erwiderte ich.

Ich traf Atkins im Treppenhaus des Musikgebäudes. »Es ist so was von tragisch«, fing er an. »Letzte Nacht, als ich drüber nachdachte, musste ich mich übergeben.«

»Als du *worüber* nachgedacht hast?«, erkundigte ich mich.

»Giovannis Zimmer!«, rief er; wir hatten schon über den Roman gesprochen, aber der arme Tom war wohl

noch nicht damit fertig. »Die Stelle über den Geruch der Liebe –«

»Den *Gestank* der Liebe«, korrigierte ich ihn.

»Der *Mief* davon«, sagte Atkins und würgte.

»Es heißt *Gestank,* Tom.«

»Der *üble Geruch*«, sagte Tom und erbrach sich auf die Stufen.

»Meine Güte –«

»Und diese grässliche Frau mit der monströsen Möse!«, rief Atkins.

»Die *was*?«, fragte ich nach.

»Die schreckliche Freundin – du weißt, wen ich meine, Bill.«

»Darum geht's ja wohl gerade, Tom – dass eine, die ihn mal angezogen hat, ihn jetzt abstößt«, sagte ich.

»Sie riechen nach Fisch, weißt du«, verriet Atkins mir.

»Meinst du Frauen?«, fragte ich.

Er würgte wieder, riss sich dann aber zusammen. »Ich meine ihre *Teile*«, sagte Atkins.

»Ihre *Vaginas,* Tom?«

»Nicht sagen!«, rief der arme Tom und würgte.

»Ich muss weiter, Tom«, sagte ich. »Mich auf ein Schwätzchen mit Dr. Harlow vorbereiten.«

»Red mit Kittredge, Bill. Von dem verlangen sie dauernd, dass er sich mit Dr. Harlow unterhält. Kittredge weiß, wie man mit Dr. Harlow umgeht«, verriet mir Atkins. Das glaubte ich gern; ich mochte nur nicht mit Kittredge reden, egal, worüber.

Aber natürlich hatte Kittredge von der Sache mit Miss Frost gehört. Nichts Sexuelles entging ihm. Wenn man als

Schüler an der Favorite River eine Strafe bekam, kannte Kittredge nicht nur das Vergehen; er wusste auch, wer einen erwischt hatte und welche Strafen man genau aufgebrummt bekommen hatte.

Mir war nicht nur die Stadtbücherei verboten worden, sondern auch jedes Treffen mit Miss Frost – nicht dass ich gewusst hätte, wo sie zu finden war. Oder wo ihr Elternhaus stand, das sie mit ihrer gebrechlichen Mutter bewohnt hatte. Außerdem stand das Haus zum Verkauf; meines Wissens waren Miss Frost (und ihre Mutter) schon ausgezogen.

Meine Hausaufgaben, und was ich an Texten zustande brachte, erledigte ich im Jahrbuchraum der Academy-Bibliothek. Es war immer kurz vor Bettruhe, wenn ich möglichst rasch das Kippenzimmer von Bancroft Hall durchquerte, wo mein Anblick offenbar Raucher wie Nichtraucher gleichermaßen außerordentlich erschreckte. Mein Ruf als Sexmonster muss sie wohl verstört haben; egal, in welche praktische Schublade sie mich zuvor gesteckt hatten, der war ich nun wohl entwachsen.

Wenn diese Jungs mich bis dahin als jämmerliche Schwuchtel abgetan hatten, was sollten sie von meiner offensichtlichen Freundschaft mit Kittredge halten? Und noch dazu von dieser Geschichte mit der transsexuellen Stadtbibliothekarin? Na schön, die war also eine Transe; sie war keine *richtige* Frau, gab sich aber als eine *aus.* Der eigentliche Punkt war aber, dass mich nun eine gewisse geheimnisvolle Aura umgab – wenn auch nur in den Augen der Jungs im Kippenzimmer. Vergessen Sie nicht: Miss Frost war eine ältere Frau, und unter Jungen will das was heißen – selbst wenn diese ältere Frau einen Penis hat!

Und noch etwas anderes darf man nicht vergessen: Gerüchte interessieren sich nicht für Unspektakuläres, und sie scheren sich nicht um die Wahrheit. In Wirklichkeit hatte ich nichts von dem erlebt, was die meisten Menschen Sex nennen – es war zu keiner Penetration gekommen! Aber das wussten die Jungs nicht oder wollten es nicht wissen. In der Vorstellung meiner Mitschüler an der Favorite River Academy hatten Miss Frost und ich *alles* getan.

Ich war gerade die Treppe zum ersten Stock von Bancroft hochgegangen, als Kittredge mich plötzlich hochhob; in einem Affenzahn trug er mich auf den Armen in den zweiten Stock und den Flur vor den Schlafzimmern. Die Jungs gafften uns bewundernd aus den Türöffnungen ihrer Zimmer an; ich spürte ihren Neid und ihre geheime Sehnsucht.

»Verfluchte Scheiße, Nymphe – du bist der Ober*vögler*!«, flüsterte Kittredge mir ins Ohr. »Der reinste *Mösen*meister! Reife Leistung, Nymphe! Ich bin schwer beeindruckt – du bist mein neuer Held! *Alle mal herhören!*«, rief er den gaffenden Knaben im Flur des zweiten Stocks zu. »Während euch alten Schweinepriestern einer abgeht, wenn ihr bloß davon träumt, flachgelegt zu werden, treibt es dieser Kerl hier richtig. Du da«, sprach Kittredge plötzlich den pausbackigen Unterstufenschüler an, der starr vor Schreck mitten im Flur stand; er hieß Trowbridge, war im Schlafanzug und hielt seine Zahnbürste (schon mit einem Klacks Zahnpasta drauf) so in der Hand, als hoffte er, sie würde in einen Zauberstab verwandelt werden.

»Ich bin Trowbridge«, sagte der Junge ehrfurchtsvoll.

»Wo willst du hin, Trowbridge?«, fragte Kittredge.

»Zähneputzen«, kam es mit zitternder Stimme zurück.

»Und danach, Trowbridge?«, fuhr Kittredge fort. »Bestimmt zuppelst du bald an deinem Schniedel rum und stellst dir vor, du hättest das Gesicht zwischen zwei Riesentitten gepresst.« Seinem entsetzten Gesichtsausdruck nach zu urteilen, hielt ich es für unwahrscheinlich, dass Trowbridge es schon gewagt hatte, im Schlafbereich zu masturbieren; bestimmt hatte er einen Zimmergenossen und traute sich nicht, sich in Bancroft selbst zu befriedigen. »Wohingegen *dieser* junge Mann, Trowbridge«, fuhr Kittredge fort, immer noch mit mir auf seinen starken Armen, »*dieser* junge Mann nicht nur die allgemein gängige Sichtweise auf Geschlechterrollen angekratzt hat. *Dieser* Obervögler, *dieser* Mösenmeister«, rief Kittredge und ließ mich auf- und abhüpfen, »dieser Hengst hat doch glatt eine *Transe* gebumst! Hast du auch nur die leiseste Ahnung, Trowbridge, was Transen überhaupt für *Mösen* haben?«

»Nein«, sagte Trowbridge mit schwachem Stimmchen.

Selbst mit mir auf den Armen brachte Kittredge sein unverwechselbares Achselzucken zustande; es war das nonchalante Achselzucken seiner Mutter, das Elaine sich abgeschaut hatte. »Meine liebe Nymphe«, flüsterte Kittredge, während er mich weiter den Flur entlangtrug. »Ich bin *schwer* von dir beeindruckt!«, wiederholte er. »Eine echte Transsexuelle – noch dazu ausgerechnet in *Vermont*! Natürlich hab ich schon welche gesehen, aber in Paris – und in New York. In Paris bleiben die Transvestiten gern unter sich; sie sind ein ziemlich buntes Häufchen, aber man hat den Eindruck, dass sie ständig aufeinanderhängen. Schade, dass ich nie eine ausprobiert hab«, flüsterte Kittredge, »denn ich glaub, wenn man eine aufgabelt, kommen die anderen alle im Schlepptau mit. *Das* wär mal was anderes!«

»Meinst du *les folles*?«, fragte ich ihn.

Les folles spukten mir oft im Kopf herum – »kreischend wie Papageien, berichteten sie Details ihrer letzten Liebesaffären«, wie Baldwin sie beschreibt. Aber entweder hatte Kittredge mich nicht gehört, oder meine französische Aussprache war so unter aller Kanone, dass er mich überhörte.

»Natürlich ist es mit den Transsexuellen in New York etwas anderes«, fuhr er fort. »Die kommen mir wie Einzelgänger vor – viele von ihnen werden wohl auf den Strich gehen. Eine treibt sich an der Seventh Avenue rum – bestimmt 'ne Nutte. Sie ist so was von *groß*! Ich hab gehört, sie gehen alle in einen Club – keine Ahnung, wo der ist. Jede Wette, dass man da besser nicht allein rein sollte. Ich glaube, wenn ich es ausprobieren wollte, dann in Paris. Aber *du*, Nymphe – du hast es schon *gemacht*! Wie *war's* denn?«, fragte er mich – allem Anschein nach in vollem Ernst, aber mir war klar, wann ich vorsichtig sein musste. Bei Kittredge konnte man nie wissen, worauf das Gespräch zusteuerte.

»Es war ein einmaliges Erlebnis«, sagte ich. »Ich kann mir nicht vorstellen, dass ich je wieder genau so eine sexuelle Erfahrung machen werde.«

»Ach, echt?«, fragte Kittredge tonlos. Wir blieben vor der Wohnung von Mom und Richard stehen, aber Kittredge schien das Tragen überhaupt nicht zu ermüden, und er machte keinerlei Anstalten, mich je wieder abzusetzen. »Sie wird ja wohl einen Penis haben«, sagte Kittredge, »den du gesehen und angefasst und mit dem du alles gemacht hast, was man damit so anstellen kann – stimmt's, Nymphe?«

Etwas in seiner Stimme hatte sich so verändert, dass es mir Angst machte. »Ehrlich gesagt, war ich in dem Augenblick so hin und weg, dass ich mich an keine Einzelheiten mehr erinnern kann«, sagte ich.

»Ach, *wirklich*?«, fragte Kittredge leise, aber desinteressiert. Es war, als wäre ihm jedes nur erdenkliche Sexabenteuer schon geläufig und würde ihn langweilen. Urplötzlich schien Kittredge überrascht, dass er mich trug – oder vielleicht angewidert. Abrupt setzte er mich ab. »Du weißt schon, Nymphe, sie werden dich zu Harlow schicken – das weißt du doch, oder?«, fragte er.

»Ja«, sagte ich. »Ich wollte, ich wüsste, was ich ihm sagen soll.«

»Gut, dass du mich fragst«, sagte Kittredge. »Pass auf, so geht man mit Harlow um«, fing er an. Seine Stimme klang seltsam beschwichtigend und unbeteiligt zugleich. Als Kittredge mich beriet, hatte ich das Gefühl, dass sich unsere Rollen verkehrt hatten. Ich war der Goethe- und Rilke-Experte gewesen, der ihm über die Hürden hinweggeholfen hatte. Und jetzt half Kittredge mir aus der Klemme.

Wenn man an der Favorite River Academy eine Riesendummheit begangen hatte, wurde man von Dr. Harlow ins Gebet genommen; Kittredge, der sich (wie ich annahm) mit Riesendummheiten bestens auskannte, war Experte im Umgang mit Dr. Harlow.

Ich hörte mir Kittredges Ratschläge ganz genau an; hing (wie man so sagt) an seinen Lippen. Stellenweise war es schmerzhaft, weil er darauf bestand, mir seinen Fehltritt mit Elaine bis in alle Einzelheiten zu schildern. »Verzeih gerade dieses Beispiel, Nymphe, nur damit du weißt, wie Harlow so tickt«, sagte Kittredge dann, ehe er sich über seinen zeitweiligen Hörverlust ausließ – infolge der *Lautstärke* von Elaine Hadleys Orgasmen.

»Harlow will vor allem von dir hören, wie *leid* es dir tut, Nymphe. Er erwartet *Reue* von dir. Stattdessen musst du ihn am laufenden Band reizen. Er wird versuchen, dir *Schuldgefühle* einzureden«, verriet mir Kittredge. »Kauf ihm den Humbug bloß nicht ab – stell dir einfach vor, du würdest ihm einen pornographischen Roman erzählen.«

»Verstehe«, sagte ich. »Keine Reue, richtig?«

»Keine Reue, Nymphe – ganz genau. Obwohl«, sagte Kittredge mit dieser gruselig veränderten Stimme, die mir Angst machte. »Obwohl, Nymphe – was du getan hast, find ich *widerlich.* Aber ich gratuliere dir, dass du den Mut dazu hattest, und du hast absolut ein *Recht* drauf!«

Dann, so urplötzlich, wie er mich im Treppenhaus hochgehoben hatte, war er weg – er rannte davon und verschwand durch den Flur im zweiten Stock, während diese Knaben in ihren Türöffnungen ihm alle hinterhergafften. Es war ein klassischer Kittredge. Selbst wenn man sich bei ihm vorsah, konnte man nie genug auf der Hut sein; nur Kittredge wusste, worauf das Gespräch zusteuerte. Bei ihm hatte ich oft das Gefühl, dass er das Ende unserer Unterredungen schon kannte, bevor er anfing.

In dem Moment ging die Tür unserer Lehrerwohnung auf; Richard Abbott und meine Mutter standen beide so da, als hätten sie schon eine ganze Weile auf der anderen Seite der Tür gestanden.

»Wir haben Stimmen gehört, Bill«, sagte Richard.

»Ich hab die Stimme von Kittredge gehört – die würde ich überall heraushören«, sagte meine Mutter.

Ich schaute mich gründlich in dem plötzlich leeren Flur um.

»Dann kannst du wirklich Stimmen hören«, sagte ich zu meiner Mutter.

»Ich hab Kittredges Stimme auch gehört, Bill – er klang ziemlich *aufgeregt*«, sagte Richard.

»Ihr gehört beide zum Ohrenarzt – macht doch einen Hörtest oder so was«, riet ich ihnen, ehe ich an ihnen vorbei ins Wohnzimmer ging.

»Ich weiß, dass du morgen einen Termin bei Dr. Harlow hast, Bill«, sagte Richard. »Vielleicht sollten wir darüber reden.«

»Ich weiß genau, was ich Dr. Harlow erzählen werde, Richard – ich kann mich sogar noch ziemlich genau an alle Einzelheiten erinnern«, versicherte ich ihm.

»Pass bitte auf, was du Dr. Harlow erzählst, Billy!«, rief meine Mutter.

»Worauf soll ich aufpassen?«, fragte ich sie. »Ich hab nichts zu verbergen – nicht mehr.«

»Immer mit der Ruhe, Bill –«, setzte Richard an, aber ich ließ ihn nicht ausreden.

»Kittredge haben sie nicht rausgeschmissen, obwohl er Sex hatte, oder?«, fragte ich Richard. »Habt ihr Angst, sie schmeißen mich dafür raus, dass ich *keinen* Sex hatte?«, fragte ich meine Mutter.

»Sei nicht albern –«, fing sie an.

»Wovor hast du *dann* Angst?«, fragte ich meine Mutter.

»Eines Tages werd ich so viel Sex haben, wie ich will – und zwar genau so, wie ich es will. Hast du etwa *davor* Angst, Mom?«

Sie antwortete mir zwar nicht, aber ich sah, wovor sie Angst hatte: dass ich so viel Sex haben würde, wie ich wollte, und zwar genau so, wie ich es wollte. Diesmal hielt Richard sich aus dem Gespräch raus; er versuchte nicht, meiner Mom beizustehen. Während ich in mein Zimmer ging und die Tür hinter mir schloss, dachte ich, dass Richard Abbott wahrscheinlich etwas wusste, was ich *nicht* wusste.

Ich legte mich aufs Bett und versuchte mir alles vorzustellen, was ich womöglich nicht wusste. Es musste etwas sein, das meine Mutter vor mir geheim hielt, dachte ich, und vielleicht war Richard dagegen, dass sie es mir verschwieg. Das würde erklären, warum er ihr nicht zur Seite gesprungen war, als sie sich in eine für mich nicht ersichtliche Bredouille gebracht hatte. (Richard hatte nicht einmal seinen üblichen »Immer-mit-der-Ruhe-Bill«-Schwachsinn abgelassen!)

Später, als ich einzuschlafen versuchte, dachte ich, wenn ich je Kinder hätte, würde ich ihnen alles sagen. Aber das Wörtchen *alles* rief mir nur alle Einzelheiten meines sexuellen Abenteuers mit Miss Frost ins Gedächtnis. Diese Einzelheiten, die ich in so aufreizender (wenn nicht gar *pornographischer*) Manier wie nur möglich am nächsten Morgen Dr. Harlow berichten wollte, lenkten meine Gedanken weiter auf den Sex, den ich mit Miss Frost *nicht* gehabt hatte. Bei allem, was man sich da so vorstellen konnte, lag ich natürlich noch bis spät in die Nacht hinein wach.

Kittredge hatte mich so gut auf meine Unterredung mit Dr. Harlow vorbereitet, dass mich das Treffen nicht aus der Bahn warf. Ich sagte einfach nur die Wahrheit, ohne irgendetwas auszulassen. Sogar, dass ich anfangs nicht gewusst hatte, ob ich das, was die meisten Leute Sex nennen, mit Miss Frost hatte – ob es zur Penetration gekommen war. Das Wort Penetration faszinierte Dr. Harlow dermaßen, dass er das Bekritzeln seines linierten Schreibblocks einstellte und mich ganz direkt und ungeduldig fragte:

»Und, *ist* es zur Penetration gekommen?«

»Das kommt noch«, mahnte ich ihn zur Geduld. »Man darf sich nicht Hals über Kopf in diesen Teil der Geschichte stürzen.«

»Ich will *haarklein* wissen, was passiert ist, Bill!«, ereiferte sich Dr. Harlow.

»Oh, aber das *kommt* noch!«, rief ich aufgeregt. »Dass man es erst nicht weiß, gehört zur Geschichte dazu.«

»Das mit dem Nichtwissen interessiert mich nicht!«, erklärte Dr. Harlow und richtete die Spitze seines Stiftes auf mich. Aber ich ließ mich nicht hetzen. Je länger ich redete, desto länger musste der glatzköpfige Eulenficker zuhören.

An der Favorite River Academy nannten wir Lehrer und andere Erwachsene, die uns besonders verhasst waren, »glatzköpfige Eulenficker«. Der Ursprung dieser Bezeichnung ist ungewiss. Der Name des Favorite-River-Jahrbuchs, *Die Eule,* sollte wohl auf die legendäre Weisheit von Eulen anspielen – wie sie in Wendungen wie »Eulen nach Athen tragen« oder »so weise wie eine Eule« enthalten ist. (Unsere dämlichen Sportmannschaften hießen die »Bald Eagles«,

Weißkopfseeadler – wörtlich: glatzköpfige Adler –, was für zusätzliche Verwirrung sorgte; Adler sind keine Eulen.)

»Mit dem ›Glatzköpfigen‹ könnte das Erscheinungsbild eines beschnittenen Penis gemeint sein«, hatte Mr. Hadley einmal gesagt – als alle drei Hadleys mit Richard, meiner Mutter und mir beim Abendessen saßen.

»Wie kommst du bloß darauf?«, hatte Mrs. Hadley ihren Gatten gefragt. Ich weiß noch, wie hingerissen Elaine und ich diesem Tischgespräch lauschten – und dass das unübersehbare Unbehagen meiner Mutter bei dem Wort *Penis* zu unserer Verzückung beitrug.

»Verstehst du, Martha, das mit dem ›Eulenficker‹ ist bezeichnend für den homophoben Umgangston an einer reinen Knabenschule«, fuhr Mr. Hadley, ganz der Geschichtslehrer, fort. »Die Jungs nennen diejenigen von uns, die sie am meisten hassen, ›glatzköpfige Eulenficker‹, weil sie die *allerschlimmsten* von uns im Verdacht haben, Homosexuelle zu sein, die Knaben befummeln – oder die davon träumen.«

Elaine und ich johlten, so komisch fanden wir das. Nie hätten wir gedacht, dass der Ausdruck »glatzköpfige Eulenficker« *irgendwas* bedeutete!

Doch da meldete sich meine Mutter zu Wort. »Es ist einfach einer von diesen vulgären Ausdrücken, die die Jungs sagen, weil sie *immer* vulgär daherreden – denn so *ticken* sie nun mal«, stellte sie erbittert fest.

»Aber es hat ursprünglich etwas *bedeutet,* Mary«, beharrte Mr. Hadley. »Bestimmt hat es mal einen *Grund* dafür gegeben«, dozierte der Geschichtslehrer.

Als ich Dr. Harlow mein sexuelles Abenteuer mit Miss

Frost mit Bedacht bis in alle Einzelheiten schilderte, weidete ich mich an der Erinnerung an Mr. Hadleys historische Hypothesen, was ein glatzköpfiger Eulenficker wohl ursprünglich gewesen sein mochte. Dr. Harlow war nämlich eindeutig einer, und zugegeben, während ich meine Entdeckung näher ausführte, dass Miss Frost und ich Schenkelverkehr gehabt hatten, verwendete ich einige der von James Baldwin so geschickt gewählten Worte. »Es kam zu keiner Penetration«, klärte ich Dr. Harlow schließlich auf, »also gab es auch keinen ›Gestank der Liebe‹, auch wenn ich es mir noch so sehr gewünscht hätte!«

»Gestank der Liebe!«, wiederholte Dr. Harlow; ich sah, wie er sich das notierte und wie er auf einmal etwas blass um die Nase wurde.

»Auch wenn ich womöglich nie einen besseren Orgasmus erleben werde«, sagte ich Dr. Harlow, »möchte ich trotzdem immer noch *alles* machen – all diese Sachen, vor denen Miss Frost mich bewahrt hat, meine ich. Nur ihretwegen will ich das alles machen – ich kann's tatsächlich kaum erwarten!«

»Diese *homosexuellen* Sachen, Bill?«

Auf seiner mit schütterem Haar verzierten Glatze standen Schweißperlen.

»Ja, *natürlich* ›homosexuelle Sachen‹ – aber auch andere Sachen, nicht *nur* mit Männern, sondern auch mit Frauen!«

»*Beides,* Bill?«, fragte Dr. Harlow.

»Warum nicht?«, sagte ich dem glatzköpfigen Eulenficker. »Ich hab mich zu Miss Frost hingezogen gefühlt, als ich sie für eine Frau gehalten habe. Als ich erkannte, dass sie ein Mann ist, hat mich das nicht weniger angezogen.«

»Und gibt es andere Menschen, beiderlei Geschlechts – an dieser Schule und in dieser Stadt –, zu denen du dich *ebenfalls* hingezogen fühlst, Bill?«, fragte Dr. Harlow.

»Klar. Warum nicht?«, sagte ich wieder. Dr. Harlow hatte mit Schreiben aufgehört. Vielleicht war ihm die Aufgabe, die er da auf sich zukommen sah, eine Nummer zu groß.

»Mitschüler, Bill?«, fragte der glatzköpfige Eulenficker.

»Klar«, sagte ich. Um des dramatischen Effekts willen schloss ich die Augen, was jedoch unerwartete Auswirkungen auf mich selbst hatte. Plötzlich sah ich mich in Kittredges starken Armen; er hielt mich in der Armklammer, aber natürlich nicht nur das.

»Ehefrauen von Lehrern?«, schlug Dr. Harlow alles andere als ungezwungen vor.

Ich brauchte nur an Mrs. Hadleys unscheinbares Gesicht zu denken, das ich regelmäßig den Teenager-BH-Models in den Versandhauskatalogen meiner Mutter aufpfropfte.

»Warum nicht?«, fragte ich ein drittes Mal. »Jedenfalls *eine* Lehrerfrau«, fügte ich hinzu.

»Nur *eine*?«, fragte Dr. Harlow, aber ich merkte, dass der glatzköpfige Eulenficker mich fragen wollte, *welche*.

In dem Moment fiel mir ein, wie Kittredge Dr. Harlows anzügliche Frage beantwortet hätte. Zunächst einmal setzte ich eine gelangweilte Miene auf – so als hätte ich etliches mehr zu sagen, wenn es mir nicht so lästig wäre.

Meine schauspielerische Laufbahn war so gut wie beendet. (Damals, als ich in Dr. Harlows Büro verhört wurde, wusste ich es noch nicht, aber mir blieb nur noch eine winzige Nebenrolle aufzuführen.) Dennoch gelang es mir, meine beste Imitation von Kittredges Achselzucken mit Grandpa Harrys Ausweichstrategie zu kombinieren.

»Je nun …«, setzte ich an – und unterbrach mich gleich wieder. Statt weiterzureden, lieferte ich dieses nonchalante Achselzucken ab – das Kittredge von seiner Mutter geerbt und Elaine sich von Mrs. Kittredge abgeschaut hatte.

»Verstehe, Bill«, sagte Dr. Harlow.

»Das bezweifle ich«, erklärte ich. Ich sah, wie der alte Homohasser erstarrte.

»Du bezweifelst es!«, rief er empört aus und notierte sich erbost meine Aussage.

»Eins können Sie mir glauben, Dr. Harlow«, sagte ich, jedes Wort noch im Ohr, das Miss Frost mir gesagt hatte. »Wenn Sie einmal damit anfangen zu wiederholen, was andere zu Ihnen sagen, werden Sie diese Angewohnheit ganz schlecht wieder los.«

Das also war mein Gespräch mit Dr. Harlow, der meiner Mutter und Richard Abbott einen knappen Kommentar schickte, in dem er meine »Aussichten auf Heilung« als »gering« bezeichnete. Diese Einschätzung führte er nur insofern näher aus, als er schrieb, meine sexuellen Probleme seien seinem professionellen Urteil nach »eher eine Frage der Einstellung als der Ausführung«.

Ich sagte meiner Mutter nur, meinem professionellen Urteil nach betrachtete ich die Unterredung mit Dr. Harlow als großen Erfolg.

Der arme wohlmeinende Richard Abbott versuchte, mich in ein freundschaftliches Gespräch unter vier Augen darüber zu verwickeln. »Was könnte Dr. Harlow deiner

Meinung nach wohl mit deiner *Einstellung* meinen, Bill?«, fragte der gute Richard.

»Je nun …«, sagte ich und unterbrach mich gerade lange genug für ein vielsagendes Achselzucken. »Ein sichtliches Fehlen von Reue könnte der Knackpunkt sein.«

»Ein sichtliches Fehlen von Reue«, wiederholte Richard.

»Eins kannst du mir glauben«, begann ich, davon überzeugt, dass ich Miss Frosts gebieterischen Tonfall perfekt beherrschte. »Wenn du einmal damit anfängst, zu wiederholen, was andere zu dir sagen, wirst du diese Angewohnheit ganz schlecht wieder los.«

Miss Frost sollte ich nur noch zweimal begegnen; beide Male vollkommen überraschend.

Die Ereignisse, die zu meinem Abschluss an der Favorite River Academy und meiner Abreise aus First Sister führten, überschlugen sich geradezu.

Vor unseren Thanksgiving-Ferien führte der Theaterclub *König Lear* auf. Eine Zeitlang, höchstens ein, zwei Wochen, tat Richard Abbott es meiner Mutter gleich und »strafte« mich mit Schweigen. Offensichtlich kränkte es ihn, dass ich mir den Herbst-Shakespeare nicht angesehen hatte. Dabei hätte mir Grandpa Harrys Auftritt als Goneril bestimmt Spaß gemacht – jedenfalls mehr, als Kittredge in der Doppelrolle als Edgar und armer Tom zu sehen.

Der *andere* »arme Tom« – Atkins natürlich – berichtete mir, Kittredge habe beide Figuren mit vornehmer Nonchalance gegeben und Grandpa Harry in der puren Abscheulichkeit der ältesten Lear-Tochter geradezu geschwelgt.

»Wie war Delacorte?«, fragte ich Atkins.

»Delacorte find ich gruselig«, antwortete er.

»Ich meine, wie er als Lears Narr war, Tom.«

»Gar nicht so übel, Bill«, gab Atkins zu. »Ich weiß bloß nicht, warum er andauernd so aussieht, als müsste er ausspucken!«

»Weil Delacorte ausspucken *muss,* Tom«, erklärte ich Atkins.

Nach Thanksgiving – denn die Wintersport-Mannschaften hatten mit ihrem Training begonnen – lief mir Delacorte, der unterwegs zum Ringertraining war, über den Weg. Mit nässendem Mattenbrand an einer Wange und tief aufgerissener Unterlippe hielt er den sattsam bekannten Pappbecher in einer Hand. (Mir fiel auf, dass er nur *einen* Becher dabeihatte, hoffentlich kein Mehrzweck-Becher – also zum Spülen *und* zum Spucken.)

»Wieso hast du dir die Theateraufführung nicht angesehen?«, fragte er mich. »Kittredge sagt, du hast sie dir nicht angeschaut.«

»Schade, dass ich sie versäumt hab«, antwortete ich. »Ich hatte zu viel um die Ohren.«

»O ja, ich weiß«, sagte Delacorte. »Kittredge hat mir davon erzählt.« Er nahm einen Schluck Wasser aus dem Pappbecher, spülte und spuckte das Wasser in eine schmutzige Schneewehe neben dem Fußweg.

»Ich hab gehört, du warst sehr gut als Lears Narr«, sagte ich.

»Wirklich?«, fragte er nach, offenbar überrascht. »Von wem?«

»Das sagen alle«, flunkerte ich.

»Ich hab versucht, jede einzelne Szene in dem Bewusstsein zu spielen, dass ich ein Sterblicher bin«, sagte Delacorte allen Ernstes. »Für mich ist jede Szene, in der Lears Narr auftritt, eine Art schleichender Tod«, ergänzte er.

»Wie interessant. Zu schade, dass ich das verpasst hab«, sagte ich wieder.

»Ach, das macht doch nichts – bestimmt hättest du es besser gemacht«, erwiderte Delacorte. Er nahm noch ein Schlückchen Wasser und spuckte es wieder in den Schnee. Ehe er zum Ringertraining ging, fragte er mich plötzlich: »War sie *hübsch*? Ich mein, die transsexuelle Bibliothekarin.«

»Ja, *sehr* hübsch«, antwortete ich.

»Das kann ich mir nur schwer vorstellen«, gestand er bekümmert und lief davon.

Jahre später, als ich wusste, dass Delacorte im Sterben lag, dachte ich oft daran, wie er Lears Narren als eine Art schleichenden Tod gespielt hatte. *Wirklich* ein Jammer, dass ich das verpasst habe. Ach Delacorte, wie ich dich verkannt habe – an dich schlich sich der Tod tückischer an, als ich mir je vorgestellt hätte!

Von Tom Atkins erfuhr ich in jenem Dezember 1960, dass Kittredge überall herumerzählte, ich wäre »ein Sexheld«.

»Das hat Kittredge dir gesagt, Tom?«, fragte ich.

»Er sagt es jedem«, erfuhr ich von Atkins.

»Wer weiß schon, was Kittredge wirklich denkt?«, sagte ich. (Ich hatte immer noch daran zu knabbern, wie Kittredge mir das Wort *widerlich* an den Kopf geknallt hatte, als ich am wenigsten damit gerechnet hatte.)

In jenem Dezember hatte das Ringerteam keine Turniere

daheim – die ersten Wettkämpfe fanden in anderen Schulen statt –, aber Atkins hatte mir gegenüber sein Interesse bekundet, sich die Heimwettkämpfe mit mir zusammen anzusehen. Davor hatte ich den Vorsatz gefasst, mir keine Ringerturniere mehr anzusehen; einerseits, weil Elaine nicht mehr da war, um mit mir zusammen hinzugehen, andererseits, weil ich mir einbildete, Kittredge so aus dem Weg gehen zu können. Aber als Atkins sein Interesse äußerte, fachte er meins wieder an.

Dann, Weihnachten 1960, kam Elaine nach Hause; die Favorite-River-Wohnheime standen über die Weihnachtsferien leer, und Elaine und ich hatten das verlassene Schulgelände größtenteils für uns allein. Ich erzählte Elaine absolut alles über Miss Frost; meine Sitzung bei Dr. Harlow hatte mir genügend Übung im Geschichtenerzählen verschafft, und ich wollte unbedingt all die Jahre wettmachen, in denen ich meiner lieben Freundin Elaine so vieles verschwiegen hatte. Sie war eine gute Zuhörerin und versuchte nicht einmal, mir Vorwürfe zu machen, weil ich ihr nicht früher von meinen diversen erotischen Obsessionen erzählt hatte.

Wir konnten auch offen über Kittredge reden, und ich erzählte Elaine sogar, dass ich »früher« für ihre Mutter geschwärmt hatte. (Dass Mrs. Hadley mich nicht mehr auf diese Art anzog, machte es mir einfacher, es Elaine zu sagen.)

Elaine war eine so gute Freundin, dass sie sich doch tatsächlich als Vermittlerin anbot – für den Fall, dass ich mich noch einmal mit Miss Frost treffen wollte. Natürlich dachte ich immerzu an so ein Treffen, aber Miss Frost hatte mir ihre Absicht, sich endgültig von mir zu verabschieden, unmissverständlich klargemacht – ihr »Lebwohl, auf Wiedersehen« hatte äußerst bestimmt geklungen. Deshalb konnte ich mir auch nicht vorstellen, dass sie mit ihrem »Lebwohl, auf Wiedersehen« eine Hintertür offen lassen wollte.

So dankbar ich Elaine für ihre Bereitschaft war, für uns die Botin zu spielen, machte ich mir doch keine Sekunde lang vor, dass Miss Frost sich je wieder mit mir einlassen würde. »Bitte versteh doch«, sagte ich zu Elaine. »Ich glaube, Miss Frost ist es sehr ernst damit, mich *beschützen* zu wollen.«

»Was erste Male angeht, Bill, hast du es offensichtlich ziemlich gut getroffen«, verriet mir Elaine.

»Bis auf die Einmischung meiner ganzen Scheiß-*Familie*!«, rief ich.

»Das ist allerdings sehr seltsam«, sagte Elaine. »Es kann nicht sein, dass sie sich alle so vor Miss Frost fürchten. Sie haben bestimmt nicht geglaubt, Miss Frost könnte dir je etwas antun.«

»Wie meinst du das?«, fragte ich.

»Sie fürchten sich vor irgendwas, das mit *dir* zu tun hat, Billy«, erklärte sie.

»Dass ich homosexuell bin, oder bisexuell – meinst du das?«, fragte ich. »Weil ich nämlich glaube, dass sie sich das schon zusammenreimen, oder mich wenigstens im *Verdacht* haben.«

»Sie fürchten sich vor etwas, das du selbst noch nicht weißt, Billy«, sagte Elaine.

»Ich hab's so satt, dass alle mich *beschützen* wollen!«, rief ich.

»Das könnte durchaus Miss Frosts Motiv sein, Billy«, stellte Elaine fest. »Ob es aber auch bei deiner ganzen Scheiß-*Familie,* wie du sagst, dahintersteckt, da bin ich mir nicht so sicher.«

In diesen Weihnachtsferien kam auch meine ziemlich derbe Cousine Gerry vom College nach Hause. Bei Gerry verwende ich das Wörtchen *derb* mit liebevollem Unterton. Bitte tun Sie Gerry nicht als übertrieben aggressive Lesbe ab, die ihre Eltern und alle Heteros hasste; Jungen hatte sie zwar immer verachtet, aber ich bildete mir törichterweise ein, mich könnte sie ein klein wenig mögen, weil ich wusste, dass sie von meiner skandalösen Beziehung mit Miss Frost gehört haben musste. Doch Gerry sollte jedenfalls die nächsten paar Jahre schwule oder bisexuelle Jungs kein bisschen lieber mögen als heterosexuelle.

Heutzutage bekomme ich von meinen Freunden zu hören, unsere Gesellschaft begegne lesbischen und bisexuellen Frauen toleranter als schwulen und bisexuellen Männern. In unserer Familie schien Gerrys Lesbischsein jedenfalls keine größere Aufregung zu verursachen, besonders verglichen mit dem Aufstand, den alle um meine Beziehung zu Miss Frost veranstalteten – ganz zu schweigen vom Entsetzen meiner Mutter über die Entwicklung meiner sexuellen Orientierung. Ja, ich weiß, es stimmt, dass viele Leute lesbische und bisexuelle Frauen *anders* behandeln als schwule und bisexuelle Männer, aber Gerry wurde von unserer Familie weniger *akzeptiert* als vielmehr *ignoriert.*

Onkel Bob liebte Gerry, war aber ein Feigling, der seine Tochter teilweise dafür liebte, dass sie mutiger war als er.

Wahrscheinlich legte Gerry sich ihr rüpelhaftes Betragen bewusst zu, nicht nur, um sich hinter diesem Schutzwall zu verschanzen, sondern weil sie unsere Familie mit ihrer Aggressivität und »Derbheit« zwang, sie zu *beachten.*

Ich hatte Gerry immer gemocht, behielt meine Zuneigung aber für mich. Ich wünschte, ich hätte ihr *gesagt,* dass ich sie mochte – viel früher, meine ich.

Im Lauf der Jahre sollten wir uns näherkommen; heute stehen wir uns recht nahe. Ich mag Gerry wirklich gern – na gut, auf verquere Art –, aber als junge Frau war Gerry nicht gerade liebenswürdig. Ich meine ja nur, dass sie sich *absichtlich* unliebenswürdig benahm. Elaine verabscheute Gerry und sollte sie nie mögen – nicht mal ein bisschen.

An diesen Weihnachtsfeiertagen gingen Elaine und ich unseren üblichen separaten Beschäftigungen im Jahrbuchraum der Academy-Bibliothek nach. Die Bibliothek hatte über die Weihnachtsferien geöffnet – nur nicht am ersten Weihnachtsfeiertag. Viele Lehrer arbeiteten gern dort, denn um die Weihnachtstage herum besuchten haufenweise Aufnahmekandidaten mit ihren Eltern die Favorite River Academy. Seit drei Jahren hatte ich in den Sommerferien als Fremdenführer gejobbt und interessierten Schülern und ihren Eltern meine scheußliche Schule gezeigt. In den Weihnachtsferien bekam ich auch einen Teilzeitjob als Führer; das war für einen Lehrersohn nichts Ungewöhnliches. Onkel Bob, der für die Auswahl der Schüler verantwortlich zeichnete, war unser viel zu toleranter Chef.

Elaine und ich waren im Jahrbuchraum, als meine Cousine Gerry uns aufstöberte. »Ich hab gehört, du bist schwul«, sagte Gerry zu mir, ohne Elaine zu beachten.

»Kann schon sein«, sagte ich, »aber manche Frauen finde ich auch attraktiv.«

»Davon will ich nichts hören«, kanzelte Gerry mich ab. »Mir steckt niemand was in den Arsch oder sonst wohin.«

»Woher willst du das wissen, wenn du es noch nicht ausprobiert hast?«, sagte Elaine. »Wer weiß, vielleicht gefällt's dir ja, Gerry.«

»Wie ich sehe, bist du nicht schwanger«, sagte Gerry zu ihr, »außer du bist doch schon wieder schwanger, Elaine, und man sieht es bloß noch nicht.«

»Hast du eine Freundin?«, fragte Elaine.

»Die könnte dich zu Brei schlagen«, sagte Gerry. »Dich wahrscheinlich auch«, informierte sie mich.

Ich war auch deshalb nachsichtig mit Gerry, weil ich wusste, dass Muriel ihre Mutter war; das konnte kein leichtes Los sein, schon gar nicht für eine Lesbe. Weniger Nachsicht hatte ich dafür, wie ruppig sie mit ihrem Vater umsprang, denn Onkel Bob hatte ich immer gemocht. Aber Elaine war kein bisschen nachsichtig mit Gerry. Zwischen ihnen musste mal irgendetwas vorgefallen sein; vielleicht hatte Gerry sie angebaggert oder, durchaus möglich, Elaine etwas Gemeines gesagt oder geschrieben, als diese von Kittredge schwanger war.

»Mein Dad sucht dich, Bill«, sagte Gerry. »Er will einer Familie die Schule zeigen. Für mich sieht der Kleine nach Bettnässer aus, aber vielleicht ist er ja schwul, und ihr könnt euch in einem leeren Wohnheimzimmer gegenseitig einen blasen.«

»Lieber Himmel, bist du ordinär!«, sagte Elaine zu Gerry. »Und ich war so naiv, mir vorzustellen, das College hätte dir Kultur beigebracht – wenigstens ein bisschen. Aber was auch immer du deinem Highschool-Besuch in Ezra Falls an geschmackloser Kultur abgewinnen konntest, wird wohl die einzige Kultur sein, die du überhaupt aufnehmen kannst.«

»Und die Kultur, die du mitbekommen hast, hat dir wohl nicht beigebracht, *nicht* die Beine breit zu machen, Elaine«, konterte Gerry. »Warum bittest du nicht meinen Dad, dir den Generalschlüssel für Tilley zu geben, wenn du den Bettnässer und seine Eltern rumführst?«, fragte Gerry mich. »Dann kannst du mit Elaine das Zimmer von Kittredge ausspionieren. Vielleicht könnt ihr beiden Wichser euch auf Kittredges Bett gegenseitig abschlecken«, schlug Gerry uns vor. »Ich mein ja nur, Billy, du brauchst schließlich einen Generalschlüssel, um jemandem ein Wohnheimzimmer zu zeigen, oder? Warum also nicht den von Tilley?« Und damit ließ Gerry Elaine und mich im Jahrbuchraum zurück. Genau wie ihre Mutter Muriel konnte sie ein gefühlloser Trampel sein, war aber – darin bestand der Unterschied – nicht spießig. (Vielleicht bewunderte ich ja Gerrys Aggressivität.)

»Offenbar redet deine ganze Scheiß-Familie – deine Worte, Billy – *über* dich«, sagte Elaine. »Nur nicht *mit* dir.«

»Offenbar«, stimmte ich ihr zu, dachte aber, dass Tante Muriel und meine Mutter bestimmt die Hauptschuldigen waren – jedenfalls wenn es darum ging, *über* mich statt *mit* mir zu reden.

»Willst du das Zimmer von Kittrege in Tilley sehen?«, fragte mich Elaine.

»Wenn *du* willst«, antwortete ich. Natürlich wollte ich Kittredges Zimmer sehen – genau wie sie.

Seit meiner Entdeckung, dass Miss Frost 1935 Kapitän der Favorite-River-Ringermannschaft gewesen war, hatte meine Begeisterung für das Schmökern in alten Jahrbüchern etwas nachgelassen. Seither war ich nicht viel weitergekommen – genauso wenig wie Elaine.

Sie hielt sich immer noch bei den aktuellen Jahrbüchern auf, speziell bei den »Kittredge-Jahren«, wie sie sie nannte, und sie ging ganz darin auf, Fotos des jüngeren, unschuldiger wirkenden Kittredge zu finden. Jetzt, da Kittredge in seinem fünften und letzten Schuljahr auf Favorite River war, hielt Elaine nach Fotos von ihm in seinem ersten und zweiten Jahr Ausschau. Ja, damals hatte er jünger ausgesehen; das Unschuldige hingegen war nur schwer auszumachen.

Falls man Mrs. Kittredges Geschichte glauben konnte – falls Kittredges leibliche Mutter tatsächlich wie behauptet mit ihm geschlafen hatte –, war Kittredges Unschuld keine allzu lange Dauer beschieden, und er war jedenfalls nicht mehr unschuldig, als Favorite River ihn aufnahm. Schon an seinem ersten Tag in First Sister war er nicht mehr unschuldig gewesen. (Ich konnte mir kaum vorstellen, dass er *jemals* unschuldig gewesen war.) Und doch durchsuchte Elaine unermüdlich diese frühesten Bilder nach Hinweisen auf seine Unschuld.

An den Jungen, den Gerry den Bettnässer genannt hatte, erinnere ich mich nicht mehr. Er war (höchstwahrscheinlich) vorpubertär und auf bestem Wege, hetero *oder* schwul zu werden – aber nicht drauf und dran, *bi* zu werden, bilde ich mir jedenfalls ein. An die Eltern des vermeintlichen Bettnässers erinnere ich mich ebenso wenig. Mein Wortwechsel mit Onkel Bob über den Generalschlüssel zu Tilley hat sich mir da schon eher eingeprägt.

»Klar, zeig ihnen Tilley – warum nicht?«, sagte mir mein lässiger Onkel. »Nur nicht das Zimmer von Kittredge – das ist untypisch.«

»Untypisch«, wiederholte ich.

»Schau's dir an, Billy – aber zeig ihnen ein anderes Zimmer«, verlangte Onkel Bob.

Ich weiß nicht mehr, wessen Zimmer ich dem Bettnässer und seinen Eltern zeigte; es war das übliche Doppelzimmer, zwei von allem: zwei Betten, zwei Schreibtische, zwei Kommoden.

»Hat jeder einen Zimmergenossen?«, fragte die Mutter des Bettnässers; solche Fragen stellten gewöhnlich die Mütter.

»Ja, jeder – keine Ausnahmen«, sagte ich; das waren die Regeln.

»Was ist ›untypisch‹ am Zimmer von Kittredge?«, fragte Elaine, nachdem die Besucherfamilie mit ihrer Führung fertig war.

»Das werden wir gleich sehen«, antwortete ich. »Onkel Bob hat es mir nicht verraten.«

»Lieber Himmel, niemand in deiner Familie verrät dir *irgendwas*, Billy!«, rief Elaine.

Der Gedanke war mir auch schon gekommen. Im Jahrbuchraum war ich erst bis zum Abschlussjahrgang 1940 gelangt. Noch zwanzig Jahre bis zu meinem eigenen Jahrgang, und mir war gerade aufgefallen, dass das 1940er-Jahrbuch fehlte. Ich war von der 1939er *Eule* zu der von 1941 und 1942 gesprungen, ehe ich gemerkt hatte, dass die 1940er fehlte.

Als ich den Academy-Bibliothekar danach fragte, sagte ich: »Jahrbücher dürfen überhaupt nicht ausgeliehen werden. Jemand muss *Die Eule* von 1940 gestohlen haben.«

Der Academy-Bibliothekar gehörte zu den pingeligen alten Junggesellen an Favorite River; alle waren der Ansicht, solche alten unverheirateten Lehrer seien das, was damals »nicht praktizierende Homosexuelle« hieß. Wer konnte schon wissen, ob sie »praktizierten« oder nicht, ob sie homosexuell waren oder nicht? Uns war nur aufgefallen, dass sie alleinstehend waren und sich besonders sorgfältig kleideten, so wie sie auch etepetete aßen und sprachen – weshalb wir sie für unnatürlich unmännlich hielten.

»*Schüler* dürfen in der Tat kein Jahrbuch entleihen, Billy – *Lehrer* schon«, sagte der Academy-Bibliothekar steif; er hieß Mr. Lockley.

»*Lehrer* schon«, wiederholte ich.

»Jawohl«, bestätigte Mr. Lockley; er blätterte in ein paar Karteikarten. »Mr. Fremont hat die 1940er *Eule* ausgeliehen, Billy.«

»Oh!«

Mr. Fremont – Robert Fremont, Abschlussjahrgang 1935, Klassenkamerad von Miss Frost – war natürlich mein Onkel Bob. Aber als ich Bob fragte, ob er die 1940er *Eule* schon durchhätte, weil ich sie mir gern ansehen würde, reagierte der gute alte lässige Bob gar nicht mehr so lässig.

»Mit ziemlicher Sicherheit hab ich das Jahrbuch in die Bücherei zurückgebracht, Billy«, sagte mein Onkel; er war im Grunde genommen ein guter Kerl, wenn auch ein schlechter Lügner. So geradeheraus er gewöhnlich auch war, wusste ich doch, dass er die 1940er *Eule* aus irgendeinem schleierhaften Grund nicht herausrücken wollte.

»Mr. Lockley glaubt, dass du sie noch hast, Onkel Bob«, sagte ich.

»Dann werd ich wohl danach suchen müssen, Billy, aber ich könnte schwören, dass ich sie der Bibliothek zurückgegeben habe«, meinte Bob.

»Wozu hast du sie gebraucht?«, fragte ich.

»Ein Ehemaliger dieses Jahrgangs ist kürzlich verstorben«, antwortete Onkel Bob. »Ich wollte seiner Familie ein paar nette Worte über ihn schreiben.«

»Oh!«

Der arme Onkel Bob würde nie Schriftsteller werden, so viel war mir klar; er konnte sich nicht mal selber mit einer Lügengeschichte aus der Patsche helfen.

»Wie hieß er?«, fragte ich.

»Wie hieß *wer,* Billy?«, kam es von Bob mit gequetschter Stimme zurück.

»Der *Verstorbene,* Onkel Bob.«

»Mensch, Billy – jetzt fällt mir doch glatt sein Name nicht ein!«

»Oh!«

»Mehr Scheiß-Geheimnisse«, sagte Elaine, als ich ihr die Sache berichtete. »Bitte Gerry, das Jahrbuch zu suchen und dir zu geben. Gerry kann ihre Eltern nicht leiden – sie wird dir den Gefallen tun.«

»Ich fürchte, Gerry kann mich auch nicht leiden«, verriet ich Elaine.

»Gerry kann ihre Eltern noch viel *weniger* leiden«, sagte Elaine.

Wir standen vor der Tür zu Kittredges Zimmer in Tilley, und ich sperrte mit dem Generalschlüssel auf, den Onkel Bob mir gegeben hatte. Auf den ersten Blick fiel uns als einzig »Untypisches« auf, wie aufgeräumt es war, aber weder Elaine noch ich waren von Kittredges Ordnungsliebe überrascht.

In dem einzigen Regal standen sehr wenig Bücher; es gab reichlich Platz für mehr. Auf dem einen Schreibtisch lag kaum etwas herum; über dem einen Stuhl hingen keine Kleider. Auf der einsamen Kommode standen nur ein paar gerahmte Fotos, und im Wandschrank, typischerweise ohne Tür – oder Vorhang – waren Kittredges wohlbekannte (und teuer aussehende) Klamotten zu sehen. Nicht einmal auf dem für sich stehenden Einzelbett lagen irgendwelche Klamotten herum, und es war ordentlich gemacht – Laken, Bettdecke und Kopfkissenbezug knitterfrei glattgestrichen.

»Mein Gott«, entfuhr es Elaine plötzlich. »Wie hat der Mistkerl ein *Einzelzimmer* ergattert?«

Es war tatsächlich ein Einzelzimmer; Kittredge hatte keinen Zimmergenossen – das war das »Untypische« daran. Elaine und ich überlegten, ob dieses Zimmer wohl Bestandteil von Mrs. Kittredges Abmachung mit der Academy war, als sie Mr. und Mrs. Hadley versprochen hatte, mit Elaine nach Europa zu reisen und dem gestrauchelten Mädchen eine sichere Abtreibung zu verschaffen. Denkbar war auch, dass Kittredge als Zimmergenosse zu schikanös und ausfallend geworden war; womöglich hatte niemand mit ihm das Zimmer teilen wollen, doch das kam Elaine und auch mir eher unwahrscheinlich vor. An der Favorite River Academy hätte es einem zu höherem Ansehen verholfen, mit Kittredge das Zimmer zu teilen; selbst wenn er einen ständig schikanierte, würde man nicht auf die Ehre verzichten wollen. Das Einzelzimmer in Kombination mit Kittredges offensichtlich zwanghafter Ordnungsliebe roch nach Privilegien. Kittredge triefte vor Privilegiertheit, so als habe er es fertiggebracht, für sich (bereits *in utero*) eine Vorzugsbehandlung herauszuschlagen.

Elaine regte am meisten auf, dass sich in dem Zimmer auch nicht der geringste Hinweis darauf fand, dass Kittredge sie je gekannt hatte; vielleicht hatte sie erwartet, ein Foto von sich zu sehen. (Sie gestand mir, dass sie ihm mehrere geschenkt hatte.) Ich fragte sie nicht, ob sie ihm einen ihrer BHs geschenkt hatte, aber nur, weil ich selber vorhatte, sie um noch einen zu bitten.

Es gab ein paar Fotos aus der Schulzeitung und Jahrbuchfotos von Kittredge beim Ringen. Keine Fotos von Freundinnen (oder Exfreundinnen). Keine Kinderfotos von Kittredge; falls er je einen Hund hatte, auch keine Fotos von dem Hund. Keine Fotos von irgendwem, der sein Vater sein könnte. Das einzige Foto von Mrs. Kittredge war bei dem einen Mal aufgenommen worden, als sie nach Favorite River gekommen war, um ihren Sohn ringen zu sehen. Es musste nach dem Wettkampf entstanden sein; Elaine und ich hatten im Publikum gesessen – das einzige Mal, dass ich Mrs. Kittredge gesehen hatte. Wir konnten uns nicht erinnern, dass irgendwer Kittredge und seine Mutter während des Turniers fotografiert hätte, doch so war es offensichtlich gewesen.

Elaine und mir fiel gleichzeitig auf, dass jemand – es konnte nur Kittredge gewesen sein – das Gesicht von Mrs. Kittredge ausgeschnitten und auf Kittredges Körper geklebt hatte. Da stand seine Mutter nun im Ringertrikot ihres Sohnes. Und dessen schön geschnittenes Gesicht war auf den attraktiven, elegant und geschmackvoll gekleideten Körper seiner Mutter gepappt. Das Foto war komisch, aber Elaine und ich lachten nicht.

Es war nämlich so, dass sich Kittredges Gesicht auf dem Körper einer Frau und mit den Kleidern einer Frau gut machte und das Gesicht von Mrs. Kittredge hervorragend zum Ringerkörper ihres Sohnes passte (im Ringertrikot).

»Es könnte ja sein«, sagte ich nicht wirklich überzeugt zu Elaine, »dass Mrs. Kittredge die Gesichter auf dem Foto vertauscht hat.«

»Nein«, erwiderte Elaine. »Das kann nur Kittredge gewesen sein. Diese Frau hat weder Phantasie noch Sinn für Humor.«

»Wie du meinst«, antwortete ich meiner lieben Freundin. (Sie wissen ja, ich zweifelte Elaines überlegenes Wissen zum Thema Mrs. Kittredge nie an. Warum auch?)

»Du solltest allmählich mal Gerry bearbeiten und dieses Jahrbuch von 1940 finden, Billy«, riet mir Elaine.

Daran hielt ich mich während unseres Familienessens am ersten Weihnachtsfeiertag, bei dem Tante Muriel, Onkel Bob und Gerry mit mir, meiner Mutter und Richard Abbott in Grandpa Harrys Haus an der River Street zusammensaßen. Nana Victoria trieb immer viel Aufwand um die in ihren Augen lebenswichtige und unerlässliche »Tradition« des Weihnachtsessens.

Zu unserer Familientradition gehörte auch, dass die Borkmans zum Essen eingeladen wurden. Soweit ich mich erinnern kann, war es einer der wenigen Tage im Jahr, an denen ich Mrs. Borkman zu Gesicht bekam. Nana Victoria bestand darauf, dass wir sie alle mit »Mrs. Borkman« anredeten; den Vornamen erfuhr ich nie. Mit »alle« meine ich nicht nur die Kinder. Seltsamerweise redeten auch Muriel und meine Mutter Mrs. Borkman so an – und Onkel Bob und Richard Abbott, wenn sie mit der mutmaßlichen »Ibsen-Frau« sprachen, die Nils geheiratet hatte. (Zwar hatte sie weder Nils verlassen noch sich erschossen, aber wir gingen davon aus, dass Nils Borkman nie im Leben eine *andere* als eine Ibsen-Frau geheiratet hätte, weshalb es uns nicht überrascht hätte zu erfahren, dass Mrs. Borkman etwas Schreckliches getan hatte.)

Die Kinderlosigkeit der Borkmans deuteten meine Tante Muriel und Nana Victoria als Hinweis darauf, dass in ihrer Ehe etwas fehlte (oder tatsächlich schrecklich war).

»Gottverdammte Hurenkacke«, sagte Gerry an jenem Weihnachtstag 1960 zu mir. »Es kann doch schließlich sein, dass Nils und seine Frau zu deprimiert sind, um Kinder zu kriegen. Die Aussicht auf Kinder macht sogar mich so was von scheißdeprimiert, dabei bin ich weder selbstmordgefährdet noch Norwegerin!«

In dieser besinnlichen Stimmung beschloss ich, Gerry gegenüber das geheimnisvolle Thema der fehlenden 1940er *Eule* anzusprechen, die Onkel Bob – nach Mr. Lockleys

Aufzeichnungen – aus der Academy-Bibliothek entliehen, aber nie zurückgebracht hatte.

»Keine Ahnung, was dein Dad mit diesem Jahrbuch macht«, sagte ich ihr, »aber ich will es haben.«

»Was steht da drin?«, fragte sie mich.

»Das eben wollen mir einige Mitglieder unserer ehrenwerten Familie vorenthalten«, sagte ich.

»Mach dir nicht in die Hose. Ich find das Scheiß-Jahrbuch schon – ich bin selber scharf drauf zu erfahren, was drinsteht«, versicherte mir Gerry.

»Wahrscheinlich irgendwas Delikates, was sie unter der Decke halten wollen«, warnte ich sie.

»Ha!«, rief Gerry. »Nichts, was ich in die Finger kriege, bleibt lange unter der Decke!«

Als ich diesen Spruch Elaine weitersagte, bemerkte meine liebe Freundin: »Schon von der Vorstellung, mit Gerry ins Bett zu gehen, wird mir übel.«

Mir auch, wäre mir fast herausgerutscht. Aber das sagte ich nicht. Ich hielt meine sexuellen Aussichten für neblig trüb; wie meine Zukunft im Bett aussehen würde, war mir vollkommen unklar. »Sexuelles Begehren richtet sich in der Regel auf ein ziemlich bestimmtes Ziel«, sagte ich zu Elaine, »und ist normalweise ziemlich eindeutig, oder?«

»Wahrscheinlich schon«, antwortete Elaine. »Was willst du damit sagen?«

»Dass meine sexuellen Wünsche in der Vergangenheit sehr zielgerichtet waren – zu wem und was ich mich hingezogen fühlte, war immer ziemlich klar, ziemlich eindeutig«, erklärte ich ihr. »Aber offenbar ändert sich das alles. Zum Beispiel deine Brüste – sie sind ein *Ziel* meines Begehrens, weil es deine sind, nicht weil sie klein sind. Diese dunklen Stellen«, versuchte ich ihr zu sagen.

»Die Warzenhöfe«, sagte Elaine.

»Ja, ich *mag* diese Stellen. Und dich küssen – ich küss dich unheimlich gern«, beteuerte ich.

»Meine Güte – warum rückst du gerade jetzt damit raus, Billy?«, fragte Elaine.

»Ich weiß es erst jetzt – ich *ändere* mich, Elaine, aber ich weiß einfach nicht, *wie*«, sagte ich. »Übrigens, ob du mir wohl noch einen BH von dir geben könntest – meine Mutter hat den alten kurz und klein geschnitten.«

»Ach, echt?«, rief Elaine.

»Vielleicht hast du einen, aus dem du rausgewachsen bist oder den du einfach satthast«, sagte ich.

»Mein doofer Busen ist kaum gewachsen, nicht mal, als ich schwanger war«, verriet sie mir. »Jetzt muss er wohl ausgewachsen sein. Du kannst so viele von meinen BHs haben, wie du willst«, sagte Elaine.

Nach Weihnachten waren wir eines Abends in meinem Zimmer – natürlich bei offener Tür. Unsere Eltern waren zusammen in Ezra Falls ins Kino gegangen; sie hatten uns gefragt, ob wir mitkommen wollten, aber wir hatten abgelehnt. Elaine hatte gerade angefangen, mich zu küssen, und ich streichelte ihre Brüste – eine hatte ich aus dem BH herausbekommen –, als jemand gegen die Wohnungstür hämmerte.

»Mach die Scheiß-Tür auf, Billy!«, rief meine Cousine Gerry. »Ich weiß, dass deine Eltern und die Hadleys im Kino sind – meine arschgesichtigen Eltern sind mitgefahren!«

»Du lieber Himmel – es ist dieses schreckliche Mädchen!«, flüsterte Elaine. »Wetten, *sie* hat das Jahrbuch.«

Gerry hatte nicht lange gebraucht, um die 1940er *Eule* zu finden. Auch wenn Onkel Bob sie aus der Academy-Bibliothek entliehen hatte, fand Gerry sie doch auf der Seite ihrer Mutter unter dem Bett. Zweifellos hatte meine Tante Muriel beabsichtigt, das Jahrbuch dieses Abschlussjahrgangs von mir fernzuhalten, oder vielleicht hatten Muriel und meine Mutter die Idee gemeinsam ausgeheckt. Onkel Bob führte nur die Anweisungen dieser Winthrop-Frauen aus (Miss Frost zufolge war er ja schon immer ein Weichei gewesen, sogar *bevor* Muriel ihn weichgekocht hatte).

»Keine Ahnung, was das Ganze soll«, sagte Gerry, als sie mir das Jahrbuch reichte. »Dann ist es halt der Abgangsjahrgang von deinem ausgebüxten Vater – na *und,* scheiß der Hund drauf!«

»Mein Vater war auf Favorite River?«, fragte ich Gerry. Ich hatte gewusste, dass William Francis Dean mit fünfzehn nach Harvard gekommen war, aber niemand hatte mir verraten, dass er davor Favorite River besucht hatte. »Dann muss er meine Mutter hier in First Sister kennengelernt haben!«, stellte ich fest.

»Na *und,* scheiß drauf!«, sagte Gerry. »Wer will denn schon wissen, wo sie sich kennengelernt haben?«

Aber meine Mutter war älter als mein Vater, was bedeutete, dass William Francis Dean bei ihrer ersten Begegnung sogar noch jünger gewesen sein musste. Wenn er 1940 die Favorite River abgeschlossen – und mit gerade mal fünfzehn im darauffolgenden Herbst sein Harvard-Studium aufgenommen hatte –, konnte er ohne weiteres erst zwölf oder dreizehn gewesen sein, als sie sich kennenlernten. Womöglich noch in der Vorpubertät!

»Na *und*, scheiß drauf«, sagte Gerry erneut. Offensichtlich hatte sie sich das Jahrbuch nicht genauer angesehen und auch nicht die früheren Jahrbücher (1937, 1938, 1939), in denen es Fotos von William Francis Dean im zarten Alter von zwölf, dreizehn und vierzehn Jahren geben mochte. Wieso hatte ich ihn übersehen? Wenn William Francis 1940 in seinem vierten und letzten Academy-Schuljahr war, konnte er im Herbst 1936 dort angefangen haben – mit *elf* Jahren!

Und wenn meine Mutter ihn damals, als Elfjährigen, kennengelernt hatte? Ihre tatsächliche »Liebesaffäre« müsste dann aber ganz anders gewesen sein, als ich sie mir vorgestellt hatte.

»Hast du irgendwas von dem angeblichen Frauenhelden an ihm entdeckt?«, fragte ich Gerry, während Elaine und ich rasch die Porträtaufnahmen der Schüler des Abschlussjahrgangs 1940 überflogen.

»Wer hat behauptet, dass er ein *Frauenheld* war?«, fragte Gerry zurück.

»Na *du* doch, oder?«, sagte ich. »Oder vielleicht war es was, was du von deiner Mutter über ihn aufgeschnappt hast.«

»An das Wort *Frauenheld* kann ich mich nicht erinnern«, sagte Gerry. »Ich hab nur über ihn gehört, dass er irgendwie tuntig war.«

»Tuntig«, wiederholte ich.

»Du lieber Himmel – das Wiederholen, Billy. Du musst damit aufhören«, sagte Elaine.

»Er war doch kein *Schwuler*!«, sagte ich empört »Sondern ein Frauenheld – meine Mom hat ihn dabei erwischt, wie er eine *andere* Person geküsst hat!«

»Jaaa – einen anderen *Jungen* vielleicht«, sagte meine Cousine Gerry gedehnt. »Jedenfalls hab ich genau das gehört, und wenn du mich fragst, der sieht einwandfrei nach ’ner *Schwuchtel* aus.«

»Nach ’ner *Schwuchtel!*«, rief ich aus.

»Mein Dad hat gesagt, dein Dad war ein so stockschwuler Typ, wie er nur je einen gesehen hat«, sagte Gerry.

»So stockschwul«, wiederholte ich.

»Lieber Gott, Billy – bitte hör damit auf!«, sagte Elaine.

Da war er: William Francis Dean, ein so hübscher Junge, wie ich nur je einen gesehen hatte; er hätte als Mädchen durchgehen können, und zwar mit sehr viel weniger Aufwand, als Miss Frost in ihre Umwandlung gesteckt hatte. Es war leicht zu begreifen, wieso ich ihn in den Jahrbüchern davor übersehen haben konnte. William Francis Dean sah aus wie ich; seine Gesichtszüge kamen mir so bekannt vor, dass ich ihn überblättert haben musste, ohne ihn überhaupt zu beachten. Seine College- oder Universitätswahl: »Harvard«. Sein Berufswunsch: »Bühnenkünstler«.

»Bühnenkünstler«, las ich laut. (Das war, bevor Elaine und ich irgendwelche anderen Fotos von ihm gesehen hatten; wir kannten nur die Standard-Porträtaufnahme.)

William Francis Deans Spitzname lautete »Franny«.

»Franny«, sagte ich vor mich hin.

»Hör zu, Billy – ich hab gedacht, du weißt es«, sagte Gerry. »Mein Dad hat immer gesagt, du hast die doppelte Arschkarte gezogen.«

»Wieso *das* denn?«, fragte ich.

»Na, dass du das Schwulsein gleich von beiden Seiten abgekriegt hast«, erklärte mir Gerry. »Du hattest die Homo-Gene von Grandpa Harry auf mütterlicher Seite, und väterlich – verdammt noch mal, guck dir den doch bloß *an*!«, sagte Gerry, während sie auf das Foto des hübschen Jungen im 1940er Jahrbuch zeigte. »Auf väterlicher Seite von deinem bekackten Genpool hast du den stockschwulen Franny Dean! Wenn das keine doppelte Scheiß-Arschkarte ist«, sagte Gerry. »Kein Wunder, dass Grandpa Harry den Typen so vergöttert hat.«

»Den stockschwulen Franny«, wiederholte ich.

Ich las William Francis Deans Kurzvita in der 1940er *Eule. Theaterclub (4).* Ich zweifelte nicht daran, dass Franny ausschließlich Frauenrollen gespielt hatte – auf die Fotos war ich besonders gespannt. *Ringermannschaft, Betreuer (4).* Selbstredend war er kein Ringer gewesen, sondern der Betreuer, dafür zuständig, dass die Ringer Wasser und Orangen bekamen und einen Spucknapf, und für all das Austeilen und Aufheben von Handtüchern, worum sich ein Mannschaftsbetreuer halt so zu kümmern hat.

»Von den Genen her, Billy, hast du ein richtig mieses Blatt auf die Hand gekriegt«, sagte Gerry. »Mein Vater ist zwar kein Schnellmerker, aber du hast ganz klar die doppelte Arschkarte gezogen.«

»Gott im Himmel, Gerry – es reicht«, sagte Elaine. »Lass uns bitte einfach allein, ja?«

»Jeder kann sehen, dass ihr rumgeknutscht habt, Elaine«, stellte Gerry fest. »Deine Titten sind so klein – die eine ist aus dem BH rausgerutscht, und du merkst es nicht mal.«

»Ich mag Elaines Brüste«, sagte ich zu meiner Cousine.

»Leck mich doch, Gerry! Dass ausgerechnet du mir das alles verschwiegen hast.«

»Ich hab gedacht, du *weißt* es, Arschloch!«, schrie Gerry mich an. »Scheiße, Billy – wie hast du es *nicht* wissen können? Es ist doch so was von *offensichtlich*! Wie kannst du so schwul sein, wie du bist, und es *nicht* wissen?«

»Das ist gemein, Gerry!«, rief Elaine, aber Gerry war schon weg und hatte die Tür zum Wohnheimflur sperrangelweit offen gelassen. Das störte Elaine und mich nicht weiter; wir gingen kurz nach Gerry, weil wir zur Academy-Bibliothek wollten, solange sie noch offen hatte. Und zwar, um alle Fotos von William Francis Dean zu suchen, die wir in den früheren Jahrbüchern finden konnten, in denen ich ihn übersehen hatte.

Jetzt wusste ich ja, wo ich nachsehen musste: Franny Dean musste das hübscheste Mädchen auf den Fotos des Theaterclubs in der 1937er, 1938er und 1939er *Eule* sein; er musste der femininste Junge auf den Fotos der Ringermannschaft sein, auf denen er nicht im Ringertrikot zu sehen war, sondern in Jackett und Krawatte, wie es die damalige Kleiderordnung für Mannschaftsbetreuer wollte.

Bevor Elaine und ich zum alten Jahrbuchraum in der Academy-Bibliothek gingen, nahmen wir die 1940er *Eule* mit in den vierten Stock von Bancroft Hall und versteckten sie in Elaines Zimmer. Ihre Eltern durchsuchten ihre Sachen nicht, erzählte sie mir. Elaine hatte sie nur ein einziges Mal beim Schnüffeln ertappt, und das war kurz nach ihrer Rückkehr von der Europareise mit Mrs. Kittredge gewesen. Elaine hatte sie im Verdacht, dass sie herausfinden wollten, ob sie mit noch irgendjemandem schlief.

Daraufhin hatte Elaine überall in ihrem Zimmer Kondome verteilt. Natürlich hatte sie sich die von Mrs. Kittredge beschafft. Vielleicht deuteten Mr. und Mrs. Hadley die Kondome als Zeichen dafür, dass ihre Tochter mit einem ganzen Heer von Jungen schlief; andererseits wusste ich, dass Mrs. Hadley nicht so dumm war. Martha Hadley erkannte wahrscheinlich, was die vielen Kondome zu bedeuten hatten: Bleibt gefälligst aus meinem Zimmer! (Woran sich Mr. und Mrs. Hadley nach diesem einen Mal auch hielten.)

Wenn schon nicht in meinem, so war die 1940er *Eule* doch wenigstens in Elaines Zimmer sicher. Elaine und ich konnten uns ganz in Ruhe sämtliche Fotos des stockschwulen Franny Dean ansehen, wollten uns aber beide vorher die Bilder des *jüngeren* William Francis Dean ansehen. In unseren restlichen Weihnachtsferien wollten wir so viel wie möglich über den Favorite-River-Jahrgang 1940 in Erfahrung bringen.

Während dieses Weihnachtsessens 1960, als ich Gerry gebeten hatte, mir die 1940er *Eule* zu besorgen, nutzte Nils Borkman die Gunst der Stunde, um sich mir anzuvertrauen.

»Deine Bibliothekarsfreundin – sie verteilen sie zu Unrecht, Bill!«, flüsterte er mir barsch zu.

»*Verurteilen* sie – ja«, sagte ich.

»Sie haben geschichtsspezifische Klischees im Kopf!«, ereiferte sich Borkman.

»Geschlechtsspezifische Klischees?«, hakte ich nach.

»*Ja* – das hab ich doch gesagt!«, behauptete der norwegische Theatermann. »Es ist ein Jammer – ich hatte die idealen Rollen für euch beide«, flüsterte er. »Aber natürlich kann ich Miss Frost nicht auf die Bühne stellen – diese puritanischen Geschlechterklischees würden sie steinigen, oder so!«

»Die idealen Rollen in *was*?«, fragte ich.

»Er ist der *amerikanische* Ibsen!«, rief Nils Borkman. »Er ist der *neue* Ibsen, aus euren rückständigen amerikanischen Südstaaten!«

»Und *wer* bitte?«, fragte ich.

»Tennessee Williams – der wichtigste Dramatiker seit Ibsen«, erklärte Borkman ehrfurchtsvoll.

»Um welches Stück geht es?«, fragte ich.

»Sommer und Rauch«, antwortete Nils aufgeregt. »In der verklemmten weiblichen Hauptfigur drin schwelt eine ganz andere Frau.«

»Ach so«, sagte ich. »Und das wäre also die Rolle für Miss Frost?«

»Miss Frost wäre die *Idealbesetzung* einer Alma gewesen!«

»Aber jetzt –«, setzte ich an, doch Borkman ließ mich nicht ausreden.

»Jetzt habe ich keine andere Wahl – entweder Mrs. Fremont als Alma oder keine«, murrte er düster. »Mrs. Fremont« kannte ich nur als Tante Muriel.

»Ich glaub, das *Verklemmte* kriegt Muriel gut hin«, versuchte ich Nils zu trösten.

»Aber Muriel schwelt nicht, Bill«, flüsterte Nils.

»Nein, das nicht«, stimmte ich ihm zu. »Und welche Rolle war für mich vorgesehen?«

»Sie gehört immer noch dir, wenn du willst«, sagte Nils.

»Es ist eine kleine Rolle – sie wird dich nicht von deinen Heimlernereien abhalten.«

»Meinen Hausaufgaben«, verbesserte ich ihn.

»*Ja* – hab ich doch gesagt!«, behauptete der norwegische Theatermann schon wieder. »Du spielst einen Handelsvertreter, einen jungen. In der letzten Szene des Stücks machst du dich an die Alma-Figur ran.«

»Ich mach mich an meine Tante Muriel ran? Wirklich?«

»Nicht auf der Bühne – keine Sorge!«, rief Borkman. »Das ganze Rumgeknutsche ist nur in der Einbildung; die ganze gestohlene sexuelle Aktivität findet später statt, nicht auf der Bühne.«

Bestimmt meinte Nils Borkman nicht, dass die sexuelle Aktivität »gestohlen« war – nicht einmal außerhalb der Bühne.

»*Verstohlene* sexuelle Aktivität?«, fragte ich den Regisseur.

»Ja, aber es gibt keine Knutschereien mit deiner Tante auf der Bühne!«, versicherte mir Borkman aufgeregt. »Es wäre halt nur so *symbolisch* gewesen, wenn Alma Miss Frost sein könnte.«

»Meinen Sie so *suggestiv*?«, hakte ich nach.

»Suggestiv *und* symbolisch!«, rief Borkman aus. »Aber mit Muriel muss es beim Suggestiven bleiben – wenn du verstehst, was ich meine.«

»Vielleicht könnte ich erst das Stück lesen – ich weiß ja noch nicht mal, wie meine Figur heißt«, merkte ich an.

»Ich hab ein Exemplar für dich«, flüsterte Borkman. Das Taschenbuch sah ramponiert aus – die Seiten lösten sich vom Einband, als hätte der aufgeregte Regisseur das Büchlein zu Tode gelesen. »Du heißt Archie Kramer, Bill«, sagte Borkman. »Der junge Handelsvertreter soll eine Melone tragen, aber in deinem Fall können wir drauf *vernichten*!«

»Drauf *verzichten*«, wiederholte ich. »Womit handle ich als Vertreter?«

»Schuhe«, eröffnete mir Nils. »Am Schluss gehst du mit Alma in ein Kasino aus – du hast das Schlusswort in dem Stück, Bill!«

»Und das wäre?«, fragte ich den Regisseur.

»›Taxi!‹«, rief Borkman.

Plötzlich wurde unsere Zweisamkeit gestört. Nils Borkmans Ruf nach einem Taxi hatte die Weihnachtsgesellschaft aufgeschreckt. Meine Mutter und Richard Abbott starrten auf die Taschenbuchausgabe von Tennessee Williams' *Sommer und Rauch* in meiner Hand, als befürchteten sie, es könnte sich um eine Fortsetzung von *Giovannis Zimmer* handeln.

»Sollen wir dir ein *Taxi* rufen, Nils?«, fragte Grandpa Harry seinen alten Freund. »Bist du nicht mit dem eigenen Wagen da?«

»Schon gut, Harry – Bill und ich haben nur fachgesimpelt«, erklärte Nils seinem Kollegen.

»Es heißt ›gefachsimpelt‹, Nils«, sagte Grandpa Harry.

»Welche Rolle bekommt Grandpa Harry?«, fragte ich Borkman.

»Du hast mir noch gar keine Rolle angeboten, Nils«, stellte Grandpa Harry fest.

»Aber das hatte ich doch noch *vor*!«, rief Borkman. »Dein Großvater wäre eine phantastische Mrs. Windmiller – Almas Mutter.«

»Wenn du dabei bist, bin ich auch dabei«, sagte ich zu Grandpa Harry. Es sollte die Frühjahrsaufführung der First Sister Players werden, die Erstinszenierung eines anspruchsvollen Dramas – meine letzte Bühnenrolle vor meiner Abreise aus First Sister und vor jenem Sommer in Europa mit Tom Atkins. Meinen Schwanengesang stimmte ich nicht für Richard Abbott und den Theaterclub an, sondern für Nils Borkman und die First Sister Players – die letzte Gelegenheit für meine Mutter, mir zu *soufflieren.*

Ich war schon von dem Stück angetan, bevor ich es überhaupt gelesen hatte. Und zwar nach dem ersten Blick auf die Titelseite, wo Tennessee Williams ein Rilke-Zitat als Motto vorausschickt. »Wer, wenn ich schrie, hörte mich denn aus der Engel Ordnungen?« Offenbar stieß ich einfach, wo ich auch hinschaute, auf Rilkes schreckliche Engel. Ich überlegte, ob Kittredge das auf Deutsch kannte.

»Schon recht, Bill – wenn du dabei bist, bin ich auch dabei«, sagte Grandpa Harry; darauf gaben wir uns die Hand.

Später gelang es mir, Nils unauffällig zu fragen, ob er Tante Muriel und Richard Abbott schon für die Alma- und John-Rollen verpflichtet hatte. »Keine Sorge, Bill«, versicherte mir Borkman. »Muriel und Richard hab ich in der Taschenweste!«

»In der Westentasche – prima«, antwortete ich dem ausgekochten Skijäger.

Als Elaine und ich an jenem Weihnachtsferienabend über den verlassenen Favorite-River-Campus zur Academy-Bibliothek liefen, sahen wir, dass sich die Langlaufloipen kreuz und quer über den Campus zogen. (Die Loipen und die abgelegeneren Sportplätze der Academy waren durchaus für die Rotwildjagd geeignet, wenn die Schüler während der Weihnachtsferien zu Hause waren.)

Wegen der Ferien rechnete ich nicht unbedingt damit, dass Mr. Lockley am Ausgabeschalter säße, aber da war er – wie am Abend jedes gewöhnlichen Arbeitstages auch; vielleicht hatte ja der mutmaßliche »nichtpraktizierende Homosexuelle« (wie Mr. Lockley hinter seinem Rücken genannt wurde) kein anderes Leben.

»Hat nicht geklappt, dass Onkel Bob die 1940er *Eule* findet, hm?«, fragte ich ihn.

»Mr. Fremont denkt, er hätte sie zurückgegeben, was jedoch *nicht* der Fall ist – jedenfalls nicht meines Wissens«, entgegnete Mr. Lockley pikiert.

»Ich werd ihn einfach weiter damit nerven«, sagte ich.

»Mach das ruhig, Billy«, sagte Mr. Lockley streng. »Mr. Fremont ist kein häufiger Bibliotheksnutzer.«

»Das hätte mich auch gewundert«, erwiderte ich lächelnd.

Mr. Lockley lächelte nicht – schon gar nicht in Richtung Elaine. Er war Junggeselle aus Überzeugung; die nächsten beiden Jahrzehnte, in denen fast (wenn auch nicht ganz) alle reinen Knabeninternate in New England endlich koedukativ wurden, sollten ihm sehr gegen den Strich gehen.

Soweit ich es beurteilen konnte, machte die Koedukation diese Internate menschlicher; Elaine und ich konnten bezeugen, dass Jungs andere Jungs besser behandeln, wenn Mädchen in der Nähe sind, und die Mädchen sind in Anwesenheit von Jungen nicht ganz so gemein zueinander.

Ich weiß, ich weiß – die Ewiggestrigen behaupten, nach

Geschlechtern getrennter Schulunterricht wäre leistungsorientierter gewesen, da die Ablenkung fehlte, und die Koedukation hätte ihren Preis – die »Unverdorbenheit« ginge verloren, habe ich die Mr. Lockleys der Internatswelt behaupten hören. (Womit üblicherweise weniger Konzentration auf den »Lehrstoff« gemeint ist.)

An diesem Abend brachte Mr. Lockley Elaine gegenüber allerhöchstens ein angedeutetes höfliches Nicken zustande – statt des unaussprechlichen »Guten Abend, geschwängerte Lehrertochter. Na, wie kommst du jetzt zurecht, du stinkende kleine Schlampe?«

Aber Elaine und ich gingen an unsere Arbeit, ohne uns um Mr. Lockley zu kümmern. Wir waren nur zu zweit in dem Jahrbuchraum – noch einsamer als sonst in der vollkommen verlassenen Academy-Bibliothek. Die alten *Eulen* der Jahrgänge 1937, 1938 und 1939 zogen uns magisch an, und wir staunten nicht schlecht, als wir die verräterischen Seiten aufschlugen.

In der *Eule* von 1937 war William Francis Dean ein lächelnder zwölfjähriger Junge. Als Betreuer der Ringermannschaft von 1936/37 wirkte er bezaubernd zartgliedrig, und die einzigen anderen Bilder von ihm, die Elaine und ich finden konnten, zeigten ihn als entzückendes junges Mädchen auf den Theaterclub-Fotos dieses längst vergangenen akademischen Jahres – fünf Jahre vor meiner Geburt.

Falls Franny Dean die mehrere Jahre ältere Mary Marshall 1937 kennengelernt hatte, gab es darüber in der *Eule* jenes Jahrgangs keinerlei Hinweise – und genauso wenig in der 1938er und 1939er *Eule,* wo der Betreuer der Ringermannschaft zwar nur wenig an Körpergröße, dafür aber allem Anschein nach umso mehr an Selbstvertrauen hinzugewonnen hatte.

Den Jahrbüchern von 1938 und 1939 entnahmen wir, dass sich der spätere Harvard-Student, der als Berufswunsch »Bühnenkünstler« angegeben hatte, auf den Brettern des Theaterclubs in eine äußerst attraktive Femme fatale verwandelt hatte – mit nymphenhafter Ausstrahlung.

»Er sah gut aus, oder?«, fragte ich Elaine.

»Er sieht aus wie du, Billy – gut, aber anders gut«, sagte Elaine.

»Da muss er schon mit meiner Mutter zusammen gewesen sein«, sagte ich, als wir die 1939er *Eule* durchhatten und nach Bancroft Hall zurückliefen. (Mein Vater war demnach erst fünfzehn gewesen, als meine Mutter schon neunzehn war!)

»Falls ›zusammen sein‹ der richtige Ausdruck ist«, sagte Elaine.

»Wie meinst du das?«

»Du musst mit deinem Großvater reden, Billy – wenn du ihn mal allein erwischst«, riet mir Elaine.

»Ich könnte versuchen, erst mit Onkel Bob zu reden, wenn ich den mal allein erwische. Bob ist nicht so schlau wie Grandpa Harry«, sagte ich.

»Ich hab's!«, rief Elaine aus. »Erst redest du mit dem Mann von der Zulassungsstelle, sagst ihm aber, du *hättest* schon mit Grandpa Harry gesprochen – und dass der dir alles erzählt hat, was er weiß.«

»So dumm ist Bob nun auch wieder nicht«, dämpfte ich ihren Enthusiasmus.

»O doch«, stellte sie fest.

Wir hatten noch ungefähr eine Stunde zu zweit in Elaines Zimmer im vierten Stock, bevor Mr. und Mrs. Hadley aus dem Kino in Ezra Falls zurückkamen. Da Weihnachtsferien waren, vermuteten wir, dass die Hadleys, meine Mutter und Richard mit Tante Muriel und Onkel Bob nach dem Film noch irgendwo einen Drink nahmen, und so war es auch.

Uns blieb mehr als reichlich Zeit, die 1940er *Eule* durchzublättern und uns sämtliche Fotos des stockschwulen Franny Dean anzuschauen – des hübschesten Jungen seines Jahrgangs. Auf den Fotos des Theaterclubs war William Francis Dean im Frauenkostüm eine Wucht, und da schließlich, beim Abschlussball, war das fehlende Foto, nach dem Elaine und ich so fieberhaft gesucht hatten. Da hielt der kleine Franny meine Mutter, Mary Marshall, bei einem langsamen Schieber im Arm – missbilligend beäugt von der großen Schwester Muriel. Ach, die Winthrop-Mädels (»diese Winthrop-Frauen«, wie Miss Frost meine Mutter und deren Schwester Muriel mit Nana Victorias Mädchennamen genannt hatte)! Wenn man sich fragte, wer in der Familie Marshall die Hosen anhatte, waren dafür eindeutig die Winthrop-Gene ausschlaggebend.)

Ich wartete nicht lange damit, Onkel Bob zur Rede zu stellen. Für den nächsten Tag hatte sich ein Aufnahmekandidat mit seinen Eltern angesagt; Onkel Bob rief mich an und fragte, ob ich die Führung durch die Academy übernehmen wollte.

Als ich damit fertig war, fand ich ihn allein im Zulassungsbüro vor; in den Weihnachtsferien erschienen die Sekretärinnen eher selten zur Arbeit.

»Was gibt's, Billy?«, fragte mich Onkel Bob.

»Du hast bestimmt vergessen, dass du die 1940er *Eule doch* schon in die Bibliothek zurückgebracht hast«, fing ich an.

»Wirklich?«, fragte Onkel Bob. Ich sah, dass er überlegte, wie er das je im Leben Muriel erklären sollte.

»Die *Eule* ist ja wohl nicht von allein in den Jahrbuchraum zurückspaziert«, sagte ich. »Außerdem hat mir Grandpa Harry alles über den ›stockschwulen‹ Franny Dean erzählt und was für ein hübscher Junge er war. Ich kapier bloß nicht, wie das mit meiner Mom alles angefangen hat – ich meine, wann und warum. Also, wie ist es überhaupt dazu gekommen?«

»Franny war kein schlechter Kerl, Billy«, beeilte Onkel Bob sich zu versichern. »Er war halt einfach nur so ein bisschen vom anderen Ufer, verstehst du?«

Den Ausdruck hatte ich schon gehört – natürlich von Kittredge –, aber ich sagte nur: »Warum hat sich meine Mom überhaupt in ihn verliebt? Wie hat es *angefangen*?«

»Er war noch sehr, sehr jung, als er deine Mutter kennenlernte – sie war vier Jahre älter, was in dem Alter eine Menge heißt, Billy«, setzte Onkel Bob an. »Deine Mutter hat ihn auf der Bühne gesehen – als Mädchen natürlich. Danach hat er ihr Komplimente über ihre Kleidung gemacht.«

»Ihre Kleidung«, wiederholte ich.

»Offenbar mochte er Mädchenkleider – er hat selber gern welche getragen, Billy«, sagte Onkel Bob.

»Oh!«

»Deine Großmutter hat sie im Schlafzimmer deiner Mutter gefunden – an einem Tag, als deine Mutter gerade von der Highschool in Ezra Falls zurückgekommen war. Deine Mom und Franny Dean haben Kleider anprobiert. Es war bloß ein Kinderspiel, aber deine Tante Muriel hat mir erzählt, Franny habe nicht nur Marys, sondern auch *Muriels* Kleider anprobiert. Und dabei hat sich Mary Hals über Kopf in ihn verguckt, aber Franny muss da schon gewusst haben, dass er mehr auf Jungen stand. Er hatte wirklich was für deine Mom übrig, Billy, aber vor allem mochte er ihre Kleider.«

»Immerhin hat sie es geschafft, *schwanger* zu werden«, gab ich zu bedenken. »Man kann kein Mädchen schwängern, indem man ihre Kleider fickt!«

»Denk mal in Ruhe drüber nach, Billy – die beiden haben sich andauernd an- und ausgezogen«, sagte Onkel Bob. »Sie müssen ziemlich oft in Unterwäsche gewesen sein – na ja, du weißt schon.«

»Ich kann es mir nur schwer vorstellen«, sagte ich.

»Dein Grandpa hielt große Stücke auf Franny Dean, Billy – ich glaube, Harry hat gedacht, da könnte was draus werden«, sagte Onkel Bob. »Vergiss nicht, deine Mutter war immer ein wenig *unreif* –«

»Ein wenig einfältig, meinst du wohl?«, unterbrach ich ihn.

»Als Franny jünger war, hatte deine Mutter ihn irgendwie *an der Kandare* – weißt du, Billy, sie konnte ihn praktisch rumkommandieren.«

»Aber dann ist Franny älter geworden«, sagte ich.

»Und dann war da noch dieser Kerl – den Franny im Krieg kennengelernt hat und mit dem er später wieder zusammengekommen ist«, fing Onkel Bob an.

»Dann hast also doch *du* mir diese Geschichte erzählt – stimmt's, Onkel Bob?«, fragte ich. »Du weißt schon, der Klobrillenrutscher, der auf dem Schiff – dem *Madame Bovary* aus der Hand gefallen ist; der über die ganzen Klobrillen angesegelt kam. Später sind sie sich in der U-Bahn wiederbegegnet. Der Kerl ist an der Haltestelle Kendall Square eingestiegen – und am Central Square wieder ausgestiegen – und hat zu meinem Dad gesagt: ›Hallo. Ich bin Bovary. Wissen Sie noch?‹ *Den* mein ich. Du hast mir die Geschichte erzählt – stimmt's, Onkel Bob?«

»Nein, Billy«, sagte Onkel Bob. »Dein Dad hat dir die Geschichte selber erzählt, und der Typ ist *nicht* an der Haltestelle Central Square ausgestiegen – sondern im Zug geblieben. Dein Vater und der Typ wurden ein *Paar.* Vielleicht sind sie immer noch zusammen, wer weiß«, sagte Onkel Bob. »Ich dachte, dein Großvater hat dir *alles* erzählt?« Er schien Verdacht zu schöpfen.

»Sieht ganz so aus, als müsste ich Grandpa Harry noch mehr fragen«, antwortete ich.

Der Zulassungschef blickte traurig zu Boden. »Ist die Führung gut gelaufen, Billy?«, fragte er mich ein wenig zerstreut. »Hältst du den Jungen für einen vielversprechenden Kandidaten?«

Natürlich konnte ich mich weder an den Bewerber noch an seine Eltern erinnern.

»Danke für alles, Onkel Bob«, sagte ich. Ich mochte ihn wirklich, und er tat mir leid. »Ich finde, du bist ein prima Kerl!«, rief ich ihm zu, während ich aus dem Zulassungsbüro lief.

Ich wusste, wo ich Grandpa Harry finden konnte; da es

ein Arbeitstag war, befand er sich nicht zu Hause, unter Nana Victorias Pantoffel. Harry Marshall hatte nicht wie ein Lehrer Weihnachtsferien. Ich wusste, dass er in der Sägemühle mit Holzlager war, wo ich ihn wenig später antraf.

Ich sagte ihm, dass ich meinen Vater in den Jahrbüchern der Favorite River Academy gefunden hatte und dass Onkel Bob mir alles gestanden hatte, was er über den stockschwulen Franny Dean wusste, den tuntigen Jungen in Mädchenkleidern, der früher mal die Kleider meiner Mutter anprobiert hatte – ja sogar, wie es hieß, die meiner Tante *Muriel*!

Aber was war an der Aussage dran, dass mein Vater tatsächlich *mich* besucht hatte – als ich Scharlach hatte, nicht wahr? Und wie konnte mein Vater mir wirklich die Geschichte über den Soldaten erzählt haben, den er an Deck des Liberty-Kreuzers während eines Wintersturms auf dem Atlantik kennengelernt hatte? Das Transportschiff hatte gerade die offene See erreicht – der Konvoi war von dem Ausschiffungshafen Hampton Roads unterwegs nach Italien –, als mein Dad die Bekanntschaft eines Klobrillenrutschers machte, der *Madame Bovary* las.

»Wer zum Teufel war der Kerl?«, fragte ich Grandpa Harry.

»Das war dann wohl die andere *Person,* die Franny geküsst hat, wobei sie von deiner Mom gesehen wurden«, erklärte er mir. »Du hattest Scharlach, Bill. Dein Dad hat gehört, dass du krank warst, und wollte dich sehen. So wie ich Franny kenne, hab ich den Verdacht, dass er sich bei der Gelegenheit auch Richard Abbott mal anschauen wollte«, sagte Grandpa Harry. »Franny wollte sich bestimmt nur vergewissern, dass du in guten Händen warst. Er war kein schlechter Kerl, Bill – er war halt nur kein richtiger *Kerl*!«

»Und niemand hat es mir gesagt«, stellte ich fest.

»Je nun – *darauf* ist bestimmt keiner von uns besonders stolz, Bill!«, rief Grandpa Harry aus. »Aber so ist nun mal der Lauf der Dinge. Deine Mom war gekränkt. Die arme Mary hat das mit dem Verkleiden einfach nie so ganz begriffen – sie hat sich wohl vorgestellt, Franny würde da rauswachsen.«

»Und was war mit dem *Madame-Bovary*-Typen?«, fragte ich meinen Großvater.

»Je nun – im Leben begegnet man verschiedenen Menschen, Bill«, sagte Grandpa Harry. »Manchmal sind es einfach nur Begegnungen, nichts weiter, aber dann plötzlich kommt's zur Begegnung mit der Liebe deines Lebens, und das ist ganz was anderes – weißt du?«

Miss Frost sollte ich nur noch zweimal treffen. Von den Spätfolgen einer »Begegnung mit der Liebe deines Lebens« wusste ich *nichts* – noch nicht.

10

Eine Aktion

Zum vorletzten Mal sah ich Miss Frost 1961 bei einem Ringerwettkampf der Favorite River Academy gegen eine andere Schule. Es war der erste Heimwettkampf der Saison, und Tom Atkins und ich gingen zusammen hin. Die Ringerhalle (ehemals die einzige Sporthalle der Favorite River Academy) war ein uraltes Backsteingebäude und durch einen unbeheizten überbauten Gang mit der moderneren, größeren Sporthalle verbunden.

Rund um die alte Halle, über dem Innenbereich, war eine hölzerne Laufbahn, in den Kurven geneigt. Am Rand der Holzbahn, hinter einem Eisengeländer, saßen die zuschauenden Schüler, die Arme auf der mittleren Geländerstange. An diesem besonderen Samstag waren Tom Atkins und ich im Publikum und sahen auf die Ringer hinab.

Die Matte, der Kampfrichtertisch und die beiden Mannschaftsbänke nahmen den größten Teil des Hallenbodens ein. An einem Ende der Halle war eine kleine Tribüne mit gerade mal einem Dutzend Sitzreihen. Die Schüler betrachteten die Tribünenplätze als angemessene Sitzgelegenheiten für »ältere Herrschaften« – Lehrkräfte sowie Eltern auf Besuch. Auch einige Einheimische aus First Sister, die regelmäßig zu den Ringkämpfen kamen, saßen dort. An dem Tag, als Elaine und ich von der abschüssigen Holzbahn aus

Mrs. Kittredge dabei beobachtet hatten, wie sie ihren Sohn beim Ringen beobachtete, hatten wir sie keinen Moment aus den Augen gelassen.

Ich dachte gerade an diese erste und einzige Begegnung mit Mrs. Kittredge, als Tom Atkins und ich plötzlich Miss Frost entdeckten. Sie saß in der ersten Reihe der Tribüne, dicht an der Ringermatte. (Mrs. Kittredge hatte in der letzten Reihe gesessen, von den unter Ächzen und Grimassieren miteinander ringenden Jungs demonstrativ entrückt.)

»Schau nur, wer da ist, Bill – in der ersten Reihe. Siehst du sie?«, fragte mich Atkins.

»Ich *weiß*, Tom – ich sehe sie«, sagte ich. Ich fragte mich, ob Miss Frost regelmäßig die Ringkämpfe besuchte. Falls sie oft zu den Heimwettkämpfen kam – wie hatten Elaine und ich sie da übersehen können, groß und breitschultrig, wie sie war? Zumal wenn sie wie jetzt in der ersten Reihe saß?

Miss Frost schien sich am Rande der Matte, wo sie den Ringern beim Aufwärmen zusehen konnte, sehr wohl zu fühlen. Ich bezweifelte, dass sie Tom Atkins und mich bemerkt hatte, denn sie sah nicht zur Laufbahn hoch – nicht mal während des Aufwärmens.

Weil Delacorte ein Leichtgewicht war, trat er in einem der ersten Kämpfe an. Wenn Delacorte schon Lears Narr als schleichenden Tod gespielt hatte, so tat er das an diesem Kampftag auch; es war eine Qual, ihn zu beobachten. Delacorte gelang es, einen Ringkampf so zu gestalten, dass er einem schleichenden Tod glich. Das Abkochen forderte seinen Tribut. Er hatte dermaßen viel Gewicht verloren, dass er nur noch aus schlaffer Haut und vorstehenden Knochen bestand. Delacorte sah aus, als hungere er sich zu Tode.

Er war deutlich größer als die meisten seiner Gegner; oft lag er in der ersten Runde nach Punkten vorn, meist führte er auch noch am Ende der zweiten, wenn er allmählich müde wurde. In der dritten Runde zahlte Delacorte dann regelmäßig den Preis fürs Abkochen.

Gegen Ende jedes Ringkampfs hatte Delacorte seine liebe Mühe, einen immer kleiner werdenden Vorsprung zu verteidigen. Er verzögerte, floh von der Matte; anscheinend lasteten die Hände seines Gegners immer schwerer auf ihm. Delacorte ließ den Kopf hängen, die Zunge baumelte aus einem Winkel seines offenen Mundes. Laut Kittredge ging Delacorte in jeder dritten Runde der Sprit aus; für ihn war ein Ringkampf immer zwei Minuten zu lang.

»Durchhalten, Delacorte!«, schrie einer der zuschauenden Schüler regelmäßig, und bald stimmten wir alle in sein Flehen ein.

»Durchhalten! Durchhalten! Durchhalten!«

An diesem Punkt in Delacortes Kämpfen schauten Elaine und ich jeweils immer zum Ringertrainer von Favorite River hinüber – einem zäh aussehenden alten Knacker mit Blumenkohlohren und schiefer Nase. Fast jeder nannte Coach Hoyt bei seinem Vornamen, er hieß Herm.

Als Delacorte in der dritten Runde wie gewohnt immer mehr abbaute, nahm sich Herm Hoyt ein Handtuch vom Stapel an dem Ende der Mannschaftsbank, das dem Richtertisch am nächsten war. Trainer Hoyt setzte sich immer in Reichweite der Handtücher, möglichst nahe beim Richtertisch.

Delacorte versuchte, noch ein wenig länger »durchzuhalten«, und Herm entfaltete das Handtuch. Er hatte wie viele ehemalige Ringer O-Beine, und wenn er sich von der Mannschaftsbank erhob, sah er kurz so aus, als wolle er Delacorte mit dem Handtuch erdrosseln. Doch stattdessen legte er es sich über den eigenen Kopf. Er trug das Handtuch wie eine Kapuze und spähte darunter hervor auf Delacorte – auf die Uhr auf dem Richtertisch, auf den Mattenrichter (der in den Schlussminuten der dritten Runde Delacorte gewöhnlich zuerst verwarnte, um dann wegen Verzögerns einen Punktabzug zu verhängen).

Zuzusehen, wie Delacorte rasant abbaute, war unerträglich für mich, deshalb beobachtete ich lieber Herm Hoyt, der unter seinem Handtuch vor lauter Wut und Mitgefühl zugrundeging. Natürlich riet ich Tom, sich auf den alten Trainer zu konzentrieren und nicht auf Delacortes Qualen, denn Herm wusste immer vor allen anderen (einschließlich der gerade Kämpfenden), ob sein Ringer durchhalten und gewinnen oder die Segel streichen und verlieren würde.

An diesem Samstag hielt Delacorte – nach seinem persönlichen Nahtoderlebnis – tatsächlich durch und gewann. Er schleppte sich von der Matte und brach in Herm Hoyts Armen zusammen. Der alte Trainer machte, was er bei Delacorte immer tat – egal, ob der gewann oder verlor. Herm deckte das Handtuch über Delacortes Kopf, und Delacorte wankte zur Mannschaftsbank, wo er unter dieser weiten Kapuze saß und schluchzend nach Atem rang.

»Ausnahmsweise spült oder spuckt Delacorte mal nicht«, bemerkte Atkins sarkastisch, doch ich beobachtete Miss Frost, die jetzt plötzlich zu mir hochsah und lächelte.

Es war ein unbefangenes Lächeln, begleitet von einem spontanen kleinen Winken, nur ein leichtes Wackeln mit den Fingern einer Hand. Sofort war mir klar: Miss Frost hatte die ganze Zeit gewusst, dass ich da war, und sie hatte es nicht anders erwartet.

Ihr Lächeln und das Winken brachten mich so aus dem Konzept, dass ich Angst hatte, ohmächtig zu werden und unter dem Geländer durchzurutschen; ich sah mich schon von der Holzbahn nach unten in den Ringerbereich stürzen. Sehr wahrscheinlich wäre es kein lebensgefährlicher Sturz gewesen; die Laufbahn lag nicht sehr hoch über dem Hallenboden. Es wäre nur peinlich gewesen, auf die Ringermatte zu fallen oder auf einem oder mehreren Ringern zu landen.

»Ich fühl mich nicht wohl, Tom«, sagte ich zu Atkins. »Mir ist etwas schwindlig.«

»Ich halt dich fest, Bill«, sagte Tom und legte den Arm um mich. »Guck einfach ein Weilchen nicht nach unten.«

Ich sah ständig zum anderen Ende der Sporthalle hinüber, wo die Tribüne war, doch Miss Frosts Aufmerksamkeit galt wieder dem Ringen; der nächste Kampf hatte begonnen, während Delacorte immer noch schluchzte und nach Luft schnappte – sein Kopf bewegte sich unter dem schützenden Tuch auf und ab.

Trainer Herm Hoyt hatte wieder auf der Mannschaftsbank neben dem Stapel sauberer Handtücher Platz genommen. Ich sah Kittredge, der die ersten Lockerungsübungen machte; er stand hinter der Bank, wippte nur auf den Fußballen und kippte den Kopf von einer Seite auf die andere.

Kittredge dehnte den Nacken, schaute dabei aber pausenlos auf Miss Frost.

»Mir geht's gut, Tom«, sagte ich, doch das Gewicht seines Armes ruhte noch einige Sekunden länger auf meinem Nacken; ich zählte im Stillen bis fünf, ehe Atkins den Arm wegnahm.

»Wie wäre es, wenn wir zusammen nach Europa fahren würden?«, fragte ich Atkins, während ich Kittredge beim Seilspringen beobachtete. Kittredge konnte den Blick nicht von Miss Frost wenden; er sah sie unverwandt an und hüpfte rhythmisch weiter, wobei die Geschwindigkeit des Sprungseils immer gleich blieb.

»Schau nur, wer jetzt von ihr gefesselt ist, Bill«, bemerkte Atkins mürrisch.

»Ich *weiß*, Tom – ich sehe ihn«, sagte ich. (War das meine schlimmste Befürchtung, oder war es insgeheim erregend, sich Kittredge und Miss Frost zusammen vorzustellen?)

»Wir sollten diesen Sommer zusammen nach Europa reisen – hast du das gemeint, Bill?«, fragte mich Atkins.

»Warum nicht?«, erwiderte ich möglichst beiläufig, behielt aber Kittredge im Auge.

»Wenn deine Eltern einverstanden sind und meine auch – wir könnten sie doch fragen, oder?«, sagte Atkins.

»Es liegt ganz bei uns, Tom – wir müssen sie davon überzeugen, wie wichtig es uns ist«, sagte ich ihm.

»Sie sieht dich an, Bill!«, hauchte Atkins.

Als ich (so unverfänglich und unauffällig wie möglich) zu Miss Frost hinübersah, lächelte sie mich wieder an. Sie führte Zeige- und Mittelfinger an ihre Lippen und küsste sie. Ehe ich ihr ebenfalls eine Kusshand zuwerfen konnte, sah sie wieder zu den Ringkämpfern.

»O Mann, das ist Kittredge bestimmt nicht entgangen!«, sagte Tom Atkins aufgeregt. Ich schaute weiter Miss Frost an, aber nur kurz; auch ohne Atkins wusste ich, dass Kittredge mich ansah.

»Bill, Kittredge sieht –«, setzte Atkins an.

»Ich *weiß*, Tom«, sagte ich ihm. Ich ließ den Blick noch ein wenig länger auf Miss Frost ruhen, ehe ich – wie zufällig – Kittredge ansah. Er hatte mit Seilspringen aufgehört und sah mich an. Als ich ihn nur anlächelte, so nichtssagend, wie ich ihn nur je angelächelt hatte, setzte Kittredge sein Seilspringen fort; er wurde noch schneller, ob bewusst oder unbewusst, den Blick erneut unverwandt auf Miss Frost gerichtet. Unwillkürlich fragte ich mich, ob für Kittredge das Wort *widerlich* gerade eine neue Bedeutung gewonnen hatte. Vielleicht widerte ihn ja *alles*, was ich in seiner Vorstellung mit Miss Frost gemacht hatte, plötzlich gar nicht mehr an, oder war das Wunschdenken meinerseits?

Die Stimmung in der Halle änderte sich schlagartig, als Kittredges Kampf begann. Beide Mannschaftsbänke musterten die Quälerei mit emotionsloser Anerkennung. Gewöhnlich verdrosch Kittredge seine Gegner, ehe er sie schulterte. Für einen Nichtringer wie mich war es irritierend, zwischen Kittredges Darbietungen technischer Fähigkeiten, seiner Athletik und der rohen Gewalt seiner körperlichen Überlegenheit zu unterscheiden; Kittredge dominierte einen Gegner total, ehe er ihn schulterte. In der dritten und letzten Runde gab es immer einen Augenblick, wenn Kittredge kurz zur Uhr auf dem Richtertisch schaute;

in diesem Moment fing bei Heimwettkämpfen das Publikum an zu rufen: »Schultern! Schultern! Schultern!« Mittlerweile hatte Kittredge seinen Gegner so lange malträtiert, dass der vermutlich *hoffte,* geschultert zu werden; Sekunden später, als der Mattenrichter den Wurf anzeigte, schien das Ende sowohl überfällig als auch barmherzig zu sein. Ich hatte Kittredge nie verlieren sehen; nicht ein einziges Mal hatte ich erlebt, dass er auch nur gefordert gewesen wäre.

Ich erinnere mich weder an die übrigen Kämpfe dieses Samstagnachmittags noch daran, welches Team gewann. In meiner Erinnerung verschwimmt der Rest des Wettkampfes dahinter, dass Kittredge fast ständig Miss Frost anstarrte, was noch lange nach dem Kampf weiterging – Kittredge unterbrach sein Glotzen nur durch flüchtige (und sporadische) Blicke auf mich.

Ich ließ meine Blicke natürlich zwischen Kittredge und Miss Frost hin- und herwandern. Es war das erste Mal, dass ich die beiden am selben Ort sah, und ich muss zugeben, dass ich tief beunruhigt war wegen des Sekundenbruchteils, in dem Miss Frost Kittredge ansehen könnte. Was sie nicht tat – kein einziges Mal. Sie sah sich weiter die Ringkämpfe an und lächelte, wenn auch nur kurz, mir zu – während Tom Atkins ständig fragte: »Willst du gehen, Bill? Wenn dir das unangenehm ist, sollten wir einfach gehen – ich würde mitkommen.«

»Mir geht's *gut,* Tom – ich will bleiben«, wiederholte ich geduldig.

»*Europa* – also, ich hätte nie gedacht, dass ich mal *Europa* sehen würde!«, rief Atkins irgendwann aus. »Ich frage mich nur, *wohin* in Europa und *wie* wir reisen würden.

Vermutlich mit dem Zug … vielleicht auch per Bus. Ich wünschte, ich wüsste, was für Kleidung wir brauchen –«

»Es wird Sommer sein, Tom – wir brauchen also Sommerkleidung«, sagte ich ihm.

»Schon, aber wie elegant oder auch nicht – das hab ich gemeint, Bill. Und wie viel *Geld* würden wir brauchen? Ich habe wirklich keine Ahnung!«, sagte Atkins nervös.

»Wir fragen jemanden«, sagte ich. »Jede Menge Leute waren schon mal in Europa.«

»Frag nicht Kittredge, Bill«, fuhr Atkins, hörbar panisch, fort. »Bestimmt könnten wir uns weder die Orte leisten, an die Kittredge fährt, noch die Hotels, in denen er absteigt. Außerdem soll Kittredge gar nicht erst erfahren, dass wir zusammen nach Europa reisen – oder?«

»Hör auf zu quatschen, Tom«, sagte ich. Ich sah, dass Delacorte unter dem Handtuch hervorgekommen war. Er schien normal zu atmen, Pappbecher in der Hand. Kittredge sagte etwas zu ihm, und sofort glotzte Delacorte zu Miss Frost hinüber.

»Ich finde Delacorte unhei–«, setzte Atkins an.

»Ich *weiß*, Tom!«, sagte ich ihm.

Der Betreuer der Ringermannschaft war ein schleimiger, verschlagener Junge mit Brille, der mir bisher nie aufgefallen war. Er reichte Kittredge eine geviertelte Orange; Kittredge nahm die Frucht, ohne dass er den Betreuer eines Blickes würdigte oder etwas zu ihm sagte. (Der Betreuer hieß Merryweather; wie man sich denken kann, sprach ihn bei so einem auffälligen Nachnamen niemand mit Vornamen an.)

Merryweather reichte Delacorte einen sauberen Pappbecher; Delacorte gab Merryweather den alten Spuckbecher, den dieser in den Spuckeimer warf. Kittredge aß die Orange, während er und Delacorte Miss Frost anstarrten. Ich beobachtete Merryweather, der die benutzten und nicht mehr benötigten Handtücher einsammelte, und stellte mir meinen Vater, Franny Dean, bei dieser Arbeit als Betreuer eines Ringerteams vor.

»Ich muss schon sagen, Bill – für jemanden, der mich gerade gebeten hat, den Sommer mit ihm in Europa zu verbringen, bist du ziemlich unnahbar«, stellte Atkins traurig fest.

»Ziemlich unnahbar«, wiederholte ich. Langsam bereute ich, dass ich Tom Atkins gebeten hatte, mit mir einen ganzen Sommer lang durch Europa zu reisen. Seine fehlende Selbständigkeit ging mir jetzt schon auf die Nerven. Doch plötzlich war der Wettkampf zu Ende; die Schüler gingen im Gänsemarsch die Eisentreppe hinunter, die von der Holzbahn zum Hallenboden führte. Eltern und Lehrer und die anderen erwachsenen Tribünenzuschauer umringten jetzt die Matte, wo die Ringer mit ihren Verwandten und Freunden sprachen.

»Du wirst doch nicht mit ihr *reden,* oder, Bill? Ich dachte, das *darfst* du nicht«, sorgte sich Atkins.

Bestimmt hatte ich mich gefragt, was passieren würde, wenn ich zufällig Miss Frost begegnete – ob ich einfach nur »Hallo« oder so was sagen würde. (Elaine und ich blieben wie immer nach einem von Kittredges Kämpfen noch eine Weile in Mattennähe … wohl in der Hoffnung – und aus Angst –, »zufällig« Kittredge über den Weg zu laufen.)

Es war nicht schwer, Miss Frost, die alle überragte, in der

Menge auszumachen. Neben mir flüsterte Tom Atkins beharrlich und nervös wie ein Spürhund immer wieder: »Da ist sie, Bill, da drüben. Siehst du sie?«

»Ich sehe sie, Tom.«

»Ich kann Kittredge nirgends sehen«, konstatierte Atkins besorgt.

Ich wusste, dass Kittredges Timing über jeden Zweifel erhaben war. Kaum hatte ich mich zu der Stelle vorgearbeitet, wo Miss Frost stand (nicht zufällig im Zentrum des Mittelkreises der Ringermatte), als Kittredge aus dem Nichts neben mir auftauchte. Miss Frost merkte wahrscheinlich, dass ich nicht reden konnte; Atkins, der zwanghaft immer weitergebrabbelt hatte, verschlug es nun angesichts des peinlichen Ernstes der Lage die Sprache.

Miss Frost anlächelnd, sagte der nie um Worte verlegene Kittredge zu mir: »Willst du mich nicht deiner Freundin vorstellen, Nymphe?«

Miss Frost lächelte mir weiter zu. Sie sah Kittredge nicht an, als sie jetzt das Wort an ihn richtete.

»Ich kenne Sie von der Bühne, Master Kittredge – auch von *dieser* Bühne«, sagte Miss Frost und wies mit einem langen Finger auf die Ringermatte. (Die Farbe ihres Nagellacks war mir neu – vielleicht Magenta, mehr Lila als Rot.) »Aber Tom Atkins wird uns einander vorstellen müssen«, sagte sie, ohne beim Reden den Blick von mir zu wenden, »William und ich dürfen nicht miteinander sprechen oder anderweitig *Kontakt aufnehmen.*«

»Tut mir leid, ich wusste –«, begann Kittredge, wurde aber unterbrochen.

»Miss Frost, das ist Jacques Kittredge – Jacques, das ist

Miss Frost!«, platzte Atkins dazwischen. »Miss Frost ist eine große … *Leserin*!«, teilte Atkins Kittredge mit. Dann überlegte der arme Tom, welche Möglichkeiten sich ihm noch boten. Miss Frost hatte die Hand nur halbherzig in Richtung Kittredge ausgestreckt; weil sie dabei mich ansah, wusste Kittredge wohl nicht recht, ob sie ihre Hand ihm oder mir hinhielt. »Kittredge ist unser bester Ringer«, brabbelte Tom Atkins unbeirrt weiter, als hätte Miss Frost keine blasse Ahnung, wer Kittredge war. »Das wird seine dritte ungeschlagene Saison – das heißt, falls er ungeschlagen bleibt«, machte Atkins weiter. »Drei ungeschlagene Saisons am Stück – das wird ein neuer Schulrekord, oder?«, fragte Atkins Kittredge unsicher.

»Tatsächlich«, sagte Kittredge und lächelte Miss Frost an, »stelle ich den Schulrekord nur *ein,* wenn ich ungeschlagen bleibe. Irgendein Hengst hat das in den Dreißigern schon mal gemacht«, sagte Kittredge. »Allerdings gab es damals noch keine Schulwettmeisterschaften für ganz New England. Vermutlich wurden damals weniger Kämpfe ausgetragen als heute, und wer weiß, wie groß die Konkurrenz war –«

Miss Frost unterbrach ihn. »Diese Konkurrenz war gar nicht so schlecht«, sagte sie mit einem entwaffnenden Achselzucken. Daran, wie perfekt sie Kittredges Achselzucken nachmachte, merkte ich plötzlich, wie lange (und wie genau) Miss Frost ihn beobachtet hatte.

»Wer war dieser Hengst – wer hält den Rekord?«, wollte Tom Atkins von Kittredge wissen. Natürlich merkte ich an Kittredges Antwort, dass er keine Ahnung hatte, wessen Rekord er einstellen wollte.

»Ein gewisser Al Frost«, sagte Kittredge abschätzig. Ich befürchtete von Tom Atkins das Schlimmste: pausenloses Weinen, abruptes Erbrechen, irres und unverständliches Wiederholen des Wortes *Vagina.* Doch Atkins blieb stumm und zuckte nur.

»Wie läuft's denn so, Al?«, fragte Trainer Hoyt Miss Frost; sein ramponierter Schädel reichte ihr bis ans Schlüsselbein. Miss Frost legte dem alten Coach ihre Hand mit den magentafarbenen Nägeln liebevoll auf den Nacken und zog sein Gesicht an ihre kleinen, aber sehr auffälligen Brüste.

(Später erklärte mir Delacorte, dass so etwas unter Ringern »Nackengriff« heißt.) »Wie geht's dir denn, Herm?«, sagte Miss Frost freundlich zu ihrem ehemaligen Trainer.

»Och, ich halt mich über Wasser, Al«, antwortete Herm Hoyt. Ein verirrtes Handtuch hing aus einer Tasche seines zerknitterten Sportsakkos; sein Schlips hing schief, und der oberste Hemdknopf stand offen. (Herm Hoyt mit seinem Ringernacken konnte diesen obersten Knopf nie zumachen.)

»Wir sprachen gerade über Al Frost und den Schulrekord«, erklärte Kittredge seinem Trainer, lächelte dabei aber weiterhin Miss Frost an. »Trainer Hoyt sagt über Frost nie mehr, als dass er ›ziemlich gut‹ war – womit Herm natürlich sagen will, der Typ war *sehr* gut«, erläuterte Kittredge Miss Frost. Dann sagte er zu ihr: »*Sie* haben Frost vermutlich nie ringen sehen?«

Ich glaube nicht, dass Herm Hoyt mit seinem plötzlichen und offensichtlichen Unbehagen alles verriet. Ich glaube wirklich, in dem Sekundenbruchteil, nachdem Kittredge Miss Frost gefragt hatte, ob sie Frost je habe ringen sehen, wurde Kittredge klar, wer Al Frost war. Es war genau der Sekundenbruchteil, in dem ich sah, wie Kittredge Miss Frosts Hände betrachtete; was ihm auffiel, war nicht der Nagellack.

»Al – Al Frost«, sagte Miss Frost. Diesmal streckte sie ihre Hand eindeutig Kittredge entgegen; jetzt erst sah sie ihn an. Ich kannte diesen Blick: Es war der durchdringende Blick, mit dem sie mich gemustert hatte – als ich fünfzehn war und *Große Erwartungen* ein zweites Mal lesen wollte. Tom Atkins wie auch mir fiel auf, wie klein Kittredges Hand in Miss Frosts Pranke aussah. »Natürlich waren wir nicht – *sind* wir nicht, muss es heißen – in derselben Gewichtsklasse«, sagte Miss Frost zu Kittredge.

»Big Al war mein Achtzig-Kilo-Mann«, erzählte Herm Hoyt Kittredge. »Fürs Schwergewicht warst du als Ringer ein wenig zu leicht, Al, aber ich hab dich ein paarmal als Schwergewichtler gebracht – du wolltest unbedingt, dass ich dich gegen die großen Jungs ringen lasse.«

»Ich war *nur* ziemlich gut«, gestand Miss Frost Kittredge. »Wenigstens fand man das, als ich nach Pennsylvania kam.«

Atkins und ich merkten, dass es Kittredge die Sprache verschlagen hatte. Das Händeschütteln war beendet, aber entweder konnte Kittredge Miss Frosts Hand nicht loslassen, oder sie ließ ihn nicht los.

Seit ihrer Ringerzeit hatte Miss Frost viel Muskelmasse verloren; doch weil sie so viele Hormone genommen hatte, war ihr Hüftumfang bestimmt größer als damals, als sie noch achtzig Kilo gewogen hatte. Mit Mitte vierzig wog

Miss Frost nach meiner Schätzung 84 oder 86 Kilo, doch sie war knapp ein Meter neunzig groß – mit Absätzen, das hatte sie mir erzählt, eins fünfundneunzig –, und ihr Gewicht verteilte sich gut. Sie sah nicht aus, als hätte sie 86 Kilo auf den Rippen.

Jacques Kittredge wog 67 Kilogramm. Ich schätze, dass Kittredges »natürliches« Gewicht – außerhalb der Ringersaison – etwa bei 72 oder 73 Kilo lag. Er war eins achtzig (und ein paar Zerquetschte).

Trainer Hoyt hatte wohl gemerkt, wie durcheinander Kittredge war – völlig untypisch für ihn –, ganz zu schweigen von dem verlängerten Handhalten zwischen Kittredge und Miss Frost, das bei Atkins fast zu Schnappatmung führte.

Herm Hoyt kam ins Plaudern und füllte mit seinem improvisierten Vortrag zur Geschichte des Ringens die bei seinem Erscheinen entstandene Stille mit einer seltsamen Mischung aus Nervosität und Nostalgie.

»Mir fiel mir gerade ein, Al, zu deiner Zeit hast du immer nur lange Ringerhosen getragen – alle kämpften mit nacktem Oberkörper, weißt du noch?«, fragte der alte Coach seinen ehemaligen Achtzig-Kilo-Mann.

»Und ob ich das weiß, Herm«, antwortete Miss Frost. Sie ließ Kittredges Hand los. Mit ihren langen Fingern zog Miss Frost die offene Strickjacke über ihrer taillierten Bluse gerade – die Worte *nackter Oberkörper* hatten Kittredges Aufmerksamkeit auf ihre mädchenhaften Brüste gelenkt.

Tom Atkins keuchte; niemand hatte mir gesagt, dass er nicht nur Ausspracheprobleme hatte, sondern außerdem auch Asthma. Vielleicht hyperventilierte der arme Tom nur, statt in Tränen auszubrechen.

»Wir haben 1958 angefangen, einteilige Trikots *und* Ringerhosen zu tragen – falls du dich erinnerst, Jacques«, sagte Herm Hoyt, doch Kittredge hatte die Sprache noch nicht wiedergefunden; er nickte nur verzagt.

»Trikots *und* lange Ringerhosen ist doppelt gemoppelt«, sagte Miss Frost und musterte missbilligend ihren Nagellack, als hätte jemand anderes die Farbe ausgesucht. »Entweder sollte man *nur* ein einteiliges Ringertrikot und *keine* lange Hose tragen, oder man trägt *nur* eine Ringerhose und oben nichts«, sagte Miss Frost. »Ich persönlich«, ergänzte sie – eine Bemerkung, die ausschließlich an den stummen Kittredge gerichtet war –, »bin oben rum lieber *nackt.*«

»Eines Tages wird man nur noch ein Trikot tragen – keine langen Hosen, das wette ich«, prophezeite der alte Trainer. »Und nackte Oberkörper werden ebenfalls verboten sein.«

»Schade«, sagte Miss Frost und seufzte theatralisch.

Atkins gab einen erstickten Laut von sich; er hatte den finster dreinblickenden Dr. Harlow erspäht, vielleicht eine halbe Sekunde bevor ich den glatzköpfigen Eulenficker sah. Ich bezweifelte, dass Dr. Harlow ein Freund des Ringersports war – jedenfalls war er Elaine und mir bisher nie aufgefallen, wenn wir Kittredge hatten ringen sehen. (Aber warum hätten wir auch auf Dr. Harlow achten sollen?)

»Das ist streng verboten, Bill – zwischen Ihnen beiden darf es keinen Kontakt geben«, sagte Dr. Harlow; dabei sah er Miss Frost nicht an. Ihren Namen nannte er nicht, das »Ihnen beiden« kam dem am nächsten.

»Miss Frost und ich haben kein Wort miteinander gewechselt«, sagte ich dem glatzköpfigen Eulenficker.

»Es darf überhaupt keinen Kontakt geben, Bill«, sagte Dr. Harlow. Miss Frost sah er immer noch nicht an.

»Was für einen Kontakt?«, fragte Miss Frost scharf; ihre großen Hände packten den Doktor bei den Schultern, worauf dieser einen Schritt zurücktrat. »Meinen einzigen *Kontakt* hatte ich mit dem jungen Kittredge hier«, teilte Miss Frost Dr. Harlow mit. Dann legte sie beide Hände auf Kittredges Schultern. »Sieh mich an!«, befahl sie. Als Kittredge zu ihr aufsah, schien er plötzlich so leicht beeinflussbar zu sein wie ein fügsamer kleiner Junge. (Wäre Elaine dabei gewesen, hätte sie endlich die Unschuld gefunden, die sie erfolglos auf Fotos des jüngeren Kittredge gesucht hatte.) »Ich wünsche dir Glück – hoffentlich stellst du den Rekord ein«, sagte ihm Miss Frost.

»Danke sehr«, nuschelte Kittredge.

»Man sieht sich, Herm«, sagte Miss Frost zu ihrem ehemaligen Trainer.

»Pass auf dich auf, Al«, erwiderte Herm Hoyt.

»Bis die Tage, Nymphe«, sagte Kittredge zu mir, sah aber weder mich noch Miss Frost an. Dann rannte er von der Matte und seinen Mannschaftskameraden nach.

»Wir haben uns übers *Ringen* unterhalten, Doc«, sagte Herm Hoyt zu Dr. Harlow.

»Um welchen Rekord geht es?«, fragte Dr. Harlow.

»Um meinen Rekord«, sagte Miss Frost dem Arzt. Sie ging, als Tom Atkins ein Würgegeräusch von sich gab. Atkins konnte nicht an sich halten, und jetzt, da Kittredge weg war, traute sich der arme Tom endlich, es zu sagen.

»Miss Frost!«, stieß Atkins hervor. »Bill und ich reisen im Sommer zusammen nach Europa!«

Miss Frost strahlte mich an, ehe sie ihre Aufmerksamkeit Tom Atkins zuwandte. »Das halte ich für eine *großartige* Idee, Tom«, sagte sie ihm. »Bestimmt werdet ihr euch köstlich amüsieren.« Miss Frost wandte sich bereits zum Gehen, als sie noch einmal kurz stehen blieb und sich zu uns umschaute, doch als sie sprach, wusste jeder, sie wollte, dass Dr. Harlow gut zuhörte. »Hoffentlich macht ihr zwei *alles* zusammen«, sagte Miss Frost.

Dann gingen sie – wobei Dr. Harlow mich keines Blickes würdigte. Tom Atkins und ich blieben mit Herm Hoyt allein.

»Wisst ihr was, Jungs – ich muss auch los«, sagte der alte Coach zu uns. »Wir haben eine Mannschaftsbesprechung –«

»Trainer Hoyt«, unterbrach ich ihn. »Ich bin neugierig, wer einen Kampf zwischen Kittredge und Miss Frost gewinnen würde. Das heißt, wenn sie im gleichen Alter und in derselben Gewichtsklasse wären. Sie wissen schon – bei gleichen Voraussetzungen.«

Herm Hoyt sah sich um, als vergewissere er sich, dass keiner seiner Ringer ihn hören konnte. Nur Delacorte war noch in der Halle geblieben, stand aber weit weg in der Nähe des Ausgangs, als warte er auf jemanden.

»Hört zu, Jungs«, knurrte der alte Trainer, »das habt ihr nicht von mir, aber Big Al würde Kittredge *umbringen.* Egal, in welchem Alter oder in welcher Gewichtsklasse – Al könnte Kittredge nach Strich und Faden plattmachen.«

Ich will nicht so tun, als hätte ich mich nicht darüber gefreut, aber ich hätte es lieber unter vier Augen von ihm erfahren; diese Information wollte ich jedenfalls nicht mit Tom Atkins teilen.

»Kannst du dir *vorstellen,* Bill –«, begann Atkins, als Trainer Hoyt Richtung Umkleideraum davongegangen war.

Ich unterbrach Atkins. »Na klar kann ich mir das vorstellen, Tom«, sagte ich ihm.

Am Ausgang der alten Sporthalle stellte sich Delacorte uns in den Weg. Er hatte auf *mich* gewartet.

»Ich hab sie gesehen – sie ist bildschön!«, sagte Delacorte zu mir. »Als sie ging, hat sie mit mir gesprochen – sie sagte, ich sei ein ›großartiger‹ Hofnarr in *Lear* gewesen.« Dann verstummte Delacorte, spülte und spuckte; er hielt zwei Pappbecher in den Händen und glich nicht mehr einem schleichenden Tod. »Außerdem hat sie mir gesagt, ich solle eine Gewichtsklasse nach oben gehen, aber sie hat es komisch begründet. ›Vielleicht verlierst du dann mehr Kämpfe, aber du wirst weniger leiden.‹ Sie *war* mal Al Frost, musst du wissen«, vertraute Delacorte mir an. »Sie war *Ringer*!«

»Das *wissen* wir, Delacorte!«, sagte Tom Atkins gereizt.

»Mit *dir* hab ich nicht geredet, Atkins«, sagte Delacorte, spülte aus und spuckte. »Dann hat uns Dr. Harlow unterbrochen«, erzählte mir Delacorte. »Er sagte etwas zu deiner Freundin – irgendeinen Quatsch, es sei für sie ›unangebracht‹, auch nur hier zu sein! Doch sie unterhielt sich einfach weiter mit mir, als wäre der glatzköpfige Eulenficker gar nicht da. Sie sagte: ›Übrigens, was sagt Kent noch gleich zu Lear – erster Akt, erste Szene, als Lear alles durcheinanderbringt, was Cordelia betrifft? Oje, wie *heißt* das Zitat nur? Ich hab's doch gerade erst gesehen! Du hast doch *mitgespielt!*‹ Ich wusste aber nicht, welches Zitat sie meinte – ich war Lears Narr, nicht der Graf von Kent –, und Dr. Harlow stand einfach nur da. Plötzlich ruft sie laut: ›Ich hab's! Kent sagt: *Töte deinen Arzt* – das Zitat habe ich gesucht!‹ Und der glatzköpfige Eulenficker sagt zu ihr: ›Sehr komisch – das finden Sie wohl sehr komisch.‹ Doch sie dreht sich zu ihm um, baut sich direkt vor Dr. Harlow auf und sagt: ›Komisch? Ich finde, *Sie* sind ein komisches Männlein, Dr. Harlow.‹ Worauf der glatzköpfige Eulenficker auf dem Absatz kehrtmachte und davoneilte. Dr. Harlow lief einfach weg! Deine Freundin ist phantastisch!«, versicherte mir Delacorte.

Jemand rempelte ihn an. Als er versuchte, sein Gleichgewicht zurückzugewinnen und nicht zu stürzen, ließ er beide Pappbecher fallen. Dann stürzte er trotzdem, mitten in die Sauerei, die seine Spül- und Spuckbecher auf dem Boden hinterlassen hatten. Kittredge hatte ihn geschubst. Kittredge hatte ein Handtuch um die Hüften gebunden, seine Haare waren noch nass vom Duschen. »Nach dem Duschen findet eine Mannschaftssitzung statt, und du hast noch nicht mal geduscht. In der Zeit, die man auf dich warten muss, könnte ich locker zwei Nummern schieben, Delacorte«, sagte ihm Kittredge.

Delacorte rappelte sich hoch und lief durch den überbauten Gang in die neue Sporthalle, wo die Duschen waren.

Tom Atkins versuchte sich unsichtbar zu machen; er hatte Angst, Kittredge würde ihn als Nächsten schubsen.

»Wieso wusstest du nicht, dass sie ein Mann war, Nymphe?«, fragte Kittredge mich unvermittelt. »Hast du ihren Adamsapfel übersehen, ist dir nicht aufgefallen, wie *groß* sie ist? Außer ihren Titten. Herrgott! Wieso wusstest du nicht, dass sie ein Mann war?«

»Vielleicht *wusste* ich es ja«, sagte ich ihm. (Einfach wie von selbst, so wie man eben manchmal mit der Wahrheit herausplatzt.)

»Meine Güte, Nymphe«, sagte Kittredge. Er fing an zu zittern; von dem unbeheizten Gang, der zu der größeren, neueren Halle führte, wehte ein kalter Luftzug herüber, und Kittredge hatte nur ein Handtuch um. Es war ungewöhnlich, dass Kittredge so verletzlich wirkte, aber er war halbnackt und zitterte vor Kälte. Tom Atkins war nicht besonders mutig, doch offenbar spürte selbst er Kittredges Verletzlichkeit – sogar Atkins konnte sich zu einem *Augenblick* der Furchtlosigkeit aufraffen.

»Wieso wusstest *du* nicht, dass sie mal *Ringer* war?«, fragte ihn Atkins. Kittredge machte einen Schritt auf Tom zu, der – nun wieder furchtsam – einen Schritt zurückwich und beinahe hinfiel. »Hast du ihre Schultern, ihren *Hals*, ihre *Hände* nicht gesehen?«, rief Atkins Kittredge zu.

»Ich muss weg« war Kittredges einzige Antwort. Das sagte er zu mir – Atkins antwortete er nicht. Sogar Tom Atkins merkte, dass Kittredges Selbstsicherheit erschüttert war.

Atkins und ich sahen ihm nach, wie er zum überbauten Gang rannte und beim Laufen das um die Hüften geschlungene Handtuch festhielt. Es war ein kleines Handtuch, das so eng wie ein Minirock um seine Hüften lag. Mit dem Handtuch sah Kittredge wie ein Mädchen aus.

»Du glaubst doch nicht, dass Kittredge in dieser Saison einen Kampf verlieren könnte, oder, Bill?«, fragte mich Atkins.

Wie Kittredge antwortete ich Atkins nicht. Wie konnte Kittredge in New England einen Ringkampf verlieren? Diese Frage hätte ich liebend gern Miss Frost gestellt. Und noch viele andere Fragen.

Diese kurze Phase, wenn man es leid ist, wie ein Kind behandelt zu werden – oder auch nur wie ein Jugendlicher –, diese sich plötzlich öffnende, aber rasch wieder schließende Tür, wenn man ein für alle Mal erwachsen werden will, ist eine gefährliche Zeit. In einem meiner ersten Romane sollte ich schreiben: »Ehrgeiz raubt einem die Kindheit. Im Moment, wo du erwachsen werden willst – *egal,* in welcher Hinsicht –, stirbt ein Teil deiner Kindheit.« (Vielleicht dachte ich dabei an den gleichzeitigen Wunsch, Schriftsteller zu werden und mit Miss Frost Sex zu haben, nicht unbedingt in dieser Reihenfolge.)

In einem späteren Roman näherte ich mich dieser Idee ein wenig anders – vielleicht ein wenig behutsamer. »So wird uns in messbar großen oder unermesslich kleinen Schritten unsere Kindheit gestohlen – nicht immer in einem einzigen dramatischen Augenblick, sondern oft in einer Serie kleiner Diebstähle, deren Endergebnis doch immer derselbe Verlust ist.« Vermutlich hätte ich das Wort »Diebstähle« durch »Verrat« ersetzen können; im Falle meiner Familie hätte ich auch die Begriffe »Täuschungen« oder »Lügen« anführen können, die sowohl auf Auslassungen als auch auf Hinzufügungen beruhten.

In einem anderen Roman – und zwar ganz am Anfang des Buchs – schrieb ich: »Dein Gedächtnis ist ein Monstrum; *du* vergisst – *es* vergisst nicht. Es packt Erinnerungen einfach weg; es bewahrt Erinnerungen für dich auf, oder es verbirgt sie vor dir. Dein Gedächtnis erweckt nach eigenem Ermessen Erinnerungen wieder zum Leben. Du bist der Ansicht, du hättest ein Gedächtnis, doch dein Gedächtnis hat dich!« (Auch dazu stehe ich.)

Es muss gegen Ende Februar oder Anfang März 1961 gewesen sein, als sich auf der Favorite River Academy herumsprach, dass Kittredge verloren hatte, sogar zweimal. Der Ringerwettbewerb zwischen den Schulen New Englands fand in diesem Jahr in East Providence, Rhode Island, statt. Kittredge wurde im Halbfinale vernichtend geschlagen. »Es war nicht mal knapp«, nuschelte Delacorte. (Wenn Delacorte sprach, verstand ich zwar die Vokale, aber nicht die Konsonanten, weil seine Zunge mit sechs Stichen genäht worden war.)

Kittredge hatte in der Trostrunde im Kampf um den dritten Platz erneut verloren – diesmal gegen einen Konkurrenten, den er zuvor geschlagen hatte.

»Die erste Niederlage hat ihm irgendwie die Moral genommen – danach schien es Kittredge egal zu sein, ob er Dritter oder Vierter wird«, brachte Delacorte heraus. In seinem Speibecher sah ich Blut; er hatte seine Zunge durchgebissen, daher die sechs Stiche.

»Kittredge ist *Vierter* geworden«, erzählte ich Tom Atkins.

Für einen zweifachen Champion und Titelverteidiger war das bestimmt ein schwerer Schlag. Die Schulmeisterschaften im Ringen begannen in New England 1949, vierzehn Jahre, nachdem Al Frost seine dritte ungeschlagene Saison beendet hatte. Doch in der Schulzeitung der Favorite River Academy stand kein Wort über Al Frosts Rekord – oder dass Kittredges Versuch gescheitert war, ihn einzustellen. In dreizehn Jahren hatte es in New England achtzehn Ringer gegeben, die zweimal Meister wurden – darunter Kittredge. Hätte er eine dritte Meisterschaft gewonnen, wäre das eine Premiere gewesen. »Gleichzeitig Premiere und Abschiedsvorstellung«, wie Trainer Hoyt in unserer Schulzeitung zitiert wurde. Wie sich herausstellte, war 1961 das letzte Jahr, in der eine Ringermeisterschaft für Knaben aller Schulen New Englands stattfand. Ab 1962 führten die öffentlichen Highschools und die Privatschulen getrennte Meisterschaften durch.

An einem Vorfrühlingstag, als sich unsere Wege zufällig im Innenhof kreuzten, fragte ich Herm Hoyt danach. »Es geht etwas verloren«, sagte der alte Trainer. »*Ein* Wettbewerb für alle ist härter.«

Ich fragte ihn auch nach Kittredge und ob er sich dessen beide Niederlagen irgendwie erklären könne. »Der Kampf um den dritten Platzt war Kittredge scheißegal«, sagte Herm. »Wenn er nicht alles gewinnen konnte, ging es ihm am Arsch vorbei, ob er Dritter oder Vierter wurde.«

»Und die erste Niederlage?«, fragte ich Trainer Hoyt.

»Ich hab's Kittredge immer wieder gesagt, es gibt immer einen, der besser ist«, sagte der alte Trainer. »Und den Besseren kannst du nur schlagen, wenn du *zäher* bist. Der andere war besser, nur war Kittredge *nicht* zäher.«

Mehr steckte offenbar nicht dahinter. Für Atkins und

mich waren Kittredges Niederlagen eine Enttäuschung. Als ich das Richard Abbott erzählte, sagte der: »Genau wie bei Shakespeare, Bill; bei Shakespeare geschehen die wichtigen Dinge auch größtenteils hinter der Bühne – und man bekommt sie nur erzählt.«

»Genau wie bei Shakespeare«, wiederholte ich.

»Es ist trotzdem ernüchternd«, fand Atkins, als ich ihm erzählte, was Richard gesagt hatte.

Kittredges Selbstvertrauen wirkte allerdings kaum angeknackst; die Niederlagen schienen ihm nicht viel auszumachen. Außerdem war es die Phase unseres letzten Schuljahres, in der wir erfuhren, welche Colleges oder Universitäten uns angenommen hatten. Die Ringersaison war vorbei.

Favorite River gehörte nicht zu den renommiertesten Internaten New Englands, und entsprechend bewarben sich die Schüler der Academy auch nicht bei den renommiertesten Colleges oder Universitäten. Die meisten von uns gingen auf kleine geisteswissenschaftlich orientierte Colleges, aber Tom Atkins sah sich eher auf einer staatlichen Universität; eine kleine Lehranstalt hatte er inzwischen kennengelernt und wollte jetzt lieber etwas *Größeres* – »eine Uni, wo man sich verlieren kann«, wünschte sich Atkins.

Das Mich-verlieren-Können war mir weniger wichtig. Die Qualität des Fachbereichs Englisch dafür umso wichtiger – und ob ich dort weiter die Schriftsteller lesen konnte, mit denen Miss Frost mich bekannt gemacht hatte. Außerdem war mir wichtig, in oder in der Nähe von New York zu sein.

»Wo haben Sie studiert?«, hatte ich Miss Frost gefragt.

»Irgendwo in Pennsylvania«, hatte sie mir geantwortet.

»Der Name sagt dir nichts.« (Das mit »Der Name sagt dir nichts« gefiel mir, aber am wichtigsten war mir der Faktor New York.)

Ich bewarb mich an jedem College und an jeder Universität in und um New York, die mir einfielen – an denen, deren Name einem etwas sagte, und an jenen, deren Name einem nichts sagte. Ich legte auch Wert darauf, mit jemandem im Institut für Germanistik zu sprechen. Jeder meiner Gesprächspartner dort versicherte mir, man würde mir behilflich sein, ein paar Auslandssemester in einem deutschsprachigen Land zu verbringen.

Ich ahnte bereits, dass ein Sommer in Europa mit Tom Atkins mich nur weiter in meinem Wunsch bestätigen würde, möglichst weit weg von First Sister, Vermont, zu leben. Es schien mir genau das zu sein, was ein zukünftiger Schriftsteller tun sollte – nämlich in einem fremden Land zu leben, in dem eine andere Sprache gesprochen wird. Gleichzeitig würde ich dort die ersten ernsthaften Versuche unternehmen, in meiner Muttersprache zu schreiben, als wäre ich der erste und einzige Mensch, der das je versucht hatte.

Tom Atkins landete schließlich auf der Universität Massachusetts in Amherst; es war eine große Uni, und Atkins gelang es, sich dort zu verlieren – vielleicht mehr, als er gewollt oder sich gewünscht hatte.

Zweifellos stieß meine Bewerbung an der Universität von New Hampshire zu Hause auf Argwohn, denn es kursierte das Gerücht, Miss Frost wolle ebenfalls nach New Hampshire umziehen. Das wiederum veranlasste Tante Muriel zu der Bemerkung, sie wünschte, Miss Frost zöge noch viel weiter von Vermont weg als nur nach New

Hampshire – woraufhin ich erwiderte, auch ich hoffe, noch viel weiter von Vermont wegzuziehen als nur *dorthin* (was Muriel bestimmt irritierte – schließlich wusste sie, dass ich mich an der Universität von New Hampshire beworben hatte).

Doch in jenem Frühling wurde das Gerücht von Miss Frosts Umzug nach New Hampshire nicht bestätigt – auch *wohin* sie in New Hampshire ziehen wollte, erfuhr niemand. Tatsächlich hatte meine Bewerbung an der Universität von New Hampshire nichts mit Miss Frosts zukünftigem Wohnort zu tun. (Ich hatte mich nur beworben, um meine Familie zu irritieren – ich wollte dort keinesfalls studieren.)

Ehrlich gesagt, war es – vor allem für Tom Atkins und mich – ein viel größeres Rätsel, weshalb Kittredge nach Yale ging. Zugegeben, sowohl mein Notendurchschnitt als auch der von Atkins machten Yale oder jede andere prestigeträchtige Ivy-League-Universität unerreichbar. Trotzdem hatte Kittredge schlechtere Abschlussnoten als ich, und wie konnte Yale die Tatsache übersehen, dass Kittredge die zwölfte Klasse wiederholt hatte? (Tom Atkins hatte zwar sehr wechselhafte Noten, aber die Schule ohne Ehrenrunde abgeschlossen.) Zwar hatte Kittredge bei den Uni-Zulassungstests hervorragend abgeschnitten; trotzdem musste Yale ihn aus anderen Gründen genommen haben, und Atkins und ich wussten das auch.

Atkins erwähnte Kittredges Ringerkünste, doch ich glaube zu wissen, was Miss Frost dazu gesagt hätte: Nicht das Ringen hatte Kittredge nach Yale gebracht. (Wie sich herausstellte, würde er an der Uni ohnehin nicht ringen.)

Die Ergebnisse seiner Zulassungstests waren bestimmt hilfreich gewesen, aber der wahre Grund, warum Kittredge in Yale aufgenommen wurde, war sein Vater, mit dem er keinen Kontakt hatte und der Yale-Absolvent war.

»Eins kannst du mir glauben«, sagte ich zu Tom. »Sie haben Kittredge nicht wegen seiner *Deutschkenntnisse* in Yale genommen – darauf gebe ich dir Brief und Siegel.«

»Warum interessiert es dich, wo Kittredge studiert, Billy?«, wollte Mrs. Hadley von mir wissen. (Ich hatte ein Ausspracheproblem mit dem Wort *Yale*, deshalb kam das Thema zur Sprache.)

»Ich bin nicht neidisch«, sagte ich ihr. »Ich will da bestimmt nicht hin – ich kann es ja nicht mal *aussprechen*!«

Es stellte sich als unwichtig heraus, wo Kittredge oder ich studierten, aber dass man Kittredge in Yale genommen hatte, brachte mich damals auf die Palme.

»Es geht mir nicht um *Gerechtigkeit*«, sagte ich zu Martha Hadley, »aber sollte *Leistung* nicht auch eine Rolle spielen?« Es war die typische Frage eines Achtzehnjährigen (auch wenn ich im März 1961 neunzehn geworden war); natürlich kam ich mit der Zeit darüber hinweg, wo Kittredge studiert hatte. Selbst in jenem Frühjahr 1961 interessierten sich Tom Atkins und ich mehr für die Planung unseres Sommers in Europa als für die augenscheinliche Ungerechtigkeit, dass Kittredge in Yale angenommen worden war.

Ich gebe zu, jetzt, wo ich ihn nur noch selten sah, konnte ich Kittredge auch leichter vergessen. Entweder brauchte er keine Hilfe mehr in Deutsch, oder er fragte einfach jemand anderen. Seit Yale ihn angenommen hatte, machte Kittredge sich keine Sorgen mehr wegen seiner Deutschnote – er musste nur seinen Abschluss schaffen.

»Darf ich dich an etwas erinnern?«, fragte mich Tom Atkins und schniefte. »Schon letztes Jahr musste Kittredge nur seinen Abschluss schaffen.«

1961 schaffte Kittredge seinen Abschluss jedenfalls – genau wie wir anderen alle auch. Ehrlich gesagt, war auch dieser Abschluss eine Enttäuschung. Nichts passierte, aber was hatten wir auch erwartet! Offenbar hatte Mrs. Kittredge gar nichts erwartet, denn sie ließ sich bei der Abschlussfeier nicht blicken. Auch Elaine blieb der Veranstaltung fern, was in ihrem Fall aber verständlich war.

Warum nur war Mrs. Kittredge noch nicht einmal zur Abschlussfeier ihres einzigen Kindes gekommen? (»Sie ist nicht besonders *mütterlich,* stimmt's?«, war Kittredges einziger Kommentar dazu.) Kittredge wirkte nicht überrascht; dass er die Highschool erfolgreich abgeschlossen hatte, beeindruckte ihn auffallend wenig. Im Gegenteil, er wirkte, als hätte er uns andere bereits weit hinter sich gelassen.

»Als wäre er schon in Yale – als wäre er gar nicht mehr hier«, bemerkte Atkins.

Bei der Abschlussfeier lernte ich Toms Eltern kennen. Ein Blick auf mich genügte, und sein Vater weigerte sich, mir auch nur die Hand zu geben; er *nannte* mich zwar nicht Schwuchtel, doch ich spürte, dass er es dachte.

»Mein Vater ist ein sehr … schlichter Mensch«, sagte Atkins.

»Er sollte mal meine Mom kennenlernen!«, lautete mein einziger Kommentar. »Wir fliegen zusammen nach Europa, Tom – nur darauf kommt es an.«

»Nur darauf kommt es an«, wiederholte Atkins. Ich beneidete ihn nicht um die Tage unmittelbar vor unserer Abreise zu Hause, wo ihm sein Dad meinetwegen bestimmt pausenlos zusetzte. Atkins wohnte in New Jersey. Da ich aus New Jersey nur die Leute kannte, die zum Skifahren nach Vermont kamen, beneidete ich Atkins auch darum nicht.

Delacorte stellte mich seiner Mutter vor. »Das ist der Typ, der ursprünglich als Lears Hofnarr vorgesehen war«, begann Delacorte.

Als sich auch die hübsche kleine Frau in dem ärmellosen Kleid weigerte, mir die Hand zu geben, wurde mir klar, dass laut Gerücht der Schüler, der ursprünglich Lears Narr hätte spielen sollen, auch der war, der Sex mit der transsexuellen Stadtbibliothekarin gehabt hatte.

»Das mit deinen *Schwierigkeiten* tut mir ja so leid«, heuchelte Mrs. Delacorte. Da erst fiel mir ein, dass ich ja noch gar nicht wusste, wo Delacorte studieren würde. Heute, wo er tot ist, bedaure ich, ihn nie gefragt zu haben. Auf welche Uni er ging, mochte für Delacorte damals so wichtig gewesen sein, wie es für mich *unwichtig* war, wo ich studierte.

Die Proben für das Tennessee-Williams-Stück waren nicht zeitaufwendig – jedenfalls nicht für mich mit meiner kleinen Rolle. Ich trat nur in der letzten Szene auf, die sich ausschließlich um Alma dreht, eine verklemmte Frau, für die Miss Frost laut Nils Borkman die Idealbesetzung gewesen wäre. Alma wurde von Tante Muriel gespielt, einer der *verklemmtesten* Frauen, die ich kenne, doch mir gelang es, meiner Rolle als »jungem Mann« frisches Leben einzuhauchen, indem ich mir Miss Frost in der Rolle der Alma vorstellte.

Da der junge Mann in Alma verknallt war, erschien es mir sinnvoll, dass ich auf die Brüste meiner Tante Muriel starrte, obwohl diese, verglichen mit denen von Miss Frost, gewaltig (und meiner Ansicht nach: *widerlich*) waren.

»*Musst* du unbedingt auf meine Brüste glotzen, Billy?«, fragte mich Muriel während einer denkwürdigen Probe.

»Ich soll doch in dich verknallt sein«, erwiderte ich.

»Aber doch in mich *als Ganzes,* könnte ich mir vorstellen«, gab Tante Muriel zurück.

»Ich halte es für *angebracht,* dass der junge Mann Almas Brüste anstarrt«, meldete sich unser Regisseur, Nils Borkman. »Schließlich ist er Schuhverkäufer und nicht sehr *kultig.*«

»Für meinen *Neffen* geziemt es sich nicht, mich so anzuglotzen!«, sagte Tante Muriel indigniert.

»Gewiss zieht Mrs. Fremonts Busen die Blicke *vieler* junger Mannens auf sich!«, sagte Nils in dem durchsichtigen Versuch, Muriel zu schmeicheln. (Ich weiß im Moment nicht mehr, warum sich meine Tante nicht schon in *Was ihr wollt* beschwerte, dass ich ihr auf die Brüste glotzte. Wohl weil ich kleiner war und Muriel mich wegen ihres großen Busens nicht sehen konnte, wenn ich ihn anglotzte.)

Meine Mutter seufzte, während Grandpa Harry, der Almas Mutter spielte – und ein mächtiges Paar Gummititten trug –, anführte, es sei für *jeden* jungen Mann »nur natürlich«, auf die Brüste einer Frau zu starren, die ordentlich »Holz vor der Hütte« habe.

»Ich, deine eigene Tochter, soll ›Holz vor der Hütte‹ haben – ich fasse es nicht!«, rief Muriel.

Meine Mutter seufzte wieder. »*Jeder* glotzt dir auf die Brüste, Muriel«, sagte meine Mutter. »Es gab eine Zeit, da *wolltest* du es sogar.«

»Komm mir ja nicht damit – es gab auch eine Zeit, als *du* etwas wolltest, Mary«, warnte Muriel sie.

»Mädels, Mädels«, sagte Grandpa Harry.

»Halt die Klappe, du alter Transvestit!«, sagte meine Mutter zu Grandpa Harry.

»Und wenn ich nur auf *eine* Brust starre?«, fragte ich.

»Wo sie dir doch alle beide egal sind, stimmt's, Billy!«, schrie meine Mom.

In jenem Frühling bekam ich von meiner Mutter jede Menge Geschrei und Seufzen zu hören; als ich ihr eröffnete, dass ich den Sommer mit Tom Atkins in Europa verbringen wollte, wurde sowohl geseufzt als auch geschrien. (Zuerst natürlich der Seufzer, rasch gefolgt von dem Aufschrei: »Tom Atkins – diese *Tunte*!«)

»Ladys, Ladys«, sagte Nils Borkman. »Das ist ein *stürmender* junger Mann, Mr. Archie Kramer – er fragt Alma: ›Was kann man am Abend in dieser Stadt unternehmen?‹ Das ist doch ziemlich *stürmend,* stimmt's?«

»Tja«, meldete sich Grandpa Harry zu Wort, »es gibt da eine Regieanweisung – ›*Alma gewinnt Selbstvertrauen angesichts der Unbeholfenheit von Archies Jugend*‹ – und noch eine, ›*Alma sitzt zurückgelehnt da und mustert den Jungen aus halbgeschlossenen Augen, vielleicht ein wenig anzüglich*‹. Ich glaube, Alma will den jungen Burschen *ermutigen,* ihre Brüste anzustarren!«

»Es kann nur einen Regisseur geben, Daddy«, sagte meine Mutter zu Grandpa Harry.

»Ich bin nicht ›*anzüglich*‹ – und ich *ermutige* niemanden, meine Brüste anzustarren«, sagte Muriel zu Nils Borkman.

»Du laberst nichts als Scheiße, Muriel«, sagte meine Mom.

In der Schlussszene kommt ein Brunnen vor – damit Alma dem jungen Mann eine ihrer Schlaftabletten geben kann, der diese dann mit einem Schluck Wasser aus dem Brunnen hinunterspült. Ursprünglich gab es in der Szene auch Sitzbänke, aber Nils mochte die Bänke nicht. (Muriel war zu aufgeregt gewesen, um still zu sitzen, da ich immer auf ihre Brüste starrte.)

Ich sah ein Problem voraus, falls die Bänke entfernt wurden. Als der junge Mann, den ich spielte, erfährt, dass es in der Stadt ein Kasino gibt, »mit allerhand Abendunterhaltungen« (wie Alma es formuliert), sagt er zu Alma: »Warum, zum Teufel, sitzen wir dann noch hier?« Doch bei uns gab es keine Bänke; Alma und der junge Mann konnten gar nicht *sitzen*.

Ich wies Nils darauf hin und sagte: »Müsste ich nicht sagen: ›Was, zum Teufel, *tun* wir dann noch hier?‹ Alma und ich können doch gar nicht sitzen – es gibt kein Sitzgelegenheiten.«

»Du schreibst dieses Stück nicht, Billy – es wurde bereits geschrieben«, wies meine Mutter (die ewige Souffleuse) mich zurecht.

»Dann holen wir eben die Bänke zurück«, sagte der Norweger müde. »Du musst *ruhig* sitzen, Muriel. Du hast gerade eine Schlaftablette vertilgt, weißt du noch?«

»Vertilgt!«, rief Muriel. »Ich hätte eine ganze Flasche Schlaftabletten *vertilgen* sollen! Ich kann unmöglich stillsitzen, während Billy auf meine Brüste glotzt!«

»Billy *interessiert* sich nicht für deine Brüste, Muriel!«, schrie meine Mutter. (Was nicht stimmt – wie Sie wissen, wie ich weiß – interessierte ich mich nur nicht für *Muriels* Brüste.)

»Ich spiele nur *Theater* – schon vergessen?«, sagte ich zu Tante Muriel und meiner Mom.

Am Ende verlässt Archie die Bühne; er geht und ruft nach einem Taxi. Zurück bleibt nur Alma – *»Sie wendet sich langsam in Richtung Publikum, die Hand zu einer Geste des Staunens und der Endgültigkeit erhoben, während … der Vorhang fällt.«*

Ich hatte keinen blassen Schimmer, wie Muriel das rüberbringen wollte – eine *»Geste des Staunens und der Endgültigkeit«* schien ihre Möglichkeiten bei weitem zu übersteigen. Was den Aspekt der *»Endgültigkeit«* betraf, so traute ich das Muriel durchaus zu.

»Lasst es uns probieren noch einmal«, drängte uns Nils Borkman. (Wenn unser Regisseur müde war, geriet ihm die Wortfolge durcheinander.)

»Lasst es uns noch einmal probieren«, unterstützte ihn Grandpa Harry, obwohl er als Mrs. Winemiller in dieser letzten Szene gar nicht auftrat. (In *Sommer und Rauch* herrscht im Park gerade Abenddämmerung; nur Alma und der junge Handelsreisende sind noch auf der Bühne.)

»Benimm dich, Billy«, forderte meine Mutter mich auf.

»Zum letzten Mal«, entgegnete ich und lächelte beide, Muriel und meine Mutter, so lieb an, wie ich konnte.

»Das Wasser … ist … kalt«, begann Muriel.

»Sagten Sie etwas?«, fragte ich ihre Brüste – *eifrig,* wie die Regieanweisung betont.

Sommer und Rauch wurde von den First Sister Players etwa eine Woche nach meinem Schulabschluss auf der Academy in unserem kleinen Gemeindetheater aufgeführt. Die Internatsschüler sahen sich nie die Produktionen unserer örtlichen Laientruppe an, und zwar auch nicht, als Kittredge und Atkins, die den Ort inzwischen verlassen hatten, noch mitspielten.

Ich blieb während der ganzen Aufführung hinter der Bühne, bis zur zwölften und letzten Szene. Den missbilligenden Gesichtsausdruck meiner Mutter bei jedem Auftritt von Grandpa Harry als Frau hatte ich lange und ausgiebig genug und bis zum Überdruss studiert. In den Regieanweisungen heißt es über Mrs. Winemiller, *dass sie einstmals ein verwöhntes und egoistisches Mädchen gewesen war, die den Verpflichtungen des Erwachsenenlebens durch die Flucht in eine perverse Infantilität zu entkommen trachtete. Sie ist allgemein bekannt als »Mr. Winemillers Kreuz«.*

Für meine Mom und mich war klar, dass sich Grandpa Harry bei seinem griesgrämigen Porträt von Mrs. Winemiller sein Kreuz Nana Victoria zum Vorbild nahm (was auch für Nana Victoria nicht zu übersehen war; meine missbilligend dreinschauende Großmutter saß in der ersten Reihe des Publikums und wirkte wie vom Donner gerührt, während Harry mit seinen Possen wahre Beifallsstürme erntete).

Meine Mutter musste den beiden Kinderdarstellern im Prolog soufflieren, was das Zeug hielt; trotzdem ruinierten sie ihn völlig. Doch bereits in der ersten Szene – genauer: als Mrs. Winemiller zum dritten Mal »Wo ist der Mann mit dem Eis?« kreischte – johlte das Publikum, und als Grandpa als Mrs. Winemiller am Ende der fünften Szene ihren unter ihrem Pantoffel stehenden Gatten mit den Worten »Selber ein unerträgliches Kreuz, du alter – Trottel ...!« abkanzelte, tobte der Saal. Als der Vorhang fiel, stand ein kichernder Grandpa Harry auf der Bühne.

Es war eine der besten Inszenierungen, die Nils Borkman je mit den First Sister Players einstudiert hatte. Tante Muriel als Alma war hervorragend, das musste ich zugeben. Selbst Miss Frost hätte meiner Tante Muriel in puncto *Verklemmtheit* kaum das Wasser reichen können.

Außer mit den Kinderdarstellern im Prolog hatte meine Mom nichts zu tun; niemand verpatzte seinen Text. Zum Glück, denn bereits zu Beginn des Stücks entdeckten wir Miss Frost in der ersten Reihe des Zuschauerraums. (Dass Nana Victoria ebenfalls in der ersten Reihe saß, trug noch weiter zu ihrer Verblüffung bei; meine Großmutter musste nicht nur ihr vernichtendes Porträt als zänkische Ehefrau und Mutter durch ihren Ehemann ertragen, sondern auch noch nur zwei Stühle von dem transsexuellen Ringer entfernt sitzen!)

Beim Anblick von Miss Frost hätte meine Mutter ihre Mutter auch auffordern können, auf die Bühne zu urinieren, es wäre ihr nicht einmal merkwürdig vorgekommen. Miss Frost hatte ihren Sitzplatz natürlich mit Bedacht gewählt. Sie wusste, wo die Souffleuse hinter der Bühne postiert war; und sie wusste auch, dass ich mich immer in deren Nähe befand. Meiner Mutter und mir war klar, dass, wenn wir Miss Frost sehen konnten, sie uns umgekehrt auch sah. Und tatsächlich schenkte Miss Frost ganze Szenen von *Sommer und Rauch* lang den Schauspielern auf der Bühne keinerlei Beachtung, sondern lächelte einfach nur mich an, während meine Mutter immer gequälter dreinblickte und darin Nana Victoria glich, die aussah, als hätte man ihr mit dem Kantholz einen Schlag auf den Schädel verpasst.

Jedes Mal, wenn Muriel-als-Alma auftrat, öffnete Miss Frost ihre Handtasche und holte ihre Puderdose hervor. Und während Muriel die Verklemmte spielte, bewunderte Miss Frost in dem Dosenspiegelchen ihren Lippenstift, oder sie betupfte Nase und Stirn mit ein wenig Puder.

Als ich als Archie beim letzten Vorhang nach einem Taxi rufend von der Bühne lief – und es Muriel als Alma überließ, eine Geste *»des Staunens und der Endgültigkeit«* zu finden, die ohne Worte auskam –, stieß ich auf meine Mutter. Sie wusste, auf welcher Seite ich von der Bühne abging, und hatte ihren Souffleusenstuhl verlassen, um mich abzufangen.

»Du sprichst kein Wort mit dieser *Kreatur*, Billy«, sagte meine Mom.

Ich war auf ein solches Showdown vorbereitet und hatte alle möglichen Erwiderungen zu meiner Verteidigung geübt. Aber ich hatte *nicht* erwartet, dass sie mir eine so perfekte Chance zum Angriff bieten würde. Richard Abbott, der den John gespielt hatte, war offenbar auf der Toilette; er war nicht da, um ihr beizustehen. Muriel war noch ein paar

Sekunden lang auf der Bühne – begleitet von einem alles übertönenden Beifallssturm.

»*Und ob* ich mit ihr sprechen werde, Mom«, fing ich an, doch Grandpa Harry ließ mich nicht ausreden. Mrs. Winemillers Perücke war verrutscht, und ihre mächtigen Gummititten klumpten zu dicht beieinander, doch Mrs. Winemiller fragte jetzt nicht nach Eiskrem. Sie war auch kein Kreuz, das irgendwer tragen musste – nicht in *dieser* Szene –, und Grandpa Harry kannte auch ohne Souffleuse seinen Text genau.

»Hör *bloß* auf, Mary«, sagte Grandpa Harry zu meiner Mutter. »Vergiss das mit Franny einfach. Verschon uns einmal im Leben mit deinem Selbstmitleid. Ein guter Mann hat dich am Ende geheiratet, Herrgott noch mal! Weswegen bist du nur so *wütend*?«

»Ich rede mit meinem *Sohn,* Daddy«, fing meine Mom an, doch sie war nicht mit dem Herzen dabei.

»Dann *behandle* ihn auch wie deinen Sohn«, sagte mein Großvater. »Respektiere Bill, so wie er ist, Mary. Was willst du machen – seine Gene ändern oder was?«

»Diese *Kreatur*«, wiederholte meine Mutter, womit sie Miss Frost meinte, doch in diesem Moment verließ Muriel unter donnerndem Applaus die Bühne. Muriels stattlicher Busen hob und senkte sich. War es das *Staunen* oder die *Endgültigkeit,* das sie so strapaziert hatte? »Die *Kreatur* ist hier – im Publikum!«, rief meine Mom Muriel zu.

»Ich *weiß,* Mary. Glaubst du, ich hätte ihn nicht gesehen?«, sagte Muriel.

»*Sie* nicht gesehen«, korrigierte ich meine Tante.

»*Sie!*«, sagte Muriel böse.

»Nenn du sie nicht eine *Kreatur*«, forderte ich meine Mutter auf.

»Sie hat sich sehr um Billy gekümmert, Mary«, sagte Harry (als Mrs. Winemiller). »Das hat sie *wirklich*.«

»Mädels, Mädels …«, sagte Nils Borkman in diesem Moment. Er wollte Muriel und Grandpa Harry dazu bewegen, noch einmal für eine Verbeugung auf die Bühne zu kommen. Nils war zwar ein Tyrann, doch ich war ihm dankbar, dass er mir das fürs Ensemble obligatorische Verbeugen nach Vorstellungsende erließ; Nils wusste, dass ich hinter der Bühne eine wichtigere Rolle zu spielen hatte.

»Rede bitte nicht mit dieser … *Frau*, Billy«, bat meine Mom. Richard stand neben uns, bereitete sich auf seine Verbeugungen vor, und meine Mutter warf sich ihm in die Arme. »Hast du gesehen, wer da ist? Sie ist *hierhergekommen*! Billy will mit ihr *reden*! Ich ertrag das nicht!«

»Lass Billy mit ihr reden, Jewel«, sagte Richard und lief auf die Bühne.

Das Publikum überschüttete das Ensemble mit noch mehr tosendem Applaus, als Miss Frost hinter der Bühne auftauchte, nur Sekunden nach Richards Abgang.

»Kittredge hat verloren«, sagte ich zu Miss Frost. Monatelang hatte ich mir vorgestellt, was ich ihr sagen würde; jetzt brachte ich nur das heraus.

»Zweimal«, sagte Miss Frost. »Herm hat's mir erzählt.«

»Ich dachte, du wärst nach New Hampshire gezogen«, sagte meine Mom zu ihr. »Du dürftest nicht hier sein.«

»Ich hätte überhaupt nie hier sein dürfen, Mary – ich hätte hier nicht einmal geboren werden dürfen«, antwortete ihr Miss Frost.

Richard und die übrigen Mitwirkenden hatten inzwischen die Bühne verlassen. »Wir sollten gehen, Jewel – wir sollten die beiden ein Weilchen allein lassen«, sagte Richard Abbott zu meiner Mutter. Miss Frost und ich würden nie wieder gemeinsam »allein« sein, das war klar.

Zu jedermanns Überraschung wandte Miss Frost sich an Muriel. »Reife Leistung«, sagte sie zu meiner spröden Tante. »Ist Bob da? Ich muss ein paar Worte mit dem Tennisarm wechseln.«

»Ich bin hier, Al«, meldete sich Onkel Bob unsicher.

»Du hast doch sicher einen Hauptschlüssel, mit dem man überall reinkommt, oder, Bob?«, fragte Miss Frost. »Ich würde William gern etwas zeigen, ehe ich First Sister verlasse«, fuhr sie ohne jeden dramatischen Unterton fort. »Ich muss ihm etwas in der Ringerhalle zeigen«, sagte Miss Frost. »Ich hätte Herm bitten können, uns reinzulassen, wollte ihn aber nicht in Schwierigkeiten bringen.«

»In der *Ringerhalle*!«, rief Muriel aus.

»Du und Billy, in der Ringerhalle«, sagte Onkel Bob langsam zu Miss Frost, als fiele es ihm schwer, sich das vorzustellen.

»Du kannst gern mitkommen, Bob«, sagte Miss Frost, sah aber meine Mom an. »Mary und Muriel, ihr könnt auch mitkommen – wenn ihr glaubt, William und ich brauchen mehr als einen Anstandswauwau.«

Ich dachte, meine ganze Scheißfamilie würde auf der Stelle sterben – allein schon bei dem Wort *Anstandswauwau*! –, doch Grandpa Harry nahm wieder einmal die Gelegenheit wahr, sich auszuzeichnen. »Gib mir einfach die Schlüssel, Bob – *ich* mach den Anstandswauwau.«

»Du?«, rief Nana Victoria. (Niemand hatte bemerkt, dass sie hinter der Bühne aufgetaucht war.) »Sieh dich doch nur *an*, Harold! Du bist eine *Witzfigur*! Du bist in keinem Zustand, um den Anstandswauwau zu geben, egal, für wen!«

»Also …«, begann Grandpa Harry, konnte aber nicht fortfahren. Er kratzte sich unter einer seiner Gummititten und fächelte seiner Glatze mit der Perücke Frischluft zu. Hinter der Bühne war es heiß.

Genauso lief es ab – als ich Miss Frost zum letzten Mal sah. Bob ging ins Immatrikulationsbüro, um die Schlüssel für die Sporthalle zu holen; er müsse uns begleiten, erklärte mein Onkel, weil nur er und Herm Hoyt wüssten, wo in der neuen Halle die Lichtschalter waren. (Man musste zunächst in die neue Sporthalle und dann über den überbauten Gang in die alte Sporthalle hinübergehen, anders kam man nicht in den Ringerbereich.)

»Zu meiner Zeit gab es noch keine neue Sporthalle, William«, erzählte Miss Frost, während wir über den dunklen Campus der Favorite River Academy stapften, samt Onkel Bob und Grandpa Harry – wohlbemerkt *nicht* mit Mrs. Winemiller, weil Harry inzwischen seine Holzfällerklamotten trug. Nils Borkman hatte beschlossen, auch mitkommen.

»Mich interessiert, was beim Ringen *läuft ab*!«, sagte der neugierige Norweger.

»Was beim Ringen *abläuft*«, berichtigte Grandpa Harry.

»Du ziehst in die Welt hinaus, William«, stellte Miss Frost fest. »Und homohassende Arschlöcher gibt es überall.«

»Homo-Arschlöcher?«, fragte Nils nach.

»Homohassende Arschlöcher – Arschlöcher, die Homos hassen«, korrigierte Grandpa Harry seinen alten Freund.

»Nachts habe ich noch nie jemanden in die Sporthalle gelassen«, sagte uns Onkel Bob aus heiterem Himmel. Jemand kam angelaufen, um im Dunkeln zu uns aufzuschließen. Es war Richard Abbott.

»Wachsendes öffentliches Interesse mitzuerleben, was beim Ringen abläuft, Bill?«, fragte Grandpa Harry.

»Ich wollte kein Training abhalten, William – pass bitte auf. Uns bleibt nicht viel Zeit«, ergänzte Miss Frost, als Onkel Bob gerade den Lichtschalter fand, und ich konnte sehen, wie Miss Frost mir zulächelte. Das war unser Schicksal – nicht viel *Zeit* miteinander zu haben.

Obwohl Onkel Bob, Grandpa Harry, Richard Abbott und Nils Borkman als Publikum dabei waren, wurde das, was Miss Frost mir zeigen wollte, nicht zu einer Publikumsveranstaltung. Die alte Sporthalle war ungleichmäßig ausgeleuchtet, und seit dem Ende der 1961er-Saison hatte keiner die Ringermatten gesäubert; die Matten waren von Staub und Schmutz bedeckt, und im Bereich der Mannschaftsbänke lagen ein paar dreckige Handtücher auf dem Boden. Bob, Harry, Richard und Nils setzten sich auf die Bank der Heimmannschaft; Miss Frost hatte sie aufgefordert, dort Platz zu nehmen, und die Männer taten wie geheißen. (Auf ihre Art, und jeder aus seinen ureigenen Gründen, waren diese vier Männer echte Fans von Miss Frost.)

»Zieh die Schuhe aus, William«, begann Miss Frost; ich sah, dass sie ihre bereits ausgezogen hatte. Miss Frost hatte ihre Zehennägel türkis lackiert – vielleicht war es auch irgendeine Meeresfarbe, eine Art grünliches Blau.

Es war ein warmer Juniabend, deswegen trug Miss Frost ein weißes Top und eine blaugrüne, zu ihrem Zehennagellack passende Caprihose, die fürs Ringen wohl ein wenig eng war. Ich hatte schlabbrige Bermudashorts und ein T-Shirt an.

»Hi«, sagte plötzlich Elaine. Im Theater hatte ich sie gar nicht bemerkt. Sie war uns in die alte Sporthalle gefolgt – offenbar in diskreter Entfernung – und saß jetzt auf der hölzernen Laufbahn über dem Ringerraum, von wo aus sie uns beobachtete.

»Mehr Ringen«, sagte ich nur zu Elaine, freute mich aber, dass meine liebe Freundin da war.

»Eines Tages wird man dich angreifen, William«, sagte Miss Frost. Sie legte eine Hand hinten um meinen Hals, was Delacorte einen Nackengriff genannt hatte. »Früher oder später wird man dich herumschubsen.«

»Kann ich mir vorstellen«, sagte ich.

»Je größer und aggressiver dein Gegner ist, desto dichter solltest du ihm auf die Pelle rücken, desto näher solltest du an ihn herankommen«, erklärte mir Miss Frost. Ich konnte sie riechen; ich spürte ihren Atem seitlich an meinem Gesicht. »Du musst dafür sorgen, dass er sich gegen dich lehnt – dass ihr Wange an Wange steht, nämlich so. Dann rammst du ihm einen seiner Arme in die Kehle. Und zwar *so*«, sagte sie; die Innenseite meines eigenen Ellbogens schränkte meine Atmung ein. »Du musst erreichen, dass er sich löst – dass er diesen Arm hebt«, sagte Miss Frost.

Als ich mich gegen sie drückte – als ich den Arm hob,

um den Ellbogen von meinem Hals zu nehmen –, duckte sich Miss Frost unter meiner Achselhöhle weg. Im Bruchteil einer Sekunde stand sie gleichzeitig hinter mir und seitlich von mir. Ihre Hand lag auf meinem Nacken und zog mir den Kopf nach unten; mit ihrem ganzen Gewicht wuchtete sie mich mit der Schulter voran auf die warme, weiche Matte. Ich spürte ein Kneifen am Hals. Ich landete ungeschickt und irgendwie schief; beim Fallen wurden meine Schulter und der Bereich um mein Schlüsselbein stark belastet.

»Stell dir vor, die Matte wäre ein asphaltierter Gehsteig oder nur ein schlichter alter Holzboden«, sagte sie. »Das würde sich nicht so gut anfühlen, oder?«

»Nein«, gab ich zur Antwort. Ich sah Sterne, die ich noch nie gesehen hatte.

»Noch mal«, sagte Miss Frost. »Ich möchte das noch ein paarmal mit dir machen, William, dann machst du es bei mir.«

»In Ordnung«, sagte ich. Wir machten es mehrmals.

»Es nennt sich Durchschlüpfer«, erklärte Miss Frost. »Das kannst du mit jedem machen – er muss sich nur gegen dich stemmen. Du kannst es bei jedem machen, der *aggressiv* ist.«

»Ich hab's begriffen«, sagte ich ihr.

»Nein, William – du *fängst gerade erst an,* es zu begreifen«, widersprach Miss Frost.

Wir blieben über eine Stunde lang im Ringerraum und übten immer nur den Durchschlüpfer. »Es ist einfacher bei jemandem, der größer ist als du«, erklärte Miss Frost. »Je größer jemand ist, und je dichter er dir auf die Pelle rückt, desto fester schlägt sein Kopf auf die Matte auf – oder auf das Pflaster, die Dielen oder den Boden. Begriffen?«

»Ich *fange gerade erst an,* es zu begreifen«, antwortete ich ihr.

Ich werde den Kontakt unserer Körper, als ich den Durchschlüpfer lernte, nicht vergessen; wie bei den meisten Dingen gibt es auch dabei einen Rhythmus, wenn man es richtig macht. Wir beide schwitzten, und Miss Frost sagte: »Wenn du es zehnmal schaffst, fehlerfrei, darfst du nach Hause gehen, William.«

»Ich *will* nicht nach Hause – ich will *das* weitermachen«, flüsterte ich ihr zu.

»Ich hätte nie darauf verzichtet, deine Bekanntschaft zu machen, William – um nichts in der Welt!«, flüsterte Miss Frost zurück.

»Ich liebe dich!«, sagte ich ihr.

»Nicht jetzt, William«, sagte sie. »Wenn du dem anderen seinen Ellbogen nicht in den Hals rammen kannst, ramm ihn in seinen Mund.«

»In seinen Mund«, wiederholte ich.

»Bringt euch nicht gegenseitig um!«, rief Grandpa Harry.

»Was geht hier vor?«, hörte ich Trainer Hoyt fragen. Herm war aufgefallen, dass überall Licht brannte. Die alte Sporthalle mit dem Ringerbereich war ihm heilig.

»Al bringt Billy den Durchschlüpfer bei, Herm«, berichtete Onkel Bob dem alten Trainer.

»Tja, ich hab ihn Al beigebracht«, sagte Herm. »Al dürfte also wissen, wie er funktioniert.« Trainer Hoyt setzte sich ebenfalls auf die Bank der Heimmannschaft – möglichst nahe beim Richtertisch.

»Ich werde dich nie vergessen!«, flüsterte ich Miss Frost zu.

»Wir sind dann wohl fertig, William – wenn du dich nicht auf den Durchschlüpfer konzentrieren kannst«, sagte Miss Frost.

»Also gut, ich konzentriere mich – noch zehn Durchschlüpfer!«, versprach ich ihr; sie lächelte mich nur an und zauste meine schweißnassen Haare. Ich glaube, sie hatte mir die Haare nicht mehr zerzaust, seit ich dreizehn oder vierzehn war – jedenfalls war es lange her.

»Nein, wir sind jetzt fertig, William – Herm ist da. Trainer Hoyt kann die Durchschlüpfer übernehmen«, sagte Miss Frost. Mir fiel plötzlich auf, dass sie müde wirkte – ich hatte sie noch nie müde erlebt.

»Umarme mich, aber gib mir keinen Kuss, William – wir sollten uns an die Regeln halten, dann sind alle zufrieden«, sagte Miss Frost zu mir.

Ich umarmte sie, so fest ich konnte, doch sie erwiderte die Umarmung nicht – jedenfalls bei weitem nicht so fest, wie sie gekonnt hätte.

»Gute Reise, Al«, sagte Onkel Bob.

»Danke, Bob«, sagte Miss Frost.

»Ich muss nach Hause, ehe Muriel mich von der Polizei und der Feuerwehr suchen lässt«, sagte Onkel Bob.

»Ich kann die Bude abschließen, Bob«, sagte Trainer Hoyt meinem Onkel. »Billy und ich werden noch ein paar Durchschlüpfer üben.«

»Noch ein paar«, wiederholte ich.

»Bis ich merke, dass du ihn draufhast«, sagte Trainer Hoyt. »Wie wär's, wenn ihr *alle* nach Hause geht?«, fragte der alte Trainer. »Du auch, Richard – und du auch, Harry«, sagte Herm. Wahrscheinlich erkannte der alte Trainer Nils Borkman nicht, und falls Trainer Hoyt Elaine Hadley erkannte, so sah er in ihr wohl nur die bedauernswerte Lehrertochter, die von Kittredge geschwängert worden war.

»Wir sehen uns später, Richard – ich liebe dich, Elaine!«, rief ich, als sie aufbrachen.

»Ich liebe *dich,* Billy!«, hörte ich Elaine sagen.

»Wir sehen uns zu Hause – ich lass ein paar Lampen an, Bill«, hörte ich Richard sagen.

»Pass auf dich auf, Al«, sagte Grandpa Harry zu Miss Frost.

»Du wirst mir fehlen, Harry«, gab Miss Frost zurück.

»Du wirst mir auch fehlen!«, hörte ich Grandpa Harry sagen.

Mir wurde klar, dass ich nicht zusehen sollte, wie Miss Frost aufbrach, und das tat ich auch nicht. Manchmal weiß man, wenn man einen anderen nie wiedersehen wird.

»Das Besondere am Durchschlüpfer ist, Billy, dafür zu sorgen, dass sich der andere irgendwie selbst zu Fall bringt – darauf kommt es an«, sagte Trainer Hoyt. Als wir mit den immer vertrauter werdenden Nackengriffen Aufstellung nahmen, hatte ich das Gefühl, Herm Hoyt zu packen wäre so, als würde man an einen Baumstamm Hand anlegen – sein Hals war so dick, dass man ihn nicht richtig greifen konnte.

»Den Ellbogen des Typs muss man irgendwohin stecken, wo es ihm unangenehm ist, Billy«, sagte Herm jetzt. »In die Gurgel, in den Mund – ramm ihm seinen Ellbogen in die Nase, wenn er da irgendwie reinpasst. Du rammst dem Kerl seinen Ellbogen nur ins Gesicht, damit er reagiert. Du willst ihn dazu bringen, dass er *über*reagiert, Billy – das ist dein einziges Ziel.«

Der alte Trainer schlüpfte ungefähr zehnmal unter mir durch; das waren sehr fließende Bewegungen, doch sein Hals machte mir sehr zu schaffen.

»Na schön – du bist dran. Zeig mir, was du drauf hast«, forderte Herm Hoyt mich auf.

»Zwanzigmal?«, fragte ich ihn. (Er sah, dass ich weinte.)

»Wir fangen mit dem Zählen an, sobald du aufhörst zu heulen, Billy. Ich schätze, du wirst bei den ersten vierzigmal oder so weinen – dann fangen wir an zu zählen«, sagte Trainer Hoyt.

Wir waren noch mindestens zwei, vielleicht drei Stunden in der alten Sporthalle. Ich hatte es aufgegeben, die Durchschlüpfer zu zählen, bekam aber allmählich das Gefühl, einen Durchschlüpfer im Schlaf durchführen zu können, oder auch betrunken, ein komischer Gedanke für mich, weil ich noch nie betrunken gewesen war. (Für alles gibt es ein erstes Mal, und vor mir lagen noch viele erste Male.)

Irgendwann beging ich den Fehler, dem alten Trainer zu sagen: »Ich glaube, ich könnte mit *verbundenen Augen* einen Durchschlüpfer machen.«

»Tatsächlich, Billy?«, fragte mich Herm. »Nicht weggehen – bleib immer schön auf der Matte.« Dann verschwand er; ich konnte ihn auf dem überbauten Gang hören, aber nicht sehen. Gleich darauf gingen die Lichter aus, und im Ringerraum wurde es stockfinster.

»Keine Sorge, bleib einfach da, wo du bist!«, rief der Trainer mir zu. »Ich finde dich schon, Billy.«

Nicht lange, und ich spürte seine Anwesenheit; seine starken Hände nahmen mich in den Nackengriff, und die umgebende Dunkelheit verschlang uns.

»Wenn du mich fühlst, musst du mich nicht sehen«, sagte Herm. »Wenn du meinen Nacken gepackt hast, weißt du ungefähr, wo du meine Arme und Beine findest, hab ich recht?«

»Ja, Sir«, sagte ich.

»Du machst deinen Durchschlüpfer bei mir am besten, ehe ich meinen bei dir ansetze, Billy«, sagte mir Herm. Doch ich war nicht schnell genug. Trainer Hoyt brachte seinen Durchschlüpfer zuerst an; ich bekam eine schlimme Kopfnuss ab. »Jetzt bist du wohl an der Reihe, Billy – lass mich nur nicht die ganze Nacht warten.«

»Wissen Sie, wo sie hinwill?«, fragte ich ihn später. In der alten Sporthalle war es stockfinster, und wir lagen beide auf der Matte und ruhten uns aus.

»Ich musste Al versprechen, dir nichts zu verraten, Billy«, sagte Herm.

»Ich verstehe«, sagte ich ihm.

»Ich hab immer gewusst, dass Al ein Mädchen sein wollte«, kam die Stimme des alten Trainers aus der Dunkelheit. »Ich wusste nur nicht, ob er die Eier hatte, um das durchzuziehen, Billy.«

»Oh, und ob er die Eier hat«, sagte ich.

»Sie – *sie* hat die Eier, Billy!«, sagte Herm Hoyt und stieß ein irres Lachen aus.

Hinter der Holzlaufbahn über uns waren ein paar Fenster; in der Morgendämmerung fiel das erste schwache Licht durch sie herein.

»Hör zu, Billy«, sagte der alte Trainer. »Du hast *eine* Aktion drauf. Es ist zwar ein ziemlich guter Durchschlüpfer, doch es ist nur eine einzige Aktion. Damit kannst du zwar jemanden zu Boden werfen, ihm vielleicht ein wenig weh tun. Aber ein zäher Bursche wird wieder aufstehen und dir nachsetzen. *Eine* Aktion macht dich noch nicht zum Ringer, Billy.«

»Verstehe«, sagte ich.

»Sobald du deinen Durchschlüpfer erledigt hast, nimmst du die Beine in die Hand – egal, wo du gerade bist, Billy. Verstehst du, was ich meine?«, fragte mich Trainer Hoyt.

»Der Durchschlüpfer ist nur eine Aktion – ich mach das und lauf weg. Wollen Sie mir das damit sagen?«, fragte ich ihn.

»Du machst das und läufst weg – du kannst doch laufen, oder?«, sagte der alte Trainer.

»Was wird aus ihr?«, fragte ich ihn unvermittelt.

»Das kann ich dir nicht verraten, Billy«, sagte Herm seufzend.

»Sie hat mehr als eine Aktion drauf, stimmt's?«, fragte ich ihn.

»Ja, aber Al wird auch nicht jünger«, sagte Trainer Hoyt. »Geh besser nach Hause, Billy – inzwischen ist es hell genug.«

Ich dankte ihm und ging über den völlig menschenleeren Campus der Favorite River Academy. Gern hätte ich Elaine getroffen, sie umarmt und geküsst, glaubte aber nicht, dass darin unsere Zukunft lag. Auf mich wartete ein Sommer, in dem ich das vielgepriesene sexuelle *Alles* mit Tom Atkins zu erkunden hoffte, doch ich mochte Jungs *und* Mädchen; ich wusste, Atkins konnte mir nicht alles bieten.

War ich Romantiker genug, um zu glauben, dass Miss Frost das von mir wusste? Glaubte ich, sie wäre die erste Person, die verstand, dass nicht eine Person mir *jemals* alles geben könnte?

Ja, wahrscheinlich. Schließlich war ich erst neunzehn – ein bisexueller junger Mann mit einem ziemlich guten Durchschlüpfer im Repertoire. Es war nur *eine* Aktion, und ich war kein Ringer, aber von guten Lehrern konnte man eine Menge lernen.

11
España

»Warte damit noch ein Weilchen, William«, hatte Miss Frost gesagt. »Die Zeit zum Lesen von *Madame Bovary* ist gekommen, wenn all deine Liebeshoffnungen und Sehnsüchte zunichte sind und du glaubst, die Zukunft hielte nur Beziehungen mit enttäuschenden bis verheerenden Folgen für dich bereit.«

»Dann warte ich mit dem Lesen bis dann«, hatte ich erwidert.

Wen wundert's, dass ich diesen Roman im Sommer 1961 nach Europa mitnahm, auf meine Reise mit Tom?

Kaum hatte ich mit der Lektüre von *Madame Bovary* begonnen, da fragte mich der arme Tom in seinem üblichen Tonfall: »Wer ist das, Bill?«, und biss sich so mitleidheischend auf die Unterlippe, dass für mich feststand: Er war eifersüchtig auf Emma Bovary. Dabei war ich der Frau noch nicht mal begegnet! (Ich hielt mich noch mit ihrem trotteligen Ehemann, Dr. Charles Bovary, auf.)

Ich las Atkins sogar den Satz über den Umgang von Charles' Vater mit seinem Sohn vor: »Er lehrte ihn, Rum in großen Schlucken zu trinken und auf die Prozessionen zu schimpfen.« (Was für eine progressive Erziehung, dachte ich mir irrtümlich.) Doch als ich dem armen Tom die treffende Charakterisierung von Charles vorlas – »seine Sehnsucht lehnte sich trotzig gegen dieses sklavisch unterwürfige Verhalten auf« –, sah ich sofort, wie ihn das traf. Es sollte nicht das letzte Mal sein, dass ich Atkins' Minderwertigkeitskomplex unterschätzt hatte. Nach diesem ersten Mal durfte ich *Madame Bovary* nicht mehr allein lesen; die Lektüre war mir nur noch gestattet, wenn ich Tom Atkins jedes einzelne Wort vorlas. Zugegeben: Nicht jedem neuen Leser von *Madame Bovary* flößt der Roman Misstrauen, wenn nicht gar Abneigung gegen Monogamie ein, aber meine Monogamiefeindlichkeit entstand im Sommer 1961. Um Flaubert Gerechtigkeit widerfahren zu lassen, war es vor allem auf Toms ängstliches Beharren darauf zurückzuführen, dass ich Monogamie immer mehr verachtete.

Was für eine fürchterliche Art, sich diesen wundervollen Roman zu Gemüte zu führen: ihn Tom Atkins vorzulesen, der, kaum dass er sich auf das erste Liebesabenteuer seines jungen Lebens eingelassen hatte, bereits Untreue witterte! Tom Atkins' Ekel vor Emmas Ehebruch entsprach dem Brechreiz, den das Wort *Vagina* bei ihm auslöste; allerdings widerte Emma den armen Tom schon lange vor ihrem Abstieg in den Ehebruch an – bereits bei der Beschreibung ihrer »Atlasschuhe, deren Sohlen vom glatten Parkettwachs ganz gelb geworden waren«, grauste es ihn.

»Wen interessieren die Füße dieser furchtbaren Frau?«, jammerte Atkins.

Natürlich war es Emmas Herz, das Flaubert sezierte – »bei der Berührung mit dem Reichtum war etwas haften geblieben, das nie wieder auszulöschen war«.

»Wie das Bienenwachs an ihren Schuhsohlen, verstehst du?«, fragte ich den armen Tom.

»Ich finde Emma zum Kotzen«, antwortete Atkins. Ich hingegen fand bald zum Kotzen, dass für Tom Sex mit mir offenbar der einzige Trost für seine »Qualen« beim Anhören von *Madame Bovary* war.

»Dann lass es mich doch allein lesen!«, flehte ich ihn an. Doch dann hätte ich mich ja der Vernachlässigung schuldig gemacht – schlimmer noch, ich hätte seiner Gesellschaft die von Emma vorgezogen!

Also las ich Atkins vor – »sie war voll wilder Gelüste, von Wut und Hass erfüllt« –, während er sich wand; es war die reinste Folter für ihn.

Als ich die Stelle vorlas, in der Emma schon die bloße Vorstellung so »beseligt[e]«, sich ihren ersten Liebhaber zu nehmen – »als wäre sie zum zweiten Mal zur Frau geworden« –, fürchtete ich, Atkins werde sich gleich in unser Bett übergeben. (Und ich dachte mir, Flaubert hätte es bestimmt amüsiert, dass der arme Tom und ich *Madame Bovary* ausgerechnet in Frankreich lasen und dass zu unserem Pensionszimmer keine Toilette gehörte – nur ein Bidet.)

Während Atkins weiter ins Bidet reiherte, machte ich mir klar, wie erregend ich Untreue (meine Untreue, die der arme Tom so fürchtete) fand. Inzwischen verstehe ich, warum Monogamie – unter tätiger Mithilfe von *Madame Bovary* – auf meine Liste unerfreulicher Dinge kam, die für mich mit einem Leben als Heterosexueller verbunden waren, aber genau genommen war Tom Atkins der auslösende Faktor. Da waren wir nun in Europa und erlebten sexuell das *alles,* wovor Miss Frost mich so wohlmeinend bewahrt hatte – und Atkins litt bereits Qualen, dass ich ihn eventuell verlassen könnte (vielleicht, aber nicht unbedingt, wegen einer anderen Person).

Während Atkins in dieses französische Bidet kotzte, las ich ihm weiter aus *Madame Bovary* vor. »Dann dachte sie wieder an die Heldinnen der Romane, die sie gelesen hatte, und die gefühlvolle Schar dieser Ehebrecherinnen sang in ihrem Gedächtnis mit schwesterlichen Stimmen, die sie bezauberten.« (Ist das nicht großartig?)

Zugegeben, es war gemein, dass ich diese Stelle über die »Ehebrecherinnen« extra laut vorlas, aber Atkins kotzte so geräuschvoll, dass er mich sonst wegen des Gurgelns im Bidet nicht gehört hätte.

Tom und ich waren in Italien, als Emma Gift nahm und starb. (Ungefähr um die Zeit, als ich diese Nutte mit dem Hauch eines Damenbarts auf der Oberlippe so hingebungsvoll anstarrte und der arme Tom mich dabei ertappte.)

»Sie erbrach gleich darauf Blut«, las ich vor. Auch wenn ich mittlerweile zu wissen glaubte, was genau Atkins' Missfallen erregte – während es mich anzog –, konnte ich doch nicht ahnen, wie kategorisch Tom Atkins etwas missbilligen konnte. Er jauchzte regelrecht, als Emmas Ende kam und sie Blut kotzte.

»Mal sehen, ob ich das richtig verstehe, Tom«, sagte ich und unterbrach mich kurz vor der Stelle, als Emma zu schreien beginnt. »Willst du mit deinem Jubel etwa sagen, dass Emma *recht geschieht*?«

»Also wirklich, Bill – natürlich geschieht ihr *recht*. Nach allem, was sie angerichtet hat! Und wie sie sich benommen hat!«, rief Atkins.

»Sie hat den langweiligsten Mann von ganz Frankreich

geheiratet, aber weil sie ihn betrügt, hat sie einen qualvollen Tod verdient – willst du das damit sagen, Tom?«, fragte ich ihn. »Emma Bovary langweilt sich. Soll sie sich einfach *zu Tode* langweilen – nur um des lieben *Friedens* willen?«

»*Du* langweilst dich, oder, Billy? Du findest *mich* langweilig, stimmt's?«, kam es kläglich von Tom zurück.

»Es geht nicht immer nur um *uns* beide, Tom«, erklärte ich ihm.

Dieses Gespräch sollte ich noch bereuen. Jahre später, als Tom Atkins im Sterben lag – damals, als so viele rechtschaffene Bürger der Meinung waren, der arme Tom und andere seinesgleichen hätten ihren Tod *verdient* –, bereute ich, dass ich mich über Atkins lustig gemacht und ihn vorgeführt hatte.

Tom Atkins war ein guter Mensch, nur eben unsicher und als Liebhaber ungeschickt. Als einer, der sich immer ungeliebt gefühlt hatte, überfrachtete er unseren Sommer in Europa mit unrealistischen Erwartungen. Er war besitzergreifend, aber nur, weil er in mir unbedingt die Liebe seines Lebens sehen wollte. Wahrscheinlich fürchtete der arme Tom, *ewig* ungeliebt zu bleiben, und stellte sich vor, er könnte die Suche nach der Liebe seines Lebens in einem einzigen Sommer mit einem einzigen Versuch erledigen.

Mit meinen Vorstellungen von der Liebe meines Lebens verhielt es sich genau umgekehrt: In diesem Sommer hatte ich es nicht eilig, die Suche zu beenden – ich hatte ja eben erst damit begonnen!

Einige Buchseiten später folgte schließlich Emmas Sterbeszene, ihre letzten Zuckungen – nachdem sie das rauhe

Singen des Blinden und das Scharren seines Stockes gehört hat. Als Emma stirbt, glaubt sie, »das scheußliche Gesicht des Unglücklichen vor sich [zu sehen], der sich wie ein Schreckgespenst in der ewigen Nacht vor ihr aufrichtete«.

Der arme Tom zitterte vor Reue und Entsetzen. »Das würde ich *niemandem* wünschen, Bill!«, klagte er schluchzend. »Ich hab's nicht so gemeint – ich hab's nicht so gemeint, das hat sie nun wirklich nicht verdient, Bill!«

Ich weiß noch, dass ich ihn in den Arm nahm, während er weinte. Auch wenn *Madame Bovary* kein Gruselroman ist, hatte er doch genau diese Wirkung auf Tom Atkins. Tom war sehr blass, mit Sommersprossen auf Brust und Rücken, und wenn er sich aufregte oder weinte, lief sein Gesicht rot an, als hätte ihn jemand geohrfeigt, und seine Sommersprossen sahen ganz entzündet aus.

Als ich *Madame Bovary* weiterlas – die Stelle, wo Charles Rodolphes Brief an Emma findet (Charles ist so schwer von Begriff, dass er sich einredet, seine untreue Frau und Rodolphe hätten sich vielleicht »nur platonisch geliebt«) –, zuckte Atkins zusammen, als hätte er Schmerzen. »Im Übrigen gehörte Charles nicht zu den Menschen, die den Dingen auf den Grund gehen«, las ich weiter, während der arme Tom aufstöhnte.

»O Bill – nein, nein, nein! Bitte sag, dass ich *nicht* so ein Mann wie Charles bin. Ich *geh* den Dingen nämlich auf den Grund«, rief Atkins. »O Bill – doch, echt, *wirklich* wahr!« Und wieder löste sich der arme Tom in Tränen auf – wie sehr viel später auch, als er im Sterben lag und den Dingen ernstlich auf den Grund ging. (Doch das war kein Grund, den irgendwer von uns vorausgeahnt hätte.)

»*Gibt* es die ewige Nacht, Bill?«, sollte Atkins mich eines Tages fragen. »Und lauert einem dort ein scheußliches Schreckgespenst-Gesicht auf?«

»Nein, nein, Tom«, versuchte ich ihn da zu beruhigen. »Entweder ist da *nur* Nacht – *kein* Schreckgespenst, rein *gar* nichts –, oder es ist sehr hell, ein unwahrscheinlich hell strahlendes Licht, und man sieht lauter wundervolle Dinge.«

»So oder so, keine Schreckgespenster – stimmt's, Bill?«, fragte mich der arme Tom.

»Richtig, Tom – so oder so keine Schreckgespenster.«

In jenem Sommer 1961 waren wir noch in Italien, als ich ans Ende von *Madame Bovary* kam; mittlerweile war Atkins zu einem so selbstmitleidigen Häufchen Elend geworden, dass ich mich im WC einschloss und das Buch allein auslas. Als es Zeit zum Vorlesen war, übersprang ich den Absatz über die Autopsie – diese grausigen zwei Sätze, in denen der Arzt die Leiche öffnet und *nichts* findet. Ich wollte mir das Zusammenzucken des armen Tom bei dem Wörtchen *nichts* ersparen. (»Aber wie kann da *nichts* gewesen sein, Bill?«, hätte er dann garantiert gefragt.)

Vielleicht lag es an dem übersprungenen Absatz, aber jedenfalls passte Tom Atkins das Ende von *Madame Bovary* nicht.

»Es ist so gar nicht *befriedigend*«, beschwerte er sich.

»Wie wär's, wenn ich dir einen blase, Tom?«, fragte ich. »Ich werd dir zeigen, was *befriedigend* ist.«

»Ich mein's ernst, Bill«, erwiderte er pikiert.

»Ich auch, Tom – ich auch«, versicherte ich ihm.

Dass sich nach diesem Sommer unsere Wege trennten,

überraschte uns beide nicht. Eine Zeitlang schrieben wir uns lieber und pflegten eine sporadische, aber herzliche Brieffreundschaft, als dass wir uns trafen. Einige Semester lang riss mein Kontakt zu ihm ganz ab; ich dachte mir schon, er versuche es mit einer Freundin, hörte dann aber, Tom habe Drogenprobleme und sei wegen homosexuellem Sex in der Öffentlichkeit in Schwierigkeiten geraten. (Und das in Amherst!) Es war noch ganz früh in den sechziger Jahren, als das Wort »homosexuell« noch einen abstoßend klinischen Unterton hatte; damals hatten Homosexuelle natürlich keine »Rechte« – wir waren nicht einmal eine »Gruppe«. Ich wohnte bis 1968 noch in New York, und selbst da gab es nicht annähernd etwas wie das, was wir heute eine »Gay Community« nennen, jedenfalls keine *richtige* Gemeinschaft. (Was es gab, war nur Cruising.)

Wahrscheinlich entstand durch die Häufigkeit, mit der schwule Männer einander in Arztpraxen begegneten, trotzdem eine Art Gemeinschaft (haha!); aber ich hatte tatsächlich den Eindruck, dass wir überproportional häufig Gonorrhoe abbekamen. Ein schwuler Arzt (der mich auf Tripper behandelte) sagte mir sogar mal, bisexuelle Männer sollten unbedingt Kondome benutzen.

Ich weiß nicht mehr, ob mir der Tripperarzt einen *Grund* dafür nannte oder ob ich ihn danach fragte; wahrscheinlich deutete ich seinen griesgrämigen Rat als weiteren Beleg für Vorurteile gegen Bisexuelle, oder vielleicht kam mir dieser Arzt wie ein schwuler Dr. Harlow vor. (1968 kannte ich etliche Schwule, deren Ärzte ihnen *nicht* sagten, sie sollten Kondome benutzen.)

Ich erinnere mich überhaupt nur deshalb daran, weil ich

kurz vor der Veröffentlichung meines ersten Romans stand und gerade einer Frau begegnet war, an der ich ein gewisses Interesse hatte; parallel traf ich mich auch ständig mit schwulen Typen. Der Tripperarzt (mit seinem scheinbaren Vorurteil gegenüber Bisexuellen) war allerdings nicht der Grund, warum ich anfing, Kondome zu benutzen; sondern es lag an Esmeralda – dank ihr freundete ich mich mit den Kondomen an. Esmeralda fehlte mir – sie fehlte mir sogar sehr.

Jedenfalls war ich das nächste Mal, als ich von Tom Atkins hörte, bereits dazu übergegangen, Kondome zu benutzen, und der arme Tom war verheiratet und hatte Kinder. Als ob das noch nicht schlimm genug wäre, beschränkte sich unsere Korrespondenz mittlerweile auf Weihnachtskarten! Durch ein beigelegtes Foto erfuhr ich überhaupt erst, dass er Familie hatte – einen Sohn und ein Töchterchen. (Selbstredend hatte ich keine Hochzeitseinladung bekommen.)

Im Winter 1969 erschien mein erster Roman. Die Frau, die ich in New York etwa um die Zeit kennenlernte, als ich mich zur Kondombenutzung durchgerungen hatte, lockte mich nach Los Angeles; sie hieß Alice und war Drehbuchautorin. Irgendwie fand ich es beruhigend, als Alice mir sagte, sie habe kein Interesse, meinen ersten Roman für den Film zu »bearbeiten«.

»Das überlasse ich gern anderen«, sagte Alice. »Unsere Beziehung bedeutet mir mehr als die Arbeit.«

Ich hatte Larry die Geschichte erzählt, in der Hoffnung, er bekäme dann eine bessere Meinung von ihr. (Er war Alice erst einmal begegnet und mochte sie nicht.)

»Vielleicht solltest du mal drüber nachdenken, Bill, was Alice wirklich meint«, sagte Larry. »Was ist, wenn sie deinen Roman schon sämtlichen Studios angeboten hat, und alle haben abgelehnt?«

So brachte mir mein alter Kumpel Larry als Erster bei, dass niemand meinen ersten Roman je verfilmen würde; er prophezeite mir auch, dass mir das Leben in L.A. nicht gefallen würde, auch wenn er wohl in Wirklichkeit meinte (oder hoffte), dass das Zusammenleben mit Alice nichts für mich wäre. »Sie ist nicht deine Sopran-Zweitbesetzung«, sagte er.

Aber ich wohnte gern mit Alice zusammen – sie war meine erste Partnerin, die von meiner Bisexualität wusste. Und sagte, dass es ihr nichts ausmachte. (Sie war selber bisexuell.)

Außerdem war Alice die erste Frau, mit der ich über das Kinderkriegen redete – aber genau wie ich war sie kein Fan der Monogamie. Mit dem progressiven Glauben an die dauerhafte Überlegenheit von Freundschaft waren wir nach Los Angeles gezogen; Alice und ich waren in erster Linie Freunde und hielten beide das Konzept einer festen Paarbeziehung für vorsintflutlich. Wir gaben uns gegenseitig Freiraum für Seitensprünge, wenn auch in gewissen Grenzen: Für Alice ging es in Ordnung, wenn ich was nebenher am Laufen hatte, solange es nicht mit Frauen war, und ich sagte ihr, dass ich bei ihr nichts dagegen hätte, solange es keine Männer seien.

»O weh«, hatte Elaine gesagt. »Ich glaub nicht, dass solche Abmachungen funktionieren.«

Damals hielt ich Elaine für keine Expertin in Sachen

»Abmachungen«; außerdem hatte sie noch 1969 immer wieder Interesse bekundet, mit mir zusammenzuziehen. Aber auch sie hielt an ihrem Vorsatz fest, keine Kinder kriegen zu wollen; sie fand Babyköpfe immer noch zu groß.

Zu allem Überfluss glaubten Alice und ich, naiv, wie wir waren, auch an die dauerhafte Überlegenheit von Schriftstellern. Natürlich betrachteten wir einander nicht als Rivalen; sie war Drehbuchautorin, ich Romancier. Was konnte da schon schiefgehen? (»O weh«, wie Elaine sagen würde.)

Ich hatte vergessen, dass ich Alice bei unserem ersten Gespräch von meiner Einberufung zur Armee erzählt hatte. Als ich zur Musterung bestellt wurde – wann genau das war und an vieles andere kann ich mich nicht mehr erinnern, weil ich an dem Tag einen fürchterlichen Kater hatte –, kreuzte ich das Kästchen an, das so etwas wie »homosexuelle Neigungen« abfragte; und ich weiß noch vage, dass ich diesen Begriff mit österreichischem Akzent vor mich hin flüsterte – ganz so, als wäre Doktor Grau noch am Leben und spräche mit mir.

Der Armeepsychologe war ein stocksteifer Leutnant; an *den* erinnere ich mich gut. Bei meiner Befragung ließ er seine Bürotür offen stehen – damit die Rekruten, die nach mir dran waren, alles mithören konnten –, aber ich hatte in meinem Leben schon andere und weit raffiniertere Einschüchterungstaktiken überstanden. (Denken Sie bloß an Kittredge.)

»Und was ist dann passiert?«, hatte Alice gefragt, als ich ihr die Geschichte erzählte. Sie war eine so gute Zuhörerin, dass ich immer den Eindruck hatte, sie könne kaum abwarten, was als Nächstes kam. Aber meine Einberufungsgeschichte war ihr bloß nicht konkret genug.

»Mögen Sie keine Frauen?«, hatte mich der Leutnant gefragt.

»O doch – und *ob* ich Frauen mag«, hatte ich geantwortet.

»Was genau ist unter Ihren ›homosexuellen Neigungen‹ dann zu verstehen?«, fragte der Armeepsychologe.

»Ich mag auch Männer«, sagte ich ihm.

»Wirklich?«, fragte er. »Mögen Sie Männer *lieber* als Frauen?«, fuhr er lautstark fort.

»Ach, das ist immer so schwer zu entscheiden«, hauchte ich kokett. »Tatsächlich mag ich nämlich *beide*!«

»Hm«, räusperte sich der Leutnant. »Und haben Sie den Eindruck, dass sich diese Tendenz *verfestigt*?«

»Na, das will ich doch *hoffen*!«, sagte ich – so enthusiastisch, wie ich konnte. (Diese Geschichte fand Alice toll; jedenfalls sagte sie das. Sie fand, daraus könnte eine lustige Filmszene werden.)

»Das Wort *lustig* hätte dich warnen müssen, Bill«, erklärte Larry mir viel später, als ich wieder in New York war. »Oder wenigstens das Wort *Filmszene.*«

Bei Alice hätte mich warnen müssen, dass sie sich Notizen machte, wenn wir uns unterhielten. »Wer macht sich schon bei einem Gespräch unter Freunden Notizen?«, hatte Larry mich gefragt; und, ohne die Antwort abzuwarten: »Und wem von euch beiden *gefällt* es, dass sie sich die Achselhaare nicht rasiert?«

Ungefähr zwei Wochen nachdem ich das Kästchen mit

den »homosexuellen Tendenzen«, oder was auch immer auf dem dämlichen Formular stand, angekreuzt hatte, bekam ich meine Einstufungsbenachrichtigung – oder vielleicht war es meine *Um*stufungsbenachrichtigung. Ich glaube, es war Stufe 4F, »untauglich«, was mit dem Unterschreiten oder Nichterreichen von »üblichen physischen, psychischen oder moralischen Normen« begründet wurde.

»Aber was genau stand in der Benachrichtigung – wie haben sie dich genau eingestuft?«, wollte Alice wissen. »War es tatsächlich Stufe vier F?«

»Ich weiß es nicht mehr – ist mir egal«, antwortete ich.

»Aber das ist doch viel zu *unpräzise*!«, sagte Alice.

Natürlich hätte mir auch das Wort *unpräzise* eine Warnung sein müssen. Ein weiterer Brief war eingetrudelt (vielleicht von der Wehrüberwachung), der mich aufforderte, einen Psychologen aufzusuchen – nicht irgendeinen, sondern einen bestimmten.

Ich hatte den Brief an Grandpa Harry weitergeleitet, der ihn dem Rechtsanwalt vorlegte, der ihn und Nils oft bei ihren Holzgeschäften beriet. Der sagte, man könne mich nicht zwingen, zum Psychologen zu gehen; also ließ ich es und hörte nie wieder von der Einberufungsbehörde. Das Problem war, dass ich diese ganze Geschichte – wenn auch nur am Rande – in meinem ersten Roman geschildert hatte. Mir war nicht klar, dass Alice sich für meinen *Roman* interessierte; ich dachte, sie wäre an jeder Kleinigkeit aus meinem *Leben* interessiert.

»Die meisten verlassenen Stätten der Kindheit werden mit der Zeit nicht farbiger, sondern blasser«, schrieb ich in diesem Roman. (Alice hatte mir gesagt, wie gut ihr dieser

Satz gefiel.) Der Ich-Erzähler, ein geouteter Schwuler, liebt den Helden, der sich weigert, das Kästchen mit den »homosexuellen Neigungen« anzukreuzen; der Held, ein verkappter Schwuler, fällt später in Vietnam. Man könnte sagen, der Roman handelt davon, dass es einen umbringen kann, sich *nicht* zu outen.

Eines Tages spürte ich, dass Alice sehr aufgeregt war. Da sie immer an vielen Projekten gleichzeitig arbeitete, nahm ich an, sie hätte ein Problem mit einem ihrer Drehbücher. Aber da gestand sie mir, einer ihrer Studiobosse habe sie wegen meines ersten Romans »genervt«.

Über diesen Typen – »Mr. Sharpie« nannte sie ihn manchmal oder, in letzter Zeit, »Mr. Pastell« – zog sie regelmäßig und prinzipiell her. Ich stellte mir einen geschniegelten Typen in Golfkleidung vor, jedenfalls hellgekleidet. (Stil lindgrüne Hose, rosa Poloshirt – *pastell*farben halt.)

Alice sagte, Mr. Pastell habe sie gefragt, ob ich mich »einmischen« würde – *falls* mein Roman je verfilmt werden sollte. Mr. Sharpie musste also gewusst haben, dass sie mit mir zusammenwohnte; er hatte sie auch gefragt, ob ich in puncto Änderungen am Plot mit mir reden ließe.

»Bestimmt nur im bei Romanverfilmungen üblichen Rahmen«, meinte Alice vage. »Der Typ hat halt einfach Fragen am laufenden Band.«

»Was denn für welche?«, fragte ich.

»Wo kommt der Teil mit dem Dienst am Vaterland in die Story?«, hatte der pastellfarben gekleidete Studioboss Alice gefragt. Diese Frage machte mich ein wenig stutzig; ich dachte, ich hätte einen Anti-Vietnamkriegs-Roman geschrieben.

Doch nach Meinung des Studiobosses gab der Held nicht an, dass er schwul war, weil er sich verpflichtet fühlte, seinem Land zu dienen; nicht dass er sich vor einem Coming out drücken wollte – da riskierte er lieber, in einem ungerechten Krieg zu fallen!

Nach Meinung des Studiobosses gab »unsere Figur mit der Stimme aus dem Off« (er meinte meinen Ich-Erzähler) seine homosexuellen Neigungen zu, weil er ein Feigling war; der Boss sagte sogar: »Wir müssen es so aussehen lassen, dass er simuliert.« Die Idee mit dem Simulieren war Mr. Sharpies Ersatz für *meine* Romanidee, dass mein Ich-Erzähler sich mutig verhält, indem er zu seiner Homosexualität steht!

»Wer *ist* dieser Kerl überhaupt – was bildet er sich ein?«, fragte ich Alice. Niemand hatte mir ein Angebot für die Filmrechte an meinem Roman gemacht; die gehörten immer noch mir. »Klingt ganz so, als säße da jemand an einem Drehbuch«, sagte ich.

Alice stand mit dem Rücken zu mir. »Es gibt kein Drehbuch«, nuschelte sie. »Dieser Typ hat einfach eine Menge Fragen, wie man mit dir so *klarkommt*«, sagte sie.

»Ich kenne den Typen nicht«, sagte ich ihr. »Wie kommt man denn mit *ihm* so ›klar‹, Alice?«

»Ich wollte dir bloß ein Treffen mit diesem Typen ersparen, Bill«, war alles, was sie erwiderte. Wir wohnten in Santa Monica; sie saß im Auto immer am Steuer, ersparte mir also auch die Fahrerei. Ich blieb einfach in der Wohnung und schrieb. Ich konnte zur Ocean Avenue spazieren und mir die Obdachlosen angucken und ich konnte am Strand entlanglaufen.

Was hatte Herm Hoyt mir über den Durchschlüpfer gesagt? »Du machst ihn und läufst sofort weg – du kannst doch laufen, oder?«, hatte der alte Trainer gesagt.

1969 begann ich in Santa Monica mit dem Laufen. Kurz vor meinem 27. Geburtstag schrieb ich schon an meinem zweiten Roman. Es war acht Jahre her, dass Miss Frost und Herm Hoyt mir gezeigt hatten, wie man einen Durchschlüpfer anbringt; wahrscheinlich war ich ein wenig eingerostet. Das mit dem Laufen schien mir plötzlich eine gute Idee zu sein.

Alice fuhr mich zu dem Meeting. Vier oder fünf Studiobosse saßen um einen ovalen Tisch in einem vollverglasten Gebäude in Beverly Hills, alle geblendet von dem durch die Fensterfront flutenden Sonnenlicht, aber Mr. Sharpie war der Einzige, der redete.

»Das ist William Abbott, der Romanautor«, stellte er mich seinen Kollegen vor; wahrscheinlich war ich nur übertrieben empfindlich, aber mir kam es so vor, als zuckten die anderen Bosse bei dem Wort *Romanautor* peinlich berührt zusammen. Zu meiner Überraschung war Mr. Sharpie ausgesprochen nachlässig gekleidet. Das Wort »Sharpie« bezog sich nicht auf seinen flotten oder eleganten Kleidungsstil, sondern auf die Marke des wasserfesten Stifts, mit dem er spielte. Diese Permanentmarker kann ich nicht leiden. Mit denen kann man nicht richtig schreiben – sie drücken sich durchs Papier, dass es eine Schweinerei ist. Damit kann man höchstens kurze Anmerkungen auf die breiten Ränder von Drehbüchern kritzeln – einfache Bemerkungen wie »Alles Scheiße!« oder »Raus damit!«.

Aber woher der »Mr.-Pastell«-Spitzname kam, war nicht

so ohne weiteres zu erkennen. Der Typ lief unrasiert und schlampig und ganz in Schwarz herum. Er war einer jener Manager, die aussehen wollen wie ein Künstler, und trug einen schwarzen Jogginganzug mit Schweißflecken über schwarzem T-Shirt zu schwarzen Turnschuhen. Mr. Pastell wirkte körperlich sehr fit; da ich gerade mit Laufen angefangen hatte, erkannte ich auf den ersten Blick, dass er ein besserer Läufer war als ich. Golf war nicht seine Sportart – da hätte er nicht hart genug trainieren können.

»Vielleicht möchte uns Mr. Abbott seine Ansichten mitteilen«, sagte Mr. Sharpie und spielte weiter mit seinem wasserfesten Stift.

»Ich werde Ihnen sagen, unter welchen Umständen ich die Idee des Dienstes am Vaterland eventuell ernst nehmen könnte«, fing ich an. »Sobald die regionale, staatliche und bundesweite Gesetzgebung einvernehmliche homosexuelle Handlungen zwischen Erwachsenen nicht mehr unter Strafe stellt; sobald die steinzeitlichen Gesetze gegen homosexuellen Geschlechtsverkehr gekippt werden; sobald Psychologen aufhören, mich und meine Freunde als medizinisch abnorme Sonderlinge einzustufen, die ›geheilt‹ werden müssen; sobald die Medien aufhören, uns als verweichlichte, tuntige, kinderschändende *Perverse* hinzustellen! Ich selber würde sogar eines Tages gerne Kinder haben«, sagte ich und sah zu Alice hinüber, die mit gesenktem Kopf am Tisch saß und sich die Hand vor die Augen hielt, weil die Sonne so blendete. Sie trug Jeans und ein Männer-Jeanshemd mit aufgekrempelten Ärmeln – ihre übliche Kluft. Ihre behaarten Unterarme glitzerten in der Sonne.

»Kurz und gut«, schloss ich, »die Idee des Dienstes am

Vaterland könnte ich eventuell dann ernsthaft in Betracht ziehen, wenn mein Vaterland sich anmerken lässt, dass ihm wenigstens ein bisschen an mir liegt!« (Diese Rede hatte ich auf meiner Laufstrecke am Strand – zwischen dem Santa Monica Pier und dem Ende des Chautauqua Boulevard am Pacific Coast Highway – eingeübt, ohne zu ahnen, dass die behaarte Mutter meiner künftigen Kinder und der Studioboss, der fand, dass mein Ich-Erzähler seine homosexuellen Tendenzen *simulieren* sollte, unter einer Decke steckten.)

»Wissen Sie, was ich so toll finde?«, sagte ebendieser Studioboss. »Dieses Voiceover über die Kindheit. Wie geht das noch mal, Alice?«, fragte die feige Sau. Da merkte ich, dass die beiden was miteinander hatten; ich merkte es an der Art, wie er die Frage stellte! Und wenn es »ein Voiceover« gab, schrieb *irgendwer* schon am Drehbuch.

Alice wusste, dass sie aufgeflogen war. Die Augen immer noch unter der Hand verborgen, leierte sie resigniert herunter: »›Die meisten verlassenen Stätten der Kindheit werden mit der Zeit nicht farbiger, sondern blasser.‹«

»Ja – genau!«, ereiferte er sich. »Das find ich so toll, ich finde, es sollte ganz am Anfang und am Ende unseres Films kommen. Es verträgt die Wiederholung, nicht wahr?«, fragte er mich, aber ohne meine Antwort abzuwarten. »Genau diesen Erzählton wünschen wir uns – nicht *wahr*, Alice?«, fragte er.

»Du weißt, wie gern ich diesen Satz mag, Bill«, sagte Alice, immer noch die Hand vor Augen. Vielleicht war Mr. Pastells *Unterwäsche* pastellfarben, dachte ich – oder seine Bettwäsche.

Ich konnte nicht einfach nur aufstehen und gehen. Von Beverly Hills aus fand ich nicht allein nach Santa Monica zurück; in unserer kleinen Möchtegernfamilie war Alice die Fahrerin.

»Sieh's doch mal so, lieber Bill«, sagte Larry, als ich im Herbst 1969 nach New York zurückkehrte. »Wenn du mit dieser falschen Schlange Kinder gekriegt hättest, wären sie mit Achselhaaren auf die Welt gekommen. Frauen mit Kinderwunsch sind zu *allem* fähig!«

Doch wie Alice wünschte ich mir Kinder, mit jemandem – mit irgendjemandem. Die Idee mit dem Kinderkriegen gab ich mit der Zeit auf, aber mir den Kinder*wunsch* abzugewöhnen, fiel mir bedeutend schwerer.

»Glaubst du, ich wäre eine gute Mutter geworden, William?«, hatte Miss Frost mich einmal gefragt.

»*Du?* Du wärst eine *phantastische* Mutter!«, versicherte ich ihr.

»Ich sagte ›wäre geworden‹, William – nicht ›wäre‹. *Jetzt* werd ich im Leben keine Mutter mehr«, hatte mir Miss Frost erklärt.

»Ich glaub, du wärst eine tolle Mom geworden«, sagte ich.

Damals begriff ich nicht, warum Miss Frost so auf dem Unterschied zwischen ›geworden wäre‹ und ›wäre‹ herumritt, aber heute verstehe ich es. Die Vorstellung, je im Leben Kinder zu kriegen, hatte sie aufgegeben, nur das *Wünschen* hatte sie sich noch nicht abgewöhnt.

Für mich war das Ärgerlichste an der Sache mit Alice und dem Drecksfilmgeschäft, dass ich im Juni 1969 während der Polizeirazzia im Stonewall Inn, einer Schwulenkneipe in der New Yorker Christopher Street, in Los Angeles wohnte. Also habe ich den Stonewall-Aufstand verpasst! Ja, ich weiß, anfangs haben sich da bloß Straßenjungen und Transen gewehrt, aber die Protestkundgebung am Sheridan Square am Abend nach der Razzia brachte einen Stein ins Rollen. Ich war kreuzunglücklich, dass ich in Santa Monica hockte, immer noch am Strand entlanglief und auf Larry als Berichterstatter über die Ereignisse in New York angewiesen war. Larry war zwar nie mit mir im Stonewall gewesen – kein *einziges* Mal –, und ich wage auch zu bezweifeln, dass er in jener Juninacht, als ein paar Schwule sich der inzwischen berüchtigten Razzia widersetzten, unter den Kneipengästen war. Aber wenn man Larry reden hörte, konnte man meinen, er hätte als erster Schwuler die Greenwich Avenue und Christopher Street nach schnellem Sex abgeklappert und zu den Stammgästen im Stonewall gehört – ja, als wäre er sogar mit den tretenden, um sich schlagenden Transen ins Gefängnis abtransportiert worden, während er in Wirklichkeit (wie ich später erst erfuhr) mit seinen »Freunden der Künste« in den Hamptons war oder mit diesem Dichterjüngling von der Wall Street (er hieß Russell), mit dem er was hatte, auf Fire Island.

Erst als ich nach New York zurückkehrte, gab meine liebste Freundin Elaine mir gegenüber zu, dass Alice ihr bei ihrem einzigen Besuch in Santa Monica Avancen gemacht hatte.

»Warum hast du mir das nicht *gesagt*?«, fragte ich Elaine.

Worauf Elaine sofort, genau wie früher ihre Mutter ihre belehrenden Worte an mich einzuleiten pflegte, ein strenges

»Billy, Billy!« hören ließ und dann: »Hast du nicht gewusst, dass unsichere Partner *immer* versuchen, deine Freunde in Misskredit zu bringen?«

Natürlich *wusste* ich das, oder hätte es wissen müssen. Ich hatte es bei Larry erlebt – und erst recht bei Tom Atkins.

Im selben Jahr hörte ich wieder vom armen Tom. Auf dem Familienfoto der Atkins' war an Weihnachten 1969 nun auch noch ein Hund zu sehen (ein Labrador); damals kamen mir Toms Kinder noch nicht schulreif vor, aber seit der Trennung von Alice achtete ich kaum noch auf Kinder. Außer der Karte steckte noch etwas im Umschlag; zuerst hielt ich es für einen dieser Weihnachtsrundbriefe und wollte ihn schon ungelesen wegwerfen, las ihn aber dann doch.

Es war eine Rezension meines ersten Romans, die sich Tom Atkins da abgerungen hatte – eine extrem wohlwollende (wenn auch ziemlich ungeschickte) Rezension. Wie ich im Laufe der Zeit feststellte, endeten Toms Rezensionen meiner Romane immer mit demselben haarsträubenden Satz: »Du wirst es mir nicht glauben, aber es ist besser als *Madame Bovary*, Bill – wirklich!« Natürlich wusste ich, dass Atkins *alles* besser finden musste als *Madame Bovary.*

An einem bitterkalten Samstagabend im Februar 1978 feierte Lawrence Upton in New York seinen sechzigsten Geburtstag. Ich war nicht mehr sein Liebhaber – nicht einmal mehr sein gelegentlicher Bettgenosse –, aber wir waren weiterhin eng befreundet. Einen Monat später (um meinen

36. Geburtstag herum, also im März) sollte mein dritter Roman erscheinen, und Larry hatte die Druckfahnen gelesen. Er hielt ihn für mein bisher bestes Buch; uneingeschränktes Lob aus Larrys Mund war mir ein wenig unheimlich, denn er war dafür bekannt, dass er mit Kritik nicht geizte.

Fünfzehn Jahre zuvor hatte ich ihn in Wien kennengelernt; seither hatte ich mir immer seine ätzenden Bemerkungen angehört, einschließlich seiner oftmals widerwilligen Bewunderung meiner Person und meines Schreibens.

Jetzt hob Larry sogar bei dem rauschenden Fest zu seinem Sechzigsten – in Chelsea, in der Villa seines jungen Verehrers Russell von der Wall Street – das Glas auf mich und hielt eine Ansprache. Damit hatte ich nun wirklich nicht gerechnet – noch dazu vor all seinen älteren, gar so souveränen Freunden.

»Ich möchte den *meisten* von euch dafür danken, dass ihr mir das Gefühl gebt, jünger zu sein, als ich bin – an erster Stelle dir, lieber Bill«, hatte Larry angefangen. (Na gut – das war wohl doch ein *bisschen* ätzend, zumindest Russell gegenüber.)

Ich wusste, dass sich die Feier nicht bis spät in die Nacht hinziehen würde, dafür waren zu viele alte Säcke versammelt, aber es ging viel herzlicher zu, als ich erwartet hatte. Damals lebte ich allein; ich hatte ein paar Bettgefährten in Manhattan – hauptsächlich Männer meines Alters – und war sehr von einer jungen Romanautorin angetan, die an der Columbia University Kreatives Schreiben unterrichtete. Rachel war nur wenige Jahre jünger als ich, Anfang dreißig. Sie hatte zwei Romane veröffentlicht und arbeitete an einem Kurzgeschichtenband; sie hatte mich eingeladen, einen ihrer Schreib-Workshops zu besuchen, weil sie mit ihren Studenten einen Roman von mir durchnahm. Seit ein paar Monaten schliefen wir miteinander, aber von Zusammenziehen war nicht die Rede. Rachel wohnte in der Upper West Side, ich in der Third Avenue, Ecke East 64th. Die Vorstellung, den Central Park zwischen uns zu haben, gefiel uns beiden. Rachel war gerade einer langen Klammerbeziehung mit jemandem entronnen, den sie »seriell monogam« nannte, und ich hatte meine Bettgefährten.

Ich hatte Elaine auf Larrys Geburtstagsfeier mitgenommen. Larry und Elaine mochten sich sehr; ehrlich gesagt, bis zu meinem dritten Roman, den Larry so überschwenglich lobte, hatte ich das Gefühl, Larry gefielen Elaines Bücher besser als meine. Das machte mir nichts aus; mir ging es genauso, obwohl Elaine beim Schreiben nur langsam und mühsam vorankam. Sie hatte erst einen Roman und einen schmalen Band mit Kurzgeschichten veröffentlicht, schrieb aber fleißig und unermüdlich.

Wie kalt es in New York an jenem Abend war, habe ich deshalb erwähnt, weil Elaine lieber bei mir in der East 64th Street übernachten wollte, statt bis runter nach SoHo in die Spring Street zurückzufahren, wo sie als Untermieterin im Loft eines befreundeten Künstlers wohnte, wo es eiskalt war. Außerdem erinnert mich das daran, wie kalt es in dieser Februarnacht in Vermont gewesen sein muss.

Ich machte mich gerade im Bad bettfertig, als das Telefon klingelte; wie gesagt, Larrys Party hatte nicht bis in die

Puppen gedauert, aber auch um diese Uhrzeit rechnete ich schon nicht mehr mit einem Anruf, nicht einmal an einem Samstagabend.

»Gehst du bitte ran?«, rief ich Elaine zu.

»Und wenn es Rachel ist?«, rief Elaine zurück.

»Rachel kennt dich – sie weiß, dass zwischen uns nichts *läuft*, Elaine!«

»Also wenn es Rachel ist, wird's unangenehm, das kannst du glauben«, sagte Elaine und ging ran. »Hallo – hier ist Billys alte Freundin Elaine«, hörte ich sie sagen. »Wir haben keinen Sex miteinander; es ist nur zu kalt, um mir die Nacht downtown allein um die Ohren zu schlagen.«

Ich spülte mir die Zahnpasta aus dem Mund; als ich aus dem Bad kam, schwieg Elaine. Entweder der Anrufer hatte aufgelegt, oder wer immer am anderen Ende der Leitung war, quatschte ihr ein Ohr ab – vielleicht war es ja *doch* Rachel, und ich hätte Elaine gar nicht ans Telefon lassen sollen, dachte ich.

Dann sah ich Elaine im Bett; sie hatte sich ein sauberes T-Shirt von mir als Schlafanzug genommen, lag schon unter der Decke, drückte das Telefon ans Ohr, und die Tränen liefen ihr über die Wangen. »Ja, ich sag's ihm, Mom«, hörte ich.

Ich konnte mir nicht vorstellen, was für Umstände Mrs. Hadley bewogen hatten, mich anzurufen; ich hielt es für unwahrscheinlich, dass sie überhaupt meine Telefonnummer hatte. Vielleicht dachte ich auch deshalb gleich an etwas Schlimmes, weil Larry einen runden Geburtstag gefeiert hatte, für ihn ein einschneidendes Ereignis.

Wer war gestorben? Im Geiste überschlug ich die wahrscheinlichsten Kandidaten. Nicht Nana Victoria; die war schon tot. Sie hatte sich mit Mitte siebzig »verkrümelt«, wie Grandpa Harry mir gesagt hatte – es klang ein wenig neidisch. Was er mit vierundachtzig vielleicht tatsächlich war. Die Abende verbrachte er am liebsten allein in seinem Haus an der River Street – fast immer in der Kleidung seiner verstorbenen Frau.

Harry hatte sich noch nicht in die Demenz »verkrümelt«, wegen der Richard und ich den alten Holzfäller (in nicht allzu ferner Zukunft) in die Einrichtung für betreutes Wohnen brachten, die er selbst und Nils Borkman der Stadt gestiftet hatten. Ich weiß, die Geschichte habe ich schon erzählt – wie sich die anderen Bewohner der »Einrichtung« (wie die Senioren von First Sister das Heim ehrfürchtig nannten) über Grandpa Harry beschwert hatten, weil er sie im Fummel »überraschte«. Damals hatte ich mir gedacht: Wer konnte nach Harrys ersten paar Bühnenauftritten im Fummel davon noch überrascht sein? Aber Richard Abbott und ich brachten Grandpa Harry gleich in sein Haus in der River Street zurück, wo er ungestört war, und stellten eine Pflegekraft ein, die rund um die Uhr für ihn da war. (All das und noch viel mehr sollte in nächster Zeit auf mich zukommen.)

O nein!, dachte ich, als Elaine auflegte. Bitte nicht Grandpa Harry!

Ich bildete mir ein, Elaine hätte meine Gedanken gelesen. »Es ist deine Mutter, Billy. Deine Mom und Muriel sind bei einem Verkehrsunfall umgekommen – mit Miss Frost ist nichts«, beeilte sie sich zu versichern.

»Mit Miss Frost ist nichts«, wiederholte ich, dachte aber:

Wieso habe ich nie wieder Kontakt zu ihr aufgenommen, in all den Jahren? Es nicht wenigstens einmal versucht? Warum habe ich sie nie gesucht? Sie muss inzwischen einundsechzig sein. Auf einmal wunderte ich mich sehr, dass ich Miss Frost seit siebzehn Jahren weder gesehen noch ein Wort über sie gehört hatte. Nicht einmal Herm Hoyt hatte ich nach ihr gefragt.

In dieser bitterkalten Nacht im Februar 1978 in New York, mit knapp sechsunddreißig, war mir bereits klar: Meine Bisexualität bedeutete, dass Heterofrauen mich für noch unzuverlässiger als den typischen Heteromann hielten, während schwule Männer mir (aus den gleichen Gründen) auch nie ganz trauten.

Was wohl Miss Frost von mir gehalten hätte?, fragte ich mich; und ich meinte nicht meine Schriftstellerei. Was hätte sie von meinen Beziehungen zu Männern und Frauen gehalten? Hatte ich je irgendwen »beschützt«? Wem war ich je wichtig gewesen? Wie konnte es sein, dass ich mit fast vierzig Jahren niemanden so sehr liebte wie Elaine? Wieso enttäuschte ich die Erwartungen, die Miss Frost mit Sicherheit in mich gesetzt hatte? Sie hatte mich beschützt, aber warum? Hatte sie meine sich anbahnende Promiskuität nur hinausgezögert? Dieses Wort wird nun mal nicht in positivem Sinne gebraucht, und während schwule Männer offener als Heteromänner, wenn nicht gar programmatisch promiskuitiv sind, müssen Bisexuelle mit dem Vorwurf leben, noch promiskuitiver zu sein als *alle anderen*!

Wenn Miss Frost mir jetzt begegnete, an wen würde ich sie am ehesten erinnern? (Ich meine nicht hinsichtlich der Art meiner Partner, sondern was ihre Anzahl betraf, ganz zu schweigen von der Oberflächlichkeit dieser Beziehungen.)

»Kittredge«, antwortete ich mir selbst. Was für geistige Pirouetten ich doch drehte – nur um nicht an meine Mutter denken zu müssen! Meine Mutter war tot, aber ich konnte oder wollte den Gedanken an sie nicht zulassen.

»Ach Billy, Billy – komm her, komm her. Lass dich nicht in den Strudel runterziehen, Billy«, sagte Elaine und breitete die Arme aus.

Das Auto mit meiner Tante Muriel am Steuer war frontal von einem angetrunkenen Fahrer gerammt worden, der auf der Route 30 in Vermont auf die Gegenfahrbahn geraten war. Meine Mutter und Muriel fuhren gerade von einem ihrer samstäglichen Shoppingausflüge in Boston zurück; an diesem Samstagabend redeten sie wahrscheinlich munter drauflos, als die Wagenladung Skifahrer nach ihrem Après-Ski die Straße vom Stratton Mountain herunterkam und in südöstlicher Richtung auf die Route 30 einbog. Meine Mutter und Muriel fuhren Richtung Nordwesten; irgendwo zwischen Bondville und Rawsonville stießen die beiden Autos zusammen. Die Schneeverhältnisse waren gut, aber die Route 30 war knochentrocken und salzverkrustet; es war minus vierundzwanzig Grad, zu kalt für Schneefall.

Die Staatspolizei von Vermont gab zu Protokoll, dass meine Mutter und Muriel sofort tot waren; Tante Muriel war gerade sechzig geworden, meine Mutter hätte im April ihren achtundfünfzigsten Geburtstag gefeiert. Richard Abbot war erst achtundvierzig. »Bisschen jung für 'n Witwer«, wie Grandpa Harry es ausdrückte. Onkel Bob war auch noch relativ jung für einen Witwer, nämlich im Alter von Miss Frost: einundsechzig.

Elaine und ich nahmen einen Mietwagen und fuhren zusammen nach Vermont. Die ganze Fahrt über stritten wir uns, was ich an dieser Rachel »nur finden konnte«, die an der Columbia University Kreatives Schreiben unterrichtete.

»Du fühlst dich geschmeichelt, wenn dein Werk jungen Autoren gefällt – oder vielleicht merkst du noch gar nicht, wie sie sich an dich ranschmeißen«, fing Elaine an. »Doch die Zeit mit Larry hat dich wenigstens Vorsicht vor *älteren* Schriftstellern gelehrt, die sich bei dir einschleimen.«

»Wahrscheinlich krieg ich nichts davon mit – von wegen, dass Rachel sich an mich ranschmeißt. Aber Larry hat sich nie an mich rangeschmissen«, sagte ich. (Elaine saß am Steuer; sie hatte einen aggressiven Fahrstil und wurde beim Fahren auch sonst aggressiver.)

»Rachel schleimt sich bei dir ein, und du merkst es nicht mal«, sagte Elaine. Als ich schwieg, fuhr sie fort: »Wenn du mich fragst, ich finde, ich hab einen größeren Busen.«

»Größer als –«

»Rachels!«

»Oh!«

Elaine war noch nie sexuell auf jemanden, mit dem ich was hatte, eifersüchtig gewesen, aber ihr gefiel nicht, dass ich mit einer Schriftsteller*in* zusammen war, noch dazu jünger als sie – wobei sie vermutlich auch bei einem Schriftsteller so reagiert hätte.

»Rachel schreibt im Präsens – ›ich bin, sagt sie, er ist, finde ich‹. Diese Sorte Schrott«, schimpfte Elaine.

»Ja, also –«

»All dieses ›ich denke, wünsche, hoffe, frage mich‹ – Mist!«, rief Elaine.

»Ja, ich weiß –«, setzte ich an.

»Ich kann nur hoffen, dass sie ihre Orgasmen nicht verbalisiert: ›Billy – ich komme!‹, oder so 'n Quatsch«, grummelte Elaine.

»Na ja, ich erinnere mich nicht daran!«

»Ich denke, Rachel ist eine dieser Professorinnen, die ihre Studenten bemuttern.«

Elaine unterrichtete schon länger als ich; über pädagogische Fragen diskutierte ich ebenso wenig mit ihr wie über Mrs. Kittredge. Grandpa Harry war so großzügig, mir jedes Jahr zu Weihnachten etwas Geld zu schenken. Ich hatte in Teilzeit an Colleges gelehrt und gelegentlich eine Gastprofessur bekommen, wenn auch nie länger als ein Semester. Ich lehrte eigentlich ganz gern, ließ mir aber davon nicht die Zeit zum Schreiben nehmen – wie es vielen befreundeten Schriftstellern erging, nicht zuletzt Elaine.

»Nur damit du es weißt, Elaine – für mich gibt es mehr Liebenswertes an Rachel als ihre kleinen Brüste«, sagte ich.

»Das will ich doch hoffen, Billy«, sagte Elaine.

»Bist du im Moment mit jemandem zusammen?«, fragte ich meine alte Freundin.

»Kennst du den Typen, den Rachel fast geheiratet hätte?«, fragte Elaine.

»Nicht persönlich«, sagte ich.

»Der hat sich an mich rangemacht«, sagte Elaine.

»Oh!«

»Er hat mir erzählt, Rachel hätte einmal ins Bett gekackt – also das hat er mir gesagt, Billy«, sagte Elaine.

»Bis jetzt ist so was bei uns noch nicht passiert«, versicherte ich Elaine. »Aber ich werde mich in Acht nehmen.«

Danach fuhren wir eine Zeitlang schweigend weiter. Als wir den Staat New York verließen und nach Vermont kamen, etwas westlich von Bennington, lagen regelmäßig Tierkadaver auf der Straße. Die größeren hatte man an den Straßenrand geschleift, wo wir sie aber immer noch sehen konnten. Ich erinnere mich noch an ein paar größere Hirsche und die üblichen Waschbären und Stachelschweine. Im nördlichen New England geraten massenhaft Tiere unter die Räder.

»Möchtest du, dass ich fahre?«, fragte ich Elaine.

»Klar – gern«, antwortete Elaine ruhig. Sie fand eine Haltebucht, und ich übernahm das Steuer. Kurz vor Bennington bogen wir wieder Richtung Norden ab; es gab mehr Schnee in den Wäldern und mehr tote Tiere auf der Straße und am Straßenrand.

Wir waren schon weit von New York City entfernt, als Elaine sagte: »Der Typ wollte gar nichts von mir – die Geschichte mit Rachel, die ins Bett gekackt hat, hab ich auch erfunden.«

»Schon okay«, sagte ich. »Wir sind schließlich Schriftsteller. Wir denken uns alles Mögliche aus.«

»Aber ich hab *wirklich* eine frühere Studienkollegin von dir getroffen – das ist jetzt eine wahre Geschichte«, sagte Elaine.

»Wen? Wo hab ich mit ihr zusammen studiert?«, fragte ich.

»Am Institut in Wien – sie hatte auch so ein Auslandsstipendium«, sagte Elaine. »Als sie dich traf, hast du ihr erzählt, du würdest versuchen, einer Freundin daheim in den Staaten treu zu bleiben.«

»Das hab ich einigen Frauen erzählt«, gab ich zu.

»Ich hab ihr gesagt, *ich* wär die Freundin, der du damals in Wien treu bleiben wolltest«, sagte Elaine.

Darüber mussten wir beide herzlich lachen, aber dann fragte mich Elaine, wieder ernst: »Weißt du, was diese Frau gesagt hat, Billy?«

»Nein, was denn?«, fragte ich.

»Sie hat gesagt: ›Sie *Ärmste*!‹ Das hat sie gesagt – das ist eine wahre Geschichte, Billy«, berichtete mir Elaine.

Ich zweifelte nicht daran. *Das Institut* war entsetzlich klein; jeder Student dort wusste, dass ich was mit einer Sopran-Zweitbesetzung hatte – und, später, dass ich was mit einem berühmten amerikanischen Dichter hatte.

»Wärst du meine Freundin gewesen, wäre ich *dir* wirklich treu geblieben, Elaine – oder hätte es wenigstens ernsthaft versucht«, versicherte ich ihr. Und hörte mir eine Weile an, wie sie auf dem Beifahrersitz weinte.

»Wenn du mein Freund gewesen wärst, Billy, hätte ich es auch ernsthaft versucht«, sagte sie schließlich.

Wir fuhren in nordöstlicher Richtung, dann ab Ezra Falls nach Westen – neben uns floss der Favorite River, nördlich der Straße. Selbst im Februar, bei noch so großer Kälte, fror dieser Fluss nie ganz zu. Natürlich hatte ich mir überlegt, mit Elaine Kinder zu haben, aber es war sinnlos, das anzusprechen; Elaine machte keine Witze über die Größe von Babyköpfen – in ihren Augen waren sie *gigantisch*.

Als wir durch die River Street fuhren, vorbei an dem Gebäude, das früher die Stadtbücherei von Favorite Sister gewesen war – jetzt Sitz des städtischen Geschichtsvereins –, sagte Elaine: »Auf dem Messingbett dort drinnen haben wir beide mal unseren Text gelernt, für *Der Sturm,* vor ungefähr einem Jahrhundert.«

»Vor fast zwanzig Jahren, ja«, sagte ich. Ich dachte weder an *Der Sturm* noch daran, dass ich mit Elaine auf dem Messingbett meinen Text gelernt hatte. Meine Erinnerungen an dieses Bett waren andere, aber als ich an der ehemaligen Stadtbücherei vorbeifuhr, kam mir in den Sinn – gerade mal siebzehn Jahre nachdem die ach so verpönte Bibliothekarin die Stadt verlassen hatte –, Miss Frost könnte womöglich noch andere junge Männer in ihrem Keller-Schlafzimmer *beschützt* haben (oder auch nicht).

Aber welchen anderen jungen Männern konnte Miss Frost schon in der Bücherei begegnet sein? Mit einem Mal fiel mir ein, dass ich dort *nie* Kinder gesehen hatte. Und an Jugendlichen allerhöchstens mal ein junges Mädchen, das zum Besuch der Highschool in Ezra Falls verdammt war. Heranwachsende *Jungen* hatte ich nie in der Stadtbücherei von First Sister gesehen – bis auf den einen Abend, an dem Tom Atkins kam, um mich zu suchen.

Außer *mir* dürfte man wohl sämtliche Knaben unseres Städtchens eindringlich vor dem Besuch dieser Bücherei gewarnt haben. Garantiert hatten sämtliche verantwortungsbewussten Eltern von First Sister verhindert, dass ihre halbwüchsigen Söhne in den Einflussbereich des transsexuellen Ringers gerieten, der den Laden schmiss!

Plötzlich wurde mir klar, warum ich erst so spät meinen

Bibliotheksausweis bekommen hatte; niemand aus meiner Familie hätte mich *je* Miss Frost unter die Augen kommen lassen. Das war nur passiert, weil Richard Abbott angeboten hatte, mich zur Stadtbücherei von First Sister mitzunehmen, und niemand aus meiner Familie Richard etwas abschlagen konnte – oder die Geistesgegenwart besaß, seinen spontanen und gutgemeinten Vorschlag abzuschmettern. Mir war es nur gelungen, Miss Frost kennenzulernen, weil Richard erkannt hatte, wie absurd es war, einem Dreizehnjährigen in einer Kleinstadt den Büchereiausweis vorzuenthalten.

»Die zwanzig Jahre kommen mir vor wie ein Jahrhundert, Billy«, sagte Elaine gerade.

Mir nicht, wollte ich sagen, brachte es aber nicht heraus. Mir kommt es vor, als wäre es *gestern* gewesen, wollte ich ausrufen, doch die Stimme versagte mir.

Elaine, die meine Tränen sah, legte mir eine Hand auf den Oberschenkel. »Tut mir leid, dass ich das Messingbett erwähnt hab, Billy«, sagte sie. (Elaine, die mich so gut kannte, wusste, dass ich nicht um meine Mutter weinte.)

Wenn man die Geheimnisse bedenkt, die meine Familie unter den Teppich kehrte – diese schweigenden Mahnwachen, die wir als Ersatz für alles abhielten, das auch nur im Entferntesten Offenheit und Ehrlichkeit gleichkam –, grenzt es fast an ein Wunder, dass mir nicht auch noch eine religiöse Erziehung verpasst wurde; aber die Winthrop-Frauen waren nicht religiös. Wenigstens diese Heuchelei blieb Grandpa Harry und mir erspart. Was Onkel Bob und Richard Abbott anging, weiß ich, dass das Zusammenleben mit meiner Tante Muriel und meiner Mutter zeitweise frommen Exerzitien geähnelt haben muss – erfüllt von streng religiöser Demut, wie etwa beim Fasten oder vielleicht einer nächtlichen Prüfung (zum Beispiel die ganze Nacht wach zu bleiben, obwohl Schlafengehen natürlicher wäre).

»Was finden die Leute nur an einer *Totenwache*?«, hatte Grandpa Harry uns gefragt. Zuerst gingen wir zu seinem Haus in der River Street; halb hatte ich erwartet, von Harry *als Frau*, oder zumindest in Nana Victorias Kleidern, begrüßt zu werden, doch er sah aus wie ein Holzfäller: Jeans, Flanellhemd, unrasiert. »Ich meine, was kann einen Lebenden daran so faszinieren, über Leichen zu wachen – also bevor es ans eigentliche Begräbnis geht? Wo sollen die Leichen denn hin? Warum müssen Leichen bewacht werden?«, fragte Grandpa Harry.

Wir waren in Vermont; es war Februar. Niemand würde Muriel oder meine Mutter vor April beerdigen, wenn der Boden aufgetaut war. Ich konnte mir nur vorstellen, dass das Bestattungsinstitut Grandpa Harry gefragt hatte, ob er eine richtige Totenwache veranstalten wollte; das musste wohl seinen Wortschwall ausgelöst haben.

»Du lieber Himmel – wir werden die Leichen bis in den *Frühling bewachen*!«, hatte er ausgerufen.

Ein Gottesdienst war nicht geplant. Grandpa Harry hatte ein großes Haus; Freunde und Verwandte waren zu Cocktails und einem Partyservice-Buffet eingeladen. Das Wort *Trauer* war erlaubt, aber nicht in der Verbindung mit Gottesdienst; davon war nicht die Rede. Harry wirkte zerstreut und vergesslich. Elaine und ich fanden beide, dass er sich nicht wie ein Mann verhielt, der vor kurzem seine beiden einzigen Kinder, zwei Töchter, verloren hatte. Sondern wie ein Vierundachtzigjähriger, der seine Lesebrille verlegt hatte – irgendwie gespenstisch, losgelöst vom Hier und Jetzt. Wir überließen es ihm, sich für die »Party« feinzumachen; Elaine und ich hatten uns nicht verhört – Harry hatte das Wort »Party« gebraucht.

»O weh«, hatte Elaine gesagt, als wir aus dem Haus in der River Street traten.

Seit meiner Favorite-River-Schulzeit war ich zum ersten Mal während des Schuljahres »zu Hause« – also in Richard Abbotts Lehrerwohnung in Bancroft Hall. Das war irritierend, aber noch irritierender war für Elaine, wie jung die Schüler aussahen.

»Ich sehe keinen, mit dem ich mir Sex auch nur *vorstellen* könnte«, sagte sie.

Wenigstens war Bancroft Hall immer noch ein Jungenwohnheim; es war verwirrend genug, all die vielen Mädchen auf dem Campus zu sehen. Wie die meisten anderen reinen Jungen- oder Mädcheninternate in New England war Favorite River 1973 zur Koedukation übergegangen. Onkel Bob arbeitete nicht mehr in der Zulassung. Tennisarm-Bob verfolgte eine neue Karriere im Alumni-Büro. Ich konnte ihn mir gut als fröhlichen Händeschüttler vorstellen, als Naturtalent im Einwerben von Wohlwollen (und Spenden) bei sentimentalen Favorite-River-Ehemaligen. Eine besondere Begabung bewies Bob dafür, seine Aufrufe in die Jahrgangsberichte des Alumni-Blättchens der Academy, *The River Bulletin*, einzuschmuggeln. Er entwickelte einen sportlichen Ehrgeiz dabei, ehemalige Absolventen aufzuspüren, die keinen Kontakt mit ihrer alten Schule hielten. (Seine Anfragen nannte er »Hilferufe aus der Abteilung Wo-seid-ihr-alle?«)

Meine Cousine Gerry hatte mich vorgewarnt, Bob habe seit seinen vielen Reisen für das Alumni-Büro die Trinkerei »nicht mehr im Griff«, aber ich betrachtete Gerry als die letzte überlebende Winthrop-Frau – wenn auch eine verwässerte lesbische Variante dieses eisern dünkelhaften Gen-Cocktails. (Bestimmt wissen Sie noch, dass ich die Behauptung, Onkel Bob sei Alkoholiker, immer für übertrieben gehalten hatte.)

Themenwechsel: Bei unserer Rückkehr nach Bancroft Hall stellten Elaine und ich fest, dass Richard Abbott nicht mehr sprechen konnte und dass Mr. und Mrs. Hadley nicht miteinander redeten. Die Funkstille zwischen Martha Hadley und ihrem Mann war für mich nichts Neues; Elaine betrachtete ihre Eltern schon lange als Scheidungskandidaten. (»Da werden keine verbitterten Machtkämpfe ausgefochten, Billy – die sind einander eh schon völlig egal«, hatte Elaine mir gesagt.) Und Richard Abbott hatte mir anvertraut – bevor meine Mutter starb, als er noch sprechen konnte –, dass er und meine Mom nicht mehr mit den Hadleys verkehrten.

Elaine und mir hatte dieses rätselhafte »nicht mehr miteinander verkehren« zu denken gegeben. Natürlich passte es genau zu Elaines zwanzig Jahre alter Theorie, ihre Mutter sei in Richard Abbott verliebt. Was konnte ich schon groß zu diesem Gespräch beitragen, der ich in Mrs. Hadley *und* in Richard verknallt gewesen war?

Ich war schon immer der Meinung gewesen, Richard

Abbott sei ein weitaus besserer Mann, als meine Mutter verdiente, und Martha Hadley eindeutig zu gut für ihren Gatten. Nicht nur konnte ich mir dessen Vornamen einfach nicht merken, falls er je einen hatte; der Hauch von Ruhm, den er durch seine Auftritte als Historiker bei Protestkundgebungen während des Vietnamkriegs erlangte, hatte ihn seiner Familie entfremdet. Zwar hatte er immer schon distanziert gewirkt – allem Anschein nach nicht nur von seiner Frau, sondern auch von seinem einzigen Kind Elaine –, doch sein Kampf für eine Sache (seine Anti-Vietnamkriegs-Kampagne mit den Favorite-River-Schülern) entfremdete ihn den beiden vollkommen und führte schließlich dazu, dass er sich wenig bis gar nicht mehr mit Erwachsenen abgab.

So etwas passiert schon mal in Internaten, nämlich dass ein Lehrer nicht glücklich ist mit seinem Leben als Erwachsener und versucht, wie einer seiner Schüler zu werden. Im Falle von Mr. Hadley fiel seine unselige Regression zu einem Schüler mit Mitte fünfzig zufällig mit der Entscheidung der Favorite River Academy zusammen, *Mädchen* aufzunehmen. Das war gerade mal zwei Jahre vor dem Ende des Vietnamkriegs.

»O weh«, sagte Elaine, wie so oft, doch diesmal fügte sie hinzu: »Wenn der Krieg aus ist, welche Kampagne wird mein Vater dann anführen? Wie will er all diese *Mädchen* bei der Stange halten?«

Elaine und ich trafen meinen Onkel Bob erst auf der »Party«. Ich hatte gerade den Aufruf von Tennisarm-Bob in der letzten Ausgabe des *River Bulletin* gelesen; dem Bericht für den 61er Jahrgang, meinem also, war ein flehentlicher Eintrag der Rubrik »Hilferufe aus der Abteilung Wo-seid-ihr-alle?« angefügt.

»Was ist los mit dir, Jacques Kittredge?«, hatte Onkel Bob geschrieben. Nach seinem B.A. in Yale (1965) hatte Kittredge ein dreijähriges Aufbaustudium an der Yale School of Drama absolviert und 1967 seinen Master of Fine Arts gemacht. Seither hatten wir nichts mehr von ihm gehört.

»Einen Scheiß-Master of Fine Arts in *was* denn?«, hatte Elaine vor über zehn Jahren gefragt – als *The River Bulletin* zuletzt etwas von (oder über) Kittredge gemeldet hatte. Elaine meinte, es könnte ein Abschluss als Schauspieler sein, als Bühnenbildner, Tontechniker, Regisseur, Dramatiker, Inspizient, Bühnentechniker und -ausstatter, Intendant – selbst als Dramaturg oder Theaterkritiker. »Wetten, er ist ein Scheiß-*Kritiker*«, sagte sie. Ich sagte ihr, mir sei egal, was aus Kittredge geworden sei; ich wolle es nicht wissen.

»O doch, mein Lieber. Mir kannst du doch nichts vormachen, Billy«, hatte Elaine entgegnet.

Da saß Tennisarm-Bob nun, oder genau genommen versank er eher in dem Sofa in Grandpa Harrys Wohnzimmer, so dass es aussah, als würde es eine ganze Ringermannschaft brauchen, um ihn wieder auf beide Beine zu stellen.

»Mein Beileid wegen Tante Muriel«, sagte ich zu ihm. Als er vom Sofa aus nach oben langte, um mich zu umarmen, verschüttete er sein Bier.

»Scheiße, Billy«, sagte Bob, »die Leute, von denen man es am wenigsten erwartet, verschwinden einfach.«

»Verschwinden einfach«, wiederholte ich vorsichtig.

»Zum Beispiel dein Mitschüler, Billy. Wer hätte gedacht, dass Kittredge einmal verschwinden würde?«, fragte Onkel Bob.

»Du glaubst doch nicht etwa, dass er tot ist, oder?«, fragte ich Tennisarm-Bob.

»Er wird wohl eher den Kontakt abgebrochen haben«, sagte Onkel Bob. Seine Zunge war so schwer, dass sich das Wort »abgebrochen« anhörte, als hätte es sieben oder acht Silben; da ging mir auf, dass Bob sich in aller Stille sinnlos betrunken hatte, obwohl die Trauerfeier für meine Tante Muriel und meine Mutter eben erst begonnen hatte.

Zu Bobs Füßen lagen ein paar leere Flaschen; als er die fallen ließ, aus der er zuletzt Bier getrunken (und verschüttet) hatte, kickte er geschickt alle bis auf eine unter das Sofa – und zwar ohne hinzusehen.

Früher hatte ich mich mal gefragt, ob Kittredge wohl nach Vietnam gezogen war; er hatte so etwas Heldenhaftes an sich. Ich kannte zwei andere Ringer von Favorite River, die im Krieg gefallen waren. (Erinnern Sie sich noch an Wheelock? Ich nur mit Mühe – als angemessen »säbelrasselnden« Antonio, Sebastians Freund, in *Was ihr wollt.* Und Madden, das selbstmitleidige Schwergewicht, der in derselben Inszenierung den Malvolio spielte? Madden sah sich immer als »ewiges Opfer«; mehr fällt mir zu ihm nicht ein.)

Aber betrunken, wie er war, muss Onkel Bob dennoch meine Gedanken erraten haben, denn er sagte plötzlich: »So wie ich Kittredge kenne, hat er sich bestimmt vor Vietnam gedrückt – irgendwie.«

»Ganz bestimmt«, pflichtete ich ihm bei.

»Nichts für ungut, Billy«, ergänzte Tennisarm-Bob und nahm noch ein Bier von einer der umhergehenden Servicekräfte – eine Frau, ungefähr im Alter meiner Mutter oder Muriels, mit rotgefärbten Haaren. Sie kam mir von irgendwoher bekannt vor; vielleicht arbeitete sie mit Onkel Bob im Alumni-Büro, oder sie hatte (vor Jahren) mit ihm im Zulassungsbüro gearbeitet.

»Mein Dad war schon knülle, bevor er hier ankam«, verriet Gerry Elaine und mir, als wir in der Schlange vor dem Buffet anstanden. Ich kannte Gerrys Freundin; ab und zu trat sie als Stand-up-Comedian in einem Club im Village auf, den ich besuchte. Sie trug ihre Witze mit Pokerface vor, immer im schwarzen Männeranzug oder Frack, mit weitem Herrenhemd.

»Kein BH«, hatte Elaine bemerkt, »aber das Hemd ist ihr zu groß und nicht durchsichtig. Wenn es nach ihr geht, soll nämlich keiner wissen, dass sie Brüste hat – oder wie sie aussehen.«

»Ach.«

»Das mit deiner Mom tut mir leid, Billy«, sagte Gerry. »Ich weiß, dass sie total gestört war, aber immerhin war sie doch deine *Mutter.*«

»Das mit deiner tut mir auch leid«, sagte ich zu Gerry. Die Komikerin gab ein Schnauben wie aus Pferdenüstern von sich.

»Da ist ihr das Pokerface mal verrutscht«, sollte Elaine später kommentieren.

»Jemand muss meinem Scheiß-Vater die Autoschlüssel abnehmen«, sagte Gerry.

Ich behielt Grandpa Harry im Auge, weil ich befürchtete, er würde sich von der Feier davonstehlen, nur um als Überraschungsinkarnation von Nana Victoria zurückzukehren. Nils Borkman behielt seinen alten Geschäftspartner auch im Auge. (Falls *Mrs.* Borkman da war, sah oder erkannte ich sie nicht.)

»Ich behalte deinen Großvater unter Beobachtung, Bill«, sagte Nils zu mir. »Wenn es mit dem komischen Zeug aus dem Ruder gerät, setze ich einen Notruf nach dir ab!«

»Was für komisches Zeug?«, fragte ich.

Doch da meldete sich Grandpa Harry plötzlich zu Wort. »Dass die aber auch immer zu spät kommen müssen, diese Mädels. Keine Ahnung, wo sie sind, aber sie kommen bestimmt noch. Haut einfach schon mal rein, alle miteinander. Es ist genug zu essen da. Die Mädels kriegen auch noch was ab, wenn sie kommen.«

Darauf wurde es still. »Ich hab ihm schon gesagt, dass seine Töchter nicht zu der Feier kommen werden, Bill. Ich meine, er weiß, dass sie tot sind – er ist einfach nur die Vergesslichkeit in *Perfektion*«, erklärte mir Nils.

»Die Vergesslichkeit in *Person*«, sagte ich dem alten Norweger; er war zwei Jahre älter als Grandpa Harry, wirkte aber etwas verlässlicher in puncto *Erinnern,* und auch auf einigen anderen Gebieten.

Ich fragte Martha Hadley, ob Richard schon wieder gesprochen habe. Nicht seit der Nachricht von dem Unfall, erfuhr ich von ihr. Richard hatte mich ausgiebig umarmt, und ich hatte ihn umarmt, aber alles ohne Worte.

Mr. Hadley wirkte geistesabwesend – wie so oft. Ich wusste nicht, wann ich ihn zuletzt über etwas anderes als den Vietnamkrieg hatte reden hören. Aus Mr. Hadley war ein skurriles Klageweib für jeden Favorite-River-Absolventen geworden, der in Vietnam ins Gras gebissen hatte. Ich sah, dass er am Ende des Buffets auf mich wartete.

»Mach dich auf was gefasst«, flüsterte Elaine mir zu. »Hier kommt der nächste Todesfall, von dem du noch nichts wusstest.«

Wie immer kam Mr. Hadley direkt zur Sache. Als Geschichtslehrer verkündete er nur nüchterne Fakten. »Erinnerst du dich an Merryweather?«, fragte er mich.

Nicht Merryweather!, dachte ich. Ja, ich erinnerte mich an ihn; er war noch in der Unterstufe, als ich meinen Abschluss machte. Er war der Ringermannschaftsbetreuer gewesen – hatte Orangenviertel verteilt und die blutigen und benutzten Handtücher aufgehoben.

»Nicht Merryweather – nicht in *Vietnam*!«, entfuhr es mir unwillkürlich.

»Leider doch, Billy«, verkündete Mr. Hadley feierlich. »Und Trowbridge – hast du Trowbridge gekannt, Billy?«

»Nicht Trowbridge!«, rief ich; ich konnte es nicht glauben! Das letzte Mal hatte ich den *im Schlafanzug* gesehen! Kittredge hatte den pausbackigen kleinen Jungen angequatscht, der sich die Zähne putzen wollte. Die Vorstellung, dass Trowbridge in Vietnam gefallen war, regte mich fürchterlich auf.

»O doch, so leid es mir tut – auch Trowbridge, Billy«, fuhr Mr. Hadley gravitätisch fort. »Leider Gottes doch – auch der junge Trowbridge.«

Ich sah, dass Grandpa Harry verschwunden war – wenn auch nicht in dem Sinne, in dem Onkel Bob das Wort zuletzt verwendet hatte.

»Hoffentlich kein Kostümchen-wechsel-dich, Bill«, flüsterte Nils Borkman mir ins Ohr.

Erst da fiel mir auf, dass Mr. Poggio, der Lebensmittelhändler, da war – dem Grandpa Harry auf der Bühne, *in Frauenrollen,* so gut gefallen hatte. Ja, sogar alle beide, Mr. und Mrs. Poggio, waren erschienen, um den Verstorbenen die letzte Ehre zu erweisen. Ich wusste noch, dass Mrs. Poggio Grandpa Harrys weibliche Bühnenauftritte *nicht* gefallen hatten. Das brachte mich darauf, mich überall nach den missbilligenden Riptons umzusehen – Ralph Ripton, dem Sägewerker, und seiner mindestens ebenso ungnädigen Gattin. Doch die beiden waren, falls sie sich überhaupt hatten blicken lassen, früh gegangen – genau wie bei den Theateraufführungen der First Sister Players.

Ich ging, um nach Onkel Bob zu sehen; zu seinen Füßen hatten sich noch ein paar mehr leere Bierflaschen angesammelt, die diese Füße mittlerweile nicht mehr treffen und unter das Sofa kicken konnten.

Stellvertretend für ihn trat ich ein paar Flaschen unter das Möbel. »Du kommst mir doch hoffentlich nicht auf die Idee, selbst nach Hause zu fahren, was, Onkel Bob?«, fragte ich ihn.

»Deshalb hab ich die Autoschlüssel schon in deine Jacketttasche gesteckt, Billy«, erklärte mir mein Onkel.

Aber als ich in meinen Sakkotaschen danach wühlte, fand ich bloß einen Squashball. »Nicht die Autoschlüssel, Bill«, sagte ich und zeigte ihm den Ball.

»Hm, ich weiß genau, dass ich die Autoschlüssel irgendwem in die Jacketttasche gesteckt hab«, sagte Tennisarm-Bob.

»Gibt's in *deinem* Jahrgang irgendwelche Neuigkeiten?«, fragte ich ihn unvermittelt; er war so betrunken, dass ich hoffte, ihn überrumpeln zu können. »Was gibt's Neues vom 35er Jahrgang?«, fragte ich meinen Onkel so beiläufig wie möglich.

»Nichts von Big Al, Billy – glaub mir, ich würd's dir sagen«, antwortete er.

Mittlerweile machte Grandpa Harry auf seiner Party *als Frau* die Runde; ein gewisser Fortschritt bestand immerhin darin, dass er allgemein den Tod seiner Töchter einräumte – statt bei seiner früheren Behauptung zu bleiben, sie würden sich zur Party verspäten. Ich sah, wie Nils Borkman seinem alten Partner folgte, als glitten die beiden bewaffnet und auf Skiern durch verschneite Wälder. Bob ließ die nächste leere Bierflasche zu Boden plumpsen, die ich unter Grandpa Harrys Wohnzimmersofa kickte. Niemand beachtete die Flaschen, jedenfalls nicht seit Grandpa Harrys Rückkehr – als *andere* Person.

»Mein tiefstes Beileid, Harry – zu deinem und zu meinem Verlust«, sagte Onkel Bob meinem Großvater, der ein blasslila Kleid trug, eins von Nana Victorias Lieblingsstücken, soweit ich mich erinnern konnte. Die graue Perücke mit Blaustich war zumindest »altersangemessen«, wie Richard Abbott später sagte – als er wieder reden konnte, was noch eine ganze Weile dauern sollte. Nils Borkman verriet mir, der Gummibusen müsse aus der Requisite der First Sister Players sein, wenn Grandpa Harry ihn nicht aus dem Theaterclub der Favorite River Academy entwendet hatte.

Die welke, arthritische Hand, die meinem Onkel Bob ein

neues Bier reichte, gehörte nicht der Servicekraft mit den rotgefärbten Haaren. Sondern Herm Hoyt – der nur ein Jahr älter war als Grandpa Harry, aber sehr viel abgekämpfter aussah.

1961, als Herm Kittredge trainiert hatte, war er achtundsechzig gewesen; damals wirkte er reif für den Ruhestand. Jetzt, mit fünfundachtzig, war er seit fünfzehn Jahren nicht mehr im Beruf.

»Danke, Herm«, sagte Tennisarm-Bob leise und setzte die Flasche an die Lippen. »Billy hier hat nach unserem alten Freund Al gefragt.«

»Was macht dein Durchschlüpfer, Billy?«, fragte Trainer Hoyt.

»Dann hast du wohl nichts von ihr gehört, Herm«, antwortete ich.

»Ich will doch hoffen, dass du *geübt* hast, Billy«, sagte der alte Trainer.

Dann erzählte ich Herm Hoyt eine lange verwickelte Geschichte über einen anderen Jogger, den ich im Central Park kennengelernt hatte. Der war ungefähr in meinem Alter, erzählte ich dem Trainer; an seinen Blumenkohlohren – und einer bestimmten Steife in Schultern und Nacken beim Laufen – hatte ich ihn als Ringer identifiziert, und als ich ihn darauf ansprach, dachte er, ich wäre auch einer.

»Ach wo – ich hab nur einen halbwegs brauchbaren Durchschlüpfer drauf«, erzählte ich ihm. »Ich bin kein Ringer.«

Aber Arthur – so hieß er – verstand mich falsch: dass ich früher sehr wohl Ringer gewesen wäre und nur zu bescheiden oder selbstkritisch, es zuzugeben.

Arthur hatte mich – wie Ringer das so an sich haben – vollgeschwatzt, ich solle bloß nicht mit Ringen aufhören. »Trainier dir doch noch ein paar andere Griffe und Aktionen zu dem Durchschlüpfer an – dafür ist es nie zu spät!«, hatte er mir geraten. Arthur war Mitglied eines Ringervereins in Central Park South, wo nach seinen Worten lauter Typen »in unserem Alter« immer noch aktiv waren. Er war sich sicher, dass ich einen passenden Trainingspartner in meiner Gewichtsklasse finden würde.

Arthur war sehr missionarisch in seinem Eifer, mich nicht mit Ringen »aufhören« zu lassen, bloß weil ich Mitte dreißig war und keiner Schul- oder Collegemannschaft mehr angehörte.

»Aber ich war nie in einer Mannschaft!«, versuchte ich ihm klarzumachen.

»Ach weißt du, ich kenn eine Menge Typen in unserem Alter, die nie Mannschaftskapitän geworden sind«, machte Arthur munter weiter. »Und die sind trotzdem drangeblieben!«

Schließlich setzte mir Arthur, wie ich Herm Hoyt erzählte, dermaßen mit seiner Aufforderung zu, zum Ringertraining in seinen verdammten Verein zu kommen, dass ich ihm die Wahrheit sagte.

»Und was genau hast du dem Kerl gesagt, Billy?«, wollte Trainer Hoyt wissen.

Dass ich schwul sei – oder, genauer, bisexuell.

»Mann …«, fing Herm an.

Dass ein ehemaliger Ringer, mit dem ich eine kurze Affäre hatte, versucht habe, mir ein wenig Ringen beizubringen – rein zur Selbstverteidigung. Und dass der frühere

Ringertrainer eben dieses Ex-Ringers mir auch Tipps gegeben habe.

»Du meinst, diesen Durchschlüpfer, den du erwähnt hast – das ist *alles*?«, hatte Arthur gefragt.

»Das ist alles. Nur der Durchschlüpfer«, hatte ich zugegeben.

»Mannomann, Billy …«, sagte der alte Trainer Hoyt kopfschüttelnd.

»Tja, das war die ganze Geschichte«, sagte ich zu Herm. »Ich hab den Durchschlüpfer *nicht* weitergeübt.«

»In Central Park South gibt's nur einen Ringerverein, den ich kenne, Billy«, sagte Herm Hoyt. »Und der ist ziemlich gut.«

»Als Arthur kapiert hat, wie ich zu dem Durchschlüpfer gekommen bin, scheint er das Interesse verloren zu haben, mich für sein Vereinstraining anzuwerben«, erklärte ich Trainer Hoyt.

»Vielleicht ist es wirklich keine so gute Idee«, sagte Herm. »Ich kenn die Burschen in dem Verein nicht – nicht mehr.«

»Wahrscheinlich haben die da nicht viele schwule Ringer – du weißt schon, zu Selbstverteidigungszwecken –, meinst du das, Herm?«, fragte ich den alten Trainer.

»Hat dieser Kerl, dieser Arthur, was von dir *gelesen,* Billy?«, fragte mich Herm Hoyt.

»*Du* etwa?«, fragte ich überrascht zurück.

»Na Mensch – klar doch. Frag mich bloß nicht, um was es da *geht,* Billy!«, antwortete der alte Ringertrainer.

»Und Miss Frost?«, fragte ich ihn plötzlich. »Hat *sie* was von mir gelesen?«

»Der lässt nicht locker, was?«, sagte Onkel Bob zu Herm.

»Sie weiß, dass du Schriftsteller bist, Billy – das weiß jeder, der dich kennt«, sagte der Ringertrainer.

»*Mich* darfst du aber auch nicht fragen, um was es in deinen Büchern geht, Billy«, sagte Onkel Bob. Er ließ die leere Flasche fallen, und ich trat sie unter Grandpa Harrys Sofa. Die Frau mit den rotgefärbten Haaren brachte Tennisarm-Bob noch ein Bier. Da wusste ich, woher sie mir bekannt vorkam: alle Servicekräfte waren aus der Küchencrew der Favorite River Academy – sie versorgten den Speisesaal mit Mahlzeiten. Die Frau, die für Bobs Biernachschub sorgte, war Mitte vierzig gewesen, als ich sie zuletzt gesehen hatte; sie kam aus der *Vergangenheit*, die mich nie loslassen würde.

»Der Ringerverein ist der New York Athletic Club – klar, dort haben sie auch noch andere Sportarten, aber im Ringen waren sie gar nicht so übel, Billy. Dort kannst du deinen Durchschlüpfer bestimmt weiter ausbauen«, sagte Herm. »Frag vielleicht mal diesen Arthur – nach so vielen Jahren kannst du doch sicher etwas *Training* gebrauchen.«

»Und wenn die Ringer mich windelweich prügeln?«, fragte ich ihn. »Würde das dem Zweck, warum du und Miss Frost mir den Durchschlüpfer überhaupt gezeigt haben, nicht zuwiderlaufen?«

»Bob ist eingeschlafen und hat sich total eingeschifft«, stellte der alte Trainer plötzlich fest.

»Onkel Bob …«, fing ich an, aber Herm Hoyt packte Tennisarm-Bob an den Schultern und schüttelte ihn.

»Bob – hör auf zu schiffen!«, rief der Ringertrainer.

Bob klappte die Augen auf, so peinlich auf dem falschen

Fuß erwischt, wie das dem Leiter des Alumni-Büros der Favorite River Academy überhaupt nur passieren konnte.

»España«, sagte Tennisarm-Bob, als er mich sah.

»Mensch, Bob – pass auf, was du sagst«, ermahnte ihn Herm Hoyt.

»España?«, wiederholte ich.

»Dort ist er – er sagt, dass er nie wiederkommt«, verriet mir Onkel Bob.

»*Wer* ist dort?«, fragte ich meinen betrunkenen Onkel.

In unserem einzigen Gespräch, wenn man es so nennen wollte, war es um Kittredge gegangen; ich konnte mir schwer vorstellen, dass Kittredge Spanisch redete. Dass Tennisarm-Bob nicht Big Al meinte, wusste ich – Onkel Bob wollte mir nicht sagen, dass Miss Frost in Spanien wäre und dass *sie* nie wiederkäme.

»Bob …«, fing ich an, aber Tennisarm-Bob war wieder eingenickt. Herm Hoyt und ich sahen, dass er sich immer noch vollpinkelte.

»Herm …«, fing ich an.

»Franny Dean, mein ehemaliger Mannschaftsbetreuer, Billy – *der* ist in Spanien. Dein Vater ist in Spanien, Billy, und dort ist er glücklich – mehr weiß ich auch nicht.«

»*Wo* in Spanien, Herm?«, fragte ich den alten Trainer.

»España«, wiederholte Herm Hoyt schulterzuckend. »Irgendwo in Spanien, Billy – mehr kann ich dir nicht sagen. Denk einfach nur daran, dass er *glücklich* ist. Dein Dad ist glücklich, und er ist in Spanien. Deine Mom war nie glücklich, Billy.«

Ich wusste, dass Herm damit recht hatte; und ging Elaine suchen, um ihr zu sagen, dass mein Vater in Spanien war.

Meine Mutter war tot, aber mein Vater – den ich nie gekannt hatte – lebte und war glücklich.

Doch bevor ich es ihr sagen konnte, sprudelte sie los. »Wir sollten heute Abend bei dir im Zimmer übernachten, Billy – nicht bei mir«, fing sie an.

»Okay –«, sagte ich.

»Falls Richard aufwacht und beschließt, er will etwas *sagen,* sollte er nicht allein sein – wir sollten da sein«, fuhr Elaine fort.

»Okay, aber ich hab grade was rausgefunden«, sagte ich; sie hörte nicht zu.

»Ich bin dir einmal Oralsex schuldig, Billy – vielleicht hast du heute Nacht Glück«, sagte Elaine. Ich dachte, sie sei betrunken oder ich hätte mich verhört.

»Was?«, sagte ich.

»Tut mir leid, was ich über Rachel gesagt hab. Dafür kriegst du einmal einen von mir geblasen«, erklärte Elaine; sie war eindeutig betrunken, zog die Silben in ihren Wörtern genauso übermäßig bemüht in die Länge wie Tennisarm-Bob.

»Du *schuldest* mir das nicht, Elaine«, versicherte ich ihr.

»Willst du keinen geblasen kriegen, Billy?«, fragte sie mich, wobei sich »geblasen« anhörte, als wäre es fünf- oder sechssilbig.

»Das hab ich nicht gesagt«, antwortete ich ihr. »España«, sagte ich plötzlich, denn *darüber* wollte ich doch reden.

»España?«, sagte Elaine fragend. »Ist das eine *spanische* Praktik beim Oralsex, Billy?« Sie torkelte ein wenig, als ich sie zu Grandpa Harry führte, damit wir uns verabschiedeten.

»Keine Sorge, Bill«, sagte Nils Borkman plötzlich zu mir. »Ich entlade die Gewehre! Ich halte die Kugeln unter Beschluss!«

»España«, wiederholte Elaine. »Ist das was *Schwules,* Billy?«, flüsterte sie mir zu.

»Nein«, versicherte ich ihr.

»Du zeigst es mir, ja?«, fragte Elaine. Ich wusste, dass es nur darum ging, sie wach zu halten, bis wir in Bancroft Hall ankamen.

»Ich hab dich lieb!«, sagte ich zu Grandpa Harry, als ich ihn umarmte.

»Ich dich *auch,* Bill!«, sagte Harry und drückte mich zurück. (Sein falscher Busen musste nach einer Frau mit so großen Brüsten wie Muriel modelliert sein, aber das sagte ich ihm nicht.)

»Du *schuldest* mir gar nichts, Elaine«, sagte ich, als wir das Haus in der River Street verließen.

»Sag meinen Eltern nicht gute Nacht, Billy – halt dich bloß von meinem Vater fern«, riet mir Elaine. »Das heißt, wenn du nicht von mehr Gefallenen hören willst – wenn du keinen Nerv hast, dir noch mehr Scheiß-Leichenfledderei anzuhören.«

Nachdem ich das mit Trowbridge gehört hatte, hatte ich wirklich nicht den Nerv für weitere Gefallene. Ich sagte nicht einmal Mrs. Hadley gute Nacht, weil ich Mr. Hadley in ihrer Nähe herumlungern sah.

»España«, sagte ich leise vor mich hin, während ich Elaine die zwei Treppen von Bancroft Hall hinaufhalf; zum Glück musste ich sie nicht in ihr Zimmer hinaufbugsieren, das oben im vierten Stock lag.

Während wir uns durch den Flur vor den Schülerzimmern im zweiten Stock manövrierten, muss ich noch einmal leise »España« gesagt haben – oder wohl doch nicht so leise, weil Elaine mich hörte.

»Ich frag mich ja schon, was für ein Oralsex-Ding España genau ist. Es ist nichts Schlimmes, oder, Billy?«, fragte sie mich.

Im Flur stand ein Junge im Schlafanzug – ein so kleiner Junge, die Zahnbürste in der Hand. Seinem erschrockenen Gesichtsausdruck nach zu urteilen, wusste er nicht, wer Elaine und ich waren; und er hatte offensichtlich gehört, was Elaine über das Oralsex-Ding namens España gesagt hatte.

»Wir machen nur Quatsch«, sagte ich dem kleinen Jungen. »Es wird nichts Schlimmes passieren. Oralsex findet nicht statt!«, sagte ich zu Elaine und zu dem Jungen im Schlafanzug. (Mit seiner Zahnbürste erinnerte er mich natürlich an Trowbridge.)

»Trowbridge ist tot. Hast du Trowbridge gekannt? Er ist in Vietnam gefallen«, sagte ich zu Elaine.

»Ich kenn keinen Trowbridge«, nuschelte Elaine; genau wie ich konnte sie den Blick nicht von dem kleinen Jungen im Schlafanzug wenden. »Du weinst ja, Billy – hör bitte auf zu weinen«, sagte sie. Wir standen aneinandergelehnt, während ich die Tür zur Wohnung des stummen Richard aufbekam. »Mach dir keine Sorgen, weil er weint – seine Mutter ist gerade gestorben. Das wird schon wieder«, sagte Elaine zu dem Jungen mit der Zahnbürste. Aber ich hatte Trowbridge dort stehen sehen, und vielleicht sah ich voraus, dass es noch mehr Tote geben würde; vielleicht hatte ich eine Vorahnung der Gefallenenlisten in relativ naher Zukunft.

»Billy, Billy – bitte hör auf zu weinen«, sagte Elaine. »Was hast du gemeint? ›Oralsex findet nicht statt!‹ Glaubst du, ich *bluffe*? Du kennst mich doch, Billy – damit ist Schluss. Ich *bluffe* nicht mehr, Billy«, brabbelte sie weiter.

»Mein Vater ist am Leben. In Spanien, wo er glücklich ist. Mehr weiß ich nicht, Elaine«, sagte ich ihr. »Mein Dad, Franny Dean, lebt in Spanien – España.« Aber weiter kam ich nicht.

Elaine war aus ihrem Mantel geschlüpft, als wir stolpernd das Wohnzimmer von Richard und meiner Mutter durchquert hatten; sie hatte sich die Schuhe und den Rock abgestreift, als sie in mein Zimmer kam, und kämpfte gerade mit den Knöpfen ihrer Bluse, als sie – in einer anderen Schicht ihres umnebelten Bewusstseins – das Bett meiner Jugendjahre sah und hineinschlüpfte, oder es jedenfalls irgendwie schaffte, sich daraufzuwerfen.

Als ich neben ihr auf dem Bett kniete, sah ich, dass sie völlig weggetreten war; schlaff und reglos ließ sie sich von mir die Bluse ausziehen und die anscheinend ziemlich unbequeme Halskette abnehmen. Ich steckte sie in ihrer Unterwäsche ins Bett und machte mich an die vertraute Aufgabe, mich in das schmale Bett neben sie zu quetschen.

»España«, flüsterte ich im Dunkeln.

»Du zeigst es mir, ja?«, murmelte Elaine im Schlaf.

Vor dem Einschlafen dachte ich darüber nach, warum ich nie versucht hatte, meinen Vater zu finden. Zum Teil hatte ich es mir schöngeredet: Wenn er neugierig auf mich ist, soll er mich doch finden, hatte ich mir gesagt. Dabei hatte ich in Wahrheit schon einen großartigen Vater: Mein Stiefvater Richard Abbott war das Beste, das mir je passieren konnte. (Meiner Mutter, die nie glücklich gewesen war, hätte auch nichts Besseres als Richard passieren können; mit ihm muss sie glücklich gewesen sein.) Vielleicht hatte ich nie versucht, Franny Dean zu finden, weil ich dann das Gefühl gehabt hätte, Richard zu betrügen.

»Was ist los mit dir, Jacques Kittredge?«, hatte Tennisarm-Bob geschrieben; natürlich dachte ich beim Einschlafen auch daran.

12

Nur noch Epiloge

Kündigen Seuchen ihr Kommen an, oder treffen sie im Allgemeinen unangemeldet ein? Ich bekam zwei Vorwarnungen; damals schienen sie reiner Zufall zu sein – ich beachtete sie nicht.

Nach dem Tod meiner Mutter vergingen einige Wochen, ehe Richard Abbott wieder zu reden begann. Er gab weiter, wenn auch rein mechanisch, Unterricht an der Academy und studierte mit seinen Schülern ein Theaterstück ein – doch denen von uns, die ihn liebten, hatte er nichts Persönliches zu sagen.

Im April desselben Jahres (1978) erzählte mir Elaine, Richard habe mit ihrer Mutter gesprochen. Kaum hatten Elaine und ich aufgelegt, rief ich Mrs. Hadley an.

»Ich weiß, dass Richard dich anrufen wird, Billy«, sagte mir Martha Hadley. »Erwarte aber nicht, dass er genauso ist wie früher.«

»Wie geht's ihm?«, fragte ich sie.

»Ich will es einmal zurückhaltend formulieren«, sagte Mrs. Hadley. »Nichts gegen Shakespeare, aber wenn du mich fragst, kann man es mit dem Friedhofshumor auch übertreiben.«

Ich hatte keine Ahnung, was Mrs. Hadley damit meinte; ich wartete einfach auf Richards Anruf. Es wurde wohl

Mai, bis ich endlich von ihm hörte, und Richard legte sofort los – als hätten wir nie den Kontakt verloren.

Angesichts seiner Trauer nahm ich an, Richard habe weder die Zeit noch das Interesse gehabt, meinen dritten Roman zu lesen, doch er hatte ihn gelesen. »Dieselben alten Themen, aber besser in der Ausführung – Appelle um Toleranz werden nie langweilig, Bill. Natürlich ist jeder gegenüber irgendwas oder irgendwem intolerant. Weißt du, in Bezug auf was *du* intolerant bist, Bill?«, fragte mich Richard.

»Was könnte das wohl sein?«

»Du bist gegenüber Intoleranz intolerant – hab ich recht, Bill?«

»Ist es nicht *gut,* bei so etwas intolerant zu sein?«, fragte ich ihn.

»Und du bist auf deine Intoleranz auch noch *stolz,* Bill!«, rief Richard. »Du hast einen sehr *berechtigten* Zorn auf Intoleranz – besonders auf Intoleranz gegenüber sexuellen Abweichungen. Ich würde weiß Gott nie behaupten, du hättest kein *Recht* darauf, zornig zu sein, Bill.«

»Weiß Gott«, wiederholte ich zögernd. Ich wusste nicht recht, worauf Richard hinauswollte.

»So *nachsichtig* du gegenüber sexuellen Abweichungen bist – und zwar zu Recht, Bill! –, bist du doch *nicht immer* so nachsichtig, oder?«, fragte Richard.

»Na ja …«, fing ich an und brach wieder ab. *Darauf* wollte er also hinaus; ich hörte das nicht zum ersten Mal. Richard hatte mir gesagt, ich hätte 1942, als ich geboren wurde, nicht in der Haut meiner Mutter gesteckt und könne und solle sie nicht verurteilen. Dass ich ihr nicht verziehen hatte, wurmte ihn – dass ich *ihrer* Intoleranz gegenüber intolerant war, brachte ihn auf die Palme.

»Wie Porzia sagt: ›Die Art der Gnade weiß von keinem Zwang.‹ Vierter Aufzug, erste Szene – aber ich weiß, dass es nicht dein Lieblingsstück von Shakespeare ist, Bill«, sagte Richard Abbott.

Stimmt, wir hatten uns vor achtzehn Jahren im Unterricht über *Der Kaufmann von Venedig* gestritten. Es war eins der wenigen Stücke Shakespeares, die wir zwar im Unterricht durchgenommen, die Richard aber *nicht* inszeniert hatte. »Es ist zwar eine Komödie – eine Liebeskomödie –, aber mit einer zentralen Figur, die nicht komisch ist«, hatte uns Richard damals erklärt. Er meinte Shylock und Shakespeares unbestreitbares Vorurteil gegenüber Juden.

Ich ergriff für Shylock Partei. Porzias Rede über »Gnade« war reine Bigotterie – Christentum in seiner arrogantesten und verlogensten Variante. Während Shylock nicht ganz unrecht hat: Der Hass, der ihm entgegengebracht wurde, lehrte ihn zu hassen. Und zwar zu Recht!

»Ich bin ein Jude«, sagt Shylock – 3. Aufzug, 1. Szene. »Hat nicht ein Jude Augen? Hat nicht ein Jude Hände, Gliedmaßen, Werkzeuge, Sinne, Neigungen, Leidenschaften?« Ich mag diese Rede! Aber Richard wollte nicht daran erinnert werden, dass ich schon *immer* auf Shylocks Seite stand.

»Deine Mom ist tot, Bill. Empfindest du denn gar nichts für deine Mutter, hast du keine Gefühle mehr?«, fragte mich Richard.

»Keine Gefühle«, wiederholte ich. Ich dachte an ihren Hass auf Homosexuelle – wie sie mich abgelehnt hatte, nicht nur weil ich meinem Vater ähnelte, sondern auch weil ich etwas von seiner schrägen (und unerwünschten) sexuellen Orientierung geerbt hatte.

»Wie sagte es Shylock?«, fragte ich Richard Abbott. (Ich wusste ganz genau, wie Shylock es sagte, und mein Stiefvater wusste, dass ich ihm recht gab.) »›Wenn ihr uns stecht, bluten wir nicht?‹, fragt Shylock. ›Wenn ihr uns kitzelt, lachen wir nicht? Wenn ihr uns vergiftet, sterben wir nicht?‹«

»Schon gut, Bill – ich weiß, ich weiß. Du machst keine halben Sachen«, sagte Richard.

»›Und wenn ihr uns beleidigt‹«, fuhr ich fort, Shylock zu zitieren, »›sollen wir uns nicht rächen? Sind wir euch in allen Dingen ähnlich, so wollen wir's euch auch darin gleichtun.‹ Und was haben sie mit Shylock gemacht, Richard?«, fragte ich. »Sie haben ihn gezwungen, ein Scheiß-*Christ* zu werden!«

»Es ist ein schwieriges Stück, Bill – deshalb habe ich es nicht auf die Bühne gebracht«, sagte Richard. »Ich bin mir nicht sicher, ob es für Schulkinder geeignet ist.«

»Wie kommst du zurecht, Richard?«, fragte ich ihn in der Hoffnung, das Thema wechseln zu können.

»Ich erinnere mich an einen Jungen, der bereit war, Shakespeare umzuschreiben – einen Jungen, für den feststand, dass der Epilog von *Der Sturm* irrelevant war«, sagte Richard.

»An den Jungen erinnere ich mich auch«, sagte ich ihm. »Bei dem Epilog habe ich mich geirrt.«

»Wenn du nur lange genug lebst, Bill, gibt es nur noch Epiloge«, sagte Richard Abbott.

Das war die erste Vorwarnung, der ich noch keine Beachtung schenkte. Richard war nur zwölf Jahre älter als ich; das ist kein sehr großer Altersunterschied – nicht wenn Richard 48 war, und ich 36. 1978 waren wir fast wie Gleichaltrige. Ich war erst dreizehn gewesen, als Richard mich mitgenommen hatte, damit ich meinen ersten Bibliotheksausweis bekam – an dem Abend, als wir beide Miss Frost kennenlernten. Mit 25 war Richard Abbott mir so lässig elegant vorgekommen – und ich hielt ihn für eine Autorität.

Mit 36 empfand ich keinen mehr als »Autorität« – nicht einmal Larry, nicht mehr. Grandpa Harry war zwar unverändert gutherzig, wurde aber immer eigenartiger; selbst für mich (einen Ausbund an Toleranz, wie ich mich selbst sah) waren Harrys frühere Marotten auf der Bühne erträglicher gewesen. Selbst Mrs. Hadley war nicht mehr die Autorität, als die ich sie einmal gesehen hatte, und selbst die Ratschläge meiner besten Freundin Elaine befolgte ich nicht mehr vorbehaltlos. (Schließlich war Elaine in Beziehungen kein bisschen besser – oder zuverlässiger – als ich.) Miss Frost hätte ich vermutlich – selbst im besserwisserischen Alter von 36 – immer noch als Autorität betrachtet, doch ich hörte nichts von ihr.

Ich beherzigte, wenn auch zögernd, Herm Hoyts Rat: Als ich das nächste Mal Arthur begegnete, der nicht nur Ringer und in meinem Alter war, sondern wie ich auch um den See im Central Park joggte, fragte ich ihn, ob die Einladung immer noch galt, meine bescheidenen Fertigkeiten als Ringer im New York Athletic Club zu trainieren – und meinte damit: nun, da Arthur wusste, dass ich bisexuell und kein echter Ringer war und lernen wollte, mich besser zu verteidigen.

Armer Arthur. Er gehörte zu den wohlmeinenden Heteros, die nicht im Traum daran dachten, zu Schwulen gemein oder auch nur im Entferntesten unfreundlich zu sein. Arthur war ein liberaler, aufgeschlossener New Yorker, ausgesprochen fair und zu Recht stolz darauf; er wollte auch unbedingt alles »richtig« machen. Ich sah auch, wie er mit sich kämpfte, weil er es »falsch« gefunden hätte, mich nicht in seinen Ringerclub einzuladen, nur weil ich … um mit Onkel Bob zu sprechen, vom anderen Ufer war.

Für meine schwulen Freunde war es ein Problem, dass ich bisexuell war; entweder wollten sie partout nicht glauben, dass ich auch auf Frauen stand, oder sie unterstellten mir, dass ich irgendwie unehrlich sei (und mich nach allen Seiten absicherte), was mein Schwulsein betraf. Für die meisten Heteromänner – selbst für einen so edlen wie Arthur – war ein bisexueller Mann schlicht schwul. Was Heteromänner vom Bi-Sein mitbekamen, war nur der *schwule* Aspekt. Und das war der schwierige Teil, wenn Arthur mit seinen Kameraden im Ringerverein über mich sprach.

Es war das Ende der freizügigen siebziger Jahre; auch wenn es nicht unbedingt die Norm war, sexuelle Abweichungen zu akzeptieren, so war es in New York doch fast normal – in liberalen Kreisen erwartete man, dass so etwas akzeptiert wurde. Dennoch war es mir plötzlich auch peinlich, dass ich Arthur mit meinem Ansinnen so in Verlegenheit gebracht hatte; ich hatte keine Ahnung von den verbohrt reaktionären Elementen des New York Athletic Club zu einer Zeit, als die ehrwürdige alte Institution noch eine rein männliche Bastion war.

Und entsprechend konnte ich auch nicht ahnen, was Arthur durchmachen musste, nur um mir einen Gastausweis oder einen befristeten Mitgliedsausweis für den NYAC zu besorgen. (So wie ich nicht mehr weiß, wie die Umstufungsbenachrichtigung bei der Armee genau hieß, so weiß ich auch nicht mehr, wie mein blöder Ausweis für den New York Athletic Club hieß.)

»Bist du jetzt völlig verrückt geworden, Billy?«, fragte mich Elaine. »Legst du's drauf an, getötet zu werden? Dieser Laden ist dafür berüchtigt, anti*alles* zu sein. Er ist auch anti*semitisch* und anti*schwarz.*«

»Ach ja?«, fragte ich sie. »Woher weißt du das?«

»Er ist anti-*Frauen* – das weiß ich verdammt genau!«, hatte Elaine geantwortet. »Es ist ein irisch-*katholischer* Knabenverein, Billy – allein deswegen müsstest du eigentlich schon das Weite suchen.«

»Ich glaube, Arthur würde dir gefallen«, sagte ich zu Elaine. »Er ist ein echt netter Typ, ja wirklich.«

»Er wird ja wohl verheiratet sein«, sagte Elaine seufzend.

Tatsächlich hatte ich an Arthurs linker Hand einen Ehering bemerkt. Ich habe nie mit verheirateten Männern rumgemacht – mit verheirateten *Frauen* gelegentlich schon, aber nicht mit verheirateten Männern. Ich war bisexuell, aber gefühlsmäßig schon lange nicht mehr hin- und hergerissen. Ich fand es unerträglich, wie sehr verheiratete Männer hin- und hergerissen waren – das heißt, wenn sie sich auch für schwule Männer interessierten. Und laut Larry waren alle verheirateten Männer enttäuschende Liebhaber.

»Wieso?«, fragte ich ihn.

»Sie sind sanft bis zum Gehtnichtmehr – offenbar haben ihre ständig fordernden Frauen ihnen beigebracht, sanft zu sein. Diese Männer haben keine Ahnung, wie *öde* ›sanft‹ ist«, erzählte mir Larry.

Ich widersprach. »Ich finde ›sanft‹ nicht *immer* öde«, sagte ich.

»Ach, wie konnte ich's vergessen«, hatte Larry mit seinem typisch herablassenden Handwedeln erwidert. »Du übernimmst ja immer den *aktiven* Part.«

Larry wuchs mir immer mehr ans Herz – als Freund. Inzwischen gefielen mir sogar seine Frotzeleien. Wir hatten beide die Memoiren eines bekannten Schauspielers gelesen – »ein bekannter *Bi*«, wie Larry ihn nannte.

Der Schauspieler behauptete, er habe sein Leben lang auf ältere Frauen und jüngere Männer »gestanden«. »Wie Sie sich denken können«, schrieb der bekannte Schauspieler, »waren viele ältere Frauen zu *haben,* als ich jünger war. Jetzt, wo ich älter bin – nun, natürlich sind viel mehr jüngere Männer zu haben.«

»Ich sehe mein Leben nicht so *festgelegt*«, sagte ich zu Larry. »Ich nehme an, ein Leben als Bi wird nicht immer so *klar geordnet* sein.«

»Lieber Bill«, sagte Larry – auf seine spezielle Art, als schriebe er mir einen wichtigen Brief, »der Mann ist *Schauspieler* –, er ist nicht *bi,* sondern *schwul.* Kein Wunder, dass jetzt, wo er älter ist, viel mehr jüngere Männer verfügbar sind! Diese älteren Frauen waren die einzigen Frauen, in deren Gegenwart er sich *sicher* fühlte!«

»Mein Profil ist das nicht, Larry«, sagte ich ihm.

»Du bist ja auch noch jung!«, hatte Larry gerufen. »Wart's nur ab, lieber Bill, wart's nur ab.«

Natürlich war man sowohl belustigt als auch besorgt, dass ich regelmäßig zum Ringertraining den NYAC aufsuchte – und zwar sowohl die Frauen, mit denen ich mich traf, als auch die schwulen Männern, die ich kannte. Meine schwulen Freunde nahmen mir nicht ab, dass ich praktisch kein homoerotisches Interesse an den Ringern hatte, die ich in dem Verein kennenlernte – für diese Sorte von falschen Personen zu schwärmen, gehörte für mich in eine lange zurückliegende (wenn auch noch nicht ganz abgeschlossene) Phase, als eine wichtige Etappe zu meinem Coming out. Heteromänner fand ich meist nicht anziehend, jedenfalls nicht besonders; dass sie das spürten, so wie Arthur es spürte, machte es mir zunehmend leichter, mit ihnen befreundet zu sein.

Doch Larry betonte, mein Ringertraining sei eine Art aufwendige, riskante Suche nach Sexpartnern; Donna, meine liebe, aber leicht zu beleidigende transsexuelle Freundin, tat meine, wie sie es nannte, »Durchschlüpfer-Fixierung« als Kultivierung eines Todestriebs ab. (Bald nach dieser Erklärung verschwand Donna aus New York und wurde angeblich bald darauf in Toronto gesichtet.)

Die Ringer im New York Athletic Club waren jedenfalls in jeder Hinsicht ein bunter Haufen, und sie behandelten mich auch sehr unterschiedlich. Meine Freundinnen, darunter auch Elaine, prophezeiten, es sei nur noch eine Frage der Zeit, bis man mich zu Klump prügeln würde, doch ich wurde im NYAC kein einziges Mal bedroht (oder vorsätzlich verletzt).

Die älteren Typen ignorierten mich meist; einmal sagte einer, als man uns miteinander bekannt machte: »Ach, du bist der *Schwule* – stimmt's?« Doch er gab mir die Hand und klopfte mir auf den Rücken; wenn wir uns später trafen, lächelte er immer und sagte etwas Nettes. Er sagte mir auch, wir seien nicht in derselben Gewichtsklasse. Ob er damit den Kontakt zu mir auf der Matte vermeiden wollte, erfuhr ich nie.

Gelegentlich gab es eine Massenflucht aus der Sauna, wenn ich dort nach dem Training auftauchte. Ich sprach darüber mit Arthur. »Vielleicht sollte ich mich von der Sauna fernhalten – was meinst du?«

»Das liegt ganz bei dir, Billy – es ist ihr Problem, nicht deins«, sagte Arthur. (Alle Ringer nannten mich immer nur »Billy«.)

Trotz Arthurs begütigenden Worten beschloss ich, der Sauna fernzubleiben. Training war um 19 Uhr, und ich ging inzwischen gerne hin und fühlte mich wohl. Bis auf jenes eine Mal nannte mich keiner mehr »den *Schwulen*«, jedenfalls nicht von Angesicht zu Angesicht. Meist nannte man mich »den Schriftsteller«; die meisten Ringer hatten meine sexuell expliziten Romane nicht gelesen (diese Plädoyers für sexuelle Abweichungen, wie Richard Abbott meine Bücher weiterhin charakterisierte), Arthur aber schon. Wie viele andere Männer erzählte er mir, seine Frau sei mein größter Fan.

Das bekam ich von Männern über die Frauen in ihrem Leben häufig zu hören: dass ihre Ehefrauen, ihre Freundinnen, ihre Schwestern, sogar ihre Mütter, meine größten Fans seien. Offenbar lesen Frauen mehr Romane als Männer.

Ich hatte Arthurs Frau kennengelernt. Sie war sehr nett; sie las wirklich eine Menge Literatur, und ich mochte viel von dem, was ihr gefiel – als Leser, meine ich damit. Sie hieß Ellen – eine dieser kessen Blondinen mit Bubikopf und einem winzig kleinen, schmallippigen Mund. Sie hatte die Sorte straffer Möpse, die ihr anderweitiges Unisex-Aussehen Lügen straften – o Mann, sie war aber auch *gar nicht* mein Typ. Doch sie war ehrlich nett zu mir, und Arthur – der Gute – war *ausgesprochen* verheiratet. Ich würde ihn Elaine nicht vorstellen.

Ja, abgesehen von dem einen oder anderen Bier mit Arthur in der kleinen Bar des NYAC verkehrte ich nicht privat mit den Ringern, die ich beim Training kennenlernte. Der Ringerraum lag damals im dritten Stock – am anderen Ende des Flurs befand sich der Boxraum. Einer meiner häufigen Trainingspartner beim Ringen – Jim *Soundso* (seinen Nachnamen habe ich vergessen) – war auch Boxer. Alle Ringer wussten, dass ich nie Wettkämpfe bestritten hatte und nur trainierte, um mich im Notfall besser selbst verteidigen zu können. Um meine Selbstverteidigungskünste zu fördern, nahm Jim mich den Flur runter mit in den Boxraum; er wollte mir beibringen, wie man Schlägen ausweicht.

Es war interessant: Ich lernte zwar nie so richtig, wie man einen ordentlichen Schlag austeilt, aber Jim brachte mir bei, wie man die Deckung organisiert und nicht zu schwere Schläge einsteckt. Gelegentlich traf Jim mich schwerer als beabsichtigt und entschuldigte sich dann immer bei mir.

Auch im Ringerraum musste ich gelegentlich einiges einstecken – eine aufgeplatzte Lippe, eine blutige Nase, einen verstauchten Finger. Ich war so intensiv dabei, verschiedene Varianten meines Durchschlüpfers vorzubereiten (und zu verschleiern), dass es zu jeder Menge Kopfstößen kam; man stößt mehr oder weniger zwangsläufig mit den Köpfen zusammen, wenn man häufig den Nackengriff anbringt. Arthur verpasste mir versehentlich einen kräftigen Kopfstoß, anschließend musste der Riss über meiner rechten Augenbraue mit ein paar Stichen genäht werden.

Tja, ihr hättet Larry, Elaine und all die anderen hören sollen.

»*Macho Man*« nannte mich Larry eine Zeitlang.

»Du bleibst wohl dabei, dass alle immer nur nett zu dir sind – stimmt's, Billy?«, fragte Elaine. »Das war nur ein herzlicher Kopfstoß, hm?«

Aber egal, wie sehr mich meine Schriftstellerfreunde damit aufzogen – ich machte Fortschritte, und mein Durchschlüpfer wurde *viel* besser.

»Den Ein-Griff-Mann« hatte Arthur mich in der Anfangszeit meines Ringertrainings im NYAC genannt, doch im Laufe der Zeit eignete ich mir noch ein paar andere Griffe an. Für die anderen Ringer muss es langweilig gewesen sein, mich als Trainingspartner zu haben, doch sie beklagten sich nicht.

Drei oder vier der alten Kämpen gaben mir sogar Tipps. (Vielleicht zum Dank dafür, dass ich der Sauna fernblieb.) Es gab eine ganze Reihe über vierzigjährige Ringer – einige waren sogar schon über fünfzig, richtig zähe alte Brocken. Es gab aber auch junge Kerle, die frisch von der Uni kamen, sowie einige Möchtegernolympioniken und echte ehemalige Teilnehmer an Olympischen Spielen. Es gab sowjetische Überläufer (auch einen Kubaner); es gab zahlreiche Osteuropäer, aber nur zwei Iraner. Es gab Griechisch-Römisch- und Freistilringer und solche, die ihrem ganz persönlichen Ringerstil frönten – Letztere gab es gehäuft unter den ganz Jungen und den Alten.

Ed zeigte mir, wie ich mit einer Beinschere meinen Durchschlüpfer vorbereiten konnte; Wolfie brachte mir eine Reihe Armdrehschwünge bei; Sonny zeigte mir den russischen Armhebel und einen üblen Knöchelgriff. Ich schrieb Trainer Hoyt und berichtete von meinen Fortschritten. Herm und ich wussten beide, dass ich nie Ringer werden würde – nicht mit Ende dreißig –, aber wenn es darum ging, mich selbst zu *schützen*, da machte ich Fortschritte. Und mir gefiel es, dass es nun eine Regelmäßigkeit in meinem Leben gab, wenn ich um 19 Uhr zum Ringen ging.

»Du wirst noch ein Gladiator!«, sagte Larry eines Tages, und dieses eine Mal frotzelte er nicht.

Sogar Elaine war inzwischen weniger ängstlich. »Dein Körper hat sich verändert, Billy – das weißt du doch, oder? Ich sage ja nicht, du wärst einer dieser Fitnessfreaks, die das nur aus kosmetischen Gründen tun – du hast andere Gründe, ich weiß –, aber allmählich siehst du schon ein wenig furchterregend aus.«

Ich wusste, dass ich auf niemanden wirklich »furchterregend« wirkte. Doch mit den auslaufenden 1970ern verschwanden auch generell einige uralte, tiefsitzende Ängste und Befürchtungen.

Wohlgemerkt: Auch in den achtziger Jahren war New York keine sichere Stadt; wenigstens nicht annähernd so »sicher« wie heute. Doch ich persönlich fühlte mich sicher – oder allmählich sicherer, was meine Identität betraf –

als je zuvor. Ich war so weit, dass ich allmählich sogar Miss Frosts Warnungen für unbegründet hielt. Vielleicht hatte sie einfach zu lange in Vermont gelebt; eventuell hatte sie zu Recht um meine Sicherheit in *Vermont* gefürchtet, aber in New York gab es keinen Grund dafür.

Manchmal hatte ich überhaupt keine Lust, zum Ringertraining zu gehen. Doch Arthur und viele andere hatten sich so bemüht, dass ich mich dort wohl fühlte, da wollte ich sie nicht enttäuschen. Trotzdem dachte ich immer öfter: Weshalb musst du dich selbst verteidigen können? *Gegen wen* musst du dich verteidigen?

Inzwischen waren Bestrebungen im Gange, mich als offizielles Mitglied des New York Athletic Club aufzunehmen; ich erinnere mich kaum noch an das Verfahren, doch es war sehr kompliziert und dauerte eine halbe Ewigkeit.

»Du solltest eine Mitgliedschaft auf Lebenszeit anstreben – oder hast du etwa vor, von New York wegzuziehen, Billy?«, hatte Arthur gefragt; er bürgte für mich. Mich als berühmten Schriftsteller zu bezeichnen, wäre vielleicht etwas hochgegriffen gewesen, aber mit bald vier veröffentlichten Romanen war ich wenigstens halbwegs bekannt.

Und Geld war auch kein Problem. Grandpa Harry war begeistert, dass ich mich entschlossen hatte, »weiter zu ringen« – vermutlich hatte Herm Hoyt mit ihm gesprochen. Grandpa Harry sagte, er wolle liebend gern die Kosten für eine lebenslange Mitgliedschaft übernehmen.

»Mach dir nicht noch mehr Umstände, Arthur«, sagte ich zu ihm. »Der Club bedeutet mir viel, aber ich will nicht, dass du meinetwegen Leute verprellst oder Freundschaften aufs Spiel setzt.«

»Du bist ein Selbstläufer, Billy«, entgegnete Arthur. »Schwul zu sein ist kein Problem.«

»Ich bin bi –«, setzte ich an.

»Ich meine bi, das ist kein Problem, Billy«, sagte Arthur. »Nicht so wie *früher* mal.«

»Da magst du recht haben«, sagte ich, und es schien tatsächlich so zu sein – jedenfalls bis zum Jahreswechsel 1980/1981.

Wie ein Jahrzehnt so unbemerkt und scheinbar nahtlos in ein anderes übergehen konnte, war mir ein Rätsel, zumal in diese Zeit Nils Borkmans Tod fiel – gefolgt von Mrs. Borkmans Selbstmord.

»Es waren beides Selbstmorde, Bill«, hatte Grandpa Harry durchs Telefon geflüstert – als würde sein Telefon abgehört.

Nils stand kurz vor seinem 89. Geburtstag. Es war kurz vor Weihnachten und die alljährliche Schusswaffenjagdsaison für Hirsche. Nils hatte sich den Hinterkopf mit einem Karabiner vom Kaliber .30-30 weggeschossen, während er auf seinen Langlaufskiern das Sportgelände der Favorite River Academy durchquerte. Die Schüler waren bereits über die Weihnachtsferien nach Hause gefahren, und Nils hatte seinen alten Widersacher Chuck Beebe angerufen – den Jagdaufseher, der dagegen gewesen war, dass Nils und Grandpa Harry aus der Hirschjagd einen Biathlon-Wettkampf machten.

»Wilderer, Chuck! Ich habe gesehen sie mit eigenen Augen – auf dem Sportgelände der Favorite River Academy. Ich bin, während wir gerade reden, unterwegs, um zu jagen sie!«, hatte Nils mit Nachdruck in den Hörer gerufen.

»Was? *Halt!*«, hatte Chuck zurückgerufen. »Wilderer in der Jagdsaison – womit jagen die denn, Nils? Etwa mit Maschinengewehren?«, hatte der Jagdaufseher nachgefragt. Doch Nils hatte schon aufgelegt. Als Chuck den Leichnam fand, sah es so aus, als wäre das Gewehr losgegangen, als Nils die Waffe hinter seinem Rücken hervorzog. Chuck war bereit, den Todesschuss einen Unfall zu nennen, weil er schon lange der Meinung war, es sei gefährlich, wie Nils und Grandpa Harry Hirsche jagten.

Nils hatte ganz genau gewusst, was er tat. Normalerweise jagte er Hirsche mit einer .30-06. Den leichteren Karabiner im Kaliber .30-30 nannte Grandpa Harry eine »Ungeziefer-Flinte«. (Harry jagte damit Hirsche; für ihn waren Hirsche Ungeziefer.) Der Karabiner hatte einen kurzen Lauf; Harry wusste, dass es Nils leichterfiel, sich mit der .30-30 in den Hinterkopf zu schießen.

»Aber *warum* hat Nils sich erschossen?«, fragte ich Grandpa Harry.

»Tja, Bill – Nils war Norweger«, setzte Grandpa Harry an; erst Minuten später fiel ihm ein, dass er mir noch nicht erzählt hatte, dass bei Nils ein inoperabler Krebs diagnostiziert worden war.

»Oh!«

»*Mrs.* Borkman wird sich als Nächste verabschieden, Bill«, prophezeite Grandpa Harry dramatisch. Wir hatten immer darüber gescherzt, dass Mrs. Borkman eine Ibsen-Frau war, aber siehe da, sie erschoss sich noch am selben Tag. »Wie Hedda – mit einer Faustfeuerwaffe in die Schläfe!«, berichtete Grandpa Harry kurz darauf bewundernd in einem zweiten Telefonat.

Für mich steht fest, dass der Verlust seines Geschäftspartners und Freunds Nils Grandpa Harrys Niedergang beschleunigte. Und natürlich hatte Harry auch seine Frau und seine beiden einzigen Kinder verloren. Daher vertrauten Richard und ich ihn schon bald der Einrichtung für betreutes Wohnen an. Dort zehrten Harrys »Überraschungsauftritte« im Fummel allerdings rasch seinen Bonus als Neuzugang auf, so dass Richard und ich ihn (Anfang 1981, wenn ich mich recht entsinne) in die River Street zurückverlegten, wo Richard und ich für ihn eine Pflegerin einstellten, die im Haus wohnte und sich um ihn kümmerte. Die Pflegerin hieß Elmira. Sie erinnerte sich nicht nur gern an Harrys Bühnenauftritte *als Frau* (früher, als Elmira noch ein kleines Mädchen gewesen war), sondern half Grandpa Harry sogar dabei, aus Nana Victorias Fundus an Klamotten täglich ein neues Kleid auszuwählen.

Es war auch noch relativ früh in diesem Jahr (1981), als Mr. Hadley seine Frau verließ. Wie sich herausstellte, brannte er mit einem Mädchen durch, die eben erst ihren Abschluss an der Favorite River Academy gemacht hatte und in ihrem ersten Studienjahr war – wo sie studierte, weiß ich nicht mehr. Sie brach ihr Studium ab, um mit Mr. Hadley zusammenzuleben, der 61 war – genauso alt wie Martha Hadley. Mrs. Hadley war im Alter meiner Mutter; sie war sage und schreibe zehn Jahre älter als Richard Abbott, aber Elaine hatte wohl recht mit ihrer Vermutung, dass ihre Mom Richard schon immer geliebt hatte. (Elaine hatte meist recht.)

»Welch ein *Melodram*«, sagte Elaine erschöpft, als – und zwar schon im Sommer 1981 – Mrs. Hadley und Richard zusammenzogen. Als Althippie weigerte sich Martha Hadley, wieder zu heiraten, und Richard war (zweifellos) zufrieden, einfach nur Mrs. Hadley um sich zu haben, die sich nie beklagte. Was lag Richard Abbott schon an einer neuen Ehe?

Außerdem war beiden klar, dass man sie auffordern würde, aus Bancroft Hall auszuziehen, wenn sie *nicht* heirateten. Auch wenn man inzwischen 1981 schrieb, so geschah dies alles doch in einer Kleinstadt in Vermont, und auf der Favorite River Academy gab es zahlreiche Internatsvorschriften. Ein unverheiratetes Paar, das in einer Lehrerwohnung auf einer Internatsschule zusammenlebte – das ging gar nicht. Sowohl Mrs. Hadley als auch Richard – daran zweifelten Elaine und ich keine Minute – hatten von Jungenwohnheimen die Nase *gestrichen* voll. Durchaus möglich, dass Richard Abbott und Martha Hadley auch dachten, sie wären verrückt zu heiraten, denn wenn sie in Sünde zusammenlebten, brauchten sie nicht mehr in einem Wohnheim zu hausen!

Mrs. Hadley und Richard hatten den Sommer Zeit, eine gemeinsame Bleibe in oder in der Nähe von First Sister zu finden – ein bescheidenes Haus, etwas, das sich ein Lehrerpaar leisten konnte. Das Haus, das sie fanden, lag in der River Street, nur ein paar Meter von der ehemaligen Stadtbibliothek von First Sister entfernt, wo heute der Geschichtsverein untergebracht ist. In den letzten Jahren hatte das Haus etliche Besitzerwechsel erlebt und konnte ein paar Reparaturen vertragen, wie mir Richard leicht stockend am Telefon gestand.

Ich spürte sein Zögern; falls er Geld brauchte, hätte ich

ihm gern gegeben, was ich nur konnte, war aber überrascht, dass Richard nicht zuerst Grandpa Harry gefragt hatte. Harry mochte Richard sehr, und ich wusste, dass Grandpa Harry dem Zusammenleben von Richard und Martha Hadley seinen Segen erteilt hatte.

»Von dem Haus sind es zu Fuß gerade mal zehn Minuten bis zu Grandpa Harrys Haus, Bill«, sagte Richard am Telefon. Ich merkte, dass er nicht recht mit der Sprache herauswollte.

»Worum geht's denn, Richard?«, fragte ich ihn.

»Es ist das ehemalige Haus der Frosts, Bill«, sagte Richard. Angesichts seiner Vorgeschichte mit den vielen und unsoliden Besitzern war uns beiden klar, dass gewiss keine Spuren von Miss Frost mehr vorhanden waren. Miss Frost war über alle Berge – das wusste Richard Abbott so gut wie ich. Doch das »ehemalige Haus der Frosts« eröffnete einen Blick zurück in finstere Zeiten – in eine *vergangene* Finsternis, wie ich damals glaubte. Ich sah keine *zukünftige* Finsternis, die ihre Schatten vorauswarf.

Meine zweite Vorwarnung, dass eine Seuche im Anmarsch war, bekam ich schlicht nicht mit. 1980 war keine Weihnachtskarte von Familie Atkins gekommen, doch es war mir nicht aufgefallen. Als dann doch eine Karte kam – und zwar lange nach Neujahr, aber nichtsdestotrotz mit dem Spruch »Frohe Festtage« –, wunderte ich mich, dass Tom keine Rezension meines vierten Romans beigefügt hatte. (Das Buch war zwar noch nicht erschienen, doch ich hatte Atkins eine Kopie der Druckfahnen geschickt; ich fand, ein so treuer Fan meiner Bücher hatte ein Vorabexemplar verdient. Wer sonst verglich mich immer wohlwollend mit Flaubert!)

Doch diesmal lag der Weihnachtskarte nichts bei, als sie irgendwann (vermutlich im Februar 1981) eintraf. Mir fiel auf, dass die Kinder und der Hund älter aussahen, und erst recht, wie viel älter der arme Tom; man hätte meinen können, er wäre zwischen zwei Weihnachtsfesten um mehrere Jahre gealtert.

Wahrscheinlich war das Foto während eines Skiurlaubs mit der Familie aufgenommen worden – alle trugen Skiklamotten, Atkins außerdem eine Skimütze. Sie hatten zum Skifahren sogar den Hund mitgenommen!, staunte ich.

Die Kinder sahen braungebrannt aus – die Frau auch. Ich wusste noch, wie hell Toms Haut war, er musste sich bestimmt wegen der Sonne vorsehen; deshalb fiel mir nicht weiter auf, dass Tom nicht gebräunt war. (So wie ich Atkins kannte, hatte er bestimmt die ersten Hautkrebswarnungen beherzigt und eine dicke Schicht Sonnencreme aufgetragen – er hatte schon als Jugendlicher jede Warnung beherzigt.)

Aber Toms Hautfarbe hatte etwas Silbriges, wie ich fand – nicht dass ich viel von seinem Gesicht sehen konnte, weil Atkins' blöde Skimütze ihm bis über die Augenbrauen reichte. Dennoch fiel mir auf, dass Tom abgenommen hatte. Und zwar ziemlich *viel* abgenommen, wie mir schien, obwohl ich es wegen der Skikleidung nicht genau sehen konnte. Vielleicht war Atkins schon immer ein wenig hohlwangig gewesen.

Irgendwie konnte ich den Blick nicht von dieser verspäteten Weihnachtskarte abwenden. Der Gesichtsausdruck von Toms Frau war ebenfalls neu: Wie konnte man mit einem einzigen Gesichtsausdruck den Eindruck vermitteln, dass man sich gleichzeitig vor dem Unbekannten *und* dem Bekannten fürchtete?

Bei Mrs. Atkins' Miene musste ich an das Zitat aus *Madame Bovary* denken – es steht am Ende des sechsten Kapitels. (Das wie ein Pfeil mitten ins Schwarze trifft oder in das Herz des Lesers – »jetzt konnte sie sich nicht vorstellen, dass die Ruhe, in der sie dahinlebte, das erträumte Glück sei«.) Toms Frau sah nicht nur ängstlich aus – sie schien *entsetzliche Angst* zu haben! Doch was mochte sie nur so in Angst und Schrecken versetzt haben?

Und wo war das Lächeln, das der Tom Atkins, den ich kannte, nur selten lange unterdrücken konnte? Atkins lächelte meist mit offenem Mund, was irgendwie belämmert aussah – man sah jede Menge Zähne und die Zunge. Doch auf diesem Foto hielt der arme Tom den Mund fest geschlossen – wie ein kleiner Junge, der sein Kaugummi vor der Lehrerin verbergen will, oder wie jemand, der weiß, dass er Mundgeruch hat.

Aus irgendeinem Grund zeigte ich das Foto Elaine. »Du erinnerst dich doch an Atkins«, sagte ich und gab ihr die verspätete Weihnachtskarte.

»Armer Tom«, sagte Elaine automatisch; wir lachten beide, aber Elaine hörte auf zu lachen, als sie sich das Foto ansah. »Was ist mit ihm – was hat er im *Mund*?«, fragte sie.

»Keine Ahnung«, sagte ich.

»Er hat irgendwas im Mund, Billy – und er will nicht, dass es jemand sieht«, sagte Elaine zu mir. »Und was ist mit den Kindern los?«

»Mit den *Kindern*?«, wiederholte ich. Mir war gar nicht aufgefallen, dass mit den Kindern irgendwas nicht stimmte.

»Sie sehen aus, als hätten sie geweint«, erläuterte Elaine. »*O Gott* – sieht so aus, als würden sie andauernd weinen!«

»Zeig mal«, sagte ich und nahm das Foto. Die Kinder wirkten auf mich ziemlich unauffällig. »Atkins hat schon immer viel geweint«, sagte ich. »Er war eine richtige Heulsuse – vielleicht haben die Kinder das von ihm geerbt.«

»Also echt, Billy – da ist irgendwas nicht normal. Bei ihnen allen, meine ich«, sagte Elaine.

»Der Hund sieht normal aus«, sagte ich. (Ich alberte nur herum.)

»Ich rede nicht von dem Hund, Billy«, sagte Elaine.

Falls Sie während der Reagan-Jahre (1981–89) nicht miterleben mussten, wie jemand, den Sie kannten, an Aids starb, dann haben Sie an diese Jahre andere Erinnerungen als ich. Was war das für ein Jahrzehnt – und den Großteil dieser Zeit war dieser reitende B-Movie-Schauspieler der Oberboss! (In sieben der acht Jahre seiner Präsidentschaft nahm Reagan den Begriff *Aids* nicht ein einziges Mal in den Mund.) Die Erinnerung an diese Jahre ist im Laufe der Zeit immer verschwommener geworden, auch weil man – bewusst oder unbewusst – die schlimmsten Details verdrängt. Manche Jahrzehnte huschen vorbei, andere ziehen sich wie Kaugummi; die achtziger Jahre wollten und wollten kein Ende nehmen, weil immer mehr meiner Freunde und Liebhaber starben – noch bis in die Neunziger und danach. Bis 1995 waren – allein in New York – mehr Amerikaner an Aids gestorben als im Vietnamkrieg.

Einige Monate nach dem Gespräch, das Elaine und ich im Februar über das Foto der Atkins-Familie führten – es war auf jeden Fall später im Jahr 1981 –, erkrankte Larrys junger Geliebter Russell. (Ich fühlte mich schrecklich, weil ich Russell als Wall-Street-Typen abgetan hatte; außerdem hatte ich ihn als Dichterjüngling bezeichnet.)

Ich war ein Snob; damals rümpfte ich die Nase über die Gönner, mit denen sich Larry umgab. Aber Larry war ein Dichter – und Dichter verdienen kein Geld. Warum sollten Dichter und andere Künstler keine Gönner haben?

PCP hieß der große Killer – eine Lungenentzündung (die durch den Erreger Pneumocystis jirovecii hervorgerufene Pneumocystis-Pneumonie). Wie so oft war auch im Fall des jungen Russell diese Lungenentzündung die erste Manifestation von Aids gewesen. Er war ein junger und ansonsten gesund aussehender Mann, der nun plötzlich fiebrigen Husten hatte und kurzatmig war. Die Röntgenaufnahme sah nicht so toll aus – ein sogenannter »Whiteout« im Jargon der Radiologen und Ärzte. Man dachte zunächst nicht an diese Krankheit. Zuerst gab es die Phase, in der es dem Patienten trotz Verabreichung von Antibiotika nicht besserging. Erst später machte man eine Biopsie (oder Bronchialspülung), die ergab, dass die PCP (diese heimtückische Lungenentzündung) die Ursache für die Symptome war. Gewöhnlich verabreichten sie einem Bactrim; das bekam auch Russell. Russell war der erste Aids-Patient, den ich dahinsiechen sah – und wohlgemerkt, Russell hatte Geld, *und* er hatte Larry.

Viele Schriftsteller, die Larry kannten, hielten ihn für verzogen und egoistisch, ja sogar für aufgeblasen. Zu meiner Schande zähle ich auch mein früheres Ich zu dieser Kategorie der Lawrence-Upton-Kritiker. Doch Larry war einer der Menschen, die an einer Krisensituation wachsen.

»Eigentlich sollte *ich* an seiner Stelle sein, Bill«, sagte mir Larry, als ich Russell das erste Mal besuchte. »Ich habe ein Leben gelebt – Russell steht noch am Anfang seines Lebens.« Russell wurde in seinem eigenen herrlichen Stadthaus in Chelsea in Hospizpflege betreut; er hatte einen eigenen Pfleger. Für mich war das damals alles neu – da Russell beschlossen hatte, sich nicht an ein Beatmungsgerät anschließen zu lassen, konnte er sich zu Hause pflegen lassen. (Zu Hause intubiert zu werden, ist problematisch; es ist einfacher, jemanden in einem Krankenhaus an ein Beatmungsgerät anzuschließen.) Bei anderen sah ich (daran erinnere mich bis heute) diesen Klumpen Xylocain-Gel am Ende des Endotrachealtubus, aber nicht bei Russell; er wurde nicht intubiert, nicht zu Hause.

Ich weiß noch, wie Larry Russell fütterte. Ich sah die verkäsenden Candida-Flecken in Russells Mund und seine weißverpilzte Zunge.

Russell war ein schöner junger Mann gewesen; bald würde sein Gesicht von den Läsionen des Kaposisarkoms entstellt sein. Eine lila Läsion baumelte von einer Augenbraue Russells herab, wie ein fleischiges, deplatziertes Ohrläppchen; eine andere lila Läsion hing an Russells Nase. (Letztere war dermaßen auffällig, dass Russell sich später entschied, sie hinter einem Halstuch zu verbergen.) Larry erzählte mir, dass Russell sich selbst den »Truthahn« nannte – wegen der durch das Kaposisarkom verursachten Läsionen.

»Warum sind sie nur so jung, Bill?«, fragte Larry mich immer wieder – als »sie«, die Unmengen sterbender junger Männer in New York, uns vor Augen führten, dass Russell nur der Anfang war.

Wir sahen mit an, wie Russell in nur wenigen Monaten alterte – seine Haare dünnten aus, die Haut wurde bleigrau, häufig war er von einem beim Anfassen kalten Schweißfilm bedeckt, und seine Fieberschübe nahmen kein Ende. Der Candida-Pilz wanderte seinen Hals hinunter in die Speiseröhre; Russell hatte Schluckbeschwerden, seine Lippen waren weiß verkrustet und rissig. Die Lymphknoten in seinem Hals schwollen an. Russell konnte kaum atmen, wollte aber nicht an ein Beatmungsgerät angeschlossen werden (oder in ein Krankenhaus gehen); am Ende tat er so, als würde er das Bactrim einnehmen – Larry fand später die Tabletten in Russells Bett verstreut.

Russell starb in Larrys Armen; zweifellos wünschte sich Larry, sie hätten die Rollen tauschen können. (»Er war leicht wie eine Feder«, sagte Larry.) Zu der Zeit besuchten Larry und ich bereits Freunde im St. Vincent's Hospital. Wie von Larry vorhergesagt, wurde es im St. Vincent's so voll, dass man keinen Freund oder früheren Geliebten besuchen konnte, ohne einen anderen Bekannten zu treffen. Man sah durch eine offene Tür, und da lag jemand, von dem man nicht wusste, dass er krank war; bei mehr als einer Gelegenheit, behauptete Larry, habe er jemanden entdeckt, von dem er nicht mal wusste, dass er *schwul* war!

Frauen fanden heraus, dass ihre Gatten was mit Männern hatten – aber erst, als ihre Ehemänner im Sterben lagen. Eltern erfuhren, dass ihre Söhne starben, ehe sie wussten (oder dahintergekommen waren), dass ihre Jungs schwul waren.

Nur wenige Freundinnen von mir waren infiziert – nicht viele. Ich hatte eine Heidenangst um Elaine; sie hatte mit einigen, wie ich wusste, bisexuellen Männern geschlafen. Doch zwei Abtreibungen hatten Elaine gelehrt, auf Kondombenutzung zu bestehen; ihrer Ansicht nach konnte nichts anderes verhindern, dass sie schwanger wurde.

Wir hatten uns schon früher über Kondome unterhalten; als die Aidsepidemie ausbrach, hatte Elaine mich gefragt: »Du benutzt doch immer noch Kondome – oder, Billy?« (Seit 1968!, hatte ich ihr geantwortet.)

»Eigentlich müsste *ich* tot sein«, sagte Larry. Er war nicht krank, er sah prima aus. Ich war auch nicht krank. Wir drückten einander die Daumen.

Es war noch 1982, gegen Ende des Jahres, als es zu dem Nasenbluten-Zwischenfall im Ringerraum des New York Athletic Club kam. Ich bin mir nicht sicher, ob alle Ringer wussten, dass der Aidsvirus hauptsächlich durch Blut und Sperma übertragen wird, denn zu der Zeit hatten Krankenhausmitarbeiter noch Angst, sich von einem Husten oder Niesen anzustecken. Doch an dem Tag, als ich im Ringerraum Nasenbluten bekam, wusste jeder bereits genug, um eine Scheißangst vor Blut zu haben.

Beim Ringen passiert so was häufig: Man weiß erst, dass man blutet, wenn man sein Blut auf dem Gegner sieht. Ich trainierte mit Sonny; als ich auf Sonnys Schulter Blut sah, rückte ich von ihm ab. »Du blutest –«, fing ich an; dann sah ich Sonnys Miene. Er stierte auf meine blutende Nase. Ich führte die Hand zum Gesicht und sah das Blut – auf meiner

Hand, auf meinem Oberkörper, auf der Matte. »Oje, das bin ja ich«, sagte ich, aber Sonny hatte den Ringerraum schon verlassen – im Laufschritt. Der Umkleideraum, wo auch der Trainingsraum war, lag in einer anderen Etage.

»Geh den Betreuer holen, Billy – sag ihm, wir haben hier Blut«, sagte mir Arthur. Alle Ringer hatten aufgehört zu ringen; niemand rührte das Blut auf der Matte an. Normalerweise war ein Nasenbluten nicht der Rede wert; man wischte einfach die Matte mit einem Tuch sauber. Blut in einem Ringerraum interessierte *früher einmal* keinen.

Sonny hatte den Betreuer schon in den Ringerraum geschickt. Als er kam, hatte er schon Gummihandschuhe an und in Alkohol getränkte Wischlappen dabei. Minuten später sah ich Sonny unter der Dusche neben dem Umkleideraum stehen – er hatte in der Dusche seine Ringerklamotten an, sogar die Schuhe. Ich leerte meinen Spind, ehe ich duschen ging. Ich wollte Sonny Zeit geben, fertigzuduschen, bevor ich auch nur in die Nähe des Duschraums ging. Jede Wette, dass Sonny dem Betreuer nicht gesagt hatte, »der Schriftsteller« habe im Ringerraum geblutet, sondern »der Schwule« habe geblutet. Ich wusste, das hätte *ich* jedenfalls damals dem Betreuer gesagt.

Arthur sah mich nur aus der Umkleidekabine kommen; ich hatte geduscht, mich angezogen und zur Vorsicht ein paar Wattebäuschchen in beide Nasenlöcher gesteckt – weit und breit war kein Blutstropfen zu sehen, doch ich trug einen grünen Müllbeutel mit dem gesamten Inhalt meines Spinds. Den Müllbeutel gab mir ein Typ im Geräteraum; o Mann, sah der froh aus, als ich ging!

»Geht's dir gut, Billy?«, fragte mich Arthur. Diese Frage

stellte mir ständig irgendwer – die nächsten vierzehn, fünfzehn Jahre lang.

»Ich ziehe meinen Antrag auf lebenslange Mitgliedschaft zurück, Arthur – falls du einverstanden bist«, sagte ich. »Die Kleiderordnung in diesem Club ist für Schriftsteller eine Zumutung. Ich trage beim Schreiben weder Anzug noch Krawatte. Dennoch muss ich Anzug und Krawatte anziehen, nur damit man mich hier durch die Eingangstür lässt – und anschließend ziehe ich das Ganze zum Ringen wieder aus.«

»Das verstehe ich vollkommen, Billy. Ich hoffe nur, dass du wohlauf bist«, sagte Arthur.

»Ich kann keinem Verein mit einer dermaßen rigiden Kleiderordnung angehören. Für einen Schriftsteller geht das gar nicht«, sagte ich ihm.

Nach dem Training tauchten ein paar der anderen Ringer im Umkleideraum auf – darunter Ed und Wolfie und Jim, meine ehemaligen Trainingspartner. Alle sahen mich den grünen Müllsack aus Plastik halten; ich musste ihnen nicht erst sagen, dass das mein letztes Ringertraining war.

Ich verließ den Club durch die Hintertür. Man sieht seltsam aus, wenn man auf der Central Park South einen Müllsack schleppt. Ich verließ den New York Athletic Club und schlängelte mich über ein paar schmale Gassen, die als Lieferanteneingänge für die Hotels von Central Park South dienen, bis zur West 58th Street. Ich wollte unbedingt einen Container für meinen Müllsack finden und damit sozusagen auch für mein Leben als Ringeranfänger zu Beginn der Aidskrise.

Kurz nachdem das tragische Nasenbluten meine Ringerlaufbahn beendet hatte, aßen Larry und ich in Manhattan zu Abend, und er erzählte mir, Passive würden sich leichter infizieren als Aktive. Ich kannte Aktive, die erkrankt waren, aber mehr Passive hatten es – das stimmte also. Ich fand nie heraus, wie Larry es schaffte, alles mitzubekommen, doch Wichtiges bekam er immer mit.

»Blowjobs sind nicht besonders riskant, Bill – nur damit du's weißt.« Das hörte ich zuerst von Larry. Natürlich schien Larry zu wissen (oder zu vermuten), dass die Anzahl der Sexualpartner im Leben eines Menschen ein Risikofaktor war. Kurioserweise hatte ich das mit dem *Kondom*faktor nicht von Larry gehört.

Als Reaktion auf Russells Tod bemühte sich Larry, jedem jungen Mann zu helfen, den er kannte und von dem er wusste, dass er im Sterben lag; Larry war bewundernswert und viel härter im Nehmen als ich, wenn es darum ging, an Aids erkrankte Freunde im St. Vincent's und in Hospizpflege zu besuchen. Ich spürte, wie ich mich zurückzog, so wie ich merkte, dass Menschen sich vor mir zurückzogen – und zwar nicht nur meine Ringerkollegen.

Rachel hatte sich umgehend zurückgezogen. »Vielleicht glaubt sie, sie könnte sich bei deinen *Romanen* anstecken, Billy«, sagte mir Elaine.

Elaine und ich hatten darüber gesprochen, New York zu verlassen, doch wenn man eine Weile in New York gelebt hat, kommt es einem unvorstellbar vor, irgendwo anders zu leben.

Als immer mehr unserer Freunde an dem Virus erkrankten, bildeten Elaine und ich uns ein, dass wir die eine oder andere der mit Aids einhergehenden sogenannten opportunistischen Infektionen auch bekamen. Elaine litt plötzlich an Nachtschweiß. Ich wachte auf und bildete mir ein, spüren zu können, wie sich die weißen Candida-Beläge auf meinen Zähnen ausbreiteten. (Ich gab Elaine gegenüber zu, dass ich oft nachts aufwachte und mittels eines Spiegels und einer Taschenlampe in meinen Mund spähte!) Und es gab das Seborrhoische Ekzem; es war schuppig und sah schmierig aus – meist machte es sich auf Augenbrauen, Kopfhaut und den Nasenflügeln breit. Herpes konnte sich auf den Lippen ausbreiten, und Geschwüre heilten einfach nicht mehr ab. Außerdem entstanden richtige Haufen von Dellwarzen, Molluscum; sie sahen wie Pocken aus und konnten das ganze Gesicht bedecken.

Und dann haben die Haare einen bestimmten Geruch, wenn sie vom Schweiß verfilzt und vom Kissen plattgedrückt werden. Die Haare sind nicht nur durchscheinend und riechen komisch. Hinzu kommt das Salz, das auf der Stirn trocknet und hart wird, was an dem Fieber und dem pausenlosen Schwitzen liegt; nicht zu vergessen die Schleimhäute – sie sind voller Pilze. Der Geruch ist hefig und fruchtig zugleich, so wie geronnene Milch, Schimmel oder feuchte Hundeohren.

Ich fürchtete mich nicht vor dem Sterben; ich fürchtete mich vor den endlosen Schuldgefühlen, weil ich *nicht* starb. Ich konnte nicht akzeptieren, dass ich dem Aidsvirus entgehen würde oder könnte, weil mir ein Arzt, der mich nicht leiden konnte, zufällig befohlen hatte, Kondome zu benutzen, oder dass ich vielleicht verschont blieb, weil ich zufällig das Glück hatte, der aktive Partner zu sein. Ich schämte mich nicht für mein Sexualleben; ich schämte mich, weil ich nicht für die Menschen da sein wollte, die im Sterben lagen.

»Ich bin nicht gut bei so was. Aber du«, sagte ich zu Larry; ich meinte mehr als Händchenhalten und aufmunternde Worte.

Kryptokokkose wurde durch einen Pilz verursacht; sie griff aufs Hirn über, führte zu Meningitis und wurde durch eine Lumbalpunktion nachgewiesen – Begleiterscheinungen waren Fieber, Kopfschmerzen und Verwirrung. Es gab eine davon unabhängige Erkrankung des Rückenmarks, eine Myelopathie, die zu fortschreitender Schwäche führte – Funktionsverlust der Beine, Inkontinenz. Man konnte wenig dagegen tun; die Krankheit hieß vakuoläre Myelopathie.

Ich sah zu, wie Larry die Bettpfanne unseres Freundes leerte, der an einer schrecklichen Myelopathie litt; ich bewunderte Larry wirklich – er war zu einem echten Heiligen geworden –, als mir plötzlich auffiel, dass ich keinerlei Schwierigkeiten hatte, das Wort *Myelopathie* oder irgendwelche anderen Wörter auszusprechen, die mit Aids zu tun hatten. (Beispielsweise *Pneumocystis-Pneumonie* – ich konnte das problemlos sagen. Kaposisarkome, diese schrecklichen Läsionen, bereiteten mir ebenfalls keine Ausspracheprobleme; ich konnte *Kryptokokkose* sagen, als handelte es sich dabei um eine ganz normale Erkältung. Ja, ich zögerte nicht einmal, *Zytomegalievirus* auszusprechen – eine wichtige Ursache von Blindheit bei Aids.)

»Ich sollte deine Mutter anrufen«, sagte ich Elaine. »Offenbar erlebe ich gerade einen Aussprachedurchbruch.«

»Was nur daran liegt, dass du auf Distanz zu dieser

Krankheit gehst, Billy«, sagte Elaine. »Du bist wie ich – du stellst dir vor, du stündest außerhalb und blicktest nach drinnen.«

»Ich sollte trotzdem deine Mutter anrufen«, wiederholte ich, wusste aber, dass Elaine recht hatte.

»Sag doch mal ›Penis‹, Billy.«

»Das ist ungerecht, Elaine – das ist etwas anderes.«

»Sag schon«, sagte Elaine.

Doch ich wusste, wie es sich anhören würde. Es war, ist und wird für mich immer *Penith* sein; manches ändert sich nie. Ich versuchte es erst gar nicht. Stattdessen sagte ich »Schwanz«.

Ich rief Mrs. Hadley auch nicht wegen meines Aussprachedurchbruchs an. Ich versuchte tatsächlich, mich von HIV zu distanzieren, schon als die Seuche sich gerade erst auszubreiten begann. Ich fühlte mich bereits schuldig, weil ich sie nicht hatte.

In diesem Jahr, 1981, kam die Weihnachtskarte der Familie Atkins pünktlich. Keine neutralen »Frohe Festtage« mit über einem Monat Verspätung, sondern eindeutige »Frohe Weihnachten« im Dezember.

»Oje«, sagte Elaine, als ich ihr das Familienfoto der Atkins' zeigte. »Wo ist Tom?«

Atkins fehlte auf dem Bild. Die Namen der Familienmitglieder waren in Kapitälchen auf der Weihnachtskarte gedruckt: TOM, SUE, PETER, EMILY & JACQUES ATKINS. (Jacques war der Labrador; Atkins hatte den Hund nach Kittredge genannt!) Doch Tom hatte es nicht auf das Familienfoto geschafft.

»Vielleicht fühlte er sich gerade nicht besonders fotogen«, sagte ich zu Elaine.

»Er hatte doch schon letzte Weihnachten eine ganz fahle Gesichtsfarbe, erinnerst du dich? Und er hatte enorm abgenommen«, sagte Elaine.

»Die Skimütze hatte er über Haare *und* Augenbrauen gezogen«, ergänzte ich. (Tom Atkins hatte mir zwar keine Rezension meines vierten Romans geschickt. Dennoch bezweifelte ich, dass Atkins seine Ansicht über *Madame Bovary* geändert hatte.)

»Scheiße, Billy«, sagte Elaine. »Was hältst du von dieser Notiz?«

Die handgeschriebene Mitteilung auf der Rückseite des Weihnachtsfotos stammte von Toms Ehefrau. Sie war kurz und knapp und nicht gerade sehr weihnachtsmäßig.

Tom hat von Ihnen gesprochen. Er würde sie gerne sehen.
Sue Atkins

»Ich glaube, er liegt im Sterben – das glaube ich«, sagte ich zu Elaine.

»Ich komme mit, Billy; Tom hat mich immer gemocht.«

Elaine hatte recht – der arme Tom hatte sie (und Mrs. Hadley) regelrecht angehimmelt, und wie in alten Zeiten flößte mir Elaines Gegenwart Mut ein. Falls Atkins an Aids starb – da war ich mir ziemlich sicher –, wusste seine Frau schon alles über unseren gemeinsamen Sommer in Europa vor zwanzig Jahren.

Ich rief Sue Atkins noch am selben Abend an. Es stellte sich heraus, dass Tom Atkins in seinem Haus in Short Hills,

New Jersey, Hospizpflege erhielt. Ich hatte nie gewusst, was Atkins beruflich machte, aber seine Frau erzählte mir, Tom sei Geschäftsführer einer Lebensversicherung gewesen und habe länger als zehn Jahre in New York gearbeitet. Ich schloss daraus, dass er all die Jahre nie das Bedürfnis verspürt hatte, mich wiederzusehen; umso überraschter war ich, als Sue Atkins sagte, sie sei davon ausgegangen, dass wir öfter miteinander essen gegangen seien; offenbar war Tom immer wieder mal erst nach dem Essen nach New Jersey zurückgekommen.

»Mich hat er nicht getroffen«, sagte ich zu Mrs. Atkins. Ich erwähnte, dass auch Elaine Tom besuchen wolle – falls wir nicht »ungelegen« kämen, wie ich es formulierte.

Ehe ich erklären konnte, wer Elaine war, sagte Sue Atkins: »Ja, das wäre in Ordnung – ich weiß über Elaine Bescheid.« (Ich fragte Mrs. Atkins nicht, was sie über *mich* gehört hatte.)

Elaine hatte wieder mal einen Lehrauftrag an einer Universität und korrigierte gerade Abschlussarbeiten, wie ich am Telefon erklärte. Vielleicht könnten wir an einem Samstag nach Short Hills kommen, dann wäre der Zug nicht so voller Pendler.

»Die Kinder haben dann keine Schule und sind zu Hause, aber Tom ist einverstanden«, sagte Sue. »Jedenfalls weiß Peter, wer Sie sind. Diese Europareise –« Sie stockte. »Peter weiß, was los ist, und er hängt sehr an seinem Vater«, fuhr Mrs. Atkins fort. »Aber Emily – na ja, sie ist jünger. Ich bin mir nicht sicher, wie viel Emily wirklich weiß. Dem, was die eigenen Kinder von anderen Kindern in der Schule hören, kann man nicht viel entgegensetzen – nicht, wenn die eigenen Kinder einem nicht verraten, was die anderen Kinder sagen.«

»Es tut mir leid, was Sie durchmachen müssen«, sagte ich zu Toms Frau.

»Mir war immer klar, dass so etwas passieren könnte. Tom war immer ehrlich, was seine Vergangenheit betraf«, sagte Sue Atkins. »Ich wusste nur nicht, dass er diesen Lebenswandel wiederaufgenommen hat. Und diese furchtbare Krankheit –« Wieder brach ihre Stimme ab.

Während unseres Telefonats hatte ich die ganze Zeit die Weihnachtskarte vor Augen. Das Alter von Mädchen konnte ich noch nie gut einschätzen. Und bei Emily wusste ich nur, dass sie das jüngere Kind war. Den Jungen, Peter, schätzte ich auf vierzehn oder fünfzehn – etwa im gleichen Alter wie der arme Tom, als ich ihn kennenlernte und ihn für einen Versager hielt, der nicht mal das Wort *Zeit* aussprechen konnte. Atkins hatte mir gesagt, er werde mich Bill statt Billy nennen, weil ihm aufgefallen war, dass Richard Abbott immer Bill zu mir sagte, und jeder merkte, wie sehr ich Richard mochte.

Tom hatte mir auch gestanden, dass er einmal, als er auf dem Gang warten musste, bis er an die Reihe kam, durch die geschlossene Tür gehört hatte, wie Martha Hadley laut und deutlich ausgerufen hatte: »Billy, Billy – du hast nichts falsch gemacht!« (An jenem Tag hatte ich Mrs. Hadley gestanden, dass ich für andere Jungs und Männer schwärmte, und ihr auch von meiner allmählich verblassenden Schwärmerei für Richard und meiner noch viel verheerenderen Schwärmerei für Kittredge erzählt.)

Später hatte der arme Tom mir erzählt, er habe geglaubt,

ich hätte eine Affäre mit Mrs. Hadley! »Ich dachte wirklich, du hättest gerade in ihrem Büro *ejakuliert* oder so was und dass sie dir versicherte, du hättest nichts ›falsch‹ gemacht – ich dachte, das hätte sie mit dem Wort *falsch* gemeint, Bill«, hatte Atkins mir gestanden.

»Was bist du doch für ein *Idiot*!«, hatte ich ihm damals entgegnet; jetzt schämte ich mich dafür.

Ich fragte Sue Atkins, wie es Tom gehe – und meinte damit die sogenannten opportunistischen Erkrankungen, die ich ja inzwischen hautnah miterlebt hatte, und welche Medikamente Tom nehme. Als sie sagte, er bekomme von dem Bactrim Ausschläge, wusste ich, dass Tom wegen Pneumocystis-Pneumonie behandelt wurde. Da Tom zu Hause gepflegt wurde, war er nicht an ein *Beatmungsgerät* angeschlossen; und vermutlich war seine Atmung rauh und rasselnd.

Sue Atkins erzählte auch, dass Tom das Essen zunehmend schwerfalle. »Er hat Schluckbeschwerden«, sagte sie mir. (Allein bei dem Wort »Schluckbeschwerden« musste sie ein Husten unterdrücken – oder war es ein Würgen? Und sie klang auch plötzlich kurzatmig.)

»Ist es wegen des Candida-Pilzes, dass er nicht essen kann?«, fragte ich sie.

»Ja, er hat eine Candidaösophagitis«, sagte Mrs. Atkins, die mir inzwischen auch vertrauten Begriffe kamen ihr problemlos über die Lippen. »Und – seit *kurzem* – hat er einen Hickman-Katheter.«

»Seit wann genau?«, fragte ich sie.

»Oh, den hat er erst letzten Monat bekommen«, sagte sie. Sie führten ihm also Nahrung durch den Katheter zu –

wegen Unterernährung. (Bei Candida sprachen Schluckbeschwerden in der Regel auf Fluconazol oder Amphotericin B an – falls der Hefepilz keine Resistenz entwickelt hatte.)

»Wenn sie einem zur künstlichen Ernährung einen Hickman legen, Bill, ist man praktisch am Verhungern«, hatte mir Larry erzählt.

Ich musste immer wieder an den Jungen, Peter, denken. Auf dem Weihnachtsfoto erinnerte er mich an den Tom Atkins von früher. Ich stellte mir vor, Peter könnte ebenfalls (in Toms Worten von früher) »wie wir« sein, und fragte mich, ob es Tom womöglich überhaupt auffallen würde. So hatte Tom es vor Jahren formuliert: »Nicht jeder hier versteht Menschen wie uns«, und ich hatte mich gefragt, ob Atkins das als Anmache gemeint hatte. (Es war der erste Annäherungsversuch gewesen, den einer *wie ich* je bei mir gemacht hatte.)

»Bill!«, sagte Sue Atkins scharf am Telefon. Da erst merkte ich, dass ich weinte.

»Verzeihung«, sagte ich.

»Unterstehen Sie sich zu weinen, wenn Sie herkommen«, sagte Mrs. Atkins. »Diese Familie hat keine Tränen mehr.«

»Sorg dafür, dass ich nicht weine«, bat ich Elaine an jenem Samstag kurz vor Weihnachten 1981. Die meisten Leute in der Bahn waren in die Gegenrichtung unterwegs, um in New York Weihnachtsgeschenke zu besorgen. An diesem Dezembersamstag waren wir in der Bahn nach Short Hills, New Jersey, fast allein.

»Wie soll ich dich denn am Weinen hindern, Billy? Ich

hab schließlich keine Waffe und kann dich nicht erschießen«, sagte Elaine.

Bei dem Wort *Waffe* wurde ich ein wenig nervös. Elmira, die Pflegerin, die Richard Abbott und ich eingestellt hatten, damit sie sich um Grandpa Harry kümmerte, beschwerte sich bei Richard permanent über »die Waffe«. Es war ein Mossberg-Karabiner .30-30, ein Unterhebelrepetierer – ein kurzläufiges Gewehr von der gleichen Sorte wie das, mit dem Nils Selbstmord begangen hatte. (Genau weiß ich es nicht mehr, aber vermutlich hatte Nils ein Winchester oder ein Savage, und es war auch kein Unterhebelrepetierer; ich weiß nur, dass es auch ein Karabiner .30-30 war.)

Elmira hatte sich beklagt, dass Grandpa Harry »das verdammte Gewehr übertrieben viel putzt«; offenbar reinigte Grandpa Harry die Flinte in Nana Victorias Klamotten – und hinterließ Waffenölflecken darauf. Die mussten dann immer in die chemische Reinigung, was Elmira nervte. »Er geht gar nicht mehr raus zum Schießen – keine Hirschjagd mehr auf Skiern, nicht in seinem Alter, das hat er mir versprochen –, aber er putzt und putzt das verflixte Ding!«, erzählte sie Richard.

Grandpa Harry, den Richard darauf angesprochen hatte, sagte nur: »Eine Schusswaffe zu besitzen ist sinnlos, wenn man sie nicht sauber hält.«

»Aber vielleicht könntest du zum Reinigen *deine* Klamotten anziehen, Harry«, hatte Richard entgegnet. »Du weißt schon – Jeans, ein altes Flanellhemd. Sachen, die man waschen und die Elmira *nicht* reinigen lassen muss.«

Harry war Richard die Antwort schuldig geblieben. Zu seiner Pflegerin aber sagte er, sie müsse sich keine Sorgen machen. »Falls ich mich erschieße, Elmira, lass ich dir nichts zurück, was in die scheiß chemische Reinigung muss, versprochen.«

Jetzt machten sich Elmira und Richard natürlich erst recht Sorgen, dass Grandpa Harry sich erschießen könnte, und ich dachte dauernd an das blankpolierte .30-30er. Klar war ich deswegen auch besorgt, aber, ehrlich gesagt, war ich auch erleichtert, dass das verdammte Mossberg einsatzbereit war. Doch um *ganz* ehrlich zu sein, machte ich mir weniger Sorgen um Grandpa Harry als um *mich.* Sollte ich HIV-positiv getestet werden, wüsste ich, was ich machen würde. Als alter Vermonter hätte ich keinen Moment gezögert. In diesem Fall würde ich schnurstracks nach Hause nach First Sister fahren und dort geradewegs zu Grandpa Harrys Haus in der River Street. Ich wusste, wo Grandpa das Mossberg aufbewahrte, und ich wusste auch, wo Harry seine Munition versteckte. Was mein Grandpa seine »Ungeziefer-Flinte« nannte, reichte mir vollkommen.

In diesem Gemütszustand – und fest entschlossen, nicht zu weinen – fuhr ich also in Begleitung von Elaine nach Short Hills, New Jersey, um meinen sterbenden Freund Tom Atkins zu besuchen, den ich seit zwanzig Jahren nicht mehr gesehen hatte – sozusagen mein halbes Leben lang.

Ich hätte allerdings voraussehen müssen, dass Toms Sohn Peter an die Tür kommen würde. Ich hätte darauf gefasst sein müssen, dass er dem früheren Academy-Schüler zum Verwechseln ähnlich sehen würde. Aber als ich ihn dann sah, war ich einfach nur sprachlos.

»Er ist sein *Sohn,* Billy – sag etwas!«, zischte mir Elaine ins Ohr. (Natürlich musste ich mich sehr zusammenreißen, um nicht zu weinen.) »Hi, ich bin Elaine, das ist Billy«, sagte Elaine zu dem Jungen mit den karottenfarbenen Haaren. »Du musst Peter sein. Wir sind alte Freunde deines Dads.«

»Ja, wir haben Sie erwartet, treten Sie bitte ein«, sagte Peter höflich. (Der Junge war gerade erst fünfzehn geworden; er hatte sich an der Lawrenceville School beworben, wo er in die zehnte Klasse käme, und wartete auf Antwort, ob er angenommen war.)

»Wir wussten nicht genau, um welche Uhrzeit Sie kommen würden, aber jetzt ist ein guter Zeitpunkt«, sagte Peter, während er Elaine und mich hereinbat. Am liebsten hätte ich den Jungen umarmt – er hatte zweimal das Wort *Zeit* benutzt und keinerlei Ausspracheprobleme! –, rührte ihn aber unter den gegebenen Umständen besser nicht an.

Auf einer Seite der geräumigen Diele sah man in ein ausgesprochen steif wirkendes Esszimmer – in dem bestimmt nie gegessen wurde, dachte ich –, und der Junge erzählte uns, Charles sei soeben gegangen. »Charles ist der Pfleger meines Dads«, klärte Peter uns auf. »Charles kommt und sieht nach dem Katheter – man muss ihn spülen, sonst verstopft er«, teilte Peter Elaine und mir mit.

»Verstopft er«, wiederholte ich – meine ersten Worte im Haus der Atkins. Elaine stupste mich in die Rippen.

»Meine Mom ruht sich gerade aus, wird aber gleich runterkommen«, sagte der Junge. »Wo meine Schwester ist, weiß ich nicht.«

Wir folgten ihm in einen ebenerdigen Flur. Dort blieb er vor einer geschlossenen Tür stehen. »Das war früher das Arbeitszimmer meines Vaters«, sagte Peter; der Junge zögerte, die Hand auf der Klinke. »Unsere Schlafzimmer sind im ersten Stock, aber Dad kann nicht mehr Treppen steigen«, fuhr Peter fort, öffnete die Tür aber immer noch nicht. »Falls meine Schwester gerade bei ihm ist, wird sie jetzt gleich schreien – sie ist erst dreizehn, fast vierzehn«, warnte der Junge Elaine und mich. »Ich wiege etwa dreiundsechzig Kilo«, sagte Peter, sichtlich um Sachlichkeit bemüht. »Mein Dad hat sehr abgenommen, seit Sie ihn zuletzt gesehen haben«, sagte der Junge. »Er wiegt nur knapp über vierzig Kilo.« Erst jetzt öffnete er die Tür.

»Wie der Junge versucht hat, uns darauf vorzubereiten, was uns erwartet«, sagte Elaine mir später, »das hat mir das Herz gebrochen.« Doch ich lernte erst langsam mehr über die verfluchte Krankheit und war keineswegs darauf vorbereitet.

»Oh, da ist sie ja – meine Schwester Emily«, sagte Peter, als er uns ins Zimmer ließ, in dem sein Dad im Sterben lag.

Der Hund, Jacques, war ein schokobrauner Labrador mit grau-weißer Schnauze und alt, was ich nicht nur an der grauen Nase und den grauen Pfoten merkte, sondern auch daran, wie langsam und wacklig der Hund unter dem Krankenhausbett hervorkam, um uns zu begrüßen. Eins der Hinterbeine rutschte ein wenig auf dem Boden aus. Sein Schwanz wedelt nur leicht, als hätte er Hüftschmerzen.

»Jacques ist fast dreizehn«, sagte Peter, »was für einen Hund ziemlich alt ist, und er hat Arthritis.« Die kalte, feuchte Hundenase berührte erst meine und dann Elaines Hand; mehr hatte der alte Labrador nicht gewollt. Es rummste, als sich der Hund wieder unters Bett legte.

Toms Tochter Emily lag zusammengerollt wie ein zweiter Hund am Fußende des Krankenhausbettes ihres Vaters. Wahrscheinlich empfand Tom es als angenehm, dass seine Tochter ihm die Füße wärmte. Atmen war für Atkins unbeschreiblich anstrengend; seine Hände und Füße waren kalt, das wusste ich – die Zirkulation zu Toms Extremitäten wurde reduziert, um die Blutversorgung seines Gehirns zu verbessern.

Emilys Reaktion auf Elaine und mich erfolgte mit einer Verzögerung. Sie setzte sich auf und kreischte; das Buch, in dem sie gelesen hatte, flog ihr aus den Händen. Das Rascheln der Buchseiten ging in dem durchdringenden Schrei des Mädchens unter. Ich sah eine Sauerstoffflasche in dem unaufgeräumten Zimmer – Atkins' ehemaligem »Arbeitszimmer«, wie sein Sohn gesagt hatte, das zum Sterbezimmer umfunktioniert worden war.

Mir entging nicht, dass das Schreien seiner Tochter auf Tom Atkins wenig Wirkung hatte – er bewegte sich kaum auf seinem Krankenhausbett. Bestimmt tat es ihm weh, nur schon den Kopf zu drehen; doch sein nackter Brustkorb hob und senkte sich heftig, während der Rest seines eingefallenen Körpers unbeweglich dalag. Der Hickman-Katheter baumelte rechts an Toms Oberkörper, wo er unterhalb des Schlüsselbeins eingeführt worden war; der Katheter zog sich ein paar Zentimeter über der Brustwarze unter der Haut entlang, bis er unter dem Schlüsselbein in der Schlüsselbeinvene endete.

»Das sind doch nur Dads alte Schulfreunde, Emily«, sagte Peter gereizt zu seiner Schwester. »Du hast doch gewusst, dass sie kommen.«

Das Mädchen stakste quer durchs Zimmer zu ihrem weggeschleuderten Buch; als sie es aufhob, drehte sie sich um und guckte böse. Jedenfalls sah die Dreizehnjährige mich böse an, vielleicht aber auch ihren Bruder und Elaine. Als sie den Mund öffnete, stand für mich jedenfalls fest, dass ihre Worte nur mir galten, auch wenn Elaine mir später auf der Rückfahrt vergeblich einzureden versuchte, Toms Tochter habe uns beide gemeint. (Was ich nicht glaube.)

»Bist du auch krank?«, fragte Emily.

»Nein, bin ich nicht – tut mir leid«, antwortete ich ihr. Daraufhin marschierte das Mädchen aus dem Zimmer.

»Sag Mom, dass sie hier sind, Emily. Sag es Mom!«, rief Peter seiner wütenden Schwester nach.

»*Mach* ich ja!«, hörten wir das Mädchen rufen.

»Bist du das, Bill?«, fragte Tom Atkins; als ich sah, dass er versuchte, den Kopf zu bewegen, trat ich näher ans Bett. »Bill Abbott – bist du's?«, fragte Atkins; seine Stimme klang schwach und schrecklich gequält. Aus seiner Lunge drang ein lautes Gurgeln. Offenbar diente die Sauerstoffflasche nur der gelegentlichen (und oberflächlichen) Linderung; wahrscheinlich gab es irgendeine Maske, ich sah sie nur nicht – der Sauerstoff ersetzte das Beatmungsgerät. Als nächstes würde Tom Morphium bekommen – im Endstadium.

»Ja, ich bin's, Bill – und Elaine ist auch da, Tom«, sagte ich zu Atkins. Ich berührte seine Hand. Sie war eiskalt und klamm. Jetzt sah ich das Gesicht des armen Tom. Das fettig aussehende Seborrhoische Ekzem konzentrierte sich auf seine Kopfhaut und die Augenbrauen, und es schälte sich von den Nasenflügeln.

»Elaine auch!«, stieß Atkins hervor. »Elaine und Bill! Geht's dir gut, Bill?«, fragte er mich.

»Ja, mir geht's gut«, antwortete ich ihm; nie hatte ich mich so dafür geschämt, dass es mir gutging.

Auf dem Nachttisch stand ein Tablett mit Medikamenten und anderen bedrohlich wirkenden Sachen. (Aus irgendeinem Grund erinnerte ich mich an die Heparinlösung – sie diente zum Ausspülen des Hickman-Katheters.) Ich sah, dass die weißen, käsigen Schichten des Candida-Pilzes Toms Mundwinkel verklebten.

»Ich habe ihn nicht wiedererkannt, Billy«, sagte Elaine später, auf der Rückfahrt nach New York. Doch wie erkennt man einen erwachsenen Mann wieder, der keine fünfundvierzig Kilo mehr wiegt?

Tom Atkins und ich waren beide 39, doch er glich einem Mittsechziger; seine Haare (oder was davon übrig war) wirkten durchscheinend und dünn und auch völlig grau. Seine Augen waren in den Höhlen eingesunken, die Schläfen tief eingedellt, die Wangen hohl. Toms Nasenlöcher waren fest zusammengepresst, als könnte er schon seinen eigenen Leichengeruch riechen, und die straffe, früher so rosige Haut war aschfahl.

Facies hippocratica lautet der Fachbegriff für den typischen Gesichtsausdruck Todkranker – jene enganliegende Totenmaske, die so viele meiner Freunde und Liebhaber, die an Aids starben, eines Tages tragen würden. Die Haut der Betroffenen war so straff über den Schädel gespannt, dass es aussah, als müsste sie gleich platzen.

Ich hielt eine von Toms kalten Händen und Elaine die andere (wobei meine Freundin sich bemühte, nicht auf den

Hickman-Katheter in Atkins' nacktem Brustkorb zu starren). In diesem Augenblick hörten wir den trockenen Husten. Zuerst dachte ich schon, Tom wäre gestorben und sein Husten wäre irgendwie seinem Körper entwichen. Doch dann fing ich den Blick des Sohnes auf; Peter kannte dieses Husten und wusste, woher es kam. Der Junge drehte sich zur offenen Tür um – wo seine Mutter stand und hustete. Der Husten an sich klang nicht allzu schlimm, doch Sue Atkins konnte ihn nur mit großer Mühe unterdrücken. Elaine und ich hatten diesen Husten schon früher einmal gehört; die frühesten Stadien von Pneumocystis-Pneumonie klangen nicht besonders schlimm. Die Kurzatmigkeit und das Fieber waren oft schlimmer als der Husten.

»Ja, ich bin auch krank«, sagte Sue Atkins; sie versuchte, nicht zu husten, und hustete trotzdem in einem fort. »Bei mir ist es noch im Anfangsstadium«, sagte Mrs. Atkins; sie war unverkennbar kurzatmig.

»Ich habe sie angesteckt, Bill – so sieht's aus«, sagte Tom.

Peter, der so selbstsicher gewesen war, versuchte sich seitlich an seiner Mutter vorbei in den Flur zu verdrücken.

»Nein, du bleibst hier, Peter. Du musst hören, was dein Vater Bill zu sagen hat«, befahl Sue Atkins ihrem Sohn. Der Junge weinte jetzt; er kam zwar rückwärts ins Zimmer zurück, behielt aber die Tür, vor die sich seine Mutter postiert hatte, fest im Blick.

»Ich will nicht bleiben, ich will's nicht hören …«, fing der Junge an und schüttelte heftig den Kopf, als wäre das ein probates Mittel, um zu verhindern, dass er in Tränen ausbrach.

»Peter – du musst bleiben, du musst zuhören«, sagte Tom

Atkins. »Wegen Peter wollte ich dich sprechen, Bill«, sagte mir Tom. »Bei Bill sind noch *gewisse* Spuren moralischer Verantwortung erkennbar, nicht wahr, Elaine?«, fragte Tom sie plötzlich. »Bill ist schließlich Schriftsteller – wenigstens sind in seinen *Büchern* noch Spuren moralischer Verantwortung erkennbar, stimmt's? Bill als Person kenne ich eigentlich nicht mehr«, gab Atkins zu. (Tom konnte nicht mehr als drei oder vier Worte am Stück sagen, dann musste er wieder Luft holen.)

»Moralische Verantwortung«, wiederholte ich.

»Ja, das tut er – Billy übernimmt moralische Verantwortung. Ich glaube schon«, sagte Elaine. »Und damit meine ich nicht *nur* in deinen Büchern, Billy«, ergänzte Elaine.

»Ich muss nicht bleiben, ich kenne das schon«, sagte Sue Atkins plötzlich. »Sie müssen auch nicht bleiben, Elaine. Wir können versuchen, mit Emily zu reden. Das ist zwar eine echte Herausforderung, aber mit Frauen kommt sie in der Regel besser zurecht als mit Männern. Emily *hasst* Männer.«

»Emily kreischt fast jedes Mal, wenn sie einen Mann sieht«, erklärte Peter; er hatte aufgehört zu weinen.

»Na schön, ich komme mit«, sagte Elaine zu Sue Atkins. »Ich bin auch nicht gerade versessen auf Männer – aber Frauen kann ich normalerweise nicht ausstehen.«

»Das ist interessant«, sagte Mrs. Atkins.

»Ich komme wieder, wenn es Zeit ist, sich zu verabschieden«, rief Elaine im Hinausgehen Tom zu, doch Atkins überhörte den Hinweis.

»Erstaunlich, wie wenig einen die Zeit belastet, wenn einem keine mehr bleibt, Bill«, begann Tom.

»Wo ist Charles – er müsste doch längst wieder hier sein, oder nicht?«, fragte Peter seinen Dad. »Sieh dich bloß genau um! Warum ist die alte Sauerstoffflasche noch hier? Der Sauerstoff hilft ihm nicht mehr«, erklärte mir der Junge. »Die Lunge muss arbeiten, damit der Sauerstoff etwas nützt. Wo soll man den Sauerstoff herkriegen, wenn man nicht einatmen kann? Jedenfalls sagt das Charles.«

»Peter, sei bitte still«, forderte Tom Atkins seinen Sohn auf. »Ich habe Charles gebeten, uns eine Weile nicht zu stören – Charles kommt bald wieder.«

»Du redest zu viel, Daddy«, sagte der Junge. »Du weißt, was passiert, wenn du zu viel redest.«

»Ich will mit Bill über *dich* reden, Peter«, sagte sein Vater.

»Was jetzt kommt, ist verrückt – was jetzt kommt, ergibt keinen Sinn«, sagte Peter.

Tom Atkins schien seinen ganzen restlichen Atem zusammenzunehmen, ehe er zu mir sprach. »Ich möchte, dass du meinen Jungen im Auge behältst, wenn ich nicht mehr bin, Bill – vor allem, falls Peter ›wie wir‹ ist, aber auch sonst.«

»Warum ich, Tom?«, fragte ich ihn.

»Du hast doch keine Kinder, oder?«, fragte mich Atkins. »Ich bitte dich nur, ein Kind im Auge zu behalten. Ich weiß nicht, was ich wegen Emily unternehmen soll – vielleicht bist du nicht der beste Kandidat, der sich um Emily kümmern könnte.«

»Nein, nein, nein«, sagte der Junge plötzlich. »Emily bleibt bei *mir* – wo ich hingehe, geht sie auch hin.«

»Das wird dich einiges an Überredungskunst kosten,

Peter, und du weißt ja, wie eigensinnig sie ist«, sagte Atkins. Dem armen Tom fiel es immer schwerer, genug Luft zu bekommen. »Wenn ich tot bin – und später, wenn auch deine Mom tot ist –, sollst du mit *diesem Mann hier* reden, Peter. Nicht mit deinem Großvater.«

Ich kannte Toms Eltern von unserer Schulabschlussfeier auf der Favorite River Academy. Ein Blick auf mich hatte Toms Vater genügt, und er hatte sich geweigert, mir auch nur die Hand zu geben. Das war Peters Großvater; er hatte mich zwar nicht Schwuchtel *genannt*, doch ich hatte gespürt, dass er es dachte.

»Mein Vater ist ein sehr … schlichter Mensch«, hatte Atkins damals zu mir gesagt.

»Er sollte mal meine Mom kennenlernen«, hatte mein einziger Kommentar gelautet.

Jetzt bat mich Tom, der Ratgeber seines Sohns zu werden. (Tom Atkins war nie ein großer Realist gewesen.) »Nicht mit deinem Großvater«, sagte Atkins ein zweites Mal zu Peter.

»Nein, nein, nein«, wiederholte der Junge; er hatte wieder zu weinen begonnen.

»Tom, ich habe keine Ahnung, wie man ein Vater ist – mir fehlt jede Erfahrung«, sagte ich. »Und ich könnte ebenfalls krank werden.«

»Ja!«, rief Peter. »Was ist, wenn Bill oder Billy, oder wie er heißen mag, *krank* wird?«

»Ich glaube, ich nehme noch ein wenig Sauerstoff, Bill – Peter weiß, wie das geht, nicht wahr, Peter?«, fragte Tom seinen Sohn.

»Ja, natürlich weiß ich, wie das geht«, sagte der Junge

und hörte sofort auf zu weinen. »*Charles* sollte dir Sauerstoff geben, Daddy – doch es hilft sowieso nicht!«, rief der Fünfzehnjährige. »Du *glaubst* nur, dass der Sauerstoff bis in deine Lunge vordringt, aber das tut er nicht.« Jetzt sah ich die Sauerstoffmaske – Peter wusste, wo sie war –, und während sich der Junge mit der Sauerstoffflasche beschäftigte, lächelte Tom Atkins mich stolz an.

»Peter ist ein toller Junge«, sagte er. Ich sah, dass Tom seinen Sohn dabei nicht ansehen konnte, sonst hätte er die Fassung verloren. Indem er mich ansah, gelang es ihm, sich zusammenzunehmen.

Und während Atkins sprach, konnte ich mich nur zusammennehmen, indem ich seinen fünfzehnjährigen Sohn ansah. Außerdem, so würde ich es später Elaine erzählen, sah Peter in meinen Augen Tom Atkins viel ähnlicher als Atkins selbst.

»Früher warst du nicht so resolut, Tom«, sagte ich, wandte aber den Blick nicht von Peter; der Junge legte die Sauerstoffmaske sehr behutsam auf das Gesicht seines Vaters, das ich nicht wiedererkannte.

»Was bedeutet ›resolut‹?«, fragte mich Peter; sein Vater lachte. Das Lachen brachte ihn zum Keuchen und Husten, aber wenigstens hatte er eindeutig gelacht.

»Mit ›resolut‹ meine ich, dass dein Dad jemand ist, der in einer bestimmten Situation das Kommando übernimmt – er zeigt in Situationen Selbstvertrauen, in denen es vielen Menschen fehlt«, erklärte ich dem Jungen. (Ich hätte so etwas über den Tom Atkins von früher niemals sagen können, doch auf den Tom Atkins vor mir traf es zu.)

»Hilft das denn?«, fragte Peter seinen Vater, der sich

mühte, den Sauerstoff einzuatmen; Tom quälte sich sehr für ein klein wenig Erleichterung, jedenfalls kam es mir so vor, es gelang ihm aber, auf die Frage seines Sohnes zu nicken – ohne dabei den Blick von mir zu wenden.

»Ich glaube, dass der Sauerstoff gar nichts bewirkt«, sagte Peter; der Junge betrachtete mich jetzt genauer. Atkins schob seinen Unterarm langsam über das Bett und gab seinem Sohn einen leichten Stups. »Also …«, begann der Junge, als wäre es seine eigene Idee und als hätte nicht sein Dad ihm eingeschärft: *Wenn mein alter Freund Bill da ist, frag ihn unbedingt nach dem Sommer, den wir gemeinsam in Europa verbracht haben,* oder so ähnlich. »Also …«, fing der Junge wieder an. »Soviel ich weiß, sind Sie und mein Dad zusammen durch ganz Europa gereist. Also – wie war's denn?«

Ich wusste, ich würde in Tränen ausbrechen, wenn ich auch nur einen Blick auf Tom Atkins warf – der wieder lachte, hustete und keuchte –, weshalb ich nur auf Toms Ebenbild mit dem Karottenhaar schaute, seinen geliebten fünfzehnjährigen Sohn, und dann sagte ich, als folgte ich einem Drehbuch: »Zunächst einmal wollte ich dieses Buch lesen, doch dein Dad ließ mich nicht – außer wenn ich ihm das ganze Buch laut vorlas.«

»Sie haben ihm ein ganzes Buch laut vorgelesen?«, rief Peter ungläubig aus.

»Wir waren beide neunzehn, aber er zwang mich, ihm das ganze Buch vorzulesen. Dabei hat dein Vater das Buch *gehasst,* war sogar auf eine der Figuren eifersüchtig; er wollte einfach nicht, dass ich auch nur *eine einzige* Minute mit ihr allein war«, erzählte ich Peter. Der Junge war jetzt total fasziniert. (Ich wusste, was ich tat – das war ein *Vorsprechen,* wie fürs Theater.)

Vermutlich wirkte der Sauerstoff doch ein wenig – jedenfalls offenbar für Toms Gefühl –, denn Atkins hatte die Augen geschlossen und lächelte. Ohne den Candida-Pilz um seine Lippen wäre es beinahe Toms dümmliches Grinsen von früher gewesen.

»Wie kann man auf eine Romanfigur eifersüchtig sein?«, wollte Peter von mir wissen. »Das war doch nur ausgedacht – eine erfundene Geschichte, stimmt's?«

»Stimmt«, bestätigte ich, »und sie ist noch dazu eine ganz und gar unglückliche Person, und schließlich nimmt sie Gift und stirbt. Dein Dad hat sogar die *Füße* der Frau verabscheut!«

»Ihre *Füße*!«, rief der Junge und musste fast lachen.

»Peter!«, hörten wir seine Mutter rufen. »Komm her – dein Vater braucht Ruhe!«

Mein Vorsprechen stand von Anfang an unter einem schlechten Stern.

»Das war komplett inszeniert – sie hatten die ganze Sache *einstudiert.* Das war dir doch klar, oder, Billy?«, fragte Elaine mich später, als wir im Zug saßen.

»*Jetzt* weiß ich es«, sagte ich ihr. (*Dort* wusste ich es nicht.)

Peter wurde aus dem Zimmer geschickt, als ich gerade erst *anfing*! Ich hätte noch viel mehr über den Sommer zu sagen gehabt, den Tom Atkins und ich in Europa verbrachten, doch plötzlich war Peter verschwunden. Ich dachte, Tom wäre eingeschlafen, doch er hatte mit geschlossenen Augen die Sauerstoffmaske von Mund und Nase genommen und mit seiner kalten Hand nach meinem Handgelenk getastet. (Bei der ersten Berührung hielt ich seine Hand für die Nase des alten Hundes.) Jetzt lächelte Tom Atkins; offenbar wusste er, dass wir allein waren. Wahrscheinlich wusste Atkins auch, dass die Sauerstoffmaske nicht half; ihm war wohl klar, dass sie nie wieder helfen würde. Sein Gesicht war tränenfeucht.

»*Gibt* es die ewige Nacht, Bill?«, fragte mich Atkins. »Und lauert einem dort ein scheußliches Schreckgespenst-Gesicht auf?«

»Nein, nein, Tom«, versuchte ich ihn zu beruhigen. »Entweder ist es *nur* Finsternis – *kein* Schreckgespenst, rein *gar* nichts –, oder es ist sehr hell, ein unwahrscheinlich hell strahlendes Licht, und man sieht lauter wundervolle Dinge.«

»So oder so, keine Schreckgespenster – stimmt's, Bill?«, fragte mich der arme Tom.

»Richtig, Tom – so oder so keine Schreckgespenster.«

Ich spürte, dass jemand hinter mir stand, in der Tür des Zimmers. Es war Peter; er war zurückgekommen – ich wusste nicht, wie lange er dort gestanden und was er mit angehört hatte.

»Kommt das Schreckgespenst-Gesicht in der Nacht in demselben Buch vor?«, fragte mich der Junge. »Ist das Gesicht auch ausgedacht?«

»Ha!«, rief Atkins. »Das ist eine gute Frage, Peter! Was sagst du *dazu*, Bill?« Dann schüttelte er sich vor lauter Husten und keuchte wieder heftig; der Junge lief zu seinem Dad und half ihm, die Sauerstoffmaske wieder aufzusetzen, doch der Sauerstoff half nicht. Atkins Lunge funktionierte nicht richtig – er konnte nicht so viel Sauerstoff einatmen, dass es ihm geholfen hätte.

»Willst du mich testen?«, fragte ich meinen alten Freund. »Was willst du von mir?«

Peter stand nur da und beobachtete uns. Er half seinem Vater, die Sauerstoffmaske vom Mund zu ziehen. »Wenn du stirbst, ist alles ein Test, Bill. Du wirst schon sehen«, sagte Tom; mit Hilfe seines Sohnes wollte sich Atkins die Sauerstoffmaske wieder aufsetzen, brach dann jedoch mittendrin ab, da ihm das Unterfangen wohl auch sinnlos vorkommen musste.

»Es ist eine erfundene Geschichte, Peter«, sagte ich dem Jungen. »Die unglückliche Frau, die Gift nimmt – sogar ihre *Füße* sind erfunden. Es ist ausgedacht – genau wie das Gesicht des Schreckgespenstes in der Nacht. Es ist alles nur *eingebildet.*«

»Aber *das hier* ist nicht ›eingebildet‹, oder?«, fragte mich der Junge. »Meine Mom und mein Dad sterben – das ist nicht *eingebildet,* oder?«

»Nein«, antwortete ich. »Du findest mich jederzeit, Peter«, sagte ich dem Jungen plötzlich. »Ich werde für dich immer erreichbar sein – das verspreche ich.«

»Das war's!«, rief der Junge plötzlich – nicht mir, sondern seinem Dad zu. »Ich hab ihn dazu gebracht, dass er's sagt! Macht dich das glücklich? *Mich* macht es nicht glücklich!«, rief der Junge.

»Peter!«, rief seine Mom. »Lass deinen Vater *ausruhen*! Peter!«

»Ich komme!«, rief der Junge und rannte aus dem Zimmer.

Tom Atkins hatte wieder die Augen geschlossen. »Lass mich wissen, wenn wir allein sind, Bill«, stieß er hervor; er hielt die Sauerstoffmaske von Mund und Nase ab, doch ich merkte, dass er sie aufsetzen wollte, sowenig der Sauerstoff auch half.

»Wir sind allein«, sagte ich zu Atkins.

»Ich habe ihn gesehen«, flüsterte Tom mit heiserer Stimme. »Er ist überhaupt nicht so, wie wir immer dachten – er ist uns ähnlicher, als wir je gedacht haben. Er ist *schön,* Bill!«

»*Wer* ist schön – wer ist uns ähnlicher, als wir je gedacht haben, Tom?«, fragte ich, wusste aber, dass er das Thema gewechselt hatte; es gab nur eine Person, von der Tom und ich immer ängstlich und heimlich gesprochen hatten, liebevoll und hasserfüllt.

»Du weißt schon, wer, Bill – ich habe ihn gesehen«, flüsterte Atkins.

»Kittredge?«, flüsterte ich zurück.

Atkins bedeckte Mund und Nase mit der Sauerstoffmaske; er nickte *ja,* doch jede Kopfbewegung tat weh, und er quälte sich mit jedem Atemzug.

»Kittredge ist *schwul*?«, fragte ich Tom Atkins, doch das führte nur zu einem längeren Hustenanfall, gefolgt von einem widersprüchlichen Nicken und Kopfschütteln. Mit meiner Hilfe hob Atkins die Sauerstoffmaske von Mund und Nase, wenn auch nur kurz.

»Kittredge sieht *genauso* aus wie seine Mutter!«, keuchte Atkins; dann war er wieder unter der Maske und gab die furchtbarsten Sauglaute von sich. Ich wollte ihn nicht noch mehr aufregen, als es meine Anwesenheit ohnehin schon getan hatte. Atkins hielt die Augen wieder geschlossen, allerdings war sein Gesicht zu etwas erstarrt, was mehr einer Grimasse als einem Lächeln glich. Da hörte ich Elaine nach mir rufen.

Elaine war mit Mrs. Atkins und den Kindern in der Küche. »Er sollte nicht den Sauerstoff einatmen, wenn niemand dabei ist – jedenfalls nicht lange«, sagte Sue Atkins, als sie mich sah.

»Nein, Mom – Charles hat es etwas anders gesagt«, korrigierte Peter sie. »Wir müssen nur die Flasche kontrollieren.«

»Lieber Himmel, Peter – hör bitte auf, mich zu kritisieren!«, rief Mrs. Atkins; sie rang nach Atem. »Die alte Flasche ist wahrscheinlich *leer*! Sauerstoff *hilft* ihm eigentlich gar nicht!« Sie hustete unaufhörlich.

»Charles sollte aufpassen, dass die Sauerstoffflasche nie leer wird!«, sagte der Junge empört. »Daddy *weiß* nicht, dass Sauerstoff ihm nicht hilft – er glaubt immer noch, dass er hilft.«

»Ich hasse Charles«, sagte das Mädchen, Emily.

»Du sollst Charles nicht hassen, Emily – wir brauchen Charles«, sagte Sue Atkins, nach Atem ringend.

Ich sah Elaine an; ich wusste wirklich nicht mehr weiter. Ich war erstaunt, dass Emily neben Elaine auf einem Sofa saß, mit Blick auf den ausgeschalteten Fernseher; das Mädchen kauerte neben Elaine, die den Arm um die Schultern der Dreizehnjährigen gelegt hatte.

»Tom hält große Stücke auf Ihren *Charakter*, Bill«, sagte Mrs. Atkins zu mir (als hätte mein *Charakter* seit Stunden zur Diskussion gestanden). »Tom hat Sie zwanzig Jahre nicht gesehen; und doch glaubt er, Ihren Charakter anhand Ihrer Romane beurteilen zu können.«

»Die ausgedacht, die erfunden sind – stimmt's?«, fragte mich Peter.

»Bitte nicht, Peter«, sagte Sue Atkins müde und immer noch bemüht, diesen gar nicht harmlosen Husten zu unterdrücken.

»Das stimmt, Peter«, sagte ich.

»Ich habe die ganze Zeit geglaubt, Tom träfe sich mit *ihm*«, sagte Sue Atkins zu Elaine und zeigte auf mich. »Aber Tom hat sich offenbar mit diesem anderen getroffen – nach dem ihr *alle* so verrückt wart.«

»Das glaube ich nicht«, widersprach ich Mrs. Atkins. »Tom hat mir gesagt, er habe ihn ›gesehen‹ – nicht, dass er ihn ›getroffen‹ hat. Das ist ein Unterschied.«

»Tja, was weiß ich schon? Ich bin nur die Ehefrau«, sagte Sue Atkins.

»Meinst du damit Kittredge, Billy – redet sie von ihm?«, fragte mich Elaine.

»Ja, so heißt er – Kittredge. Ich glaube, Tom hat ihn geliebt – aber das habt ihr ja wohl *alle*«, sagte Mrs. Atkins. Sie war etwas fiebrig, was auch an den Medikamenten liegen mochte, die sie nahm. Ich wusste, dass der arme Tom von Bactrim einen Ausschlag bekommen hatte, wenn auch nicht, wo. Ich hatte nur eine diffuse Vorstellung davon, welche Nebenwirkungen Bactrim noch haben könnte. Mir war nur klar, dass Sue Atkins Pneumocystis-Pneumonie hatte, also nahm sie wahrscheinlich Bactrim und hatte Fieber.

Mrs. Atkins schien wie betäubt, als merke sie nicht, dass ihre Kinder Emily und Peter mit uns in der Küche waren.

»Hey – ich bin's nur!«, rief eine Männerstimme aus der Diele. Emily fing an zu kreischen – löste sich aber nicht aus Elaines Umarmung.

»Es ist doch nur Charles, Emily«, sagte Peter.

»Ich *weiß*, dass es Charles ist – ich hasse ihn«, sagte Emily.

»Hört auf, alle beide«, sagte ihre Mutter.

»Wer ist Kittredge?«, fragte Peter.

»Das würde ich auch gern wissen«, sagte Sue Atkins. »Anscheinend Gottes Geschenk an Männer *und* Frauen.«

»Was hat Tom über Kittredge gesagt, Billy?«, fragte mich Elaine. Ich hatte gehofft, dieses Gespräch im Zug zu führen, wo wir allein wären – oder es überhaupt nie zu führen.

»Tom sagte, er habe Kittredge *gesehen* – das war alles«, sagte ich Elaine. Mir war aber klar, dass das *nicht* alles war. Ich wusste nicht, was Atkins gemeint hatte – als er sagte, dass Kittredge überhaupt nicht so sei, wie wir immer glaubten, und dass er uns ähnlicher sei, als wir je gedacht hätten.

Dass der arme Tom Kittredge für *schön* hielt – *das* konnte ich mir problemlos vorstellen. Aber Atkins hatte offenbar andeuten wollen, dass Kittredge schwul war, andererseits aber auch nicht; laut Tom sah Kittredge *genauso* aus wie seine Mutter! (*Das* wollte ich Elaine nicht auf die Nase binden!) Wie konnte Kittredge *genau* wie seine Mutter aussehen?, fragte ich mich.

Emily kreischte. Es war wohl Charles, der Pfleger, dachte ich, aber nein – es war Jacques, der Hund. Der alte Labrador stand vor uns in der Küche.

»Es ist nur Jacques, Emily – er ist ein *Hund,* kein *Mann*«, sagte Peter verächtlich zu seiner Schwester, doch das Mädchen schrie immer weiter.

»Lass sie in Ruhe, Peter! Jacques ist ein *Rüde*, vielleicht liegt's daran«, sagte Mrs. Atkins. Doch als Emily nicht aufhören konnte (oder wollte) zu kreischen, sagte Sue zu Elaine und mir: »Es ist tatsächlich ungewöhnlich, Jacques woanders zu sehen als an Toms Bett. Seit Tom erkrankt ist, weicht der Hund nicht von seiner Seite. Wir müssen Jacques sogar zum *Pinkeln* ins Freie zerren!«

»Wir müssen Jacques ein Leckerli anbieten, nur damit er in die Küche kommt und frisst«, erklärte Peter, während seine Schwester immer weiterschrie.

»Man stelle sich einen Labrador vor, den man zum Fressen *zwingen* muss!«, sagte Sue Atkins; auf einmal sah sie den alten Hund an und fing an zu schreien. Jetzt schrien Emily *und* ihre Mutter.

»Es muss etwas mit Tom sein, Billy – irgendwas ist passiert«, sagte Elaine und übertönte das Geschrei. Entweder hörte Peter sie, oder er kam selbst dahinter – er war offenkundig ein kluger Junge.

»Daddy!«, rief der Junge, doch seine Mutter packte ihn und drückte ihn an sich.

»Warte auf Charles, Peter – Charles ist bei ihm«, brachte Mrs. Atkins heraus, obwohl sie noch kurzatmiger geworden war. Jacques (der Labrador) hockte nur hechelnd da.

Elaine und ich beschlossen, nicht auf Charles zu warten. Wir verließen die Küche und liefen durch den Flur im Erdgeschoss zu der jetzt offenen Tür von Toms ehemaligem Arbeitszimmer. (Jacques, der nach kurzem Zögern willens schien, uns zu folgen, blieb auf dem Küchenfußboden liegen. Anscheinend wusste der alte Hund, dass sein Herrchen von uns gegangen war.) Elaine und ich betraten das umgebaute Zimmer, wo wir Charles sahen, wie er sich über den Leichnam beugte, der auf dem Krankenhausbett lag, das der Pfleger höhergestellt hatte, um sich die Arbeit zu erleichtern. Charles hielt den Kopf gesenkt; er sah nicht zu Elaine und mir hoch, doch uns beiden war klar, dass der Pfleger unsere Anwesenheit bemerkt hatte.

Ich fühlte mich furchtbar an einen Mann erinnert, den ich ein paarmal im Mineshaft gesehen hatte, einem S&M-Club an der Washington Street, Höhe Little West 12th Street, im New Yorker Meatpacking District. (Larry erzählte mir, der Club sei vom Gesundheitsamt geschlossen worden, aber das geschah erst 1985 – vier Jahre nach dem ersten Auftauchen von Aids –, also als Elaine und ich versuchsweise in San Francisco zusammenlebten.) Im Mineshaft passierten eine Menge garstige Dinge: Von der Decke hing eine Schlinge für das Fisten; es gab eine Wand mit Glory Holes; sie hatten einen Raum mit einer Badewanne, in der sich Männer anpissen ließen.

Der Mann, dem Charles so glich, war ein tätowierter Muskelprotz mit elfenbeinblasser Haut, einem kahlgeschorenen Schädel, einem schwarzen Bartfleck an der Kinnspitze und zwei Diamantohrsteckern. Er trug eine schwarze Lederweste, einen Jockstrap und ein gutgewichstes Paar Motorradstiefel. Seine Aufgabe im Mineshaft war es, Leute rauszuschmeißen, die rausgeschmissen werden mussten. Man nannte ihn Mephistopheles; in seinen freien Nächten, wenn er nicht im Mineshaft beschäftigt war, hing er in einer schwarzen Schwulenbar namens Keller's ab. Ich glaube,

Keller's war an der West Street, Ecke Barrow Street, in der Nähe des Christopher Street Pier, doch ich ging da nie hin – ich kannte überhaupt keine Weißen, die da hingingen. (Im Mineshaft hörte ich, dass Mephistopheles ins Keller's ging, um Schwarze zu ficken oder sich mit ihnen zu prügeln, und dass es Mephistopheles egal war, was geschah; Ficken und Prügeln waren für ihn das Gleiche, und deshalb passte er zweifellos prima in einen Sadomasoschuppen wie das Mineshaft.)

Doch weder war der Pfleger, der sich so gewissenhaft um meinen toten Freund kümmerte, dieser Mephistopheles, noch hatte die liebevolle Fürsorge, die Charles den sterblichen Überresten des armen Tom angedeihen ließ, etwas Abseitiges oder Sexuelles an sich. Charles befasste sich mit dem Hickman-Katheter, der von Atkins' reglosem Brustkorb baumelte.

»Armer Tommy – es ist nicht meine Aufgabe, den Hickman zu entfernen«, erklärte der Pfleger Elaine und mir. »Der Bestatter wird ihn rausziehen. Sehen Sie, da ist eine Manschette – wie ein Klettverschluss um den Schlauch – direkt an der Stelle, wo der Katheter durch die Haut dringt. Tommys Zellen, seine Haut- und Körperzellen, sind in dieses Klettgewebe eingewachsen. Deshalb bleibt der Katheter an seinem Platz, damit er nicht rausfällt oder sich irgendwie lockert. Der Bestatter muss nur fest daran ziehen, schon kommt er raus«, erzählte uns Charles. Elaine sah weg.

»Vielleicht hätten wir Tom nicht allein lassen sollen«, sagte ich zu dem Pfleger.

»Viele Menschen *wollen* allein sterben«, entgegnete der Pfleger. »Ich weiß, dass Tommy Sie sehen wollte, dass er

Ihnen etwas zu sagen hatte. Ich wette, er hat's gesagt, stimmt's?«, fragte mich Charles. Er sah lächelnd zu mir hoch. Er war ein kräftiger, gutaussehender Mann mit Bürstenhaarschnitt und einem silbernen Ohrring – im oberen, knorpeligen Teil des linken Ohrs. Charles war glattrasiert, und wenn er lächelte, sah er überhaupt nicht wie der Mann aus, den ich als Mephistopheles kannte – der Rausschmeißer und Schläger im Mineshaft.

»Ja, ich glaube, Tom sagte, was er zu sagen hatte«, bestätigte ich. »Er wollte, dass ich Peter im Auge behalte.«

»Tja, also – viel Glück dabei. Das dürfte wohl Peters Entscheidung sein!«, sagte Charles. (Ich irrte mich nicht *völlig*, als ich ihn mit einem Rausschmeißer im Mineshaft verwechselt hatte; Charles hatte einiges von dessen lässig-überlegenem Auftreten.)

»Nein, nein, nein!«, hörten wir Peter aus der Küche rufen. Emily hatte aufgehört zu schreien, genau wie ihre Mom.

Für einen Dezember in New Jersey war Charles der Jahreszeit unangemessen gekleidet, bei dem knappen schwarzen T-Shirt sah man seine Muskeln und Tätowierungen.

»Ich hatte nicht den Eindruck, dass ihm der Sauerstoff half«, sagte ich zu Charles.

»Er half nur ein wenig. Bei PCP liegt das Problem darin, dass sie streut, sie befällt *beide* Lungenflügel und hemmt den Übergang des Sauerstoffs in die Blutgefäße und somit in den Körper«, erklärte der Pfleger.

»Tom hatte so schrecklich kalte Hände«, sagte Elaine.

»Tommy wollte nicht an das Beatmungsgerät angeschlossen werden«, fuhr Charles fort; offenbar war er mit dem

Hickman-Katheter fertig. Er wusch die verkrusteten Candida-Beläge von dem Bereich um Atkins' Mund ab. »Ich will ihn sauber machen, ehe Sue und die Kinder ihn sehen«, sagte er.

»Und *Mrs.* Atkins, *ihr* Husten?«, fragte ich. »Der wird schlimmer werden, stimmt's?«

»Es ist ein trockener Husten, manchmal *gar kein* Husten. Man reitet immer zu sehr auf dem Husten herum. Was schlimmer wird, ist die Kurzatmigkeit«, sagte mir der Pfleger. »Tommy ging einfach die Luft aus.«

»Charles, wir wollen ihn *sehen*!«, rief Mrs. Atkins.

»Nein, nein, nein«, rief Peter wieder.

»Ich *hasse* dich, Charles!«, schrie Emily aus der Küche.

»Das weiß ich doch, Süße!«, schrie Charles zurück. »Gebt mir nur noch ein bisschen Zeit, ihr drei!«

Ich beugte mich über Atkins und küsste ihn auf die nasskalte Stirn. »Ich habe ihn unterschätzt«, sagte ich zu Elaine.

»Jetzt nicht weinen, Billy«, sagte Elaine.

Ich verspannte mich plötzlich, weil ich dachte, Charles würde mich umarmen oder küssen – oder mich vielleicht auch nur von dem erhöhten Bett wegschubsen –, doch er wollte mir lediglich seine Visitenkarte in die Hand drücken. »Rufen Sie mich an, William Abbott – lassen Sie mich wissen, ob Peter Kontakt zu Ihnen aufnehmen darf, falls er das will.«

»Falls er das will«, wiederholte ich und nahm die Karte des Pflegers.

Wenn mich jemand als »William Abbott« ansprach, wusste ich gewöhnlich, dass es sich um einen Leser oder eine Leserin handelte – oder dass diese Person wenigstens wusste, dass ich »der Schriftsteller« war. Bei Charles war ich mir nur sicher, dass er schwul war, ob er auch ein *Leser* war, entzog sich meiner Kenntnis.

»Charles!«, rief Sue Atkins atemlos.

Elaine, ich und Charles betrachteten den armen Tom. Ich kann nicht behaupten, dass Tom Atkins »friedlich« aussah, doch er erholte sich von den furchtbaren Anstrengungen seiner Atemversuche.

»Nein, nein, nein«, rief sein geliebter Sohn, wenn auch jetzt leiser.

Elaine und ich sahen, wie Charles plötzlich Richtung Türöffnung schaute. »Ach, *du* bist es, Jacques«, sagte der Pfleger. »Ist in Ordnung – *du* darfst reinkommen. Na komm.«

Elaine und ich zuckten beide zusammen. Bestimmt sah man uns an, dass wir an einen anderen Jacques dachten, der gekommen war, um sich von Tom Atkins zu verabschieden. Doch in der Tür stand nicht der *Schack*, den Elaine und ich erwartet hatten. Sollten wir beide wirklich zwanzig Jahre lang darauf gewartet haben, Kittredge wiederzusehen?

In der Tür stand der alte Hund, unsicher, ob er den nächsten arthritischen Schritt machen sollte.

»Na komm schon, Junge«, sagte Charles, worauf Jacques in das ehemalige Arbeitszimmer seines ehemaligen Herrchens humpelte. Charles hob eine von Toms kalten Händen von der Seite des Bettes, und der alte Labrador drückte seine kalte Nase dagegen.

In der Tür warteten noch andere, um sich von Tom zu verabschieden. Elaine und ich traten von Toms Bett zurück. Sue Atkins schenkte mir ein mattes Lächeln. »Wie schön, dass ich Sie endlich kennengelernt habe«, sagte die todkranke Frau. »Lassen Sie den Kontakt nicht abreißen.« Wie zwanzig Jahre zuvor Toms Vater gab sie mir nicht die Hand.

Peter würdigte mich keines Blickes; er lief zu seinem Vater und schlang die Arme um den ausgezehrten Körper. Emily warf Elaine einen (wenn auch flüchtigen) Blick zu; dann sah sie Charles an und kreischte los. Der alte Hund hockte einfach nur da, wie er in der Küche dagehockt hatte – erwartungslos.

Auf dem Weg durch den Flur, durch die Diele (wo mir jetzt erst ein nicht geschmückter Weihnachtsbaum auffiel) und raus aus diesem *heimgesuchten* Haus wiederholte Elaine immerzu einen Satz, der nicht recht zu mir durchdrang. In der Auffahrt stand der Taxifahrer vom Bahnhof, den wir gebeten hatten zu warten. (Zu meiner Überraschung waren wir nur eine knappe Stunde im Haus der Atkins gewesen; für Elaine und mich hatte es sich angefühlt, als hätten wir unser halbes Leben dort verbracht.)

»Ich hab nicht verstanden, was du gesagt hast«, sagte ich zu Elaine, als wir beide im Taxi saßen.

»Was wird aus der Ente, Billy?«, wiederholte Elaine – diesmal laut genug, dass ich sie verstand.

Na schön, also *noch ein* Epilog, dachte ich.

»Wir sind vom Stoff, / Aus dem die Träume sind, und unser kleines Leben / Ist eingebettet in einen langen Schlaf«, sagt Prospero – 4. Aufzug, 1. Szene. Es gab mal eine Zeit, als ich wirklich der Meinung gewesen war, *Der Sturm* könnte und sollte dort enden.

Wie beginnt Prospero den Epilog? Ich kramte in meiner Erinnerung. Natürlich würde Richard Abbott es wissen, doch als Elaine und ich nach New York zurückkamen, wusste ich, dass ich Richard nicht anrufen wollte. (Ich war nicht bereit, Mrs. Hadley von Atkins zu erzählen.)

»Die ersten Zeilen im Epilog von *Der Sturm*«, sagte ich im Taxi traurig und möglichst beiläufig zu Elaine. »Du weißt schon – der Schluss, gesprochen von Prospero. Wie fängt er an?«

»›Hin sind meine Zauberein: / Was von Kraft mir bleibt, ist mein, / und das ist wenig‹«, rezitierte Elaine. »Meinst du das, Billy?«

»Ja, das meine ich«, sagte ich meiner liebsten Freundin. Genau so fühlte ich mich – *wenig Kraft.*

»Okay, okay«, sagte Elaine und schlang die Arme um mich. »Du darfst jetzt weinen, Billy – das dürfen wir beide. Okay, okay.«

Ich versuchte, nicht an jene Stelle in *Madame Bovary* zu denken – Atkins hatte sie *gehasst.* Ich meine den Augenblick, nachdem Emma sich dem nichtswürdigen Rodolphe hingibt – wenn sie ihren Herzschlag spürt und fühlt, »wie das Blut aufs Neue durch ihren Leib strömte gleich einer Flut quellender Milch«. Wie hatte dieser Vergleich Atkins angewidert!

Und doch, so schwer mir die Vorstellung auch fiel – nachdem ich den kaum mehr als vierzig Kilo schweren, im Sterben liegenden Atkins gesehen hatte und seine todkranke Frau, deren Blut keine »Flut quellender Milch« in ihrem Leib war –, auch Tom und Sue Atkins mussten sich einmal so gefühlt haben, wenigstens ein- oder zweimal.

»Du willst doch nicht etwa behaupten, Tom Atkins habe dir gesagt, Kittredge sei *schwul* – das willst du doch nicht allen Ernstes behaupten, oder?«, fragte mich Elaine im Zug, eine Frage, auf die ich gewartet hatte.

»Nein, das will ich *nicht* behaupten – bei dem Wort *schwul* hat Tom übrigens gleichzeitig genickt und den Kopf geschüttelt. Atkins war einfach nicht mehr klar. Tom sagte nicht genau, was Kittredge ist oder war, nur dass er ihn ›gesehen‹ hat und dass Kittredge ›schön‹ sei. Und noch etwas: Tom sagte, Kittredge sei ganz und gar nicht der, für den er ihn gehalten habe, Elaine – mehr weiß ich nicht«, sagte ich ihr.

»Na schön. Frag Larry, ob er irgendwas über Kittredge gehört hat. Ich sehe in einigen Hospizen nach, wenn du im St. Vincent's nachsiehst, Billy«, sagte Elaine.

»Tom hat nie behauptet, Kittredge sei *krank,* Elaine.«

»Wenn Tom ihn gesehen hat, könnte Kittredge krank sein, Billy. Wer weiß denn, wo Tom gewesen ist? Offenbar war Kittredge auch dort.«

»Also gut – ich frage Larry, ich sehe im St. Vincent's nach«, sagte ich. Ich wartete ein Weilchen, während draußen hinter unseren Zugfenstern New Jersey vorbeihuschte. »Du verschweigst mir etwas, Elaine«, sagte ich ihr auf den Kopf zu. »Wie kommst du darauf, dass Kittredge Aids haben könnte? Was weiß ich über *Mrs.* Kittredge nicht?«

»Kittredge hat immer rumexperimentiert, nicht wahr, Billy?«, fragte Elaine. »Darauf will ich hinaus – er hat rumexperimentiert. Er würde *jeden* ficken, nur um rauszufinden, wie es ist.«

Doch ich kannte Elaine zu gut; ich wusste, dass sie log –

vielleicht eine Lüge durch Weglassen, nicht die andere Sorte –, und ich wusste, dass ich Geduld mit ihr haben musste, so wie sie früher (und zwar jahrelang) mit mir Geduld gehabt hatte. Elaine erzählte so gern Geschichten.

»Ich weiß nicht, wer oder was Kittredge ist, Billy«, sagte mir Elaine. (Was sich wie die Wahrheit anhörte.)

»Ich weiß es auch nicht«, gab ich zurück.

So sah es aus: Soeben war Tom Atkins gestorben; selbst jetzt dachten Elaine und ich an Kittredge.

13
Keines natürlichen Todes

Wenn ich an Tom Atkins' überzogene Erwartungen an unsere gar so viele Sommer zurückliegende, ach-so-jugendliche Affäre denke, bin ich immer noch sprachlos. Selbst auf seinem Sterbelager hatte der arme Tom nicht mit Wunschdenken aufgehört. Er sah in mir einen geeigneten Ersatzvater für seinen Sohn Peter – ein völlig abwegiger Gedanke, aus dem, wie selbst dieser liebenswerte Fünfzehnjährige wusste, nie im Leben etwas werden würde.

Zu Charles, dem Pfleger der Familie Atkins, hielt ich noch fünf oder sechs Jahre Kontakt – mehr nicht. Von ihm erfuhr ich, dass Peter Atkins nach Lawrenceville kam, bis 1987 (ein oder zwei Jahre nach Peters Abschluss) noch eine reine Knabenschule. Verglichen mit vielen Privatgymnasien in New England (wie auch der Favorite River Academy) wurden in Lawrenceville erst sehr spät auch Mädchen zugelassen.

O Mann, ich konnte nur hoffen, dass Peter nicht (mit den Worten seines armen Vaters) einer »wie wir« war.

Anschließend kam Peter nach Princeton, etwa acht Kilometer nordöstlich von Lawrenceville. Als mein Zusammenwohnen mit Elaine in San Francisco gescheitert war, zogen wir beide nach New York zurück, und Elaine übernahm im darauffolgenden akademischen Jahr 1987/88 einen Lehrauftrag in Princeton an, als Peter Atkins dort studierte. Im Frühjahr 1988 nahm er an ihrem Schreibseminar teil; inzwischen war er Anfang zwanzig. Elaine meinte, dass er im Hauptfach etwas mit Wirtschaft studierte, aber die Hauptfächer ihrer Studenten waren ihr immer egal.

»Er hatte kein Talent zum Schreiben«, sagte sie mir, »aber wenigstens machte er sich keine Illusionen.«

Peters Kurzgeschichten handelten alle vom Selbstmord seiner jüngeren Schwester Emily mit siebzehn oder achtzehn.

Charles hatte mir kurz danach davon berichtet. Emily sei schon immer ein »sehr schwieriges« Mädchen gewesen, schrieb er mir. Toms Frau Sue wiederum starb erst achtzehn Monate nach ihrem Mann; sofort nach seinem Tod hatte sie Charles durch eine andere Pflegekraft ausgetauscht.

»Ich kann verstehen, dass Sue sich nicht von einem schwulen Mann pflegen lassen wollte«, meinte Charles dazu.

Ich hatte Elaine gefragt, ob sie Peter Atkins für schwul hielt. »Nein«, hatte sie geantwortet. »Ganz sicher nicht.« Und tatsächlich trat irgendwann in den späten neunziger Jahren – ein paar Jahre nach dem Höhepunkt der Aidsepidemie – nach einer Lesung von mir in New York ein rothaariger junger Mann mit frischer Gesichtsfarbe (und attraktiver junger Begleiterin) bei der anschließenden Signierstunde an mich heran. Damals muss Peter Atkins Anfang dreißig gewesen sein, aber ich erkannte ihn sofort. Er sah Tom immer noch ähnlich.

»Wir haben uns extra eine Babysitterin besorgt – was wir ziemlich selten tun«, sagte seine Frau mit einem Lächeln.

»Wie geht es dir, Peter?«, fragte ich ihn.

»Ich hab alle deine Bücher gelesen«, versicherte mir der junge Mann. »Deine Romane standen für mich sozusagen *in loco parentis.*« Die lateinischen Worte sprach er langsam aus. »Sie wissen schon, ›anstelle eines Elternteils‹ – sozusagen«, erklärte der junge Atkins.

Wir lächelten einander nur an; mehr gab es nicht zu sagen.

Er hatte es gut gesagt, fand ich. Sein Vater wäre glücklich gewesen, wie sich sein Sohn entwickelte – jedenfalls so glücklich, wie der arme Tom je sein konnte. Tom Atkins und ich waren zu einer Zeit aufgewachsen, in der wir uns wegen unserer sexuellen Abweichungen in Selbsthass ergingen, weil man uns eingetrichtert hatte, diese Abweichungen wären falsch. Im Nachhinein schäme ich mich, dass ich gehofft hatte, Peter Atkins möge *nicht* wie Tom werden – oder wie ich. Vielleicht hätte ich für jemanden aus Peters Generation gerade hoffen sollen, dass er »wie wir« wäre – und stolz darauf. Wenn man allerdings das Ende seiner Eltern bedenkt, versteht es sich von selbst, dass ich fand, Peter Atkins habe schon genug durchgemacht.

Ich sollte einen kurzen Nachruf auf die First Sister Players verfassen, die konstant laienhafte Schauspieltruppe meiner Heimatstadt. Mit dem Tod Nils Borkmans und dem nicht minder gewaltsamen Abgang der Souffleuse dieses kleinen Theaters (meiner Mutter Mary Marshall Abbott) – ganz zu schweigen von dem meiner Tante Muriel Marshall Fremont, die unser Städtchen in diversen stimmgewaltigen, vollbusigen Rollen zu Begeisterungsstürmen hingerissen hatte –, traten die First Sister Players einfach ab. In den achtziger Jahren wurden selbst in Kleinstädten aus den alten Theatern Kinosäle; die Leute wollten Filme sehen.

»Bestimmt hocken sogar noch mehr Leute hinterm Ofen und gucken in die Röhre«, bemerkte Grandpa Harry dazu. Harry Marshall hockte selber »hinterm Ofen«; seine Bühnenerfolge *als Frau* waren längst Vergangenheit.

Richard rief mich an, nachdem Elmira Grandpa Harrys Leiche gefunden hatte.

»Nie wieder reinigen, Elmira«, hatte Harry gesagt, als er sah, wie die Pflegerin Nana Victorias saubere Kleider in den Schrank hängte.

»Ich muss mich verhört haben«, sollte Elmira später Richard erklären. »Ich hab gedacht, er hätt gesagt: ›*Bloß nicht* wieder reinigen, Elmira‹ – so als würd er mich aufziehen, wissen Sie? Aber jetzt bin ich mir ziemlich sicher, dass er gesagt hat ›Nie wieder reinigen, Elmira‹ – so als hätt er da schon gewusst, was er vorhatte.«

Aus Rücksicht auf seine Pflegerin hatte sich Grandpa Harry als der alte Holzfäller angezogen, der er war – Jeans, ein Flanellhemd, »nichts Nobles«, wie Elmira sagen würde –, und als er sich in der Badewanne auf die Seite gelegt hatte, so wie sich ein Kind zum Schlafen legt, hatte er es irgendwie geschafft, sich mit dem Mossberg .30-30 so in die Schläfe zu schießen, dass das meiste Blut in der Wanne landete; was trotzdem noch die Badezimmerfliesen bespritzt hatte, strapazierte Elmiras Putzkünste nicht übermäßig.

Grandpa Harrys Nachricht auf meinem Anrufbeantworter am Vorabend hatte sich genau wie sonst angehört.

»Brauchst mich nicht zurückrufen, Bill – ich hau mich etwas früher aufs Ohr. Wollte bloß mal hören, ob bei dir alles klar ist.«

An diesem Abend – es war November 1984, kurz vor Thanksgiving – klang die Nachricht auf Richard Abbotts Anrufbeantworter so ähnlich, jedenfalls was das »etwas früher aufs Ohr hauen« anging. Richard war mit Martha Hadley in die Stadt ins Kino gegangen, in das ehemalige Theater der First Sister Players. Nur das Ende der Nachricht unterschied sich etwas von meiner. »Meine Mädchen fehlen mir, Richard«, hatte Grandpa Harry gesagt. (Bevor er sich in die Badewanne hineingelegt und den Abzug gezogen hatte.) Harold Marshall war Ende neunzig – nur ein *bisschen* früh, um sich aufs Ohr zu hauen.

Richard Abbott und Onkel Bob wollten aus diesem Thanksgivingfest eine Gedenkfeier für Grandpa Harry machen, aber Harrys sämtliche Altersgenossen wohnten – so sie noch am Leben waren – in der Einrichtung für betreutes Wohnen (und leisteten uns nicht beim Thanksgiving-Essen im Haus an der River Street Gesellschaft).

Elaine und ich reisten gemeinsam aus New York an; Larry nahmen wir mit. Er war sechsundsechzig, derzeit solo, und Elaine und ich machten uns Sorgen um ihn. Seine HIV-Testergebnisse waren zwar immer noch negativ, aber er wirkte trotzdem erschöpft; Elaine und ich hatten uns darüber unterhalten. Sie hatte sogar gesagt, das Aidsvirus würde Larry umbringen – »auf andere Art«.

Ich war froh, Larry auf der Fahrt dabeizuhaben. Es hielt Elaine davon ab, sich Geschichten über die Leute auszudenken, mit denen ich gerade etwas hatte, ob Mann oder

Frau. So entgingen einige der Verleumdung, sie würden ins Bett kacken.

Richard hatte ein paar ausländische Schüler der Favorite River Academy zu unserem Familienessen eingeladen: zwei Koreanerinnen und einen einsam wirkenden Japaner, die nicht mal eben schnell über die Feiertage nach Hause reisen konnten. Alle anderen kannten sich untereinander – bis auf Larry, der das erste Mal in Vermont war.

Obwohl Grandpa Harrys Haus an der River Street praktisch in der Stadtmitte und nicht weit vom Favorite River Campus entfernt lag, kam First Sister Larry wie eine »Wildnis« vor. Was mochte er da von den Wäldern und Feldern drum herum halten? Die Jagdsaison für Rotwild hatte begonnen, so dass immer wieder Schüsse knallten. (Eine »*barbarische* Wildnis«, so nannte Larry Vermont.)

Mrs. Hadley und Richard erledigten die Küchenarbeiten, mit Hilfe von Gerry und deren neuer Freundin Helena – einer quirligen Plaudertasche, die erst kürzlich ihren Mann verlassen und sich geoutet hatte, obwohl sie in Gerrys Alter war (fünfundvierzig) und zwei große, über zwanzigjährige »Kids« hatte, die die Feiertage bei ihrem Vater verbrachten.

Erstaunlicherweise verstanden sich Larry und Onkel Bob auf Anhieb gut – vielleicht, weil Larry genau im selben Alter war, in dem Tante Muriel gewesen wäre, wenn sie nicht mit meiner Mutter bei dem Unfall ums Leben gekommen wäre. Außerdem unterhielt sich Larry nur zu gern mit Richard Abbott über Shakespeare. Ich genoss es, den beiden zuzuhören, und fühlte mich auf gewisse Weise in meine Jugend im Theaterclub der Favorite River Academy zurückversetzt – als zöge eine Kindheitsphase vor meinem inneren Auge vorüber.

Seit es auch Schülerinnen auf Favorite River gab, erklärte Richard Abbott Larry gerade, unterscheide sich die Rollenbesetzung der Theaterclub-Stücke doch sehr von derjenigen eines reinen Knabeninternats. Ihm sei es immer gegen den Strich gegangen, weibliche Rollen mit Jungen zu besetzen, sagte Richard; Grandpa Harry, der zwar kein »Junge« gewesen sei, dafür aber *als Frau* ideal besetzt, sei eine Ausnahme gewesen (wie auch Elaine und eine Handvoll andere Lehrertöchter). Doch jetzt, da er unter Jungen *und* Mädchen wählen konnte, beklagte Richard, was viele Theaterregisseure in Schulen – sogar an Colleges – mir heutzutage häufig sagen: Mädchen interessieren sich mehr für Theater; es gibt immer mehr Mädchen. Und nicht genug Jungen zur Besetzung der männlichen Rollen; und man muss Stücke mit mehr Frauenrollen für all die vielen Mädchen suchen, weil fast immer mehr Schauspielerinnen als Rollen vorhanden sind.

»Shakespeare hatte keine Probleme mit Geschlechtertausch, Richard«, sagte Larry provokant. »Warum sagen Sie Ihren Theater-Kids nicht, dass Sie in den Stücken mit überwiegend männlichen Rollen diese komplett mit Mädchen besetzen und die Frauenrollen mit Jungen? Das hätte Shakespeare bestimmt sehr gefallen!« (Zweifellos hätte es *Larry* sehr gefallen. Larry sah die Welt, einschließlich Shakespeare, nur aus der Genderperspektive.)

»Das ist eine sehr interessante Idee«, erwiderte Richard Abbott. »Aber hier geht es um *Romeo und Julia.*« (Das musste also Richards nächstes Shakespeare-Stück sein, riet ich.) »In dem Stück gibt es lediglich vier weibliche Rollen, von denen nur zwei tragend sind«, fuhr Richard fort.

»Jaja – ich weiß«, spreizte sich Larry. »Da wären Lady Montague und Lady Capulet – die unwichtig sind, wie Sie sagen. Bleiben nur Julia und ihre Amme, gegen mindestens zwanzig *Männer*!«

»Es ist verlockend, die Jungs als Frauen zu besetzen, und umgekehrt«, räumte Richard ein, »aber es sind Teenager, Larry. Wo finde ich einen Jungen, der den Mut hat, die Julia zu spielen?«

»Ah …«, machte Larry und verstummte. (Darauf wusste nicht einmal Larry eine Antwort.) Ich weiß noch, wie ich dachte, dass das nicht mein Problem war; ich hatte andere Sorgen.

Grandpa Harry hatte mir sein Haus an der River Street vermacht. Was fing ich mit einem Haus mit fünf Schlaf- und sechs Badezimmern in Vermont an?

Richard hatte mir geraten, es zu behalten. »Wenn du es später verkaufst, bekommst du mehr dafür, Bill«, sagte er. (Grandpa Harry hatte mir auch etwas Geld vermacht; das zusätzliche Geld aus dem Verkauf seines Hauses brauchte ich nicht – jedenfalls noch nicht.)

Martha Hadley versprach, eine Auktion für die überflüssigen Möbel zu organisieren. Harry hatte Onkel Bob und Richard Abbott etwas Geld vererbt; das meiste ging an Gerry – als Entschädigung für ihren Anteil am Haus.

Es war mein Geburtshaus, das Haus, in dem ich groß wurde, bis meine Mutter Richard geheiratet hatte und wir in die Lehrerwohnung umgezogen waren. Grandpa Harry hatte zu Richard gesagt: »Dieses Haus sollte Bill gehören.

Einem Schriftsteller macht es bestimmt nichts aus, mit Gespenstern zusammenzuwohnen – die kommen Bill doch gerade recht, was?«

Ich war den Gespenstern noch nicht begegnet und wusste nicht, ob sie mir gerade recht kamen. An diesem Thanksgiving-Wochenende konnte ich mir nicht so recht vorstellen, was mich je im Leben dazu verleiten sollte, in First Sister zu wohnen. Aber ich dachte mir, dass die Entscheidung ja keine Eile hatte; ich wollte das Haus zunächst einmal behalten.

Die Gespenster scheuchten Elaine von ihrem in mein Zimmer – gleich in der ersten Nacht, die wir im Haus an der River Street verbrachten. Ich lag in meinem alten Kinderzimmer, als Elaine zur Tür hereinschoss und unter meine Decke kroch. »Ich weiß nicht, wofür sich diese Frauen halten«, sagte sie. »Aber ich weiß, dass sie tot sind, und das nervt sie gewaltig.«

»Okay«, antwortete ich. Ich schlief gern neben Elaine, aber in der nächsten Nacht nahmen wir uns ein Zimmer mit breiterem Bett. An diesem Wochenende sah ich keine Gespenster – wie auch später nie in diesem Haus.

Larry hatte ich das größte Zimmer gegeben, das Grandpa Harry gehört hatte – der Schrank quoll immer noch über von Nana Victorias Kleidern. (Mrs. Hadley hatte mir versprochen, auch die zu entsorgen, wenn sie und Richard die Möbel versteigerten.) Larry sah keine Gespenster; er beschwerte sich nur über die Wanne in seinem Bad.

»Ähem, Bill – ist das die Badewanne, in der dein Großvater –«

»Ja, genau«, fiel ich ihm ins Wort. »Warum?«

Larry hatte nach Blutflecken gesucht, aber Bad und Wanne waren tadellos sauber gewesen. (Elmira musste da drin gewütet haben!) Trotzdem hatte Larry etwas gefunden, das er mir zeigen wollte. Am Badewannenboden war die Emaille an einer Stelle abgesplittert.

»War das hier schon immer schadhaft?«, wollte er wissen.

»Aber ja – die Stelle war da schon drin, als ich klein war«, log ich.

»Das sagst du, Billy – das sagst *du*«, unkte Larry misstrauisch.

Wir wussten beide, wie es zu der angestoßenen Stelle gekommen war. Die Gewehrkugel musste Grandpa Harrys Kopf durchschlagen haben, während er auf der Seite lag. So hatte die Kugel die Emaille am Badewannenboden eingedellt.

»Wenn ihr die alten Möbel versteigert«, bat ich Richard und Martha, »dann versteigert bitte auch die Badewanne.«

Ich musste nicht näher erklären, *welche* Wanne.

»Du wirst nie in dieser grässlichen Kleinstadt wohnen, Billy. Du spinnst, wenn du es auch nur in Erwägung ziehst«, sagte Elaine. Es war die Nacht nach unserem Thanksgiving-Essen, und vielleicht lagen wir im Bett wach, weil wir uns die Bäuche zu vollgeschlagen hatten und nicht einschlafen konnten, oder vielleicht horchten wir auch nach Gespenstern.

»Als wir beide noch hier gewohnt haben, in diesem grässlichen Kaff – als wir in diesen Shakespeare-Stücken mitgespielt haben –, gab es da jemals einen Jungen, der den Mut hatte, die Julia zu spielen?«, fragte ich Elaine. Ich spürte, wie sie ihn sich vorstellte, genau wie ich, im Dunkeln – von wegen *nach Gespenstern horchen*!

»Nur einer hätte den Mut dazu gehabt, Billy«, antwortete mir Elaine, »aber er wäre nicht der Richtige für die Rolle gewesen.«

»Warum nicht?«, fragte ich. Sie meinte Kittredge; hübsch genug war er – den Mut dazu hatte er auch, keine Frage.

»Julia ist vor allem eins: *aufrichtig*«, sagte Elaine. »Vom Aussehen her wäre Kittredge natürlich ideal gewesen, aber er hätte irgendwie zu dick aufgetragen – mit *aufrichtig* hatte Kittredge es nicht so, Billy«, sagte Elaine.

Nein, weiß Gott nicht, dachte ich. Kittredge hätte jeder sein können – vom Aussehen her passte er in jede Rolle. Aber aufrichtig war er nie; er hatte ständig etwas zu verbergen – er spielte immer nur eine Rolle.

Bei diesem Thanksgiving-Essen gab es peinliche und komische Szenen. Zu Letzteren gehörte, dass die beiden Koreanerinnen ihrem japanischen Mitschüler Fumi weismachten, wir würden einen Pfau verspeisen. (Mir ist schleierhaft, wie die beiden es fertigbrachten, Fumi diesen Bären aufzubinden, und warum dem Japaner allein die Vorstellung, Pfau zu essen, so furchtbar zusetzte.)

»Nein, nein – es ist eine *Pute*«, sprach Mrs. Hadley ihm vor, als hätte er ein Ausspracheproblem.

Da ich in diesem Haus an der River Street groß geworden war, fand ich das Lexikon und zeigte Fumi, wie ein Truthahn aussah. »*Kein* Pfau«, sagte ich. Die Koreanerinnen, Su Min und Dong Hi, tuschelten auf Koreanisch miteinander und kicherten.

Später, als schon reichlich Wein geflossen war, brachte die quirlige Plaudertasche und zweifache Mutter – Gerrys neue Freundin – einen Toast auf unsere erweiterte Familie aus, um sich für die Einladung zu der (wie sie sagte) »intimen« Feier im kleinen Kreis zu bedanken. Zweifelsohne lag es am Wein, in Kombination mit dem Wörtchen »intim«, dass Helena zu einer Stegreifrede auf ihre Vagina ansetzte – oder vielleicht pries sie auch *alle* Vaginas dieser Welt. »Vielen Dank für die nette Einladung«, hatte sie angefangen, ehe sie vom Thema abschweifte. »Früher habe ich meine Vagina *gehasst,* aber jetzt liebe ich sie«, verkündete sie. Gleich darauf schien sie sich eines Besseren zu besinnen, weil sie rasch ergänzte: »Und Gerrys Vagina liebe ich natürlich auch, denn Gerry habe ich es überhaupt zu verdanken, dass ich auch meine Vagina liebe, obwohl ich sie früher gehasst habe«, schloss sie, ein wenig schwankend, mit erhobenem Glas. »Danke für die Einladung«, nuschelte sie noch einmal, während sie sich wieder setzte.

Vermutlich hatte Onkel Bob mehr Tischreden gehört als jeder andere Anwesende – wenn man an all das viele Händeschütteln dachte, das er für sein Alumni-Büro leistete, all die vielen schulterklopfenden Abendessen mit betrunkenen Favorite-River-Ehemaligen –, aber selbst ihm verschlug es die Sprache nach Helenas spontanem Trinkspruch auf mindestens zwei Vaginas.

Larry musste sich sichtlich beherrschen. Anders als bei Tom Atkins, der beim Wort *Vagina* oder auch nur beim Gedanken an eine Vagina gewohnheitsmäßig überreagiert hatte, konnte man sich bei Larry auf einen diesbezüglichen Kommentar verlassen. »Nicht«, bat ich ihn leise über den

Tisch hinweg, weil ich immer merkte, wenn Larry mit sich rang; dann riss er die Augen weit auf, und seine Nasenflügel bebten.

Doch diesmal hatten die Koreanerinnen nicht verstanden. »Eine *was?*«, hatte Dong Hi gefragt.

»Sie hasst und liebt jetzt *was?*«, fragte Su Min.

Nun war Fumi mit Kichern an der Reihe – der einsam wirkende junge Japaner, der das Pute-Pfau-Missverständnis überwunden hatte und offenbar wusste, was eine Vagina war.

»Ihr wisst schon, eine Vagina«, sagte Elaine leise zu den Koreanerinnen, aber Su Min und Dong Hi hatten das Wort noch nie gehört – und niemand am Tisch kannte die koreanische Übersetzung.

»Du meine Güte – da, wo die *Babys* rauskommen«, versuchte Mrs. Hadley zu erklären, ehe sie plötzlich betroffen dreinschaute (vielleicht, weil ihr Elaines Abtreibungen einfielen).

»Dort, wo alles passiert – ihr wisst schon, da unten«, sagte Elaine zu den Koreanerinnen, aber ohne etwas zu *machen,* während sie »da unten« sagte; ohne zu zeigen, zu gestikulieren oder auf eine bestimmte Stelle zu deuten.

»Dem muss ich entschieden widersprechen – nicht *alles* passiert dort, wenn ich bitten darf«, sagte Larry lächelnd; ich wusste, das war erst der Anfang.

»Oh, Verzeihung – ich bin beschwipst und hab ganz vergessen, dass junge Leute am Tisch sind!«, stieß Helena hervor.

»Keine Sorge, meine Liebe«, beruhigte Onkel Bob Gerrys neue Freundin; mir war klar, dass Bob Helena mochte, die ganz anders war als die lange Reihe ihrer Vorgängerinnen. »Diese jungen Leute kommen aus anderen Ländern, anderen Kulturen; worüber wir in unserer Heimat reden, ist nicht unbedingt Gesprächsthema in *Korea*«, versuchte Tennisarm-Bob zu vermitteln.

»Ach Quatsch!«, rief Gerry. »Versucht's einfach mit 'nem anderen Scheiß-*Wort*!« Und an Su Min und Dong Hi gewandt, die das Wort *Vagina* immer noch nicht recht unterbringen konnten: »Es ist eine Muschi, eine Möse, eine Scheide, ein Loch, eine Fut, eine Pussy – es ist eine *Fotze*, Herrgott noch mal!«, rief Gerry; bei dem Wort Fotze zuckten Elaine (und sogar Larry) zusammen.

»Sie haben es verstanden, Gerry – bitte«, mahnte Onkel Bob.

In der Tat waren die Koreanerinnen weiß geworden wie ein unbeschriebenes Blatt Papier; der Japaner hielt sich erstaunlich gut, auch wenn ihn sowohl »Loch« als auch »Fut« überrascht hatten.

»Gibt es irgendwo ein Bild, Bill – wenn nicht im Lexikon?«, fragte Larry schadenfroh.

»Eh ich's vergesse, Bill«, warf Richard Abbott ein – ich merkte, wie taktvoll er versuchte, vom Vaginathema wegzukommen –, »was ist mit dem Mossberg?«

»Dem *was*?«, fragte Fumi mit verängstigter Stimme; zwar hatten ihn bereits die Vulgärausdrücke für Vagina verblüfft, aber das Wort *Mossberg* hatte er wirklich noch nie gehört.

»Was soll damit sein?«, fragte ich Richard zurück.

»Sollen wir es mit den Möbeln versteigern, Bill? Du willst den alten Karabiner doch nicht etwa behalten?«

»O doch, Richard«, erwiderte ich. »Und die Munition auch – für den Fall, dass ich je hier wohnen sollte, erscheint es mir sinnvoll, eine Flinte griffbereit zu haben.«

»Die River Street ist bebautes Gelände, Billy«, ermahnte mich Onkel Bob. »Im Stadtgebiet darf nicht geschossen werden – nicht mal auf Schädlinge.«

»Grandpa Harry hat die Flinte gemocht«, sagte ich.

»Und die Kleider seiner Frau«, sagte Elaine. »Willst du ihre Kleider auch behalten?«

»Ich seh dich nicht so richtig als Rotwildjäger, Bill«, sagte Richard Abbott. »Selbst *wenn* du dich dazu durchringst, herzuziehen.« Aber ich wollte dieses Mossberg .30-30 – jeder konnte es sehen.

»Wozu brauchst du ein Gewehr, Billy?«, fragte mich Larry.

»Ich weiß, dass du Geheimnisse magst«, sagte Elaine. »Du kannst sie nur nicht für dich behalten.«

Elaine hatte nicht viele Geheimnisse vor mir, aber wenn sie eines hatte, konnte sie es gut für sich behalten – im Gegensatz zu mir.

Ich konnte sehen, dass Elaine wusste, warum ich das Mossberg .30-30 nicht hergeben wollte. Larry wusste es auch; er sah mich mit gekränkter Miene an – als würde er mir (ohne Worte) sagen: »Wie kannst du nur auf den Gedanken kommen, dich nicht von mir *umsorgen* zu lassen – wie kannst du *nicht* in meinen Armen sterben wollen, wenn du je stirbst? Wie kommst du bloß darauf, dich davonstehlen und erschießen zu wollen, falls du krank wirst?« (Das alles lag in Larrys stummem Blick.)

Elaine sah mich genauso gekränkt an.

»Wie du meinst, Bill«, sagte Richard; auch er schaute gekränkt drein – selbst Mrs. Hadley schien enttäuscht von mir.

Nur Gerry und Helena achteten nicht mehr auf uns; sie befummelten sich unter dem Tisch. Offenbar hatte die Vaginaerörterung sie vom Ende unseres Thanksgiving-Essens abgelenkt. Die Koreanerinnen flüsterten wieder auf Koreanisch miteinander, während sich Fumi etwas in sein Heft notierte, das kaum größer als seine Handfläche war. (Vielleicht das Wort *Mossberg,* damit er es im nächsten Kippenzimmergespräch einflechten konnte – etwa so: »In deren Mossberg würd ich unheimlich gern mal rein.«)

»Nicht«, sagte Larry leise zu mir, so wie ich es zuvor über den Tisch hinweg zu ihm gesagt hatte.

»Warum besuchst du nicht Herm Hoyt, wo du schon mal hier bist, Billy«, sagte Onkel Bob gerade – ein offenbar willkommener Themenwechsel. »Ich weiß, dass der Trainer unheimlich gern mit dir reden würde.«

»Worüber?«, fragte ich Bob mit schlecht gespielter Gleichgültigkeit, aber der war beschäftigt: er schenkte sich Bier nach.

Robert Fremont, mein Onkel Bob, war siebenundsechzig. Im Jahr darauf wollte er in Ruhestand gehen, aber er hatte mir gesagt, dass er sich weiterhin dem Alumni-Büro zur Verfügung stellen und besonders noch zu der Alumni-Zeitschrift der Akademie, *The River Bulletin,* beitragen wollte. Man mochte von Onkel Bobs »Hilferufen aus der Abteilung Wo-seid-ihr-alle?« halten, was man wollte, aber sein Engagement beim Aufspüren verschollener Ehemaliger verschaffte ihm große Beliebtheit im Kollegenkreis.

»Worüber würde Coach Herm denn gern mit mir reden?«, versuchte ich es erneut bei Onkel Bob.

»Das wirst du ihn wohl leider selber fragen müssen, Billy«, erwiderte der stets joviale Tennisarm-Bob. »Du kennst ja Herm – der kann ganz schön einen auf Glucke machen, wenn man ihn nach seinen Ringern fragt.«

»Oh!«

Vielleicht *doch* kein so willkommener Themenwechsel, dachte ich.

In einer anderen Stadt, zu einem späteren Zeitpunkt hätte die Einrichtung – »für betreutes Wohnen und darüber hinaus« – wahrscheinlich den Namen »Am Kiefernwäldchen« oder (in Vermont) »Unter den Ahornbäumen« bekommen. Aber Sie dürfen nicht vergessen, dass Harry Mashall und Nils Borkman das Gebäude geplant und errichtet hatten; wie es der Zufall wollte, sollte keiner von beiden dort sterben.

Jemand war an jenem langen Thanksgiving-Wochenende, als ich Herm Hoyt besuchen ging, gerade dort gestorben. Ein verhüllter Leichnam war auf eine Transportliege geschnallt, die auf dem Parkplatz von einer älteren Pflegerin mit herben Gesichtszügen bewacht wurde. »Sie sind weder der Mensch noch das Fahrzeug, auf das ich warte«, erklärte sie mir.

»Tut mir leid«, sagte ich.

»Außerdem wird es gleich schneien«, erklärte die alte Pflegerin. »Dann muss ich ihn wieder reinrollen.«

Ich versuchte, vom Thema Leichnam auf das meines Besuchs zu kommen, aber die Pflegerin wusste bereits, zu wem ich wollte – First Sister war nun mal eine Kleinstadt. »Der Trainer wartet schon auf Sie«, sagte sie. Nachdem sie mir den Weg zu seinem Zimmer beschrieben hatte, kam noch: »Sie sehen aber nicht gerade wie 'n Ringer aus.« Und als ich mich ihr vorgestellt hatte: »Ach, ich hab Ihre Mutter und Ihre Tante gekannt – und natürlich Ihren Großvater.«

»Natürlich«, sagte ich.

»Sie sind der Schriftsteller«, stellte sie fest, den Blick auf das glimmende Ende ihrer Zigarette geheftet. Da begriff ich, dass sie den Leichnam nach draußen gerollt hatte, weil sie Raucherin war.

In dem Jahr war ich zweiundvierzig; die Pflegerin schätzte ich auf mindestens so alt, wie meine Tante Muriel gewesen wäre – Ende sechzig. Ich gab zu, dass ich »der Schriftsteller« war, aber bevor ich sie auf dem Parkplatz stehen lassen konnte, sagte sie: »Sie waren auf Favorite River, was?«

»Ja, stimmt – Jahrgang 1961«, sagte ich. Jetzt konnte ich sehen, wie sie mich musterte; natürlich musste sie alles über mich und Miss Frost gehört haben – wie jeder, der hier lebte und in einem bestimmten Alter war.

»Dann müssen Sie *den* hier gekannt haben«, sagte sie und fuhr mit der Hand über den festgeschnallten Leichnam, ohne etwas zu berühren. »Der wartet nicht nur auf das eine!«, sagte die Pflegerin und stieß eine gewaltige Wolke Zigarettenrauch aus. Sie trug einen Skianorak und eine alte Skimütze, aber keine Handschuhe – die hätten beim Rauchen gestört. Es begann zu schneien, ein paar vereinzelte Flocken, längst nicht genug, um den Leichnam auf der Bahre zu bedecken.

»Der wartet auf den Lausebengel vom Bestattungsunternehmen, *und* er wartet in diesem Dingsbums da!«, rief die Pflegerin aus.

»Meinen Sie im *Purgatorium*?«, fragte ich.

»Ja, genau – was ist das überhaupt?«, erkundigte sie sich. »*Sie* sind der Schriftsteller.«

»Ich glaube nicht ans Purgatorium und alles, was dazugehört –«, setzte ich an.

»Ich verlang ja nicht von Ihnen, dran zu glauben«, unterbrach sie mich. »Sie sollen mir nur sagen, was es *ist*!«

»Ein Zwischenzustand, nach dem Tod –«, wollte ich ihr antworten, aber sie ließ mich nicht ausreden.

»So wie wenn Gott der Allmächtige hin und her überlegt, ob er diesen Kerl in die Unterwelt oder ganz nach oben befördert – darum geht's da doch, oder?«, fragte mich die Pflegerin.

»So ungefähr«, sagte ich. Ich erinnerte mich nur vage, wozu das Purgatorium dienen sollte – irgendwas mit Läuterung und Sühne, falls ich mich nicht irrte. Von der Seele wurde in besagtem Zwischenzustand nach dem Tod erwartet, dass sie für etwas *büßte* – jedenfalls nahm ich das an, ohne es auszusprechen. »Wer ist es?«, fragte ich die alte Pflegerin und fuhr genau wie sie in sicherer Entfernung mit meiner Hand über den verhüllten Leichnam. Die Pflegerin sah mich aus zusammengekniffenen Augen an; vielleicht lag es am Rauch.

»Dr. Harlow – an den erinnern Sie sich doch, oder? Bei *dem* braucht der Allmächtige nicht besonders lang für seine Entscheidung!«, sagte sie.

Ich lächelte nur und ließ sie auf dem Parkplatz stehen und weiter auf den Leichenwagen warten. In meinen Augen konnte Dr. Harlow nie *genug* büßen; so wie ich es sah, war er schon in der Unterwelt, wo er hingehörte. Ich hoffte, dass ganz da oben kein Platz für ihn war – so gnadenlos, wie der meine *Beschwerden* verdammt hatte.

Herm Hoyt erzählte mir, Dr. Harlow sei nach seiner Pensionierung nach Florida gezogen. Doch als er erkrankte – an Prostatakrebs, der, wie bei dieser Krebsart häufig, ins Knochenmark streute –, zog es Dr. Harlow nach First Sister zurück. Seine letzten Tage wollte er in der Einrichtung für betreutes Wohnen verbringen. »Ich hab keine Ahnung, warum«, hatte Trainer Hoyt gesagt. »Keiner hier hat ihn je gemocht.« (Dr. Harlow war mit neunundsiebzig gestorben; ich hatte den glatzköpfigen Eulenficker fast dreißig Jahre nicht mehr gesehen.)

Aber Herm Hoyt hatte nicht nach mir verlangt, um mir von Dr. Harlow zu berichten.

»Bestimmt hast du von Miss Frost gehört«, sagte ich zu dem ehemaligen Ringertrainer. »Geht es ihr gut?«

»Komisch – genau das Gleiche wollte sie von *dir* wissen, Billy«, sagte Herm.

»Sag ihr, dass es mir gutgeht«, antwortete ich rasch.

»Ich hab sie nie drum gebeten, mir die sexuellen Details zu schildern – wenn du mich fragst, will ich das alles gar nicht so genau wissen, Billy«, fuhr der Trainer fort. »Aber sie hat gesagt, dass du eins erfahren musst – damit du dir keine Sorgen um sie machst.«

»Sag Miss Frost bitte, dass ich ein aktiver Partner bin«, sagte ich ihm, »und seit 1968 Kondome benutze. Vielleicht macht sie sich weniger Sorgen um mich, wenn sie das weiß«, fuhr ich fort.

»Mensch – ich bin zu alt für noch mehr Sexdetails, Billy. Lass mich einfach ausreden!«, verlangte Herm. Er war einundneunzig, knapp ein Jahr älter als Grandpa Harry, hatte aber Parkinson, und Onkel Bob hatte mir gesagt, dass der Trainer Probleme mit einer Sorte Tabletten hatte, einem Herzmedikament, soweit Bob sich erinnerte. (Wegen Parkinson war Trainer Hoyt überhaupt erst in die Einrichtung für betreutes Wohnen gezogen.)

»Ich tu nicht mal so, als ob ich es verstehe, Billy, aber Al lässt dir Folgendes ausrichten – entschuldige, *sie* richtet es dir aus: Sie hat keinen richtigen Sex«, sagte mir Herm Hoyt. »Und zwar mit *niemandem,* Billy – sie *macht's* einfach nie. Sie hat unglaublich viel durchgemacht, um eine Frau zu werden, aber sie schläft mit niemandem – weder mit Männern *noch* mit Frauen, ich sag's ja, überhaupt *nie.* Das Einzige, was sie macht, ist irgend so was *Griechisches* – sie hat gesagt, du weißt alles drüber, Billy.«

»Schenkelverkehr«, sagte ich dem ehemaligen Ringertrainer.

»Genau – genau das hat sie gesagt!«, rief Herm. »Da reibt man einfach nur sein Ding zwischen den Schenkeln von dem anderen Kerl – man *rubbelt* nur so rum, oder?«, fragte mich der Trainer.

»Davon kann man garantiert kein Aids kriegen«, antwortete ich.

»Aber sie ist *schon immer* so gewesen, Billy – das lässt sie dir ausrichten«, sagte Herm. »Sie ist eine Frau geworden, aber sie ist nie zum Schuss gekommen.«

»Zum Schuss gekommen«, wiederholte ich. Dreiundzwanzig Jahre lang hatte ich mir vorgestellt, Miss Frost hätte mich *beschützt;* nie wäre ich auf den Gedanken gekommen, dass sie – aus welchem Grund auch immer, sei es auch unfreiwillig oder unbewusst – sich *selbst* beschützt hatte.

»Kein Eindringen, weder so noch so – bloß *Rubbeln*«, wiederholte Trainer Hoyt. »Al hat gesagt – *sie* hat gesagt, sorry, Billy –: ›Mehr als das geht bei mir nicht, Herm. Mehr krieg ich nicht auf die Reihe, und dabei wird es bleiben. Ich geb mir nur gern den Anschein, Herm, aber ich kann keinen wegstecken.‹ Das sollte ich dir ausrichten, Billy.«

»Sie ist also *auf der sicheren Seite*?«, fragte ich. »Es geht ihr *wirklich* gut, und dabei wird es auch bleiben?«

»Sie ist siebenundsechzig, Billy. Was soll das heißen, ›es geht ihr *wirklich* gut‹? Was heißt, ›sie ist *auf der sicheren Seite*‹? Das ist man nie, Billy! Altwerden ist nicht *sicher*!«, rief Trainer Hoyt aus. »Ich sag dir bloß, dass sie kein Aids hat. Sie wollte nicht, dass du dir wegen *Aids* Sorgen um sie machst, Billy.«

»Oh!«

»Al Frost – sorry, für dich *Miss* Frost – hat nie irgendwas *Sicheres* gemacht, Billy. Scheiße«, fluchte der alte Trainer, »sie sieht vielleicht wie eine Frau aus – ich weiß, sie hat das alles bis aufs i-Tüpfelchen drauf –, aber sie *denkt* immer noch wie ein verdammter Ringer. Es ist einfach nicht sicher, wie eine Frau auszusehen und sich so zu verhalten, wenn man immer noch denkt, man könnte ringen, Billy – das ist weiß Gott nicht sicher.«

Verfluchte Ringer!, dachte ich. Alle waren sie wie Herm: Gerade wenn man sich vorstellte, dass sie endlich mal über was anderes redeten, kamen sie auf das elende Ringen zurück; alle waren sie gleich! Der New York Athletic Club fehlte mir wirklich kein bisschen. Aber Miss Frost war *nicht* genau wie die anderen Ringer; mit Ringen hatte sie abgeschlossen – jedenfalls nach meinem Eindruck.

»Was meinst du damit, Herm?«, fragte ich den alten Trainer. »Wird Miss Frost irgend so 'n Typ aufreißen und versuchen, ihn *niederzuringen*? Eine Schlägerei provozieren?«

»Nicht jeder Kerl gibt sich mit *Rubbeln* zufrieden, oder was meinst du?«, fragte mich Herm. »Sie wird keine Schlägerei vom Zaun brechen – sie *provoziert* keine Schlägereien, Bill –, aber ich kenne doch Al. Sie weicht keinem Kampf aus – nicht, wenn irgendein Depp, der mehr als bloß *Rubbeln* wollte, sie angreift.«

Ich wollte nicht daran denken. Noch versuchte ich, die Sache mit dem *Schenkelverkehr* zu verdauen; ich war ehrlich erleichtert, dass Miss Frost kein Aids hatte, dass sie es gar nicht haben *konnte*. Das gab mir fürs Erste genug zu denken.

Doch die Frage, ob Miss Frost glücklich war, kam mir auch in den Sinn. War sie von sich enttäuscht, weil sie nie zum Schuss kommen konnte? »Ich geb mir nur gern den Anschein«, hatte sie ihrem ehemaligen Trainer gesagt. Hörte sich das nicht aufgesetzt an, vielleicht Herm zuliebe? Hörte es sich nicht so an, als ob Schenkelverkehr ihr völlig genügte? Auch das gab mir mehr zu denken, als mir lieb war.

»Was macht dein Durchschlüpfer, Billy?«, fragte Trainer Hoyt.

»Hey, ich hab geübt«, sagte ich zu ihm – irgendwie eine Notlüge, oder? Herm Hoyt sah gebrechlich aus; er zitterte.

Vielleicht lag es am Parkinson oder an einem seiner Medikamente – der Herzmedizin, wenn Onkel Bob recht hatte.

Wir umarmten uns zum Abschied; es war unsere letzte Begegnung. Herm Hoyt starb später in der Einrichtung für betreutes Wohnen an einem Schlaganfall; Onkel Bob brachte es mir bei. »Der Trainer ist von uns gegangen, Billy – du bist allein mit den Durchschlüpfern.« (Lange hatte er nicht mehr durchgehalten; wenn mich nicht alles täuscht, wurde Herm Hoyt fünfundneunzig.)

Als ich die Einrichtung für betreutes Wohnen verließ, stand die alte Pflegerin wie zuvor rauchend davor, und Dr. Harlows verhüllter Leichnam lag unverändert auf der Transportliege. »Immer noch am Warten«, sagte sie, als sie mich sah. Allmählich blieb der Schnee auf der Leiche liegen. »Ich denk mir, ich roll ihn *nicht* wieder rein«, teilte mir die Pflegerin mit. »Er spürt nicht, wie der Schnee auf ihn fällt.«

»Ich werd Ihnen mal was über ihn sagen«, erklärte ich. »Der ist jetzt ganz genau so, wie er immer war – todsicher.«

Sie nahm einen tiefen Zug von ihrer Zigarette und blies den Rauch über Dr. Harlows Leichnam. »Mit *Ihnen* werd ich mich nicht über Ausdrücke streiten«, sagte sie. »*Sie* sind der Schriftsteller.«

An einem verschneiten Dezemberabend nach Thanksgiving stand ich in der Seventh Avenue im West Village und schaute Richtung uptown Manhattan. Ich stand vor dieser Endstation von einem Krankenhaus, St. Vincent's, und versuchte mich zu zwingen hineinzugehen. Dort oben, wo die

Seventh Avenue auf den Central Park trifft, lag die rein männliche Sakko-und-Krawatten-Bastion des New York Athletic Club, aber zu weit nördlich, als dass ich ihn sehen konnte.

Meine Füße versagten mir den Dienst. Bis ganz zur West Twelfth oder auch nur West Eleventh Street hätte ich nicht auf allen vieren kriechen können; wäre ein rasendes Taxi an der nahe gelegenen Kreuzung von Greenwich Avenue und Seventh mit einem anderen Taxi kollidiert, ich hätte mich nicht vor den umherfliegenden Autowrackteilen in Sicherheit bringen können.

Der fallende Schnee weckte mein Heimweh nach Vermont, aber die Vorstellung, quasi »nach Hause« zu ziehen, lähmte mich völlig, und Elaine hatte vorgeschlagen, wir sollten versuchen zusammenzuziehen, aber nicht in New York. Die Vorstellung, wieder irgendwo mit Elaine zusammenzuwohnen, lähmte mich noch viel mehr; ich wollte es gern versuchen, fürchtete mich aber auch davor. (Leider hegte ich den Verdacht, sie wolle mit mir zusammenleben, weil sie irrtümlich annahm, das würde mich vor dem Sex mit Männern »retten« – und somit vor einer Ansteckung mit Aids »bewahren« –, aber ich wusste, nicht eine Person konnte mich vor dem Wunsch bewahren, mit Männern *und* Frauen Sex zu haben.)

Als wären diese Gedanken nicht schon lähmend genug gewesen, blieb ich auch noch deshalb wie angewurzelt auf dem Bürgersteig der Seventh Avenue stehen, weil ich mich entsetzlich schämte. Wieder einmal war ich kurz davor, diese trauerumflorten Flure des St. Vincent's abzuklappern, aber diesmal *nicht,* um einem sterbenden Freund oder Ex-lover Trost zu spenden, sondern, so absurd das auch klingen mochte, auf der Suche nach Kittredge.

Es war kurz vor Weihnachten 1984, und Elaine und ich suchten immer noch in diesem Krankenhaus mit dem Namen eines Heiligen – und dazu in diversen Hospizen – nach einem grausamen Jungen, der uns schlecht behandelt hatte, als wir alle noch so jung gewesen waren.

Elaine und ich suchten ihn jetzt schon seit drei Jahren. »Vergesst ihn«, hatte Larry uns gesagt. »Wenn ihr ihn findet, wird er euch nur enttäuschen – oder wieder weh tun. Ihr seid beide Mitte vierzig. Ist das nicht ein bisschen zu alt, um einen Dämon eurer unglücklichen Jugendjahre auszutreiben?« (Das Wort *Jugend* konnte Lawrence Upton einfach nie auf nette Art sagen.)

All das muss mich an diesem verschneiten Dezemberabend in der Seventh Avenue ausgebremst haben, aber dass Elaine und ich uns – jedenfalls was Kittredge anging – wie Jugendliche aufführten, trieb mir jedenfalls die Tränen in die Augen. (Als Jugendlicher hatte ich sehr viel geweint.) Da stand ich also weinend vor St. Vincent's, als sich mir eine ältere Frau im Pelzmantel näherte. Sie war vielleicht Mitte sechzig und wirkte nicht nur reich, sondern auch immer noch hübsch; hätte sie noch das ärmellose Kleid und den Strohhut getragen wie bei meiner ersten Begegnung mit ihr, als sie sich geweigert hatte, mir die Hand zu geben, hätte ich sie wahrscheinlich sofort wiedererkannt. Als Delacorte mich bei unserem Schulabschluss an der Favorite River seiner Mutter vorgestellt hatte, hatte er ihr gesagt: »Das ist der Typ, der ursprünglich als Lears Hofnarr *vorgesehen* war.«

Bestimmt hatte Delacorte seiner Mutter auch von meiner Affäre mit der transsexuellen Stadtbibliothekarin erzählt, weshalb Mrs. Delacorte mir gegenüber beteuert hatte – und zwar in fast genau den gleichen Worten wie an jenem Winterabend an der Seventh Avenue: »Das mit deinen *Schwierigkeiten* tut mir sehr leid.«

Ich brachte keinen Ton heraus. Ich wusste, dass ich sie kannte, aber mittlerweile waren dreiundzwanzig Jahre vergangen; ich hatte vergessen, *woher* ich sie kannte und wann und wie ich sie kennengelernt hatte. Aber jetzt hatte sie nichts mehr dagegen, mich zu berühren; sie hielt meine beiden Hände umklammert und sagte: »Ich weiß, es ist schwer, da reinzugehen, aber dem Kranken bedeutet es so viel. Ich gehe mit und helfe Ihnen – wenn Sie mir helfen. Für mich ist es auch schwer, wissen Sie. Schließlich liegt mein Sohn auch im Sterben«, sagte mir Mrs. Delacorte, »und ich würde am liebsten mit ihm *tauschen. Er* soll statt meiner weiterleben. Ich will nicht *ohne* ihn weiterleben!«, rief sie.

»Mrs. *Delacorte*?«, riet ich – nur weil ich etwas in ihrem gemarterten Gesicht sah, das mich an Delacortes Nahtodmiene beim Ringen erinnerte.

»Ach, *Sie* sind es!«, rief sie. »Sie sind jetzt dieser *Schriftsteller* – Carlton spricht öfter von Ihnen. Sie sind Carltons Schulfreund. Nicht wahr, Sie kommen *Carlton* besuchen? Ach, wird der sich freuen, Sie zu sehen – Sie *müssen* einfach mit reinkommen!«

Und so wurde ich in dieser Klinik, in der so viele sieche und geschwächte junge Männer in den letzten Zügen lagen, an Delacortes Sterbelager gezerrt.

»Ach, *Carlton* – sieh nur, wer hier ist, wer dich besuchen

kommt!«, verkündete Mrs. Delacorte auf dieser Schwelle, die wie so viele andere trostlose Schwellen im St. Vincent's war. Ich hatte nicht einmal Delacortes Vornamen gekannt; auf Favorite River hatte nie jemand *Carlton* zu ihm gesagt. Dort war er einfach nur Delacorte gewesen. (Einmal hatte Kittredge ihn Becherheini genannt, wegen der beiden Pappbecher, die ihn so oft begleiteten – aufgrund des aberwitzigen Abkochens und des ewigen Spülens und Spuckens, wofür Delacorte zeitweilig berühmt-berüchtigt gewesen war.)

Natürlich hatte ich gesehen, wie Delacorte sein Gewicht als Ringer reduzierte – wenn er aussah, als wäre er am Verhungern –, aber jetzt verhungerte er *wirklich*. (Der Hinweis genügt, dass ich wusste, wozu der Hickman-Katheter in Delecartes skelettartiger Hühnerbrust diente.) Zuvor war er an ein Beatmungsgerät angeschlossen gewesen, hatte Mrs. Delacorte mir auf dem Weg zu seinem Zimmer erzählt, aber jetzt nicht mehr. Sie hatten es mit sublingualem und flüssigem Morphium probiert, hatte sie hinzugefügt; in jedem Fall war er auf Morphium.

»In dieser Phase ist das Absaugen sehr wichtig – damit die Sekrete nicht verdicken«, hatte sie gesagt.

»Ja genau, in dieser Phase«, hatte ich müde wiederholt. Ich war wie betäubt, fühlte mich eingefroren, als stünde ich immer noch wie gelähmt im rieselnden Schnee auf der Seventh Avenue.

»Das ist der Typ, der ursprünglich als Lears Hofnarr *vorgesehen* war«, versuchte Delacorte seiner Mutter zu sagen.

»Ja, ja – ich weiß, mein Lieber, ich weiß«, beschwichtigte ihn die zierliche Frau.

»Hast du mehr Becher mitgebracht?«, fragte er sie – ich sah, dass er zwei Pappbecher in Händen hielt; völlig leer, wie seine Mutter mir später erklärte. Sie brachte ihm immer neue Becher mit, obwohl es mit dem Spülen und Spucken jetzt vorbei war; als sie das sublinguale Morphium ausprobierten, sollte Delacorte weder spülen noch spucken – jedenfalls laut Mrs. Delacorte. Er wollte die Becher nur aus irgendeinem albernen Grund in den *Händen* haben, sagte sie.

Delacorte hatte auch Kryptokokken-Meningitis; sein Hirn war in Mitleidenschaft gezogen – er hatte Kopfschmerzen, sagte seine Mutter, und er delirierte häufig. »Dieser Typ war Ariel in *Der Sturm*«, sagte Delacorte zu seiner Mutter, als ich ihn das erste Mal am Krankenbett besuchte – und bei jedem nachfolgenden Besuch. »Er war Sebastian in *Was ihr wollt*«, erklärte er ihr wiederholte Male. »Als Lears Narr ist er am Wort Schatten gescheitert, nur deshalb hab ich die Rolle bekommen«, delirierte Delacorte.

Als ich ihn später mit Elaine besuchte, wiederholte er die Geschichte meiner Bühnenkarriere auch vor ihr. »Als ich Lears Narr gespielt habe, ist er nicht gekommen, um mich sterben zu sehen – was ich natürlich verstehe«, versicherte Delacorte Elaine treuherzig. »Ich weiß es wirklich zu schätzen, dass er jetzt gekommen ist, um mich sterben zu sehen – ihr seid sogar beide da, was mir sehr viel bedeutet!«, versicherte er.

Delacorte redete mich kein einziges Mal mit Namen an, und ich kann mich beim besten Willen nicht erinnern, ob er mich in unserer Schulzeit auf der Academy je mit Bill oder Billy angeredet hat. Aber was macht das schon? Ich kannte seinen Vornamen ja auch nicht! Da ich Delacortes Auftritt als Lears Narr verpasst habe, ist mir Delacorte in erster Linie aus *Was ihr wollt* in Erinnerung; dort spielte er Junker Christoph von Bleichenwang, der vor Junker Tobias von Rülp (gespielt von Onkel Bob) voller Bedauern verkündet: »Ach, hätte ich mich doch auf die Künste gelegt!«

Nach Tagen fast völligen Schweigens starb Delacorte, die beiden Pappbecher in den zittrigen Händen. An dem Tag war außer Mrs. Delacorte und mir auch Elaine da und – zufällig – auch Larry. Er hatte Elaine und mich durch Delacortes offene Zimmertür entdeckt und den Kopf hereingesteckt. »Nicht der, den ihr gesucht habt, oder?«, hatte er gefragt.

Elaine und ich schüttelten beide den Kopf. Die völlig übermüdete Mrs. Delacorte war eingenickt, als ihr Sohn starb. Es hatte keinen Sinn, Delacorte Larry vorzustellen; eingehüllt in sein Schweigen, schien er uns bereits verlassen zu haben, oder er war gerade dabei – und Mrs. Delacorte extra wecken, um sie Larry vorzustellen, wollten Elaine und ich ebenfalls nicht. (Die zierliche Frau hatte schon ewig kein Auge mehr zugetan.)

Larry war natürlich der Aidsexperte unter uns. »Euer Freund macht es nicht mehr lange«, flüsterte er Elaine und mir zu, bevor er wieder ging. Elaine brachte Mrs. Delacorte zur Damentoilette, weil die übermüdete Mutter so erschöpft war, dass wir befürchteten, dass sie stürzen oder sich verlaufen könnte.

Ich war nur einen kurzen Augenblick mit Delacorte allein. Inzwischen war ich so an sein Schweigen gewöhnt, dass ich zunächst glaubte, eine fremde Stimme zu hören.

»Hast du ihn gesehen?«, kam ein hauchzartes Flüstern. »Das muss man ihm lassen – er war nie zufrieden damit, sich einfach nur anzupassen!«, keuchte Delacorte.

»Wer?«, flüsterte ich dem Sterbenden ins Ohr, obwohl ich natürlich wusste, wen er meinte. An wen sonst konnte Delacorte zu dem Zeitpunkt, oder nahenden Zeitpunkt, seines Todes mit seinem kranken Hirn wohl schon denken? Wenige Minuten später starb er, die kleinen Hände seiner Mutter auf dem ausgemergelten Gesicht. Mrs. Delacorte bat Elaine und mich, sie kurz mit dem Leichnam ihres Sohnes allein zu lassen; natürlich taten wir ihr den Gefallen.

Vielleicht bluffte er ja nur, aber jedenfalls machte Larry uns nachträglich weis, er hätte an unserer Stelle Mrs. Delacorte niemals mit ihrem toten Sohn allein gelassen. »Doch nicht eine alleinstehende Mutter – mit ihrem einzigen Kind!«, sagte Larry. »Und wenn ein Hickman-Katheter im Raum ist, Bill, erst recht nicht. Dann darf man einen Hinterbliebenen auf gar keinen Fall mit einem Leichnam allein lassen.«

»Ich hatte doch keine Ahnung, Larry – schließlich hatte ich noch nie von so was *gehört*!«, verteidigte ich mich.

»Natürlich hast du noch nie von so was gehört, Bill – du bist kein *Betroffener*! Wie solltest du da von so was *gehört* haben? Und du genauso wenig!«, fuhr er an Elaine gewandt fort. »Ihr beide haltet einen *solchen* Abstand zu dieser Seuche ein – von den *Zuschauer*rängen, wenn's hochkommt!«

»Spiel hier nicht wieder den Überlegenen, Larry!«, sagte Elaine.

»Larry spielt immer den Überlegenen, so oder so«, sagte ich.

»Weißt du was, du bist nicht bloß bisexuell, Bill. Sondern bi-*alles*!«, bekam ich von Larry zu hören.

»Was soll das denn heißen?«

»Du bist ein Solopilot, stimmt's, Bill?«, fragte mich Larry. »Du fliegst allein – kein Copilot darf dir was sagen.« (Ich weiß heute noch nicht, was er mit dieser Bemerkung eigentlich gemeint hat.)

»Spiel nicht wieder den Überlegenen, Mr. Florence Scheiß-Nightingale«, wies Elaine Larry in die Schranken.

Elaine und ich hatten auf dem Flur vor Delacortes Zimmer gestanden, als eine Krankenschwester vorbeikam, stehen blieb und uns ansprach. »Ist Carlton –«, setzte sie an.

»Ja, er ist gestorben – seine Mutter ist bei ihm«, sagte Elaine.

»O Gott«, stöhnte sie und eilte sofort in Delacortes Zimmer – zu spät. Mrs. Delacorte hatte ihr Vorhaben schon in die Tat umgesetzt – ihren festen Plan, seit sie wusste, dass ihr Sohn im Sterben lag. Nadel und Spritze musste sie in der Handtasche dabeigehabt haben. Sie hatte die Nadel in das Ende des Hickman-Katheters eingeführt, etwas Blut herausgezogen, diese erste Spritze aber in den Papierkorb geleert. In der ersten Spritze war in der Regel hauptsächlich Heparin. Mrs. Delacorte hatte ihre Hausaufgaben gemacht; sie wusste, dass erst die zweite Spritze fast ausschließlich Carltons virusinfiziertes Blut enthalten würde. Die hatte sie sich selbst gespritzt, tief in den Gesäßmuskel, etwa fünf Milliliter vom Blut ihres Sohnes. (Mrs. Delacorte sollte 1989 an Aids sterben, mit Hospizpflege in ihrer Wohnung in New York.)

Auf Drängen Elaines brachte ich Mrs. Delacorte mit dem

Taxi heim – unmittelbar nachdem sie sich selbst eine tödliche Dosis vom Blut ihres geliebten Carlton verabreicht hatte. Sie wohnte im zehnten Stock eines dieser schicken Apartmenthäuser mit Vordach und Portier an der Park Avenue, Ecke East 70- oder 80-noch-was.

»Ich weiß nicht, was *Sie* vorhaben, aber *ich* genehmige mir jetzt einen Drink«, sagte sie mir. »Bitte kommen Sie doch herein.« Ich folgte ihr in die Wohnung.

Für mich war unverständlich, warum Delacorte im St. Vincent's gestorben war, obwohl Mrs. Delacorte in ihrem Park-Avenue-Apartment doch offensichtlich eine komfortablere Sterbebegleitung für ihn hätte organisieren können. »Carlton war immer strikt gegen jegliche Privilegien«, erklärte Mrs. Delacorte. »Er wollte so wie jedermann sterben – das hat er gesagt. Er ließ mich hier keine Hospizpflege für ihn einrichten, obwohl die Nachfrage nach Zimmern in St. Vincent's bestimmt groß war – wie ich ihm oft genug gesagt habe«, erzählte sie.

Ganz bestimmt gab es großen Andrang auf die Krankenzimmer im St. Vincent's, jedenfalls in der Folgezeit. (Manche Patienten lagen dort sogar auf den Fluren im Sterben.)

»Möchten Sie Carltons Zimmer sehen?«, fragte mich Mrs. Delacorte, als wir beide einen Drink in der Hand hatten – sonst trinke ich keinen Alkohol, höchstens mal ein Bier. Mit Mrs. Delacorte trank ich einen Whiskey, vermutlich einen Bourbon. Dieser zierlichen Frau zuliebe hätte ich alles getan. Ich ging sogar mit ihr in Delacortes ehemaliges Kinderzimmer.

Ich fand mich in einer Art Reliquienschrein von Carlton

Delacortes privilegierter New Yorker Kindheit wieder, bevor er auf die Favorite River Academy »fort«geschickt wurde; Mrs. Delacorte gab freimütig zu, dass sein Internatseintritt mit der Scheidung seiner Eltern zusammengefallen war.

Ebenso freimütig (und für mich einigermaßen überraschend) verriet mir Mrs. Delacorte den maßgeblichen Grund ihrer Trennung und Scheidung von Carltons Vater: Ihr Exmann war ein fanatischer Schwulenhasser. Er hatte Carlton eine Schwuchtel und kleine Tunte genannt und Mrs. Delacorte vorgeworfen, dass sie ihrem verweichlichten Sohn erlaubt hatte, ihre Kleider anzuziehen und ihren Lippenstift zu benutzen.

»Natürlich wusste ich es – wahrscheinlich lange vor Carlton«, erzählte mir Mrs. Delacorte und verlagerte ihr Gewicht auf das rechte Bein; eine so tiefe intramuskuläre Injektion musste ziemlich weh tun. »Mütter merken sowas«, sagte sie, kaum merklich hinkend. »Man kann Kinder nicht *zwingen,* etwas zu werden, das sie nicht sind. Man kann einem Jungen nicht einfach verbieten, mit Puppen zu spielen.«

»Nein, das geht nicht«, sagte ich; ich sah mir die vielen Fotos in dem Zimmer an – Aufnahmen des unbekümmerten Delacorte, bevor ich ihn kannte. Einmal war er einfach nur ein kleiner Junge gewesen, der nichts lieber tat, als sich als kleines Mädchen zu verkleiden und zu schminken.

»Ach, sehen Sie sich das an – schauen Sie nur«, sagte Mrs. Delacorte unvermittelt; die Eiswürfel in ihrem fast leeren Glas klirrten, während sie nach einem Foto an der Pinnwand im Zimmer ihres verstorbenen Sohnes griff und es abmachte. »Sehen Sie nur, wie *glücklich* er da war!«, rief Mrs. Delacorte, als sie es mir reichte.

Auf dem Bild musste Delacorte elf oder zwölf gewesen sein; sein koboldhaftes Gesicht erkannte ich sofort wieder. Der Lippenstift betonte sein Grinsen wohl noch. Die billige fliederfarbene Perücke – mit einer pinken Strähne – war albern; es war eine, wie man sie in Kostümläden für Halloween findet. Und natürlich war Mrs. Delacortes Kleid zu groß für den Jungen, aber der Gesamteindruck war urkomisch und richtig süß – nun ja, für alle außer *Mr.* Delacorte. Neben dem Jungen stand ein größeres, etwas älter aussehendes Mädchen – sehr hübsch, aber mit jungenhaft kurzem Haarschnitt und umwerfend selbstsicherem, wenn auch schmallippigem Lächeln.

»Dieser Tag ist nicht gut ausgegangen. Carltons Vater kam nach Hause und hat sich furchtbar aufgeregt, seinen Sohn so vorzufinden«, sagte Mrs. Delacorte, während ich das Foto näher betrachtete. »Die Jungs hatten so viel Spaß, und dieser alte Tyrann hat alles kaputtgemacht!«

»Die Jungs«, wiederholte ich. Das ausgesprochen hübsche Mädchen auf dem Foto war Jacques Kittredge.

»Ach, den kennen Sie – das weiß ich doch!«, sagte Mrs. Delacorte und zeigte auf den gar so perfekt als Mädchen verkleideten Kittredge. Er hatte sich die Lippen weitaus gekonnter angemalt als Delacorte, und das schöne, aber altmodische Kleid von Mrs. Delacorte saß ihm wie angegossen. »Der Sohn der *Kittredges*«, sagte die kleine Frau. »Er war auf Favorite River – er war ebenfalls Ringer. Carlton hat ihn immer bewundert, glaube ich, aber der war ein durchtriebenes Bürschchen, dieser Junge. Er konnte einen charmant um den Finger wickeln, aber er war auch ein kleiner Teufel.«

»Wieso?«, fragte ich Mrs. Delacorte.

»Er hat zum Beispiel Kleider von mir gestohlen«, sagte sie. »Ach, ich hab ihm ein paar meiner alten Sachen geschenkt, die ich nicht mehr wollte – er wollte ja andauernd Kleider von mir! ›Ach *bitte,* Mrs. Delacorte‹, hat er gebettelt, ›die Kleider meiner Mutter sind mir viel zu groß, und meine Mutter lässt sie mich auch nicht anprobieren – sie sagt, ich zerknitter sie ihr immer!‹ So ging das am laufenden Band. Bis dann ein Kleid von mir nach dem anderen weg war – ich meine solche, von denen ich ganz genau wusste, dass ich sie ihm *nie im Leben* geschenkt hätte.«

»Oh!«

»Ich weiß nicht, was *Sie* vorhaben, aber *ich* genehmige mir jetzt noch einen Drink!«, sagte Mrs. Delacorte und ging hinaus, um sich einen zweiten Whiskey zu holen. Ich sah mir all die anderen Fotos an der Pinnwand in Delacortes ehemaligem Kinderzimmer an. Auf drei oder vier war Kittredge mit drauf – jedes Mal als Mädchen. Als Mrs. Delacorte zurückkam, hielt ich noch das Foto in der Hand, das sie mir gegeben hatte.

»Bitte behalten Sie es«, sagte sie. »Ich erinnere mich ungern daran, wie dieser Tag endete.«

»Also gut«, sagte ich. Ich habe das Foto immer noch, obwohl ich mich ungern an den Tag erinnere, an dem Carlton Delacorte starb.

Habe ich Elaine von Kittredge und Mrs. Delacortes Kleidern erzählt? Habe ich Elaine das Foto von Kittredge als

Mädchen gezeigt? Nein, natürlich nicht – schließlich hielt Elaine mich auch hin, oder?

Irgendein Typ, den Elaine kannte, bekam ein Guggenheim-Stipendium; er war ein Schriftstellerkollege, und er erzählte Elaine, sein schäbiges Apartment im siebten Stock an der Post Street sei genau das Richtige für zwei Schriftsteller.

»Wo ist die Post Street?«, fragte ich Elaine.

»In der Nähe vom Union Square, hat er gesagt – es ist in San Francisco, Billy«, antwortete sie.

San Francisco kannte ich überhaupt nicht; ich wusste nur, dass es dort sehr viele Schwule gab. Natürlich wusste ich, dass in San Francisco die Schwulen wie die Fliegen starben, aber ich kannte dort niemanden näher, und es gab dort keinen Larry, der mich ständig nervte, ich müsse mich mehr einbringen. Noch etwas war verlockend: Elaine und ich konnten (oder wollten) die Suche nach Kittredge nicht fortsetzen – nicht in San Francisco, dachten wir jedenfalls.

»Wo fährt dein Freund mit seinem Guggenheim-Stipendium denn hin?«, fragte ich Elaine.

»Nach Europa, ich weiß nicht, wohin«, sagte Elaine.

»Vielleicht sollten wir versuchen, in Europa zusammenzuleben«, schlug ich vor.

»Die Wohnung in San Francisco ist jetzt zu haben, Billy«, sagte Elaine. »Und als Unterkunft für zwei Schriftsteller ist sie verdammt günstig.«

Als Elaine und ich in diesem Rattenloch von einer Wohnung im siebten Stock zum ersten Mal aus dem Fenster schauten – auf die tristen Dächer an der Geary Street und das blutrote senkrechte Schild des Hotels Adagio (die Neonbuchstaben für HOTEL waren schon vor unserer Ankunft in San Francisco kaputtgegangen) –, da verstanden wir, warum diese Wohnung für zwei Schriftsteller so *günstig* zu haben gewesen war. Sie hätte *gratis* sein müssen!

Nachdem Tom und Sue Atkins' Aidstod für Elaine und mich schon zu viel gewesen war, kamen wir mit dem, was Mrs. Delacorte sich selbst zugefügt hatte, erst recht nicht klar; zumal wir noch nie von einem derart in die Länge gezogenen Tod als gängigem Selbstmordplan unter Angehörigen von Aidsopfern gehört hatten, besonders (wie der so umfassend informierte Larry Elaine und mir erklärt hatte) unter alleinstehenden Müttern, die ihr einziges Kind verloren hatten. Aber, wie Larry angemerkt hatte, wie hätte ich auch davon hören sollen? (Larry hatte ja recht mit dem, was er sagte: Ich hielt mich tatsächlich aus allem raus.)

»Ihr wollt also versuchen, in San Francisco zusammenzuleben«, sagte Larry zu mir, als wären wir zwei Kinder, die von zu Hause weggelaufen waren. »O weh – ein bisschen spät für ein Liebesnest, was?« (Ich befürchtete schon, Elaine würde ihm eine runterhauen.) »Und, wenn die Frage gestattet ist, wie seid ihr ausgerechnet auf San Francisco gekommen? Hat euch jemand weisgemacht, dort würden keine Schwulen sterben? Vielleicht sollten wir alle nach San Francisco ziehen!«

»Du kannst mich mal, Larry«, sagte Elaine.

»Lieber Bill«, sagte Larry, ohne sie zu beachten, »vor einer Seuche *kannst* du nicht davonlaufen – nicht, wenn du sie hast. Und komm mir nicht damit, Aids sei für deinen

Geschmack zu Grand-Guignol-mäßig! Sieh dir doch nur deine Texte an, Bill – des Guten zu viel ist gar kein Ausdruck!«

»Du hast mir sehr viel beigebracht«, konnte ich ihm darauf nur erwidern. »Ich hab nie aufgehört, dich zu lieben, Larry, auch wenn ich nicht mehr dein Geliebter bin. Ich liebe dich immer noch.«

»Schon wieder des Guten zu viel, Bill«, war alles, was Larry dazu einfiel; er konnte (oder wollte) Elaine nicht einmal ansehen, dabei wusste ich, wie sehr er sie *und* ihre Bücher mochte.

»Ich war mit keinem anderen Menschen je so intim wie mit dieser schrecklichen Frau«, hatte Elaine mir über Mrs. Kittredge gesagt. »Ich werde nie wieder jemandem so nahe sein.«

»*Wie* nahe?«, hatte ich sie gefragt, und sie war mir die Antwort schuldig geblieben.

»Seine Mutter hat mich fürs Leben *gezeichnet*!«, hatte Elaine über die obenerwähnte *schreckliche Frau* gesagt. »*Sie* werde ich nie vergessen!«

»*Wie* hat sie dich gezeichnet?«, hatte ich sie gefragt, doch sie war in Tränen ausgebrochen, und wir hatten unser *Adagio*-Ding gemacht: hatten uns einfach nur in den Armen gelegen und unsere Langsam-leise-sanft-Nummer abgezogen. So hatten wir in San Francisco zusammengelebt, fast das ganze Jahr 1985.

Auf dem Höhepunkt der Aidskrise verließen viele Menschen ihr altes Umfeld; viele von uns zogen um, in der trügerischen Hoffnung, anderswo wäre es besser. Der Versuch konnte nicht schaden; jedenfalls schadete das Zusammenwohnen Elaine und mir nicht – nur als Liebespaar wollte es mit uns nicht klappen. »Wenn daraus je etwas hätte werden können«, sagte Martha Hadley uns später, aber erst nachdem wir das Experiment beendet hatten, »dann hätte es wohl zwischen euch gefunkt, als ihr Jugendliche wart – nicht erst mit Mitte vierzig.«

Wie immer musste ich Mrs. Hadley recht geben, aber Elaine und ich verlebten dennoch kein ganz schlechtes Jahr miteinander. Das Foto von Kittredge und Delacorte mit Kleidern und Lippenstift benutzte ich als Lesezeichen und ließ das jeweilige Buch an den üblichen Stellen herumliegen – auf dem Nachttisch auf meiner Bettseite; auf der Arbeitsplatte in der Küche neben der Kaffeemaschine; in dem kleinen, vollgestopften Bad, wo es Elaine im Weg sein musste. Jaja, Elaine hatte nun mal sehr schlechte Augen.

Es dauerte fast ein Jahr, bis es ihr auffiel; da kam sie nackt aus dem Bad – in einer Hand das Foto, in der anderen meine aktuelle Lektüre. Sie trug nichts als ihre Brille und warf das Buch nach mir!

»Warum hast du es mir nicht einfach gezeigt, Billy? Ich hab schon vor Monaten gewusst, dass es Delacorte war«, redete sie auf mich ein. »Aber das andere Kind hab ich einfach für ein *Mädchen* gehalten!«

»Wie du mir, so ich dir«, sagte ich zu meiner liebsten Freundin. »Hast du mir nicht auch etwas zu erzählen?«

Im Nachhinein versteht sich von selbst, dass wir in San Francisco besser miteinander klargekommen wären, wenn wir uns gegenseitig gleich brühwarm erzählt hätten, was wir über Kittredge herausbekommen hatten; aber man lebt sein Leben nun mal, wie es kommt – in dem Moment, wenn man etwas erlebt, hat man keinen großen Überblick über die Ereignisse.

Auf dem Foto von Kittredge *als Mädchen* sah er nicht – wie seine Mutter ihn Elaine angeblich beschrieben hatte – wie »ein kränklicher kleiner Junge« aus; er (oder das hübsche Mädchen auf dem Foto) wirkte nicht wie ein Kind, das »kein Selbstvertrauen« hatte, wie Mrs. Kittredge angeblich zu Elaine gesagt hatte. Auch nicht wie einer, auf dem »die anderen Kinder herumhackten, besonders die Jungs«, um bei den Worten dieser grässlichen Frau zu bleiben.

»Das hat Mrs. Kittredge dir tatsächlich gesagt, stimmt's?«, fragte ich Elaine.

»Nicht wörtlich«, murmelte Elaine.

Noch schwerer konnte ich mir vorstellen, dass sich Kittredge früher »von Mädchen verunsichern ließ«, ganz davon zu schweigen, dass Mrs. Kittredge ihren Sohn verführt haben sollte, damit er selbstbewusster würde – nicht dass ich das Elaine (wie ich betonte) je so ganz abgenommen hatte.

»Es ist passiert, Billy«, sagte Elaine leise. »Mir hat nur der Grund nicht gefallen – ich hab den Grund geändert, warum es passiert ist.«

Ich erzählte Elaine, dass Kittredge Mrs. Delacortes Kleider geklaut hatte; und was Delacorte kurz vor seinem Tod um Atem ringend gerufen hatte. Delacorte hatte ganz klar Kittredge gemeint – »er war nie zufrieden damit, sich einfach nur *anzupassen*!«

»Ich wollte nicht, dass du ihn magst oder ihm verzeihst, Billy«, gestand mir Elaine. »Ich hab ihn dafür gehasst, wie er mich einfach an seine Mutter weitergereicht hat; ich wollte nicht, dass du ihn bemitleidest oder Verständnis für ihn hast. Sondern dass du ihn auch hasst.«

»Aber ich hasse ihn doch, Elaine«, beteuerte ich.

»Ja, schon, aber das ist nicht alles, was du für ihn empfindest – das weiß ich«, erwiderte sie.

Mrs. Kittredge hatte ihren Sohn tatsächlich verführt, wenn auch nicht um sein angeblich schwaches Selbstvertrauen zu stärken. Kittredge hatte seit je genügend Selbstvertrauen besessen – sogar bei der Entscheidung, dass er ein *Mädchen* sein wollte (da sogar am meisten). Seine eitle und törichte Mutter hatte ihn aus dem gängigsten und hirnverbranntesten Grund verführt, mit dem viele schwule oder bisexuelle junge Männer für gewöhnlich konfrontiert werden – wenn auch meist nicht in Gestalt ihrer eigenen Mutter. Mrs. Kittredge glaubte allen Ernstes, ihr kleiner Junge brauche nur eine positive sexuelle Erfahrung mit einer Frau, um wieder »zur Vernunft« zu kommen!

Wie viele von uns schwulen oder bisexuellen Männern haben diesen Schwachsinn nicht schon zu hören bekommen? Die felsenfeste Überzeugung, wir müssten nur mit einer Frau ins Bett steigen – also es einmal »richtig« machen –, um nie mehr an Sex mit einem anderen Mann auch nur zu denken!

»Du hättest es mir sagen sollen«, warf ich Elaine vor.

»Und du hättest mir das Foto zeigen sollen, Bill.«

»Ja, stimmt – wir haben beide was versäumt.«

Tom Atkins und Carlton Delacorte hatten Kittredge getroffen, aber wann genau – und wo? Für Elaine und mich stand jedenfalls fest, dass sie Kittredge als Mädchen getroffen hatten.

»Noch dazu als ein hübsches, wetten?«, sagte Elaine zu mir. Atkins hatte das Wort *schön* verwendet.

Für Elaine und mich war das Zusammenleben in San Francisco an sich schon kompliziert genug gewesen. Jetzt, wo Kittredge wieder in unseren Köpfen herumspukte – von der Sache mit ihm als *Mädchen* ganz zu schweigen –, konnten wir unmöglich so weitermachen.

»Nur ruf Larry bitte nicht an – noch nicht«, sagte Elaine.

Aber daran hielt ich mich nicht; zum einen wollte ich seine Stimme hören. Und wenn jemand wusste, wo in New York eine Wohnung frei war und wem sie gehörte, dann Larry! »Ich finde eine Unterkunft für dich in New York«, sagte ich Elaine. »Wenn ich keine zwei Apartments finde, zieh ich nach Vermont – ich *versuch's* einfach mal.«

»In deinem Haus sind keine Möbel, Billy«, wandte Elaine ein.

»Ja nun …«

Und dann rief ich Larry an.

»Ich bin bloß erkältet – es ist nichts, Billy«, sagte er, aber ich hörte seinen Husten und wie er ihn zu unterdrücken versuchte. Dieser trockene PcP-Husten war schmerzhaft; es war ein anderer Husten als bei einer Bronchitis, ohne Schleim. Bei einer PcP-Lungenentzündung waren Kurzatmigkeit und Fieber das Problem.

»Wie ist dein T-Zell-Status?«, fragte ich ihn. »Wann wolltest du es mir sagen? Erzähl mir keinen Quatsch, Larry!«

»Bitte, komm nach Hause, Billy – und bring Elaine mit. Bitte, kommt *alle beide* nach Hause«, sagte Larry. (Schon nach diesen wenigen Worten war er außer Atem.)

Larry wohnte in einem hübschen baumbestandenen Teil der West 10th Street, wo er auch sterben sollte – nur einen Häuserblock nördlich der Christopher Street und einen Katzensprung von der Hudson Street und dem Sheridan Square entfernt. Es war ein schmales, zweigeschossiges Reihenhaus, wie es sich Lyriker sowieso nicht leisten können – aber auch Schriftsteller generell nicht, Elaine und mich eingeschlossen. Doch eine hochenergische Erbin und Grande Dame unter Larrys Lyrikmäzenen – ich nannte sie im Stillen nur *Madame Mäzenin* – hatte das Haus Larry vermacht, der es Elaine und mir vererben sollte (die wir uns den Unterhalt natürlich nicht leisten konnten und dieses Prachtstück von einem Haus später notgedrungen verkaufen mussten).

Als Elaine und ich einzogen, um dem dort lebenden Pfleger bei der Versorgung Larrys zu helfen, war das kein richtiges »Zusammenleben« mehr; dieses Experiment war für Elaine und mich definitiv passé. In Larrys Haus gab es fünf Schlafräume; Elaine und ich hatten jeder ein eigenes Zimmer mit Bad. Wir übernahmen abwechselnd die Nachtschicht bei Larry, damit der Pfleger auch mal zur Ruhe kam. Er hieß Eddie und war ein ruhiger junger Mann, der sich tagsüber um Larry kümmerte, so dass Elaine und ich – theoretisch – zum Schreiben kamen. Aber in diesen langen Monaten, in denen Larry dahinsiechte, bekamen wir beide nicht besonders viel zustande (und erst recht nichts Gutes).

Larry war ein angenehmer Patient, vielleicht weil er vor seiner Erkrankung so viele andere Kranke aufopferungsvoll gepflegt hatte. So wurde mein Mentor, alter Freund und ehemaliger Geliebter (sterbend) wieder der Mann, den ich einst so bewundert hatte, als ich ihn kennenlernte – vor über zwanzig Jahren in Wien. Das schlimmste Stadium der Speiseröhren-Candidose sollte Larry erspart bleiben; er bekam keinen Hickman-Katheter. Von einem Beatmungsgerät wollte er nichts wissen. Allerdings litt er an einer Rückenmarkserkrankung, der vakuolären Myelopathie, die ihn sehr schwächte. Er konnte nicht mehr gehen und auch nicht stehen, und er war inkontinent – was jedenfalls zu Anfang an seiner Eitelkeit kratzte und ihm (allerdings nicht lange) peinlich war. »Es ist mal wieder mein *Penis,* Bill«, sollte Larry bald lächelnd sagen, wenn ihm etwas danebengegangen war.

»Sag Billy, er soll den Plural aussprechen, Larry«, schlug Elaine dann vor.

»Ja, ich weiß – hat man so was schon gehört?«, rief Larry dann aus. »Bitte sag's, Billy – wir wollen den *Plural* hören!«

Larry tat ich den Gefallen – na ja, Elaine auch. Die waren ja so vernarrt in diesen verflixten Plural. »Peni-the«, sagte ich, im Flüsterton.

»Was? Ich hör nichts«, beschwerte sich Larry dann.

»Lauter, Billy«, verlangte Elaine.

»Peni-the!«, rief ich schließlich, und dann stimmten Larry und Elaine ein, und wir alle riefen aus vollem Hals: *»Peni-the!«*

Eines Nachts weckten unsere Rufe den armen Eddie, der sich aufs Ohr gelegt hatte. »Ist was?«, fragte der junge Pfleger, als er müde im Schlafanzug herunterkam.

»Wir deklinieren gerade das Wort ›Penisse‹ in verschiedenen Sprachen durch«, erklärte Larry. »Bill versucht es uns beizubringen.« Und dabei war es immer umgekehrt gewesen: Larry hatte *mir* alles beigebracht.

Wie ich einmal zu Elaine gesagt hatte: »Ich sag dir, wer meine Lehrer waren – die, die mir am meisten bedeutet haben. Natürlich Larry, aber auch Richard Abbott und – vielleicht am allerwichtigsten oder zum wichtigsten Zeitpunkt – deine Mutter.«

Lawrence Upton starb im Dezember 1986, mit achtundsechzig (fast im gleichen Alter, in dem ich *jetzt* bin!). Er verbrachte noch fast ein Jahr in jenem Haus in der West 10th Street. Er starb während Elaines Schicht, aber sie kam und weckte mich; so hatten Elaine und ich es miteinander vereinbart, weil wir beide in seiner letzten Stunde bei ihm sein wollten. Wie Larry in der Nacht, als Russell in seinen Armen gestorben war, über Russell gesagt hatte: »Er war leicht wie eine Feder.«

In der Nacht, als Larry starb, lagen Elaine und ich neben ihm und hielten ihn im Arm. Das Morphium trübte sein Bewusstsein; wer weiß, wie bewusst (oder unbewusst) ihm war, was er zu Elaine und mir sagte? »Es ist schon wieder mein Penis«, sagte er. »Immer und immer wieder – immerzu ist es mein Penis, nicht?«

Elaine sang ihm ein Lied vor, und er starb, während sie noch sang.

»Was für ein schönes Lied«, sagte ich. »Wer hat es komponiert? Wie heißt es?«

»Es ist von Felix Mendelssohn«, sagte Elaine. »Frag mich nicht, wie es heißt. Falls du je vor mir stirbst, Billy, kriegst du es wieder zu hören. Dann verrat ich dir auch, wie es heißt.«

Ein paar Jahre hallten unsere Schritte noch durch das viel zu vornehme Reihenhaus, das Larry uns vermacht hatte. Elaine hatte einen langweiligen festen Freund, den ich nur deshalb nicht mochte, weil er mir nicht charakterfest genug für sie war. Er hieß Raymond und ließ fast jeden Morgen seinen Toast anbrennen, so dass der verdammte Rauchmelder ansprang.

Damals stand ich die meiste Zeit auf Elaines Abschussliste, weil ich mit einer Transsexuellen zusammen war, die sie andauernd überreden wollte, sich in sexy Klamotten zu werfen; Elaine wollte keinen »sexy Look«.

»Elwood hat größere Möpse als ich – genau wie alle«, sagte Elaine zu mir. Sie nannte meine transsexuelle Freundin absichtlich Elwood oder Woody. Selber nannte die sich El. Nicht mehr lange, und alle redeten nur noch von Transgender, auch meine Freunde – und erst recht diese furchtbar korrekten jungen Leute, die mich finster anstierten, weil ich weiter »transsexuell« zu dem sagte, was jetzt gefälligst »transgender« zu heißen hatte.

Wie ich es liebe, wenn bestimmte Leute Schriftsteller über die korrekte Wortwahl belehren wollen. Wenn ich genau diese Leute »zumindestens«, »das Einzigste« und »am optimalsten« sagen höre, kommt mir die Galle hoch!

Aber egal: Die späten achtziger Jahre waren für Elaine und mich eine Übergangsphase, auch wenn einige Leute offenbar nichts Besseres zu tun hatten, als die Sprache politisch korrekt durchzugendern. Es waren anstrengende zwei Jahre, und die Instandhaltungskosten für das Haus in der West Tenth Street – ganz zu schweigen von den Steuern – waren horrend und belasteten unsere Beziehung.

Eines Abends kam Elaine mit der Geschichte, sie habe Charles, Toms Pfleger, in einem Zimmer im St. Vincent's gesehen. (Mein Kontakt zu Charles war abgebrochen.) Elaine hatte (auf der Suche nach jemand anderem) um einen Türrahmen gespäht und diesen geschrumpften ehemaligen Bodybuilder da liegen sehen, dessen Tätowierungen ganz verschrumpelt und aufgelöst und auf der schlaffen Haut seiner ehemals starken Arme kaum mehr zu entziffern waren.

»Charles?«, hatte Elaine von der Schwelle aus gefragt, doch der Mann hatte sie angebrüllt wie ein Tier, so dass sich Elaine nicht ins Zimmer hineingetraut hatte.

Ich hatte da so meine Vermutung, wen Elaine da gesehen hatte – Charles jedenfalls nicht! –, ging aber selbst ins St. Vincent's, um nachzusehen. Es war im Winter 1988; dieses Endstation-Krankenhaus hatte ich nicht mehr betreten, seit Delacorte gestorben war und Mrs. Delacorte sich sein Blut gespritzt hatte. Dieses eine Mal ging ich noch hin – nur um mich davon zu überzeugen, dass das brüllende Tier, das Elaine gesehen hatte, nicht Charles war.

Natürlich war es dieser furchterregende Türsteher aus dem Mineshaft – der, den sie Mephistopheles nannten. Er brüllte auch mich an. Danach betrat ich das St. Vincent's nie wieder. (Hallo, Charles – wenn es dich noch gibt. Wenn nicht, tut es mir leid.)

Im selben Winter erzählte mir El eines Abends, als ich mit ihr ausging, noch eine andere Geschichte. »Ich hab gerade von diesem Mädel gehört – du weißt schon, die wie ich war, nur etwas älter«, sagte El.

»M-hm«, machte ich.

»Ich glaub, du hast sie gekannt – sie ist nach Toronto gezogen«, sagte El.

»Ach, du meinst sicher Donna«, sagte ich.

»Genau die.«

»Was ist mit ihr?«

»Der geht's nicht besonders – soweit ich gehört hab«, antwortete El.

»Ach so?«

»Ich hab nicht gesagt, dass sie *krank* ist«, sagte El. »Ich hab nur gehört, es geht ihr nicht besonders, was immer das heißen mag. Die hat dir wohl richtig viel bedeutet, was? Das hab ich nämlich auch gehört.«

Mit dieser »Information«, wenn man es so nennen wollte, konnte ich nichts anfangen. Aber in derselben Nacht bekam ich den Anruf von Onkel Bob, dass Herm Hoyt mit fünfundneunzig gestorben war. »Der Trainer ist nicht mehr, Billy – jetzt bist du allein mit den Durchschlüpfern«, sagte Bob.

Bestimmt lenkte mich das davon ab, Els Geschichte über Donna nachzuprüfen. Am nächsten Morgen mussten Elaine und ich wieder mal sämtliche Fenster in der Küche aufreißen, um den Rauch loszuwerden, nachdem Raymond seinen verfluchten Toast hatte anbrennen lassen, und da sagte ich: »Ich ziehe nach Vermont. Dort hab ich ein Haus, und ich will versuchen, es zu bewohnen.«

»Sicher, Billy – das versteh ich«, sagte Elaine. »Uns beiden wächst dieses Haus hier sowieso über den Kopf – wir sollten es verkaufen.«

Dieser Clown Raymond saß stumm dabei und mümmelte seinen angebrannten Toast. (Wie Elaine mir später sagte, fragte er sich wahrscheinlich, wo er als Nächstes unterkommen sollte; dass es nicht bei Elaine sein würde, muss ihm klar gewesen sein.)

Ich verabschiedete mich von El – entweder noch am selben oder am nächsten Tag. Sie brachte wenig Verständnis dafür auf.

Ich rief Richard Abbott an, und Mrs. Hadley ging ran. »Sag Richard, dass ich es versuchen werde«, sagte ich ihr.

»Ich drück dir die Daumen, Billy – Richard und ich freuen uns ja *so,* wenn du herziehst«, antwortete sie.

An dem Tag, als Onkel Bob mich vom Alumni-Büro in der Academy aus anrief, lebte ich bereits in Grandpa Harrys, mittlerweile meinem Haus in der River Street.

»Es ist wegen Big Al, Billy«, sagte Bob. »Das ist kein Nachruf, den ich je unredigiert im *River Bulletin* bringen würde, aber du kriegst von mir die Rohfassung zu hören.«

Es war Februar 1990 in First Sister – arschkalt, wie wir in Vermont sagen.

Miss Frost war gleich alt wie Tennisarm-Bob; sie starb an Verletzungen, die sie sich – mit dreiundsiebzig – bei einer Prügelei zugezogen hatte. Hauptsächlich Kopfwunden, wie ich von Onkel Bob erfuhr. Big Al war mit einigen Fliegern des Luftwaffenstützpunkts Pease in Newington, New Hampshire, in eine Kneipenschlägerei geraten – in Dover, vielleicht aber auch in Portsmouth, Bob wusste es nicht genau.

»Was heißt ›einige‹, Bob – wie viele Flieger waren es?«, fragte ich.

»Na ja, also ein Unteroffizier, ein Gefreiter und noch zwei, von denen man nur weiß, dass sie halt bei der Air

Force waren – mehr kann ich dir darüber nicht sagen, Billy«, antwortete er.

»Junge Typen, stimmt's? Vier Stück? Waren es vier, Bob?«, fragte ich.

»Ja, vier. Bestimmt waren sie jung, Billy – wenn sie noch im aktiven Dienst waren. Aber ich kann ihr Alter nur raten«, sagte er.

Wahrscheinlich war es zu Miss Frosts Kopfverletzungen gekommen, nachdem die vier sie endlich zu Boden gerungen hatten; mit Sicherheit hatten zwei oder drei dazugehört, sie unten festzuhalten, während der vierte Mann ihr gegen den Kopf getreten hatte.

Alle vier Flieger wurden ins Krankenhaus eingeliefert, erfuhr ich von Bob, zwei der vier angeblich »schwer verletzt«. Aber gegen keinen von ihnen wurde Anklage erhoben; damals war Pease noch ein Stützpunkt des Strategic Air Command (SAC), der strategischen Luftstreitmacht der USA. Laut Onkel Bob hatte die SAC ihre eigenen »Disziplinarverfahren«, er gab aber zu, dass er nie so recht verstand, wie diese »juristischen Dinge« (im Militärbereich) funktionierten. Die Öffentlichkeit bekam weder die Namen der vier jungen Flieger noch irgendeine Erklärung zu hören, warum sie sich mit einer dreiundsiebzigjährigen Frau geprügelt hatten, die – in ihren Augen – als Frau durchging oder auch nicht.

Bob und ich tippten darauf, dass Miss Frost vielleicht früher eine Beziehung – oder auch nur ein Date – mit einem oder mehreren der Flieger gehabt hatte. Vielleicht hatte einer von ihnen, wie Herm Hoyt mir gegenüber rätselte, etwas gegen *Schenkelverkehr* gehabt oder sich nicht damit zufriedengeben wollen. Oder die Flieger hatten, jung, wie sie waren, nur den Ruf gekannt, der Miss Frost vorauseilte; für sie war es vielleicht schon Provokation genug, dass Miss Frost, so wie sie es sahen, keine *richtige* Frau war – womöglich war es nur das. (Oder sie waren gottverfluchte Schwulenhasser – womöglich *nur das.*)

Was auch immer zu der Auseinandersetzung geführt hatte, fest stand jedenfalls – wie Trainer Hoyt vorausgesagt hatte –, dass Big Al keinem Kampf auswich.

»Es tut mir leid, Billy«, sagte Onkel Bob.

Später versicherten Bob und ich uns gegenseitig, wie froh wir waren, dass Herm Hoyt das nicht mehr erleben musste. An diesem Abend rief ich Elaine in New York an. Sie hatte inzwischen ein eigenes Apartment in Chelsea, etwas nordwestlich vom West Village und genau nördlich vom Meatpacking District. Ich erzählte Elaine von Miss Frost und bat sie, das Mendelssohn-Lied für mich zu singen – das, das sie für mich aufsparte, wie sie gesagt hatte, und das sie für Larry gesungen hatte.

»Ich versprech dir, dass ich nicht in deiner Schicht sterben werde, Elaine. Du wirst das Lied nie für mich singen müssen. Außerdem muss ich es jetzt hören«, sagte ich.

Zu diesem Lied: Elaine erklärte mir, dass es ein kleiner Teil des *Elias* ist, dem längsten Werk Mendelssohns. Es kommt gegen Ende des Oratoriums, nachdem Gott (gesungen von einem kleinen Jungen) erschienen ist und die Engelschöre Elias segnen, der seine letzte Arie singt – »Ja, es sollen wohl Berge«. Das sang Elaine mir vor; ihre Altstimme war klangvoll und kräftig, selbst am Telefon, und ich nahm Abschied von Miss Frost, während ich dieselbe

Musik hörte wie beim Abschied von Larry. Miss Frost war für mich seit fast dreißig Jahren verloren, aber in jener Nacht wusste ich, dass sie nun für immer fort war und dass alles, was Onkel Bob im *River Bulletin* über sie schreiben würde, bei weitem nicht reichte.

> Traurige Nachricht für den Jahrgang 1935! Al Frost, geb. 1917 in First Sister, Vermont; Kapitän der Ringermannschaft 1935 (unbesiegt); gest. in Dover oder Portsmouth, New Hampshire, 1990.

Ich weiß noch, dass ich Onkel Bob fragte: »Ist das *alles*?«

»Scheiße, Billy – was sonst können wir in einer Alumni-Zeitschrift schreiben?«, antwortete Tennisarm-Bob.

Als Richard und Martha die alten Möbel aus Grandpa Harrys Haus versteigerten, berichteten sie mir, dass sie dreizehn Bierflaschen unter dem Wohnzimmersofa gefunden hatten – alle von Onkel Bob (vermutlich alle von der Trauerfeier für Mom und Tante Muriel).

»Reife Leistung, Bob!«, hatte ich zu Mrs. Hadley und Richard gesagt.

Tennisarm-Bob hatte eben doch recht: Was kann man schon in einem mickrigen Alumni-Blättchen über einen transsexuellen Ringer schreiben, der in einer Kneipenschlägerei erschlagen wurde? Nicht viel.

Ein paar Jahre später – so allmählich lebte ich mich in Vermont ein – erhielt ich spätabends einen Anruf von El. Es dauerte etwas, bis ich ihre Stimme erkannte; wahrscheinlich war sie betrunken.

»Du weißt schon, diese Freundin von dir – die so ist wie ich, bloß etwas älter?«, fragte El.

»Du meinst Donna«, sagte ich nach kurzer Pause.

»Genau, Donna«, fuhr El fort. »Also jetzt *ist* sie krank – jedenfalls soweit ich gehört hab.«

»Danke für die Nachricht«, sagte ich noch, da legte El auch schon auf. Es war zu spät, irgendwen in Toronto anzurufen; ich schlief einfach darüber. Das Ganze muss 1992 oder 1993 gewesen sein; vielleicht sogar Anfang 1994 (nach meinem Umzug nach Vermont verschwammen die Zeit- und Jahresgrenzen etwas in meinem Kopf.)

Ich hatte Freunde in Toronto und fragte mich durch. So erfuhr ich von einem erstklassigen Hospiz – jeder, den ich kannte, sagte, dort sei es traumhaft, unter den Umständen. Es hieß Casey House; erst kürzlich habe ich gehört, dass es immer noch existiert.

Damals hatte Casey House einen sehr sympathischen Pflegedienstleiter; wenn ich nicht irre, hieß er mit Vornamen John, und sein Nachname klang irgendwie irisch. Seit meiner Rückkehr nach First Sister lässt mein Namensgedächtnis zu wünschen übrig. Außerdem war ich (wann auch immer genau ich von Donnas Krankheit erfuhr) schon Anfang, wenn nicht Mitte fünfzig. (Nicht nur mein *Namens*gedächtnis lässt nach!)

John erzählte mir, dass Donna seit einigen Monaten im Hospiz lebe. Aber für die Pfleger und anderen Mitarbeiter des Casey House sei Donna »Don«, erklärte er mir.

»Östrogen hat Nebenwirkungen – vor allem kann es die Leber angreifen«, sagte mir John. Östrogene können eine Art Hepatitis hervorrufen: die Gallenflüssigkeit stockt und staut sich. »Der Juckreiz, der mit diesem Zustand einhergeht, hat Donna verrückt gemacht«, waren Johns Worte. Donna selbst hatte alle angewiesen, Don zu ihr zu sagen; sobald sie die Östrogene absetzte, kehrte der Bartwuchs zurück.

Mir kam es unerhört ungerecht vor, dass Donna, die so hingebungsvoll daran gearbeitet hatte, eine Frau aus sich zu machen, nicht nur an Aids starb, sondern auch gezwungenermaßen in ihrer alten männlichen Identität.

Außerdem hatte Donna das Humane Herpesvirus 5. »In ihrem Fall könnte die Blindheit ein Segen sein«, sagte mir John. Er meinte, dass Donna dann ihre Bartstoppeln nicht mehr *sehen* müsste, aber natürlich konnte sie sie fühlen – auch wenn eine Pflegerin sie täglich rasierte.

»Ich möchte Sie bloß vorbereiten«, sagte mir John. »Passen Sie auf, dass Sie nicht ›Donna‹ zu ihm sagen. Auch nicht aus Versehen.« Bei unseren Telefonaten war mir aufgefallen, dass der Pflegedienstleiter sehr bewusst *er* und *ihm* sagte, wenn es um »Don« ging. Kein einziges Mal entschlüpfte ihm ein *sie, ihr* oder *Donna.*

Gut gewappnet, machte ich mich also auf den Weg zur Huntley Street im Zentrum von Toronto – eine kleine Wohnstraße, so mein erster Eindruck (zwischen Church Street und Sherbourne Street, falls Sie die Stadt kennen). Casey House wirkte wie ein überdimensionales Einfamilienhaus; die Atmosphäre war so freundlich und angenehm wie nur möglich, auch wenn die Möglichkeiten begrenzt sind, wundgelegenen Stellen und Muskelschwund abzuhelfen – oder dem penetranten Gestank eines fulminanten Durchfalls, wie energisch man ihn auch zu übertünchen versucht. In Donnas Zimmer roch es beinahe nett nach Lavendel. (Ein Toilettendeo, ein parfümiertes Desinfektionsmittel – keins meiner Wahl.) Ich muss den Atem angehalten haben.

»Bist du's, Billy?«, fragte Donna; weiße Flecken trübten ihre Augen, aber ihr Gehör war intakt. Bestimmt hatte sie gehört, wie ich die Luft anhielt. Natürlich hatte man sie auf meinen Besuch vorbereitet, und eine Pflegerin hatte sie eben erst rasiert; der maskuline Duft der Rasiercreme, oder vielleicht war es ein Aftershave, war ungewohnt für mich. Als ich sie küsste, spürte ich trotzdem die Bartstoppeln auf ihrer Wange – wie ich sie früher nicht einmal im Bett mit ihr gespürt hatte – und konnte den 5-Uhr-Schatten auf ihrem sauberrasierten Gesicht sehen. Sie nahm Coumadin; ich sah die Tabletten auf dem Nachttisch.

Mich beeindruckte, wie gut die Krankenpflege in Casey House funktionierte; die Pflegekräfte verstanden sich darauf, Donna das Leben so leicht wie möglich zu machen, einschließlich (natürlich) der Schmerztherapie. John hatte mir die feinen Unterschiede zwischen sublingual, als Trank oder per Pflaster verabreichtem Morphium erklärt, aber ich hatte nicht richtig zugehört. Außerdem hatte er mir erklärt, dass Don eine Spezialsalbe gegen seinen Juckreiz nahm, obwohl sie ihn »einigen Steroiden« aussetzte.

Jedenfalls sah ich, dass Donna in Casey House in guten Händen war und bestens versorgt wurde – obwohl sie blind war und *als Mann* starb. Während ich Donna besuchte, kamen auch zwei ihrer Freundinnen aus Toronto vorbei – zwei *sehr* passable Transsexuelle, die offensichtlich beide großen Wert darauf legten, ein Leben *als Frau* zu führen.

Als Donna uns miteinander bekannt machte, hatte ich stark den Eindruck, dass sie die beiden auf mich vorbereitet hatte; womöglich hatte sie ihre Freundinnen sogar gebeten vorbeizukommen, während ich da war. Vielleicht wollte Donna mir zeigen, dass sie endlich unter »ihresgleichen« angekommen und in Toronto glücklich gewesen war.

Die beiden Transsexuellen waren sehr nett zu mir – die eine flirtete mit mir, aber das war nur Fassade. »Ach, Sie sind der *Schriftsteller* – wir wissen alles über Sie!«, sagte die kontaktfreudigere, aber *weniger* Kokette der beiden.

»Ach ja, der *Bi*-Typ, stimmt's?«, sagte die andere, die mit mir flirtete. (Was eindeutig nicht ernst gemeint war. Der Flirt sollte nur Donna amüsieren, die eine große Flirtexpertin gewesen war.)

»Vor der musst du dich in Acht nehmen, Billy«, warnte mich Donna, und alle drei lachten. Wenn ich an Atkins dachte, an Delacorte und Larry – ganz zu schweigen von diesen Fliegern, die Miss Frost umgebracht hatten –, war es kein schrecklich schmerzhafter Besuch. Irgendwann sagte Donna sogar zu ihrer koketten Freundin: »Weißt du was, Lorna – Billy hat sich nie beschwert, dass mein Schwanz *zu groß* wär. Dir hat mein Schwanz *gefallen,* was, Billy?«, fragte sie mich.

»Aber ja doch«, versicherte ich ihr und hütete mich davor, »aber ja doch, Donna« zu sagen.

»Jaa, aber du hast mir gesagt, dass Billy ein *Aktiver* ist«, wandte Lorna ein; die andere Transsexuelle, Lilly, lachte. »Versuch mal, als *Passiver* rauszufinden, was ein *zu großer* Schwanz mit dir macht!«

»Siehst du, Billy?«, trumpfte Donna auf. »Ich hab dir ja

gesagt, vor Lorna musst du dich in Acht nehmen. Schon hat sie raus, wie sie dich wissen lassen kann, dass sie ein Passiver ist und *kleine* Schwänze mag.«

Darüber mussten alle drei lachen – und ich stimmte mit ein. Erst als ich mich von Donna verabschiedete, fiel mir auf, dass weder ihre Freundinnen noch ich sie mit Namen angeredet hatten – weder Donna *noch* Don. Die beiden Transsexuellen warteten auf mich, während ich mich von John verabschiedete; mit dem hätte ich nicht den Beruf tauschen mögen.

Dann ging ich mit Lorna und Lilly zum U-Bahnhof Sherbourne; sie fuhren mit der U-Bahn nach Hause, sagten sie. Wie sie »nach Hause« sagten und sich an den Händen hielten, wirkte auf mich so, als wohnten sie zusammen. Als ich sie fragte, wo ich ein Taxi zurück ins Hotel finden könne, sagte Lilly: »Gut, dass Sie den Namen Ihres Hotels erwähnt haben – keine Sorge, ich werde Donna schon ausrichten, dass Sie eine *Menge* Schweinkram mit Lorna angestellt haben.«

Lorna lachte. »Wahrscheinlich werde ich Donna ausrichten, dass Sie auch mit Lilly Schweinkram angestellt haben«, sagte sie mir. »Donna steht total drauf, wenn ich ihr sage: ›Lorna hat noch jeden Schwanz gemocht, der ihr untergekommen ist, egal, ob groß *oder* klein‹ – dann lacht sie Tränen.«

Lilly lachte und ich auch, aber unser Flirt war beendet. Den hatten wir nur vor Donna zelebriert. Am U-Bahnhof Sheridan küsste ich Donnas Freundinnen zum Abschied auf ihre vollkommen weichen, völlig glattrasierten hübschen Wangen (ohne einen Hauch Bartstoppeln – jedenfalls war er für mich nicht spürbar – und ohne den kleinsten 5-Uhr-Schatten). Ich träume immer noch von den beiden.

Während wir uns verabschiedeten, dachte ich an das, was Mrs. Kittredge angeblich zu Elaine gesagt hatte, als sie zusammen auf Europareise gewesen waren. (Was sie *wirklich* gesagt hatte – nicht die Geschichte, die Elaine mir anfangs aufgetischt hatte.)

»Ich weiß nicht, was dein Sohn will«, hatte Elaine zu Kittredges Mutter gesagt. »Ich weiß nur, dass er immer *irgendwas* will.«

»Ich sag dir, was er will – mehr noch, als uns zu ficken«, hatte Mrs. Kittredge gesagt. »Er will eine von uns *sein,* Elaine. Er will kein Junge oder Mann sein; dass er endlich so gut darin ist, ein Junge oder Mann zu sein, bedeutet ihm nichts. Er hat von Anfang an nie ein Junge oder ein Mann sein *wollen*!«

Aber wenn Kittredge jetzt eine Frau war – wenn er so war wie Donna früher und wie ihre beiden sehr »passablen« Freundinnen noch jetzt –, und wenn er Aids hatte und irgendwo dahinsiechte, was, wenn er kein Östrogen mehr bekam? Kittredge hatte einen *sehr* starken Bartwuchs; jetzt noch, nach über dreißig Jahren, spürte ich, wie kräftig seine Bartstoppeln waren. So oft und so lange hatte ich mir vorgestellt, wie sie an meinen Wangen kratzten.

Wissen Sie noch, was er mir über Transsexuelle gesagt hatte? »Schade, dass ich nie eine ausprobiert hab«, hatte er mir ins Ohr geflüstert, »denn ich glaub, wenn man eine aufgabelt, kommen die anderen alle im Schlepptau mit.« (Er hatte über die Transvestiten gesprochen, die er in Paris gesehen hatte.) »Ich glaub, wenn ich es ausprobieren wollte, dann in Paris«, hatte Kittredge mir gesagt. »Aber *du*, Nymphe – du hast es schon *gemacht*!«, hatte er ausgerufen.

Elaine und ich hatten Kittredges Einzelzimmer in der Favorite River Academy gesehen, wobei (mich jedenfalls) das Foto von ihm und seiner Mutter nach einem Ringerturnier am meisten beeindruckt hatte. Elaine und mir war gleichzeitig aufgefallen, dass eine unbekannte Hand das Gesicht von Mrs. Kittredge ausgeschnitten und auf Kittredges Körper geklebt hatte. Da stand seine Mutter im Ringertrikot ihres Sohnes. Und sein schöngeschnittenes Gesicht war auf den attraktiven, elegant und geschmackvoll gekleideten Körper seiner Mutter gepappt.

Es war nämlich so, dass sich Kittredges Gesicht auf dem Körper einer Frau mit den Kleidern einer Frau *gut machte.* Elaine hatte mich davon überzeugt, dass Kittredge die Gesichter auf dem Foto vertauscht haben musste; Mrs. Kittredge konnte es nicht gewesen sein. »Diese Frau hat weder Phantasie noch Sinn für Humor«, hatte Elaine auf ihre energische Art gesagt.

Inzwischen war ich aus Toronto zurück. Nach dem Abschied von Donna sollte Lavendel für mich nie mehr so duften wie früher, und Sie können sich die Ernüchterung vorstellen, als Onkel Bob mich mit der neuesten Nachricht vom Tod eines Mitschülers in meinem Haus an der River Street anrief.

Ich hatte gerade meinen 53. Geburtstag gefeiert. Es war März 1995; in First Sister lag noch reichlich Schnee, und es gab nichts außer Tauwetter mit Schneematsch, worauf man sich freuen konnte.

Elaine und ich hatten vor, zusammen nach Mexiko zu

reisen; sie hatte sich über Ferienhäuser in Playa del Carmen informiert. Nur zu gern hätte ich sie nach Mexiko begleitet, wenn da nicht ihr Beziehungsproblem gewesen wäre: ihr Freund, ein pingeliger Kontrollfreak, ließ Elaine nirgendwohin mit mir verreisen, egal, wohin.

»Hast du ihm nicht gesagt, dass wir nichts miteinander haben?«, fragte ich.

»Doch, aber auch, dass wir mal was miteinander *hatten* – oder es versucht haben«, korrigierte Elaine sich selbst.

»Warum das denn?«, wollte ich wissen.

»Ich versuch's mit einem neuen Ehrlichkeitsprinzip«, gab sie zurück. »Ich denk mir nicht mehr so viele Geschichten aus oder versuche mich wenigstens zurückzuhalten.«

»Und wie verträgt sich dieses Prinzip mit deiner *Schriftstellerei*?«, fragte ich.

»Ich glaub nicht, dass ich mit dir nach Mexiko reisen kann, Billy – nicht jetzt«, antwortete sie knapp.

Ich hatte selbst gerade ein Beziehungsproblem hinter mir, aber als ich den dazugehörigen Freund los war, bekam ich ziemlich bald ein Problem mit einer Freundin. Sie war neu im Favorite-River-Lehrkörper, eine junge Englischlehrerin. Mrs. Hadley und Richard hatten uns zusammengebracht; sie hatten mich zum Essen eingeladen, und da war Amanda. Auf den ersten Blick hielt ich sie für eine Schülerin von Richard – so jung wirkte sie auf mich. Doch sie war eine verschüchterte junge Frau Anfang zwanzig.

»Ich bin fast dreißig«, sagte sie ständig, als befürchtete sie, zu jung auszusehen, und hoffte, mit dieser Versicherung einen gesetzteren Eindruck zu machen.

Als wir anfingen, miteinander ins Bett zu gehen, machte

Amanda sich Sorgen, wo wir es tun konnten. Sie hatte ein Lehrerinnenapartment in einem der Mädchenwohnheime von Favorite River; wenn ich dort bei ihr übernachtete, bekamen die Mädchen im Haus das mit. Aber Amanda hatte meistens Nachtwache im Internat und konnte nicht bei mir in dem Haus an der River Street übernachten. Unter diesen Bedingungen kam ich viel zu selten dazu, mit Amanda zu schlafen – das war das eine Problem. Und dann war da natürlich noch das *Bi*-Thema: Sie hatte alle meine Romane gelesen, sagte, dass sie sie wahnsinnig gern mochte, aber dass ich bisexuell sei, mache ihr auch Angst.

»Ich fass es einfach nicht, dass du *drei*undfünfzig bist!«, sagte Amanda ständig; das verwirrte mich. Mir war nicht klar, ob sie meinte, dass ich so viel jünger aussah als mein Alter, oder ob sie über sich selbst entsetzt war, weil sie mit einem *alten* Bisexuellen von über fünfzig zusammen war.

Martha Hadley, inzwischen fünfundsiebzig, war pensioniert, behandelte aber noch einzelne Schüler, die »besonderer Förderung« bedurften, etwa wegen Ausspracheproblemen. Sie hatte mir verraten, dass Amanda unter Sprachstörungen litt. »Du hast uns doch nicht etwa deshalb zusammengebracht, oder?«, fragte ich sie.

»Es war nicht *meine* Idee, Billy«, sagte Mrs. Hadley. »Richard wollte dich mit Amanda bekannt machen, weil sie deine *Bücher* so mag. Mich hat die Idee nie begeistert – sie ist viel zu jung für dich, und alles macht ihr Angst. Ich kann mir gut vorstellen, dass sie wegen deiner *Bi*sexualität … na, also bestimmt schlaflose Nächte hat. Sie kann das Wort *bisexuell* nicht *aussprechen*!«

»Oh!«

Das also war der Stand der Dinge, als Onkel Bob mich wegen Kittredge anrief. Deshalb sagte ich, nicht ganz ernsthaft, dass ich mich auf »nichts außer Tauwetter mit Schneematsch« freuen konnte – außer auf mein Schreiben. (Meiner Schriftstellerei tat der Umzug nach Vermont gut.)

Das Alumni-Büro war von Mrs. Kittredge über Jacques' Ableben unterrichtet worden.

»Willst du damit sagen, dass er eine Frau hatte, oder meinst du seine Mutter?«, fragte ich Onkel Bob.

»Kittredge hatte eine Frau, Billy, aber wir haben es von der Mutter erfahren.«

»Meine Güte – wie alt mag *Mrs.* Kittredge sein?«, fragte ich.

»Erst zweiundsiebzig«, antwortete mein achtundsiebzigjähriger Onkel, hörbar pikiert. Elaine hatte mir gesagt, Mrs. Kittredge sei bei der Geburt ihres Sohnes erst achtzehn gewesen.

Laut Bob – das heißt laut Mrs. Kittredge – war mein ehemaliger Angebeteter und Quälgeist in Zürich gestorben, »eines natürlichen Todes«.

»Blödsinn, Bob«, sagte ich. »Kittredge war nur ein Jahr älter als ich – vierundfünfzig. Was für eines ›natürlichen Todes‹ kann man in dem Scheiß-Alter schon sterben?«

»Ganz meine Meinung, Billy – aber das hat seine Mutter gesagt«, erwiderte Tennisarm-Bob.

»Nach allem, was ich gehört habe, muss Kittredge an Aids gestorben sein«, sagte ich.

»Welche Mutter aus der Generation von Mrs. Kittredge würde der ehemaligen Schule ihres Sohnes *das* wohl mitteilen?«, fragte Onkel Bob. (Tom Atkins' Ehefrau Sue hatte auch nur gemeldet, ihr Mann sei »nach langer, schwerer Krankheit« verstorben.)

»Du hast gesagt, Kittredge hatte eine *Frau*«, antwortete ich meinem Onkel.

»Die Hinterbliebenen sind seine Frau und sein Sohn – ein Einzelkind – und natürlich seine Mutter«, erklärte mir Schläger-Bob. »Der Junge trägt den Namen seines Vaters – noch ein Jacques. Die Witwe hat einen Namen, der deutsch klingt. Du hast doch Germanistik studiert, oder, Billy? Was ist Irmgard für ein Name?«, fragte mich Onkel Bob.

»Klingt sehr deutsch«, sagte ich.

Wenn Kittredge in Zürich verschieden war – selbst wenn er in der Schweiz »eines natürlichen Todes« gestorben war –, konnte seine Frau Schweizerin sein, aber *Irmgard* war ein sehr deutscher Name. Oje, was für ein harter Brocken von einem Vornamen! Er klang furchtbar altmodisch; man spürte sofort, wie förmlich die Person mit diesem steifen Namen war. Ich fand, der Name passte gut zu einer ältlichen, ausgesprochen strengen Lehrerin.

Vermutlich war das einzige Kind, der Sohn mit Namen Jacques, irgendwann Anfang der siebziger Jahre geboren; das wäre genau nach Plan im Selbstentwurf eines karrierebewussten jungen Mannes gewesen, wie ich mir Kittredge zu jener Zeit vorstellte – mit dem Master of Fine Arts aus Yale in der Tasche, bei den ersten Schritten auf seiner fraglos glanzvollen Laufbahn in der Welt des *Theaters.* Nur zum passendsten Zeitpunkt hätte Kittredge die Pause für eine Heirat eingelegt. Aber was *dann*? Wie war es von da ab weitergegangen?

»Dieser Scheißkerl – zum Henker mit ihm!«, rief Elaine,

als ich ihr von Kittredges Tod erzählte. Sie schäumte vor Wut – als hätte Kittredge sich irgendwie verdrückt. Über den Unsinn mit »eines natürlichen Todes« konnte sie nicht sprechen, über die Frau schon gar nicht. »Damit kommt er mir nicht so einfach davon!«, heulte sie.

»Elaine – er ist gestorben. Er ist mit nichts davongekommen«, sagte ich, aber sie weinte untröstlich.

Leider war es eine der wenigen Nächte, in denen Amanda nicht die Aufsicht hatte; sie übernachtete bei mir in der River Street, und so kam es, dass ich ihr von Kittredge, Elaine und dem ganzen Rest erzählte.

Diese Geschichte aus dem wirklichen Leben war eindeutig mehr bi – und schwul und »transgender« (wie Amanda es ausdrücken würde) – als alles, was sie sich je hatte vorstellen müssen, obwohl sie mir ständig beteuerte, wie sehr sie meine Bücher *liebe*, in denen ihr mit Sicherheit haufenweise sexuelle »Abweichungen« begegnet waren (wie Richard es ausdrücken würde).

Ich machte mir Vorwürfe, weil ich Amanda die verflixten Gespenster in meinem Haus verschwiegen hatte; bisher waren sie immer nur anderen Leuten erschienen – *mich* hatten sie noch nie behelligt! Doch dann musste Amanda mitten in der Nacht aufs Klo – und weckte mich mit einem durchdringenden Schrei. In meinem Bad stand eine nagelneue Wanne – *nicht* die, in der sich Grandpa Harry erschossen hatte, wenn auch das Bad unverändert war –, aber als Amanda sich endlich so weit beruhigt hatte, dass sie mir (immer noch auf dem Klo sitzend!) sagen konnte, was passiert war, da hatte sie eindeutig Harry in der nagelneuen Badewanne gesehen.

»Er lag wie ein kleiner Junge mit zum Kinn angezogenen Knien da drin – und hat mir *zugelächelt,* als ich gepinkelt hab!«, erzählte mir Amanda schluchzend.

»Tut mir ehrlich leid«, sagte ich.

»Aber er war kein kleiner Junge!«, stöhnte Amanda.

»Nein, du hast recht – das war mein Großvater«, versuchte ich ihr ruhig zu vermitteln. Mein Gott, Harry – sogar als Gespenst brauchte er noch Publikum! (Sogar *als Mann*!)

»Ich hab das Gewehr nicht gleich gesehen – aber er *wollte,* dass ich es sah, Billy. Erst hat er es mir gezeigt, und dann hat er sich damit in den Kopf geschossen – dass die Schädelsplitter nur so flogen!«, jammerte Amanda.

Natürlich hatte ich (in Grandpa Harrys denkwürdigen Worten) jetzt einiges an Erklärerei zu übernehmen; ich musste ihr alles über Grandpa Harry erzählen. Es wurde eine lange Nacht. Am Morgen weigerte sich Amanda, allein ins Bad zu gehen – auch nicht in eins der anderen Bäder. Verständnisvoll, wie ich war, verstand ich auch das. Ich hatte noch nie ein verfluchtes Gespenst gesehen – bestimmt jagen sie einem eine Heidenangst ein.

Der Tropfen, der das Fass zum Überlaufen brachte, war wohl, wie ich später Mrs. Hadley und Richard erklärte, dass Amanda am Morgen so durch den Wind war – schließlich hatte die ängstliche junge Frau kein Auge zugetan –, dass sie statt meine Schlafzimmertür versehentlich meine Wandschranktür öffnete. Und dort, an die Schrankrückwand gelehnt, stand Grandpa Harrys .30-30er-Mossberg, der alte Karabiner.

Amanda schrie wie am Spieß – großer Gott, sie hörte

einfach nicht mehr auf zu schreien. »Du hast tatsächlich das Gewehr behalten – und bewahrst es im Schrank auf! Wer kommt bloß auf so eine Idee, ausgerechnet das Gewehr zu behalten, mit dem sich der eigene Großvater im Bad das Gehirn weggepustet hat, Billy?«, schrie Amanda mich an.

»Mit dem Gewehr hat Amanda nicht unrecht, Billy«, sollte Richard mir sagen, als ich ihm erzählte, dass wir uns getrennt hatten.

»*Niemand* will, dass du das Gewehr behältst, Billy«, sagte Martha Hadley.

»Wenn du das Gewehr loswirst, hauen die Gespenster vielleicht ab, Billy«, mutmaßte Elaine.

Doch mir sind diese Gespenster nie erschienen; wahrscheinlich muss man besondere Antennen dafür haben, um sie sehen zu können, und diese »Antennen« fehlen mir wohl. Zwar habe ich meine eigenen Gespenster – meine eigenen »schrecklichen Engel«, wie ich sie mir (mehr als einmal) vorgestellt habe –, aber die wohnen *nicht* in dem Haus in der River Street in First Sister.

Während der Schneeschmelze 1995 reiste ich allein nach Mexiko. In Playa del Carmen mietete ich ein Haus, das Elaine mir empfohlen hatte. Ich trank jede Menge *cerveza* und riss einen attraktiven jungen Mann von verwegenem Äußeren mit bleistiftdünnem Oberlippenbärtchen und dunklen Koteletten auf; der sah tatsächlich aus wie ein Zorro-Schauspieler – in einer alten Schwarzweißfassung. Wir hatten Spaß, tranken noch mehr *cerveza,* und als ich nach Vermont zurückkam, stand bereits der Frühling vor der Tür.

Die nächsten fünfzehn Jahre passierte bei mir nicht viel, außer dass ich Lehrer wurde. Die Privatschulen – heutzutage soll man sie »Alternativschulen« nennen, aber mir rutscht immer mal wieder das Wörtchen »privat« raus – nehmen es nicht so genau mit der Altersgrenze. Richard Abbott trat erst mit Anfang siebzig in den Ruhestand und versäumte selbst danach keine einzige Inszenierung des Theaterclubs der Academy.

Mit seinen diversen Nachfolgern war Richard nicht besonders zufrieden – na ja, *niemand* war mit diesem albernen Haufen trüber Tassen zufrieden. Kein Mensch im Fachbereich Englisch hatte Richards Gespür für Shakespeare oder auch nur die leiseste Ahnung von Theater. Martha Hadley und Richard bearbeiteten mich unermüdlich, ich solle mich in der Academy *einbringen.*

»Die Kids lesen deine Romane, Billy«, versuchte Richard es immer wieder.

»Besonders die, die – du weißt schon – sexuell *abweichend* sind, Billy«, sagte Mrs. Hadley; mit Mitte achtzig betreute sie immer noch »Einzelfälle« (wie sie es nannte).

Von Elaine erfuhr ich, dass es an den Colleges neuerdings Gruppen für lesbische, schwule, bisexuelle und Transgender-Kids gab. Und Richard Abbott erzählte mir – mit mittlerweile Ende siebzig –, inzwischen gäbe es so eine Gruppe sogar an der Favorite River Academy. Für einen Bisexuellen meiner Generation war es nicht leicht, sich derartige fest organisierte und tolerierte Gruppen vorzustellen. (Diese Gruppen setzten sich allmählich so durch, dass ihr Namenskürzel als Akronym gebräuchlich wurde. Unglaublich, dachte ich, als ich es hörte.)

Elaine, die jetzt an der New York University unterrichtete, lud mich zu einer Lesung aus einem neuen Roman vor der LSBT-Gruppe auf dem Campus ein. (Ich war ja so hinterm Mond, dass ich mir diese Anfangsbuchstaben tagelang laut vorsagen musste, bis ich sie mir in der richtige Reihenfolge merken konnte.)

Es muss im Herbsttrimester 2007 an der Favorite River Academy gewesen sein, als Mrs. Hadley mir sagte, sie und Richard wollten mich einer ganz besonderen Person vorstellen. Sofort schloss ich auf einen Neuzugang im Lehrkörper – jemand, der Englisch unterrichtete, entweder eine hübsche Frau oder ein schnuckeliger junger Mann, wie ich annahm, und womöglich war diese »besondere« Person eingestellt worden, um neues Leben in den siechen, so gut wie todgeweihten Theaterclub zu hauchen.

Dabei hatte ich Amanda vor Augen – in *diese* Richtung schien mir Martha Hadleys (und Richards) Verkuppelungsversuch abzuzielen. Aber nicht doch – nicht in meinem Alter! Im Herbst 2007 war ich fünfundsechzig. Mrs. Hadley und Richard versuchten nicht, mich zu verkuppeln. Martha Hadley war rüstige siebenundachtzig, aber ein einziger Sturz auf Eis oder Schnee – gefolgt von einer gebrochenen Hüfte –, und sie würde in die Einrichtung für betreutes Wohnen übersiedeln müssen. (Mrs. Hadley hatte das ohnehin bald vor.) Und Richard Abbott war kein Mann vom Typ Hauptdarsteller mehr; mit 77 gab er zwar manchmal noch einen Shakespeare-Kurs an der Favorite River, doch um Shakespeare auch noch auf die Bühne zu bringen, fehlten ihm Kraft und Ausdauer. Er las die Stücke mit einigen Neuzugängen in ihrem ersten Schuljahr an der Academy. (Schüler des Abschlussjahrgangs *2011*! Unvorstellbar für mich, wieder so jung zu sein!)

»Wir möchten dir jemand Neues aus der *Schülerschaft* vorstellen, Bill«, sagte Richard, der auf meine Unterstellung, er (oder Martha) wollten mich verkuppeln, ziemlich ungehalten reagierte.

»Ein Neuzugang, Billy – jemand ganz Besonderes«, sagte Mrs. Hadley.

»Meinst du, jemand mit Ausspracheproblemen?«, fragte ich.

»Wir versuchen nicht, dich mit jemandem aus dem Lehrkörper zusammenzubringen, Bill – wirklich nicht. Weil wir nämlich finden, dass du selber Lehrer *sein* solltest«, sagte Richard.

»Wir möchten dir jemand Neues aus der LSBT-Gruppe vorstellen, Billy«, erklärte mir Mrs. Hadley.

»Klar – warum nicht?«, antwortete ich. »Das mit dem Lehrer weiß ich nicht recht, aber euren Neuzugang schau ich mir gerne an. Junge oder Mädchen?«, fragte ich die beiden, das weiß ich noch. Sie sahen sich nur an.

»Je nun –«, setzte Richard an, aber Mrs. Hadley unterbrach ihn.

Sie ergriff meine Hände und drückte sie. »Junge oder Mädchen, Billy«, sagte sie. »Tja, das ist die Frage. Deshalb möchten wir ihn dir vorstellen, oder sie – das ist die Frage.«

»Oh!«, sagte ich. So kam es, dass ich Lehrer wurde.

Tennisarm-Bob war neunzig, als er in die Einrichtung ging; vorausgegangen waren zwei Hüftoperationen und ein Treppensturz während seiner Rehabilitation von der zweiten

Operation. »Allmählich fühl ich mich wie 'n alter Knochen, Billy«, sagte er mir, als ich ihn im Herbst 2007 dort besuchte – im selben September, in dem Mrs. Hadley und Richard mir das LSBT-Kid vorstellten, das mein Leben umkrempeln sollte.

Onkel Bob erholte sich gerade von einer Lungenentzündung, die er sich während seiner Bettlägerigkeit nach dem Sturz zugezogen hatte. Von der Aidsepidemie her war mir diese Sorte Lungenentzündung noch lebhaft in Erinnerung – die, von der sich so viele nie erholten. Ich war froh, Bob wieder auf den Beinen zu sehen, aber er hatte beschlossen, in der Einrichtung zu bleiben.

»Die Leute hier sollen auf mich aufpassen, Billy«, sagte Schläger-Bob. Ich konnte ihn verstehen; Muriel war seit fast dreißig Jahren nicht mehr, und Gerry war mit ihren achtundsechzig Jahren gerade zu einer neuen Freundin nach Kalifornien gezogen.

Die »Vagina-Lady«, wie Elaine Helena genannt hatte, war schon lange passé. Ihre neue Freundin hatte Gerry noch keinem von uns vorgestellt, aber sie hatte mir von ihr geschrieben: dass sie »erst« in meinem Alter sei – als handelte es sich um eine Minderjährige.

»Wer weiß«, sagte Onkel Bob, »eh man sich's versieht, werden sie noch überall gleichgeschlechtliche Ehen zulassen, und dann *heiratet* Gerry ihre nächste neue Freundin. Wenn ich in der Einrichtung für betreutes Wohnen bleibe, muss Gerry in Vermont heiraten!«, rief Schläger-Bob aus, so als sei schon die bloße Vorstellung, dass das je passieren könnte, jenseits von Gut und Böse.

Beruhigt, dass mein neunzigjähriger Onkel Bob in der

Einrichtung in guten Händen war, machte ich mich auf den Weg zur Noah Adams Hall, in der gewöhnlich der Sprachenunterricht stattfand; dort sollte ich den »besonderen« Neuzugang in Richards ehemaligem Büro neben dem Englisch-Klassenzimmer im Erdgeschoss treffen. Mrs. Hadley würde ebenfalls kommen.

Zu meinem Schrecken war Richards Büro gänzlich unverändert und so schauderhaft wie eh und je: ein Kunstledersofa, das schlimmer miefte als jede Hundedecke, die Sie je gerochen haben; drei oder vier gerade Holzstühle von der Sorte mit aufklappbarem Minischreibpult. Auf Richards Schreibtisch stapelten sich wie immer die Papierberge, die Schreibfläche verschwand unter haufenweise aufgeschlagenen Büchern und losen Blättern. Sein Schreibtischstuhl hatte Rollen, so dass er im Sitzen durchs ganze Büro flitzen konnte – was er zur allgemeinen Erheiterung der Schülerschaft auch tat.

Seit meiner Zeit an dem ehemaligen Knabeninternat hatte sich nicht nur geändert, dass jetzt auch Mädchen da waren – sondern auch die Kleiderordnung. Wenn es 2007 eine gab, so könnte ich sie Ihnen jedenfalls nicht beschreiben; Blazer und Krawatten waren aber nicht mehr Vorschrift. Es gab ein schwammiges Verbot »zerrissener« Jeans. Es war verboten, den Speisesaal im Schlafanzug zu betreten und nabelfrei zum Unterricht zu erscheinen – wie viel Bauchfreiheit genau zulässig war, musste immer neu festgelegt werden ... ebenso die sogenannten, vor allem bei Jungs angesagten Maurerdekolletés, also ein sichtbarer Ansatz der Arschritze. Bei beiden Körperzonen waren die Regeln heiß umstritten und wurden ständig Millimeter um

Millimeter revidiert. Die Schülerschaft fand die Regeln sexuell diskriminierend, weil die Bäuche der Mädchen und die Arschritzen der Jungen angeblich dadurch an den Pranger gestellt würden.

Da hatte ich mir nun vorgestellt, Marthas und Richards »besonderer« Schützling wäre ein atemberaubender Hermaphrodit – mit einer Art allseits betörender Melange von Geschlechtsorganen, eine erotisch so verführerische Person wie die mythologische Kombination von Nymphe und Satyr in einem Fellini-Film – doch da in Richards Büro, hingelümmelt auf diese Hundedecke von einem Sofa, erwartete mich ein schlampig gekleideter, leicht übergewichtiger Junge mit einem knallrot entzündeten Pickel am Hals und dem allerspärlichsten Ansatz eines Milchbarts. Dieser Pickel sah fast so wütend aus wie der Junge selber. Bei meinem Anblick kniff er die Augen zusammen – schwer zu sagen, ob aus Unmut oder wegen der Anstrengung, die es ihn kostete, mich näher in Augenschein zu nehmen.

»Hallo, ich bin Bill Abbott«, begrüßte ich ihn.

»Das ist George –«, sagte Mrs. Hadley.

»Georgia«, korrigierte der Junge sie sofort. »Ich bin Georgia Montgomery – man nennt mich Gee.«

»Gee«, wiederholte ich.

»Gee ist für den Übergang«, sagte der Junge, »aber Georgia *werde* ich sein. Das hier *ist* nicht mein Körper«, ereiferte er sich. »Ich bin nicht, was Sie sehen. Ich werde jemand anderes.«

»Okay«, sagte ich.

»Ich bin auf diese Schule gekommen, weil *Sie* hier Schüler waren«, erklärte mir der Junge.

»Gee ist davor in Kalifornien zur Schule gegangen«, mischte Richard sich ein.

»Ich dachte, bestimmt gibt's hier noch mehr Transgender-Kids«, sagte mir Gee, »aber von wegen – jedenfalls keine, die sich geoutet hätten.«

»Seine Eltern –«, versuchte Mrs. Hadley mir zu sagen.

»Ihre Eltern«, wurde sie von Gee korrigiert.

»Gees Eltern sind sehr *tolerant*«, erklärte mir Martha. »Sie stehen voll *hinter* dir, nicht wahr?«, fragte sie den Jungen – oder das werdende Mädchen, falls er oder sie das war.

»Meine Eltern *sind* tolerant, und sie *stehen* voll hinter mir«, sagte Gee, »aber sie haben auch Angst vor mir – sie sagen zu allem ja, so wie jetzt zu meiner weiten Reise nach Vermont.«

»Verstehe«, sagte ich.

»Ich hab alle Ihre Bücher gelesen«, sagte mir Gee. »Sie sind ziemlich wütend, oder? Jedenfalls sind Sie ziemlich pessimistisch. Sie glauben nicht, dass es mit der ganzen sexuellen Diskriminierung so bald vorbei sein wird, stimmt's?«, fragte mich der Junge.

»Ich schreibe Romane«, bremste ich ihn. »Im wirklichen Leben bin ich nicht unbedingt so pessimistisch, wie wenn ich mir eine Geschichte ausdenke.«

»Sie kommen mir aber trotzdem ziemlich wütend vor«; davon ließ er sich nicht abbringen.

»Lassen wir die beiden allein, Richard«, sagte Mrs. Hadley.

»Ja, ja, – du bist jetzt ganz auf dich gestellt, Bill«, sagte Richard und klopfte mir auf den Rücken. »Bitte Bill, dir von einer Transsexuellen zu erzählen, die er gekannt hat,

Gee«, sagte Richard zu dem werdenden Mädchen, als er ging.

»Einer *Transgender*«, korrigierte Gee Richard.

»Für mich nicht«, erklärte ich dem Bürschchen. »Ich kenne den Sprachwandel; ich weiß, dass ich ein alter Mann und von gestern bin. Aber die Person, die ich gekannt habe, war für mich eine Transsexuelle. Damals war sie genau das. Ich sage ›Transsexuelle‹. Wenn du die Geschichte hören willst, wirst du dich einfach dran gewöhnen müssen. Korrigier nicht *meine* Sprache«, sagte ich dem Knaben. Er blieb einfach auf diesem muffigen Sofa sitzen und sah mich an. »Ich bin auch tolerant«, sagte ich ihm, »aber ich sag nicht zu allem ja und amen.«

»In Richards Kurs lesen wir gerade *Der Sturm*«, sagte Gee – ohne erkennbaren Anlass, wie es mir schien. »Voll schade, dass wir ihn nicht aufführen können«, fuhr er fort, »aber im Unterricht lesen wir mit verteilten Rollen. Ich bin natürlich Caliban – das Ungeheuer.«

»Ich war mal Ariel«, sagte ich ihm. »Ich hab meinen Großvater auf der Bühne den Caliban spielen sehen; er hat ihn *als Frau* gespielt«, sagte ich zu dem werdenden Mädchen.

»Echt?«, fragte er mich und lächelte zum ersten Mal; da konnte ich es auf einmal sehen. Er hatte das Lächeln eines hübschen Mädchens, versteckt in seinem amorphen Jungengesicht und tiefer verborgen in seinem unfertigen Jungenkörper, aber ich erkannte trotzdem die *Sie* in ihm. »Erzählen Sie mir von der Transgender, die Sie gekannt haben«, forderte Gee mich auf.

»Der *Transsexuellen*«, sagte ich.

»Okay – bitte erzählen Sie mir von ihr«, bat mich Gee.

»Das ist eine lange Geschichte, Gee – ich war in sie verliebt«, antwortete ich ihm – also *ihr,* sollte ich sagen.

»Okay«, wiederholte sie.

Gegen Mittag gingen wir zusammen in den Speisesaal. Gee war erst vierzehn, und sie hatte einen Bärenhunger. »Sehen Sie den Jock da drüben?«, fragte sie mich; mir war nicht klar, welchen Sportler sie meinte, weil ein ganzer Haufen davon um einen Tisch hockte – dem Aussehen nach Footballspieler. Ich nickte einfach.

»Der nennt mich Tampon, oder manchmal einfach George – nicht Gee. Natürlich nicht Georgia, logisch«, sagte Gee lächelnd.

»Tampon find ich ziemlich schlimm«, erwiderte ich.

»Mir gefällt es eigentlich besser als George«, erwiderte sie. »Wissen Sie was, Mr. A. – eigentlich könnten doch Sie bei *Der Sturm* Regie führen, oder – wenn Sie wollen? Dann könnten wir Shakespeare aufführen.«

Niemand hatte je zuvor Mr. A. zu mir gesagt; offenbar gefiel es mir. Ich hatte mir schon überlegt, wenn Gee so unbedingt ein Mädchen sein wollte, musste sie eins sein. Und den *Sturm* wollte ich auch auf die Bühne bringen.

»He, Tampon!«, rief jemand.

»Komm, wir reden mal mit den Footballspielern«, sagte ich zu Gee. Wir gingen zu ihrem Tisch rüber; sofort unterbrachen sie ihre Mahlzeit. Sie sahen das traurige Häufchen Elend von einem Jungen – die Möchtegerntransgender, wie sie vermutlich über ihn dachten –, und sie sahen mich, einen fünfundsechzigjährigen Mann, den sie vermutlich mit einem Lehrer verwechselten (was ich ja auch bald sein würde); schließlich sah ich viel zu alt aus, um Gees Vater zu sein.

»Das hier ist Gee – so heißt sie. Merkt euch das«, sagte ich ihnen. Keine Reaktion. »Wer von euch hat ›Tampon‹ zu Gee gesagt?«, fragte ich; auch darauf blieben sie die Antwort schuldig. (Scheiß-Schlägertypen: sind doch eh meist nur Feiglinge.)

»Wenn jemand dich mit einem Tampon verwechselt, Gee, und du wehrst dich nicht – wer ist dann schuld?«, fragte ich das Mädchen, das noch wie ein Junge aussah.

»Das ist dann ganz klar meine Schuld«, sagte Gee.

»Wie heißt sie?«, fragte ich die Footballspieler.

Alle bis auf einen riefen: »Gee!« Der geschwiegen hatte, der Größte von allen, aß jetzt wieder; er sah sein Essen und nicht mich an, als ich mich an ihn wandte.

»Wie heißt sie?«, fragte ich wieder; er zeigte auf seinen vollen Mund.

»Ich kann warten«, erklärte ich ihm.

»Das ist kein Lehrer«, sagte der große Footballspieler zu seinen Mannschaftskameraden, als er runtergeschluckt hatte. »Bloß so 'n Schriftsteller, der im Ort wohnt. Ein alter schwuler Typ, der früher mal hier auf die Schule gegangen ist. Der hat uns nichts zu sagen – er ist kein Lehrer.«

»Wie heißt sie?«, fragte ich ihn.

»Weichei?«, fragte der Footballspieler zurück; jetzt lächelte er – genau wie seine Kumpels.

»Siehst du jetzt, warum ich ›ziemlich wütend‹ bin, wie du sagst, Gee?«, fragte ich die Vierzehnjährige. »Ist das der Typ, der dich Tampon nennt?«

»Ja – genau der«, sagte Gee.

Der Footballspieler, der wusste, wer ich war, war vom Tisch aufgestanden; er war sehr groß, fast schon ein Hüne, mindestens eine Handbreit größer als ich und gut zehn Kilo schwerer.

»Verpiss dich, du alte Schwuchtel«, sagte der Kerl zu mir. Ich dachte, besser wäre es, wenn ich ihn dazu bringen könnte, Gee als *Schwuchtel* zu beschimpfen. Damit wäre der Wichser erledigt, das wusste ich; auch wenn die Kleiderordnung an der Favorite River gelockert war, gab es stattdessen jetzt andere Regeln, die es zu meiner Schulzeit noch nicht gegeben hatte. Man konnte nicht von Favorite River fliegen, weil man *Tampon* oder *Weichei* sagte, aber das Wort *Schwuchtel* fiel in die Kategorie politisch unkorrekter Schmähungen. (Genau wie die Wörter *Nigger* und *Itzig* konnte einen das Wort *Schwuchtel* in Schwierigkeiten bringen.)

»Scheiß-*Football*spieler«, hörte ich Gee sagen; diesen Fluch kannte ich von Herm Hoyt. (Ringer können nur darüber lachen, für was für harte Burschen Footballspieler sich halten.) Diese junge werdende Transgender konnte Gedanken lesen!

»Was hast du gesagt, du kleine Schwuchtel?«, fragte der große Kerl. Er fuhr eine billige Attacke gegen Gee – einen kräftigen Handkantenschlag ins Gesicht der Vierzehnjährigen. Das war bestimmt schmerzhaft, aber ich sah, dass Gee sich nicht unterkriegen lassen würde; ihre Nase begann zu bluten, als ich zwischen die beiden trat.

»Das reicht«, sagte ich zu dem Schrank, aber er schubste mich mit der Brust. Ich sah den rechten Haken kommen und fing ihn mit dem linken Unterarm auf – so, wie Jim *Nochwas* es mir im Boxraum im vierten Stock des NYAC beigebracht hatte. Der Footballspieler war ein wenig überrascht, als ich nach oben fasste und ihn im Nackengriff packte. Er rempelte mich kräftig an; schwer, wie er war, lehnte er sich mit ganzem Gewicht gegen mich – genau was man sich von seinem Gegner wünscht, wenn man einen halbwegs brauchbaren Durchschlüpfer draufhat.

Der Speisesaalboden war sehr viel härter als eine Ringermatte, und der Kerl kam ungünstig auf, mit seinem ganzen Gewicht (und viel von meinem dazu) auf einer Schulter. Mit ziemlicher Sicherheit hatte er sich das Schultergelenk ausgekugelt oder das Schlüsselbein gebrochen – oder beides. Er lag einfach nur da und versuchte, weder die Schulter noch den Oberarm zu bewegen.

»Scheiß-*Football*spieler«, wiederholte Gee, diesmal an den ganzen Tisch gewandt. Alle konnten sehen, dass ihre Nase stärker blutete.

»Zum vierten Mal, wie heißt sie?«, fragte ich den Hünen, der auf dem Boden lag.

»Gee«, sagte der Typ mit »Weichei« und »Tampon«. Wie sich herausstellte, war er mit der Schule schon fertig – ein neunzehnjähriger Absolvent, der nur zum Footballspielen an der Favorite River aufgenommen worden war. Entweder wegen eines ausgekugelten Schultergelenks oder eines gebrochenen Schlüsselbeins musste er die restliche Footballsaison aussetzen. Wegen des Wortes *Schwuchtel* flog er zwar nicht von der Academy, bekam aber Bewährung. (Gee und ich hatten beide vergeblich gehofft, dass ihre Nase gebrochen wäre.) Im nächsten Frühjahr wurde der

Sportler dann doch noch der Schule verwiesen, weil er ein Mädchen, das nicht mit ihm schlafen wollte, als *Kampflesbe* beschimpft hatte.

Als ich zustimmte, in Teilzeit an der Favorite River zu unterrichten, stellte ich die Bedingung, dass die Academy sich bemühen sollte, Neuzugänge, insbesondere ältere Graduierte, zum Verständnis der liberalen Favorite-River-Kultur zu erziehen – womit ich natürlich die Akzeptanz sexueller Vielfalt meinte.

Aber dort im Speisesaal hatte ich an jenem Septembertag 2007 meinen Lehrauftrag gegenüber den Footballspielern erfüllt.

Meine neue Schutzbefohlene Gee hingegen hatte diesen Jocks, die noch um ihren Tisch hockten, mehr zu sagen. »Ich werde mal ein Mädchen sein«, verkündete sie tapfer. »Eines Tages werde ich Georgia sein. Bis dahin bin ich einfach nur Gee, und ihr könnt mich als Caliban in Shakespeares *Der Sturm* sehen.«

»Vielleicht findet die Aufführung erst im Winter statt«, gab ich zu bedenken; nicht dass ich erwartet hätte, auch nur einen der Footballspieler im Publikum zu sehen. Ich dachte nur, dass es so lange dauern könnte, bis ich die Schülerinnen und Schüler so weit hatte; alle Kids in Richards Shakespeare-Kurs waren Neulinge. Das Vorsprechen sollte der ganzen Schule offenstehen, aber die meisten Interessenten würden (wie Gee) Anfänger sein, fürchtete ich.

»Und noch etwas«, sagte meine Protegée zu den Footballspielern. Aus ihrer Nase troff Blut, aber sie war darüber sichtlich hochzufrieden. »Mr. A. ist *kein* alter *Schwuler* – sondern ein alter *Bi*sexueller. Kapiert?«

Ich war beeindruckt, dass die Footballspieler nickten. Na ja, nicht der Große auf dem Speisesaalboden; der lag nur still da und muckste sich nicht. Nur schade, dass Miss Frost und Trainer Hoyt nicht sehen konnten, wie ich den Durchschlüpfer angebracht hatte. Ich will mich ja nicht loben, aber es war ein ziemlich guter Durchschlüpfer – meine *eine* Aktion.

14
Lehrer

Das alles geschah vor drei Jahren, als Gee in die neunte Klasse ging. Sie hätten Gee zu Beginn ihres letzten Schuljahres sehen sollen, im Herbsttrimester 2010 – mit siebzehn sah das Mädchen einfach umwerfend aus. Im letzten Schuljahr würde Gee achtzehn werden und planmäßig mit dem Jahrgang 2011 ihren Abschluss machen. Damit will ich nur sagen: Ihr hättet sie sehen sollen, als sie im letzten Schuljahr war. Mrs. Hadley und Richard hatten recht: Gee war tatsächlich etwas Besonderes.

Im Herbsttrimester 2010 probten wir den, wie Richard es nannte, »Herbst-Shakespeare«. Die Aufführung von *Romeo und Julia* sollte in die allerhektischste Zeit im Jahr fallen – in die paar Wochen zwischen dem langen Thanksgiving-Wochenende und den Weihnachtsferien.

Eine schreckliche Zeit, das kann ich Ihnen als Lehrer versichern: Die Schüler sind mit ihren Gedanken leider bei ihren bevorstehenden Prüfungen und Referaten – und außerdem ist dann schon Wintersportsaison. Vieles ist neu, doch einiges ist noch wie früher: Alle sind erkältet und schnell gereizt.

Der Theaterclub an der Favorite River Academy hatte *Romeo und Julia* zuletzt 25 Jahre zuvor, im Winter 1985, aufgeführt. Ich weiß noch, wie Larry damals Richard vorschlug, einen Jungen als Julia zu besetzen. (Larry glaubte, Shakespeare hätte die Idee *gut* gefallen!) Doch Richard hatte zurückgefragt: »Wo findet man einen Jungen, der die Eier hat, Julia zu spielen?« Das hatte nicht einmal Lawrence Upton beantworten können.

Jetzt kannte ich einen Jungen, der die Eier hatte, Julia zu spielen. Ich hatte Gee, und *als Mädchen* war Gee sozusagen eine Idealbesetzung. Mit siebzehn hatte Gee auch noch Eier. Sie hatte mit den gründlichen psychologischen Untersuchungen begonnen – den obligatorischen Beratungen und Therapiesitzungen für junge Leute, die geschlechtsangleichende Maßnahmen anstreben. Ich glaube nicht, dass man ihren Bart schon mittels Elektrolyse entfernt hatte; vielleicht war Gee auch noch zu jung für die Elektrolyse. Jedenfalls wurden Gee – mit Zustimmung ihrer Eltern und ihres Arztes – weibliche Hormone injiziert; bliebe sie bei ihrer Geschlechtsumwandlung, würde sie diese Hormone ihr Leben lang nehmen müssen. (Ich zweifelte nicht daran, dass Gee [bald *Georgia*] Montgomery durchhalten würde.)

Was hatte Elaine einmal über die Möglichkeit gesagt, dass *Kittredge* die Julia spielen solle? Es hätte nicht funktioniert, wie wir beide fanden. »Julia ist vor allem eins: *aufrichtig*«, hatte Elaine gesagt.

O Mann, was war meine Julia aufrichtig! Gee hatte immer Eier gehabt, doch jetzt hatte sie Brüste – kleine, aber sehr hübsche –, und ihr Haar hatte einen neuen Glanz bekommen. Herrje, was waren ihre Wimpern gewachsen! Gees Haut war weicher geworden, und ihre Akne war komplett verschwunden; die Hüften waren jetzt breiter, und doch hatte sie seit ihrem ersten Jahr auf der Highschool abgenommen – ihre Hüften waren bereits die einer jungen Frau, wenn auch noch nicht sehr kurvig.

Was noch wichtiger ist: Die gesamte Favorite River Academy wusste, wer (und was) Gee Montgomery war. Klar gab es noch ein paar Sportler, die nicht völlig akzeptiert hatten, was für eine sexuell *vielfältige* Schule wir werden wollten. Einige Höhlenmenschen wird es immer geben.

Larry wäre stolz auf mich gewesen, dachte ich. Mit einem Wort, Larry wäre überrascht gewesen zu erleben, wie *engagiert* ich jetzt war. Politischer Aktivismus wurde mir wahrhaftig nicht in die Wiege gelegt, doch ich war zumindest *ein wenig* politisch aktiv. Ich war zu dem einen oder anderen Campus in unserem Bundesstaat gereist. Ich hatte mit den LGBT-Gruppen im Middlebury College und an der Universität von Vermont gesprochen. Ich unterstützte das Gesetz für gleichgeschlechtliche Ehen, das der Senat von Vermont verabschiedete – trotz des Vetos des republikanischen Gouverneurs, eines Höhlenmenschen.

Larry hätte gelacht, wenn er erlebt hätte, dass ich die Schwulenehe unterstützte, weil er wusste, was ich von der Ehe *als solcher* hielt. »Der alte Mr. Monogamie«, hätte Larry gespottet. Aber die jungen schwulen und bisexuellen Leute wollen die Schwulenehe, und ich unterstütze sie.

»Ich sehe den zukünftigen Helden in dir!«, hatte Grandpa Harry zu mir gesagt. So weit wollte ich nicht gehen, hoffe aber, dass Miss Frost mit mir einverstanden gewesen wäre. Ich *beschützte* jemanden – ich hatte Gee beschützt. Ich war eine Person, die in Gees Leben etwas bewirkte. Vielleicht hätte Miss Frost mich deswegen gemocht.

So sah mein Leben mit 68 aus. Ich hatte eine halbe Stelle als Englischlehrer an meiner alten Schule, der Favorite River Academy; außerdem leitete ich dort den Theaterclub. Ich war Schriftsteller und sporadisch politischer Aktivist – immer und überall auf der Seite von LGBT-Gruppen. Oh, Verzeihung; ich weiß, die Sprache ändert sich ständig.

Ein sehr junger Lehrer auf Favorite River erzählte mir, es sei nicht mehr zeitgemäß (oder angebracht), LGBT zu sagen – das heiße inzwischen LGBTQ.

»Wofür steht denn das verdammte Q?«, fragte ich den Lehrer. »*Querulanten* vielleicht?«

»Nein, Bill«, sagte der Lehrer. »*Questioning* oder *queer*, womit gemeint ist, dass du dir noch nicht sicher bist und deine sexuelle Identität in Frage stellst.«

»Oh!«

»Ich weiß noch gut, wie du in der *unsicheren* Phase warst und alles in Frage gestellt hast, Billy«, erzählte mir Martha Hadley. Na ja, ich weiß es ja selbst noch. Ich habe kein Problem damit, LGBTQ zu sagen; in meinem Alter fällt es mir nur schwer, das verdammte Q nicht zu vergessen!

Mrs. Hadley wohnt jetzt in der Einrichtung für Betreutes Wohnen. Sie ist neunzig, und Richard besucht sie täglich. Ich besuche Martha zweimal wöchentlich – immer dann, wenn ich auch Onkel Bob besuche. Mit 93 geht es Tennisarm-Bob erstaunlich gut – damit meine ich körperlich. Bobs Gedächtnis lässt zwar etwas nach, doch das kommt in den besten Familien vor. Manchmal vergisst Bob sogar, dass Gerry und ihre kalifornische Freundin – die in meinem Alter ist – dieses Jahr in Vermont geheiratet haben.

Die Hochzeit fand im Juni 2010 statt, und zwar in meinem Haus an der River Street. Sowohl Mrs. Hadley als auch Onkel Bob waren da – Martha in einem Rollstuhl. Schläger-Bob schob Mrs. Hadley herum.

»Willst du wirklich nicht, dass ich den Rollstuhl schiebe, Bob?«, fragten Richard, Elaine und ich immer wieder.

»Wie kommst du darauf, dass ich ihn *schiebe*?«, gab Schläger-Bob zurück. »Ich *stütze* mich doch nur drauf!«

Egal, jedes Mal, wenn Onkel Bob mich nach Gerrys Hochzeitstermin fragt, muss ich ihn daran erinnern, dass sie bereits verheiratet ist.

Zumindest teilweise liegt es an Bobs Vergesslichkeit, dass ich fast einen der kleinen Höhepunkte meines Lebens verpasst hätte – einen kleinen, aber wirklich wichtigen Höhepunkt, wie ich finde.

»Was willst du wegen Señor Bovary unternehmen, Billy?«, fragte mich Onkel Bob, als ich ihn nach Gerrys Hochzeit in die Einrichtung für betreutes Wohnen zurückfuhr.

»Señor wer?«, fragte ich Tennisarm-Bob.

»Scheiße, Billy – tut mir leid«, sagte Onkel Bob. »Mein Gedächtnis lässt nach – kaum erfahre ich was über die ehemaligen Academy-Schüler, vergesse ich es offenbar auch schon wieder!«

Doch hierbei handelte es sich nicht unbedingt um eine Nachricht, die zur Veröffentlichung im *River Bulletin* geeignet gewesen wäre, sondern nur um eine Anfrage, die in der Rubrik »Hilferufe aus der Abteilung ›Wo-seid-ihr-alle?‹« an Bob gerichtet wurde.

Diese Nachricht bitte an den jungen William weitergeben!,

begann der sorgfältig mit Maschine geschriebene Brief.

Sein Vater, William Francis Dean, würde gern erfahren, wie es seinem Sohn geht – auch wenn die alte Primadonna persönlich seinem Sohn nicht selbst schreiben und ihn einfach fragen will. Es gab nämlich eine Aidsepidemie; da er immer noch Bücher schreibt, vermuten wir, dass der junge William sie überlebt hat. Aber was macht seine Gesundheit? Wie wir hier bei uns sagen – und wenn Sie so freundlich wären, den jungen William zu fragen: Cómo está? Und richten Sie dem jungen William bitte aus, falls er uns sehen möchte, ehe wir sterben, sollte er uns einen Besuch abstatten!

Der saubergetippte Brief stammte von dem langjährigen Geliebten meines Vaters – dem Klobrillenrutscher, dem Leser, dem Typ, der meinem Dad in der U-Bahn wiederbegegnet und *nicht* an der nächsten Station ausgestiegen war.

Er hatte seinen Namen getippt, nicht mit der Hand geschrieben:

Señor Bovary

Kürzlich besuchte ich im Sommer mit einem etwas zynischen holländischen Freund die Gay-Pride-Parade in Amsterdam. Die Stadt ist ein vielversprechendes Experiment, wie ich seit langem glaube, und die Parade gefiel mir sehr gut. Auf den Straßen schwappten Wellen tanzender Männer hin und her – Typen in lila und rosa Leder, Jungs in knappen Speedo-Badehosen mit Leopardmuster, küssende Männer in Jockstraps, eine hauteng mit feucht aussehenden grünen Federn bedeckte Frau, die sich einen schwarzen Strap-on-Dildo umgeschnallt hatte. Ich sagte zu meinem Freund, viele Städte predigten Toleranz, aber Amsterdam praktiziere sie, ja, stelle sie sogar *zur Schau.* Während ich sprach, trieb auf einem der Kanäle ein langer Kahn vorbei; an Bord spielte eine reine Frauen-Rockband, und manche Frauen hatten durchsichtige Trikots an und winkten uns am Ufer Stehenden zu. Die Frauen winkten mit Dildos.

Doch mein zynischer holländischer Freund warf mir einen gelangweilten (und nicht sehr nachsichtigen) Blick zu; er schien dem schwulen Treiben ebenso gleichgültig zu begegnen wie die meist ausländischen Prostituierten in den Fenstern und Türen von Amsterdams Rotlichtbezirk de Wallen.

»Amsterdam ist sowas von *out*«, sagte mein holländischer Freund. »Die neue angesagte Schwulenszene in Europa ist in Madrid.«

»Madrid«, wiederholte ich, wie es meine Art war. Ich war ein alter Bi-Typ von Ende sechzig, der in Vermont wohnte. Was wusste ich schon von der neuen angesagten Schwulenszene in Europa? (Was wusste ich von irgendeiner bescheuerten *Szene*?)

Señor Bovarys Empfehlung folgend, stieg ich in Madrid im Santo Mauro ab; es war ein hübsches ruhiges Hotel an der Calle de Zurbano – einer schmalen baubestandenen Straße (in einer ruhigen, langweilig wirkenden Wohngegend) »in Gehweite von Chueca«. Na ja, man hatte aber *lange* bis Chueca zu gehen, »dem Schwulenviertel von Madrid«, wie Señor Bovary Chueca in seiner E-Mail an mich genannt hatte. In Bovarys maschinengeschriebenem Brief, der an Onkel Bobs Büro für ehemalige Schüler an der Favorite River Academy adressiert war, stand keine Absenderadresse, nur eine E-Mail-Adresse und Señor Bovarys Handynummer.

Der zuerst briefliche und anschließende E-Mail-Kontakt mit dem langjährigen Partner meines Vaters ließ vermuten, dass ich es bei ihm mit einer seltsamen Mischung aus altmodisch und zeitgenössisch zu tun hatte.

»Ich schätze, dieser Bovary ist so alt wie dein Dad, Billy«, hatte Onkel Bob mich vorgewarnt. Aus der 1940er *Eule* wusste ich, dass William Francis Dean 1924 geboren wurde, folglich waren mein Vater und Señor Bovary jetzt 86. (Aus derselben 1940er *Eule* wusste ich, dass Franny Dean als Berufsziel »Bühnenkünstler« angegeben hatte, aber *welche Bühnenkunst* genau?)

Aus den E-Mails »dieses Bovary«, wie Schläger-Bob den Geliebten meines Dads nannte, ging hervor, dass mein Vater von meiner bevorstehenden Reise nach Madrid nichts wusste; es war einzig und allein Señor Bovarys Idee, und ich befolgte strikt seine Anweisungen. »Mach am Tag deiner Ankunft einen Spaziergang durch Chueca. Geh an diesem ersten Abend früh zu Bett. An deinem zweiten Abend treffe ich dich zum Essen. Wir schlendern ein Weilchen herum; schließlich landen wir in Chueca, und ich bringe dich in den Club. Wüsste dein Vater, dass du kommst, wäre er nur gehemmt«, stand in Señor Bovarys E-Mail.

Welcher *Club*?

»Franny war kein schlechter Kerl, Billy«, hatte Onkel Bob zu mir gesagt, als ich noch Schüler auf der Favorite River Academy war. »Er war halt einfach nur so ein bisschen vom anderen Ufer, verstehst du?« Wahrscheinlich brachte mich Bovary in *so einen* Club. Doch *was für ein* Schwulenclub war es? (Sogar ein alter Bi-Typ aus Vermont weiß, dass es mehr als eine Sorte Schwulenclubs gibt.)

Am späten Nachmittag und bei 32 Grad Celsius waren in Chueca die meisten Geschäfte wegen der Siesta noch geschlossen; aber es war eine trockene Hitze – äußerst angenehm für einen Besucher, der gerade aus der Kriebelmückensaison in Vermont nach Madrid kam. Für mein Gefühl war die Calle de Hortaleza eine geschäftige Straße voller kommerzialisiertem Schwulensex; sogar zur Siestazeit standen hier die Zeiger auf Sextourismus. Ein paar ältere Männer lungerten herum, nur gelegentlich sah man Grüppchen jüngerer Schwuler; an Wochenenden würden beide Fraktionen in größeren Mengen vertreten sein, doch jetzt war ein gewöhnlicher Arbeitstag. Die Lesbenfraktion war kaum vertreten – jedenfalls sah ich keine, aber das war auch nur mein erster Eindruck von Chueca.

An der Hortaleza gab es einen Nachtclub namens A Noite, nicht weit von der Calle de Augusto Figueroa, doch tagsüber fallen einem die Nachtclubs nicht groß auf. Mir fielen der deplatzierte portugiesische Name (*a noite* – portugiesisch für »die Nacht«) und die lädierten Reklametafeln auf, mit denen für Shows geworben wurde, darunter einer mit Dragqueens.

An den Straßen zwischen der Gran Vía und der U-Bahn-

Station auf der Plaza de Chueca gab es massenhaft Bars, Sexshops und Modeboutiquen für Schwule. Taglia, das Perückengeschäft an der Calle de Hortaleza, lag gegenüber eines Fitnessstudios für Bodybuilder. Ich sah, dass Tim-T-Shirts (ohne Struppi) beliebt waren, und an der Ecke Calle de Hernán Cortéz standen in den Ladenfenstern männliche Schaufensterpuppen in Stringtangas. (Zum Glück bin ich für so was wie Stringtangas zu alt.)

Ich hatte gegen den Jetlag zu kämpfen und versuchte einfach nur, den Tag durchzustehen und lange genug aufzubleiben, um in meinem Hotel ein frühes Abendessen einzunehmen, ehe ich ins Bett ging. Ich war zu müde, um die muskelbepackten Kellner in T-Shirts im Mama Inés Café an der Hortaleza zu würdigen; fast alle Gäste waren Männerpaare, dazwischen eine einzelne Frau. Sie trug Flip-Flops und ein Neckholder-Bustier; sie hatte ein eckiges Gesicht, stützte das Kinn auf und sah sehr traurig aus. Fast hätte ich versucht, sie abzuschleppen. Ich weiß noch, dass ich mich fragte, warum die Frauen in Spanien ab einem bestimmten Alter plötzlich dick wurden. Mir fiel ein bestimmter Typus Mann auf – hager, im ärmellosen Unterhemd, aber mit einem kleinen, trostlos wirkenden Schmerbauch.

Ich trank sogar (für mich völlig untypisch, weil ich danach nicht schlafen kann) um fünf noch einen *café con leche*, denn ich wollte unbedingt wach bleiben. Später entdeckte ich eine Buchhandlung an der Calle de Gravina – ich glaube, sie hieß Libros. (Kein Witz, ein Buchladen, der »Bücher« heißt.) Englische Romane – wohlgemerkt im Original – waren dort gut vertreten, doch es gab nichts Zeitgenössisches, nicht einmal aus dem 20. Jahrhundert. Eine Weile durchstöberte ich die Belletristikecke. Schräg gegenüber auf der anderen Straßenseite, an der Ecke Calle de San Gregorio, gab es eine offenbar beliebte Bar – sie hieß Ángel Sierra. Als ich die Buchhandlung verließ, war die Siesta wohl vorbei, denn die Bar füllte sich allmählich.

Ich kam an einem Café vorbei, auch an der Calle de Gravina, in dem einige ältere, elegant gekleidete Lesben an einem Fenstertisch saßen – meines beschränkten Wissens nach die einzigen Lesben, die ich in Chueca entdeckte, und beinahe die einzigen Frauen, die ich in diesem Bezirk überhaupt zu sehen bekam. Doch es war noch früh am Abend, und ich wusste, dass man in Spanien erst sehr spät ausgeht. (Ich war bereits in Barcelona gewesen, auf Lese- und Pressereise, denn mein spanischer Verlag ist dort.)

Als ich Chueca verließ – um den langen Rückmarsch ins Santo Mauro anzutreten –, machte ich an einer Bären-Kneipe an der Calle de las Infantas halt. Die Bar hieß Hot und war brechend voll mit Männern, die Brust an Brust und Rücken an Rücken dastanden. Es waren ältere Männer, und Sie wissen ja, wie Bären sind – durchschnittlich aussehende Männer, plumpe, bärtige Typen, viele davon Biertrinker. Wir waren in Spanien, daher wurde natürlich viel geraucht; ich blieb nicht lange, doch im Hot herrschte eine freundliche Atmosphäre. Die Barkeeper ohne Hemden waren die jüngsten Typen in der Bar – sie waren wirklich scharf, »hot«.

Bei dem adretten kleinen Mann, mit dem ich mich am nächsten Abend in einem Restaurant auf der Plaza Mayor traf, dachte man nicht sofort an einen jungen Soldaten, der seine Hose auf die Knöchel heruntergelassen hatte und bei einem Unwetter auf hoher See *Madame Bovary* las, während er – auf dem nackten Hintern – über eine Reihe Klositze rutschte, um meinen jungen Vater kennenzulernen.

Señor Bovarys Haupthaar war akkurat gestutzt und völlig weiß, genau wie die kurzen Borsten seines gepflegten Schnurrbarts. Er trug ein gebügeltes, kurzärmeliges weißes Hemd mit zwei Brusttaschen – eine für seine Lesebrille, die andere mit Kulis gespickt. Seine Khakihose hatte präzise Bügelfalten; die vielleicht einzigen neuzeitlichen Komponenten, die am altmodischen Image des pingeligen Mannes kratzten, waren die Sandalen. Es waren Sandalen von der Sorte, wie sie junge Naturburschen tragen, wenn sie durch tosende Flüsse waten und durch schnellfließende Bäche laufen – Sandalen mit dem soliden Bau und auffallenden Profil von Laufschuhen.

»Bovary«, sagte er und streckte die Hand aus, mit dem Handrücken nach oben, so dass ich nicht wusste, ob ich sie schütteln oder küssen sollte. (Ich entschied mich fürs Schütteln.)

»Ich bin wirklich froh, dass Sie mich kontaktiert haben«, sagte ich ihm.

»Ich weiß nicht, worauf dein Vater gewartet hat, schließlich ist deine Mutter – *una mujer difícil,* ›eine schwierige Frau‹ – nun seit zweiunddreißig Jahren tot. Es sind doch zweiunddreißig, oder?«, fragte der kleine Mann.

»Ja«, sagte ich.

»Verrat mir deinen HIV-Status; ich erzähl's deinem Vater«, sagte Bovary. »Er kann es nicht erwarten, es zu erfahren, doch ich kenne ihn – er würde nie selbst fragen. Er würde sich nur Sorgen machen, nachdem du wieder nach Hause geflogen bist. Er ist ein schrecklicher Zauderer!«, rief Bovary zärtlich und schenkte mir ein schelmisches Lächeln.

Ich sagte es ihm: Alle meine Tests sind negativ; ich bin nicht an HIV erkrankt.

»Kein Giftcocktail für dich – so soll's sein!«, rief Señor Bovary aus. »Wir haben den Virus auch nicht – falls es dich interessiert. Ich gestehe, dass ich nur Sex mit deinem Vater hatte, und dein Dad hatte – von dem wahrhaft *desaströsen* Techtelmechtel mit deiner Mom abgesehen – nur Sex mit mir. Geht's noch *langweiliger*?«, fragte mich das Männlein und lächelte dabei. »Ich habe deine *Romane* gelesen – genau wie dein Vater, natürlich. Nach allem, was du so geschrieben hast, kann man deinem Dad keinen Vorwurf machen, dass er sich um *dich* sorgt! Wenn du nur die Hälfte von dem *erlebt* hast, worüber du schreibst, dann musst du mit *allen* Sex gehabt haben!«

»Mit Männern und Frauen, ja – mit *allen,* nein«, gab ich lächelnd zurück.

»Ich frage nur, weil er *nicht* fragen wird. Ganz ehrlich, du wirst deinen Vater treffen und anschließend das Gefühl haben, tiefgründigere *Interviews* erlebt zu haben als alles, was er dich fragen oder dir auch nur *sagen* wird«, warnte mich Señor Bovary. »Was nicht heißt, dass es ihn nicht *kümmert* – ich übertreibe nicht, wenn ich behaupte, dass er sich *ständig* Sorgen um dich macht –, aber dein Vater ist ein Mensch, der an die Unantastbarkeit der Privatsphäre glaubt. Dein Dad ist ein *sehr* privater Mensch. Er ist nur wegen einer einzigen Sache je an die Öffentlichkeit gegangen.«

»Und das wäre?«, fragte ich.

»Ich werde dir die Show nicht verderben. Wir sollten ohnehin aufbrechen«, sagte Señor Bovary nach einem Blick auf seine Uhr.

»*Welche* Show?«, fragte ich ihn.

»Schau, ich bin nicht der Bühnenkünstler – ich verwalte nur das Geld«, sagte Bovary. »Du bist zwar der *Schriftsteller* in der Familie, doch dein Vater weiß ebenfalls *sehr gut*, wie man eine Geschichte erzählt – auch wenn es immer dieselbe Geschichte ist.«

Ich folgte ihm, in einem recht flotten Tempo, von der Plaza Mayor zur Puerta del Sol. Offenbar hatte Bovary diese Outdoor-Sandalen, weil er Fußgänger war; bestimmt ging er in Madrid überallhin zu Fuß. Er war schlank und fit; er hatte sehr wenig zu Abend gegessen und nur Mineralwasser getrunken.

Es war etwa neun Uhr abends, doch auf der Straße waren jede Menge Leute. Als wir die Montero hochgingen, kamen wir an einigen Prostituierten vorbei – »Akkordarbeiterinnen«, wie Bovary sie nannte.

Ich hörte eine von ihnen das Wort *guapo* sagen.

»Sie sagt, du bist hübsch«, dolmetschte Señor Bovary.

»Vielleicht meint sie *dich*«, erwiderte ich; er sah *sehr* gut aus, wie ich fand.

»Mich meint sie nicht, mich kennt sie«, sagte Bovary knapp und sehr geschäftsmäßig.

Dann überquerten wir die Gran Vía und betraten neben dem Telefónica-Hochhaus den Chueca-Bezirk. »Wir sind ein wenig zu früh dran«, sagte Señor Bovary nach einem erneuten Blick auf die Uhr. Anscheinend spielte er kurz mit dem Gedanken, einen Umweg zu machen. »In dieser Straße ist eine Bärenbar«, sagte er und hielt an der Kreuzung Hortaleza und Calle de las Infantas kurz an.

»Ja, Hot – ich hab da gestern Abend ein Bier getrunken«, sagte ich ihm.

»Bären sind okay, wenn man auf *Bäuche* steht«, sagte Bovary.

»Ich habe nichts gegen Bären – ich mag aber nur Bier«, sagte ich. »Etwas anderes trinke ich nicht.«

»Ich trinke nur *agua con gas*«, sagte Señor Bovary und schenkte mir sein kleines, strahlendes Lächeln.

»Mineralwasser, mit Bläschen, stimmt's?«, fragte ich ihn.

»Ich schätze, wir mögen beide *Bläschen*«, sagte Bovary nur; er war weiter durch die Hortaleza gegangen. Ich achtete nicht groß auf die Straße, erkannte aber den Nachtclub mit dem portugiesischen Namen wieder – A Noite.

Als Señor Bovary mich hineinführte, fragte ich: »Ach, ist *das* der Club?«

»Zum Glück *nicht*«, antwortete der kleine Mann. »Wir vertreiben uns nur die Zeit. Wenn die Show *hier* wäre, hätte ich dich nicht hergebracht, aber hier fängt die Show erst sehr spät an. Man kann vorher gerade noch etwas trinken.«

Am Tresen lungerten ein paar magere junge Schwule herum. »Wenn du allein wärst, könntest du dich nicht vor ihnen retten«, behauptete Bovary. Der Tresen war aus schwarzem Marmor, vielleicht war es auch polierter Granit. Ich bestellte ein Bier, und Señor Bovary genehmigte sich ein *agua con gas,* während wir warteten.

Im A Noite gab es einen ganz in Blau gehaltenen Tanzsaal und eine Guckkastenbühne; hinter der Bühne spielten sie Songs von Sinatra. Als ich den Nachtclub leise mit dem Attribut *retro* versah, sagte Bovary nur: »Das ist noch geschmeichelt.« Er sah ständig auf die Uhr.

Kurz vor elf Uhr abends traten wir wieder auf die Hortaleza hinaus; ich hatte noch nie so spät so viele Leute auf der Straße gesehen. Als Bovary mich zu dem Club brachte, wurde mir klar, dass ich schon mindestens zweimal achtlos daran vorbeigegangen war. Es war ein sehr kleiner Club mit einer langen Schlange davor – auf der Hortaleza, zwischen Calle de las Infantas und San Marcos. Erst jetzt sah ich den Namen des Clubs – zum ersten Mal. Der Club hieß SEÑOR BOVARY.

»Oh!«, sagte ich, als Bovary mich an den Wartenden vorbei zum Bühneneingang brachte.

»Erst sehen wir uns Frannys Auftritt an, *dann* triffst du ihn«, sagte der kleine Mann gerade. »Mit ein bisschen Glück sieht er dich erst am Ende seiner Nummer bei mir stehen – oder zumindest *gegen* Ende.«

Die gleichen Typen, die ich schon in A Noite gesehen hatte, magere junge Schwule, drängten sich um die Bar, machten Señor Bovary und mir aber Platz. Auf der Bühne befand sich eine transsexuelle Tänzerin, sehr ansehnlich – an ihr war nichts *retro*.

»Schamlose Anbiederei an Heteromänner«, flüsterte mir Bovary ins Ohr. »Oh, und an Männer wie dich, nehme ich an – ist sie dein Typ?«

»Ja, absolut«, sagte ich ihm. (Ich fand nur das auf der Tänzerin zuckende limonengrüne Stroboskoplicht ein wenig kitschig.)

Es war keine richtige Strip-Show; natürlich hatte die Tänzerin sich die Möpse machen lassen, und sie war sehr stolz darauf, aber den Stringtanga nahm sie nie ab. Die Menge klatschte frenetisch, als sie die Bühne verließ und dabei durch das Publikum ging – sogar an der Theke vorbeikam, den Tanga immer noch an, aber die restlichen Klamotten unterm Arm. Als Bovary auf Spanisch etwas zu ihr sagte, lächelte sie.

»Ich sagte, du seiest ein sehr wichtiger Gast und sie sei *absolut* dein Typ«, berichtete mir der kleine Mann mit schelmischem Unterton. Als ich etwas sagen wollte, legte er den Zeigefinger an die Lippen und flüsterte: »Ich werde für dich dolmetschen.«

Zuerst dachte ich, das sei ein Scherz – dass er für mich dolmetschen wolle, falls ich später mit der transsexuellen Tänzerin anbändeln wolle –, doch Bovary meinte, er werde für meinen Vater dolmetschen. »Franny! Franny! Franny!«, ertönte es immer wieder aus dem Publikum.

Von dem Augenblick an, als Franny Dean die Bühne betrat, ertönten Ooohs und Ahhhs; nicht nur wegen des Flitters und des gewagten Dekolletés seines Kleides, sondern auch dank des tiefen Rückenausschnitts und des selbstsicheren Auftretens meines Vaters wurde mir klar, warum Grandpa Harry ein Faible für William Francis Dean gehabt hatte. Die Perücke war eine silbrig glitzernde, rabenschwarze Mähne, passend zum Kleid. Die Gummititten waren eher bescheiden – klein, wie der ganze Mann –, und die Perlenkette war nicht protzig, reflektierte aber das taubenblaue Bühnenlicht. Genau dieses taubenblaue Licht hatte alles Weiße auf der Bühne und im Zuschauerraum perlgrau gefärbt – sogar das weiße Hemd von Señor Bovary, der an der Bar saß.

»Ich habe euch eine kleine Geschichte zu erzählen«, sagte mein Dad den Besuchern auf Spanisch. »Sie dauert nicht sehr lang«, sagte er lächelnd; seine alten schmalen Finger spielten mit den Perlen. »Vielleicht habt ihr sie schon einmal gehört?«, fragte er, wie mir Bovary auf Englisch ins Ohr flüsterte.

»Sí!«, rief die Menge im Chor.

»Tut mir leid«, erwiderte mein Vater, »aber ich kenne nur diese Geschichte. Es ist die Geschichte meines Lebens und meiner einen großen Liebe.«

Ich kannte die Geschichte bereits. Er hatte sie mir, zumindest teilweise, erzählt, als ich mich vom Scharlach erholte – nur detaillierter, als ein Kind sie sich merken konnte.

»Stellt euch vor, ihr lernt die Liebe eures Lebens auf einem *Klo* kennen!«, rief Franny Dean. »Wir waren auf einem Scheißhaus, in dem kniehoch das Meerwasser stand; wir waren auf einem Schiff, in dem kniehoch die *Kotze* stand!«

»Vómito!«, wiederholte die Menge wie aus einer Kehle.

Ich war erstaunt, wie viele der Anwesenden die Geschichte schon gehört hatten; sie kannten sie auswendig. Im Publikum waren viele ältere Menschen, Männer und Frauen; junge Leute waren auch da – hauptsächlich junge Männer.

»Nichts klingt so wie ein menschlicher Hintern, der über eine Reihe Toilettensitze rutscht – dieses *Klatschen*, während die Liebe deines Lebens näher kommt, näher und immer näher«, sagte mein Vater; er hielt inne und atmete tief durch, während viele der jungen Burschen im Publikum die Hosen (und auch die Unterhosen) fallen ließen und einander auf die nackten Ärsche schlugen.

Auf der Bühne atmete mein Vater aus und sagte mit einem missbilligenden Seufzen: »Nein, nicht so – es war ein *anderes,* kultivierteres Klatschen.« Mein Dad in seinem schwarzen, im Rücken tief ausgeschnittenen Glitzerkleid hielt wieder inne – während die getadelten Jungs die Hosen wieder hochzogen und das Publikum sich wieder beruhigte.

»Stellt euch vor, während eines schweren Sturms auf See zu *lesen.* Was für ein fanatischer Leser müsste man da wohl sein?«, fragte Vater. »Ich lese schon mein Leben lang. Mir war klar, falls ich *jemals* der Liebe meines Lebens begegnen würde, müsste er wie ich auch ein großer Leser sein. Aber ach – ihm auf *diese* Art *zum ersten Mal* zu begegnen! Backe an Backe, sozusagen«, sagte mein Dad, schob eine magere Hüfte vor und klatschte sich selbst auf die Hinterbacken.

»Backe an Backe!«, rief die Menge – oder wie auch immer das auf Spanisch heißen mag. (Ich hab's vergessen.) Er hatte Bovary auf dem Klo kennengelernt, Pobacke an Pobacke; eine nicht zu überbietende erste Begegnung.

Viel mehr kam bei dem Auftritt nicht mehr. Als die Geschichte meines Vaters über die Liebe seines Lebens zu Ende war, machten sich viele der älteren Menschen im Publikum rasch aus dem Staub, so wie auch fast alle Frauen. Die Frauen, die blieben, waren, wie ich erst später – im Hinausgehen – merkte, die Transsexuellen und Transvestiten. (Die jungen Burschen blieben, und als ich später den Club verließ, waren noch viel mehr da – außerdem einige ältere Männer, die meist allein kamen, zweifellos auf der Pirsch.)

Señor Bovary brachte mich zu meinem Vater hinter die Bühne. »Sei nicht enttäuscht«, flüsterte er mir ins Ohr, als säßen wir noch in der Bar und er müsse noch immer dolmetschen.

Als Bovary und ich hinter der Bühne eintrafen, stand mein Vater in seiner Garderobe und war schon bis zur Taille ausgezogen (einschließlich der Perücke). William Francis Dean hatte einen schneeweißen Bürstenhaarschnitt und den mageren, muskulösen Körper eines Leichtgewichtringers oder Jockeys. Die kleinen Gummibrüste und ein BH, kaum größer als Elaines – den ich getragen hatte, wenn ich schlief –, lagen auf dem Garderobentisch meines Dads, alles auf einem Haufen samt der Perlenkette. Das Kleid, das den Reißverschluss am Rücken hatte, war nur bis zur schlanken Taille meines Vaters geöffnet, und er hatte sich die obere Hälfte von den Schultern gestreift.

»Soll ich den Rest des Reißverschlusses öffnen, Franny?«, fragte Señor Bovary den Bühnenkünstler. Mein Vater drehte Bovary den Rücken zu und ließ seinen Geliebten den Reißverschluss öffnen. Franny Dean stieg aus dem Kleid, jetzt sah man nur ein knappes schwarzes Korsett; seine schwarzen Strümpfe hatte er schon von dem Korsett gelöst – sie hingen ihm zusammengerollt um die schlanken Knöchel. Als sich mein Dad auf den Tisch setzte, zog er sich die zusammengerollten Strümpfe von den kleinen Füßen und warf sie Señor Bovary zu. (Das alles ehe er begann, sich abzuschminken, angefangen bei dem Eyeliner; die falschen Wimpern hatte er schon entfernt.)

»Wie gut, dass ich erst gesehen habe, wie du mit dem jungen William an der Bar *geflüstert* hast, als ich mit dem Teil der Geschichte fast fertig war, der in Boston spielt«, sagte mein Vater unwirsch zu Bovary.

»Wie gut, dass *irgendwer* den jungen William eingeladen hat, dich vor deinem Tod zu besuchen, Franny«, entgegnete ihm Señor Bovary.

»Mr. Bovary *übertreibt,* William«, sagte mein Dad. »Wie du dich mit eigenen Augen überzeugen kannst, liege ich *nicht* im Sterben.«

»Ich lasse euch beide jetzt allein«, sagte Mr. Bovary daraufhin pikiert.

»Untersteh dich«, sagte mein Dad der Liebe seines Lebens.

»Okay, ich untersteh mich nicht«, erwiderte Bovary mit gespielt komischer Resignation. Sein leidgeprüfter Blick besagte: Da siehst du, was ich alles ertragen muss.

»Wozu hat man die Liebe seines Lebens, wenn sie nicht *immer* bei einem ist?«, fragte mich mein Vater.

Dazu fiel mir nichts ein; es hatte mir die Sprache verschlagen.

»Sei nett, Franny«, bat ihn Señor Bovary.

»Frauen machen Folgendes, William – jedenfalls die in kleinen Städten«, sagte mein Vater. »Sie suchen sich etwas, was sie an einem mögen, auch wenn es nur eins gibt, was sie liebenswert finden. Deine Mutter, beispielsweise, hat mich gern verkleidet – und das gefiel mir auch.«

»Vielleicht *später,* Franny – vielleicht sagst du das dem jungen William, *nachdem* ihr Gelegenheit hattet, euch kennenzulernen«, schlug Mr. Bovary vor.

»Dazu ist es inzwischen zu spät. Diese Gelegenheit wurde dem jungen William und mir verwehrt. Jetzt sind wir nun mal die, die wir sind, nicht wahr, William?«, fragte mich mein Dad. Wieder hatte es mir die Sprache verschlagen.

»Sei doch bitte nett, Franny«, forderte Bovary ihn auf.

»Frauen, wie ich bereits sagte, machen Folgendes«, fuhr mein Vater fort. »Was sie an einem *gar* nicht toll finden – was sie nicht mal *mögen* –, tja, rat mal, was Frauen *deswegen* unternehmen? Sie stellen sich vor, dass sie diese Dinge *ändern* können – *das* machen Frauen! Sie stellen sich vor, dass sie dich ändern können«, schloss mein Vater.

»Du hast *eine* junge Frau gekannt, Franny, *una mujer difícil* –«, begann Mr. Bovary.

»Wer ist jetzt *nicht* nett?«, unterbrach ihn mein Dad.

»Ich habe auch einige *Männer* gekannt, die mich ändern wollten«, sagte ich zu meinem Vater.

»Ich kann nicht mit allen konkurrieren, die *du* gekannt hast, William – ich könnte unmöglich behaupten, so viele Erfahrungen gesammelt zu haben wie du«, sagte mein Dad. Mich überraschte, dass er so selbstgefällig war.

»Früher habe ich mich gefragt, warum ich so war, wie ich war – woher ich kam«, sagte ich ihm. »Woher das in mir stammte, was ich nicht verstand – vor allem das, weswegen ich unsicher war und was ich *in Frage stellte*. Du weißt schon, was ich meine. Wie viel von mir stammte von meiner Mutter? Ich fand nur sehr wenig, was ich von ihr hatte. Und wie viel von mir stammte von dir? Es gab eine Zeit, da hab ich pausenlos nur darüber nachgedacht.«

»Wir haben gehört, dass du irgendeinen Jungen verprügelt hast«, sagte mein Vater.

»Erwähn das *später,* Franny«, bat ihn Mr. Bovary.

»Du hast in der Schule einen jungen Burschen verprügelt – erst kürzlich, stimmt's?«, fragte mein Dad. »Bob hat es mir erzählt. Tennisarm-Bob war deswegen ziemlich stolz auf dich, aber ich fand es beunruhigend. *Gewalt* und *Aggression* hast du nicht von mir geerbt. Ich frage mich, ob deine Wut nicht von diesen *Winthrop-Frauen* stammt.«

»Der Bursche war *riesengroß*«, sagte ich. »Er war neunzehn, ein Footballspieler – ein verdammter Rüpel und Mobber.«

Doch mein Vater und Señor Bovary schienen sich für mich zu schämen. Ich war kurz davor, ihnen zu erklären, wer Gee war – ein vierzehnjähriger Junge, der gerade dabei war, ein Mädchen zu werden, und dass der neunzehnjährige Schlägertyp sie ins Gesicht geschlagen und ihr eine blutige Nase verpasst hatte –, als mir plötzlich klarwurde, dass ich diesen missbilligenden alten Tunten keinerlei Erklärung schuldete. Der Footballspieler war mir scheißegal.

»Er hat mich *Schwuchtel* genannt«, sagte ich ihnen. Darüber würden sie doch bestimmt die Nase rümpfen.

»Oh, hast du das gehört?«, fragte mein Dad die Liebe seines Lebens. »Doch nicht *Schwuchtel*! Kannst du dir vorstellen, dass dich jemand Schwuchtel nennt und du ihn *nicht* krankenhausreif schlägst?«, fragte mein Vater seinen Geliebten.

»Netter – bemüh dich, ein wenig netter zu sein, Franny«, sagte Bovary, doch ich sah ihn dabei lächeln. Sie waren ein niedliches, aber braves Pärchen und sprichwörtlich wie füreinander geschaffen.

Mein Dad stand auf und hakte die Daumen in das enge

Taillenband seines Korsetts. »Wenn die Herren so freundlich wären, mir ein wenig *Privatsphäre* zu gönnen«, sagte er. »Dieses groteske Mieder bringt mich noch um.«

Ich ging mit Bovary zurück in die Bar, wo wir unser Gespräch jedoch nicht fortsetzen konnten, denn inzwischen waren noch mehr schlanke schwule Jungs dazugekommen (was wohl auch daran lag, dass es an der Bar noch mehr einzelne ältere Männer gab), eine reine Männerband spielte im pinken Stroboskoplicht, und Männer und Jungs bewegten sich gemeinsam auf der Tanzfläche; einige der T-Girls tanzten auch, entweder mit einem Jungen oder miteinander.

Als sich mein Vater an der Bar zu uns gesellte, war er ein Muster an männlicher Konformität; zu den sportlich aussehenden Sandalen (wie auch Bovary sie hatte) trug er ein hellbraunes Sportsakko mit einem dunkelbraunen Taschentuch in der Brusttasche. Als wir den Club verließen, tuschelten alle: »Franny! Franny!«

Wir gingen gerade die Hortaleza entlang, vorbei an der Plaza de Chueca, als eine Gruppe junger Männer meinen Vater erkannte; selbst *als Mann* war Franny in dem Bezirk offenbar bekannt wie ein bunter Hund. *»Vómito!«,* begrüßte ihn einer der jungen Männer fröhlich.

»Vómito!«, gab mein Dad vergnügt zurück; ich merkte, dass es ihn freute, erkannt zu werden, obwohl er *nicht* als Frau zurechtgemacht war.

Zu meinem Erstaunen waren auch lange nach Mitternacht noch massenhaft Menschen auf den Straßen von Chueca unterwegs. Doch Bovary erzählte mir, die Aussichten stünden gut, dass ein landesweites striktes Rauchverbot Chueca sogar noch lauter und voller machte. »Dann werden alle Männer draußen vor den Clubs und Kneipen auf diesen schmalen Sträßchen stehen – und alle werden trinken, rauchen und schreien, um gehört zu werden«, sagte Señor Bovary.

»Denk nur an all die *Bären*!«, sagte mein Vater naserümpfend.

»William hat nichts gegen Bären, Franny«, sagte Bovary sanft. Sie hielten Händchen, auch darin ein Muster an Korrektheit.

Sie begleiteten mich noch bis zu meinem Hotel in der Calle de Zurbano.

»Franny, ich finde, du könntest deinem Sohn ruhig sagen, dass du ein wenig stolz auf ihn bist, weil er den brutalen Rüpel verdroschen hat«, sagte Bovary im Hof des Hotels zu meinem Vater.

»Es ist *wirklich* angenehm zu wissen, dass ich einen Sohn habe, der jemanden krankenhausreif schlagen kann«, gab mein Vater zu.

»Ich habe ihn nicht krankenhausreif geschlagen. Es war ein Ringergriff – er ist nur unglücklich gefallen, auf eine harte Oberfläche«, versuchte ich zu erklären.

»Das hat Tennisarm-Bob mir aber anders erzählt«, erwiderte mein Dad. »Bob hat mir den Eindruck vermittelt, du wärst mit dem Arschloch regelrecht Schlitten gefahren.«

»Der gute alte Bob«, sagte ich.

Ich bot an, ihnen ein Taxi zu rufen; ich wusste nicht, dass sie gleich nebenan wohnten. »Wir leben um die Ecke vom Santo Mauro«, erklärte Señor Bovary. Als er mir diesmal die Hand reichte, wieder mit dem Handrücken nach oben, nahm ich sie und drückte einen Kuss drauf.

»Danke, dass du diese Begegnung ermöglicht hast«, sagte ich zu Bovary. Mein Vater trat plötzlich vor und umarmte mich; außerdem gab er mir einen raschen, trockenen Kuss auf beide Wangen – er war *ausgesprochen* europäisch.

»Wenn ich das nächste Mal nach Spanien komme – wenn mein nächstes Buch hier erscheint –, könnte ich euch doch vielleicht wieder besuchen, oder ihr kommt nach Barcelona«, sagte ich zu meinem Vater. Doch irgendwie schien ihm der Gedanke nicht zu behagen.

»Vielleicht« war die einzige Reaktion meines Vaters.

»Eventuell reden wir besser darüber, wenn es dann so weit ist«, schlug Mr. Bovary vor.

»Mein *Manager*«, sagte mein Dad und lächelte mich an, zeigte aber auf Señor Bovary.

»*Und* die Liebe deines Lebens!«, rief Bovary fröhlich. »Vergiss das ja nie, Franny!«

»Wie könnte ich?«, sagte mein Vater zu uns beiden. »Ich erzähl die Geschichte doch andauernd, oder nicht?«

Ich spürte es, das war der Abschied; es schien unwahrscheinlich, dass ich sie je wiedersehen würde. (Wie mein Vater gesagt hatte: »Wir sind die, die wir sind, nicht wahr?«) Doch das Wort *Abschied* fühlte sich so endgültig an; ich konnte es nicht sagen.

»*Adiós,* junger William«, sagte Señor Bovary.

»Adiós«, gab ich zurück. Sie gingen fort – natürlich händchenhaltend –, als ich meinem Vater nachrief: *»Adiós,* Dad!«

»Hat er mich ›Dad‹ genannt – hab ich das richtig gehört?«, fragte mein Vater Mr. Bovary.

»Das hat er, eindeutig«, antwortete ihm Bovary.

»*Adiós,* mein Sohn!«, sagte mein Vater.

»*Adiós!*«, rief ich meinem Dad und der Liebe seines Lebens nach, bis ich sie nicht mehr sah.

Das Black Box Theater der Favorite River Academy, ein flexibel einsetzbarer schwarzer Kubus im Webster Center für darstellende Künste, war nicht die Hauptbühne des relativ neuen, aber hirnlosen Gebäudes – gut gemeint, um es nett zu sagen, aber schlecht gebaut.

Die Zeiten haben sich geändert: Heutzutage lernen Schüler Shakespeare nicht mehr so, wie ich ihn noch lernte. Ich könnte mit einer Aufführung egal welchen Shakespeare-Stücks keinen Saal mehr füllen, nicht einmal mit *Romeo und Julia* – und nicht einmal mit einem ehemaligen Jungen als Julia! Das Black Box eignete sich ohnehin besser für meine jungen Schauspieler, und für ein kleineres Publikum war es toll. Die Schüler waren bei unseren Produktionen im Black Box Theater viel lockerer, aber wir alle beklagten uns über die Mäuse. Das Haus mochte relativ neu sein, aber der Kriechkeller unter dem Webster Center war (aufgrund falscher Planung oder fehlerhafter Bauausführung) schlecht isoliert und nicht gegen Mäuse gesichert.

Sobald es kalt wird, tauchen in jedem schlechtgebauten Haus in Vermont Mäuse auf. Die Kids, die mit mir an unserer Black-Box-Produktion von *Romeo und Julia* arbeiteten, nannten sie »Bühnenmäuse«; ich kann nicht sagen, warum, außer dass die Mäuse gelegentlich auf der Bühne gesichtet wurden.

In jenem November war es kalt, sogar für Vermonter Begriffe. (Kein Wunder, dass die Mäuse sich ins Haus geflüchtet hatten.) Uns blieb nur noch eine Woche Zeit bis zum langen Thanksgiving-Wochenende, und es lag auch schon Schnee.

Ich hatte soeben Richard Abbott überredet, zu mir in das Haus in der River Street zu ziehen; mit achtzig konnte Richard gut darauf verzichten, noch einen weiteren Vermonter Winter allein in einem Haus zu verbringen – jetzt, wo Martha in die Einrichtung für betreutes Wohnen übersiedelt war, lebte er allein. In der River Street dagegen bekam er nun mein ehemaliges Kinderzimmer und das Bad, das ich mir einst mit Grandpa Harry geteilt hatte.

Richard beklagte sich nicht über die Geister. Vielleicht hätte er es getan, wenn er dem Geist von Nana Victoria oder Tante Muriel begegnet wäre – oder sogar dem meiner Mutter –, doch Richard sah ausschließlich Grandpa Harrys Geist. Natürlich erschien Harrys Geist mehrmals in unserem ehemals gemeinsamen Badezimmer, wenn auch glücklicherweise nicht in der Bade*wanne.*

»Harry wirkt auf mich verwirrt, wie jemand, der seine Zahnbürste verlegt hat«, war Richards einziger Kommentar zu Grandpa Harrys Geist.

Die Badewanne, in der sich Harry das Gehirn weggepustet hatte, war verschwunden. Falls Grandpa Harry tatsächlich versuchen sollte, diesen Selbstmord in einem Badezimmer zu *wiederholen,* müssten dazu das große Bad (das ich jetzt benutze) sowie die einladende neue Wanne herhalten (wie damals, als Harry ihn für Amanda *wiederholt* hatte).

Doch, wie gesagt, ich selbst sah den Geist in dem Haus

an der River Street nie. Aber eines Morgens wachte ich auf und fand meine Kleidungsstücke ordentlich hingelegt, in der Reihenfolge, in der ich sie anziehen würde, am Fußende meines Bettes. Es waren saubere Sachen, die Jeans ganz unten im Stapel; das Hemd war korrekt gefaltet, ganz oben lagen Socken und Unterwäsche. Genau so hatte meine Mutter mir immer meine Kleidung zurechtgelegt, als ich noch ein kleiner Junge war. Angeblich hatte sie das allabendlich gemacht, nachdem ich eingeschlafen war (und damit erst aufgehört, als ich in die Pubertät kam, oder kurz davor). Ich hatte völlig vergessen, wie sehr sie mich einmal geliebt hatte. Vermutlich wollte ihr Geist mich daran erinnern.

Das geschah nur an diesem einen Morgen, genügte aber, um mich an die Zeit zu erinnern, als ich sie ebenfalls geliebt hatte – vorbehaltlos. Jetzt, nach den vielen Jahren, in denen ich ihre Zuneigung verloren hatte und sie umgekehrt auch nicht mehr zu lieben glaubte, konnte ich endlich um sie trauern – so wie wir um unsere Eltern trauern sollten, wenn sie nicht mehr sind.

Am Tag meines Einzugs in das Haus an der River Street hatte plötzlich Onkel Bob neben einem Bücherkarton im Flur des Erdgeschosses gestanden. Tante Muriel habe gewollt, dass ich diese »Monumente der Weltliteratur« bekam, versuchte Bob zu erklären – doch hatte diese Bücher natürlich nicht Muriels Geist gebracht, sondern Onkel Bob. Mit etlichen Jahren Verspätung hatte er diese mir von Muriel zugedachten Bücher entdeckt, die sie mir aufgrund des tödlichen Autounfalls dann nicht mehr übergeben konnte. Onkel Bob war immer achtlos an dem Karton vorbeigelaufen, in dem sich im Übrigen noch ein Zettel befand, den Bob (ebenfalls mit etlichen Jahren Verspätung) las.

»Diese Bücher sind von deinen Vorvätern, Billy«, hatte seine Frau in ihrer unverwechselbaren Handschrift geschrieben. »Du bist der Schriftsteller in der Familie und solltest sie bekommen.«

»Leider weiß ich nicht, *wann* sie dir die Bücher geben wollte, Billy«, sagte Bob verlegen.

Das Wort *Vorväter* ist bemerkenswert. Zuerst fühlte ich mich durch die Gesellschaft der angesehenen Schriftsteller geschmeichelt, die Muriel für mich ausgewählt hatte; es war eine hochliterarische Sammlung von Werken. Es gab zwei Stücke von García Lorca – *Bluthochzeit* und *Bernarda Albas Haus.* (Ich hatte nicht geahnt, dass Muriel wusste, wie sehr ich Lorca schätzte – auch seine Gedichte.) Es gab drei Theaterstücke von Tennessee Williams; vielleicht hatte Nils Borkman diese Stücke Muriel gegeben, dachte ich zuerst. Es gab einen Gedichtband von W. H. Auden und Gedichte von Walt Whitman und Lord Byron. Da waren die einzigartigen Romane von Herman Melville und E. M. Forster – ich meine *Moby Dick* und *Wiedersehen in Howards End.* Da war *Der Weg zu Swann* von Marcel Proust. Doch ich begriff immer noch nicht, warum meine Tante Muriel ausgerechnet diese Schriftsteller gesammelt und sie meine »Vorväter« genannt hatte – oder vielmehr erst, als ich am Boden der Kiste zwei nebeneinanderliegende schmale Bände ausgrub: Arthur Rimbauds *Eine Zeit in der Hölle* und James Baldwins *Giovannis Zimmer.*

»Oh!«, sagte ich zu Onkel Bob. Meine *schwulen* Vorväter, hatte Tante Muriel bestimmt gedacht – meine Nicht-besonders-hetero-Brüder, wie ich jetzt vermutete.

»Ich glaube, das war von deiner Tante *positiv* gemeint, Billy«, sagte Onkel Bob.

»Glaubst du wirklich?«, fragte ich Tennisarm-Bob. Wir standen beide im Flur des Erdgeschosses und versuchten uns vorzustellen, wie Muriel mir diese Bücher mit *positiven* Hintergedanken in den Karton packte.

Gerry erzählte ich nie von dem Geschenk ihrer Mutter, denn ich befürchtete, dass Muriel Gerry nichts, oder Schlimmeres, hinterlassen hatte. Ich fragte Elaine nicht, ob *sie* glaubte, dieses Büchergeschenk sei von Muriel *positiv* gemeint gewesen. (Elaine war der festen Ansicht, meine Tante sei als bedrohlicher Geist *geboren* worden.)

Elaines Anruf – eines späten Abends in meinem Haus an der River Street – erinnerte mich an Esmeralda, die nach den vielen Jahren aus meinem Gedächtnis (aber nicht aus meinem Kopf) verschwunden war. Elaine weinte am Telefon; wieder hatte ein schlechter fester Freund sie verlassen, doch dieser hatte gemeine Bemerkungen über ihre Vagina gemacht. (Ich hatte Elaine nie von meiner unseligen Einschätzung berichtet, Esmeraldas Vagina sei kein Ballsaal – o Mann, jetzt war jedenfalls *nicht* der Moment, um Elaine diese Geschichte zu erzählen!)

»Du erzählst mir immer, wie sehr du meine kleinen Brüste magst, Billy«, sagte Elaine zwischen Schluchzern, »aber du hast nie ein Wort über meine Vagina verloren.«

»Ich *mag* deine Vagina!«, versicherte ich ihr.

»Das sagst du nicht nur so, oder, Billy?«

»Nein! Ich finde deine Vagina *perfekt*!«, sagte ich ihr.

»Weshalb?«, fragte Elaine; sie hatte aufgehört zu weinen.

Ich war wild entschlossen, bei meiner liebsten Freundin nicht den Esmeralda-Fehler zu begehen. »Je nun –«, begann ich und hielt inne. »Ich will absolut ehrlich zu dir sein, Elaine. Manche Vaginas fühlen sich an, als wären sie so groß wie Ballsäle, wohingegen sich *deine* Vagina genau richtig anfühlt. Sie hat die perfekte Größe – jedenfalls für mich perfekt«, sagte ich möglichst beiläufig.

»Kein Ballsaal – willst du das damit sagen, Billy?«

Wie bin ich bloß da wieder reingeraten?, dachte ich. »Kein Ballsaal – und das meine ich *positiv*!«, rief ich.

Elaines Weitsichtigkeit war Vergangenheit; sie hatte eine LASIK-Operation machen lassen – danach kam es ihr so vor, als sähe sie zum ersten Mal. Vor der Operation hatte sie beim Sex immer die Brille abgenommen – nie hatte sie sich einen Penis richtig gut angesehen. Jetzt konnte sie Penisse einwandfrei sehen; sie mochte den Anblick von manchen nicht – »der *meisten*«, wie sie sagte. Mir erzählte sie, wenn wir das nächste Mal zusammen wären, wollte sie sich *meinen* Penis genau ansehen. Ich fand es ein wenig tragisch, dass Elaine keinen anderen Mann gut genug kannte, um seinen Penis zu betrachten, aber wozu hat man Freunde?

»Meine Vagina ist also ›kein Ballsaal‹, was *positiv* gemeint ist?«, sagte Elaine gerade am Telefon. »Tja, das klingt akzeptabel. Ich kann kaum erwarten, mir deinen Penis genauer anzusehen, Billy – und ich weiß, wenn ich das mache, wirst du das *positiv* auffassen.«

»Ich kann es auch nicht erwarten«, sagte ich ihr.

»Vergiss nur nicht, wer für dich die *perfekte* Größe hat, Billy«, sagte Elaine.

»Ich liebe dich, Elaine«, sagte ich ihr.

»Ich liebe dich auch, Billy«, sagte Elaine.

Damit wurde mein »Kein-Ballsaal«-Fauxpas zu den Akten gelegt – damit verschwand zumindest dieses Gespenst –, und meine schlimmsten Erinnerungen an Esmeralda (an *diesen* schrecklichen Engel) vergingen.

Die dritte Novemberwoche 2010 werde ich mein Lebtag nicht vergessen. Ich hatte mit *Romeo und Julia* alle Hände voll zu tun. Ich hatte ein phantastisches Ensemble aus jungen Leuten und (wie Sie wissen) eine Julia mit Eiern, wie sie sich ein Regisseur nur wünschen kann.

Die Bühnenmäuse störten hauptsächlich die wenigen Darsteller*innen* – nämlich meine Gräfin Montague, meine Gräfin Capulet und meine Amme. Was meine Julia betraf, so kreischte Gee nicht, als die Bühnenmäuse herumhuschten; Gee versuchte, die lästigen kleinen Nager zu zertreten. Gee und mein blutrünstiger Tybalt hatten zwar schon einige Bühnenmäuse totgetreten, aber mein Mercurio und mein Romeo waren in meinem Ensemble die Experten im Aufstellen von Mausefallen. Vor jeder Aufführung musste ich sie daran erinnern, die Mausefallen zu deaktivieren. Ich wollte vermeiden, dass dieses grässliche Schnappgeräusch – oder das gelegentliche Todesquieken einer Bühnenmaus – unser *Romeo und Julia* störte.

Mein Romeo war ein kuhäugiger Knabe von rein konventioneller Schönheit, der aber ausnehmend gut artikulierte. Er konnte die (äußerst wichtige) Stelle aus dem 1. Aufzug,

1. Szene so aufsagen, dass ihn das Publikum auch wirklich hörte. »Nun dann: liebreicher Hass! streitsücht'ge Liebe!« – diese Stelle.

Für Gee zählte außerdem, dass – wie sie mir sagte – mein Romeo nicht ihr Typ war. »Ich hab aber nichts dagegen, ihn zu küssen«, fügte sie hinzu.

Glücklicherweise hatte mein Romeo nichts dagegen, Gee zu küssen – obwohl jeder auf der Schule wusste, dass Gee Eier hatte (und einen Penis). Auf Favorite River hätte ein Junge mutig sein müssen, um mit Gee *zu gehen;* dazu kam es nicht. Gee hatte immer in einem Wohnheim für Schüler*innen* gewohnt; trotz Eiern und einem Penis hätte Gee die Mädchen nie behelligt, und das wussten die. Sie hatten Gee auch kein einziges Mal behelligt.

Gee in ein Wohnheim für Jungs zu stecken, hätte zu Problemen führen können; Gee mochte Jungs, doch weil Gee ein Junge war, der gerade im Begriff war, ein Mädchen zu werden, hätten einige Jungs sie *garantiert* behelligt.

Niemand (und ich am allerwenigsten) hätte gedacht, dass aus Gee eine so hübsche junge Frau werden würde. Zweifellos gab es auf der Favorite River Academy Jungen, die sich heftig in sie verknallt hatten – Heterojungs (denn Gee war ausgesprochen ansehnlich) und schwule Jungs, die auf Gee abfuhren, *weil* sie Eier und einen Penis hatte.

Richard Abbott und ich fuhren Gee abwechselnd in die Einrichtung für betreutes Wohnen, wo sie Martha besuchte. Mit neunzig war Mrs. Hadley für Gee eine Art weise Großmutter; Martha empfahl Gee, auf Favorite River die Finger von Jungs zu lassen. »Spar dir die Dates für deine Studienzeit auf«, hatte Mrs. Hadley ihr geraten.

»Genau das mache ich – ich warte mit den Dates«, hatte ihr Gee Montgomery geantwortet. »Die Jungs auf Favorite River sind mir sowieso alle zu unreif.«

Ein Junge kam mir (zumindest körperlich) *sehr* reif vor. Er war wie Gee im letzten Schuljahr, aber er war auch Ringer, weshalb ich ihn als den hitzigen Tybalt besetzt hatte – ein Verwandter der Capulets und der Heißsporn, der in erster Linie für das verantwortlich ist, was in dem Stück passiert. Ja doch, ich weiß, der langjährige Zwist zwischen den Montagues und den Capulets führt letztlich zum Tod von Romeo und Julia, aber Tybalt ist der Katalysator. (Hoffentlich hätten mir Herm Hoyt und Miss Frost verziehen, dass ich meinen Katalysator mit einem Ringer besetzte.)

Mein Tybalt war der am reifsten aussehende Junge auf der Favorite River Academy – ein Ringer aus Deutschland, der seit vier Jahren in der Schulmannschaft aktiv war. Manfred war Halbschwergewicht; sein Englisch war korrekt, und er hatte eine sehr gute Aussprache, aber immer noch einen leichten Akzent. Ich hatte Manfred aufgefordert, uns seinen Akzent in den Texten von *Romeo und Julia* zu Gehör zu bringen. Wie garstig von mir – meinen Tybalt von einem Ringer mit deutschem Akzent spielen zu lassen. Doch ehrlich gesagt, machte mir ein wenig Sorgen, wie sehr Manfred für Gee schwärmte. (Und ich weiß, dass Gee ihn mochte.) Wenn es einen Jungen auf Favorite River gab, der eventuell mutig genug war, mit Gee Montgomery zu *gehen* – das heißt, der sie auch nur um ein Date *bitten* würde –, so war es dieser Junge, der schon ganz wie ein Mann aussah, mein heißblütiger Tybalt.

Vor diesem Mittwoch hatten wir unsere Arbeit am Text

von *Romeo und Julia* beendet, jetzt ging es an die Feinjustierung. Unsere Probe fand später statt als sonst; ausnahmsweise begann sie erst um acht – weil Manfred in der Vorsaison noch irgendwo in Massachusetts an einem Ringerwettkampf teilnahm.

Dennoch tauchte ich an jenem Mittwochabend zu unserer gewohnten Probenzeit im Theater auf, zwischen Viertel vor sieben und sieben, und wie ich erwartet hatte, kamen auch die meisten Mitwirkenden schon früh. Um zwanzig Uhr warteten wir *alle* auf Manfred, meinen höchst streitbaren Tybalt.

Ich führte gerade ein politisches Gespräch mit meinem Benvolio, einem der schwulen Jungs. Er war sehr aktiv in der LGBTQ-Gruppe auf dem Campus, und wir unterhielten uns über die Wahl des neuen Gouverneurs von Vermont, eines Demokraten – »unser Schwulenrechtler und Gouverneur«, wie ihn mein Benvolio nannte.

Da unterbrach er sich mitten im Satz und sagte: »Hatte ich ganz vergessen, Mr. A. Da sucht einer nach Ihnen. Er war im Speisesaal und hat nach Ihnen gefragt.«

Ich war am selben Abend sogar im Speisesaal gewesen, um rasch einen Happen zu essen, und schon da hatte mir jemand (eine junge Englischlehrerin, die – zum Glück nur äußerlich – Amanda glich) gesagt, ein Mann hätte sich nach mir erkundigt.

»Wie alt ist der Typ?«, hatte ich meine junge Kollegin gefragt. »Wie sah er aus?«

»Mein Alter, kaum älter – gut sah er aus«, antwortete sie mir. Ich schätzte diese junge Englischlehrerin auf Anfang, höchstens Mitte dreißig.

»Auf wie alt schätzt du den Mann?«, fragte ich meinen jungen Benvolio. »Wie sah er aus?«

»*Ende* dreißig vielleicht«, antwortete mein Benvolio. »*Sehr* gutaussehend – *scharf,* wenn Sie mich fragen«, sagte der schwule Junge lächelnd. (Ein ausgezeichneter Benvolio zu meinem kuhäugigen Romeo, dachte ich.)

Mein Ensemble fand sich in der Black Box ein – einige allein, manche in Zweier- oder Dreiergrüppchen. Falls Manfred doch schon früher von seinem Ringerwettkampf zurück gewesen wäre, hätten wir jetzt mit der Probe beginnen können; die meisten jungen Leute hatten noch Hausaufgaben zu erledigen – auf sie wartete eine lange Nacht.

Da kamen meine Geistlichen, mein Bruder Markus und mein Bruder Lorenzo, und mein beflissen klingender Apotheker. Hier kamen meine Plaudertaschen – zwei Elftklässlerinnen, meine Gräfin Montague und meine Gräfin Capulet. Und da war auch mein langbeiniger Mercutio, der sehr talentiert war, obschon er erst in die zehnte Klasse ging. Er besaß den für den liebenswerten, aber todgeweihten Mercutio erforderlichen Charme und die nötige Verwegenheit.

In die Black Box drängten sich, *last but not least,* diverse Bürger, Masken, Wachen, mein Knabe mit Trommel (ein winziger Neuntklässler, der einen Zwerg hätte spielen können), diverses Gefolge (darunter Tybalts Page), allerlei Herren und Damen – und mein Graf Paris, mein Prinz Escalus und die anderen. Meine Amme kam am Ende, sie schob meinen Balthasar und meinen Petruchio vor sich her. Julias Amme war ein robustes Mädchen – Feldhockeyspielerin und eine der freimütigsten Lesben in der LGBTQ-Gruppe. Meine Amme tolerierte machomäßiges Auftreten meist nicht – auch kein schwules oder bisexuelles männliches Auftreten. Ich konnte sie sehr gut leiden. Falls es je Stress gab – eine Essensschlacht im Speisesaal oder einen amoklaufenden Schüler –, konnte ich mich darauf verlassen, dass Julias Amme auf mich achtgab. Sie respektierte Gee widerwillig, doch die beiden waren sich nicht grün, das wusste ich.

Aber wo war Gee?, fragte ich mich beunruhigt. Normalerweise traf meine Julia immer als Erste im Theater ein.

»Ein Typ sucht Sie, Mr. A. – irgendein Freak, der sehr von sich eingenommen ist«, erzählte mir Julias Amme. »Ich glaube, er schmeißt sich an Gee ran, oder vielleicht läuft er nur mit ihr rum und quatscht auf sie ein. Jedenfalls sind sie hierher unterwegs«, schloss meine Amme.

Doch zuerst sah ich den Fremden nicht; als ich Gee entdeckte, war sie allein. Ich hatte Mercutios Todesszene mit meinem langbeinigen Mercutio besprochen, einem sehr begabten Elftklässler, der zu Recht bemerkte, dass Mercutio seine schlimme Stichwunde vor Romeo mit viel schwarzem Humor herunterspielt: »Nein, weder so tief wie ein Brunnen noch so breit wie eine Kirchentür; aber es reicht eben hin. Fragt morgen nach mir, und ihr werdet einen grabesstillen Mann an mir finden.« Und doch riet ich meinem Mercutio davon ab, auch nur das kleinste bisschen Komik durchschimmern zu lassen, wenn er die Capulets und die Montagues verflucht: »Hol der Henker eure beiden Häuser!«

Da endlich kam Gee.

»Entschuldigen Sie die Verspätung, Mr. A. – ich wurde kurz aufgehalten«, sagte sie mit rosigen, geradezu hochroten Wangen, was auch an der Kälte draußen liegen mochte. Sie kam ohne Begleitung.

»Wie ich höre, hat dich irgendein Typ behelligt«, sagte ich ihr.

»*Mich* hat er nicht behelligt – er will was von *Ihnen*«, sagte mir meine Julia.

»Sah so aus, als wollte er dich anbaggern«, sagte meine robuste Amme zu ihr.

»Bevor ich aufs College komme, baggert mich niemand an«, entgegnete ihr Gee.

»Hat der Mann gesagt, was er wollte?«, fragte ich Gee; sie schüttelte den Kopf.

»Ist wohl was Privates, Mr. A. – der Typ ist wegen irgendwas aufgebracht«, sagte Gee.

Wir alle standen im hellerleuchteten Bühnenbereich; die Hausbeleuchtung hatte mein Inspizient bereits gedimmt. In unserer Black Box können wir das Publikum dorthin setzen, wo wir es haben wollen; wir können die Sitze herumschieben. Manchmal sitzt das Publikum im Kreis um die Bühne herum und dann wieder auf zwei gegenüberliegenden Seiten der Bühne. Für *Romeo und Julia* hatte ich die Sitze zu einem flachen Hufeisen um die Bühne herum aufbauen lassen. Bei gedimmter, aber nicht ausgeschalteter Hausbeleuchtung konnte ich von meinem Sitz im Publikum aus die Proben verfolgen und hatte trotzdem genug Licht, um meine Notizen zu lesen oder mir neue zu machen.

Mein schwuler Benvolio flüsterte es mir ins Ohr, während wir alle noch darauf warteten, dass Manfred (mein abwesender Tybalt) von seinem Ringkampf auf den Campus zurückkehrte. »Mr. A., ich sehe ihn«, flüsterte mein Benvolio. »Der Typ, der Sie sucht – er sitzt im Publikum.« Wegen der Notbeleuchtung sah ich das Gesicht des Mannes nicht; er saß in der Mitte der hufeisenförmigen Bestuhlung, etwa vier oder fünf Reihen weiter hinten – knapp außerhalb der Reichweite der Spots, die unsere Bühne beleuchteten.

»Sollen wir die Security holen, Mr. A.?«, fragte Gee.

»Nein, nein – ich seh mal nach, was er will«, beruhigte ich sie. »Falls du den Eindruck hast, dass ich in einem unangenehmen Gespräch stecke, komm einfach und unterbrich uns – tu einfach so, als müsstest du mich wegen des Stücks etwas fragen. Dir fällt schon irgendwas ein.«

»Soll ich Sie begleiten?«, fragte mich meine kühne Amme, die Feldhockeyspielerin.

»Nein, nein«, antwortete ich dem furchtlosen, streitlustigen Mädchen.

Bei unseren Proben waren wir an dem Punkt angelangt, wo ich die Schüler ihren Text gern am Stück vortragen lasse: Ich wollte weder häppchenweise noch außer der Reihe proben. Mein allzeit bereiter Tybalt hat in der 1. Szene des 1. Aufzugs etwas Angriffslustiges, Aufhetzendes. *(Auftritt Tybalt, mit gezogenem Schwert.)* Die einzige Probe, die ich ohne Manfred machen wollte, war die kleine einleitende Nummer, die der Chor vorträgt, den Prolog des Stücks.

»Hört zu, Chor«, sagte ich. »Tragt den Prolog ein paarmal vor. Achtet darauf, dass die wichtigste Zeile mit einem Semikolon, nicht mit einem Komma endet; achtet auf das Semikolon. ›Von einem Unstern verfolgt, wählt ein Liebespaar den Tod‹; macht bitte nach dem Semikolon eine *Pause.*«

»Wir sind hier, falls Sie uns brauchen, Mr. A.«, hörte ich Gee sagen, als ich einen Gang hinauf in die vierte oder fünfte Sitzreihe des schwachbeleuchteten Zuschauerraums schritt.

»He, *Lehrer*«, hörte ich den Mann sagen, vielleicht einen Sekundenbruchteil bevor ich ihn deutlich sehen konnte. Genauso gut hätte er »He, *Nymphe*«, sagen können, so vertraut war mir seine Stimme, fast fünfzig Jahre nachdem ich sie zuletzt gehört hatte. Sein hübsches Gesicht, seine Ringerstatur, sein verschlagen-selbstsicheres Grinsen – alles war mir vertraut.

Aber du bist doch *tot*!, dachte ich – nur ob er eines natürlichen Todes gestorben war, stand noch nicht fest. Gleichzeitig war mir klar, dass *dieser* Kittredge nicht *mein* Kittredge sein konnte. Dieser Kittredge war höchstens gut halb so alt wie ich; wäre er in den frühen Siebzigern geboren, was ich bei Kittredges Sohn annahm, wäre er jetzt Ende dreißig – 37 oder 38, hätte ich vermutet, als ich Kittredges einziges Kind kennenlernte.

»Es ist wirklich verblüffend, wie sehr Sie Ihrem Vater ähneln«, sagte ich zu dem jungen Kittredge und streckte ihm meine Hand hin; er nahm sie nicht. »Nun, ich meine natürlich, falls ich Ihren Vater in Ihrem Alter gekannt hätte – Sie sehen aus, wie ich mir *vorstelle,* dass er mit Ende dreißig ausgesehen hätte.«

»Mein Vater sah überhaupt nicht aus wie ich, als er in meinem Alter war«, widersprach der junge Mann. »Bei meiner Geburt war er schon Anfang dreißig; als ich alt genug war, um mich erinnern zu können, wie er aussah, sah er schon wie eine Frau aus. Zwar hatte er die geschlechtsangleichende Operation noch nicht hinter sich, war aber bereits eine recht ansehnliche Frau. Ich *hatte* keinen Vater. Ich hatte zwei Mütter – die eine war fast ständig hysterisch, und die andere hatte einen Penis. So wie ich das verstanden habe, hatte er nach der Operation eine Art Vagina. Er ist an Aids gestorben – Sie aber erstaunlicherweise *nicht*, wie ich sehe. Ich habe alle Ihre Romane gelesen«, fügte der junge Kittredge hinzu, als liefe für ihn alles in meinen Büchern darauf hinaus, dass ich unschwer an Aids hätte sterben können – oder hätte sterben *sollen*.

»Tut mir leid.« Mehr konnte ich darauf nicht erwidern. Wie Gee gesagt hatte, war er aufgebracht. Wie ich selbst bemerkte, war er wütend. Ich versuchte es mit Smalltalk. Ich fragte ihn, womit sein Dad seinen Lebensunterhalt verdient hatte und wie Kittredge seine Frau Irmgard kennengelernt hatte – die Mutter dieses aufgebrachten jungen Mannes.

Sie hatten sich beim Skifahren kennengelernt – in Davos, vielleicht auch in Klosters. Kittredges Frau war Schweizerin, hieß aber nach ihrer deutschen Großmutter *Irmgard*. Kittredge und Irmgard wohnten abwechselnd in ihrem Chalet im Engadin und in Zürich, wo sie beide am Schauspielhaus beschäftigt waren. (Ein ziemlich berühmtes Theater.) Ich stellte mir vor, dass Kittredge gern in Europa gelebt hatte; schließlich war er es ja gewohnt, wegen seiner Mutter. Und vielleicht ließ sich eine geschlechtsangleichende Operation in Europa einfacher bewerkstelligen – ich wusste es wirklich nicht.

Mrs. Kittredge – damit meine ich die Mom, *nicht* die Ehefrau – hatte sich kurz nach Kittredges Tod das Leben genommen. (Kein Zweifel, sie war seine leibliche Mutter gewesen.) »Tabletten«, mehr sagte der Enkel dazu nicht; er hatte offensichtlich nichts anderes im Sinn, als mit mir darüber zu reden, dass sein Vater sich zu einer Frau hatte umwandeln lassen. Allmählich beschlich mich das Gefühl, dass der junge Kittredge glaubte, ich hätte etwas mit dieser für ihn widerwärtigen Veränderung zu schaffen.

»Wie war sein Deutsch?«, fragte ich Kittredges Sohn, doch das war dem aufgebrachten jungen Mann ohnehin egal.

»Sein Deutsch war passabel – nicht *so* passabel, wie er als Frau war. Er machte keine Anstrengungen, sein Deutsch zu verbessern«, erzählte mir Kittredges Sohn. »Mein Vater arbeitete an nichts so intensiv wie daran, eine Frau zu werden.«

»Oh!«

»Als er im Sterben lag, erzählte er mir, etwas sei hier passiert – als Sie ihn kannten«, sagte mir Kittredges Sohn. »Irgendetwas *begann* hier. Er hat Sie bewundert – Sie hätten Eier, sagte er. Sie haben etwas ›Inspirierendes‹ gemacht, jedenfalls erzählte er mir das. Das hatte mit einer Transsexuellen zu tun, einer älteren Person, glaube ich. Vielleicht kanntet ihr sie ja beide. Vielleicht hat mein Vater sie auch bewundert – vielleicht hat *sie* ihn ja auch inspiriert.«

»Ich habe ein Foto Ihres Vaters gesehen, als er jünger war – bevor er hierherkam«, sagte ich dem jungen Kittredge. »Darauf war er wie ein sehr hübsches Mädchen gekleidet und geschminkt. Ich glaube, etwas *begann,* wie Sie es nennen, bevor er mich kennenlernte – und alles andere danach. Ich könnte Ihnen das Foto zeigen, wenn Sie –«

»Ich kenne diese Fotos – ich muss nicht noch eins sehen!«, sagte Kittredges Sohn wütend. »Was ist mit der Transsexuellen? Wie habt ihr beide meinen Vater *inspiriert*?«

»Mich überrascht zu hören, dass er mich ›bewundert‹ hat – ich kann mir nicht vorstellen, dass ich irgendetwas getan habe, was er ›inspirierend‹ fand. Ich habe nie geglaubt, dass er mich auch nur *mochte*. Vielmehr war Ihr Vater immer ziemlich gemein zu mir«, sagte ich zu Kittredges Sohn.

»Was ist mit der Transsexuellen?«, wiederholte der junge Kittredge seine Frage.

»Ich kannte die Transsexuelle – Ihr Vater ist ihr nur ein Mal begegnet. Ich war in die Transsexuelle *verliebt*. Was mit der Transsexuellen war, passierte *mir*!«, rief ich. »Ich weiß nicht, was mit Ihrem Vater passiert ist.«

»*Irgendwas* ist hier passiert – so viel weiß ich«, sagte der Sohn verbittert. »Mein Vater hat all Ihre Bücher gelesen, wie besessen. Was hat er in Ihren Romanen gesucht? Ich habe sie gelesen – ich habe meinen Vater nie darin gefunden, nicht dass ich ihn zwangsläufig darin wiedererkannt hätte.«

Da fiel mir *mein* Vater ein, und ich sagte – so sanft ich konnte – zu Kittredges aufgebrachtem Sohn: »Wir sind nun mal, wer wir sind, nicht wahr? Ich kann Ihnen Ihren Vater nicht begreiflich machen, aber gewiss können Sie doch etwas *Mitgefühl* für ihn aufbringen, oder nicht?« (Nie hätte ich geglaubt, dass ich einmal jemanden um *Mitgefühl* für Kittredge bitten würde!)

Früher war ich davon ausgegangen, wenn Kittredge

schwul wäre, dann bestimmt als Aktiver. Jetzt war ich mir da nicht mehr so sicher. Als Kittredge Miss Frost begegnet war, hatte ich gesehen, wie er innerhalb von zehn Sekunden aus einer dominanten in eine unterwürfige Rolle schlüpfte.

In diesem Moment kam Gee die Sitzreihe vor uns entlang auf uns zu. Zweifellos hatten die Mitglieder meines *Romeo-und-Julia*-Ensembles die erhobenen Stimmen gehört; bestimmt machten sie sich Sorgen. Garantiert konnten sie hören, wie wütend der junge Kittredge war. Auf mich wirkte er nur wie ein unreifes Spiegelbild seines Vaters.

»Hi, Gee«, sagte ich. »Ist Manfred da? Sind wir so weit?«

»Nein – immer noch kein Tybalt in Sicht«, sagte Gee. »Ich habe aber eine Frage. Es geht um den ersten Aufzug, fünfte Szene – um meinen allerersten Text, wenn die Amme mir sagt, dass Romeo ein Montague ist. Sie wissen schon, als ich erfahre, dass ich mich in den Sohn meines Feindes verliebt habe – der Zweizeiler.«

»Was ist damit?«, fragte ich; ich merkte, dass sie für uns beide Zeit schindete. Wir hofften beide, dass Manfred endlich kam. Wo war mein rasch aufbrausender Tybalt, wenn ich ihn brauchte?

»Ich glaube nicht, dass ich in Selbstmitleid zerfließen sollte«, fuhr Gee fort. »Ich halte Julia nicht für wehleidig.«

»Nein, ist sie nicht«, sagte ich. »Julia mag gelegentlich fatalistisch klingen, aber auf keinen Fall wehleidig.«

»Na schön – lassen Sie es mich vortragen«, sagte Gee. »Ich glaube, ich hab's jetzt – ich sag's nur, wie es *ist,* beklage mich aber nicht.«

»Das ist meine Julia«, sagte ich zum jungen Kittredge.

»Meine Hauptdarstellerin, Gee. In Ordnung«, sagte ich zu Gee, »lass hören.«

»›So einz'ge Lieb aus großem Hass entbrannt! / Ich sah zu früh, den ich zu spät erkannt‹«, sagte meine Julia.

»Besser geht's nicht, Gee«, sagte ich ihr, doch der junge Kittredge glotzte sie nur an; mir war nicht klar, ob er sie bewunderte oder einen Verdacht hegte.

»*Gee,* was für ein Name ist das denn?«, wollte Kittredges Sohn von ihr wissen. Ich merkte, dass die Selbstsicherheit meiner Hauptdarstellerin etwas erschüttert war; da war ein gutaussehender, recht weltgewandt wirkender Mann – jemand, der *nicht* aus dem Favorite-River-Umfeld kam, wo Gee sich unseren Respekt verdient und jede Menge Selbstvertrauen *als Frau* erworben hatte. Ich merkte, dass Gees Selbstsicherheit ins Wanken kam. Ich wusste, was sie dachte – in Gegenwart des jungen Kittredge und unter seinem bedrohlich prüfenden Blick. Sehe ich *annehmbar* aus?, fragte sich Gee.

»Gee ist nur ein erfundener Name«, antwortete ihm das Mädchen ausweichend.

»Wie heißt du denn *wirklich*?«, fragte Kittredges Sohn.

»Bei meiner Geburt war ich George Montgomery. Später werde ich Georgia Montgomery sein«, sagte ihm Gee. »Zurzeit bin ich nur Gee. Ich bin ein Junge, der ein Mädchen wird – ich bin in einem *Übergangsstadium*«, sagte meine Julia dem jungen Kittredge.

»Besser geht's nicht, Gee«, sagte ich wieder. »Ich finde, das hast du perfekt erklärt.«

Ein Blick auf Kittredges Sohn verriet mir: Er hatte nicht geahnt, dass Gee sich »im Umbau« befand; er hatte nicht gewusst, dass sie ein Transgender-Kid war, das sich tapfer daran machte, eine Frau zu werden. Ein kurzer Blick auf Gee verriet mir, sie wusste, dass sie *annehmbar* gewesen war und dass sie daraus jede Menge Selbstvertrauen schöpfen konnte. Nachträglich wird mir klar: Hätte sich Kittredges Sohn Gee gegenüber eine respektlose Bemerkung erlaubt, ich hätte ihn umgebracht.

In diesem Augenblick traf Manfred ein. »Der Ringer ist da!«, rief jemand – vielleicht mein Mercutio, vielleicht auch mein schwuler Benvolio.

»Wir haben unseren Tybalt!«, rief meine kräftige Amme Gee und mir zu.

»Ah, endlich«, sagte ich. »Wir sind so weit.«

Gee lief zur Bühne – als hinge ihr nächstes Leben davon ab, diese verspätete Probe zu beginnen. »Viel Glück – Hals- und Beinbruch«, rief der junge Kittredge ihr nach. Genau wie sein Vater – man wusste bei ihm nie, woran man war. Meinte er es ernst, oder war er sarkastisch?

Ich sah, dass meine sehr durchsetzungsfähige Amme Manfred beiseitegenommen hatte. Zweifellos brachte sie den heißblütigen Tybalt auf den neuesten Stand – »der Ringer« sollte wissen, dass es ein potentielles Problem gab, einen Freak (wie sie den jungen Kittredge genannt hatte) im Publikum. Ich bugsierte Kittredges Sohn zwischen den hufeisenförmig angeordneten Sitzreihen entlang zum nächsten Ausgang, als Manfred sich im Zwischengang aufbaute – so kampfeslustig wie Tybalt in Hochform.

Wenn Manfred privat mit mir reden wollte, sprach er immer Deutsch; er wusste, dass ich in Wien gelebt hatte und noch ein wenig Deutsch sprach, wenn auch dürftig.

Manfred fragte mich höflich, ob er mir irgendwie helfen könne – auf Deutsch.

Verdammte *Ringer*! Mein Tybalt hatte seinen halben Schnauzbart verloren; ehe sie seine Wunde nähen konnten, mussten sie ihm eine Seite der Oberlippe rasieren! (Manfred musste sich vor der Aufführung auch noch die andere Hälfte abrasieren; keine Ahnung, wie es Ihnen geht, aber ich habe noch nie einen Tybalt mit einem halben Schnauzbart gesehen.)

»Du sprichst ziemlich gut Deutsch«, sagte der junge Kittredge zu Manfred; er klang überrascht.

»Das will ich hoffen – ich bin Deutscher«, entgegnete Manfred kämpferisch auf Englisch.

»Das ist mein Tybalt. Er ist außerdem Ringer, wie Ihr Vater«, sagte ich zu Kittredges Sohn. Sie gaben sich zögernd die Hand. »Ich bin gleich unten, Manfred – du kannst auf der Bühne auf mich warten. Schicke Lippe«, sagte ich ihm, als er den Gang hinunter zur Bühne schritt.

Am Ausgang gab mir der junge Kittredge widerstrebend die Hand. Er war immer noch aufgewühlt; er hatte noch mehr zu sagen, doch zumindest in einer Hinsicht war er nicht wie sein Vater. Was auch immer man von Kittredge hielt, eins kann ich bezeugen: Er war ein gemeiner Arsch, aber er war ein Kämpfer. Dem Sohn, egal, ob er mal Ringer gewesen war oder nicht, genügte ein Blick auf Manfred; Kittredges Sohn war kein Kämpfer.

»Hören Sie, Folgendes – ich muss das einfach loswerden«, sagte der junge Kittredge; dabei konnte er mich kaum ansehen. »Zugegeben, ich kenne Sie nicht – ich habe auch keinen Schimmer, wer mein Vater wirklich war. Aber ich habe alle Ihre Bücher gelesen, und ich weiß, was Sie machen – in Ihren *Romanen*, meine ich. Sie lassen all diese sexuellen Extreme normal aussehen, das machen Sie. Beispielsweise Gee, dieses *Mädchen* oder was sie sonst sein mag – oder wozu sie gerade *wird.* Sie erschaffen diese Figuren, die sexuell so ›anders‹ sind, wie *Sie* das nennen mögen – oder ›abgefuckt‹, wie *ich* sie nennen würde –, und erwarten dann, dass wir *Verständnis* für sie haben oder sie uns leidtun oder so was.«

»Ja, das mache ich, mehr oder weniger«, sagte ich ihm.

»Aber so vieles von dem, was Sie schildern, ist *widernatürlich*!«, rief Kittredges Sohn. »Das heißt, ich weiß, was Sie *sind* – und nicht nur aus Ihren Büchern. Ich habe gelesen, was Sie in Interviews über sich gesagt haben. Was Sie sind, ist nicht *natürlich* – Sie sind nicht *normal*!«

Immerhin hatte Kittredges Sohn die Stimme gesenkt, als er über Gee geredet hatte, doch bei den letzten Sätzen war er wieder lauter geworden. Ich wusste, dass mein Inspizient – von meinem *Romeo-und-Julia*-Ensemble ganz zu schweigen – jedes Wort hören konnte. Plötzlich war es in unserem kleinen Black Box Theater mucksmäuschenstill; ich schwör's, man hätte eine Bühnenmaus pupsen hören können.

»Sie sind *bisexuell,* nicht wahr?«, fragte mich Kittredges Sohn in die Stille. »Halten Sie *das* für normal oder natürlich – oder für *mitfühlend*? Sie sind ein *Doppelstecker*!«, sagte er und öffnete die Tür des Ausgangs; Gott sei Dank ging er, endlich.

»Mein lieber Junge«, sagte ich zu dem jungen Kittredge in demselben strengen Ton, in dem Miss Frost so eindringlich wie erregend mit mir gesprochen hatte und den ich zeit meines Lebens nachahmen sollte.

»Mein lieber Junge, bitte stecke mich nicht in eine *Schublade.* Ordne mich nirgends ein, bevor du mich überhaupt kennst!«, hatte Miss Frost zu mir gesagt; ich habe es nie vergessen. Ist es denn ein Wunder, dass ich genau das zu dem jungen Kittredge sagte, dem arroganten Sohn meines alten Widersachers, meiner verbotenen Liebe?

Danksagung

James Bradbury
Rob Buyea
David Calicchio
Dean Cooke
Emily Copeland
Peter Delacorte
David Ebershoff
Amy Edelman
Marie-Anne Esquivié
Paul Fedorko
Vicente Molina Foix
Rodrigo Fresán
Ruth Geiger
Ron Hansen
Sheila Heffernon
Alan Hergott
Everett Irving
Janet Turnbull Irving
Josée Kamoun
Jonathan Karp
Katie Kelley
Rick Kelley
Kate Medina

Jan Morris
Anna von Planta
David Rowland
Marty Schwartz
Nick Spengler
Helga Stephenson
Abraham Verghese
Edmund White

Quellennachweis

Bei wörtlichen Zitaten wurde – wenn möglich und praktikabel – auf folgende Ausgaben zurückgegriffen:

William Shakespeare: *Shakespeares dramatische Werke,* übersetzt von A. W. Schlegel und L. Tieck und revidiert von Hans Matter. Basel: Birkhäuser 1943; Taschenbuch Zürich: Diogenes 1979

Henrik Ibsen: *Hedda Gabler,* aus dem Norwegischen von Christel Hildebrandt, Stuttgart: Reclam 1988; *Nora (Ein Puppenheim),* aus dem Norwegischen von Richard Linder, revidiert von Aldo Keel. Stuttgart: Reclam 1988; *Die Wildente,* aus dem Norwegischen von Christel Hildebrandt, Stuttgart: Reclam 1991

Charles Dickens: *Oliver Twist,* deutsch von Gustav Meyrink. München: Albert Langen Verlag 1914; Taschenbuch Zürich: Diogenes 1982

Gustave Flaubert: *Madame Bovary,* aus dem Französischen von René Schickele und Irene Riesen. Zürich: Diogenes 1979

James Baldwin: *Giovannis Zimmer,* aus dem Amerikanischen von Axel Kaum und Hans-Heinrich Wellmann. Reinbek: Rowohlt 1963

John Irving im Diogenes Verlag

Laßt die Bären los!

Roman. Aus dem Amerikanischen von Michael Walter

»*Laßt die Bären los!* ist die tragisch-komische, skurrile Geschichte von Siggi Javotnik und Hannes Graff, die sich eines Tages aufmachen zu neuen Ufern. Wichtige Rollen spielen dabei ein Motorrad, Mädchen und vor allem Bären, die Lieblingstiere des Autors. Der Roman ist ein verblüffendes, originelles und immer höchst menschliches Plädoyer für eine bessere Welt. Ein Buch, das man gerade in dieser Zeit dringend lesen sollte… es macht Mut zur Phantasie und zum aufrechten Gang, tröstet, wenn einen mal wieder die Bienen gebissen haben!«
Süddeutscher Rundfunk, Stuttgart

Die wilde Geschichte vom Wassertrinker

Roman. Deutsch von Edith Nerke und Jürgen Bauer

Seine Frau will raus; seine Geliebte will ein Kind. Die Beschwerden, die er sich bei seiner einstigen Babysitterin geholt hat, machen ihm das Lieben zur Qual. Der Filmemacher, für den er arbeitet, will sein Leben verfilmen: als Dokumentation eines Fehlschlags. Dies ist die Geschichte vom Glück und Unglück des fluchbeladenen Fred Bogus Trumper, des eigenwilligen fahrenden Ritters im Kampf der Geschlechter, der ausschließlich seiner Waffe die Schuld an allem gibt. Seine Beschwerden sind ernster zu nehmen als die von Portnoy – der musste nie so viel Wasser trinken.

»Irvings bester Roman – virtuos, gerecht, bewegend.«
Le Point, Paris

Eine Mittelgewichts-Ehe

Roman. Deutsch von Nikolaus Stingl

In einer Universitätsstadt in Neuengland beschließen zwei Paare, es einmal mit Partnertausch zu versuchen, ein mittelgewichtiger Versuch, mit dem schwergewichtigen Problem der Ehe fertig zu werden und wieder gefährlich zu leben. Anfangs scheint in dieser erotisch-ironischen Geschichte einer Viererbeziehung alles zu klappen.

»Lust und Last beim Partnertausch, Traum und Alptraum, Irrsinn und Irrwitz, Klamauk und Katastrophe: Irving verschweigt nichts.« *FAZ*

Das Hotel New Hampshire

Roman. Deutsch von Hans Hermann

Eine gefühlvolle Familiengeschichte, in der Bären, ein Wiener Hotel voller Huren und Anarchisten, ein Familienhund, Arthur Schnitzler, Moby-Dick, der große Gatsby, Gewichtheber, Geschwisterliebe und Freud vorkommen – nicht *der* Freud, sondern Freud der Bärenführer.

»Eine üppig wuchernde Phantasie treibt skurrile Blüten, ein ausuferndes Bilderbuch, wild fabulierend und von köstlicher Ironie durchsetzt.«
Otto F. Beer/Der Tagesspiegel, Berlin

Gottes Werk und Teufels Beitrag

Roman. Deutsch von
Thomas Lindquist

Dr. Wilbur Larch und Homer Wells: Ein moderner Schelmenroman und zugleich eine herrlich altmodische Familiensaga von einem Vater wider Willen und seinem ›Sohn‹, der, wie einst David Copperfield, eines Tages auszieht, um »der Held seines eigenen Lebens zu werden«.

»Dieser Roman ist universal. Von einem Mann geschrieben, mit einem Mann als Held, kein bisschen feministisch und doch ein flammendes Werk für Frauen. Das mache mal einer nach.« *Die Zeit, Hamburg*

1999 von Lasse Hallström mit Michael Caine, Tobey Maguire und Charlize Theron in den Hauptrollen nach dem gleichnamigen Drehbuch des Autors verfilmt.

Owen Meany

Roman. Deutsch von
Edith Nerke und Jürgen Bauer

Die bewegende Geschichte der einzigartigen Freundschaft zwischen Owen Meany und John Wheelwright: *Owen Meany* ist John Irvings Auseinandersetzung mit einem halben Jahrhundert amerikanischer Geschichte, mit der Frage nach dem Glauben in einer chaotischen Welt, ein großartiger Roman in der Tradition der besten angelsächsischen Erzähler.

»Alles, was Irving stets beschäftigte: die Liebe und die Lüge, Erotik, Gewalt und Mystizismus und – bei Irving neu – scharfe politische Kritik. Sofort Urlaub nehmen und lesen, lesen, lesen.« *Wochenpresse, Wien*

Rettungsversuch für Piggy Sneed

Sechs Erzählungen und ein Essay
Deutsch von Dirk van Gunsteren und
Michael Walter

»Der ›Rettungsversuch für Piggy Sneed‹ leitet eine Sammlung von sechs Erzählungen und einem Essay über Charles Dickens ein, die beweist, dass Irving nicht nur ein großartiger Romancier ist, sondern auch die kleine Form meisterhaft beherrscht. Die Auswahl reicht von seiner ersten, 1968 publizierten Erzählung ›Miss Barrett ist müde‹ über die 1981 mit dem O. Henry Award prämierte Geschichte ›Innenräume‹ bis hin zu

der Geschichte einer wahnwitzigen Autofahrt quer durch die USA, die selbst nach einem offenbar tödlichen Zusammenstoß nicht enden will (›Fast schon in Iowa‹).«
Ulrich Baron / Rheinischer Merkur, Bonn

»Irvings Erzählungen und sein kluger Dickens-Essay sind für seine Fans eine reine Freude.«
Duglore Pizzini / Die Presse, Wien

Zirkuskind

Roman. Deutsch von
Irene Rumler

Verführerisch bunt und schillernd wie Bombay, unberechenbar magisch und spannend wie ein akrobatischer Seiltrick, das ist John Irvings großartiges Buch, ein Arzt- und Zirkusdrama der ganz anderen Art. Dr. Daruwalla sucht das ›Zwergen-Gen‹ und einen Golfplatzmörder. Was er findet, ist Possenspiel und Grusel zugleich.

»So geschickt jongliert der Autor mit tausendundeinem Detail, so kunstvoll verwebt er die unzähligen Handlungsstränge, dass große Unterhaltungsliteratur entstanden ist: schrill, bunt, turbulent und doch philosophisch – wie eine gelungene Zirkus-Show.«
Franziska Wolffheim / Brigitte, Hamburg

Die imaginäre Freundin

Vom Ringen und Schreiben

Deutsch von Irene Rumler. Mit zahlreichen Fotos

John Irvings freimütiges Selbstporträt als Ringer und Schriftsteller, direkt und unverblümt: »Schreiben ist wie Ringen. Man braucht Disziplin und Technik. Man muss auf eine Geschichte zugehen wie auf einen Gegner.« Für die Vielschichtigkeit und beachtliche Länge seiner Romane bekannt, legt Irving hier eine schlichte und erstaunlich kurze ›Autobiographie‹ vor.

»In der Literatur hat John Irving für das Ringen getan, was Franz Kafka für Insekten, Henry Miller für Sex und James Joyce für Dublin getan haben.«
Rolling Stone, Hamburg

Witwe für ein Jahr

Roman. Deutsch von Irene Rumler

Liebe und Tod, Leidenschaft und Vergänglichkeit, Wirklichkeit und Fiktion sind die Pole, zwischen denen der Puls dieses Romans von John Irving schlägt. Im Mittelpunkt steht die Schriftstellerin Ruth Cole, eine starke und verletzliche Frau, die mit ihren Büchern Erfolg und mit ihren Freunden Pech hat ... Umwerfend komisch und aufwühlend. Und wie immer bei Irving gilt: Ein normaler Leser möchte wissen, wie das Buch endet, der Irving-Leser wünscht, es möge niemals enden.

»*Witwe für ein Jahr* ist ein grandioser Roman: traurig und komisch, bösartig und abgefeimt, manchmal atemraubend und herzergreifend. Eine Liebeserklärung ans Leben.« *Jeanette Stickler/Hamburger Abendblatt*

My Movie Business

Mein Leben, meine Romane, meine Filme

Mit zahlreichen Fotos aus dem Film
Gottes Werk und Teufels Beitrag
Deutsch von Irene Rumler

My Movie Business: John Irvings fesselnder und reich bebilderter Werkstattbericht über die Verfilmung seines Romans *Gottes Werk und Teufels Beitrag*.

»Die Verfilmung von John Irvings Roman *Gottes Werk und Teufels Beitrag* ist die Chronik einer Obsession. Die kunstvoll verschlungene Geschichte galt als unverfilmbar, zu schwierig, zu komplex, zu ausufernd. Der erste Regisseur starb. Der zweite schmiss alles gleich wieder hin. Der dritte versuchte eine Liebesschnulze daraus zu machen. Aber Irving war wie be-

sessen. Gott sei Dank hat er im vierten Anlauf einen Regisseur gefunden, mit dem es funkte. Der schräge Schwede Lasse Hallström war sofort begeistert vom eigensinnigen Irving: ›Ich liebe seinen Humor, sein Pathos, seine Absurditäten.‹ Das Ergebnis ist eine der wenigen geglückten Literaturverfilmungen. Es ist die anrührende Liebesgeschichte zwischen dem alten, äthersüchtigen Arzt Dr. Larch und seinem Schützling, dem Waisenjungen Homer Wells.«
Claus Lutterbeck / Stern, Hamburg

Die vierte Hand

Roman. Deutsch von Nikolaus Stingl

Während einer Indienreportage wird einem New Yorker Journalisten vor laufender Kamera die linke Hand von einem hungrigen Zirkuslöwen aufgefressen; Millionen Fernsehzuschauer sind Zeugen des Unfalls. In Boston wartet ein verschrobener Handchirurg auf eine Gelegenheit, die erste amerikanische Handtransplantation vorzunehmen. Und eine junge Ehefrau in Wisconsin hat es sich in den Kopf gesetzt, dem einhändigen Reporter die linke Hand ihres Mannes zu geben – wenn dieser stirbt. Doch der Mann ist jung und kerngesund.

»Irvings Roman handelt von der Sehnsucht und vom Warten, von der Kraft der Liebe und der Notwendigkeit der Trauer um Verlust. Das alles kommt daher in der einmaligen Mischung aus derber Komik und zarter Melancholie, wie sie nur John Irving zu schreiben imstande ist.«
Bettina Schmidt / Sächsische Zeitung, Dresden

Bis ich dich finde

Roman. Deutsch von Dirk van Gunsteren
und Nikolaus Stingl

Bis ich dich finde ist die Geschichte des Schauspielers Jack Burns. Seine Mutter ist Tätowiererin, sein Vater ein Organist, der verschwunden ist. Ein Roman über

Obsessionen und Freundschaften; über fehlende Väter und (zu) starke Mütter; über Kirchenorgeln, Ringen und Tattoos; über gestohlene Kindheit, trügerische Erinnerungen und über die Suche nach der einen Person, die unserem Leben endlich einen Sinn gibt.

»Ein gewaltiges Buch und zutiefst menschlich.«
Kurt Vonnegut

Auch als Diogenes Hörbuch erschienen,
gelesen von Rufus Beck

Die Pension Grillparzer

Eine Bärengeschichte. Deutsch von Irene Rumler

Die Leser von *Garp und wie er die Welt sah* werden sich erinnern: ›Die Pension Grillparzer‹ ist die erste Erzählung aus der Feder des 19-jährigen Garp – mit ihr erobert er Helen, seine spätere Frau. Eine Geschichte voller Verrücktheit und Trauer, mit wiederkehrenden Träumen, verzweifelten Akrobaten, Bären und Wien.

»*Die Pension Grillparzer* ist für mich etwas Besonderes – ich mag sie von all meinen Short stories am liebsten.« *John Irving*

Auch als Diogenes Hörbuch erschienen,
gelesen von Klaus Löwitsch

Letzte Nacht in Twisted River

Roman. Deutsch von Hans M. Herzog

1954 in einem Flößer- und Holzfällercamp in den Wäldern von New Hampshire: Der 12-jährige Danny verwechselt im Dunkeln die Geliebte des Dorfpolizisten mit einem Bären, mit tödlichen Folgen. Der Junge muss mit seinem Vater Dominic, dem Koch des Camps, fliehen – zuerst nach Boston und von dort weiter nach Vermont und Iowa und schließlich nach Kanada, verfolgt von einem Rächer, der auch nach Jahrzehnten nicht vergisst.

»Die Geschichte hat etwas Urgewaltiges, beinahe Mythisches: ein Vater und ein Sohn, eine uralte Schuld und die Flucht vor einem Ungeheuer.«
Hannes Stein / Die Welt, Berlin

Garp und wie er die Welt sah

Roman. Deutsch von Jürgen Abel

Dies ist die Geschichte von T. S. Garp, 1944 unehelich geborener Sohn von Jenny Fields, einer Feministin und ihrer Zeit weit voraus. Garps Welt ist voll von Wahnsinn, Komik und Kummer. Ein Kultroman über Ehe und Familie, über Sexualität und die Rolle der Frau – wild, schräg, provokant, abgründig, traurig, weise und heute so wahr und frisch wie 1978.

»John Irvings Bücher gehören zu denen, an die man sich erinnert wie an Abenteuer. Sie sind in die Haut gewachsen, hinterlassen Spuren in den eigenen Jahresringen, und sie bringen, während man liest, alles durcheinander: Die Welt draußen stört nur noch, das wahre Leben findet innen statt.«
Matthias Matussek / Der Spiegel, Hamburg

Außerdem erschienen:

Ein Geräusch, wie wenn einer versucht, kein Geräusch zu machen

Eine Geschichte von John Irving
Mit vielen Bildern von Tatjana Hauptmann
Deutsch von Irene Rumler

Erinnern Sie sich noch, wie Sie damals *Witwe für ein Jahr*, die Geschichte von Ruth Cole, verschlungen haben...? An die Erzählung von ihren Brüdern Tom und Tim? Das unheimliche Geräusch mitten in der Nacht, das sie aufweckt?
Ein Geräusch, wie wenn einer versucht, kein Geräusch zu machen – das Abenteuer eines tapferen kleinen Jungen, der schlecht träumt und mitten in der

Nacht mit seinem Vater auszieht, ein gespenstisches Geräusch zu suchen und zu verjagen.

»Die Erkundungstour eines kleinen Jungen durch die vertraute Umgebung, die in der Nacht vollkommen anders wirkt, wird lebendig durch die Illustrationen von Tatjana Hauptmann. Ein wunderbares Erlebnis, Tom auf seinem Weg zu begleiten.«
Birgit Nerenberg / Sternschnuppe, Hannover

»Text und Bilder erzählen zusammen von Risikolust, Einsamkeit und wohliger Geborgenheit.«
Monika Osberghaus / Frankfurter Allgemeine Zeitung

Charles Dickens im Diogenes Verlag

»Die erste Bedingung für die Popularität eines Autors ist die Liebe, mit der er seine Charaktere behandelt. Deshalb sind die Figuren bei Dickens Freunde der ganzen Menschheit. Sie bilden ein vereinigendes Band zwischen den Menschen in Amerika und den Menschen in St. Petersburg.« *Leo Tolstoi*

»Die, meiner Ansicht nach, mit Abstand beste deutsche Dickens-Übersetzung ist die von Gustav Meyrink. Sie ist fast vollkommen... Die Ausgabe müsste unbedingt wieder erreichbar gemacht werden.« *Arno Schmidt*

David Copperfield
Roman. Aus dem Englischen von Gustav Meyrink. Mit einem Essay von W. Somerset Maugham

Oliver Twist
Roman. Deutsch von Gustav Meyrink

Bleakhaus
Roman. Deutsch von Gustav Meyrink. Mit einem Nachwort von Hans Hennecke

Die Pickwickier
Roman. Deutsch von Gustav Meyrink. Mit einem Nachwort von Walter Kluge

Martin Chuzzlewit
Roman. Deutsch von Gustav Meyrink. Mit einem Nachwort von Jerôme von Gebsattel

Drei Weihnachtsgeschichten
Deutsch von Gustav Meyrink

Weihnachtslied
Eine Gespenstergeschichte. Deutsch von Richard Zoozmann. Mit Zeichnungen von Tatjana Hauptmann und einem Essay von John Irving.
Die Taschenbuchausgabe bleibt weiterhin lieferbar

William Shakespeare im Diogenes Verlag

»Shakespeare malte Landschaften und baute Architekturen mit seinen Worten. Er hat es dem Schöpfer am nächsten getan. Er hat eine zauberhafte, vollkommene Welt geschaffen: die Erde mit allen Blumen, das Meer mit allen Stürmen, das Licht der Sonne, des Mondes, der Sterne; das Feuer mit allen Schrecken und die Luft mit allen Geistern, und dazwischen Menschen. Menschen mit allen Leidenschaften, Menschen von elementarer Großartigkeit und zugleich von lebendigster Wahrheit. Shakespeares Allmacht ist unendlich, unfassbar.« *Max Reinhardt*

Dramatische Werke
Übersetzung von Schlegel/Tieck
Edition von Hans Matter
Illustrationen von Johann Heinrich Füßli

Romeo und Julia / Hamlet / Othello

König Lear / Macbeth / Timon von Athen

Julius Cäsar / Antonius und Cleopatra / Coriolanus

Ein Sommernachtstraum
Der Kaufmann von Venedig
Viel Lärm um nichts / Wie es euch gefällt
Die lustigen Weiber von Windsor

Außerdem erschienen:

Sonette
Englisch und deutsch
Herausgegeben und mit einem Vorwort
von Hanno Helbling

Shakespeares Königsdramen
Nacherzählt und mit einem Vorwort
von Urs Widmer
Mit Zeichnungen von Paul Flora